W9-AVP-547

UN MUNDO PARA JULIUS

Alfredo
Bryce
Echenique

UN
MUNDO
PARA
JULIUS

40
AÑOS
EDICIÓN
CONMEMORATIVA

ALFAGUARA

UN MUNDO PARA JULIUS

2010, Santillana S. A.
Av. Primavera 2160, Santiago de Surco, Lima, Perú
Teléfono 313 4000
Telefax 313 4001

ISBN: 978-612-4039-71-3
Hecho el depósito legal en la Biblioteca Nacional del Perú Nº 2010-14512
Registro de Proyecto Editorial Nº 31501401000991
Primera edición: diciembre de 2010
Tiraje: 6 000 ejemplares

Diseño y diagramación: Juan José Kanashiro

Impreso en el Perú - Printed in Peru
Quad Graphics S. A.
Los Frutales 344, Lima 3 - Perú

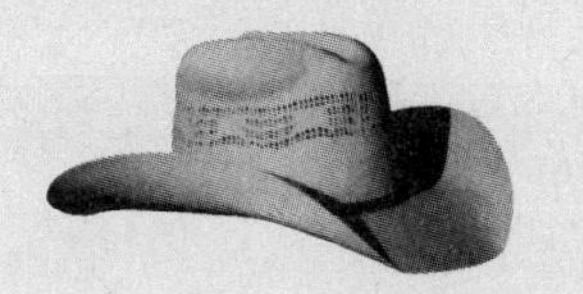

Julius en su mundo

Julio Ortega

La obra narrativa de Alfredo Bryce Echenique pone en entredicho la distinción genérica entre biografía, autobiografía, memorias y diarios (el repertorio discursivo de la representación del sujeto) porque, en ella, vida y literatura interactúan peculiarmente, se rehacen, revisan y resuelven en la suma *egológica* de la novela. Se podría decir que en sus novelas Bryce Echenique escribe la biografía de un narrador autobiográfico a partir de las memorias, diarios y otros residuos de notación autoanalítica de otro narrador narrado. En efecto, estos desdoblamientos del acto de narrar dialógico e inclusivo (el narrador dice *yo* pero se designa como *él*, se habla de *tú* y es hablado por el acto mismo de narrar) ocurren formalmente como cambios de perspectiva en el punto de vista. Pero, al mismo tiempo, propician una mayor inclusión o inclusividad. Según este operativo cambiante, cuyo propósito analítico parece casual pero es sistemático, el narrador actúa la inmediatez del relato; enseguida, evoca los efectos de esa acción; luego, reconstruye los hechos en el proceso de contarlos; y, en fin, actualiza en el presente de la escritura (o de la conversación en que la escritura se desdobla) un relato ocurrido como el discurso de lo vivido.

Por cierto, la novela no sigue necesariamente esta secuencia, y puede incluso empezar por el último punto, por el presente de la escritura charlada, donde el narrador tiene todos los hilos de la historia en la mano y el lector lo sigue en el laberinto de lo vivido, cuyo mapa es la novela. Mapa solo probable, ya que el pasado es una Babel: una reconstrucción reinterpretada por los hablantes, por el acto mismo de la digresividad del habla. Este proceso, entonces, lleva al narrador (diga *yo* o sea dicho como *él*) a través de la memoria y mediante su registro (bio y grafía) como episódica evocación, como fluida notación. En ese registro, recordar, convocar, extrañar, son un discurso que opera emotivamente, en la espiral digresiva de la conversación, del habla asociativa. El yo es constituido por ese movimiento del discurso en la secuencia metonímica que lo desplaza, como el recomienzo del acto de recordar en el acto de hablar. El relato recobra los hechos del pasado inagotable, verdadero río materno, que el flujo del habla reconduce. Se recobra, así, el rumor discursivo de un lenguaje totémico, capaz de proveer la certidumbre, la revelación y el reconocimiento del sujeto en la fuente de la elocuencia, en la matriz de la charla circular, donde el yo es una fábula del habla.

De manera que el presente de la narración está lleno del pasado, y una nueva página equivale a una instancia de ese tiempo por decirse. El libro es el desarrollo de este planteamiento, la posibilidad (otra espiral, otro drama del texto haciéndose) de verbalizarlo todo, no por un mero afán totalizante que sobrevalorara la capacidad de la novela, sino por la necesidad imperiosa de contar lo ocurrido, actualizar lo vivido y su especulación, al modo de una hipérbole donde vida y sobrevida se exceden, se prolongan. La novela es una suerte de registro temporal distinto: si los calendarios miden el tiempo cronológico y los mitos explican el tiempo cíclico, la novela encarna el tiempo subjetivo. Esa temporalidad convierte lo vivido (o, para el caso, imaginado como vivido) en cuento, en registro hablado. La novela es este teatro de la memoria hablada. Escribir es, así, re-contar: hacer hablar al tiempo en su grafía circulatoria, en la inquieta inscripción que no se fija del todo en la página, que zozobra, oscila y transcurre autorreflexivamente. La escritura es esta materia fluida, urgida de revelarse. No busca una forma, sale de una, y quiere demorar su exceso, su vivacidad de inscripción verbal, de verbo abierto en la página verbosa. De allí también que este recontar, que recomienza siempre, se explaye circularmente, en un movimiento de ida y vuelta, pero ya no por efecto de la memoria asociativa sino porque este discurrir está requerido de esclarecimientos, y el cuento es la única materia de lo vivido capaz de adquirir una verdad compartible, una certeza a buen recaudo, donde cada cosa y cada hecho se reconcilian en la frase que los dice.

En la obra de Bryce Echenique, la novela es el espacio de las conversiones. Todos los discursos del yo se cruzan en ella al modo de una exploración, precisamente, del espacio emocional del sujeto, de su retórica afectiva, y de su teatro connatural, la escritura, que lo construye como un signo aleatorio, interactivo. La confesión convierte al ego en una subjetividad disolvente, pre codificada, anti represiva, capaz del juego antiheroico de una comedia irrisoria en que se libra del súper ego, de sus discursos institucionalizados a nombre de la realidad. Se trata, por eso, de un ego antiépico, posmoderno, libre incluso de la racionalidad de su propia experiencia historiada. A su contacto se genera una rica actividad episódica: el precipitado tragicómico del antiheroísmo. La subjetividad es la fuente fluida, inquieta, que informa las interacciones, definiendo los códigos y los modelos, fuera de las transacciones de la persona socialmente constituida. El amor y sus grandes demandas e imposibilidades, la ternura, la nostalgia, la sinceridad definen la actividad de este yo (que es un yo y/o una alteridad) y lo constituyen como un hijo del discurso romántico moviéndose en el relato tragicómico.

Así, por ejemplo, carece de sentido tratar de distinguir entre planos probablemente biográficos (la vida hecha escritura) o planos autobiográficos (el yo hecho por la escritura) a partir de la biografía efectiva del escritor Alfredo Bryce Echenique. En otro género que practica, la entrevista —esa forma más civil de la charla sin límite cierto—, Bryce Echenique se complace en la idea de que sus libros le han ocurrido luego de escribirlos, al modo de autobiografías anticipadas (o, según *La última mudanza de Felipe Carrillo*, al modo de la «crónica de un bolero anunciado»), y aduce que una vida sola —la suya— no alcanzaría para vivir todas las vidas narradas. Sin embargo, el candor elocuente y la gracia autobiográfica del autor en esas entrevistas son notorios, y sugieren, por lo menos, que si bien no es importante cotejar su biografía con sus novelas sí lo es comprobar la complejidad de la fabulación biográfica en ellas. No es, pues, la historia de un yo lo que las novelas elaboran, sino los discursos conque otro yo se representa como persona narrativa, en tanto máscara, simulacro y voz. La biografía del autor, documentable en uno u otro hecho en sus novelas, es irrelevante para el caso ya que, más bien, son las novelas las que han terminado novelizando al autor, como si fuese un personaje creado por ellas. De hecho, la biografía de Alfredo Bryce Echenique, si tuviese que ser contada, seguramente simplificaría su mundo narrativo al proponerlo, ilusamente, como derivado. Se diría que es todo lo contrario: hacedor de su autor o, mejor, de su cronista puntual. A los cuarenta años de *Julius* es todavía más cierto que el escritor es el hijo de sus obras y, en este caso, la invención de su obra maestra.

Lo que importa, entonces, son los discursos biográficos como espacios donde el sujeto busca ser más verdadero. La novela, en este sentido biográfica, es una febril confesión de la vida aplazada o negada en la dimensión del relato, pero hiperbolizada, corregida, exaltada hasta el punto de su disolución en el discurso, en los registros donde se historiza como aventura fantástica. Es una vida hecha en la carencia pero rehecha en la abundancia.

El carácter autorreflexivo de las narraciones de Bryce Echenique es fundamental. Literalmente, unas se reflejan en otras, unos personajes en otros, unas y otras aventuras se aluden, refractan y conforman como en un cotejo de figuras y motivos. Esta autorreflexión establece una serie de paralelismos que es el método de composición de sus novelas y que las define como versión e interpretación, esto es, como reescritura. Estos paralelismos de la composición objetiva del texto, sin embargo, no son solo la armazón del relato, sino los medios que utiliza la novela para confrontar, analizar, discernir su naturaleza subjetiva. Incluso los espacios sociales (casa, hotel, colegio en *Un mundo para Julius*) están definidos por la interpretación que se les adscribe como su verdadero carácter, esto es, por su valoración simbólica y jerárquica. La novela se desarrolla a través del cotejo, la sustitución, las sumas y restas de estos motivos paralelos. Por eso también el estilo obsesivo, a veces maniático o incluso neurótico de los detalles, de algunos episodios claves o significativos que recurren como tópicos en los que la narración se remite a sí misma, confesándose su propia ocurrencia. La notable fluidez del relato, producto de un discurso oralizado, así como una estructuración contrastiva y la fábula de una aventura paradójica y tragicómica, hacen de cada novela una experiencia única de resoluciones formales gracias a la combinatoria, vivacidad y riqueza síquica de sus motivos puestos en juego. Se trata, claro, de un juego definitivo.

La originalidad de las novelas de Bryce Echenique está, pues, en esta riqueza del planteamiento pluri-bio-gráfico. Su complejidad en este sentido propone la complejidad retórica del yo, esto es, su discursividad proteica. La vieja lección filosófica del «conócete a ti mismo» no tiene solución aquí, ya que el mito logocéntrico del yo como tesoro oculto por descubrir o revelar carece de mayor sentido en estas novelas donde el sujeto, más bien, se produce por interacción y es, así, un yo pluralizado. Y el drama planteado es precisamente el laborioso de ser uno mismo en la diversidad conflictiva de ese diálogo, lo que deduce la comedia de enredos y equivocaciones entre reconocimientos y desconocimientos mutuos. El sujeto se esboza como tal en la acción y se constituye en la actuación. Por lo primero, no sigue los códigos previstos, sino unas normas remotas y tradicionales (una suerte de bonhomía y señorialismo hispánico solitario); por lo segundo, requiere de interlocutores, testigos, un público donde se descubre afirmado o extraviado.

Las experiencias límite —el dolor de la conciencia naciente, la autodestrucción, el fracaso amoroso, la locura, la alucinación, o al menos su exaltación discursiva— ponen en peligro la integridad del sujeto, pero no su identidad ni su inexhausta capacidad de emerger de sus propias cenizas, gracias a un nuevo discurso. Así, este héroe de la antiépica del yo, del malentendido, del desencuentro y del destiempo, comunica —en la misma nobleza y vulnerabilidad de su vitalismo y su capacidad de diálogo— una irresistible simpatía cómica. El peculiar carácter de este héroe (Julius, Martín, Felipe, Pancho) radica en que protagoniza la retórica del yo como una tragicomedia. Los discursos del yo objetivo situado (biografismo, anecdotario, confesiones, genealogías, caracterología social y nacional, etcétera) se traman en estas novelas con las hablas del yo privilegiado en tanto destino revelado (desde el psicoanálisis hasta las hablas del amor petrarquista, romántico y surrealista, además de las nociones de la experiencia como agonía del conocer, y de este como sabiduría). Estas revelaciones del yo son de una magnífica elocuencia. Y es fascinante asistir al teatro de un sujeto que se historia como tal entre descalabros incluso de estirpe quijotesca. El héroe del discurso es el antihéroe de su práctica cotidiana, donde no tiene lugar propio y donde es refutado una y otra vez. Esa elocuencia es una retórica de la cordialidad, y en la comunidad de confidentes que abre nos elige como interlocutores privilegiados.

A diferencia del yo proustiano, cuyo lugar favorable es un consenso que lo perpetúa y, asimismo, del yo stendhaliano, que discurre entre «accidentes del amor propio» y exaltaciones del amor compartido —por citar solo dos grandes modelos de la subjetividad heroica—, el yo de las novelas de Bryce, que proviene de ese linaje memorioso, se observa no como el centro de la realidad sino como el descentramiento de lo real. Y por eso se parece más al antihéroe urbano por excelencia, al sujeto biográfico de las películas de Woody Allen. Ese personaje no es menos discursivo, marginal o perdedor, aunque también genuino, tierno y tragicómico, pero, sobre todo, ha hecho de su vida un relato, asiste a su propio discurso como el cronista acongojado de las aventuras que lo tornan más vulnerable. Por último, este personaje es capaz de verbalizarlo todo con la misma pasión maniática, elocuente y autorreflexiva por decirse y explicarse. Claro que el sujeto de las novelas de Bryce está más desguarnecido: demanda grandes pasiones imposibles y la ironía del saber paradójico.

Afirmaba Roland Barthes que escribir la palabra *yo* es ingresar a la ficción. Se podría, en efecto, argüir que la tercera persona es más verosímil por ser representada en la convención de la objetividad. En cambio, la subjetividad (que abre ese hueco del yo en el discurso) representa al yo más allá de las convenciones, como su propia hipótesis constitutiva. Desde su perspectiva, el relato es el proyecto de un sujeto. De allí su discursividad y su digresividad en la alta y baja marea de la historia, donde los relatos son puestos en entredicho. Esta libertad de discurrir que posee el yo le permite hablar de sí mismo aun desde la tercera persona, más allá del bipolarismo (yo/él) narrativo de *Rayuela*. Cuando nos encontramos con este doble punto de vista, la convención dicta que la tercera persona es el marco general del relato, y que dentro de ese marco ocurre la primera persona como focalización, desdoblamiento, introspección. Ya en *Rayuela*, sin embargo, la primera persona contaminaba con su dicción y compleja reflexión las representaciones de la tercera persona. En las novelas de Bryce Echenique, el sistema inclusivo es más intrincado, ya que muchas veces la tercera persona es el espejo de la primera, su escenario.

De cualquier modo, el cambio de perspectiva narrativa obedece a las necesidades de algo más interesante: ¿cómo representar la crisis del yo, sus cambios, sus conflictos? Parecería natural que el lenguaje enunciara al yo y se pusiera a su servicio para construirlo como una vida posible. Pero la novela es un alegato contra la historia (contra sus versiones unívocas) hecho a nombre de la otra historia, la personal, lo que indica el modo como el lenguaje recobra al sujeto y le da identidad específica. El lenguaje, así, no construye una vida posible (biografía o autobiografía), sino una vida improbable, cuyo cuento es insólito, truculento o tragicómico. Es el cuento de una vida en aventura (según el modelo episódico-reflexivo de Cervantes y

Sterne), solo que ya no al azar de los caminos de la geografía social, sino en el dilema más moderno de una hipótesis del yo hecho por uno y otro discurso, y/o encrucijada del pronombre ilativo y/o desiderativo, protonominal. Precisamente, el drama de representar al yo está en que, para Alfredo Bryce Echenique, el sujeto no se define por uno u otro discurso (social, político, nacional, histórico, cultural), sino que está en los márgenes, entre uno y otro, desfasado de los discursos modélicos (la sensibilidad ética puesta a prueba en *Julius,* la política en *Martín Romaña*, la sociedad como destino en *Octavia de Cádiz*, la identidad en *Felipe Carrillo*). Ya el nombre propio reiterado en estos títulos es emblemático: el sujeto nominal busca sustantivarse en la propiedad de un nombre, que es su signo sin significado fijo en el lenguaje. Irónicamente, este sujeto del todo hecho por el lenguaje (solo posee su nombre, pero ya ello lo afinca en el lenguaje) no tiene un discurso propio, un modelo discursivo donde adquirir un linaje. Por eso, por ejemplo, es un mártir (*Martín Romaña*) del lenguaje: se sacrifica en él. Así, para descubrirse como escritor, Martín deberá antes escribir una novela política por compromiso, revertir la historia en una comedia guiñolesca y resolver el delirio verbal de la enfermedad y la locura en un magnífico esperpento. Después de todo, la novela es esta práctica que, frente a la convicción incontestable del mito y la racionalidad sancionadora de la historia, se propone como lenguaje de lo específico, de la individualidad puesta a prueba. Por eso la filípica de Felipe Carrillo es sobre el arte de dar la otra mejilla: la comedia del que se descubre entre las bofetadas (más que metafísicas, emocionales).

El yo sería, por lo tanto, el *pharmakos*. No solo el opuesto puntual del *ethos* heroico, sino también la parodia del *pathos* del héroe romántico. Sin modelo discursivo socializado, su lugar es incierto. Su lugar es el modelo ausente: la creciente desocialización, la marginalidad abismada. Así, el yo se representa en un estado pre-discursivo (no socializado), en la indeterminación del lenguaje, de la digresividad del habla. Esa abundancia pre-formal lo define, extraordinariamente, como el lugar donde lo genuino (libre, veraz, noble) solo puede manifestarse a través de la parodia del perdedor, la reflexión del marginal, el puro gusto de la bohemia, el teatro histriónico de la amistad, los desencuentros del amor arbitrario, todo lo cual equivale a decir que lo genuino es cómico.

El yo se construye como el sujeto de la abundancia del sentido en el escenario de la carencia, y este descentramiento bufonesco es cómico pero es también agónico. En ese escenario, este sujeto vive una existencia sobresaltada, de saltimbanqui emotivo, pero a la vez proliferante de diálogo, de comunicación abierta. Se trata de una existencia cernida por los otros como un signo más cierto.

Es por eso que el yo es una reflexión del tú. El yo no existe como monólogo, sino como diálogo pluralizado por la concurrencia de las personas narrativas, los dialogantes, los contertulios. Es evidente que el tú es, en primer término, una máscara del yo, pero solo lo es en el juicio a que se somete ante la historia del otro tú. Tú también eres otro, algún otro, y en esa otredad pronominal se refleja la identidad, esa reflexión. El tú a su vez se enmascara de oponentes y ayudantes que complican minuciosamente las cosas para afirmar, no sin dolor, al yo que los refracta. Al final, el yo está hecho por este tú plural donde el sujeto avista su propio espacio, que es otra charla, circular y episódica.

El yo es hijo de su pre-discurso, de su propio tú. Esta es una paternidad antiheroica pero efectiva: hijo de sus obras accidentadas, el yo está libre, en el habla, de la autoridad de los discursos institucionales. Y, así, evidentemente, del discurso paterno. Como en el revelador cuento «El Papa Guido sin Número» (en *Magdalena peruana*, título oximorónico, que hace del emblema proustiano un sarcasmo), donde este Papa («santo padre») no solo carece de número, sino que su existencia es un cuento urdido por el hijo (por el hermano del narrador autodesplazado, traspuesto) contra la incredulidad (y la sordera) del padre. Esta consagración de la ficción como no-paterna es central a la práctica narrativa de Alfredo Bryce Echenique: el yo sin linaje es el proyecto del sujeto del lenguaje. No es que sus novelas nieguen al padre o la paternidad, sino que, más radicalmente, lo sustituyen. La patria (el pobre paraíso del padre) es una herida: volver a ella (en el relato) es constatar la irracionalidad no del individuo sino de la sociedad, su modelo. Y, sin embargo, el sujeto nunca olvida su origen peruano, que es una señal individualizadora tanto psicológica como lingüística. Como peruano en el exilio se ha salvado de la autoridad estratificadora de la sociedad antidemocrática, y lleva consigo el lenguaje que le da un rostro. No niega al padre, lo remplaza con la lengua materna, donde se da nacimiento propio. Pero el origen nacional no es la definición del yo sino la marca del tú, esa extravagancia, esa errancia en la intemperie de la significación, allí donde el relato es un cuento contado por la nostalgia de la comunicación plena, aquella donde todos fuésemos el yo de alguien, ese nosotros de la extraviada naturaleza comunitaria.

En las novelas de Bryce Echenique hay, por lo demás, varias instancias donde el balbuceo del sentido adquiere una inquietante significación. En una dimensión, sus novelas comunican una cierta perturbación neurótica, no en el sentido clínico simple, sino en el sentido de un discurso saturado de su propio sujeto, que ensaya la autodestrucción para alimentar su relato. La literatura tiene aquí este gesto radical e inusual: hacerla es arriesgarlo todo, aceptar un reto cuyas consecuencias son imprevistas. Quizá por eso sus libros presentan un curioso fenómeno de autoría: el autor debe responsabilizarse de sus novelas (más, tal vez, que de sí mismo) cuya índole posbiográfica se le impone con su secuela de mudanzas. De allí también que cada novela sea irrepetible: abre y cierra su historia como un tiempo completo, o incompleto pero irreversible. Por eso también es improbable que esta narrativa genere tendencias o seguidores, si bien sus demandas por un arte más vivencial, menos definido por el mercado, creo que forman parte de una reciente y persuasiva tendencia de la novela, tanto en América Latina como en España.

Pues bien, la autodestrucción (y su cuadro masoquista), que se presenta como obsesiva especulación, evoca de inmediato los testimonios de procesos paralelos hechos por Kerouac y Pavese, especialmente la fascinación con que este último anotó su diaria agonía. Para no llevar la comparación demasiado lejos, solo diré que Bryce Echenique tiene otras reservas. Una es el hecho de que no ha sido absorbido por el mercado (aunque está, claro, amenazado por la percepción periodística superficial de que es su propio personaje), de modo que no es un escritor profesional, aunque a contrapelo de su persona literaria bohemia es un escritor extremadamente formal y disciplinado, pero no ha cedido a ningún facilismo, no se ha beneficiado de su propia retórica, y no se hace ilusiones sobre su papel de escritor en la sociedad. No en vano se le ha diagnosticado, clínicamente, como incapacitado para el éxito. Es cierto que la sed biografista de su público es difícil tanto de resistir como de satisfacer, pues la simplificación de un escritor como epónimo tardío de Hemingway o heredero de una oligarquía peruana decadente es el modo más fácil de perderlo. La otra reserva es la oralidad. Bryce Echenique no sigue el vitalismo de Kerouac ni el autoanálisis de Pavese, sino que requiere verbalizarlo todo para hacer de todo un relato. La memoria es oral, el diálogo es su expansión, la escritura su elaboración. Tempranamente, *Un mundo para Julius* se planteó como una vasta conversación íntima entre los amigos de Julius, quienes, al intercambiar información, historias, chismes, anécdotas, devenían parte de la polifonía inclusiva del dialogismo interpuesto. Esta oralidad opera como la crónica de lo temporal que fluye en las voces convocadas, pero también como la escritura porosa, transitiva, sin afán artístico sino con afán dialógico.

Lo oral es también la materia de la emotividad. *Julius* es un verdadero tratado de las emociones, y es gracias a ellas que se hace verosímil una novela de la educación limeña. A través de la estratificación de las clases sociales, la valoración ideologizada, los prejuicios internalizados, asistimos al programa de la socialización que debe dar forma a un sujeto peruano. La configuración de tal sujeto sería un horror moral inverosímil para un lector no peruano, si no fuese por la trama emocional y la perspectiva del humor crítico, que relativizan irónicamente la condición antidemocrática de la existencia social. Contra aquel programa ferozmente obsceno, esta novela oraliza el aprendizaje para relativizarlo, ponerlo en duda y abrir al sujeto un contra-programa, una ruta de fuga de la clase como destino. En *La vida exagerada de Martín Romaña*, la oralidad tiene un desarrollo más ambicioso: la reconstrucción de la memoria, que la novela propone como su paisaje de fondo, será hecha a través de las voces peculiares: cada voz es una persona, un carácter, un individuo, cuanto más peculiar menos codificado. La polaridad corporal de la boca y el culo es aquí un emblema: de la oralización irrestricta la una y de la alienación el otro. En los riesgos que corre el sujeto para reconstruirse como tal, la boca es compulsivamente regresiva y se rehúsa, así, a la personificación social; el otro es cómicamente esquizoide, pero el cuerpo recusado se libera en su «vía crucis rectal». Y al final de la novela, las palabras se han vuelto suficientes. Esto mismo es lo que Felipe Carrillo llamará «tragirridículo». Claro que la oralidad puede también sugerir una incapacidad para llegar a un acuerdo con el mundo tal cual, un mundo que está hecho, después de todo, de códigos e instituciones. Este carácter adolescente de la oralidad, que rehúsa fijarse, que se demora en la marginalidad, en la bohemia y en la exculpación anuncia, además, el terror del sujeto a las clasificaciones que sitúan, los códigos que rigen, las autoridades que dictaminan; a la sociabilidad, en fin, como el espacio determinante, inexorable, de la subjetividad. Después de todo, la novela moderna es la recusación del mundo representado por los códigos de todo orden, su puesta en crisis. Huir de la sociedad desde su centro desplazado (el lenguaje sin discurso socializado) es la hazaña paradójica de estos héroes de la subjetividad hecha verbo.

La escritura que media entre la oralidad emotiva, que es la parte del sujeto, y el humor dialógico, esa parte del lector, actúa al modo de una verdadera relectura y es, en efecto, una permanente actividad de interpretación. Esta hermenéutica intensa, aplicada y prolija revela el carácter definitivo de la subjetividad dominante en la configuración tanto del relato como de la representación. El sujeto que emerge de esta actividad interpretativa homologa en su fluidez y apertura, por un lado, la diversificación formal del discurso y, por otro, el paisaje cambiante de un mundo procesal. Si el eje generador es una lectura de la letra de lo vivido, de los signos definitorios de los personajes, del cambiante discurso que disputa los órdenes del mundo, quiere decir que interpretar es confrontar con la subjetividad la supuesta fijeza objetiva del texto de lo real. Así, todo está en un estado de pura interpretación, desanudándose o por hacerse, en proceso y en gestación. Nada hay de arbitrario ni nihilista en ello, ya que la subjetividad es el espacio donde rehacer el sentido, donde sostener la lectura que nos libere frente a las lecturas que nos sitúan.

La escritura es un riesgo definitivo pero asume también la conciencia irónica de su propio juego. Si el inconsciente habla en un alfabeto de figuras que no se fijan y rehúsan lo dado y prefijado, la conciencia habla el lenguaje de la comedia. La lucidez del recuento es cómica: no hay otro modo de asumir la fuerza «negativa» que arrebata al sujeto. El humor es el significado del significante sin código que es este sujeto (por eso abierto, y llenado y vaciado de sentidos de acuerdo con la lectura).

Ya en uno de sus primeros cuentos logrados, «Con Jimmy en Paracas», la figura paterna era vista en un doble papel: el padre que ejerce el poder del código social (que ocupa todo lo real), y el otro padre, el que obedece sumisamente la tiranía de ese código que confirma su fracaso. Triunfar o fracasar en la práctica social (medida por las clases y el dinero) son dos caras de la misma falsa moneda, aquella cuyo valor está presupuesto en el programa nacional de la socialización. Ambos padres son uno solo: la figura totémica de la ley como destino escrito en el cuerpo, en las cosas, en la psiquis. Los hijos aparecen como víctimas de la indulgencia inmoral del poder o de la culpa moral de la pobreza. La homosexualidad de Jimmy representa la fractura del diálogo entre ambos sectores sociales. El padre es culpable de la mayor culpa: la imposibilidad de la existencia social misma.

En *Julius*, el conflicto intenta ser planteado antes de que empiece la novela: el padre verdadero ha muerto, y con él un código de la nobleza tradicional. El padre sustituto, Juan Lucas, pertenece a la nueva burguesía y al código del capitalismo salvaje, que pasa por la explotación, la discriminación social y racial, y la ideología amoral del éxito. La madre sucumbe a ese contrato. Los sirvientes revelan la existencia de un universo pre-codificado por la modernización capitalista: el de la vida emocional y afectiva, solo que adscrito a una clase sin legitimidad social. Así, lo genuino es percibido como cursi. El plan de socialización que esta sociedad tiene para Julius es un programa cuyo contrato se empieza a romper antes aun de que el sujeto se constituya como tal. En ese sentido, esta sería una novela de la des-educación, ya que el programa íntegro es de-construido por el sinsentido social de su práctica: militar en esta burguesía limeña equivale a ejercer la violencia de todo orden contra los otros, esa otredad deshumanizada. Esta vida cotidiana profundamente antidemocrática niega la razón de ser a la sociedad: su sentido comunitario. Ciertamente, estas evidencias de la crítica corresponden al optimismo progresista de la década de 1960. El tiempo ha probado que esas burguesías (viejas y nuevas) no solo fueron capaces de clausurar su posible reforma sino también de perpetuar las estratificaciones gracias a los mismos procesos de modernización, que una y otra vez incautaron. Indiferentes a los costos de la crisis, desde su control del Estado han capitalizado las exportaciones nacionales y han estatizado las deudas del sector privado, y en su programa neo-liberal, que pasa como una construcción mítica única y autorizada, esperan reducir aun más los roles sociales del Estado. En cualquier caso, el padre muerto representa en esta novela un código ausente, de estirpe señorial, que se convierte en un sistema de referencia fantasmático: como una verdadera aristocracia, esta es una causa perdida. A ese código extraviado se remite el sujeto, confirmando su no-lugar social. Código ambiguo: afirma la diferencia solitaria del sujeto, pero a la vez la perpetúa como hijo, como huérfano, con un linaje de fantasmas, sin destino en las clases sociales. Es decir, el padre lo condena a una mascarada.

Ya en *Huerto cerrado*, el yo sin lugar social hacía su propia historia entre el aprendizaje del código (la infancia), el descubrimiento del otro, sin identidad ante el yo extrañado (adolescencia), el exilio del desheredado, que planea su regreso a la patria (acabada la juventud europea), y, por último, el proyecto de una fuga social a través de la autodestrucción (la bohemia). *La felicidad jaja* es un puntual esfuerzo por figurar más objetiva e históricamente ese malestar del origen social que perturba al sujeto de esta narrativa: a través del habla confesional, de personajes socialmente determinados, situaciones definidas por valores y preconcepciones de la pequeña burguesía semi-ilustrada, Bryce Echenique se propuso «casos sociales» que exploraran el pecado original limeño: la deuda impagable del origen desclasado. Su retrato social buscaba comunicar la decadencia de una clase condenada al cinismo. Interesantemente, la lectura ha redefinido el sentido de la representación en estos primeros relatos. De ser leída como una novela que cuestionaba los valores burgueses, *Un mundo para Julius* pasó a ser entendida como el canto del cisne de una clase social y, más recientemente, como su canon de estilo. No es que la crítica postulada por esta novela haya sido absorbida —sigue siendo tan poderosa como persuasiva—, sino que esta crítica «desde dentro» tiene sus límites en los límites del lenguaje de clase. Bryce Echenique lo entendió muy bien y, en lugar de volver al sujeto hecho por las sobrecodificaciones sociales, pasó a explorar, con mayor efecto, las descodificaciones con las que el sujeto es capaz de confrontar a la sociedad burguesa. Ir más allá del habla de los sujetos de la clase social autorretratada significará salir de la penuria de la representación ideologizada, y entrar al lenguaje más abierto del dialogismo plural y, por tanto, asumir el proyecto más ambicioso de una narrativa que recusa, en sus propios términos, la racionalidad social.

Pero estos personajes no son uno solo ni equivalen al autor: son instancias de un sujeto que nos ha elegido como interlocutores, como el tú de un yo zozobrante, para que absolvamos su confesión, su versión de los hechos, más allá de los códigos que puntualmente confronta, en la intimidad de la lectura. Allí, Julius y su parentela heroica y sutil discurren en tanto hijos del arte de narrar y de la complicidad de escuchar.

La confesión —esa disolución del mundo en el yo— requiere de sus propias reglas para ser persuasiva. La hipérbole deja de ser un espacio retórico comparativo (una figura del discurso en que el mundo tiene sentido) y se convierte en el suplemento verbal donde el yo es sustituido por el habla, la lógica designativa por el arrebato de la oralización. La hipérbole se torna en el corpus verbal mismo. Y la confesión, en tanto hipérbole, es una forma sustitutiva: mentira literal, dice una verdad equivalente, solo que el mundo real se ha vuelto su correlato subjetivo, es decir, la mentira es aquí el espejo de lo verdadero. En ese espejo se verifica la canibalización del mundo: la confesión no es un desnudamiento, es un devoramiento. La sinceridad (una ficción dicha como verdad) es la otra regla: la confesión es el flujo emotivo del habla. Pero su ficción no es meramente compensatoria. Se trata de que la confesión hace del habla el instrumento de exageración que el yo maneja como el último poder sobre sí mismo. Y es un poder disolvente: la ficción no se distingue de lo objetivo; la ficción cierne, procesa, reconvierte al mundo que la práctica social de los códigos ha hecho objetivo, crudo y arbitrario, y lo remplaza. El mundo hecho habla del yo es más libre, apasionado y vibrante. La novela, por lo mismo, se propone como el primer documento de ese lugar más real por más personal.

¿Conócete a ti mismo? Más bien, conoce al tú mismo. Es en el otro donde el yo, al final, recupera la certidumbre de su humanidad, ese otro que está en el yo dicho y redicho en la cámara oscura de la página de las autorrevelaciones.

En *Un mundo para Julius*, el yo se decodifica del tú socializado para protegerse en el tú emocional, como yo sustituto. Se trata de un yo supérstite (que no tiene equivalente en las ciencias sociales), despojado de historia y de razón social, hecho por su peculiaridad afectiva, su raigambre gentil (fantasmática), en un sistema de clases que se identifica por el rechazo a los pobres, donde los nuevos modernos son los viejos bárbaros.

El tú que este sujeto busca para decodificarse en compañía es el otro signo flotante: los personajes excéntricos, libres e irresueltos, de una existencia paralela, trashumante y pasional. Esa vida zozobrante declara la nostalgia de otro mundo. Y demanda una certidumbre desinteresada y arcaica. Porque el diálogo sitúa a los hablantes en un nuevo contar de los contares, en la fábula de la comunicación plena. Ese diálogo es el espacio literario, espacio previo al infierno social, que está rehaciéndose en nosotros, allí donde leer es siempre empezarlo todo otra vez, sin otro sentido de continuidad que una mayor intimidad con el tú oyente y leído.

Alfredo Bryce Echenique podría ser, en esta espiral fabulada, una de las encarnaciones de A.O. Barnabooth, el escritor peruano imaginado por Valéry Larbaud. Tendría, de ese modo, una existencia enteramente escrita. Escrita por sus personajes que dicen *yo* y constituyen un sujeto capaz de hablarnos de *tú*. Solo que, peruano y latinoamericano indudable, Bryce Echenique ha dado forma al linaje de un Barnabooth afincado en un doble exilio, el de ambos mundos, alternos y superpuestos. Entre Europa y América ha elegido la escritura, esa ratificación radical del interpolado trasatlántico como el margen más fecundo entre las orillas presupuestas.

El proyecto narrativo de Bryce Echenique se cumple como una fascinante aventura de ampliación de los poderes de personalización de la novela. Una novela capaz de dar cuenta del recomienzo del sujeto, y de la suerte del diálogo al final de la sociedad sobrevivida. Para ello cuenta con la mayor capacidad de la cultura latinoamericana: la de comunicar sin tregua las venturas y desventuras de un yo en proceso de hacerse tú. Ese proyecto sigue abierto y nos ha dado ya varias instancias memorables de su fascinación con el cuento de hacer y rehacer al cuentista contado, que es, por definición, un cuento de no acabar.

Un país cuya historia está hecha de más pérdidas que de realizaciones, de grandezas extraviadas y grandes expectativas, no es extraño que se exprese como un discurso fantasmático. En *Un mundo para Julius* se denuncia el carácter ideológico de la representación, mientras que en los cuentos se explora la naturaleza aparencial, insustancial pero inflexible, de las relaciones humanas y sociales. Buena parte del vals peruano consiente un sujeto del sacrificio: al renunciar, el hablante pierde un mundo pero gana un lenguaje. Se convierte, así, en el gran señor del discurso. En la literatura criollista, que es un primer intento por cuestionar el carácter antidemocrático de la modernización capitalista, los delincuentes aparecen ejerciendo el código del honor caballeresco y la hidalguía señorial. Esa literatura nos dice que las burguesías de turno, socias del capitalismo sin capitalización nacional, han cambiado de repertorio ideológico; y que el aristocratismo secular, abandonado por las clases dominantes, solo puede anidar en la marginalidad, fuera de la ley civil, aunque, fantasmáticamente, con la ley estoica de los señores empobrecidos en la pérdida del capital simbólico. Algo similar nos dice *Un mundo para Julius*, donde los sirvientes sostienen un código genuino y natural, de decencia inmediata y humanidad solidaria. Que los amos solo vean en esa emotividad el bochorno del mal gusto y la desproporción de la huachafería, revela su atrofia moral. En estas novelas la persona social es tan característicamente peruana que su pasado, formación y opciones son, en verdad, distintos énfasis de habla: opiniones, sanciones y exclusiones. La realidad de la persona social está hecha, literalmente, en un lenguaje acotado. El sujeto se produce y reproduce a favor de la larga conversación que lo va precisando entre los discursos que disputan su perfil y su lugar. Se produce, así, con la estrategia retórica de una laboriosa y realizada recomposición de su espacio enunciativo.

El propio autor ha convertido su persona literaria en un sujeto de peruanidad discursiva. El genio de Bryce Echenique ha sido darle voz propia a ese talento nacional por la fabulación: linaje, historia personal, moral del estilo, son creaciones verbales, mitemas familiares que adquieren validación social. No es que las palabras solo mientan sino que hacen un modelo sustituto de la verdad. Esa verdad de índole verbal es conmovedora: dramatiza la intensa necesidad de humanizar la violencia de una historia social cuyo sentido comunitario ha sido erosionado por la injusticia.

Este es un sujeto cultural. Un yo latinoamericano que negocia su credibilidad (como Susan y Juan Lucas) en su sociedad pluricultural y multinacional, hecha de residuos ideológicos y capacidad de supervivencia. Julius está lleno de preguntas pero la más decisiva es por sí mismo. Uno de sus futuros pasa por Martín Romaña, el antihéroe social convertido en héroe del habla: ocurre lo que dura su charla amena y nostálgica. Esa voz cura la herida del origen. Sutura y satura la pérdida del lugar con la ganancia del otro en la comunidad intradiscursiva. De allí la exaltación vital desde la crisis que lo postra, sin habla. En el espacio del umbral permanente, en el exilio, el arte confirma la voz del sujeto como la del náufrago que nos representa en los recuentos del naufragio.

La obra narrativa de Alfredo Bryce Echenique está hecha de una exploración a la vez exaltante y desasosegada, cuya trama es delicada y firme: pone en riesgo la integridad del sujeto, el habla que lo sostiene, y al hacerlo reafirma su fe en el diálogo, en el asombro compartido ante la incógnita arbitraria y maravillosa de discurrir en este mundo y en voz alta. Una obra donde resuenan las voces de nuestro tránsito con la intimidad de nuestro tiempo.

Un mundo para Julius, hace cuarenta años, demostró para siempre que la mejor novela peruana será aquella que nos devuelva un mundo desaparecido bajo la mirada alarmada de un muchacho. Esa promesa de la novela peruana encarna en *Un mundo para Julius* como una nostalgia y una apuesta por nosotros mismos.

Julius cumple cuarenta años

César Ferreira

La obra de Alfredo Bryce Echenique ocupa un lugar preferencial en las letras peruanas desde que en 1970 se dio a conocer con la publicación de *Un mundo para Julius*. Desde un primer momento, su primera novela fue elogiada como uno de los retratos más notables de la burguesía peruana y convirtió a Bryce en uno de los escritores peruanos más celebrados. A cuarenta años de la aparición de *Un mundo para Julius*, la novela no solo es un referente indispensable de las letras peruanas, sino también un referente para estudiar la privilegiada existencia de esta clase social y sus modos de entender el imaginario social peruano durante la primera parte del siglo XX.

Gran parte de la crítica existente sobre *Un mundo para Julius* ha centrado su atención en torno a dos elementos que distinguen a toda la obra de Bryce: el gran estilo oral de su escritura y su notable uso del humor. Ambos elementos realzan la calidad del lenguaje narrativo de la novela, al tiempo que le sirven a Bryce para incluir en el relato la figura de un narrador intrépido y mordaz que, buscando la complicidad del lector, participa activamente en los hechos que narra. Locuaz y entrometido, la suya es una mirada que oscila entre una actitud irónica y burlona hacia los personajes de la burguesía y una velada nostalgia por un mundo que conoce desde adentro. Pero tan importante como la voz que informa el relato es el papel que en ella juegan los espacios por los que deambulan sus muchos personajes. Estos constituyen, por un lado, el andamiaje indispensable para la organización interna de la novela; y, por otro, forjan la representación física del mundo de Julius al que alude el título del libro. Así, si *Un mundo para Julius* es una novela de aprendizaje, una parte importante de esa educación estará vinculada al descubrimiento del protagonista de un espacio jerarquizado y vertical de la sociedad peruana de la época.

La novela y sus espacios

Ricardo Gullón ha destacado cómo toda novela es el producto de un espacio inventado en el texto literario. En tanto un producto de la palabra escrita, todo espacio en la ficción es «un espacio cambiante que en la novela desempeña funciones precisas» (244). Ese espacio, dice Gullón, «permite personificarlo, sentirlo como una realidad cuya consistencia varía según quien lo observa o lo vive» (244). Asimismo, Ricardo López-Landy ha definido el espacio en la novela como:

> la totalidad de [un] mundo en donde se sitúan y se desplazan los personajes y en donde acontecen los sucesos imaginarios. El espacio de la novela comprende en sí, tanto el local o escenario físico como también todos aquellos elementos que entran a formar parte de una compleja realidad en determinada obra. El lector podrá discernir, por ejemplo, la atmósfera particular, experimentar el transcurso de un tiempo en la ficción, percibir el movimiento físico de los personajes, e incluso penetrar en el ámbito interior, psicológico, de esos seres imaginarios... (10-11).

Es evidente, entonces, que todo espacio novelesco abarca dimensiones tanto físicas como psicológicas. En *Un mundo para Julius*, dos espacios saltan a la vista en la novela: (1) el espacio general de la sociedad peruana, representado en el espacio externo de la ciudad de Lima; y (2) el espacio interno doméstico de la familia de Julius, donde conviven amos y sirvientes. La interacción de estos espacios, sutilmente yuxtapuestos en el relato, determinará, por un lado, la dinámica interna de la novela; y, por otro, incidirá decididamente en la individualidad de Julius. Dicho en otras palabras, desde su mirada inocente, el descubrimiento de cada uno de estos espacios lo hará tomar conciencia de un orden social creado por sus mayores y que el propio Julius está destinado a heredar.

La trama

La novela narra la vida de un niño de la clase alta desde su nacimiento hasta los once años de edad. Al iniciarse la novela, Susan, la madre de Julius, acaba de enviudar de su padre, un descendiente de la vieja oligarquía peruana. Julius tiene dos hermanos mayores, Santiago y Bobby, y una hermana mayor, Cinthia, quien morirá a poco de iniciado el relato. Poco después, Susan se casará con Juan Lucas, el representante de un nuevo orden económico en el Perú de las décadas de 1940 y 1950. Junto a ellos están los personajes de la servidumbre. Estos provienen de diversos lugares del país, particularmente de la sierra y la selva, y son los seres más cercanos a Julius durante sus primeros años de vida en la mansión limeña. Son ellos con quienes el niño más se identifica afectivamente ante la escasa presencia de sus padres. Entre todos ellos destaca Vilma, la niñera de Julius, por quien el niño siente un afecto especial. Al final del primer capítulo, Vilma es expulsada del ámbito familiar tras ser violada por Santiago. La novela concluye cuando Julius aprende, a través de Bobby, que Vilma se ha convertido en prostituta para poder subsistir. Este hecho no solo acaba con la inocencia de Julius, sino que constituye un doloroso rito de ingreso al mundo adulto al cumplir los once años.

La importancia de los espacios en la novela salta a la vista desde un principio. Los títulos de los cinco capítulos en los que esta se divide —«El palacio original», «El colegio», «Country Club», «Los grandes» y «Retornos»— anuncian una cuidadosa distribución del espacio novelesco. Por cada uno de ellos transcurrirá la vida de Julius a medida que ocurra la transición del mundo de la niñez al mundo adulto. Se trata de espacios y referentes que progresivamente se van ensanchando y señalan una relación física y afectiva del personaje con el mundo en el que le toca vivir. Al mismo tiempo, si *Un mundo para Julius* es el retrato de la clase dirigente peruana de la época, también es la crónica del desarrollo urbano y social de una Lima cuyos espacios físicos se renuevan a medida que el Perú de las décadas de 1940 y 1950 hace su transición de una sociedad patriarcal y agraria, a una sociedad moderna de corte precapitalista e industrial. Sin embargo, esta modernización, lejos de renovar las rígidas estructuras imperantes, preserva un orden social fragmentado y jerarquizado que queda bien ilustrado en la novela de Bryce. Dicho de otra manera, Lima funciona aquí como un escenario compartido por los diferentes actores de la sociedad peruana en un silencioso pero volátil conflicto.

El palacio original

Las primeras páginas de la novela se concentran en la vida doméstica de Julius en una casa llamada «El palacio original», un título irónico que evoca la noción bíblica del «pecado original». Desde un comienzo, el narrador señala la división territorial que gobierna la vida de amos y sirvientes en el palacio. El esplendor de este, donde la carroza del bisabuelo-presidente representa el legado oligárquico de la familia, contrasta en seguida con el comentario del narrador sobre los cuarteles de la servidumbre, pues en medio de la belleza física del palacio, ellos sobresalen «como un lunar de carne en el rostro más bello» (9). Al mismo tiempo, se subraya la curiosidad de Julius por el espacio prohibido de los sirvientes, algo que su madre le impide explorar: «por ahí no se va, darling» (10). El comentario, desde luego, no es gratuito: frívolos e indiferentes a cualquier realidad salvo la suya, los padres de Julius entienden este orden territorial como el estado natural de las cosas. Así, los sirvientes ingresan al espacio de los amos cuando de servirlos se trata, para luego retornar al lugar que les corresponde. El único que cruzará esas fronteras libremente será Julius.

Las primeras páginas de la novela recalcan el lujo físico en el que vive la familia de Julius. El narrador se esmera en presentarle al lector una descripción detallada de los diversos lugares del palacio y de los objetos que lo adornan. La tina de Julius, por ejemplo, «bien podía ser una piscina de Beverly Hills» (11), nos dice, y, aunque los sirvientes comen en la cocina, Julius lo hace en su comedor privado, denominado Disneylandia, un paraíso infantil hecho a su medida. Allí, por cierto, la servidumbre a menudo «venía a acompañar a Julius» (13). Ese no es el caso, claro está, en el comedor principal donde comen los hermanos mayores de Julius, un lugar suntuoso y elegante, adornado por un juego de té y una vajilla de porcelana, con espejos, vitrinas de cristal y alfombra persa (12).

El palacio representa un espacio cerrado. Todo en él busca preservar una existencia de perfecta y armoniosa belleza, donde las facetas más sórdidas del mundo externo, incluida la pobreza, deben permanecer fuera. Pero, a pesar de esta intención, este espacio cerrado tiene sus fisuras y es el fantasma de la muerte el que constantemente se cuela en ese frívolo mundo feliz. La primera vez que se presenta es con la muerte del padre de Julius, cuyo entierro se caracteriza por su sobriedad y elegancia: «se lo llevaron en un Cadillac negro con un montón de negros vestidos como cuando papi iba a un banquete en Palacio de Gobierno» (21). Su muerte supone, además, la ausencia de una figura patriarcal en el espacio familiar y, poco después de su desaparición, un cierto caos reina en el interior del palacio. A sus pocos años, Julius deambula libremente por toda la mansión, al tiempo que los sirvientes aprovechan la ocasión para transgredir sus fronteras. Dice el narrador: «A Susan le molestaba que anduvieran por toda la casa, últimamente se metían por todas partes, entraban en todos los cuartos, eso no pasaba en la época de Santiago» (47).

Es significativo que Julius siempre esté empeñado en deambular por el palacio. En verdad, gracias a su gran movilidad en toda la novela, el narrador escoge cuidadosamente los lugares domésticos que describe, buscando contrastarlos una y otra vez. Del dormitorio de Susan, por ejemplo, adonde Julius acude a despertar a su madre todas las mañanas en compañía de su niñera, comenta lo siguiente: «Para Vilma era un templo; para Julius, el paraíso; para Susan, su dormitorio, donde ahora dormía viuda, a los treinta y tres años y linda» (16). Poco después, ocurre una de las escenas más reveladoras del primer capítulo, la visita de Julius a los cuarteles de la servidumbre: «Minutos después, Julius entró por primera vez en la sección servidumbre del palacio. Miraba hacia todos lados: todo era más chiquito, más ordinario, menos bonito, feo también, todo disminuía por ahí. De repente escuchó la voz de Celso, pasa, y recordó que lo había venido siguiendo, pero solo al ver la cama de fierro marrón y frío comprendió que se hallaba en un dormitorio. Estaba oliendo pésimo [...]» (18). Así, sin que el narrador tenga que ser más explícito, este contraste de espacios deja constancia del lujo en el que viven los amos y la obligada frugalidad de los sirvientes.

La muerte marca nuevamente su presencia con la desaparición de Bertha, el ama de Cinthia. Su entierro contrasta con el funeral del padre de Julius, pues si este salió elegantemente por la puerta principal del palacio, a Bertha, en cambio, se la llevan «por la puerta falsa, bien rapidito, como quien no quiere la cosa» (21). A esa muerte se sumará después la de Cinthia, ante la cual el palacio oscurece de tristeza (59).

Hasta este momento, los sirvientes participan muy de cerca en la vida de Susan y sus hijos. Todo ello cambiará con el arribo de Juan Lucas tras su matrimonio con Susan. Frívolo y caricaturesco, Juan Lucas siempre se siente incómodo e irritado ante la presencia de los sirvientes en el palacio; ellos representan para él el lado sórdido de la realidad peruana, una visión de las cosas que este procura borrar de su mente a toda costa. Juan Lucas restablece el antiguo orden territorial entre amos y sirvientes en el palacio, pero es significativo que, guiados por el afecto hacia Susan y sus hijos, la servidumbre «invada» los espacios de la casa en repetidas ocasiones, no obstante el enfado de Juan Lucas.

El mundo de Juan Lucas tiene su propio espacio privilegiado: el del campo de golf. Juan Lucas representa la renovación del mundo antiguo en la sociedad peruana, vinculado ahora al poder del capital norteamericano. Así, con su arribo aparece también el proyecto de construir una nueva mansión para la familia en «unos terrenos estupendos, no muy lejos de Lima» (97). Este anuncio se ve suspendido, sin embargo, por un incidente al final del primer capítulo: el despido de Vilma de la casa familiar después que Santiago ingresa al espacio de la servidumbre y viola a la niñera de Julius. Aunque Juan Lucas interviene inmediatamente para poner orden y despide a Vilma, su insensibilidad se topa con los reclamos de los sirvientes, quienes, en franca solidaridad con Vilma, cruzan «íntegramente el palacio, desde la cocina hasta la puerta principal» para despedirla (111). Demasiado pequeño aún para entender lo que sucede, la desaparición de Vilma afecta la sensibilidad de Julius y dejará una huella en la memoria del niño, como veremos al final de la novela. De todas maneras, el narrador se esmera en recalcar la sensibilidad de Julius cuando este intenta enviarle una carta a Vilma a su pueblo. El humor inicial del narrador para contar los pormenores de la vida doméstica del palacio se suspende para empezar a dibujar las primeras cicatrices en la vida afectiva del protagonista. Al mismo tiempo, el incidente arriba citado encierra otra advertencia tácita: el hecho de que el privilegio imperante en el mundo cerrado del palacio tiene un contexto mayor en el mundo externo de la sociedad peruana.

El colegio

Si el primer capítulo explora el microcosmos del palacio, el segundo centra su atención en el mundo exterior de Lima. Allí entramos en contacto con el primer gran espacio social de Julius al cumplir cinco años de edad: el colegio. Aunque menos hermético que el mundo del palacio, el colegio es siempre un espacio privilegiado, pues al Inmaculado Corazón asisten otros niños de su misma clase. Como la vida de Julius, el espacio citadino de Lima también es un espacio en transición, de allí que gran parte de lo narrado centre ahora su atención en explorar los diversos espacios de la ciudad y en el acto de construir. La nueva clase dirigente necesita de un espacio propio que la identifique, y la distancie de la vieja clase agraria y patriarcal. Para ello, es necesario convertir los terrenos de viejas haciendas en las afueras de Lima en nuevas zonas residenciales. Allí es donde Susan y Juan Lucas, con la colaboración del «arquitecto de moda» (99), desean construir su nueva casa, «modernísima» y «funcional» (142), en un distrito nunca mejor llamado Monterrico. La nueva casa busca repetir el hermetismo del viejo palacio, manifestado en la insistencia de Juan Lucas de que ella esté rodeada por la vista a un club de golf; este es «como navegar sobre un mar verde, un viaje de placer por un océano que desgraciadamente tenía sus límites: todo el alto cerco alrededor del club» (134). Desde luego, ni el comentario del narrador sobre la obsesión de Juan Lucas con el club de golf, ni la mención del cerco son gratuitos, pues en ese espacio exclusivo vivirá su nueva vida de ocio la burguesía. Pero si esta se renueva, también es necesario renovar los lugares donde educar a sus futuros herederos. Así, pronto aprendemos de la construcción de un nuevo colegio para Julius, en un terreno «inmenso» y «cercado» ubicado «al fondo de la avenida Angamos» (118).

Gracias a su ingreso al colegio, Julius comienza a conocer diversos lugares de Lima y a asociar estos espacios citadinos con el estatus socio-económico de sus compañeros de clase. Así, muy pronto es evidente que la fragmentación social del mundo de los mayores empieza a regir también en el mundo social de los niños. Por ello, son significativos los descubrimientos que Julius hará, primero, de los hermanos Arenas, quienes viven en Chorrillos, un lugar donde «las casas eran viejas y feas y alguien había visto el carro de los Arenas estacionado frente a una casona de adobes» (167), y, más tarde, de la casa de Cano, el niño pobre del colegio. De todo este proceso de renovación urbana de Lima tampoco escapan, por cierto, los sirvientes de la familia de Julius. Si los ricos tienen nuevos espacios en la ciudad, los más pobres también encuentran los suyos en los espacios más marginados de la misma. Así, el narrador comenta la aparición de las primeras barriadas que funcionan en terrenos invadidos. Allí viven Celso y Daniel, los mayordomos de la casa de Julius; pero, a diferencia del arquitecto de moda que «construye» la casa de la familia, Celso y Daniel solo «edifican» (246) con manos propias sus «casuchas de esteras y latones» (145).

COUNTRY CLUB

Establecidos los nuevos espacios urbanos en que vivirá la familia de Julius, esta abandona el palacio mientras se construye la nueva casa y se refugia en el hotel Country Club en el tercer capítulo de la novela. El Country Club es un espacio de transición durante las vacaciones de verano. Allí Julius cumplirá ocho años, al tiempo que experimenta un contacto mayor con el mundo externo. En el Country Club descubre, por ejemplo, los ritos del amor juvenil, gracias a los adolescentes del barrio Marconi. Sin embargo, frente a este mundo de ocio, está siempre el mundo de la clase trabajadora que labora en el gran mundo de la ciudad. En tal sentido, resultan cruciales los diversos viajes que hace Julius por Lima. Uno de ellos tiene lugar el día de su cumpleaños cuando Arminda, la lavandera, visita a la familia en el hotel con el fin de llevarle un regalo y entregar las camisas de Juan Lucas. Para hacerlo, Arminda realiza un largo viaje en micro desde La Florida, en el Rímac, hasta San Isidro. Su viaje de ida en un ómnibus repleto de gente ocupa largas páginas en la novela y se caracteriza por una densidad psicológica que subraya el enorme esfuerzo físico que la mujer lleva a cabo para cumplir con sus patrones. También sirve para contrastar, una vez más, los espacios en los que viven amos y sirvientes. La vieja Lima se muestra como un espacio poco hospitalario para los más humildes, una ciudad «llena de edificios enormes, altísimos, desde donde la gente se suicidaba, amarillos, sucios, más altos, más bajos, más modernos, casas viejas y luego puro asfalto de las pistas de la avenida Abancay, tan ancha, de las veredas puro cemento, y sin bancas» (250-251); vale decir, un lugar deteriorado y hostil, que destruye la humanidad de quienes menos tienen. Sin embargo, esta imagen desaparece conforme Arminda se acerca al mundo de sus amos: «a medida que el ómnibus se iba acercando a San Isidro, la cosa se iba poniendo cada vez más bonita, había más y más árboles, y las casas embellecían gradualmente hasta convertirse en palacios y castillos» (253). Nunca es más obvia, entonces, la intención de ilustrar las desigualdades de la sociedad a través de los contrastes de la ciudad. De allí, también, la importancia del viaje de vuelta a la casa de Arminda en el Rímac, acompañada por Julius y su chofer:

> Sentado adelante, al lado de Carlos, seguía con gran atención el camino que llevaba desde San Isidro hasta La Florida [...]. Julius ni cuenta se dio de que habían encendido la radio; llevaba un buen rato dedicado a mirar cómo cambia Lima cuando se avanza desde San Isidro hacia La Florida. Con la oscuridad de la noche los contrastes dormían un poco, pero ello no le impedía observar todas las Limas que el Mercedes iba atravesando, la Lima de hoy, la de ayer, la que se fue, la que debió irse, la que ya es hora de que se vaya, en fin, Lima. Lo cierto es que, de día o de noche, las casas dejaron de ser palacios o castillos y de pronto ya no tenían esos jardines enormes, la cosa como que iba disminuyendo poco a poco. Había cada vez menos árboles y las casas se iban poniendo cada vez más feas, menos bonitas [...] (264).

La escena alcanza su momento más dramático cuando Julius vomita a poco de entrar en la humilde choza en la que vive Arminda, asqueado por lo que encuentra en un mundo que desconoce.

Los grandes

En el cuarto capítulo de la novela, Julius regresa a un mundo más familiar: el del colegio. Los episodios que vive al retornar al Inmaculado Corazón no hacen sino confirmar su intuición de un mundo social rígidamente estratificado. Julius es ahora uno de «los grandes» y su gran sensibilidad se perfila con más claridad. Aunque el protagonista conserva una capacidad de interacción con otros niños de su clase, su solidaridad con otros compañeros que no gozan de todos sus privilegios también se acentúa. De hecho, el magistral humor que Bryce utilizó en el segundo capítulo para describir las relaciones entre los niños en el colegio reaparece ahora para matizar la individualidad de cada uno de ellos. Los «grandes» tienen ahora una mayor conciencia de sus diferencias físicas y sociales y cada uno de estos rasgos anuncia su personalidad adulta. Por ejemplo, frente a la prepotencia de Fernandito Ranchal (cuyo padre es amigo de Juan Lucas), está la figura de Cano, un niño solitario que siempre es el objeto de burla de sus demás compañeros. Julius, sin embargo, siente hacia él una simpatía especial y, guiado por su interminable curiosidad, acudirá a su casa a visitarlo. Julius va en busca de este nuevo espacio doméstico intuyendo que arribará a uno diferente del suyo y, una vez en casa de Cano, el lugar confirma todas sus sospechas: Cano no vive en una mansión como sus demás compañeros, sino en «una casona vieja de Miraflores» (385) y la fealdad de su viejo dormitorio le recuerda los cuarteles de los sirvientes en el palacio. Así, si otros personajes infantiles del colegio se muestran como individuos que reproducirán más tarde el mundo de sus padres, Cano, en cambio, se muestra ya como un futuro *outsider* de la sociedad.

RETORNOS

El último capítulo, titulado «Retornos», marca el regreso al nuevo mundo doméstico con la instalación de la familia en el «nuevo palacio» (424). En él reaparecen figuras cruciales en la vida afectiva de Julius en su infancia como Cinthia, Bertha y Vilma, todas ellas instaladas en el espacio de la memoria del protagonista.

Construido al gusto de Juan Lucas, el nuevo palacio constituye la prueba más palpable de su flamante estatus social de nuevo rico, gracias a su matrimonio con Susan. La modernidad de la nueva casa representa un calculado esfuerzo para apartar a la familia del mundo exterior. Por ello, la nueva casa está rodeada de un idílico campo de polo y en ella Juan Lucas ha hecho instalar un «techos mata-ruidos» (424) para garantizar su hermetismo. Al contemplarla toda, Juan Lucas confirma que «la vista hacia el interior del palacio era... tan bella como la vista hacia el exterior» (424). Esta perfección estética y arquitectónica se complementa con la nueva demarcación de los territorios domésticos entre señores y sirvientes. Juan Lucas ve con agrado el confinamiento de los sirvientes en sus nuevos cuarteles, los cuales poco o nada le interesa visitar. Dice el narrador: «Una vez Juan Lucas había pasado por ahí afuera, por ese corredor, cuando el arquitecto de moda insistió en mostrarle la sección servidumbre, primero, y luego esta otra sección, tres cuartos alineados a lo largo de un corredor que terminaba en una puerta cuya belleza anunciaba el lujo de la sección familiar del palacio» (441-442).

El empeño del narrador por mostrar todos estos nuevos espacios sugiere el carácter invulnerable del orden existente, siempre frívolo e insensible. Pero, a pesar de su calculado esfuerzo por aislarse del mundo de la pobreza, Juan Lucas nunca podrá controlar, en cambio, la llegada de la muerte al nuevo palacio. Esta vuelve a presentarse con la muerte de Arminda, un hecho que ahora tiene una trascendencia mayor. Julius, quien ha cumplido ya diez años y recuerda el entierro de Bertha y la manera rápida en que esta fue sacada por la puerta falsa del antiguo palacio, busca ahora hacerle justicia a uno de los seres que más quiere. Por ello, burla cuidadosamente todas las órdenes impartidas por Juan Lucas para sacar el cuerpo de Arminda por el corredor de la servidumbre y fragua todo un plan para hacer que su cadáver salga por donde se merece: por la puerta principal de la residencia. El silencioso gesto guarda una gran carga latente, pues este pasaje marca la primera trasgresión del espacio entre amos y sirvientes que tan celosamente defiende Juan Lucas en la nueva casa. Al mismo tiempo, señala el primer acto de rebeldía de Julius frente a su padrastro.

El fin de la infancia y un final abierto

Aunque Julius sale triunfador en esta empresa, poco podrá hacer, en cambio, contra el golpe que supone para su aun tierna psicología el «retorno» de Vilma por boca de Bobby y la revelación de que su ama es una prostituta. La novela adquiere un marcado tono psicológico hacia el final del relato, mostrando la devastadora repercusión que la noticia tiene en el espacio afectivo del protagonista. El bello entorno físico del nuevo palacio se convierte en un referente secundario, incapaz de defenderlo contra la realidad existente en el mundo exterior: «Vilma fue puta mucho más grande, como si el globo enorme y monstruoso hubiera seguido inflándose hasta desbordar el palacio para perseguirlo por las calles de San Isidro, de Miraflores, de Lima, del mundo entero [...]» (536). Por un momento, Julius intenta un último refugio en el espacio íntimo de su habitación, «tirado en su cama, con el dormitorio a oscuras y la puerta bien cerrada» (538). Pero las fronteras del paraíso de la niñez muestran su vulnerabilidad y se derrumban de golpe. Se trata de una dolorosa salida del inocente mundo de la niñez y un ingreso abrupto al duro mundo adulto, un hecho que dejará en el niño una herida cuya cicatriz llevará para siempre y que se resume en las palabras finales de la novela: «Pero entre el alivio enorme que sintió y el sueño que ya vendría con las horas, quedaba un vacío grande, hondo, oscuro... Y Julius no tuvo más remedio que llenarlo con un llanto largo y silencioso, llenecito de preguntas, eso sí» (540).

El final abierto de la novela coloca al lector en la disyuntiva de especular sobre el futuro que le espera en la sociedad peruana a este memorable personaje. Julius está destinado a heredar el mundo de sus mayores, aunque es evidente que ser parte de él implica existir en un mundo caduco y decadente. Al mismo tiempo, todas las exploraciones que Julius emprende en el relato denotan un inteligente y calculado uso del espacio en la novela para ilustrar el descubrimiento de ese mundo lleno de fisuras. Así, es obvio que el desarrollo de la novela, carente de grandes acontecimientos en la trama, se apoya en un calculado juego de contrastes físicos que, a la postre, guardan una reveladora carga psicológica en la experiencia vital de Julius. Asfixiantes para el protagonista, todos los espacios expresan la verticalidad de un sistema que, en última instancia, hace de él un marginado en su propio mundo. La maestría de Bryce para ilustrar este dilema irresuelto en la sociedad peruana, matizada por una ironía que se torna agridulce al final de relato, es acaso uno de los secretos de la vigencia de esta gran novela. En ella, los nuevos lectores de Bryce encontrarán todavía los ecos de una sociedad poco democrática; pero también una capacidad para retratar, tanto a víctimas como a verdugos, con una voz tierna y un humor que revela un mundo que está destinado a desaparecer.

Un mundo para Julius es un libro rico en matices, que retrata con creces las virtudes y flaquezas de la vida nacional peruana de una época. Pero, gracias al enorme talento de Bryce y la gran humanidad de su protagonista, es un libro que, desde su ya lejana aparición hace cuatro décadas, llegó para quedarse.

Obras citadas

Gullón, Ricardo. «Espacios novelescos». *Teoría de la novela.* Germán Gullón y Agnes Gullón, eds. Madrid: Taurus, 1974: 243-265.

López-Landy, Ricardo. *El espacio novelesco en la obra de Galdós.* Madrid: Ediciones de Cultura Hispánica, 1979.

Un niño fuera de lugar

Jorge Eslava

Tal vez el signo esencial de los personajes de Bryce Echenique sea su desacuerdo con la realidad; ser alguien descolocado pero encantador, entre desventurado y gracioso, bien por detenerse en el sitio inadecuado o bien por colgarse del momento inoportuno. Su singularidad reside en sobrellevar con elegancia este disloque existencial —como ocurre con Manolo, Martín Romaña o Pedro Balbuena, sus más entrañables protagonistas— que ha llevado a Alfredo Bryce Echenique a decir de sí mismo: estar «siempre entre dos sillas con el culo en el suelo». Y qué regocijo celebrar ahora la publicación de *Un mundo para Julius* que, en concordancia a su desajuste interior, motivó hace cuarenta años reacciones divergentes en la crítica nacional: es una revolucionaria novela antioligárquica; no, es el canto del cisne de una casta aristocrática; que no, es la memoria nostálgica de un caballero agonizante. Tuve el privilegio de leerla en ese lejano año 1970, como estudiante de colegio y bajo el cielo de una Lima tan semejante a la novela y tan disimulada también, que me produce hoy un gratificante placer estético y una nueva perspectiva de su inestimable dimensión social.

La mirada punzante que se aplica en *Un mundo para Julius* a una ciudad castigada y presumida, con complejo de país, tiene un primer vínculo en el libro precedente de Bryce Echenique, el extraordinario *Huerto cerrado* (1968) —volumen poco difundido, insuficientemente estudiado— que constituye el punto inaugural de un estilo marcado por una vocación retrospectiva y sentimental, donde el discurso narrativo adquiere la gracia palpitante de la oralidad. *Huerto cerrado* es un conjunto de doce cuentos enhebrados por un protagonista afectuoso —Manolo, alter ego del autor— y cuya composición literaria no exhibe los rigores técnicos de los escritores de finales del sesenta. La escritura se complace, más bien, en una dispersión de procedimientos narrativos y de variada tesitura. Hay algo de juego, de tanteo que corresponde a los modelos literarios del entonces novel escritor.

Mientras el punto de vista y la dicción en *Huerto cerrado* lucen autónomos, la organización de los relatos sí obedece a una estructura lógica temporal; salvo el primer relato que escapa a este orden cronológico, los demás corresponden al crecimiento del protagonista, que va de los doce o trece a los veintitantos años, situándose próximo a una novela de aprendizaje. Y para que no queden dudas de estos ensayos previos, en las páginas de *Un mundo para Julius* se alude a un cuento de *Huerto cerrado*, en el que descubrimos los inocentes besos de Manolo y Cecilia. Considerando los dos años que separan el primer del segundo libro de Bryce Echenique e invirtiendo nuevamente la cronología, pues el protagonista de la novela cruza su infancia y se detiene en el umbral de la pubertad, donde nace precisamente el personaje Manolo, podría afirmarse que *Un mundo para Julius* representa la primera estación fracturada de una experiencia vivencial y literaria del autor.

Alfredo Bryce Echenique ha manifestado en una conferencia ofrecida en el Departamento de Español de la Universidad de Texas, en Austin, el 30 de noviembre de 1982, que esta novela «trazaba un retrato de la oligarquía del mundo en que yo había vivido...» y que en ella se imponía una idea artística persistente: su fascinación por la oralidad. «Yo creo que los peruanos son maravillosos narradores orales», ha explicado, «que son seres que reemplazan la realidad, realmente la reemplazan, por una nueva realidad verbal que transcurre después de los hechos». Conquistados el contenido y la forma de expresarlo —es decir, la oligarquía y el prodigioso lenguaje oral— Bryce Echenique ha tenido la prerrogativa de reconstruir el paraíso de una infancia lejana y de discernir el minucioso desmoronamiento de su inocencia. Y lo ha escrito con cautivante ternura y humor, atento a la voz descomedida de una tercera persona que, aunque se cruce la mirada de Julius y provoque giros a una segunda persona, no pierde el ánimo de descubrir que aquel paraíso de los más ricos era el infierno de los más pobres.

UNA CIUDAD DE PALACIOS Y BARRIADAS

El espacio es un aspecto decisivo en *Un mundo para Julius*, pues la ciudad de Lima representa el gran marco de sus referencias. En un artículo de 1953, Julio Ramón Ribeyro afirmaba que no se había escrito una novela centrada en Lima y que explotara además su dramatismo con eficacia artística y fibra ideológica. Aunque significó una advertencia acertada, sería arriesgado atribuirle al artículo una segura influencia literaria, pues apenas un año después aparecían los relatos que caracterizan a la Generación del 50. Muy poco tiempo para asimilar social y artísticamente una propuesta, pero que desvelaba una atmósfera común de reflexión en un grupo de escritores alrededor de las fracturas y pugnas de nuestra capital. La novela de Bryce Echenique se publica cuando parece consolidada una forma de retratar Lima y se tiene cartografiado un mapa social con su respectivo sistema de valores. En este sentido conviene mencionar los relatos de *Los gallinazos sin plumas* (1955), de Julio Ramón Ribeyro, que muestran la cara más pauperizada de la ciudad, junto con las crispadas narraciones de *Lima, hora cero* (1954) y de la novela *No una, sino muchas muertes* (1958), de Enrique Congrains Martin.

En la década de 1960, la exploración de la capital se intensifica con la poderosa prosa de Oswaldo Reynoso en *Los inocentes* (1961) —Arguedas se apresuró en calificarlo como «el narrador de un nuevo mundo», en mérito al registro brutal que hace de una generación de adolescentes urbanos marginales— y posteriormente en su primera novela *En octubre no hay milagros* (1966) y su parábola *El escarabajo y el hombre* (1970). En estos tres escritores es indudable cierta afinidad ideológica y estética, expresada en un acercamiento dramático a la realidad. La actitud en ellos es doliente y escéptica, dueña de un lenguaje narrativo austero y devastador, con utilización de procedimientos que examinan el rostro bohemio, réprobo y clandestino de la clase media limeña. Constituyen buenos ejemplos las novelas *La ciudad y los perros* (1963) y *Los cachorros* (1967), de Mario Vargas Llosa, y *Los geniecillos dominicales* (1965), de Julio Ramón Ribeyro.

Como es evidente, *Un mundo para Julius* aparece en un momento en que existe una significativa producción narrativa sobre Lima, que ya entonces se presenta como una ciudad desbordada y caótica, desamparada en medio de resabios palaciegos y cinturones de miseria. En estos espacios de representación, con sus propios dramas sociales, se imponen diversas visiones que subrayan lo ideológico. En este punto, la novela de Bryce Echenique realiza un aporte artístico notable: diseña una casta oligárquica que se halla, además, en tránsito hacia una modernizada condición social. La muerte del padre de Julius simboliza, más que una tragedia familiar, el pretexto para iniciar el desplazamiento de los sectores aristocráticos de la sociedad limeña, protectora de un estilo patriarcal, a una forma de vida altamente burguesa, de naturaleza más superficial y pragmática. Alejado del sarcasmo y de la emoción vanguardista de *Duque* (1934), de José Diez Canseco, su más conspicuo antecedente, *Un mundo para Julius* ingresa de manera precursora y exitosa al mundo fastuoso de la sociedad burguesa e industrial, con sus personajes impolutos y sus zonas de convivencia.

De los cinco capítulos en que se divide la novela, los tres primeros ponen de relieve la gravitación espacial de la historia: «El palacio original», «El colegio» y «Country Club». Desde estos ambientes privilegiados de socialización es que el narrador despliega la valoración de los demás estratos sociales, apelando a comparaciones y contrastes, casi nunca complacientes, en una visión sesgada que respeta fundamentalmente un desarrollo argumental sin sobresaltos temporales. Los matices de humor y afectividad le permiten al narrador mezclar su subjetividad al mismo nivel de la subjetividad de los personajes poderosos, creando un clima de solidaridad y cuestionamiento. Ambos rasgos producen un aire de complicidad orientado a involucrar al lector.

Cada uno de los compartimentos de la novela: «El palacio original», «El colegio» y «Country Club» aparecen relacionados entre sí y designan lugares que transmiten prestigio social y que tienen a su vez un ejercicio formativo de socialización. Dentro del mundo de la historia, que abarca los primeros años de la educación sentimental de Julius, es interesante distinguir el funcionamiento de estos espacios educativos y las normas de conducta que impone. Constituyen implacables recintos institucionales de jerarquía y poder. El colegio de *Un mundo para Julius* no es la escuela castrense, de ritos bárbaros y crueles, ni el escenario público de las rebeliones nerviosas e inútiles de los estudiantes que ocupan a Vargas Llosa en *La ciudad y los perros* y «Los jefes», respectivamente. Tampoco es el seminario de disciplina clerical que exaspera a los personajes juveniles de *El viejo saurio se retira* (1969), de Miguel Gutiérrez. El colegio que acoge a Julius no parece sobrellevar conflictos en la difícil relación de autoridad y estudiantes, pues el poder se ejerce con excesiva cordialidad y debido a interesadas prebendas económicas. Es tan diáfano como su nombre que el Inmaculado Corazón es un colegio religioso, regentado por monjas cristianas venidas de Norteamérica, cuya principal preocupación es aglutinar a hijos de familias provenientes de un mismo estrato social y económico. Lo dice explícitamente el narrador: «Lima crecía y se merecía colegios americanos de primera, donde los niños aprendieran bien el inglés y se encontraran con otros niños como ellos, donde se supiera siempre que fulanito es hijo de menganito y que pertenecemos a una clase privilegiada» (150).

Mirar la educación

En *Un mundo para Julius* la función del Colegio Inmaculado Corazón es educar de acuerdo con el nivel económico más alto y en armonía con valores cristianos como la solidaridad y la compasión que, dirigidos a otro nivel de la pirámide social, tienden a ser bastante ambivalentes. Es el caso del desatendido alumno Cano, niño desclasado y burlado por todos sus compañeros, quien con los puños deshilachados se convierte en el único amigo del solitario Julius. Este trato diferenciado de la caridad institucional se hace también notorio en el episodio del Colegio Belén de Chosica, cuando los menesterosos asistidos por las monjas con puntualidad compasiva producen en ellas desprecio y desconfianza: «lo único era que la madre no había querido dejarlo irse solo, les tenía miedo a los mendigos; entonces, ¿para qué les daba de comer si eran tan malos?» (78).

La caracterización de las educadoras religiosas es por momentos burlesca, cuando por ejemplo se deja ver el deseo de medrar a través de engaños a los estudiantes con el fin de obtener donaciones para la construcción de un nuevo local en la avenida Angamos. En un episodio de la novela, las madres realizan una competencia, en la formación de estudiantes, para incentivar que las filas ofrezcan más dinero. La escena resulta festiva y despreocupada, los alumnos se alborotan ante el beneplácito de la madre superiora, quien disimula la impaciencia entre el buen humor y la sonrisa forzada si no entregaban el dinero previsto: «y quedaban aún esperanzas para las otras filas, quedaban esperanzas porque sabían que tenían algunos billetes, sus papis comprendían lo importante que era eso, que sus hijitos quedaran bien con las monjitas, con las misiones, sus papis les vaciaban la billetera y ellos todavía no la habían vaciado, bien vivos eran, se guardaban para las finales» (375).

La mirada sarcástica al doblez de la educación religiosa se ve atenuada por la rectitud del comportamiento de Julius, nuevamente un personaje insular, quien con sus valores cristianos se opone drásticamente a su padrastro Juan Lucas. Este *pater familias* que hace suspirar a «Susan, linda» y provoca admiración en los hijos mayores —no en Cinthia, sacrificada por el narrador para contrastar más la relación—, procede como un intruso en el orden familiar, por su conducta siempre cínica y prepotente. Podría entenderse que no es equivocada la doctrina religiosa, sino la conducta de sus fieles, aunque el riesgo sea también pecar por exceso: la «cucufatería», ese puritanismo exacerbado que la novela se encarga de caricaturizar en la tía «Susana la horrible». Es poco lo que puede ofrecer la comunidad educativa en la formación de los alumnos, alentada por las religiosas como maneras suaves y femeninas de comportamiento. En este colegio los niños parecen subordinados a una prédica católica, que los obliga a oscilar entre la integridad y la pacatería, valores abiertamente destruidos fuera del colegio.

Las educadoras laicas soportan otro nivel de desprestigio. La profesora de castellano es «bien huachafa» (163), muchacha de gusto extraviado, cabellera rojiza y traje de tafetán celeste bajo la cual lleva una chompa rosada. Cada vez que la menciona, el narrador utiliza un epíteto como si colgara el sambenito: «la habían visto con su novio por la avenida Wilson» (163). La otra profesora es Julia, ocupada en dar clases particulares en las casas. Ella luce una maraña de vellos en los brazos y las piernas, trabaja con un método anticuado y represor —obliga a memorizar las lecciones a coscorrones— y es también un personaje que desencaja en el fastuoso escenario de la novela. No por azar se llama Julia, en oposición a Julius:

> Nada tenía que ver todo eso con su mundo de eterna estudiante de la Facultad de Educación de la cuatricentenaria Universidad Nacional Mayor de San Marcos [...]. Mucho menos con su mundo de profesora de Gran Unidad Escolar [...]. Nada que ver tampoco con su mundo de clases de castellano y reglas de gramática. ¿Acaso sabían esas infelices lo que quería decir sintaxis o prosodia?, ¿o quién era Rubén Darío?, ¿o quién había sido el poeta de

> América? Ella, en cambio, era el más delicado producto del *Manual* de Carreño, sabía decir «provecho», cuando veía a alguien comiendo y, lo que es más, responder «servido», cuando alguien le decía a ella «provecho» (81).

Bajo la mirada del narrador, los profesores son también despreciados, retratados con crueldad más por su apariencia menesterosa que por su formación académica. De manera que el verdadero aprendizaje parece situarse en otra esfera, lejana del colegio y de los agentes de la educación institucionalizada. Ese espacio que irradia el «buen ejemplo», el código de lo exitoso y lo masculino es el reino de Juan Lucas, hombre de gustos refinados y gestos contenidos, aunque matizados por la viveza criolla y el desfogue grosero: «Juan Lucas, bromeando, le preguntó si tenía alguna queja que darle sobre la conducta de su hermano Bobby. Julius le dijo que ninguna y el golfista celebró eso porque solo los mariconcitos, los tontos pollas y los cipotes se quejaban de sus hermanos o de sus amigos» (355).

Los valores que restriega el padrastro en el rostro de todos son la virilidad, el refinamiento y el ocio; cuya mezcla dosificada se convierte en el dulce brebaje para ascender en la vida. El diálogo de un grupo de muchachos en el restaurante Aquarium, que observa cenar a Juan Lucas, junto con Susan y Julius, resulta revelador por cómo conciben subyugados la vida de Juan Lucas, pues ellos son en potencia «otros Juan Lucas», como señala el narrador. A donde va, este personaje demuestra ostentar sus dominios sujetos a un meticuloso control: así como posee negocios altamente rentables, disfruta de un remanso de placer en el Country Club. Espacio donde brilla como animador de las francachelas con los amigotes y sobre todo como empedernido jugador de golf: «Todo marchaba nuevamente sobre rieles. [...] La verdad es que estaba satisfecho con el giro que habían tomado las cosas durante su ausencia. Le molestaban dos o tres huelgas que se anunciaban. Pero, en fin, eso era Lima. El secreto está en transportar cualquier problema, cualquier disgusto, a un campo de golf: ahí alcanza su verdadera e insignificante dimensión» (91).

Las presencias femeninas

Si los espacios de socialización instauran sus propias verdades y sus propias jerarquías, aún más poderosas que las que enseñan la escuela, podrá entenderse por qué los personajes que no tienen cabida en este círculo lujoso reciben un destino predeterminado. Y en esta estructura autoritaria y opresiva la carga más cruel es la que padecen los personajes populares; en particular las mujeres. Las de clase alta florecen angelicales, investidas de luz; mientras las populares son mujeres carnales, hundidas en la sombra. Sucede con el personaje Maruja, «un lomazo» (450) que seduce al hermano adolescente de Julius, pero que confrontado con su ex enamorada resulta banalizada y sin encanto. Maruja es buena y tiene un cuerpo tentador, pero Bobby se avergüenza de ella y mantiene un romance clandestino. Si bien hace esfuerzos por perder la cabeza y no verse vulnerado por las aversiones de su clase social, no lo consigue: «eso podría ser el amor», se dice, «eso podría ser el amor, porque es pobre pero honrada, pero después pensó en Juan Lucas pidiendo la mano de Maruja y de pronto se descubrió prestando verdadera atención a sus palabras», para concluir que esa chica era una «¡huachafa de mierda!» y que su hermano Santiago «ya se la hubiera tirado» (451-452).

Aún en la representación de los cuerpos, la novela se encarga de realizar una oposición interesante. En la fiesta infantil de los terribles hermanos Lastarria, Vilma, el ama de Julius se observa ante el espejo. En un espacio abierto y expuesto a la evaluación de otras miradas, el discurso del narrador alterna tres enfoques reveladores:

> [...] Vilma que se contempla en el inmenso espejo que cubre toda una pared: es guapa, por eso le gusta a Víctor, le queda bien su moño y qué exacto término medio el de

> esos tacos, ni altos porque irían contra el uniforme y la señora no lo consentiría, ni bajos tampoco, casi no se nota que son altitos, y sin embargo le tornean las piernas, los senos están bien marcados bajo lo blanco, la tela ayuda, se muestran bien y el cinturón marca la cintura, las caderas son anchas, fuertes, están buenas... Desde el otro lado del comedor, la señora la está mirando, conversa de otra cosa pero la está mirando: Tremendo el Víctor, es guapa la chola, medio gordona pero guapa, el pelo es ordinario pero es guapa, las piernas bien formadas, es robusta, ya tiene años cuidando a Julius, desde que nació, es guapa, es pretenciosa, cómo se mira, yo soy fea, guapa la chola, pobre... Y el zamarro del Víctor, tumbarla, tumbarla y guiñaditas; se estaba comunicando por el espejo con Vilma (33-34).

Esta evaluación descarada no se realiza frente a la desnudez de Susan, quien, en el espacio íntimo del baño y mientras rumia el despido de Vilma, solo se ofrece ante su propia mirada y el narrador transmite su deleite valorativo con pudoroso *glamour*:

> Susan tomaba feliz una ducha deliciosa. A veces Julius llegaba por esas zonas y escuchaba la voz de su madre pidiéndole una toalla. Corría a alcanzársela y veía aparecer tras la cortina, entre humo, entre vapor, el brazo de su madre que cogía la toalla tarareando. [...] Se ocupaba entonces de su cuerpo con el jabón más fino del mundo y era tanto placer comprobar cómo seguía siempre linda; después, mientras se secara, comprobaría una vez más en el espejo que aún podría hacer una escena de desnudo en una película, Vilma también, qué pena, qué pesadilla, pobre Vilma podría hacer una buena escena, medio calata, la chola, en una película mexicana, las artistas mexicanas son más llenitas, como Vilma, pobre, Juan Lucas va a deshacerse de ella, pobre Julius (108).

De modo que el *fatum* social resulta inexorable: adonde están condenadas las mujeres humildes es a la servidumbre, la mediocridad o el meretricio. El caso de Vilma representa el más impiadoso de la novela, pues el ama de Julius, el personaje más vinculado a su infancia, termina prostituyéndose como lo confiesan las páginas finales de la novela, luego de haberse escamoteado como dato escondido —en las preguntas insidiosas de Bobby— para estallar en una revelación abrumante para Julius. El lector podría haber olvidado, a esas alturas, que Vilma fue víctima de una agresión y que su despedida fue una decisión a todas luces arbitraria. Esta hebra de la novela evidencia un acto de injusticia, aunque la denuncia se manifieste es muy endeble. No olvidemos que *Un mundo para Julius* muestra una Lima de mediados del siglo pasado, marcadamente conservadora.

La subjetividad del narrador se advierte también en la forma de retratar la conducta y los amoríos de los sirvientes, siempre folletinescos y torpes, cargados de un dramatismo impostado. Incluso los parlamentos de los sirvientes se prestan para acentuar los rasgos humorísticos, debido a los deslices lingüísticos que cometen —en términos como *respetación, hayga, tasi, lebidinoso*— o a la pretensión de hablar de un modo que no les corresponde: «Nuevamente participaba Julius en conversaciones en que los sirvientes se hablaban de usted y se decían cosas raras, extrañas mezclas de Cantinflas y Lope de Vega, y eran grotescos en su burda imitación de los señores, ridículos en su seriedad, absurdos en su filosofía, falsos en sus modales y terriblemente sinceros en su deseo de ser algo más que un hombre que sirve una mesa y en todo» (226).

Lo que resulta muy conmovedor en este montaje fastuoso de personajes extravagantes, es el vínculo profundo de Julius con su hermana Cinthia. Primero el contacto diario con ella y luego las cartas que escribe constituyen una verdadera educación sentimental, una considerada aproximación al mundo verdadero. Sin ella, la soledad del protagonista podría compararse a una fortaleza vacía, mezcla de orfandad y temperamento aislado, donde una corte de personajes respira, agoniza y muere sin conseguir impregnarle sus estados de ánimo.

Aunque atenuada, es dolorosa la cadena de sucesos infaustos que cercan al protagonista: el fallecimiento del padre, el despido de Vilma, la salida de Nilda, la muerte de Arminda. Pero ni júbilo ni consternación parecen agitar su espíritu indolente. Por eso Cinthia pudo haber significado el punto de equilibrio, la elección oportuna en esta preciosa prueba de valores. Nos apena imaginar que el «llanto silencioso, llenecito de preguntas» de Julius, al final, no es más que una grieta oscura entre el alivio y el sueño reparador. ¿Será en el futuro, como sus hermanos, un remedo de Juan Lucas? ¿Tendrá razón el libro al advertir desde el epígrafe: «Lo que Juanito no aprende, no lo sabrá nunca Juan»? Es el gran misterio que nos abre esta novela prodigiosa, pero nos deja la silueta de un niño orejón con los brazos pegados al cuerpo y el horizonte de un mundo ostentoso e indigno. Un cuadro imborrable en la memoria de nuestra historia y de nuestra mejor literatura.

UN
MUNDO
PARA
JULIUS

A Maggie

«Lo que Juanito no aprende, no lo sabrá nunca Juan».

REFRÁN ALEMÁN

«Raza de Abel, raza de los justos, raza de los ricos, qué tranquilamente habláis. Es agradable, ¿no es cierto?, tener para sí el cielo y también al gendarme. Qué agradable es pensar un día como su padre y el padre de su padre...».

JEAN ANOUILH,
Médée, Nouvelles Pièces noires.

El palacio original

I

¿Recuerdas que durante los viajes a los que nos llevaba mi madre, cuando éramos niños, solíamos escaparnos del vagón-cama para ir a corretear por los vagones de tercera clase? Los hombres que veíamos recostados en el hombro de un desconocido, en un vagón sobrecargado, o simplemente tirados por el suelo, nos fascinaban. Nos parecían más reales que las gentes que frecuentaban nuestras familias. Una noche, en la estación de Tolón, regresando de Cannes a París, vimos a los viajeros de tercera bebiendo en la pequeña fuente del andén; un obrero te ofreció agua en una cantimplora de soldado; te la bebiste de un trago, y enseguida me lanzaste la mirada de la pequeñuela que acaba de realizar la primera hazaña de su vida... Hemos nacido pasajeros de primera clase; pero, a diferencia del reglamento de los grandes barcos, aquello parecía prohibirnos las terceras clases.

ROGER VAILLAND, *Beau masque*

Julius nació en un palacio de la avenida Salaverry, frente al antiguo hipódromo de San Felipe; un palacio con cocheras, jardines, piscina, pequeño huerto donde a los dos años se perdía y lo encontraban siempre parado de espaldas, mirando, por ejemplo, una flor; con departamentos para la servidumbre, como un lunar de carne en el rostro más bello; hasta con una carroza que usó tu bisabuelo, Julius, cuando era presidente de la República, ¡cuidado!, no la toques, está llena de telarañas, y él, de espaldas a su mamá, que era linda, tratando de alcanzar la manija de la puerta. La carroza y la sección servidumbre ejercieron siempre una extraña fascinación sobre Julius, la fascinación de «no lo toques, amor; por ahí no se va, darling». Ya entonces, su padre había muerto.

Su padre murió cuando él tenía año y medio. Hacía algunos meses que Julius iba de un lado a otro del palacio, caminando solito cada vez que podía. Se escapaba hacia la sección servidumbre del palacio que era, ya lo hemos dicho, como un lunar de carne en el rostro más bello, una lástima, pero aún no se atrevía a entrar por ahí. Lo cierto es que cuando su padre empezó a morirse de cáncer, todo en Versalles giraba en torno al cuarto del enfermo, menos sus hijos, que no debían verlo, con excepción de Julius, que aún era muy pequeño para darse cuenta del espanto y que andaba lo suficientemente libre como para aparecer cuando menos lo pensaban, envuelto en pijamas de seda, de espaldas a la enfermera que dormitaba, observando cómo se moría su padre, cómo se moría un hombre elegante, rico y buenmozo. Y Julius nunca ha olvidado esa madrugada, tres de la mañana, una velita a Santa Rosa, la enfermera tejiendo para no dormirse, cuando su padre abrió un ojo y le dijo pobrecito, y la enfermera salió corriendo a llamar a su mamá, que era linda y lloraba todas las noches en un dormitorio aparte para descansar algo siquiera, y decirle que ya todo se había acabado.

Papá murió cuando el último de los hermanos en seguir preguntando dejó de preguntar cuándo volvía papá de viaje, cuando mamá dejó de llorar y salió un día de noche, cuando se acabaron las visitas que entraban calladitas y pasaban de frente al salón más oscuro del palacio (hasta en eso había pensado el arquitecto), cuando los sirvientes recobraron su mediano tono de voz al hablar, cuando alguien encendió la radio un día, papá murió.

Nadie pudo impedir que Julius se instalara prácticamente a vivir en la carroza del bisabuelo-presidente. Ahí se pasaba todo el día, sentado en el desvencijado asiento de terciopelo azul con ex ribetes de oro, disparándoles siempre a los mayordomos y a las amas que, tarde tras tarde, caían muertos al pie de la carroza, ensuciándose los guardapolvos que, por pares, la señora les había mandado comprar para que no estropearan sus uniformes, y para que pudieran caer muertos cada vez que a Julius se le antojara acribillarlos a balazos desde la carroza. Nadie le impedía pasarse mañana y tarde metido en la carroza, pero a eso de las seis, cuando empezaba ya a oscurecer, venía a buscarlo una muchacha, una de la que su mamá, que era linda, decía hermosa la chola, debe descender de algún indio noble, un inca, nunca se sabe.

La chola que podía ser descendiente de un inca sacaba a Julius cargado en peso de la carroza, lo apretaba contra unos senos probablemente maravillosos bajo el uniforme, y no lo soltaba hasta llegar al baño del palacio, al baño de los niños más pequeños, solo de Julius ahora. Muchas veces tropezó la chola con los mayordomos o con el jardinero que yacían muertos alrededor de la carroza, para que Julius, Jesse James o Gary Cooper según el día, pudiese partir tranquilo a bañarse.

Y ahí en el baño empezó a despedirse de él su madre, dos años después de la muerte de su padre. Lo encontraba siempre de espaldas, parado frente a la tina, desnudo, con el pipí al aire pero ella no se lo podía ver, contemplando la subida de la marea en esa tina llena de cisnes, gansos y patos, una tina enorme, como de porcelana y celeste. Su mamá le decía darling, él no volteaba, le daba un beso en la nuca y partía muy linda, mientras la hermosa chola adoptaba posturas incomodísimas para meter el codo y probar la temperatura del agua, sin caerse a lo que bien podía ser una piscina de Beverly Hills.

Y a eso de las seis y media de la tarde, diariamente, la chola hermosa cogía a Julius por las axilas, lo alzaba en peso y lo iba introduciendo poco a poco en la tina. Los cisnes, los patos y los gansos lo recibían con alegres ondulaciones sobre la superficie del agua calentita y límpida, parecían hacerle reverencias. Él los cogía por el cuello y los empujaba suavemente, alejándolos de su cuerpo, mientras la hermosa chola se armaba de toallitas jabonadas y jabones perfumados para niños, y empezaba a frotar dulce, tiernamente, con amor, el pecho, los hombros, la espalda, los brazos y las piernas del niño. Julius la miraba sonriente y siempre le preguntaba las mismas cosas; le preguntaba, por ejemplo: «¿Y tú de dónde eres?», y escuchaba con atención cuando ella le hablaba de Puquio, de Nasca camino a la sierra, un pueblo con muchas casas de barro. Le hablaba del alcalde, a veces de brujos, pero se reía como si ya no creyera en eso, además hacía ya mucho tiempo que no subía por allá. Julius la miraba atentamente y esperaba que terminara con una explicación para hacerle otra pregunta, y otra y otra. Así todas las tardes mientras sus hermanos, en los bajos, acababan sus tareas escolares y se preparaban para comer.

Sus hermanos comían ya en el comedor verdadero o principal del palacio, un comedor inmenso y lleno de espejos al cual la chola hermosa traía siempre cargado a Julius para que le diera un beso con sueño a su padre, primero, y luego, al otro extremo de la mesa, toda una caminata, el último besito del día a su madre, que siempre olía riquísimo. Pero esto ocurría cuando tenía meses, no ahora en que solito se metía al comedor principal y pasaba largos ratos contemplando un enorme juego de té de plata, instalado como cúpula de catedral en una inmensa consola que el bisabuelo-presidente había adquirido en Bruselas. Julius no alcanzaba a la tetera brillantemente atractiva, siempre probaba y nada. Por fin un día logró alcanzar pero ya no aguantaba más en puntas de pies, total que no soltó a tiempo y la tetera se vino abajo con gran estrépito, le chancó el pie, se abolló, en fin, fue toda una catástrofe y desde entonces no quiso volver a saber más de juegos de té de plata en comedores principales o verdaderos de palacios. En ese comedor que, además del juego de té y los espejos, tenía vitrinas de cristal, alfombra persa, vajilla de porcelana y la que nos regaló el presidente Sánchez Cerro una semana antes de que lo mataran, ahí comían ahora sus hermanos.

Solo Julius comía en el comedorcito o comedor de los niños, llamado ahora «comedor de Julius». Aquí lo que había era una especie de Disneylandia: las paredes eran puro Pato Donald, Caperucita Roja, Mickey Mouse, Tarzán, Chita, Jane bien vestidita, Superman sacándole la mugre probablemente a Drácula, Popeye y Oliva muy muy flaca; en fin, todo esto pintado en las cuatro paredes. Los espaldares de las sillas eran conejos riéndose a carcajadas, las patas eran zanahorias y la mesa en que comía Julius la cargaban cuatro indiecitos que nada tenían que ver con los indiecitos sobre los que la chola hermosa de Puquio le contaba mientras lo bañaba en Beverly Hills. ¡Ah!, además había un columpio, con su silletita colgante para lo de toma tu sopita, Julito (a veces, hasta Juliuscito), una cucharadita por tu mamá, otra por Cintita, otra por tu hermanito Bobicito, y así sucesivamente, pero nunca una por tu papito porque papito había muerto de cáncer. A veces, su madre pasaba por ahí, mientras lo columpiaban atragantándolo de sopa, y escuchaba los horrendos diminutivos con que la servidumbre arruinaba los nombres de sus hijos. «Realmente no sé para qué les hemos puesto esos nombres tan lindos, decía. Si los oyeras decir Cintita en vez de Cinthia, Julito en vez de Julius, ¡qué horror!». Se lo decía a alguien por teléfono, pero Julius casi no lograba escucharla porque, entre la sopa que se acababa y el columpio que lo mecía abrazándolo como la planta del sueño, poco a poco se iba adormeciendo, hasta quedar listo para que la chola hermosa lo recogiera y se lo llevara a su dormitorio.

Pero, cosa que nunca sucedió cuando sus hermanos comían en Disneylandia, ahora toda la servidumbre venía a acompañar a Julius; venía hasta Nilda, la Selvática, la cocinera, la del olor a ajos, la que aterraba en su zona, despensa y cocina, con el cuchillo de la carne; venía pero no se atrevía a tocarlo. Era él quien hubiera querido tocarla, pero entonces más podían las frases de su madre contra el olor a ajos: para Julius, todo lo que olía mal olía a ajos, a Nilda, y como no sabía muy bien qué eran los ajos, una noche le preguntó, Nilda se puso a llorar, y Julius recuerda que ese fue el primer día más triste de su vida.

Hacía tiempo que Nilda lo venía fascinando con sus historias de la selva y la palabra Tambopata; eso de que quedara en Madre de Dios, especialmente, era algo que lo sacaba de quicio y él le pedía más y más historias sobre las tribus calatas, todo lo cual dio lugar a una serie de intrigas y odios secretos que Julius descubrió hacia los cuatro años: Vilma, así se llamaba la chola hermosa de Puquio, atraía la atención de Julius mientras lo bañaba, pero luego, cuando lo llevaba al comedor, era Nilda con sus historias plagadas de pumas y chunchos pintarrajeados la que captaba toda su atención. La pobre Nilda solo trataba de mantener a Julius con la boca abierta para que Vilma pudiera meterle con mayor facilidad las cucharadas de sopa, pero no; no porque Vilma se moría de celos y la miraba con odio. Lo genial es que Julius se dio cuenta muy pronto de lo que pasaba a su alrededor y resolvió el problema con gran astucia: empezó a interrogar también a los mayordomos, a la lavandera y a su hija, que también lavaba, a Anatolio, el jardinero, y hasta a Carlos, el chofer, en las pocas oportunidades en que no había tenido que llevar a la señora a alguna parte y se hallaba presente.

Los mayordomos se llamaban Celso y Daniel. Celso contó que era sobrino del alcalde del distrito de Huarocondo, de la provincia de Anta, en el departamento del Cusco. Además, era tesorero del Club Amigos de Huarocondo, con sede en Lince. Allí se reunían mayordomos, mozos de café, empleadas domésticas, cocineras y hasta un chofer de la línea Descalzos-San Isidro. Y como si todo esto fuera poco, añadió que, en su calidad de tesorero que era del club, le correspondía el cuidado de la caja del mismo, y como el candado de la puerta del local estaba un poco viejito, la caja la tenía guardada arriba en su cuarto. Julius se quedó cojudo. Se olvidó por completo de Vilma y de Nilda. «¡Enséñame la caja! ¡Enséñame la caja!», le rogaba, y ahí en Disneylandia, la servidumbre en pleno gozaba pensando que Julius, propietario de una suculenta alcancía a la que no le prestaba ninguna atención, insistiera tanto en ver, tocar y abrir la caja del Club Amigos de Huarocondo. Esa noche, Julius tomó la decisión de escaparse y de entrar, de una vez por todas, en la lejana y misteriosa sección servidumbre que, ahora, además, ocultaba un tesoro. Mañana iría para allá; esta noche ya no, no porque la sopa acababa de terminarse y el columpio se iba poniendo cada vez más suave, la silletita voladora hubiera alcanzado la Luna, pero siempre sucedía lo mismo: Vilma lo sorprendía con sus manos ásperas como palo de escoba y se lo llevaba a Fuerte Apache.

Fuerte Apache (así decía un letrero colocado en la puerta) era el dormitorio de Julius. Allí estaban todos los *cowboys* del mundo pegados a las paredes, en tamaño natural y también parados en medio del dormitorio, de cartón y con pistolas de plástico que brillaban como metal. Los indios ya habían muerto todos para que Julius se pudiera acostar tranquilo y sin reclamar. En realidad, en Fuerte Apache, la batalla había terminado y solo el indio Jerónimo, uno que despertaba las simpatías de Julius, como si eventualmente fuera a amistar con Burt Lancaster, por ejemplo, solo Jerónimo había sobrevivido y continuaba parado al fondo del cuarto, pensativo y orgulloso.

Vilma adoraba a Julius. Sus orejotas, su pinta increíble habían despertado en ella enorme cariño y un sentido del humor casi tan fino como el de la señora Susan, la madre de Julius, a quien la servidumbre criticaba un poco últimamente porque a diario salía de noche y no regresaba hasta las mil y quinientas.

Siempre lo despertaba. Y eso que Julius se dormía mucho después de que Vilma lo había dejado bien dormidito: se hacía el dormido y, en cuanto ella se marchaba, abría grandazos los ojos y pensaba regularmente un par de horas en miles de cosas. Pensaba en el amor que Vilma sentía por él, por ejemplo; pensaba y pensaba y todo se le hacía un mundo porque Vilma, aunque era medio blancona, era también medio india y sin embargo nunca se quejaba de andar metida entre todos los indios muertos que había ahí en Fuerte Apache; además, nunca había manifestado simpatía por Jerónimo, más bien miraba a Gary Cooper, claro que todo eso pasaba en los Estados Unidos, pero eran indios y mi dormitorio y Celso, ese sí que es indio... Así hasta que se dormía, tal vez esperando que los pasos de mami en la escalera lo despertaran, ahí llega, *ahí* sube. Julius escuchaba sus pasos en la escalera y sentía adoración, se acerca, pasa por la puerta, sigue de largo hacia su cuarto, al fondo del corredor, donde murió papi, donde mañana iré a despertarla, linda... Se dormía rapidito para ir a despertarla cuanto antes, siempre la despertaba.

Para Vilma era un templo; para Julius, el paraíso; para Susan, su dormitorio, donde ahora dormía viuda, a los treinta y tres años y linda. Vilma lo llevaba hasta ahí todas las mañanas, alrededor de las once. La escena se repetía siempre: Susan dormía profundamente y a ellos les daba no sé qué entrar. Se quedaban parados aguaitando por la puerta entreabierta hasta que, de pronto, Vilma se armaba de valor y le daba un empujoncito que lo ponía en marcha hacia la cama soñada, con techo, con columnas retorcidas, con tules y con angelitos barrocos esculpidos en los cuatro ángulos superiores. Julius volteaba a mirar hacia la puerta, desde donde Vilma le hacía señas para que la tocara; entonces él extendía una mano, la introducía apartando los tules y veía a su madre tal cual era, sin una gota de maquillaje, profundamente dormida, bellísima. Por fin se decidía a tocarla, su mano alcanzaba apenas el brazo de Susan y ella, que despertaba siempre viviendo un último instante lo de anoche, respondía con una sonrisa dirigida a través de la mesa de un club nocturno al hombre que acariciaba su mano. Julius la tocaba nuevamente: Susan giraba dándole la espalda y escondiendo la cara en la almohada para volver a dormirse, porque durante un segundo acababa de regresar cansada de tanto bailar y no veía las horas de acostarse. «Mami», le decía, atrevido, gritándole suavecito, casi resondrándola en broma, envalentonado por las señas de Vilma desde la puerta. Susan empezaba a enterarse de la llegada del día pero, aprovechando que aún no había abierto los ojos, volvía a dirigir una sonrisa a través de la mesa de un club nocturno e insistía en girar hundiéndose un poco más en el lado hacia el cual se había volteado al acostarse cansada, la segunda vez que Julius la tocó; luego, en una fracción de segundo, dormía íntegra su noche hasta que ella misma dejaba que el eco del «mami», pronunciado por Julius se filtrara iluminándole la llegada del día, reapareciendo por fin en una sonrisa dulce y perezosa que esta vez sí era para él.

—Darling —bostezaba, linda—, ¿quién se va a ocupar de mi desayuno?

—Yo, señora; voy a avisarle a Celso que ya puede subir el azafate.

Susan terminaba de despertar cuando divisaba a Vilma, al fondo, en la puerta. Ese era el momento en que pensaba que podía ser descendiente de un indio noble, aunque blancona, ¿por qué no de un inca?, después de todo fueron catorce.

Julius y Vilma asistían al desayuno de Susan. La cosa empezaba con la llegada del mayordomo-tesorero trayendo, sin el menor tintineo, la tacita con el café negro hirviendo, el vaso de cristal con el jugo de naranjas, el azucarerito y la cucharita de plata, la cafetera también de plata, por si acaso la señora lo desee más cargado, las tostadas, la mantequilla holandesa y la mermelada inglesa. No bien arrancaban los soniditos del desayuno, el de la mermelada untada, el de la cucharilla removiendo el azúcar, el golpecito de la tacita contra el platito, el bocado de tostada crocante, no bien sonaban todos esos detalles, una atmósfera tierna se apoderaba de la habitación, como si los primeros ruidos de la mañana hubieran despertado en ellos infinitas posibilidades de cariño. A Julius le costaba trabajo quedarse tranquilo, Vilma y Celso sonreían, Susan desayunaba observada, admirada, adorada, parecía saber todo lo que podía desencadenar con sus soniditos. De rato en rato alzaba la cara y los miraba sonriente, como preguntándoles «¿más soniditos?, ¿jugamos a los golpecitos?».

Terminado el desayuno, Susan empezaba una larga serie de llamadas telefónicas y Vilma partía con Julius rumbo al huerto, a la piscina o a la carroza. Pero, por una vez, Julius no esperó que Vilma lo cogiera de la mano; se le anticipó y salió corriendo detrás de Celso, que bajaba con el azafate. «¡Enséñame la caja! ¡Enséñame la caja!», le iba gritando, mientras el otro se le alejaba en la escalera. Por fin lo logró alcanzar en la cocina y el mayordomo-tesorero aceptó mostrársela no bien terminara de poner la mesa, porque sus hermanos ya no tardaban en llegar del colegio con hambre. «Vuelve en un cuarto de hora», le dijo.

—¡Cinthia! —gritó Julius, apareciendo en el gran *hall* de la escalera.

Como todos los días, Carlos, el chofer negro-uniformado-con-gorra de la familia, acababa de traerlos del colegio y ahora subían a saludar a su mamá.

—¡Orejitas! —exclamó Santiago, sin detenerse.

Bobby no volteó a mirar; en cambio Cinthia se había quedado parada en el descanso de la escalera.

—Cinthia, Celso me va a enseñar la caja del Club de los Amigos de Gua...

—Huarocondo —lo ayudó Cinthia, sonriente—. Ahorita bajo para que me acompañes a almorzar.

Minutos después, Julius entró por primera vez en la sección servidumbre del palacio. Miraba hacia todos lados: todo era más chiquito, más ordinario, menos bonito, feo también, todo disminuía por ahí. De repente escuchó la voz de Celso, pasa, y recordó que lo había venido siguiendo, pero solo al ver la cama de fierro marrón y frío comprendió que se hallaba en un dormitorio. Estaba oliendo pésimo cuando el mayordomo le dijo:

—Esa es la caja —señalándole la mesita redonda.

—¿Cuál? —preguntó Julius, mirando bien la mesita.

—Esa, pues.

Julius vio la que no podía ser. «¿Cuál?», volvió a preguntar, como quien busca algo en la punta de su nariz y espera que le digan ¿no ves?, ¡esa!, ¡ahí!, ¡en la punta de tus narices!

—Ciego estás, Julius; esta es.

Celso se inclinó para recoger la lata de galletas de encima de la mesa y se la alcanzó. Julius la cogió por la tapa; mal: se le destapó la lata y un montón de billetes y monedas sucias le cayeron sobre el pantalón y se regaron por el suelo.

—¡Este niño! Lo que has hecho... Ayúdame.

—...

—Apúrate, tengo que servirles a tus hermanos...

—Tengo que acompañar a Cinthia.

Cinthia también tenía su ama, como Julius tenía a Vilma, pero no era hermosa sino gorda y buena; gorda, buena, antigua, vieja, responsable y canosa. Julius se pasaba la vida haciéndole la misma pregunta y ella nunca sabía cómo respondérsela.

—Mamá dice que eres una de las pocas mujeres del pueblo con canas, ¿por qué?

La pobre Bertha, buenísima como era, hizo todo lo humanamente posible por averiguar y un día se apareció con la respuesta.

—Entre la gente pobre, el *indicio* de *mortaldá* es más alto que entre la gente decente y bien.

Julius no le entendió ni papa, pero retuvo la frase probablemente en el subconsciente porque un día, siete años más tarde, le vino así, igualita, con sus errores y todo, mientras se paseaba en bicicleta por el Club de Polo. Ahí sí que la comprendió.

Pero entonces hacía también siete años que Bertha había muerto. Bertha se murió un día, una calurosa tarde de verano. Habían vaciado la piscina y estaba sentada en un sillón esperando a que Cinthia viniera para escarmenarla y refrescarla con borbotones de agua de colonia que ella jamás dejó que le entrara en sus ojitos. Lo mismo había hecho treinta años atrás con la niña Susan, hasta que la mandaron a estudiar a Inglaterra, y luego, cuando regresó, hasta que se casó con el señor Santiago y empezaron a nacer los niños. Cinthia apareció corriendo, sofocada, gritándole ¡aquí estoy, mama Bertha!, pero la pobre acababa de morir por lo de la presión tan alta que siempre la había molestado. Antes de sentirse al borde de la muerte, tuvo la precaución de poner el frasco de agua de colonia en un lugar seguro para que no se fuera a caer; escogió el suelo porque era lo más cercano; al ladito puso el peine de Cinthia, cuya voz logró escuchar, y su escobillita.

Cinthia insistió en que la vistieran de luto y le anduvo rogando a su mamá para que le comprara una corbata negra a Julius.

—¡No! ¡Por nada de este mundo! —exclamaba Susan linda—. ¡Me van a arruinar al pobre Julius! Bastante tengo con verlo revolcarse todo el día en el huerto. Además, se pasa todo el día con la servidumbre. ¡Por nada de este mundo!

Pero después se marchaba oliendo delicioso y ya no regresaba hasta las mil y quinientas. Fue así que, de repente, Julius se le apareció incomodísimo y con el cuellito irritado, pero decidido a no quitarse la corbata esa de tela negra y ordinaria ni por todas las propinas del mundo. ¿Cuál de los dos mayordomos se la dio? Eso es algo que mamá, por más linda que fuera, nunca llegó a saber. Con la corbata colgándole mucho más abajo de la braguetita, Julius seguía a Cinthia por todo el palacio porque con ella se sufría mejor por la muerte de Bertha. El lío era cuando se iba al colegio porque le entraban ganas de jugar en el huerto o en la carroza, y ya la otra tarde se había descubierto quitándose la corbatota porque el cuello le sudaba a chorros de tanto disparar contra los indios. Felizmente en ese instante llegó Cinthia; no bien la vio, Julius recordó el duelo y empezó a ajustarse la corbata al mismo tiempo que bajaba de la carroza muy compungido.

Más que nunca, ahora, porque Cinthia acababa de descubrir las fotografías del entierro de papá y había empezado a relacionar. Susan, linda, se quejaba: era indecible lo que esa criaturita la hacía sufrir, la torturaba con sus nervios, es hipersensible, Baby, le contaba a una amiga, me vuelve loca con sus preguntas... ¡Y Julius vive prendido de ella! ¡Pendiente de que llegue del colegio! Ya le he dicho a Vilma que trate de separarlos, ¡inútil! Vilma vive enamorada de Julius, como todos en esta casa. Lo que Susan no contaba es que Cinthia la traía loca con lo de papá, ¿por qué, mami?, mami, yo me escapé, yo vi por la ventana, ¿por qué a papi se lo llevaron en un Cadillac negro con un montón de negros vestidos como cuando papi iba a un banquete en Palacio de Gobierno?, ¿por qué, mami?, ¿ah?, ¿mami? Horas se pasaba diciéndole yo sé, mami, yo vi cuando se llevaban a papá, me han contado también. Y es que entonces no se daba muy bien cuenta pero ahora de pronto se acordaba y relacionaba con la manera en que se llevaron a Bertha, en una ambulancia, mami, por la puerta falsa. Pero ahí se atracaba y titubeaba y es que no encontraba las palabras o la acusación para expresar la maldad, ¿de quién?, cuando se llevaron a Bertha por la puerta falsa, bien rapidito, como quien no quiere la cosa.

Julius presenciaba el asedio a su madre. Mientras Cinthia preguntaba, él permanecía inmóvil, con las orejotas como alfajores voladores, las manos pegaditas al cuerpo, los tacos juntos, pero las puntas de los pies bien separadas, como un soldado distraído en atención. El asedio tenía lugar en el baño que usó su padre. Ahí estaban aún sus frascos; no los habían movido: ahí estaban sus lociones, sus cremas de afeitar, sus navajas, hasta su jabón se había quedado ahí y su escobilla de dientes. Todo a medio usar, para siempre. «Parece que fuera a venir», le dijo un día Cinthia a Julius, pero no por eso se olvidaba de Bertha.

—Julius, limpia bien tu corbata negra —le dijo, otro día.

—¿Por qué?

—Mañana por la tarde vamos a enterrar a Bertha.

Al día siguiente, Cinthia regresó muy nerviosa del colegio. No bien saludó a su mamá, le dijo que no tenía tareas que hacer y corrió a buscar a Julius, que estaba jugando con Vilma en el huerto. El pobre no había pegado los ojos en toda la noche. Toda la tarde la había estado esperando y, apenas la vio aparecer, corrió a su encuentro. Cinthia lo cogió de la mano y él la siguió como siempre en esos días. Vilma venía detrás. Cinthia lo llevó hasta su dormitorio y le pidió que la esperara afuera mientras se cambiaba el uniforme. Salió linda pero toda vestida de negro; desde la muerte de Bertha se vestía siempre de negro, menos cuando iba al colegio. Susan ya no hacía nada por evitarlo. Lo llevó de la mano hasta el baño y le lavó la cara con amor. Entonces le dijo que lo iba a peinar y que quería humedecerle el pelo. Julius aceptó que lo bañaran en agua de colonia y se dejó peinar; también dejó que ella le anudara nuevamente la corbatota negra, a pesar de que Vilma podía resentirse porque era ella quien se la amarraba siempre con un estilo muy suyo. Unas gotas de agua de colonia se deslizaron por el cuello de Julius, ¡cómo le ardió!, las lágrimas le saltaron a los ojos, tanto que Cinthia le preguntó si quería que le cambiara la corbata, pero él le dijo que no y luego sintió lo que uno siente cuando grita ¡por nada!, al ver que Cinthia sonreía aliviada, porque sin corbata negra no podía asistir al entierro. Del baño lo llevó nuevamente de la mano hasta su dormitorio y ahí se puso a llorar, ante la cara de espanto de Vilma, que los seguía siempre silenciosa, como si estuviera de acuerdo con todo, aun con lo que estaba viendo: siempre llorando, Cinthia abría un cajón de su cómoda y sacaba una caja. Julius la miró aterrado; sabía que iban a enterrar a Bertha, pero, ¿cómo? Cinthia destapó la caja y les enseñó el contenido. Vilma y Julius soltaron el llanto al ver el peine, la escobilla y el frasco de agua de colonia con que Bertha le escarmenaba diariamente el pelo, un mechoncito también de Cinthia, *de cuando te cortaron tu pelito la primera vez*. Se fueron los tres llorando hacia los bajos. Cinthia había cerrado la caja y la llevaba a la altura de su pecho, cogida con ambas manos, mientras atravesaban el jardín de la piscina, rumbo al huerto. Julius se quedó sorprendido al ver que en el camino se les unían Celso, Daniel, Carlos, Arminda, su hija Dora y Anatolio. Hasta Nilda apareció, que en esos días andaba en muy malas relaciones con Vilma, siempre por causa de Julius. Los habían estado esperando, Cinthia lo había organizado todo, también era idea suya el que se vistieran cuando menos de oscuro, y ahí estaban ahora, pidiéndole que se apurara, por favor, niñita, la señora nos va a pescar. Los mayordomos, sobre todo, le pedían; Carlos, el chofer, la acompañaba entre sonriente y respetuoso, quería mucho a la niñita Cinthia. Por fin encontraron el lugar apropiado para que Anatolio abriera el hueco donde iban a depositar la caja con el peine, la escobilla y el último frasco de agua de colonia que usó Bertha. Terminó su pequeña excavación y ahí sí que todos soltaron el llanto; al pobre Julius la corbata le ardía como nunca y los mocos le colgaban hasta el suelo. ¡Qué triste era todo! Y por qué ni él ni nadie se espantó sino que todos la quisieron más cuando Cinthia se sacó la medallita de platino que le colgaba del cuello y la enterró también. Por turnos, Cinthia y Julius primero, fueron echando un poquito de tierra; esa última parte fue idea de Nilda. Luego todos se escaparon, menos Carlos, que caminó serio a tomar su té de las seis.

Una semana más tarde, Susan trató de resondrar a Cinthia por ser tan descuidada, por haber perdido la medallita de platino que ¿te regaló?... pero en ese instante se le olvidó completamente quién se la había regalado y en cambio recordó que en estos días andaba más tranquilita y, ahora que se fijaba, hace por lo menos una semana que no se pone el traje negro.

—¿Y usted?

Se abalanzó sobre Julius, paradito ahí, con las puntas de los pies separadísimas, volvió a sentir esa necesidad de que fuera un bebé y, en vez de decirle usted ya tiene cinco años, a usted ya deberíamos ponerlo en el colegio, le dio un beso oliendo delicioso.

—Mami está apurada, darling —dijo, volteando a mirarse en un espejo.

Luego se inclinó para que ellos alcanzaran sus mejillas, un mechón lacio, rubio, maravilloso se le vino abajo como siempre que se inclinaba, los enterró entre sus cabellos: Cinthia y Julius dejaron sus besos ahí, guardaditos, protegidos, para que le duren hasta que vuelva.

II

El entierro de Bertha unió a Cinthia y a Julius más que nunca; dueños ahora de un secreto común, andaban por todos lados juntos, aunque Cinthia prefería evitar las matanzas de indios desde la carroza que fue del bisabuelo-presidente. Pero ello no creó ningún desacuerdo entre los dos, y Cinthia aprovechaba esos momentos para hacer sus tareas escolares.

Lo que nunca quedó aclarado es si no jugaba en la carroza por ser niña y ser eso cosa de niños, por tener ya diez años, o porque ya nunca se sentía muy bien. ¡Terrible Cinthia! Hizo un pacto con su madre; sí, se tomaría todos los remedios calladita, hasta el más malo, sin protestar, todo lo que recetara el médico, todo lo que quieran que tome, pero que Julius nunca se entere de nada, que el médico entre a escondidas, por la puerta falsa si es posible, que Julius nunca sepa que estoy enferma, mami. No, eso nunca quedará aclarado; ni tampoco cómo Julius, que todo lo notaba inmediatamente, tardó tanto esta vez en darse cuenta de que Cinthia no andaba muy bien, nada bien. En realidad, solo se dio cuenta en el santo de su primo Rafaelito Lastarria, esa mierda.

Susan colgó el teléfono y los mandó llamar. Vilma se los trajo de la mano, uno a cada lado de la hermosa chola, y ellos escucharon cuando mamá les decía:

—Tienen que ir, hijitos; Susana es mi prima y me ha llamado para invitarlos; otros años han ido Santiaguito y Bobby, esta vez les toca a ustedes.

Y ese sábado por la tarde los vistieron íntegramente de blanco, zapatitos y todo; para Julius una corbatita de seda blanca, igualita al lazo que recogía el moñito pasado de moda sobre la cabecita rubia de Cinthia. Fueron en el Mercedes. Carlos, el chofer, Vilma, más guapa y blancona que nunca, y el regalo, un bote de velas para que navegue en la piscina de los primos, adelante; atrás, ellos dos, mudos, espantados, cada vez más porque ya se iban acercando a la casa de los Lastarria, sus primitos, esas mierdas, ellos los conocían: años atrás, sus hermanos Santiago y Bobby habían sido víctimas de las mismas invitaciones. Cinthia, frágil, adorada, continuaba pálida y muda sobre el asiento de cuero del Mercedes. A su lado, Julius no alcanzaba el suelo con los pies y viajaba con las manos pegaditas al cuerpo frío y con los tacos juntitos temblando en el aire. Así llegaron. Vilma los cargó y los puso sobre la vereda, mientras Carlos bajaba el bote de velas cuyo mástil asomaba por encima del paquete. Otros niños también llegaban, que se conocían y no, y allí, en la puerta de los Lastarria, niños lindos y no, desenvueltos y no, amas con uniformes para cuando lleven a los niños a un santo, allí todo el mundo rivalizaba en belleza, en calidad, en fin, en todo lo que se podía rivalizar frente a la puerta de los Lastarria y era un poquito como si todo el mundo se estuviera odiando.

Vilma no entendía muy bien qué casa tan rara tenían los primos de los niñitos; acostumbrada a vivir y a trabajar en un palacio, no captaba muy bien esas enormes paredes de piedra, esas ventanas oscuras y esas vigas como troncos; no es que realmente estuviera preocupada, pero se quedó ya más tranquila cuando el mayordomo le metió letra en la cocina, mientras les invitaban té, y le dijo que era una casa estilo castillo, ¿y cómo es la de usted, buenamoza?, mientras lavaba unas tazas.

Ese mismo mayordomo, digno mayordomo de los Lastarria, abrió la puerta, les dijo pasen, y entre todas las amas escogió a Vilma. Julius lo captó inmediatamente y le dio un codazo a Cinthia, que estaba tosiendo muerta de miedo. Todos los niños entraron al castillo y, uno por uno, la señora Lastarria los fue besando y reconociendo. «Buenas tardes, señora», dijo Vilma; entregó el regalo con la tarjetita y sintió pánico porque Julius ya había desaparecido. Gracias a Dios, ahí estaba, de espaldas a ella y mirando muy atento una enorme armadura de metal, parada como un guardián junto a una de las puertas del castillo. Cinthia se le acercó y se cogió de su mano, los dos miraban ahora, pero en este instante el brazo de la armadura descendió y casi les da un porrazo: era Rafaelito, uno de sus trucos favoritos, que ahora salía disparado hacia el jardín sin saludar a nadie. Julius sintió que ya había empezado el santo donde los primos Lastarria. «¡Rafaelito, ven! ¡Rafaelito, ven a ver tus regalos!», gritaba su mamá, pero Rafaelito había desaparecido en el jardín y ahora rodos tenían que salir a jugar allá.

—¡Todos los niños al jardín! —gritaba la tía Susana Lastarria—. ¡Allá están Rafaelito y su hermano! Víctor —decía, dirigiéndose al mayordomo—, haga pasar al jardín a los niños que vayan llegando.

El mayordomo obedeció y se quedó parado en la puerta, esperando a que llegaran más invitados. Se quedó a desgano porque se le iban los ojos por Vilma, estaba buena.

Camino al jardín, cruzaron el inmenso corredor lleno de armaduras, espadas, escudos, lleno de objetos de brusco metal, vasos enormes como para tomar sangre en las películas de terror y candelabros de fierro negro que descansaban pesadísimos sobre mesas como las que Robin Hood usaba para comer cuando andaba en buenas relaciones con los reyes de Inglaterra. A ambos lados del corredor, anchas puertas protegidas por implacables armaduras que la adorada Cinthia sentía al pasar, dejaban entrever oscuros salones, el del billar, el del piano, el del tren eléctrico, el escritorio, el comedor, la biblioteca, el otro y todavía otro más, que Vilma no lograba explicarse. «Llegamos», dijo, por fin.

El jardín estaba plagado de niños y amas; niños de seis y siete, ocho años, ninguno de cinco como Julius. Muchos llevaban vestidito blanco con chaquetita perfecta, sin solapa, y camisita de popelina con su cuellazo bien almidonado del cual colgaba una corbatita fina, celeste, roja o verde, como la de los toreros. Ninguno tenía acné todavía y todos estaban felices, listos para empezar a jugar, sin acercarse mucho a la piscina, niñito, sin arrojarles piedras a los peces colorados de la lagunita. Julius, Cinthia y Vilma formaban un trío bien cogido de la mano y como esperando.

También Rafaelito, que hoy cumplía ocho años, estaba esperando; los estaba esperando arriba del árbol pero ellos no lo habían visto y no supieron a qué atenerse cuando empezó la lluvia de terrones: los disparos, los trozos de tierra húmeda que les caían por todo el cuerpo con violencia y buena puntería. Gritería, risas y quejidos mientras Vilma los envolvía con sus brazos y trataba de esconderlos entre sus piernas, como fuera, con el uniforme, y llamaba ¡señora!, ¡señora!, hasta que vino la señora y todo se detuvo cuando empezó a ordenar que bajara Rafaelito, que bajara en ese mismo instante, que era insoportable, que no sabía portarse con sus primitos, que entonces para qué los invitaba, que el año entrante no le celebrarían el santo... así, dramáticamente hasta que Rafaelito empezó a bajar lenta, sonriente, triunfalmente, las manos embarradas y un taparrabo tipo Tarzán sobre el traje de santo.

De otro árbol bajaba Pipo. Pipo era el hermano y enemigo mortal de Rafaelito hasta el día en que tenían invitados; en esas ocasiones, una extraña confraternidad nacía entre ellos, sobre todo si se trataba de los primos llamados Julius, Cinthia, Bobby, etc. Pipo bajaba nada contento de otro árbol: no había logrado apuntar a tiempo y se había quedado con la flecha en la mano, y tenía tres flechas en la otra mano.

Y Cinthia tosía pero no lloraba y miraba a Julius que miraba a Vilma que estaba mirando a la señora: «¡Vengan! ¡Vengan para que los escobillen! ¡Por la misericordia de Dios no les ha caído en los ojos! (A Vilma le había caído uno grandazo en la boca). ¡Ya no sé qué hacer con Rafaelito! Vamos a escobillarlos, Vilma; después yo misma los acompañaré al jardín».

Los volvieron a sacar medio veteados al jardín. Cinthia se moría de frío y tosía, Julius estaba furioso con las manos pegadísimas al cuerpo y Vilma aún escupía tierra. Le preocupaba su uniforme y pensaba en el mayordomo, pero también, la estaba escuchando, en la tos de Cinthia, cuántas veces le he dicho ya a la señora, cada día tose más, señora, ese remedio, pero qué sabía ella de esas cosas, la señora vive cada día más apurada. Bertha y yo hemos sido la madre de estos niños sobre todo desde que murió el señor... «Ven, Cintita, descansa un poquito, ven, Julius, acompaña a tu hermanita»... Ahí estaba y la estaba mirando.

Y era guapo el cholo, medio blancón y todo. Probablemente ya habían llegado todos al santo y ya no tenía que esperar para abrir la puerta cada vez que sonaba el timbre. Ya todos estaban allí, en el jardín, y el santo se desarrollaba normalmente. Víctor (así se llamaba este pretendiente de Vilma) atravesaba el jardín y sabía que Vilma lo estaba mirando: atravesaba con el aplomo que le daban sus años de servicio en esa casa y, en azafate de plata, iba haciendo circular los vasitos de cartón aporcelanado con la Coca-Cola y la chicha morada heladitas. Los niños se servían o sus amas les servían y muchos, por supuesto que Pipo y Rafaelito, esas mierdas, sacaban cañitas del bolsillo y, a través de ellas, le soplaban el líquido frío a su amiguito, en el ojo, por ejemplo. Las amas acudían presurosas y separaban a los contendores, pero Víctor, acostumbrado a todo eso por sus años de servicio, no perdía el aplomo y continuaba sirviendo, de lado a lado del jardín, sin derramar, esquivando airoso, engominado, sabía que Vilma lo estaba mirando.

Y Vilma realmente lo estaba mirando. Estaba sentada junto a un inmenso ventanal y, a su lado, Cinthia tosiendo y Julius volteado, mirando hacia el interior de la casa, hacia el corredor de las armaduras, las espadas y los escudos. En ese instante salió la tía Susana, horrible, y Cinthia le dijo: «Me gusta tu casa, tiíta, ¿puedo entrar a ver?». Entonces la tía, sorprendida, le dijo que sí, después de todo, los hijos de Susan siempre habían sido medio raritos. Cinthia cogió a Julius de la mano, «ven», le dijo, y para fastidiar más a la tía horrible, le dijo que iba a estar leyendo en la biblioteca. Julius como que captó algo y la siguió. Vilma se incorporaba también para seguirlos, pero la tía la detuvo.

—Puede usted pasar a la cocina, Vilma —le dijo—; vamos a invitarles té a todas antes de que los chicos entren al comedor. Vayan pasando por grupos —añadió, dirigiéndose a otras amas que andaban por ahí en ese momento.

Cinthia y Julius estuvieron largo rato inspeccionando las armaduras; primero se fijaban bien que no hubiese nadie escondido detrás de ellas o adentro, y entonces sí ya las inspeccionaban detenidamente. Cinthia le iba explicando todo lo que había aprendido sobre armas, armaduras y escudos en el colegio, y Julius, a su lado, la escuchaba con gran atención, asintiendo con la cabeza a medida que ella contaba. Minutos después ya estaban en otra sala, la del billar y en otra, el escritorio, aquí mejor no entremos, y todavía en otra, la del piano. «Es Beethoven», le dijo Cinthia, señalándole el busto de bronce que había sobre una columna de mármol y que miraba furioso hacia el piano. «¿Sabes que el tío abuelo que está en el escritorio de la casa tuvo otra mujer antes de nuestra tía abuela?». Julius hizo no con la cabeza, y ubicó inmediatamente al tío abuelo entre todos los cuadros de antepasados que había en el escritorio del palacio. «Sí», agregó Cinthia, y le contó la larga historia del tío abuelo, «el tío abuelo romántico», así lo llamaban cuando hablaban de él, mamita le había contado íntegra la historia.

Y era (Julius escuchaba atentísimo) porque quería mucho pero mucho a una señorita que no era de su condición y que era pianista, que tocaba lindo el piano. Mamita dice que pobre, que humilde, en fin, ya parecía que Julius iba entendiendo y no debería preguntar a todo ¿por qué?, sino más bien escuchar y dejar que ella terminara la historia. Le prohibieron que la viera, a la muchacha que no era de su condición, pero el tío abuelo la siguió viendo, y entonces hubo presión, así dice mamita, ¿qué quieres que haga?, hubo presión y a ella la metieron a un convento; así hacían en esa época con las chicas que se portaban mal: todas terminaban de monjitas. Pero esta no, Julius, esta tuvo que salir porque estaba muy enferma, pero siempre seguía tocando lindo el piano. Y el tío abuelo romántico, por eso está así en el cuadro con esa barba y el pelo así de largo, papá decía que hizo turumba con los negocios de la familia, felizmente que tuvo hermanos, bueno, el tío abuelo no se quiso casar con otra, ni siquiera con la tía abuela, que ya estaba enamorada de él. Esperó y esperó hasta que la señorita salió enferma del convento y mamita dice que ya estaba condenada pero que él se casó con ella porque se sentía responsable y era un caballero, a pesar de todo. ¿Tú no crees que era bien bueno? Julius hizo sí con la cabeza, y con los ojos pedía el resto de la historia.

Y Cinthia le siguió contando: le dijo que se casaron y que se fueron a vivir a San Miguel, una casa que todavía existe, en San Miguel, linda, blanquita, como si fuera de muñecas. Ahí vivían pero ella siempre en cama; ella no podía levantarse, tenía mucha tos, mucha tos, no paraba de toser. Y el tío abuelo no cuidaba los negocios, siempre estaba a su lado y siempre le pedía que le tocara el piano, le había regalado un piano lindo cuando se casaron. Solo tres meses vivió, Julius. Una mañana él le pidió que le tocara el piano, todos los días le pedía pero ella no podía levantarse, solo ese día se levantó y empezó a tocar lindo y entonces fue que empezó a toser y que se quedó muerta tocando piano. «Y ahí se acaba la historia», le dijo Cinthia, pero Julius le hizo todavía algunas preguntas y ella le contó que después él se casó con nuestra tía abuela y que no vivió mucho tiempo porque su primera esposa, la pianista, lo había contagiado. Fue el hijo mayor del presidente y tío carnal de papi, pero murió mucho antes de que papi naciera. Por eso papi se asustaba tanto cuando alguno de nosotros tenía tos. Se quedaron pensativos: los dos se habían sentado sobre el banquito del piano y habían abierto la tapa. Sus cuatro manitas ligeras y finas descansaban dudosas sobre las teclas de marfil que los Lastarria, por supuesto, ni tocaban.

En la cocina, veintitrés amas llegadas a Lima de todas las regiones del Perú habían logrado espantar a Cirilo, el segundo mayordomo, pero no a Víctor, señor en sus dominios, que ahora hacía funcionar todos los aparatos eléctricos para impresionarlas. Secaba los vasos a presión, afilaba cuchillos apretando un botoncito que ponía en movimiento una ruedita como de piedra, y se comunicaba con la señora por teléfono interno, «voy con la Coca-Cola», le decía. Por lo menos diez amas se llenaron de disfuerzos cuando colocó dos tajadas de pan en la tostadora, esperó unos minutos, les dijo escuchen, y en ese instante sonó una campanita, tintín, y saltaron las tostadas. Por lo menos cinco sintieron cosquilleos pecaminosos cuando se las ofreció a Vilma, ¿por qué no?, después de todo era la reina. Las demás seguían la escena, pero no la veían: bien chunchas todavía, habían fijado los ojos en el fondo de sus tazas, de donde ya no los sacarían tal vez más. Pero Vilma no; Vilma aceptó el reto o lo que fuera eso de darle las primeras tostadas, tremenda ciriada, en realidad. «¿No tendría mantequilla?», preguntó, coquetona. Entonces sí que todas las cholas bajaron la mirada, era atrevida Vilma, pero era hermosa y en el fondo ellas la admiraban. Y Víctor, por un instante, casi pierde los papeles, pero no: se sobrepuso y corrió por la mantequillera. «Aquí tiene, la señorita», dijo, todo él, alcanzándosela. «Gracias», le replicó Vilma, y empezó a untar mantequilla en una tostada, sonriente, tranquila, toda ella, pero entró la señora: que ya los niños estaban pasando al comedor, que ya debían ir; Vilma, que Julius y Cinthia habían desaparecido.

Por ahí ya habían buscado, por ahí también, en realidad habían buscado por todos los bajos de la casa y había que probar los altos, porque en el jardín no quedaba nadie. «Víctor, ordenó la tía Susana, acompañe a Vilma a los altos y avíseme en cuanto los encuentren». Y por eso los dos subieron juntos y anduvieron silenciosos por austeros dormitorios, por baños en cuyas tinas podía uno quedarse a vivir, por corredores que atravesaban gritando ¡Julius!, Julius!, ¡Cintita!, por salas de estudio en las que tampoco estaban, por una escalera de servicio en la que Víctor intentó una ciriadita, pero no, no, porque Vilma estaba llorosa, asustada, lejana y ahora algo menos extraviada, como si toda esa parte de la casa le fuera más familiar, esas losetas frías de patio, estaban en la parte de la servidumbre y ella continuaba llamándolos hasta que escuchó aquí estamos, la vocecita de Cinthia que salía del baño de servicio.

—¡Dónde se han metido! —exclamó Vilma, al verlos.

—Este baño no tiene tina, Vilma —comentó Julius.

Fue toda la respuesta que obtuvo, pero, ¡qué importaba!, ahí estaban y no les había pasado nada. Vilma empezó a llenarlos de besos.

—¿No tendría unito para mí? —intervino Víctor, sobradísimo.

Julius y Cinthia lo miraron desconcertados.

—Avísele, por favor, a la señora que ya los encontramos —Vilma se arregló el moño.

—¿Pero antes me dirá qué día le toca su salida? —preguntó él, sonriente, y se quedó bien parado y esperando.

—¡El jueves!, ¡el jueves! ¡Corra! ¡Avísele a la señora!...

Víctor salió disparado y Vilma suspiró. Empezó lenta, dulce, temblorosamente, a llevarlos de la mano hacia el comedor, mientras ellos miraban con los ojos enormes esa sección del castillo que iban dejando atrás.

Rafaelito y Pipo tenían un amigo, un ídolo, y aunque habían ocultado su preocupación frente a los invitados, lo habían estado esperando desde que llegó el primero. Martín. ¿Por qué no llegará? ¿Vendrá? Por cierto que mamá hubiera preferido que no viniera. ¿Acaso no les decía siempre que no se juntaran con él? Pero era su santo, era el santo de Rafaelito, y nada pudo hacer para que no lo invitaran. «Lo han invitado», le dijo a su marido, y que era un desconocido, que vivía en uno de esos edificios que habían construido últimamente, que su mamá era impresentable, que la había visto en la parroquia, que el chico era un diablito, que era mayor, que lo que pasaba es que era retaco, que ojalá no viniera, que le había enseñado a Rafaelito a decir pendejo, que le perdonara la palabra, etcétera.

Y Martín, que no era tan retaco pero que ya tenía once años, llegó justo a la hora del lonche. Vino solo y caminando desde su casa, y entró diciendo que mañana traería el regalo; en realidad, al pobre su papá le había dicho que se dejara de mariconadas, que ya estaba bien grandazo para regalitos, pero que no se perdiera tremendo papeo. Y ahora, bien pegadito a la mesa, comía su tercera butifarra ante la mirada de Rafaelito, algo así como la de una gata en celo. Ya Víctor estaba atendiendo a todos, ya las amas estaban atentas al bocado que su niño se iba a meter en la boca, o sacándole la lechuga a la butifarra por lo de la tifoidea, o quitándole la platina al chocolate y guardándose el poema de Campoamor que había adentro. Ya Julius y Cinthia estaban cada uno con su sanguchito en la mano, ya Vilma estaba nuevamente hermosa y tranquila, ya la tía Susana estaba nuevamente al mando de todo y horrible, ya Pipo y Rafaelito le estaban diciendo a Martín que esos eran y señalándole a Cinthia y a Julius. Todos comían, el gordo también, por supuesto, mírenlo qué gracioso cómo se atraganta, es hijo de Augusto y Licia; todos comían sus dulcecitos hechos por monjas de antiguos conventos de Lima, de Bajo el Puente, del Carmen, de los Barrios Altos, del fin del mundo, hija, el chofer se perdió y eso que ha vivido por ahí, ahora ya no, hija, ahora en una barriada, que les da por eso, por lo del terrenito, y tienen que irse más temprano, es un fastidio; ya todos comen bizcochitos, fíjate si no es un bárbaro el gordo; y todos beben sus helados, ese es el Martín ese; y todos piden más Coca-Cola y Víctor va por ellas, las trae, las reparte, roza a Vilma al pasar, a Vilma que se contempla en el inmenso espejo que cubre toda una pared: es guapa, por eso le gusta a Víctor, le queda bien su moño y qué exacto término medio el de esos tacos, ni altos porque irían contra el uniforme y la señora no lo consentiría, ni bajos tampoco, casi no se nota que son altitos, y sin embargo le tornean las piernas, los senos están bien marcados bajo lo blanco, la tela ayuda, se muestran bien y el cinturón marca la cintura, las caderas son anchas, fuertes, están buenas... Desde el otro lado del comedor, la señora la está mirando, conversa de otra cosa pero la está mirando: Tremendo el Víctor, es guapa la chola, medio gordona pero guapa, el pelo es ordinario pero es guapa, las piernas bien formadas, es robusta, ya tiene años cuidando a Julius, desde que nació, es guapa, es pretenciosa, cómo se mira, yo soy fea, guapa la chola, pobre... Y el zamarro del Víctor, tumbarla, tumbarla y guiñaditas; se estaba comunicando por el espejo con Vilma.

Por supuesto que también había velitas que apagar, aunque Rafaelito hubiera preferido que pasaran todo eso por alto esta vez porque, a su lado, Martín estaba mirando todo el asunto matoncito y escéptico; pero Víctor no se hubiera perdido la oportunidad por nada de este mundo y ahí estaba encendiendo todas las velitas con un solo fósforo, Vilma sentía que ya se iba a quemar el dedo, pero no, no, aunque velita del diablo, préndete, se prendió y por fin pudo hacer lo que tanto había querido: alzar el fósforo un poco en el aire y que todos lo vieran apagarlo con los dedos, Vilma se quemó.

—¡Que partan la torta! —gritó Martín.

—No te digo, ese es.

Así Susana Lastarria iba comentando todo lo que pasaba con su hermana Chela, que había venido para ayudarla a controlar a tanta fierecilla. Y tanta fierecilla comía ahora su torta, *cake is the name*, que era imposible terminar con todo lo de es hijo de fulanito, de menganito, el diputado, tan buenmozo como era, últimamente ha envejecido mucho, igualito a su mamá, como dos gotas de agua. ¿Susan?, pobre Susan, no creas que lo pasa tan mal, yo la he visto con él, y por qué no si es viuda, hace tres años ya...

Y, un poco por lo que en geografía suele llamarse «determinismo geográfico» (el antideterminismo lo hace el hombre), Julius y Cinthia continuaban metidos en todo eso, pero sin alejarse mucho de Vilma. Habían gozado de momentos de tranquilidad mientras los demás comían, pero ya el lonche se iba acabando y pronto sería hora de salir al jardín y jugar.

Felizmente Martín decidió que tenían que escoger dos equipos para un partidito de fútbol. Todo el mundo quería jugar en el equipo de Martín. Era el nuevo líder y el que tomaba las decisiones: ¡Tú para aquí!, ¡tú para allá!, ¡tú no juegas!, ¡tú para allá!, ¡tú también!, ¡que se vaya esta chica!, ¡Rafael ven para acá!, ¡ese es muy chico! Entonces Rafaelito fue y le dio un empujoncito a Julius y Vilma vino a recogerlo, Cinthia también. «Ven, Julius, le dijo, te voy a enseñar una cosa, pero la vas a aprender, ¿ah?». Se dirigieron hacia el interior del castillo, pero antes, en el camino, se encontraron con la tía Susana.

—No se vuelvan a perder —les dijo—; quédense donde los puedan ver. Vilma, no los pierda de vista; falta media hora para que llegue el mago.

Cuando llegó el mago, el partido ya había terminado. Todos sabemos que ganó el equipo de Martín. Dos a cero: un taponazo de Pipo en el estómago del arquero (cayó dentro del arco) y un puntazo de Martín que hizo añicos una ventana del castillo. Ahora ya oscurecía y las amas les estaban limpiando las caras sudorosas con toallitas húmedas y tibias, ¡cómo te has ensuciado la ropa, niñito, por Dios!, con verdadera habilidad los iban dejando nuevecitos porque ya no tardaba en comenzar la función: este año, en vez de cine, mago.

Los sentaron en silletitas alineadas en el inmenso *hall* del castillo. En la cabecera de la tercera fila estaban Cinthia, Julius y Vilma, de pie, a un lado. Desde el fondo, Víctor la contemplaba por encima de las cabecitas de unos cincuenta niños y de las cabezotas de unas quince amas que habían logrado sentarse; las demás estaban de pie, recostadas en las paredes. En primera fila, al centro, Rafaelito, Pipo y Martín, este último diciendo que todo era puro truco (el mago aún no había asomado por el *hall*), y al extremo, las hermanas Chela y Susana, Susana odiando a Martín: «¡Eso sí que no! ¡Siéntese!». Martín trataba de organizar una barra para recibir al mago: ¡Truco!, ¡truco!, ¡truco! Mocoso retaco insolente.

El mago Pollini, que había actuado en la televisión y todo, entró mariconcísimo y casi corriendo por la puerta lateral del gran *hall*. Encantado de estar en el castillo, avanzó rápidamente hasta la señora Susana y le besó la mano como hacía tiempo no se la besaba nadie en Lima. «*Sen-ñora*, dijo, a sus órdenes», y todo empezó a oler a perfume en esa zona del *hall*. Después saludó a la tía Chela, otro besito en la mano, y les presentó a su *partenaire*, que era su esposa también, largos años por escenarios de toda Sudamérica, con silbiditos y todo, y que no, no lograba ser como la señora. El mago preguntó si podía proceder, le dijeron que sí, y entonces se dirigió a la mesa que habían dispuesto para él, frente a los niños. Las hermanas se sentaron nuevamente y el mago, echando una miradita al auditorio, varios millones reunidos, descubrió, al fondo, a Víctor. «¿Me podrían traer un vaso con agua?», dijo, como quien no quiere la cosa. Víctor se hizo el desentendido, ni que fuera quién, pero la señora volteó a mirarlo: «Víctor, tráigale un vaso con agua al mago... al señor», y el pobre no tuvo más remedio que humillarse en presencia de Vilma. El mago también ya le había echado el ojo, pero no era el momento, estaba en un castillo.

Alzó los brazos como si lo fueran a fusilar, pero era para que su *partenaire* le sacara la capa. Ya había puesto el sombrero tarro y el maletín de cuero negro sobre la mesa y ahora se parecía menos a Drácula, para tranquilidad de Julius y de muchos otros que lo seguían atentamente y con la boca abierta. Cinthia le dio un codazo a su hermano, «no te olvides, Julius, ¿te acuerdas de todo?», parece que Vilma también participaba del secreto. Pero en ese instante llegaba Víctor donde el mago con el vaso con agua, que lo dejara ahí nomás, sobre la mesa, y pudo comprobar que no era tan blanco, se talquea el rosquete y se maquilla, dejó el vaso y le mentó la madre con los ojos. Ahora sí ya iba a empezar la función.

Iba a empezar, porque en ese instante llegó el señor Lastarria, el padre de Rafaelito, y el mago se derritió. Entró el señor Lastarria, Juan Lastarria, y avanzó para saludar una vez más a su esposa, hacía diecisiete años que la saludaba una vez más. El mago lo miraba, lo admiraba y esperaba que, con los ojos, lo autorizara a correr y saludar. Ese era el señor Lastarria, digno de admiración, ese que ahora lo estaba mirando, ya podía venir y saludar, ese cuya mano estrechaba ahora feliz, sobón, y que por supuesto no le besó la mano a su *partenaire*, a su mujer.

En cambio a Susan sí se la iba a besar. A Susan, no a Susana, Juan Lastarria sentía la diferencia; a Susan, linda, la madre de Julius que en ese instante llegaba también: estaba bien visto eso de recoger a los hijos de un santo, amor maternal, sentido de responsabilidad, etcétera; y ella aprovechaba, ella mataba dos pájaros de un tiro: recogía a los hijos y de paso se soplaba a su prima Susana, tan fea, tan sosa; de paso se soplaba a Juan, de paso lo hacía feliz, de paso se dejaba besar la mano por él, *my duchess*, y el besito, como una esponja en la mano siempre linda.

Ahí estaban todos. Se saludaban. Susan y Susana. Juan Lastarria y el mago. La *partenaire* y Susana y Susan, imposible. Susan era viuda y Susana era fea, horrible. Juan fue pobre arribista trabajador, por matrimonio había logrado hasta el castillo y ahora era cursi. El mago era un artista. El señor Lastarria había triunfado. La *partenaire* estaba muerta, pero habían sido también veinte años de una vida llena de trucos. Terminaron de saludarse. «¡Julius!, ¡Cinthia!», exclamó Susan, volteando a mirar adonde ya sabía que estaban, se acercó y los besó, linda. «¿Un whisky, *duchess*?», así la llamó su primo Juan. «Sí, darling, con una pizca de hielo». Pobre darling, se casó con Susana, la prima Susana, y descubrió que había más todavía, *something called class, aristocracy*, ella por ejemplo, y desde entonces vivía con el pescuezo estirado como si quisiera alcanzar algo, algo que tú nunca serás, *darling*.

Pero para el mago el asunto era distinto; él ya no captaba tanta sutileza, cuestión de centavos más bien para él; él sí que admiraba al señor Lastarria y por eso maldecía haber pedido el vaso con agua, maldito el momento en que lo pidió, seguro que ahora no le invitaban un *escoch*. Ya los traía el mayordomo, él los contó mentalmente, rápidamente los distribuyó, por algo era mago: no, no había uno para él, ya iba cogiendo cada uno el suyo, el señor Lastarria también, ya le tocaba empezar con su *show*.

Juan Lastarria acomodó a la duquesa a su lado, sorbió un trago de whisky y, mirándola de refilón, dio la orden de que empezaran con todo eso. Susan también lo miró: el primo Juan, ¡qué feliz estaba!, sus pechitos regordetes bajo la camisa de seda, la pancita que tanto hacían entre él y el sastre para esconder, la paradita insoportable con la mano entre los botones del saco, el bigotito recto sobre el labio, aprendido en sabe Dios qué *cabaret* (no olvidaría nunca cuando Santiago, su esposo, dijo que era la distancia más corta entre sus dos cachetes), la planchada de cabellos tipo magnate griego-argentino, por ejemplo, los anteojazos de sol todo el año, cursilón el primo; era la imagen que se le había grabado y que la espantaba, pobre primo... La risa de los niños atrajo su atención: el mago ya había empezado.

Y no solo había empezado sino que ya había sacado una barbaridad de huevos de un sombrero, y todavía sacó uno más y uno más, en realidad continuaba sacando huevos como esas tías viejas y pintarrajeadas que uno tiene, solteronas románticas, uno cree que ya jamás podrán tener otro novio y, ¡zas!, se te presentan un día en casa con unos dulcecitos, para ti hijito, y otro novio más, un italiano esta vez. Hasta Martín se quedó cojudo con la cantidad de huevos y todo el mundo aplaudió. El mago agradeció, hizo una venia, y señaló a su *partenaire* para que también la aplaudieran un poquito. En verdad, los aplausos disminuyeron mucho porque la mujer lo único que hacía era ir guardando todo lo que el mago sacaba del sombrero, o de los puños del saco, o de la boca, o de la solapa, o del bolsillo interior del saco; era endemoniado el tipo, ahora acababa de sacarse tres palomas al hilo de un bolsillo en que no había nada. Por supuesto que no faltó quien tuviera un jebecito por ahí, quien se fabricara una hondita por ahí, nadie confesó haberlo hecho pero nada le gustó al mago cuando casi le liquidan a una de las palomas del negocio.

«¡Esténse quietos, niños!», ordenó la señora Susana y, por su parte, Juan Lastarria: «Siga, por favor; no ha pasado nada». El mago obedeció y siguió, pero claro, es lógico, antes guardó bien sus palomas y ahora empezó más bien a meterse cosas: se tragó un fierro caliente, luego una espada, y así sucesivamente hasta que empezó con otros trucos, de cartas esta vez. Era un trome, el mago, había trabajado en la televisión y todo, su *partenaire* no se cansaba de decirlo, un espectáculo de primerísima calidad para los niñitos del Perú y de Sudamérica, un espectáculo de calidad en honor de Rafaelito Lastarria, cuyo onomástico celebramos hoy día, un aplauso para él (Martín, por supuesto, cero), hijo del señor y la señora... Ya basta, pintamonos.

Pero hay un momento en que los magos tratan de probarles a los niños que en esta vida no hay nada imposible. Entonces llaman a uno, le piden que se acerque, cualquiera de ellos, y que pruebe hacer un truco. Los niños se cortan toditos, se avergüenzan, enmudecen, agachan las caritas, las esconden en el pecho, las amas los empujan, les dicen que vayan, así hasta que se para un decidido, uno que, por ejemplo, ya ha ayudado en la misa, y va y hace un truquito dirigido por el mago, y se gana la eterna admiración de sus compañeros. Sucede siempre, o mejor dicho casi siempre, porque en este santo sucedió algo mucho mejor, una escena colosal.

El mago ya estaba empezando con toda la alharaca de «a ver, ¿quién quiere hacer un truquito?», cuando, sin que nadie lo hubiese notado (solo Vilma y Cinthia), descubrió que, a su lado, junto a la mesa, había una criatura orejona parada con los tacos muy juntos, las puntas de los pies muy separadas y las manos pegaditas al cuerpo.

—Yo sé hacer un truco.

—¡Averaveraveraveraver! ¿Cómo te llamas, hijito?

—Julius.

Todos se desternillaban de risa. Susan, linda, vibraba. Vilma se moría de miedo. Cinthia tosía, «ojalá que se acuerde».

—¡Fantástico! ¡Maravilloso! ¡Extraordinario! ¿Y cuántos años tienes, hijito?

—Cinco.

—¡Maravilloso! ¡Fantástico! ¡Fenomenal! ¡Julius, bajo mi dirección, les va a hacer el más extraordinario truco de todos los tiempos!

—No. Yo sé hacer un truco.

—¡Averaveraveraver, hijito!

El mago se estaba poniendo un poco nervioso. Miró hacia los dueños de casa: sonreían.

—¿Tú sabes hacer un truco?

—Sí.

—A ver, hijito, averaveraveraver, pasa por acá. ¿Qué truquito sabes hacer? Cuéntanos...

Julius miró a Cinthia: Cinthia le hacía señas con el dedo como si quisiera recordarle algo. Vilma se tapaba la cara.

—Necesito que otro niño me ayude —Julius hablaba como si supiese todo de paporreta, casi no daba entonación a sus palabras. Seguía con las manos muy pegaditas al cuerpo y orejoncísimo, pero tenía la mirada fija en Rafaelito.

—¡Ah!, entonces es un truco complicado, ¡doble! ¡Fenomenal! ¡Fantástico! ¿Cuál era tu nombre, hijito?

—Julius.

—¡Aquí Julius nos va a mostrar toooda su ciencia! ¡Nooo se lo pierdan! ¡Aquí viene lo mejooor! ¿Y qué niñito te va a ayudar?

—Rafael.

—¡Ah! ¿Rafaelito? ¡Claro que sí! ¡Rafaelito, el dueño del santo! ¡Muy pero muy bien!

La *partenaire* estiró ambos brazos en dirección a Rafaelito, que miraba toda la escena desconcertado y temeroso. A su lado, Martín sonreía más escéptico que nunca.

—A ver, pues, anda —le dijo, dándole un codazo.

El dueño del santo se paró y avanzó desconfiado hasta la mesa. En su vida había odiado tanto a su primo; además, ahora estaba odiando a todos los invitados, era increíble la bulla que metían. ¡A ver, pues Rafael!, ¡a ver, pues!, gritaban, y se movían inquietos en sus asientos.

—Necesito un cenicero y una piedrita —dijo Julius, sacando el cenicero y la piedrita del bolsillo del saco—: Aquí están.

—¡Fantástico! ¡Fenomenal! —exclamó el mago—. Y ahora, ¿qué truquito nos vas a hacer?

Julius colocó el cenicero y la piedrita sobre la mesa y miró a su primo Rafael.

—Yo pongo la piedrita y la tapo con el cenicero. Entonces digo unas palabras mágicas y te apuesto que saco la piedrita sin tocar el cenicero.

Rafaelito se puso verde y lo odió ya para siempre. Miró hacia el auditorio y vio, entre mil cabecitas que se movían inquietas, a su padre, a su madre, a la madre de Julius: lo estaban mirando, estaban esperando. Además, en primera fila, Martín parecía decirle «ya anda pues, hombre, friégate de una vez».

En el auditorio, todo el mundo se había olvidado de que era el dueño del santo y de todo. No tuvo más remedio que decir:

—¡Mentira!

—De verdad —dijo Julius, y cubrió la piedrita con el cenicero.

—¿Viste? Ahí está, debajo.

—Sí. ¿Y ahora?

—Yo di-digo —tartamudeó Julius mirando a Cinthia—, yo digo unas palabras mágicas...

—¡A ver!

—¡Abracadabra! —pronunció Julius, poniendo las manos unos veinte centímetros por encima del cenicero.

El mago, bien empolvado, y su *partenaire*, toda pintarrajeada, miraban a Julius como implorando.

—¿Y ahora? —preguntó Rafaelito, furioso.

—Ahora yo puedo sacar la piedrita sin tocar el cenicero.

Vilma terminó de comerse una uña, empezó con la otra, y Cinthia suspiró como aliviada.

—¿Cómo?

—Mira, para que veas.

Rafaelito se abalanzó sobre el cenicero, levantándolo para comprobar que la piedra seguía allí abajo. En ese momento, la manita de Julius, temblorosa, robotiana, retiró la piedrita.

—¿Ya ves? —dijo—. No he tocado el cenicero.

Al principio nadie entendió bien lo que había ocurrido; en realidad, los niños tardaron un poco todavía en desternillarse de risa, pero ya Juan Lastarria había empezado a arrancarse bigotitos, Susana a odiar para siempre a Susan, linda, mientras el mago hacía volar palomas por todo el castillo, sacaba millones de huevos de todas partes y casi se traga el maletín. Julius miraba a Cinthia y los niños empezaban a aplaudir, cuando Rafaelito, verde y todo inflado de rabia, gritó:

—¡Pero tú no tienes casa en Ancón! —y desapareció.

El mago todavía se cortó un dedo imaginario, se sacó un brazo imaginario, le atravesó una espada a su *partenaire* en pleno corazón y, en fin, varias pruebas más que lograron calmar un poco a los niñitos, bien excitados se les notaba. Julius volvió a sentarse junto a Cinthia y a Vilma que, con tres uñas destrozadas, buscaba la mirada de Víctor.

Ya los niños habían regresado al jardín y allí esperaban que mamá o el chofer viniera a recogerlos. Habían iluminado todo con luces de mil colores y las caras de las amas se veían pálidas, casi tan blancas como sus uniformes. Ya lo único que querían era que los niños no se ensuciaran más, no tardaban en venir por ellos. Y ahí los iban llamando por su nombre y apellido, que a fulanito, que a menganito, que a zutanito, y se iban retirando, previo beso de la señora Susana en la puerta y previa cara de odio de Rafaelito, también en la puerta.

Más alegre era la cosa por el bar del castillo. Ahí, Juan Lastarria, Susan y Chela, más otros familiares o amigos que habían aceptado pasar un ratito a beber un whisky, fumaban y conversaban alegremente. Claro que no faltaba alguna pesada que insistía en hablar del colegio de su hijo, pero, en general, el ambiente era propicio para que Lastarria pudiera entablar conversación con Susan y decirle *my duchess* mil veces más, y sentirse en la gloria cuando ella le decía *darling* delante de medio mundo. Así la vida era más agradable, así sí que valía la pena vivir y para eso se había trabajado tanto en la vida, así, hablando de nuestros antepasados, de tu abuelo, Susan, tan británico en todo, tan señor, como ya no los hay, y con ese nombre tan sugestivo, Patrick; estudió en Oxford, ¿no?; ¡cuánta tradición! A Lastarria le fascinaba todo lo inglés, el castillo era una buena prueba de ello, y por eso era tan maravilloso tener a Susan, nieta de ingleses, hija de inglés, educada en Londres, metida en el bar, ahí ya no faltaba nada ni nadie.

Solo el mago; el pobre mago ya había guardado sus palomas, sus espadas, sus pañuelos de seda, hasta a su *partenaire* hubiera querido guardarla en el maletín y, ahora, a unos diez metros del bar, se mandó tremendo afarolado con la capa de Drácula, su *partenaire* lo ayudó a abrochársela, así se la ponía en las grandes ocasiones. Juan Lastarria notó su presencia y lo llamó, los llamó, para invitarles un whisky. Y él mismo se los sirvió, él mismo les puso hielo en cada vaso, entonces ellos empezaron a responder a unas cuantas preguntas. Preguntas como ¿y el truco de las palomas, cómo lo hace usted? o ¿y cuando se corta y le sale sangre? Después, también, preguntas sobre su vida, su vida de artista, claro, ahí fue cuando la *partenaire*, qué bárbara, cómo se pintarrajea, se puso sentimental y todo, hasta que ya era hora de que se fueran.

También en el jardín estaban sucediendo cosas. El trío Rafaelito-Pipo-Martín, acompañado de algunos nuevos adeptos a la mafia, había reaparecido decidido a jugar al perro y al amo, lo cual, en resumidas cuentas, quería decir, vengarse de Julius y sacarle la mugre. Cinthia era la última mujercita que quedaba y se estaba quejando de frío y sudor, mientras Vilma se apuraba en abrigarla para volver a conversar con Víctor. Estaban los dos la mar de disforzados, bajo un árbol y todo, pero Vilma no dejaba que sus niños se alejaran mucho. Por eso ellos podían oír su conversación, algo así como:

—Yo iría, pues, a la esquina.

—Pero yo no le conozco, oiga —y una sonrisita.

—El jueves yo también puedo tomar mi salida.

—¿Y cómo sabe que salgo el jueves? —otra sonrisita y una mirada a los niños.

—Usted me lo ha dicho.

—¿Y si es de mentiras?

—Capaz le gusta a usted mentir siempre...

—Yo no le miento a *nadies*.

—¿Entonces es de verdad?

—¿Y usted cómo sabe?

—Será, pues, usted misteriosa —andaba impaciente el pobre Víctor, las manos sudorosas y todo.

—¿Cree usted? —una sonrisita, tres como gemiditos y los ojazos bien negros y brillantes: toda ella la chola y realmente hermosa.

—Se habrá usted contagiado del mago, ¿diga?

—¡Jesús! ¡Qué cosas dice usted! ¿No ve que tiene su señora, el mago?

—¿Cómo vivirán esa gente?... Dizque son artistas...

—¿Vio cómo sacaba cuánta paloma del sombrero?

—Puro truco nomás.

—¿A lo mejor sería usted también truquero? —bien seria hizo Vilma esta pregunta.

—Yo nunca le miento a una dama —recitó Víctor con la seguridad de que no podía fallarle su librito; lo había comprado en el Mercado Central y se llamaba *El arte de enamorar*. Ya varias veces le había servido.

—¡Qué galante! —dijo Vilma, mirando coquetona hacia lo alto del árbol: ahí estaba la plataforma desde donde Rafaelito les había arrojado mil terrones, e inmediatamente volteó a mirar a los niños: conversaban lejos de los demás niños y siempre cerca de ella, la miraban de reojo.

—Nada me cuesta ser galante frente a una joven hermosa.

—¡Jesús! ¡Cuánta galantería! —exclamó Vilma, sonriendo—; me voy a poner ufana.

Este era el momento en que, según *El arte de enamorar*, él debía preguntarle si le gustaban las películas románticas, para que ella le dijera que sí y, entonces, él poder decirle que también era de temperamento romántico. Pero el famoso librito no se ponía en el caso de que el asunto transcurriera bajo un árbol y no en el cine. Por eso Víctor anduvo un instante desconcertado y sin saber qué decir, hasta que finalmente se arrancó de nuevo con el asunto de la salida del jueves.

—¿Y si yo fuera a esperarla el jueves?

Esto estaba por verse; y también lo que estaba ocurriendo en el centro del jardín: tumulto y gritería, y Vilma miró hacia donde acababa de verlos: ni Cinthia ni Julius. Partió a la carrera, atravesó medio jardín gritando ¡Julius!, ¡Julius! Del tumulto salían varios niños a gatas, los perros, y sus amos, otros niños, los más grandecitos, que los llevaban atados del cuello con sogas y correas. Y Julius y Cinthia en medio de toda la gritería, Cinthia tosiendo, discutiendo, ¡que no!, ¡que sí!, gritaba Rafaelito, ¡que tenían que jugar como todo el mundo!, ¡que Julius se dejara poner el cinturón al cuello! Julius también gritaba ¡que no!, y Cinthia agregaba que sí querían jugaban pero que ella sería el perro de Julius. Entonces Vilma, aún desconcertada, vio cómo Cinthia se arrojaba al suelo, se ponía en cuatro patas y se enroscaba un cinturón en el cuello: «Vamos, Julius, ¡coge!». Julius cogió, Vilma los estaba ayudando a salir del grupo, pero en ese instante vieron las gotitas de sangre que resbalaban por el bracito de Cinthia. Cinthia se soltó como pudo y partió a la carrera gritando ¡no tengo nada!, ¡no tengo nada!, ¡quédate con Julius!, ¡voy donde mamita!, y tosía mientras iba corriendo.

Julius nunca ha sabido, no ha querido saber, cómo fue toda la escena adentro, en el bar. Solo recuerda que la tía Susana vino a buscarlo al jardín y le dijo que ya se tenía que ir. A la salida, en la puerta, su tío Juan se despidió de él y no se olvidó de besarle la mano a su duquesa. «No es nada, Juan; nada, darling; debe haberse lastimado la naricita por dentro». Susan se despidió de todos, linda y nerviosa.

Todavía, al llegar al auto, Carlos, el chofer, y Víctor se pelearon por abrirles la puerta.

¡Cinthia! ¡Adorada Cinthia! No, no tenía ni una sola manchita; estaba impecable, fresca, sonriente, peinadita, con la carita lavada; ni un solo indicio para no asustar a Julius, que te miraba el brazo, adorada Cinthia, mientras regresaban a casa, por fin se había acabado otro santo de los primitos Lastarria, esas mierdas. Y ahora regresaban, irían de frente a la tina y luego a la camita. Mamá también, que estaba linda sentada ahí adelante, volteando de rato en rato a mirarlos: qué preocupaciones traían esas dos criaturitas, siempre nerviosas, siempre enfermándose, esa noche iba a quedarse en casa, no saldría, lo llamaría por teléfono porque, ahora sí, ya Cinthia empezaba a preocuparla. Sus hijos mayores nunca habían dado tanto que hacer; estos crecían sin padre, entre amas y mayordomos, inevitable, y eran tan frágiles, tan inteligentes pero tan frágiles, tan distintos, tan difíciles, ¿un internado? No, Susan, tú no eres mala, nunca lo has sido, eres simplemente así, no puedes estar sola, aburrida, sin tu gente, dando órdenes en un caserón con niños, tus niños, Susan... Un mayordomo abrió la reja del palacio y el Mercedes se deslizó suavemente por el camino que llevaba hacia la gran puerta. Allí estaban los demás, hasta Nilda, la Selvática, los estaban esperando, los habían esperado toda la tarde y ahora los recibían sonrientes, alegres, dispuestos a responder a las mil preguntas de Julius. Pero algo debieron notar, alguna señal debió hacerles Vilma, porque de pronto como que fueron desapareciendo. A Susan le molestaba que anduvieran por toda la casa, últimamente se metían por todas partes, entraban en todos los cuartos, eso no pasaba en la época de Santiago; claro, es que ahora vivían con los chicos y ella era impotente para evitarlo, no tenía ni tiempo ni ganas, a duras penas fuerza para unas cuantas órdenes, como ahora: que lo bañara, que la acostara, que trajera el termómetro, que al médico ya no se le podía llamar hasta mañana, que le diera sus remedios. Y Vilma inmediatamente empezaba a ocuparse de todo; los llevaba a los altos, les traía su comidita, la acostaba, lo bañaba, le avisaba a la señora que ya podía venir a darles las buenas noches y se quedaba todavía un rato con Julius, conversando, riendo, bromeando, como si quisiera que le tocara el tema, como si quisiera hablarle de eso, ¿entendería?, de que Víctor, al abrirle la puerta del auto, le había dicho que el jueves la esperaba en la esquina, a las tres en punto, el jueves le tocaba su salida.

III

Pero el jueves nadie salió del palacio en todo el día. Nadie salió porque esa noche la señora Susan partía con Cinthia a los Estados Unidos. El médico decidió que eso era lo mejor, las cosas iban tomando proporciones, la chiquilina no andaba muy bien que digamos; no quería pecar de alarmista el médico, pero mejor partir a curarse en un hospital de Boston; sí, sí, era preciso actuar con rapidez, ni un minuto que perder. Inmediatamente empezaron los preparativos, las llamadas telefónicas a las agencias de viajes, los ajetreos del pasaporte, la locura de las maletas. Todos en palacio bajaron el tono de voz desde que se anunció el viaje, y Julius aprendió que los Estados Unidos nada tenían que ver con el Central Park instalado últimamente en el Campo de Marte, lleno de ruedas Chicago y mil atracciones más en inglés; los Estados Unidos quedaban mucho más lejos que eso, ¡uf!, muchísimo más, quedaban del aeropuerto, por el cielo oscuro, a ver piensa lo más lejos que puedes pensar; mucho, mucho más que eso, lejísimos... «¡No!», gritó, pero un llanto tenue humedeció enseguida la carita ardiente de rabia, ganándola para la tristeza.

Cinthia guardó cama y tosió hasta horas antes de partir. Apareció muy abrigada en el gran comedor donde hoy Julius se había sentado a la mesa con todos. Comían callados y amables, se pasaban la mantequillera cuando todavía no se la habían pedido, se servían el agua antes de que el mayordomo viniera para servirla, nunca se miraban, las gracias se las daban despacito. Por fin terminaron y fue hora de pasar al salón del piano para seguir esperando. Allí, Cinthia trató de disimular su malestar y estuvo un ratito sentada en el banquillo del piano, golpeando las teclas como quien no quiere la cosa, un poquito ida tal vez, hasta que se encontró con la mirada fija de Julius, la estaba mirando aterrado, rápido retiró sus manitas crispadas del teclado y corrió a sentarse junto a él.

—Cuando regrese espero que ya te hayas cansado de jugar en la carroza —le dijo, ayudándolo con unas cosquillitas en la axila para que sonriera por favor.

Era triste la atmósfera en la sala del piano. Solo habían encendido una lámpara, la que iluminaba el sillón en que se hallaba Susan. Cinthia, Julius, Santiaguito y Bobby, elegantísimos, llenaban un sofá que permanecía en la penumbra. Afuera, en el corredor, los empleados murmuraban como dejando sentir su participación en tanta pena; callaban, y la ausencia de sus voces dejaba a los niños indefensos contra un escalofrío, piel de gallina se tocaba incluso la pobre Susan, muda; volvían a empezar, y sus murmullos eran como breves, frágiles pausas de un silencio acumulado y total, un silencio que gritaba su nombre, que avanzó un poco o que se detuvo aun más cuando sonaron diez campanadas de la noche en algún reloj, en otro salón, triste y oscuro también, porque el día en que partió Cinthia, desde el atardecer, las habitaciones del palacio se habían ido convirtiendo en vasos comunicantes de tristeza y profundidad. Vasos enormes como lagos sobre los que ahora goteaba lenta, desesperantemente, uno por uno, tictac, tictac, tictac, media hora más para la partida; ellos escuchaban mudos, inmóviles como el enfermo húmedo de fiebre que descubre el camino del sueño en la respetuosa aceptación del insomnio, en la más atenta contabilidad de las gotitas de un caño mal cerrado, «esta noche no duermo, me fregué», dice y cuenta.

Así, ellos no se enteraban de que las maletas iban pasando hacia el Mercedes guinda, allá afuera, en la noche. Susan suspiró honda, profundamente. La triste noticia la había sorprendido en una época de particular belleza, de total elegancia, y ahora parecía un cisne herido navegando, dejándose más bien llevar por el viento hacia una orilla que tal vez alcanzó al sonar el teléfono para ella. «Por lo menos tú tienes cómo matar el tiempo», pensó Santiago al verla salir a responder. Los sirvientes aprovecharon su ausencia, iban entrando en puntas de pies, Nilda adelante, los otros la seguían, parece que ella iba a hablar por todos, Cintita, Cintita, lo demás no sabían decirlo.

«Síguenos, Juan Lucas», le dijo Susan al hombre que estaba al volante de otro Mercedes, uno *sport*, parado detrás del de ellos. Había llegado justo en el momento en que partían y le habían abierto la reja para que entrara hasta la gran puerta del palacio. Ahora ponía nuevamente su motor en marcha y salía detrás de ellos rumbo al aeropuerto. Cinthia volteó a mirar, pero en la oscuridad no logró ver quién manejaba ese auto. El nombre Juan Lucas no le sonaba conocido y le dio un codazo a Julius, casi lo mata del susto: era la primera vez que salía de noche, la primera vez que iba a un aeropuerto y la primera vez que se separaba de su hermana por tanto tiempo: su cabecita dormilona pensaba en mil cosas excitándose cada vez más, un golpe desprevenido fue demasiado, pero no bien reaccionó hizo un esfuerzo por devolverle una sonrisa. Eran demasiados en el Mercedes; sus hermanos Santiago y Bobby se acomodaban a cada rato a expensas suyas, cada vez lo iban hundiendo más, poco faltaba para que lo incrustaran por la rendija del asiento posterior. Adelante, Susan lloraba, pero solo Carlos y Vilma, sentados junto a ella, podían darse cuenta.

La CORPAC, «Corporación Peruana de Aeropuertos Civiles», le explicó Cinthia a Julius, que en la última parte del trayecto había reaccionado y había empezado a ahogarla con preguntas; empezó a toser y Vilma la abrigó más para bajar: «Corre mucho viento», anunció. Carlos, por su parte, anunció que él se iba a encargar de las maletas, pero apareció otro hombre con gorra diciendo lo mismo y se odiaron; al mismo tiempo, un tercer hombre con gorra, y placa con número en la solapa, apareció tratando de cobrar algo y de cuidar el auto, pero Carlos le dijo que para eso estaba él y se odiaron también. El tipo insistió diciendo que entonces quién pagaba el *ticket* del estacionamiento. Susan abrió su cartera y se le cayeron los pasajes, una polvera, sus anteojos de sol y el lápiz de labios de oro. Recogió los anteojos, todos se agacharon para ayudarla con lo demás. Cinthia empezó a toser y Bobby dijo que mamá nunca tenía un céntimo en la cartera. Vilma buscó en los bolsillos de su uniforme y dijo que tampoco tenía. Bobby se negó a prestar dinero y por fin Carlos pagó el asunto, mentándole la madre al del *ticket*, con los ojos nomás, por la señora y los niños. Por supuesto que a la hora de bajar las maletas, Carlos no podía con todo lo que la señora se llevaba de equipaje y hubo que empezar a buscar al tipo que hacía un instante acababa de estar ahí con la carreta esa, ¡llámenlo, por favor! Julius pegó tal bostezo que casi se va de espaldas sobre la pista y, no bien recuperó el equilibrio, preguntó en cuál de los aviones se iban, cuando todavía no se veía ninguno. «¡Cállate, por favor!», le gritó Susan, pero enseguida se le echó encima para besarlo y abrazarlo, le mojó toda la carita con sus lágrimas.

Se acercó un hombre que dijo Susan como ellos nunca antes habían oído decir, como si fuera la única palabra que tuviera, como si se hubiera mandado poner cuerdas vocales de oro para pronunciar ese nombre gozando más. Susan se puso las gafas negras y probó una sonrisa, Juan Lucas, si supieras lo que es esto. Juan Lucas la cogió del brazo, calma, calma; alzó el brazo izquierdo y con los dedos empezó a hacer tictic y todo se llenó de calma y de hombres con carretas y buena voluntad, dispuestos a llevarse íntegro el equipaje de los señores. Después, siempre del brazo, la condujo hacia el inmenso *hall* iluminado del aeropuerto; caminaban por gordas alfombras hacia la luz, ahora sí se lo podía ver bien: había interrumpido sus placeres, se había tomado el trabajo de ir a un aeropuerto. Los niños venían detrás, seguidos por Vilma y Carlos, que había logrado que le dejaran una maletita. Los cuatro hermanos se acercaban al mostrador de Panagra tristes y somnolientos; Santiago, sin embargo, sentía nacer en él una cólera terrible: ¿quién era ese imbécil que le cogía el brazo a su madre?

Y ahora que lo veía medio de lado, apoyado distinguidísimo en el mostrador de Panagra, sintió que ya no podía más de rabia. Pero no sabía por dónde agarrarlo. Cómo destruirlo si casi lo cautivaba con tanta finura. A ese sí que se lo habían traído derechito de la Costa Azul a un campo de golf; claro, y en un campo de golf debió conocer a Susan, ahí debió haberla visto por primera vez mientras hacía un *swing* y la pelotita blanca desaparecía en la perfección verde, mientras avanzaba y el aire lo iba despeinando elegantemente, ondulando ligeramente sus sienes plateadas y refrescando su cutis siempre bronceado; y después, por qué no, bebiendo juntos *gin and tonic* que llegaba hasta la piscina del club en bandejas de plata sobre manos invisibles y obedientes que se retiraban silenciosas para que ellos conversaran en paz, para que sus palabras pudieran cruzarse entre el viento y llegar finas a sus oídos, con la música de fondo, para los señores socios, para sus invitados, y con peces de colores... ¡Con él era que salía todas las noches!, ¡con él que bailaba!, ¡con él que bebía!, ¡con él que trasnochaba!, ¡por él que casi nunca la veían!, ¡que ahora estaba triste! Santiaguito acababa de descubrir algo insoportable.

«Ni en Hollywood los fabrican así», andaba pensando el tipo de Panagra, lleno de admiración, cuando Juan Lucas dijo firma estos papeles, Susan, extendiéndole una pluma de oro que nadie había visto nunca anunciada por la publicidad; se la extendió cogida como un cigarrillo, entre dos dedos cuya educación había transcurrido indudablemente entre plumas fuente de oro y vasos de cristal. La pobre Susan terminó de firmar los tres papeles que le correspondían y descubrió que en cada uno había garabateado su nombre diferente. «No tengo firma, anunció, volteando aterrada donde Juan Lucas, ¿qué hago, darling?, ¿en qué líos me voy a meter ahora?». Juan Lucas volvió a coger su pluma, la guardó en el bolsillito para lapiceros de su chaqueta para la ocasión, miró fijamente al tipo de Panagra, por si acaso hubiera pensado burlarse de la señora, y la tomó del brazo. Todo estaba listo y en regla con los pasaportes. Santiago quiso dejarse de mariconadas, dejarse de contemplar al tal Juan Lucas, pero ahora de nuevo lo contemplaba mientras atravesaba el *hall* con su madre, parecía que se iban al cielo. Susan volteó a decirle a Vilma que no fuera a desabrigar a Cinthia y que trajera a los niños al bar. Por supuesto que Julius había desaparecido y todo el mundo empezó a requintar, pero Juan Lucas ya lo había visto y lo señalaba con un dedo tan fino y tan largo que casi no dejaba pasar a la gente: allá, allá, pegado al ventanal, contemplando el campo de aterrizaje. Cuando Vilma casi lo mata del susto al cogerlo del brazo por detrás, él le dijo que en ese avión se iba Cinthia, era un Air France, el que más le gustaba.

En el bar fue Coca-Cola para todos los niños, menos para Cinthia, tú mejor nada, darling. Julius le dio la mitad de su vaso, alegando que no tenía hielo. Susan lo iba a resondrar, pero en ese instante Juan Lucas festejó el asunto echándose ligeramente hacia atrás y soltando tres jajaja encantado, ni más ni menos que si hubiera logrado dieciocho hoyos en dieciocho jugadas. Entonces Susan escondió la cara entre sus manos como diciendo que todo eso era demasiado para ella, pero ya llegaban los whiskies. «¿Qué tal si le invitamos uno a Santiago?», propuso el del golf. Susan lo miró sorprendida, hubiera querido decir algo, pero en ese instante Santiago se puso de pie y gritó que sus copas se las pagaba él, que se largaba a tomarlas al mostrador. Juan Lucas hizo una mueca como si hubiera fallado una jugada fácil. «Llévenle al jovencito un paquete de Chester, dijo, reaccionando a tiempo, los va a necesitar».

Cuando llamaron a los pasajeros por los altavoces, ya Santiaguito se había bebido tres whiskies y se iba por el cuarto. No quiso despedirse ni de Cinthia. Juan Lucas era el único que no lloraba mientras bajaban hacia la puerta de acceso a la pista; ahí Vilma empezó realmente a gemir, cosa que incomodaba al del golf, con la chiquillada tenía suficiente. Cinthia fue breve: a todos les dio un abrazo y un besito, y a Julius le dijo que le iba a escribir y que le contestara. Después Susan comenzó a despedirse, un beso para cada uno, a Vilma y a Carlos les dio la mano y tuvo que abalanzarse para controlar a Bobby que se le iba encima a un chico que se estaba burlando. En ese momento fue mejor que no estuviera Santiaguito: ellos vieron cuando ese señor que se llamaba Juan Lucas abrazó a su madre, la besó tiernamente y le dijo que si se demoraba en volver iría a visitarla a los Estados Unidos.

Después, entre Juan Lucas, Vilma y Carlos los llevaron a la terraza para que vieran despegar el avión y le hicieran adiós a mami y a Cinthia. «¡Allá van!», gritó Bobby, el primero en verlos atravesar la pista y voltear luego para hacerles adiós, Susan siempre con las gafas negras y Cinthia tosiendo. Pero Julius vio otra cosa; vio cómo llenaban de gasolina los tanques del avión en que según él se iba Cinthia, uno que en realidad partía mucho más tarde, pero era el avión que le había escogido y estaba esperando que subieran, cuando en eso empezó a vomitar. Le manchó el pantalón a un señor que estaba a su lado, claro que el señor se molestó, pero Juan Lucas, distinguidísimo, resolvió el problema con unas palabras bien dichas y con un pañuelo de hilo de seda perfumado que entregó como quien reparte un volante, mirando al próximo.

—No se olviden de Santiago —les dijo, despidiéndose. Partió sin haberse enterado bien del vómito de que se quejaba el imbécil ese, antes de que empezara a oler, en todo caso.

Ellos esperaron en el auto mientras Carlos iba a traer a Santiaguito. Lo encontró en el bar y estuvo largo rato tratando de convencerlo de que tenía que volver a casa, de que sus hermanos se estaban cayendo de sueño. Por fin pareció que iba a ceder pero, cuando llegó el momento de pagar, el mozo dijo que esos tragos ya estaban pagados, que el papá del joven los había pagado. Entonces sí que se armó la grande. Santiaguito gritó que el alcahuete ese no era su padre, que él lo iba a parar, que lo iba a matar, que su madre era sagrada y un montón de cosas más por el estilo hasta que empezó a llorar y se cayó al suelo. Carlos lo cargó hasta el auto; ahí todavía siguió pataleando y maldiciendo un rato. Julius dijo que estaba loco pero Bobby le dijo que no, que estaba borracho por lo de mamá.

La primera carta de Boston llegó una semana más tarde y venía dirigida a Julius. Vilma se la leyó pésimo.

Querido Julius:

¿Cómo estás? ¿Me extrañas? Yo sí te extraño mucho. Mamita y yo siempre pensamos en ti. Ella dice que tú ya deberías estar en el colegio y que en cuanto llegue a Lima te mandará al Inmaculado Corazón para que aprendas inglés. Mamita dice que es necesario que aprendas inglés y que aprendas a leer de una vez. Dice que estás muy atrasado en todo y que le va a escribir a la tía Susana porque ella tiene la dirección de la señorita Julia para que la señorita Julia vaya a darte clases a casa. Yo le he dicho que tú ya sabes leer bastante pero ella no me cree y dice que te pasas todo el tiempo jugando en la carroza y en el huerto con los mayordomos y con Vilma. Pórtate bien hasta que regresemos porque mamita está bien preocupada por ti.

Yo estoy muy bien. Estoy contenta. Estoy practicando mi inglés con las enfermeras y con el médico. Son tres médicos y vienen todo el tiempo a verme. Yo les entiendo muy bien lo que me hablan y ahora que les dije que te iba a escribir, me dijeron que te mandara saludos. Ya les conté cómo eres y siempre me preguntan por ti cuando vienen. Por eso es necesario que me escribas para que yo pueda saber de ti para contarles más cosas. Tú díctale a Vilma lo que quieres contarme pero también escribe un poquito para ver cómo está tu letra. Me da mucha pena que ya no podemos seguir con las clases. Estabas aprendiendo muy rápido. Cuando vaya la señorita Julia enséñale todo lo que has aprendido conmigo y con Vilma porque mamita no quiere creer que has aprendido tanto.

Yo estoy muy bien. En el avión estuve dormida todo el tiempo casi y mamita también se durmió. Primero estuvo llorando bastante por lo de Santiaguito seguro, pero después se tomó un montón de pastillas y se quedó dormida junto a mí. En Nueva York tuvimos que cambiar de avión, pero no salimos del aeropuerto porque mamita dijo que hacía mucho frío y que además no teníamos tiempo. En el otro avión también dormimos y cuando nos despertamos ya estábamos en Boston. Ahí mismito fuimos a un hotel y dormimos más todavía. A la mañana siguiente vinimos al hospital. Es un hospital enorme y cuando entramos mamita se encontró con un señor de Lima que tenía cáncer. Después me trajeron a mi cuarto, que es muy bonito. Mamita vive en el hotel pero viene desde tempranito y se queda todo el día conmigo, y por la noche se va al cine para distraerse. Yo estoy tratando de que esto acabe pronto y de sanar rápido para que esté más tranquila. Mamita está bien pálida y no se pinta nada. También está bien triste y cuando se despide de mí por la noche llora bastante. Extraña mucho y yo me siento culpable. Por eso creo que debes portarte muy bien para que nada la moleste en estos días. Pórtate bien, por favor. Espero que cuando regrese ya no jugarás en la carroza porque pierdes mucho tiempo ahí. Saluda a Vilma y a Carlos y a Arminda y a todos de mi parte. Yo les voy a escribir solo que quería escribirte a ti primero. No dejes de contestarme. ¿Promesa? Mil besos,

Cinthia

La segunda carta para Julius llegó quince días más tarde. Vilma también se la leyó, llorando.

Querido Julius:

La semana pasada no te escribí porque le escribí a Bobby, a Santiaguito y a los sirvientes. Estoy un poco preocupada porque creo que me olvidé de poner el nombre de Carlos y para él también era la carta. Dile, por favor. Estoy bien cansada. Recibí tu cartita. Mamita leyó lo que habías puesto y se quedó sorprendida. Ella no sabía que sabías tanto y dice que con la señorita Julia vas a aprender más y que a lo mejor te aceptan en el colegio un año más adelante y no tienes que hacer *kindergarten*. Ojalá porque *kindergarten* es bien aburrido. Yo creo que es para bebés. Estoy bien cansada. Tu cartita es linda. Te quiero mucho, Julius, y pórtate bien. La señorita Julia es muy antipática y tiene vellos negros en los brazos. Te pellizca todo el tiempo y yo no sé por qué mamita siempre la llama desde que tía Susana se la recomendó. Aguanta por mamita, que está bien mal. Yo terminaré de escribirte esta tarde porque tengo que descansar.

Dicen que mejor no te escriba hoy. Acabo de despertarme y resulta que ya es de noche. Mejor te escribo de nuevo otro día y ahora te mando esto nomás. Ha venido el médico más viejo. Aquí está. Chau, Julius. Te adora,

CINTHIA

Después hubo tres cartas de mamá y después apareció Juan Lucas muy fino y muy serio. Por último hubo una llamada de los Estados Unidos. Parece que Juan Lucas la había estado esperando porque anduvo mucho rato sentado junto al teléfono y, no bien habló, dijo que se iba a Boston y que se llevaba a Santiago con él. Santiago se le tiró a llorar en los brazos y a él se le formó una mueca en los labios y como que envejeció. Santiaguito los besó en la puerta del palacio, eso fue todo. Nadie fue a despedirlos al aeropuerto. Volverían cuando se produjera el milagro.

Mientras tanto Julius se pasaba horas con la señorita Julia, pero ella nunca lo pellizcaba. Algo raro ocurría porque él andaba siempre esperando un pellizcón, con lo distraído que era, y sin embargo nada; por el contrario, la señorita Julia parecía un poco asustada y lo miraba como si le tuviera miedo. Luego empezó a hablarle en voz baja, cada vez más baja. Un día le murmuró reza, hijito, reza, y Julius vomitó y se puso a temblar todito.

Por la noche llegaron la tía Susana y el tío Juan Lastarria con un cable en la mano. Bobby había ido donde un amigo y Julius estaba acostado. La servidumbre salió a recibirlos; en el camino iban alzando los brazos, impotentes, aspaventosos, desesperados; el alarido de Nilda hirió definitivamente el palacio. Y otro más y otro más. Que se calmaran, que por favor se calmaran que iban a asustar a los niños, que corrieran a buscar a Julius, que seguro lo habían despertado, mejor que no supiera nada, pobre criaturita, hasta que volviera su mamá. Después los tíos Lastarria se aburrieron un poco mirando llorar a la servidumbre y entraron a sentarse un rato en el escritorio. Ella rezaba. Él permaneció en silencio hasta que no pudo más y empezó a pasearse de cuadro en cuadro, a envidiar tanto antepasado y a decir que no había nada como la tradición. Arriba, en su dormitorio, arrodillado junto a la cama, Julius rezaba de paporreta, rodeado por toda la servidumbre. Vilma sostenía atenta una bacinica. Carlos lloraba escondido en su mano enorme, Nilda gemía lo más despacio que podía, Julius los miraba comprendiendo y temblando y ahogándose.

Después fue todo lo del aeropuerto. De ahí fueron directamente al cementerio. Órdenes de los señores: que no viniera nadie, que no querían ver a nadie, solo Bobby, y Carlos para que manejara. Juan Lucas dirigía cada paso con un gesto amargo en la boca, como si estuviera soportando una fuerte acidez estomacal, ligeramente despeinado, un saco que tal vez hubiera preferido no usar una tarde así. Susan se había dopado. Recordaba haber tenido un pañuelo en la mano y una cajita llena de pastillas de diferentes colores, ¿en qué momento? Abrió los ojos y vio marrón por sus anteojos de sol el aeropuerto, marrón el pecho de Juan Lucas, ven, mujer. Carlos se encargaba de Bobby, aferrado a Santiaguito.

¡Dios mío!, ¡cuándo se va a acabar todo esto! El Mercedes avanzaba por barrios feos, antiguos, pobres, ¿Lima?; seguía a la carroza fúnebre por calles extrañas, hostiles, viejas, nuevas para ella, solo cuando murió Santiago, ¡Dios mío!, ¡Dios mío! Susan, amor. La gente iba viendo pasar esos dos vehículos; hombres y mujeres sentados en las veredas, en las puertas de sus casas, los miraban pasar; algunos niños cruzaban la pista y volteaban también a mirar curiosos, odiosos, pobres. Una curva, una recta más ancha ahora y la gente lejos en la vereda, vamos avanzando. El policía los deja pasar, que sigan, que sigan, respetuoso, con el brazo.

«Aquí puede usted dejar el auto, Carlos», le dice Juan Lucas, pasándose la mano por los cabellos. Mira por la ventana antes de abrir la puerta, aquí también le quieren cuidar a uno el carro. Abre la puerta, ¡váyanse!, ¡no molesten! Abre la puerta de atrás, por aquí, Susan, conmigo, vengan, Bobby, Santiago.

Conocen el camino al mausoleo de la familia, Santiago, papá. Avanzan entre tumbas, pabellones de nichos, siempre más pabellones de nichos, enormes colmenas blancas, frías, que se cierran y ya no reciben más; hay otras personas como ellos pero no se ven, se cruzan silenciosas, nunca se tocan, aprensivas casi; mujeres con pomitos de alcohol y que limpian, un sacerdote, jardines y también flores. Aquí. Un sacerdote los espera, bajan a lo frío, entran al mármol; recién ahora los vuelven a notar: los hombres de la funeraria proceden técnicos, profesionales de lo irreparable, entendidos de la tristeza, trabajan la más terrible escena, el sacerdote ahora para lo otro. Cinthia, tú, angelito, junto a tu padre. Cemento. La mano de Juan Lucas se extiende y tiembla unas letras, una crucecita, devuelve el badilejo y los abraza, lentamente los hace subir, no miran atrás, avanzan iguales a todos los hombres, entre el viento y los jardines, entre los muertos. Llegan a la reja, salen; Juan Lucas dirige, los hace pasar, Bobby, Santiaguito, Susan con él. Afuera tantos niños han cuidado el carro, no se enteran, parece el fin de algo.

Oscurecieron el palacio. No abrían ni una persiana, ni una cortina, nada. Bobby y Santiaguito iban todos los días a misa con su mamá, antes de partir al colegio. Los hicieron estudiar como locos y adelantar los exámenes finales para que pudieran viajar también a Europa. Partían a fin de mes con su mamá y con el tío Juan Lucas. Julius seguiría mientras tanto con la señorita Julia y el año entrante lo pondrían de frente en preparatoria. Se tomaban una serie de decisiones rápidas. El palacio continuaba a oscuras, pero adentro todos actuaban nerviosamente para olvidar. Susan se excedía en los calmantes y el tío Juan Lucas recomendaba golf, vestido de gris, hasta el día del viaje. Un día Julius se acercó a pedirle a Susan que lo llevaran también a Europa y ella notó que estaba bizqueando. No hubo más remedio que llamar al médico y decirle que bizqueaba igual que Cinthia cuando murió su mamá Bertha. El médico habló de la extrema sensibilidad del niño y dijo que por nada de este mundo se les fuera a ocurrir llevarlo a Europa.

En cambio, recetó el clima seco de Chosica con una barbaridad de vitaminas. Se pensó en la casa de Juan Lucas en Los Cóndores, pero dónde metían a la servidumbre, eso era una *garçonnière*. Había que decidir algo y rápido.

IV

A Chosica partieron Julius y la servidumbre en pleno. Arminda, la lavandera, aprovechó para traerse a su hija Dora, que últimamente se estaba portando pésimo, se escapaba con un heladero de D'Onofrio y todo. Nilda trajo al bebé que había tenido, nadie sabía cómo: simplemente un día empezó a inflarse bajo el mandil de cocinera y una tarde pidió permiso para irse a dar a luz. Una semana después regresó lista para el viaje a Chosica y con el monstruito ese. Pero sus preocupaciones estéticas se dirigían más bien hacia Julius y, no bien se instalaron, decidió aprovechar la ausencia de la señora para pegarle las orejas a la cabeza: esparadrapo, cinta *scotch*, qué no usó para lograr sus fines, tanto que Vilma protestó, pero la Selvática la amenazó con el cuchillo enorme de la cocina, uno nuevo para la casa nueva.

La casa, invisible desde afuera, rodeada de altos muros blancos, quedaba en un sitio lindo de Chosica. La parte posterior se estrellaba con los cerros y ahí uno vivía constantemente amenazado por esas rocas enormes que sin embargo no se caían nunca. Para algo habían pagado una millonada por el alquiler nada más. Tenía su piscina la casa, y también su jardinzote llenecito de árboles y hasta sus cañaveralitos para que Julius se introdujera por ellos, se cruzara con un sapo en el camino y desembocara sudoroso, ¡llegué a Madre de Dios,

Nilda!, ante el dormitorio de la Selvática y su hijito. Casi no era necesario salir, sobre todo los domingos y feriados en que medio Lima se venía a tomar el sol, y todo se llenaba de carros amarillo-horrorosos y de mujeres melenudo-pecadoras que luego se marchaban dejando Chosica plagada de cáscaras y papeles. A las que sí tenían que ir a visitar alguna de esas tardes era a las monjitas francesas del Belén de Chosica; de todas maneras tenían que ir porque una tía monja del señor Juan Lucas les había dado una tarjetita-estampita de presentación.

Tres veces por semana, lunes, miércoles y viernes, aparecía la señorita Julia, ese monstruo, con los brazos llenecitos de vellos negros, para enseñarle una barbaridad de cosas. Recién en Chosica empezó a pellizcarlo y Julius a querer matarla. Sin embargo, hubo una época en que logró interesarlo: fue cuando se decidió a contarle cosas de Cinthia, de cuando era su alumna, lo inteligente, lo dulce, lo tierna que era esa niñita. Julius le preguntaba más y más y nunca se cansaba de escucharla. Aunque fueran las mismas anécdotas, los mismos adjetivos, tierna, dulce, adorable Cinthia.

Otros que venían eran los médicos; venían juntos, una vez a la semana, y lo examinaban calato. Después conversaban largo rato, ahí, delante de él, pero él ya estaba pensando en Cinthia. Dejaban un montón de recetas y se iban. A uno le daba por los tónicos y al otro, por las inyecciones. Decían que Julius estaba muy bien, que se recuperaba asombrosamente. También venía una señorita para lo de las inyecciones. Como a Julius el potingo se le volvía gelatina, de miedo, le pagaba un sol por ponérselas y luego se marchaba cobrando veintiún soles por habérselas puesto.

Aparte de esos momentos desagradables, la vida en Chosica transcurría apaciblemente. Por fin un día salieron a pasear y tocaron la puerta verde del Colegio Belén. Una monjita los recibió en francés pero cambió rápido a castellano al ver que no entendían ni papa. Vilma le entregó la tarjetita-estampita de presentación. La monjita la leyó y los hizo pasar inmediatamente, le encantaba recibir gente, mostrar lo lindo que era el colegio. Los llevaba de un lado a otro y les iba enseñando los patios y jardines que rodeaban el local. Por las ventanas, Julius alcanzaba a ver a un montón de chicas estudiando, eran las clases, le dijeron, y que esperara un ratito, ya no tardaban en terminar. Mientras tanto podían visitar a la madre superiora en su despacho. «Vengan *poaquí*», les dijo la monjita francesa, y los acompañó blanquísima hasta donde la madre superiora.

Era bien viejita la madre superiora y hablaba muy mal el castellano; además, no parecía recordar a la monjita que le había escrito presentándolos, pero de todas maneras les convidó unos chocolatitos seguidos de varias estampitas. A Vilma le regaló una un poco más grande e importante; las de Julius, en cambio, eran medio angelicales, mucho blanco, mucho celeste, sus arbolitos y sus corderitos buenísimos, algo bucólico el asunto, pastoril. No hubo segunda rueda de chocolates, probablemente porque podía ser gula, y la sesión no tardaba en terminar, cuando, de pronto, la madre se sentó y pasó a ignorarlos olímpicamente. Como que se iba la superiora, parecía no verlos. Empezaron cuatro minutos largos como cuatro horas, un silencio frío se instaló en la habitación, definitivamente la monjita los había abandonado por alguien. ¡Y ellos qué iban a saberlo! La madre superiora acababa de entrar en uno de sus breves aunque frecuentes estados celeste-maravillosos, estaba a punto de redondear toda una vida de bondad absoluta... Un instante nada más: la pobre inmediatamente se daba cuenta de que aún no le tocaba morirse, se desconcertaba todita, ni más ni menos que si otro se hubiera servido justo el pastelito que ella quería, para la próxima será. Lo cierto es que de pronto había enmudecido y luego como que alguien la estuvo abanicando suavecito. Por fin trató de reanudar el diálogo, pero no bien empezaba le volvían atisbos de lo celeste-breve, pedacitos de maravilla, recuerdos de viaje; y el silencio se prolongaba. ¡Y ellos qué iban a saberlo! Todo ese mutis, la viejita tan blanca, tan sonriente, tan ida: los pobres andaban en plena piel de gallina, ahí todavía, rodeados de imágenes, los sagrados corazones sobre todo. Se pusieron a temblar de la pura expectativa, ya se iban por el cuarto minuto... hasta que habló de nuevo y normal la madre superiora, Julius y Vilma respiraron, fin del estado raro, ningún santo supo aprovecharlo: todo, absolutamente todo anduvo dispuesto para una aparición... y de las buenas... con tres testigos... de tres edades diferentes.

La madre superiora se puso de pie, abandonando temporalmente la contemplación de sus cuarteles definitivos; se acercó adonde Julius y le hizo una crucecita en la cabeza; casi lo mata del escalofrío. Le dijo que fuera a jugar con las *ninás.*

Había muchas que no podían correr durante el recreo porque tenían asma y estaban bien pálidas. Con ellas conversó Julius y les contó que su mamá estaba en Europa con sus hermanos porque su hermanita Cinthia se había muerto. Después les dijo que por eso él estaba medio bizco y que iba a sanar en Chosica, que para eso había venido. Las dejó turulatas a todas con su historia. Por ahí también aparecieron las grandes; esas ya estaban en los años superiores y lo llenaron de caricias y de mimos, lo besaron toditito hasta que les puso cara de tranca. Entonces empezaron a preguntarle que cuándo iba a ir al colegio y que cuántos años tenía. Él les contó que iba a cumplir seis en el verano y que estudiaba en casa con la señorita Julia. Les dijo que ya sabía leer y escribir correctamente y sin faltas de ortografía. Una bien bonita sacó un lápiz y un *block* de su mandil y le dijo a ver, escribe algo. Julius cogió el lápiz y empezó a escribir: «La señorita Julia tiene vellos negros en los brazos». Iba a poner algo más pero en ese momento se le despegó el esparadrapo de una de las orejas y todas soltaron la carcajada. Partió a la carrera seguido por Vilma, no paró hasta la calle. Dijo que no volvería más.

Para regresar a casa tomaron la calle del costado derecho del colegio, una calle en pendiente, de veredas escalonadas. Iban subiendo por la pista, callados y pensativos, cuando en eso Julius vio algo que atrajo inmediatamente su atención. «Son los mendigos, le dijo Vilma, no te acerques», pero ya era tarde: Julius había partido a la carrera y ya estaba llegando al lugar en que se hallaban tirados, junto a una de las puertas laterales del colegio. Se detuvo cerquita de ellos y los miró descaradamente. Los mendigos también lo miraban y algunos hasta le sonreían; él ya no tardaba en preguntarles por qué tenían todos una cacerola, pero Vilma lo interrumpió: «¡Vamos!», le ordenó, jalándolo del brazo. Inútil. Estaba bien parado, los talones juntísimos, las puntas de los pies muy separadas y las manos pegaditas al cuerpo. Mejor dejarlo un poco. Los mendigos empezaron a decirle niñito y a sonreírle, inofensivos pero andrajosos. Eran un montón de serranos y serranas viejos o inválidos. En ese momento se abrió la puerta del colegio y apareció una mujer vestida casi de monja pero con moño; con ella apareció también un hombre que decía ¡el puchero!, ¡el puchero!, mientras acercaba una olla enorme sobre una mesa rodante. Atrás, una monjita indudablemente buenísima sonreía con los brazos abiertos e iba bendiciendo toda la operación.

Por esos días empezaron a llegar las primeras cartas de Europa. La primera venía de Madrid y estaba dirigida a Vilma, con instrucciones para que le leyera algunas partes a Julius. A Madrid había llegado una carta de los médicos informándoles del restablecimiento de Julius. Ya sabían que había recuperado un kilo y que comía bien y que ya no vomitaba. Sabían también que había dejado de mencionar a Cinthia en todas sus conversaciones y que dormía tranquilo con los nuevos calmantes. No les iba mal en España pero estaban tristes y extrañaban mucho a Julius. Era realmente una lástima que no lo hubieran podido traer, pero así todo era mejor porque, la verdad, estaba demasiado pequeño para andar visitando museos y dando trotes de un lugar a otro. Ellos todavía no habían visitado ningún museo pero ya no tardaban en ir, sobre todo por los niños, que se estaban portando muy bien. El señor Juan Lucas tenía muy buenos amigos en Madrid y diariamente ellos los llevaban a jugar golf a un club en las afueras de la ciudad. Eso sí que era un verdadero descanso para los nervios. Justo lo que necesitaban. Necesitaban distraerse, olvidar. Estaban tristes. No era fácil distraerse pero el señor Juan Lucas y sus amigos hacían lo posible por entretenerlos. Allí nadie los conocía como en Lima y podían salir a cenar en restaurantes. Además no tenían que vestirse de negro, que es tan deprimente. Vilma comprendería lo mucho que necesitaban distraerse, salir, cambiar de ambiente, ayudarse a olvidar. El señor Juan Lucas le estaba enseñando a Santiaguito a jugar golf y el niño aprendía muy bien. Cada día se llevaba mejor con su tío. Bobby nadaba mucho en la piscina y había conocido a algunos chicos de su edad. La verdad, estaban bien en Madrid y les gustaría quedarse un poco más de lo que tenían pensado. Después irían a París y a Londres para comprar ropa y regalos para todos. Era necesario moverse, distraerse para olvidar. Estaban esperando la cartita de Julius. Que escribiera, por favor. Querían ver los progresos que hacía con la señorita Julia. El señor Juan Lucas también preguntaba muchas veces por él. Que le escribiera una cartita también a él. Que ella les contara todo lo que hacía Julius en Chosica. Que le tomaran una fotografía y se la mandaran. Que lo llevaran a pasear en auto con Carlos pero que tuvieran cuidado con el tráfico. Y,

Julius, darling:

El médico me cuenta que estás muy bien. Dice que cada día comes mejor y que pronto estarás fuerte como un Tarzán. Haz todo lo que él y Vilma te digan. Estudia bastante para que puedas entrar a preparatoria. La próxima vez vendrás tú también. Mami te lo promete. Tu tío Juan te manda muchos cariños. Está terminando de amarrarse la corbata. Muy buenmozo, darling. Así vas a ser tú de grande. Me está pidiendo que me apure. Mami todavía no está lista y ya es hora de irse. Mil besos.

Love

Firmó Susan con letra de colegio inglés y metió la carta en un sobre de lujo. Enseguida se puso de pie para avanzar hacia el espejo en que Juan Lucas se miraba perfeccionándose el nudo de la corbata. Minutos después aparecieron en el corredor donde Santiaguito y Bobby los esperaban. El ascensor los llevó suavemente a la planta baja; ahí estaban los amigotes de Juan Lucas, grandes saludos, ¿en qué restaurant cenamos? Primero un aperitivo en el bar y luego veremos. El del golf se conocía todos los lugares: los típicos, los típicos caros y los solamente caros. Y a algunos toreros para que Santiaguito lo admirara más que nunca a partir de esa noche, ¡qué no sabía!, ¡a quién no conocía! Recién llegaban los aperitivos y ya estaba animadísimo, muerto de risa, chocho como nunca con Susan, como con ninguna, y es que como ella ninguna, y ¡olé!, ¿qué piensan?, ¿se nos casa Juan Lucas?, ¡hombre!, ya eso es más difícil: habían estado conjeturando los amigotes, y ahora, felices ahí en el bar, viendo llegar los aperitivos, mirando a Juan Lucas mirar a Susan, ¡hombreee!, un brindis por la pareja no vendría mal...

En Chosica las cosas marchaban como para que los de Europa se quedaran años allá, si querían. Julius se sentía cada vez mejor, hasta bizqueaba menos, en realidad ya casi no bizqueaba aunque siempre se lo veía muy flaco, sobre todo la carita de frente, por las orejas pegadas con esparadrapo y cinta *scotch*. Toleraba a la señorita Julia sin quejarse pero encontraba que Julio Verne era mucho más entretenido. Lo había descubierto en uno de sus paseos por Chosica Baja, mientras Vilma se iba de ojitos con el dependiente de una librería. Chosica Baja deslumbraba a Julius con su mercado lleno de frutas y de animales muertos colgando de inmensos garfios. Últimamente había empezado a ir todos los días con Vilma y Nilda para lo de la compra de los víveres. Ya hasta lo conocían y lo recibían con sonrisas: era el niñito orejudo que venía con la cocinera insolentona y el ama requetebuena.

Un día, paseándose por ahí, descubrió a un pintor norteamericano con barba, pipa y zapatillas de tenis. Ese sí que lo cautivó de arranque, sentado ahí súper raro, pintando a los vendedores y aprendiendo palabras en castellano. Era tartamudo el gringo y simpatiquísimo. «¡A mí, míster!, ¡a mí, míster!», le rogaban los placeros y él les contestaba que po-poco a poco, porque no podía pintarlos a todos al mismo tiempo. Pero en cuanto descubrió a Julius con su canasta rebalsando y con Vilma al lado, les dijo que po-por favor no se fueran, que los que-quería pintar. Y en cosa de minutos hizo su diseño, ya después le pondría colores porque Julius se estaba cansando de sostener la canastota con el pescadazo y porque todo lo que iba diciendo mientras posaba le parecía realmente gracioso y digno de mayor atención. Vilma casi se muere de miedo cuando los invitó a tomar una gaseosa y a conversar un rato. Julius dijo que bueno, pero ella se negó, otro día, estaban apurados. Sin embargo, en ese momento apareció Nilda con su canasta llenecita de ajos, coles, apios, cebollas, etcétera, y nada más por darle la contra a Vilma dijo que sí. Se fueron los tres a un *bar-restaurant*, una especie de enorme terraza sobre el río, junto al puente colgante.

Ahí Nilda se tomó una cerveza de las grandes y habló hasta por los codos con el míster, contaba y contaba de la selva. Vilma, en cambio, seguía la conversación sonriente pero sin intervenir. Julius era todo ojos y oídos porque Peter, así se llamaba el pintor, ya había estado en la selva y conocía Iquitos, Tarapoto y Tingo María como la palma de su mano. Además había navegado por el Amazonas y había estado en Brasil, en Belém do Pará y todo. Ahora estaba viajando por el Perú y se ganaba la vida pintando. Lo de la barba era por flojera de afeitarse y la pipa casi nunca la encendía, pero no podía quitársela de la boca. «Es el chupón del míster», comentó Nilda y soltó una carcajada con caries y dientes de oro por montones. Peter no entendió la broma y se limitó a sonreír y a preguntarle más sobre la selva. Ahí sí que Nilda se desató a contarle todo lo que sabía y más. La cosa para ella era seguir hablando, hablar y hablar, exhibirse con el míster en la mesa y cautivarlo, a él y a Julius, a todos, dejarlos con la boca abierta y que Vilma quedara como una sosa; a ver también si a punta de ser entretenida le ligaba su pinturita. Era una mañana feliz para Julius; nunca antes la Selvática había contado tantas historias sobre la selva, nunca antes las serpientes habían sido tan venenosas, ni las tarántulas bebés tan terribles, ni la araña del plátano tan chiquitita y tan fregada. Ignoraba por completo las épocas de la historia Nilda; hizo mierda la cronología de la selva peruana; su niñez, su juventud, su mayoría de edad en Tambopata, todo lo iba mezclando y, poco a poco, la selva se fue convirtiendo en un lugar donde los chunchos, completamente calatos para la ocasión, iban y venían por lo verde-peligroso, desde el campamento de los lingüistas hasta el de los evangelistas por ejemplo, y en el camino se cruzaban con caucheros multimillonarios, mucho más ricos que el papá de Julius, que en paz descanse. Nilda se acordaba hasta de los nombres de los que encendían cigarrillos hechos con billetes y se construían palacios en plena selva. La pobre hizo todo lo posible por cautivar al míster pero él no se decidió a pintarla, prefería escucharla mientras hablaba y ya después fue muy tarde, había que regresar para que Julius almorzara. Total que Peter y Julius casi no llegaron a conversar, pero quedaron en verse de nuevo y el pintor prometió avanzar con el cuadro para el día siguiente.

En casa había carta de Francia, carta de la señora para Vilma. Contaba que habían recibido la cartita de Julius justo antes de salir de Madrid; linda, deliciosa, querían que escribiera más. Estaban en la Costa Azul pero no hacía muy buen tiempo. Santiaguito había conocido a una chica italiana y no quería moverse de ahí por nada, por nada quería ir a París. El señor Juan Lucas se iba a encargar de eso cuando llegara el momento. Estaban rodeados de amigos del señor y muy bien atendidos. Ella se sentía un poco más tranquila. Tanto ajetreo y tanto avión la mantenían con la mente ocupada en otras cosas.

Esa mañana los habían invitado a pasear en yate (Susan usó la palabra inglesa *yacht*). Descansaría mucho en el mar. El mar siempre la había relajado mucho. Estaban felices con lo bien que iba Julius. Los médicos habían vuelto a escribir diciendo que las cosas no podían marchar mejor. Faltaban París, Londres, Roma, Venecia, pero regresarían a tiempo para los seis años de Julius y para ver todo lo de su colegio. Y,

Julius, darling:

Estamos apuradísimos porque nos esperan para pasear en *yacht*. Tu cartita es simplemente una joya. Todos la hemos leído. Tu tío Juan Lucas también. Bobby y Santiaguito adoran al tío Juan Lucas. Tú también lo vas a querer así, darling. Esto es muy importante para nosotros. Mil besos,

MAMI

Veinte minutos después, Susan, Juan Lucas, Santiaguito y Bobby navegaban en La Mouette, invitados por uno de los amigos que el del golf tenía por ese sector de la vida color de rosa. Navegaban mirando constantemente el cielo, porque al principio parecía que el tiempo no iba a mejorar. Hablaban en inglés para que los chicos entendieran. Pero después, cuando el sol apareció y las horas azules en el mar empezaron a transcurrir, y cuando la langosta con su dejo salado hizo que fueran cinco los sentidos que gozaban del mar, Juan Lucas bebió un sorbo del blanco seco, y arrosquetó como pudo su boca castellana para alabar el vino, y empezó así una larga charla en francés, con la mejor pronunciación.

La señorita que le ponía las inyecciones a Julius estaba enferma, por eso llegó Palomino. Llegó una tarde en bicicleta y con maletín negro de médico, con iniciales doradas y todo. Importantísimo, tocó el timbre y, cuando Celso le abrió la puerta, dijo que venía a buscar al niño Julius, como si fuera un amigo que venía a visitarlo. Hasta se sentó en el vestíbulo. Celso lo odió. Palomino, por su parte, despreció a Celso. Era estudiante de medicina el cholo y se ayudaba poniendo inyecciones. Se creía el donjuán de Chosica, lo cual lo obligaba a estrenar impecable terno azul marino todos los años en fiestas patrias. La verdad es que era el rey de las amas del Parque Central. Además ponía realmente bien las inyecciones y vivía orgulloso de eso (él mismo lo decía).

En esos días la situación se había puesto muy tensa entre Vilma y Nilda, y casi había estallado precisamente el día en que Palomino vino por primera vez. Julius andaba metido en el cuarto de Nilda preguntándole cuándo pensaba bautizar a su bebé. Nilda, primero, casi lo mata de la impresión diciéndole que ella no era católica sino evangélica. Después le explicó lo que era ser evangélico y le contó que había muchas religiones y que la católica no tenía necesariamente que ser la verdadera. Lo poco o mucho que entendió el pobre Julius bastó para que se quedara turulato. Se quedó el pobre con los ojos abiertos, enormes, y con las manos pegadas al cuerpo, estático, y como esperando más todavía. Fue en ese momento que el bebé de Nilda empezó a llorar y que ella lo cargó con una mano, como si fuera un paquetito. Con la otra mano se desabotonó el vestido y extrajo un seno enorme, fofo, con un pezón oscuro-increíble-con-granitos y le dio de mamar. Le seguía contando lo del evangelismo y él no se podía ir. Estaba temblando. Ya no podía más. Sentía agua amarga llenándole la boca. Muy tarde miró la puerta, vomitó. Aun mientras vomitaba sentía que no hubiera querido vomitar ahí. En ese instante entró Vilma buscándolo y como que captó toda la escena, tal vez por lo indispuesta que andaba contra Nilda desde lo del cuchillo, el otro día. Además, lo del pintor Peter en el mercado había empeorado mucho las relaciones. Julius miraba a Vilma en busca de ayuda, no atinaba a nada. Miraba el suelo sucio, a Vilma y a Nilda siempre dándole de mamar al bebé, ahí seguía el seno. Vilma acusó a Nilda de una barbaridad de cosas y la Selvática le dijo que esperara nomás a que terminara con el bebé, que la iba a matar. Por suerte, en ese momento llegó Celso anunciando que un tal Palomino había venido para lo de las inyecciones.

Vilma se fijó bien que Julius no se hubiera ensuciado la ropa y le humedeció la boca con una toallita perfumada. Sabía que estaba prácticamente sano y que lo del vómito era por otra cosa, mejor pues que no se enterara nadie y mucho menos los médicos y el de las inyecciones. Palomino se puso de pie al verlos aparecer; ni se fijó siquiera en Julius, en cambio a Vilma casi se la come con los ojos. «¿A quién tengo que ponerle la inyección?», preguntó. Sabía perfectamente que era al niño, pero quería que ella se lo dijera, para replicar qué lástima, mientras aprovechaba unos rayitos de sol que se filtraban al vestíbulo para hacer brillar bien las iniciales de su maletín de médico. Vilma sonrió, coqueta.

La señorita de las inyecciones no volvió más. Se pasó su mes de descanso y nada. Era Palomino quien venía siempre ahora; venía hasta cuando no le tocaba ponerle inyecciones a nadie y se pasaba horas conversando con Vilma, cosa que aburría bastante a Julius. A todos, menos a Vilma, les cayó antipático con su bicicleta, su terno azul marino y su maletín negro. Se creía un medicazo el tal Palomino, pero lo que no sabía era que Carlos, Celso y Daniel lo querían matar. Nilda, por otro lado, gritaba que Vilma era una tal por cual y que esperara nomás a que llegara la señora, a que se enterara, ya ni se ocupaba del niño Julius por andar coqueteando con el enfermero ese. Palomino despreciaba olímpicamente a todos, ni siquiera los saludaba. Cada día se pasaba más horas metido en el jardín y una vez hasta se olvidó de ponerle su inyección a Julius por estar conversando con Vilma. Otra vez vino con una máquina de fotos y la tuvo posando largo rato. Carlos y los mayordomos habían salido, Nilda andaba ocupada con su bebé y Arminda y su hija sabía Dios por dónde andarían. Lo cierto es que el pobre Julius estaba loco por salir a buscar al pintor Peter en el mercado, le había dicho que iba a ir esa tarde, pero Vilma no le hacía caso. Y Palomino hasta le gritaba que se aguantara un poco, que no fregara. Así, hasta que Vilma apareció en ropa de baño, una que le había regalado la señora y que le quedaba a la trinca. Parecía aspirante a rumbera con esas poses de artista tan mal aprendidas. Lo que sí es verdad es que estaba como mango la chola, y Palomino dale que dale, foto y foto, desde todos los ángulos, en blanco y negro, hasta en tecnicolor, según él, y las horas pasaban y el pobre Julius esperando. Por fin se escapó.

Reconoció fácilmente el camino hacia Chosica Baja: era solo cuestión de tomar la primera calle a la izquierda y llegar, dos cuadras más allá, al Parque Central. Seguir siempre de frente hasta encontrar una de las escaleras que bajan a la avenida 28 de Julio, la principal de Chosica Baja, ancha y llena de tiendas, bazares y bodegas. En una de sus últimas bocacalles estaba el mercado, al fondo, cerca del río, no era difícil ubicarlo. Claro que la aventura era como para asustar a cualquier niño de su edad, pero Julius, llevado por el ansia de encontrar al pintor Peter del mercado, olvidó el miedo y no se sintió perdido en ningún momento. Y ahí estaban ya los quioscos, los puestos, los petates de los ambulantes, las verduras, los pescados brillantes y los trozos de vacas y toros colgando colorados e inmensos. Y ahí estaba Peter, también, con su paleta y todo su instrumental en una bolsa. Conversaba con una placera rodeado de curiosos, posibles carteristas y admiradores sinceros. Su pipa se desplazó ligeramente hacia la derecha cuando sonrió al ver a Julius; lo llamaba con una mano y con la otra le señalaba algo allá al fondo, en un quiosco. Julius se acercó y, por primera vez en su vida, le dio la mano a alguien por iniciativa propia, sin que nadie a su lado le dijera saluda, niñito.

El pintor Peter del mercado lo introdujo al grupo y le dijo tartamudísimo que ya le tenía listo el cuadro y que se lo iba a regalar. Después le preguntó por Nilda y por Vilma, y Julius le contó que se habían quedado ocupadas en la casa, por eso había tenido que venir solo, pero no se había perdido ni nada. Peter sonrió. Estaba muy atareado con sus «clases vivas de castellano» (así le llamaba él a conversar con la gente, por la calle). La verdad es que aprendía y mucho, pero su acento era francamente malo y no faltaba quien lo tratase burlonamente. Con cariño, eso sí, cariño y respeto porque el míster se había convertido en una especie de institución en el mercado, siempre pintando, siempre conversando, siempre contando de su país, de sus viajes, siempre con la pipa en la boca, tartamudeando además. Mucho trabajo le costaba comunicarse con los nacionales, pero insistía.

Unos diez minutos después se despidió de todos y se fue con Julius hasta el quiosco donde tenía guardada la pintura. Julius la cogió con ambas manos y estuvo largo rato mirándola, antes de decir que le gustaba y que muchas gracias. Ahí estaban él y Vilma igualitos, y la canastota con el pescado asomando por el borde, los puestos de verduras sirviendo como fondo. Pintaba muy bien su amigo. Julius le dijo que se iba a llevar el cuadro a su casa y que lo iba a colgar en su dormitorio. Su casa en Chosica era nueva, explicó, faltaban cuadros. El pintor Peter del mercado le preguntó si quería venir al *bar-restaurant* sobre el río a tomar una gaseosa. Claro que quería.

Estuvieron largo rato conversando frente a las botellas. Julius respondía con precisión a todas las preguntas, le contó enterita la historia de su familia. Nada conmovió tanto al gringo como lo de la carroza que tenían en Lima. Estaba loco por pintarla el pobre, pero seguro cuando Julius regresara a Lima él ya estaría en Cusco o en Puno, aún no conocía esas regiones. Para Peter, era simplemente genial la ingenua versión que Julius daba sobre el esplendor de su familia, sobre su padre, sobre la belleza de su madre, sobre el entierro de Bertha, sobre el tío abuelo romántico y la pianista tuberculosa. Insistía con sus preguntas, quería saber más, pero empezó a notar que Julius se excitaba demasiado cuando hablaba de su hermana Cinthia, que no podía recoger el vaso de la mesa, que palidecía.

Por eso le preguntó si había cruzado el puente colgante. Muy atinada su pregunta porque la idea de cruzar el río por el puente que temblaba lo fascinó. Vilma nunca había querido llevarlo por ahí. El gringo llamó al mozo y pagó las gaseosas. «Vamos», le dijo, y se pusieron en camino. Antes de entrar, le hizo notar cómo temblaba todito y le preguntó si tenía miedo. Que no, le respondió Julius, adelantándose tranquilamente. Allá iba solito, se acercaba demasiado al borde, Peter espantado pero no le decía ni pío, no porque fuera un monstruo sino porque tenía sus ideas muy modernas sobre la educación de los niños.

Y Julius, a punta de hacerle recordar su propia niñez, lo fascinaba. El gringo andaba emocionado y todo. En el fondo era un solitario y últimamente... Al otro lado del puente, le señaló el Hotel de la Estación. Se estaba viniendo abajo de viejo pero tenía historia y encanto. Julius como que captó el asunto y escuchó con atención mientras Peter le contaba que era un hotel muy antiguo, todo de madera, mira bien, que ya casi nadie se alojaba ahí, pero que en sus buenos tiempos había alojado hasta pre-presidentes y mi-ministros. Por fin Julius no pudo más y le preguntó por qué tartamudeaba. Peter, cesando inmediatamente de tartamudear, le contó que no había nacido tartamudo sino que cuando era niño... Y como Julius ya le había contado de Cinthia y de su bizquera, fue un momento bien emocionante, ahí frente al viejo Hotel de la Estación.

Después estuvieron un rato conversando con un viejo encantador que administraba el hotel y que se sabía la historia de Chosica desde la época del rey Pepino. El viejito hasta trató de convidarles una gaseosa, andaba encantado con el huésped norteamericano, después de años uno, como si el pobre Peter fuera un turista rico y su presencia ahí significara un resurgimiento de ese olvidado sector de Chosica. Eso también fue bien triste; mejor que Julius no aceptara la gaseosa porque tenía un poco de náuseas y además el gringo andaba medio cabizbajo. Solo el viejito estaba encantado.

Y se quedó muy sonriente cuando ellos empezaron a bajar por entre las piedras hacia el río. Se quedó sonriéndose ahí, solito con sus recuerdos, tanto que al cabo de un momento se incorporó para acercarse hasta un punto desde donde pudiera seguir viéndolos. Ahí estaban, abajo, sentados sobre dos piedras, mojándose los pies en el río. Cuánto hubiera dado por escuchar lo que decían, no oía nada. Y es que casi no hablaban. Se limitaban a intercambiar fotografías, diciendo esta era Cinthia, o este era yo de niño, a tu edad, a los cinco años. Así estuvieron un rato hasta que Peter empezó a dar muestras de fatiga, de golpe Julius lo encontró muy pálido. Peor todavía mientras subían hacia el hotel, se lo notaba cansadísimo, nervioso. Al puente llegó pésimo. Le preguntó si se atrevía a cruzarlo y Julius le respondió que claro, casi no se mueve, agregó para tranquilizarlo. Peter sonrió y le pasó la mano por la cabeza al ver que se marchaba. Estuvo un rato mirándolo, allá va, allá, ya no se le ve, cu-cu-cu, quiso decir cuídate, pero se pegó una atracada terrible en la primera sílaba, cu-cu-cu, no había nada que hacer, mañana se iba para siempre, alguien ahí se encargaría de despedirse en su nombre cuando volviera otro día a buscarlo al mercado.

Julius regresó dudando hacia Chosica Alta: Vilma debía estar muy asustada, era su culpa. Tenía que aprovechar la escapada, un ratito más, a esa hora los mendigos debían estar esperando su comida, Vilma se negaba siempre a llevarlo por ahí, seguro lo estaba buscando, era su culpa. Total que se dirigió al Colegio Belén. Llegó justito cuando aparecía la mujer vestida casi de monja pero con moño. También aparecieron el hombre que empujaba la mesa rodante con la olla enorme y la monjita buenísima que bendecía todo con su sonrisa. Se quedó medio desilusionado el pobre Julius: los mendigos ni caso que le hacían, lo abandonaron completamente por la olla, y él que pensaba enseñarles el cuadro y decirles que podía traer a su amigo pintor para que los pintara también. Se había venido cargando el cuadro todo el tiempo y ya estaba un poco cansado; decidió irse porque hasta que terminaran de comer pasarían horas. Ya se iba, cuando la monjita empezó con lo de ¿dónde está tu *amá*?, ¿dónde está tu *casá*?, *¿poqué* estás *soló*?, ¡qué *temeridá*!, y mil cosas más, desesperada la pobre y con delicioso acento francés. Los mendigos seguían ocupados en ver que les llenaran bien los tazones, ni cuenta se dieron cuando la monjita Bendición se lo llevó de la mano.

En casa había ardido Troya. Todo empezó cuando Vilma terminó de posar para Palomino y fue a ponerse nuevamente su uniforme. En el camino de regreso se encontró con Nilda, odiándola. La Selvática le preguntó que dónde estaba el niño Julius y ella le contestó que en el jardín, dónde quería que estuviese. Entonces Nilda, como presintiendo algo, pegó uno de sus alaridos, ¡Juuuuuuliuuuuuus!, y nada: definitivamente no estaba en el jardín. ¡Por andar con el picaflor ese! ¡Ahora adónde se habrá metido el niño Julius! ¡A ver si se entera la señora! Vilma solo replicó que no se metiera con ella. Empezaba a asustarse la pobre, cuando la Selvática soltó el segundo ¡Juuuuuuliuuuuuus!, y nada tampoco. Tal vez en los altos, pero era imposible que no hubiera escuchado. Las dos mujeres presintieron algo malo al mismo tiempo, juntas se lanzaron en loca carrera hacia los altos, tropezándose varias veces en la escalera. Arriba corrían de cuarto en cuarto: de Julius ni el humo.

—Usted tiene la culpa por zamarra, por andar putean...

No pudo terminar porque Vilma se le fue encima desesperada, y empezaron a matarse contra las paredes, contra los sillones, rodando por el suelo entre chillidos, alaridos, gemidos.

En el jardín, Palomino escuchaba los gritos sin saber bien a qué atenerse; aún no lograba determinar su exacta procedencia. Oía ¡auuu!, ¡ayyy!, ¡suélteme!, ¡socorro!, y hasta ¡Palomiiino!, pero las puertas estaban cerradas y nada podía hacer por intervenir. Los minutos pasaban, ya se había dado bien cuenta de que las dos mujeres se estaban matando, empezaba a inquietarse el pobre, lo asustaba pensar que podía verse envuelto en un lío mayor. Y los gritos seguían, escuchaba clarito los alaridos de las mujeres, se estaban matando allá arriba. Nilda le había arañado íntegra la cara a Vilma y ahora Vilma la había cogido por el cuello y la estaba acogotando. En eso llegaron los hombres de la casa. Entraron cargando una cama que acababan de bajar del Mercedes y se dieron con Palomino haciéndose el sobrado en el jardín. Sintieron ganas de matarlo, pero entonces escucharon los alaridos. Carlos soltó la cama y partió a la carrera, abrió la puerta principal y subió volando hasta los altos. Ahí lo primero que vio fue a las dos mujeres, ya casi sin fuerzas, pero todavía tratando de hacerse daño. Tenían los uniformes rasgados, hechos trizas. Vilma sollozaba tirada en un rincón; en una de las últimas caídas se había roto el meñique y, cuando Carlos la vio, se defendía solo con las piernas de los esporádicos ataques de Nilda.

—El niño se ha perdido —sollozó la Selvática—, por culpa de esta.

Carlos partió a la carrera para avisarles a los mayordomos. Los encontró en el jardín, controlando una posible fuga de Palomino, y les dijo que Julius se había perdido por culpa de Vilma.

—Por andar jugándose con el huevas este.

Fue la oportunidad de sus vidas. Palomino sonrió entre sobrado y aterrorizado, trató de iniciar alguna explicación, una palabreadita, pero ya nada ni nadie podía contener a Celso y a Daniel. El de las inyecciones guardó su máquina de fotos y retrocedió como quien no quiere la cosa, pero en ese instante le cayeron de a dos y empezaron a matarlo en pleno jardín, entre árboles y cañaveralitos. Lo ensuciaron. Lo despeinaron íntegro. Le rompieron lo que más odiaban en él: la cara, el maletín y el terno azul marino. Por último, lo sacaron a empellones hasta la calle.

Luego corrieron a los altos a ver qué había pasado. Vilma y Nilda ya estaban de pie, pero lloraban sin lograr explicar claramente las cosas. En realidad nadie sabía muy bien lo que había ocurrido ni en qué momento había desaparecido Julius, ni si lo habían raptado, ni nada. La Selvática dijo que los mendigos esos del Belén eran gitanos y que a lo mejor se lo habían robado a Julius. En ese caso, ya no lo volverían a ver.

—Tal vez algún día vuelva a aparecer trabajando en un circo, pero ya estará nacionalizado gitano, ya ni se acordará de su familia.

Después empezó a decir que no, que lo que había pasado era que el pintor, el gringo ese, seguro era maricón, degenerado, y había raptado a Julius, lo había violado, y ya lo había matado. La interrumpieron los alaridos de Vilma, enloquecida, lanzándose contra las paredes, maldiciendo su suerte y a Palomino, ¡ella nunca había coqueteado con nadie!, ¡que la perdonaran!, ¡solo había querido que le tomaran unas fotos!, ¡Julito!, ¡Julito!, ¡Julito!, ¡Julito!, ¡Dios mío, qué va a ser de mí! Nilda también gemía, asustada por sus propias palabras; los mayordomos ya no tardaban en imitarlas. Carlos dudaba: llamar a la policía, no se atrevía. ¡Y los señores en Europa!

Cuando en eso sonó el teléfono. Carlos se lanzó sobre él. Llamaban del Colegio Belén y ahí estaba Julius. El chofer dijo que inmediatamente pasaba a recogerlo, que por un descuido de la muchacha el niño se había escapado, ahoritita iba por él. El alma les volvió al cuerpo; se miraban sonrientes, temblorosos, agotados, aliviados; se quedaron parados, mirándose, sonrientes, avergonzados, mientras Carlos volaba en el Mercedes.

Julius lo esperaba tranquilamente en la puerta del Belén. Lo vio llegar tan nervioso, que se apresuró en decirle que nada había pasado, lo único era que la madre no había querido dejarlo irse solo, les tenía miedo a los mendigos; entonces, ¿para qué les daba de comer si eran tan malos? En eso apareció la monjita y empezó a resondrar a Carlos, con delicioso acento francés. Carlos agachó respetuoso la cabeza desnuda, para escuchar el sermón; pero no bien vio que la monjita sonreía y se aprestaba a despedirse con una crucecita en la cabeza de Julius, se chantó rápido la gorra para evitar que se la hiciera a él también: no todo lo que lleva hábito es Santa Rosa.

Todos salieron a recibirlo. Vilma y Nilda aún sollozando y con los uniformes destrozados; Celso y Daniel acomodándose un poco los cabellos y con inmensas caras de satisfacción. El mal rato había pasado y ahora lo recibían como al niño pródigo, sin que él lograra explicarse qué diablos había ocurrido durante su ausencia. Las mujeres no lo dejaban reflexionar, lo besaban preguntándole dónde había estado, por qué se había marchado, por qué no había avisado. Julius las miraba atónito y como esperando una explicación, ¿quién les había pegado? Una silla que rodó por la escalera durante la pelea estaba ahí tirada, acusándolas. Vilma no pudo más y rompió nuevamente a llorar y a gritar. Pedía que la perdonaran, ¡nunca más volvería a ver a Palomino! ¡Y Julius era antes que nada para ella!, ¡no faltaría nunca más a su deber!, ¡solo había sido por las fotos!, ¡ella no era mala!, ¡no se dejaba tocar por nadie! ¡Nilda se equivocaba por completo respecto de ella!, ¡ella no podría vivir sin Julius! Total que Nilda se emocionó y soltó el llanto también; se armó un lloriqueo horrible delante de Julius; los hombres trataban de calmarlas diciéndoles que no había pasado nada, que no hay mal que por bien no venga, en el fondo habían tenido suerte, se habían librado de Palomino.

Julius pensó que tal vez descubriendo el cuadro, mostrándoselo. Mala idea, porque no bien Vilma se vio, soltó por enésima vez el llanto al recordar que tenía la cara todita arañada. Y un ojo medio cerrado y el cuerpo ardiéndole por todas partes. Simplemente gemía, la chola hermosa, con la piernota al aire, semidesnuda, arañadísima. Nilda la acompañaba con otros tantos borbotones de llanto; más lloraba, más le dolía, porque el labio superior lo tenía partido en dos, reventado, hidrópico, llenecito de cochinada. Había que subir cuanto antes al botiquín y desinfectar las heridas; enseguida correr donde el primer médico que encontraran en Chosica para que le viera el meñique a Vilma y a Nilda, lo que fuera que la hacía quejarse, no podía respirar bien, decía que se había quedado medio acogotada, seguro que ya estaba llegando a la muerte por el acogotón que le pegó Vilma. Casi se le vuelve a ir encima, pero la presencia de Julius la contuvo; era preciso abandonar la violencia y usar la cabeza: ¿qué historia inventarían?, ¿qué le dirían al médico?

Esa misma tarde le enyesaron el dedo a Vilma. La pobre andaba muy adolorida, pero hacía todo lo posible por disimular y por mostrarse eficiente en sus tareas. Seguía a Julius de cuarto en cuarto y trataba de complacerlo en todo. A la hora de la comida, él le contó lo que había hecho durante la escapada. Le dijo que había estado casi todo el tiempo con su amigo el pintor Peter del mercado, que después había ido un ratito a ver a los mendigos y que si no hubiera sido por la madre esa, habría regresado mucho antes a la casa, ella no había querido dejarlo venirse solo. En esas estaba cuando Vilma notó que empezaba a ponerse muy nervioso, más hablaba, más excitado se iba poniendo. Y seguía hablando, repetía la historia, la cambiaba cada vez, como si necesitara seguir hablando, nunca lo había visto así. Corrió a llamar a Nilda, con quien acababa de hacer definitivamente las paces, se habían liberado las cholas, como en el mito griego se habían reconciliado por la lucha, por el dolor. La Selvática llegó fingiendo calma y dispuesta a ayudar a su colega, pero Vilma notó que, desde que entró al comedor, Julius hablaba más aun, más rápido que antes, mucho más rápido, empeoraba en vez de mejorar. De golpe perdió el apetito y, mientras contaba y contaba de él y de Peter, iba soltando ya no quiero, llévense el plato, su amigo el pintor lo había llevado hasta el río, llévatelo, Vilma, le había presentado al viejito del hotel de madera de la estación, no tengo hambre, del Ferrocarril Central. Vilma salió disparada a llorar en la cocina. Nilda tampoco aguantó, se fue para mandar en su lugar a los mayordomos. Julius sintió un profundo alivio al ver que entraban los dos mayordomos sonrientes y con las caras enteritas. Enseguida llegó Carlos con el frasquito de calmantes, el médico había dicho que recurrieran a ellos si era necesario.

—A ver, Julián...

Tenía razón Carlos: al día siguiente despertó tranquilo, había dormido bien. Se sentía muy bien y estaba listo para su clase con la señorita Julia. A la profesora solo se le contaría que Vilma y Nilda habían peleado por cosas de ellas, no tenía por qué enterarse de más detalles. Nuevamente reinaba la calma en Chosica y todos alrededor de Julius trataban de probarse que no había ocurrido nada. Él también.

Al principio, Vilma no se atrevía a darle cara a la señorita Julia, pero se animó a asomarse cuando apareció Nilda, más selvática que nunca, con un pedazo de carne cruda en el ojo derecho, y la expresión «¡y a usted qué le importa!», marcada a gritos en lo que le quedaba de mirada. Delicadísima, la señorita Julia no se dio por enterada, sin comentario alguno, del vulgar asunto de sirvientas y cocineras. Nada tenía que ver todo eso con su mundo de eterna estudiante de la Facultad de Educación de la cuatricentenaria Universidad Nacional Mayor de San Marcos, la más antigua de América. Mucho menos con su mundo de profesora de Gran Unidad Escolar obra del gobierno del general de División Manuel A. Odría, que bajó al llano en 1948. Nada que ver tampoco con su mundo de clases de castellano y reglas de gramática. ¿Acaso sabían esas infelices lo que quería decir sintaxis o prosodia?, ¿o quién era Rubén Darío?, ¿o quién había sido el poeta de América? Ella, en cambio, era el más delicado producto del *Manual* de Carreño, sabía decir «provecho», cuando veía a alguien comiendo y, lo que es más, responder «servido», cuando alguien le decía a ella «provecho». Ahí estaba sentada junto a Julius, insistiendo en la ortografía, con los brazos y las piernas llenecitos de vellos largos, lacios y negros, bien separados uno del otro, paraditos todos. Antipática con su trajecito sastre de combate y con su carterita llena de billetes de ómnibus de ida y vuelta que compraba siempre. La mejor ondulación permanente de todo Jesús María. Y, por supuesto, encantada de estar en casa de millonarios, aunque no estuviera la señora, con ella sí que le gustaba hablar. Pero la señora no le contestaba ni pío cuando ella comentaba lo del poeta de América y lo de que ya es hora de que alguien haga un estudio profundo sobre la poesía de Vallejo, un vacío en las letras peruanas. Algún día ella haría su tesis, pero Vallejo era demasiado profundo para que ella hiciera su tesis sobre Vallejo y llenara el profundo vacío. De cualquier modo, ella optaría su título de pedagoga y ganaría mucho más y ya no tendría que ganarse la vida con clases a domicilio, tomando té en la repostería, con la servidumbre de las casas que visitaba, esperando que las señoras ricas, a quienes ella tanto admiraba, prescindieran de sus servicios cuando menos se lo esperaba, como la señora Susan cuando Cinthia: hará lo mismo el día en que este orejón vaya al colegio... Mucho pensar y ya estaba amarga la señorita Julia, ya había adoptado la actitud psicológica del que espera que se le pare la mosca: Julius se equivocó, le chantó el pellizcón.

Julius gritó y Vilma vino, pero no se atrevió a intervenir por temor al castellano significante de la maestra. En cambio, la malhumorada señorita aprovechó para decirle que estaba horrible, hija, ¿quién la había magullado así?, pero la interrumpió Nilda que entró preguntando desafiante por qué había gritado el niño. Julius dijo que lo había pellizcado y la Selvática, furiosa, empezó a gritar que si quería hacerlo vomitar o qué, tanto que el pobre sintió ligeras náuseas y pidió continuar, probablemente para evitar más líos. La señorita Julia se asustó y dijo que iban a continuar, pero la cocinera se quedó parada montando guardia hasta el fin de la clase. Y no le fue tan mal porque se entretuvo con el poemita que la maestra empezó a enseñarle para el Día de la Madre. Faltaba mucho para el Día de la Madre pero justamente así él tendría tiempo para aprenderlo bien de memoria, le iba a gustar el poemita, a tu mamá también. Qué le quedaba, ahí estaba el pobre paporreteando uno de esos poemas que se recitan mientras se le entrega a mamá el ramito de flores, en el baño de la casa, por ejemplo; la cogen desprevenida a mamita y es horrible, te mueres de vergüenza.

Si no hubiera sido por Dora, la hija de Arminda, la lavandera, se habría podido decir que todo marchaba perfecto en Chosica. Los médicos ya para qué iban a venir, Julius no podía estar mejor. A Palomino solo hubo que remplazarlo tres o cuatro veces, no se necesitaban más inyecciones. A Vilma el dedo le quedó muy bien cuando le quitaron el yeso; se estaba portando a las mil maravillas. Por las tardes salían todos en el Mercedes y se iban hasta el Palomar o a presenciar partidos de fútbol que veintidós cholos, con veintidós uniformes distintos, toda clase de zapatos y hasta descalzos, jugaban en canchas improvisadas al borde de la carretera. A veces también había partido en el Parque Central, pero ahí sí cada equipo con su uniforme y todos con sus chimpunes. Al regresar de uno de esos partidos, una tarde, encontraron a Arminda hecha polvo: Dora se había escapado con el heladero, se había largado con él a Lima.

Cuando volvió, Arminda la recibió a bofetadas, hasta la amenazó con el cuchillo de la cocina, pero Nilda se lo reclamó inmediatamente. Qué no le dijo la pobre Arminda. Y Dora insolentísima, ni caso, burlona, altanera. ¡Dónde habría aprendido! Respondona. Nilda sugirió quemarle la lengua, si fuera su hija... Se iba a morir del colerón la pobre señora Arminda, tan buena, tan corazón noble como era. ¡Si se lo estaba diciendo! ¡Qué falta de educación por Dios! ¡A su madre! Ya le iba a pegar. Sí, que le pegara. Así. ¡Cuarenta años!, ¡más de cuarenta años con la cabeza metida en un lavadero y los pies helados! ¡Friega que te friega! ¡No!, ¡no tenía alma! ¡Era un monstruo como su padre! Gritaba y gritaba la pobre Arminda, se iba a morir del colerón. Julius estaba asustadísimo y ahora el bebé de Nilda berreaba, Dora protegiéndose como podía de los golpes y Nilda extrayendo el seno. Al día siguiente, Dora había desaparecido. Dejó una notita diciendo que se iba para la sierra con el heladero de D'Onofrio. Arminda agachó la cabeza para envejecer.

«¡La señora se casa con el señor Juan Lucas!», gritó Nilda, con la carta abierta en una mano. Julius acababa de llegar del mercado, donde por sexta vez le habían dicho que el pintor Peter se había marchado sin dejar dirección. Se lo estaba imaginando sentado al borde del Titicaca, paleta y pincel en mano, cuando escuchó el alarido de la Selvática. «Dame la carta», le dijo, juntando los tacos y separando las puntas de los pies. Nilda se la entregó, él empezó a leer algunas palabras, pero quería enterarse más rápido y se la pasó a Vilma. Pegó las manos al cuerpo.

Julius, darling:

Estoy muy emocionada. Tío Juan y yo nos acabamos de casar en una iglesita de Londres. Solo han venido algunos amigos suyos, y de papi y míos. Estamos felices. Santiaguito y Bobby están con nosotros. Tú vas a ver cómo vas a querer a tío Juan Lucas. Es un amor. Como tú. Hace solo dos horas que estamos casados y ahora nos vamos a almorzar a un *restaurant* por Onslow Gardens. ¡Cuánto daría por que estuvieras con nosotros!

Estoy feliz de saber que ya estás bien. Pronto se acaba nuestro viaje. Faltan Venecia, Roma, no sé bien, pero ya deben ir preparando el regreso a Lima porque nosotros volvemos pronto. Pasaremos un verano lindo en Lima con tío Juan Lucas; ah, ¿darling?, ¿qué te parece? Y después, Julius, al colegio. Corro donde Juan Lucas. Me espera en el bar. Todos te besamos mil veces.

Tenía aún puesto el traje verde con que se había casado. Se sentía la mujer más hermosa de la tierra, la más dichosa. Lo era, probablemente, esa mañana, mientras caminaba linda hacia el bar del hotel. Ahí estaba Juan Lucas, mirándola venir. Junto a él, Santiago y Bobby, francamente bellos con sus ternos oscuros y esa elegancia poco preparada que Susan prefería en los jóvenes. Conversaban con gente que acababan de conocer, con los amigos de su padre, los increíbles John y Julius, borrachos, encantadores como cuando ella los conoció, ¡fue ayer!, ayer cuando conoció a un peruano en Londres y se casó con él en Lima, ahora se casaba en Londres con un peruano conocido en Lima. Pensar que Juan Lucas estaba en Londres cuando ella salía con Santiago... Ayer le prometió a Julius ponerle su nombre a uno de sus hijos y ahora, al verlo, había corrido a escribirle unas líneas a Julius... Sonrió al unirse al grupo, en el bar, prefería no recordar. Juan Lucas la ayudó: la recibió cogiéndola suavemente por la nuca, mientras hablaba, trayéndola con cariño hacia él mientras seguía contando algo, entretenido, feliz. Susan sintió el peso del freno tibio en el cuello, reaccionó con un gesto igual al del león de la Metro, abrió tensa la boca, pero mientras recorría el camino del gesto hacia el hombro de Juan Lucas, fue descubriendo que su cuello se acomodaba perfecto en la curva tenaz, deliciosa de la mano; recibió una copa, pasando el otro brazo por la espalda de Juan Lucas, inclinando la cabeza, casi escondiéndose bajo el mechón rubio que se derrumbaba interrumpiendo precioso la perfección oscura, para la ocasión, que vestía Juan Lucas. Cerró la boca en una sonrisa. Nadie notó la brevedad de su gesto. Y ella, al sentir que los dedos abandonaban su nuca, estuvo a punto de repetir el gesto, casi vuelve a girar el cuello hacia el otro lado, pero tuvo miedo de no encontrarse con la mano, de exigir demasiado, de morder y que fuera un recuerdo, ya no el momento, que se le iba, ¿sí?, ¿cómo?, le estaban preguntando algo. Regresaba siempre de estados así de tiernos, por eso la encontraban tan linda, por eso le perdonaban todo, la querían tanto.

V

El palacio los esperaba lleno de luz. El sol de ese verano se filtraba por las amplias ventanas y llegaba hasta los últimos rincones, alegrándolo todo. Entre Celso y Daniel habían logrado que cada cosa volviera a relucir y que los pisos recuperaran el brillo de antes. Todo recuerdo ingrato debía desaparecer, todo estaba listo para una nueva vida, y ellos se aprestaban a servir al nuevo señor. De tanto cocinar, de tanto planchar, encerar, barrer, baldear, de tanto lustrar, se habían acostumbrado a que la niña Cinthia ya no estuviese.

Madrugaron el día del aeropuerto. Nilda llenó la despensa, mientras Vilma controlaba la ropa del niño y Carlos limpiaba los automóviles. A Julius le dijeron que no se fuera a meter en la carroza y que esperara tranquilito la hora de partir. Lo habían vestido prácticamente de primera comunión y le habían puesto su corbatita de torero. Esperaba nervioso, recordando, asociando este segundo viaje al aeropuerto con el primero, prefería no esperar en el salón del piano. A cada rato venían a verlo; lo encontraban siempre tranquilo, muy bien, él mismo lo decía, sin quererlo estaba aprendiendo el arte del disimulo y las manos tembleques.

Carlos le conversó durante todo el camino. Le iba diciendo que Santiaguito volvería hecho ya todo un hombre. En casa habían decidido lo mismo: Santiaguito iba a cumplir dieciséis años, tenía que regresar convertido en un hombrecito, Europa tenía que haberlo cambiado. Insistían en esa idea, como si unos cuantos meses de ausencia fueran suficientes para que aceptaran la superioridad del niño, haciéndolo crecer en sus mentes. Bobby también ya iba para los trece, entraba a secundaria, ya no volvería a usar pantalón corto, estaría muy crecidito. Se acercaban al aeropuerto y Carlos seguía habla y habla en su afán de entretener a Julius, estaba alegre Carlos, te has divertido bastante en Chosica, ahora unos mesecitos más y al colegio, así es la vida, todos crecen, todos vuelven...

Todos vuelven al lugar donde nacieron, cantó Carlos, bembón, disforzado de alegría, señalándole el avión, encantado, «ahora con tal de que no nos haga la de Jorge Chávez», dijo, por decir algo, «con tal de que no se nos vaya de culata, a ver, prepárese para saludar a su mamá». No podía quedarse callado, ni quieto tampoco, no lo dejaban mirar. Sí, sí, el avión que él escogió para Cinthia, Cinthia, Cinthia, los altoparlantes lo confirmaban: Air France, vuelo 207, procedente de París, Lisboa, Pointe-à-Pitre, Caracas, Bogotá, Lima. Sintió náuseas pero no era el momento...

Los dos se aguantaban. «Ábrete, Sésamo», parecía decir Carlos, inquieto ahí, en la terraza, esperando que se abriera la puerta del avión, a ese animal sí que le tenía mucho miedo, el cielo para los ángeles, gallinazo no vuela más alto del techo, pero, ¿por qué no abren? Ya hasta se estaba poniendo agresivo el chofer, se autocriticaba y todo: Pero, ¿qué te pasa?, ¿por qué tanta emoción?, ni que fuera tu mamá la que llega, llega tu jefa y nada más... Pero no bien vio que se abría la puerta del avión, se quitó la gorra, llega la patroncita, y empezó a tararear valsecitos criollos, como siempre que se mortificaba por algo que no debía mortificarlo. «¡El señor Juan Lucas!», exclamó, al verlo aparecer en la escalinata. Julius postergó el vómito para otro día y empezó a hacer adiós como loco. En efecto, ahí estaba Juan Lucas, vestido para la ocasión (probablemente el día en que haya terremoto aparecerá Juan Lucas gritando ¡socorro!, ¡mis palos de golf!, y perfectamente vestido para la ocasión). Junto a él, una aeromoza que hubiera querido pasar una temporada con él: la niña andaba en la época aventurera de su vida, volaba y aún no quería casarse. Pero se fue a la mierda cuando apareció Susan, y eso que apareció aterrada, como diciendo ¿adónde me han traído?, no reconocía, sabía Dios en qué había estado pensando en los últimos minutos. Linda, de cualquier manera, mucho más linda ahora que se mataba haciéndole adiós, adiós, adiós, sin haberlo visto todavía. Se quitó las gafas de sol y casi la mata la luz, así que inmediatamente se las volvió a poner. ¿Dónde está Julius? «¡Allá, mamá, allá!, le gritaba Santiago en la oreja, por el aire, ¡allá!, ¿no lo ves?». Veía a Carlos, no veía a Julius. ¡No importa, mamá!, ¡baja! ¡No dejas pasar a nadie! Se habían apropiado de la escalinata. ¡Apúrate!

Por supuesto que pagaron varios sueldos de alguien por exceso de equipaje, pero eso no era nada. Lo principal venía por barco, palos de golf para todo el mundo, juegos enteros; ropa inglesa, francesa, italiana; regalos hasta para la lavandera, comprados así, por montones, sin escoger realmente; licores raros, finísimos; adornos, lámparas, joyas; colecciones de pipas Dunhill con sus tabaqueras de cuero y su puntito de marfil en cada una. Había sido un viaje feliz, demasiado corto, ahora que ya se sentían en Lima. Imposible resumirlo así, en tan poco tiempo. La gente les preguntaría. Todo lo que contaran era poco. En fin, ya de eso se encargarían las crónicas sociales con «inimitable mentecatería», según Juan Lucas. Hablarían de su viaje sin que ellos lo quisieran... (Ya por ahí no me meto: eso es algo que pertenece al yo profundo de los limeños; nunca se sabrá; eso de querer salir o no en sociales; juran que no...).

¡Cómo había cambiado el palacio! ¿Quién había comprado esos muebles tan bonitos? ¿Quién había escogido esas pinturas para las paredes? Órdenes de Juan Lucas llegadas en alguna carta dirigida a algún apoderado de buen gusto y eficiente. Carlos seguía cargando las maletas de cuero de chancho, con cara de yo-ya-estuve-con-ellos, y sintiéndose superior. Vilma notó que Santiaguito ya era un hombre y que la miraba. Enseguida se fijó en Juan Lucas, el señor, y aceptó su elegante metro ochenta y siete sin explicarse por qué, en realidad sin comprender tanta fama de buenmozo, la verdad, no se parecía a ningún artista de cine mexicano. Era para la señora. Volteó nuevamente y Santiago la seguía mirando. Nilda se había lavado las manos de ajo para soltar su grito de felicidad, interrumpido esta vez por la mueca del señor, qué tanta euforia de las mujeres, que desaparezcan de una vez, que esté todo instalado ya, que haya un *gin and tonic* en alguna terraza ventilada de este mundo. Susan sí los quería, pero había toda la tradición de Nilda oliendo a ajos, además Arminda estaba llorando, no tardaba en persignarse y arrancar con eso de Dios bendiga a los que llegan a esta casa. Pobre Susan, hizo un esfuerzo y besó a la cocinera pero, ya ven, Arminda estalló con lo de su hija Dora y el heladero de D'Onofrio. Celso y Daniel tuvieron que abandonar el equipaje para venir a consolarla y, de paso, arrancársela a la señora de los brazos. Por fin Juan Lucas terminó con tanta confraternidad; sus brazos se extendieron nerviosos, años que no se escuchaban órdenes superiores en el palacio, Susan lo admiraba: Ponga las maletas en su sitio, por favor; con cuidado de no arañar el cuero; suban para que nos ayuden a colgar las cosas; mujer, ya no llore, por favor. No sabía su nombre, tampoco el de Nilda, que reaparecía gritando que ese era su hijo, que lo iba a educar como a un niño decente, y les enseñaba al monstruito. Juan Lucas empezó a crisparse, las típicas arrugas del duque de Windsor se dibujaron a ambos lados de sus ojos. Julius dijo mira, mami, el hijo de Nilda, y Juan Lucas desapareció, mientras Susan decidía amarlos a todos un ratito y acariciaba al bebé. Celso y Daniel corrieron detrás del señor.

Al día siguiente, por la mañana, llamó Susana Lastarria. Susan sintió una extraña mezcla de pena y flojera al oír su voz en el teléfono. Con verdadera resignación soportó media hora de su envidia y le contó todo lo que quería saber del viaje, de la boda sobre todo. Finalmente, cuando ella creía que ya iba a terminar, Susana le preguntó si iba a celebrar el santo de Julius. Susan hizo un esfuerzo gigantesco para recordar, captar y expresar en palabras la manera de pensar de su prima: «No, le respondió, creo que aún es muy pronto para tener fiestas en casa; aunque se trate de niños».

—¡Claro! Me parece muy bien. Tienes toda la razón. Qué diría la gente...

Llegó el cumpleaños de Julius, pero no los regalos de Europa, y tuvieron que correr a comprarle un tren eléctrico. Vino un hombre para armarlo y él se pasó toda la tarde haciéndole demasiadas preguntas. Por fin, a eso de las seis, el tren empezó a funcionar en una sala y toda la servidumbre apareció, aprovechando que el señor no estaba. Julius decidió cuál era la estación de Chosica. Prácticamente se olvidó del tren cuando empezó a contarle de Chosica a su mamá, que era toda para él esa tarde, hasta las siete, en que tenía que cambiarse para un cóctel. Le contó del pintor Peter del mercado, de los mendigos y, cuando se arrancó con lo de Palomino y las inyecciones, Nilda dijo que era hora de cocinar y se marchó. Pero tanto miedo fue en vano porque estuvo de lo más atinado y solo contó lo que se podía contar. Lo hizo tan bien, además, que Susan empezó a agradecerles y a decirles que nunca olvidaría lo buenos que habían sido, el señor los iba a recompensar. Inmediatamente ellos replicaron que no lo habían hecho por interés, a lo cual Susan, a su vez, replicó diciendo que trajeran helados para todos, y Coca-Cola también. Nilda volvió a aparecer trayendo al monstruito, seguida por Celso y Daniel con los azafates.

—¡Brindemos con Coca-Cola por los seis años de Julius! —dijo Susan, mirándolos, a ver qué tal recibían su frase.

Le salió perfecto. Se emocionaron todos. Tanto, que ella terminó sacando la cuenta y Cinthia tendría ya once años. Se le llenaron los ojos de lágrimas anticóctel, se me van a hinchar los ojos. Los sirvientes habían enmudecido. «¿Por qué?, se preguntaba ella, ¿notarán?». En ese instante, Nilda, en nombre de todos, dijo que acompañaban a la señora en su recuerdo. Susan se quedó pensativa: En todo están cuando se trata de... ¡qué bárbaros para querer!...

—¡El tren no puede quedarse eternamente parado en Chosica! —dijo, reaccionando.

Todos sonrieron. «Por una vez un cumpleaños sin los Lastarria», pensó Julius, inclinándose alegre para poner en marcha el tren. Todos sonreían mientras tomaban sus helados y sus Coca-Colas. Y el tren circulaba, pasaba y pasaba por Chosica, sin detenerse porque él se había entretenido escuchándola: Susan les estaba contando de Europa; omitía los nombres para no confundirlos: Francia, Inglaterra, Italia, eso era todo; contaba y el tren giraba, se terminaban los helados y seguía, ni cuenta se daba de que ellos habían volteado a mirar hacia un lado de la sala, miraban con sonrisas nerviosas hacia la puerta desde donde Juan Lucas, Santiago y Bobby, recién llegados del Club de Golf, seguían la escena irónicos, burlándose, avergonzándola.

Ya estaba decidido. Los primeros días después del viaje había tenido muchas reuniones y no había podido ocuparse de eso. Pero ahora acababa de reanudar sus prácticas de golf y tenía más tiempo libre para pensar. Los primeros días después de un viaje siempre son pesados. Había tenido que soplarse mil informes de gerentes y apoderados. Y los hay candelejones, ¡créeme! Había tenido que tomar muchas decisiones sobre asuntos descuidados durante su ausencia. Felizmente todo marchaba bien. Bastaron unas cuantas indicaciones, algunas cartas, algunas reuniones. Todo marchaba nuevamente sobre rieles. Las obras que había encargado hacer en la casa hacienda de Huacho andaban muy avanzadas. Pronto podrían invitar gente a pasar el fin de semana. La verdad es que estaba satisfecho con el giro que habían tomado las cosas durante su ausencia. Le molestaban dos o tres huelgas que se anunciaban. Pero, en fin, eso era Lima. El secreto está en transportar cualquier problema, cualquier disgusto, a un campo de golf: ahí alcanza su verdadera e insignificante dimensión. Hay que ver cómo cambia la perspectiva. Un buen golpe, un buen *swing* se parecía tantas veces a la verdadera marcha de sus cosas. Además, están tus cosas y las de los chicos. Todo junto, ahora. Ya se estaba viendo eso. Motivo de más reuniones. Reuniones con los nuevos socios norteamericanos, también. Para lo de las fábricas. Les iban a dejar tres fábricas. En fin, como podía ver, habían sido muchas reuniones y aún continuaban llamándolo al Golf, interrumpiéndolo. Pero así son siempre los primeros días después de un viaje. Recién ahora acababa de reanudar sus prácticas y tenía tiempo libre para pensar.

—La verdad es que ayer, saliendo del club, me provocó. ¿Por qué no, Juan Lucas?, pensé, y entonces me di cuenta de que ya estaba decidido.

A Susan le dio un poco de pena abandonar el palacio, pero lo veía tan entusiasmado, explicaba tan bien que solo en una casa nueva podría empezarse una vida realmente nueva... Tenía razón. Además había que ver lo contentos que se habían puesto los chicos con la idea. Santiaguito empezó a gritar que sí, que Juan Lucas tenía toda la razón y que esa era una casa demasiado señorial, demasiado oscura, fúnebre, casi se le escapa que correspondía perfectamente al temperamento de papá. Se calló a tiempo, pero sin poder evitar que lo callado creciera en su mente: Papá nunca jugaba golf ni nada, solo le interesaban las haciendas y el nombre de su estudio y ganar juicios, solo pensaba en el nombre de la familia, no seré abogado... Todos allí parecieron sentir que algo caducaba, tal vez un mundo que por primera vez veían demasiado formal, oscuro, serio y aburrido, honorable, antiguo y tristón. No había sino que mirar a Juan Lucas para ver que los estaba salvando hacia una nueva vida, no sé, sin tantos cuadros de antepasados, sin esos vitrinones, sin estatuas ni bustos; sí, sí: querían una casa llena de terrazas, una casa donde uno saliera siempre a una terraza y ahí estén Celso y Daniel sirviéndote un refresco, donde lo antiguo sea un adorno adquirido o un recuerdo, no lo nuestro. Susan vio envejecer el palacio en un segundo; se levantó el mechón rubio, caído, y descubrió su casa viejísima, hasta le buscó olores. Comprendió entonces que ese nunca había sido su gusto, fue él, yo tenía diecinueve años, le hubiera gustado vivir en esa casa pero en una película. Vio a Santiago, su esposo, en el instante en que se le acercaba por primera vez en una fiesta en Sarrat, al norte de Londres, en casa de los increíbles John y Julius... Lo adoró...

—¿Quién va a ser el arquitecto? —preguntó, en un esfuerzo triunfal, feliz, como el atleta que cruza la raya primero, perseguido.

Le parecía maravilloso haberlo recordado así, acercándosele sonriente, enamorándose de ella, ahora que la casona con que él soñó empezaba a envejecer...

Conchudo, Carlos se metió a dormir en la carroza, una tarde de fuerte calor. Le gustó y decidió que, en adelante, ese sería el lugar para su siesta. Llegaba, se quitaba la gorra, la embocaba por la ventana y se subía sin pensar que era la hora de Julius. Le cambió íntegro el orden de su mundo. Normalmente, los indios, a lo más, llegaban al pescante para que él, desde el interior, alargara un brazo por la ventana y lo despachara de un solo tiro. Pero, de pronto, una tarde llegó y se lo encontró muy bien instalado, durmiendo en el viejo asiento de terciopelo. «¿Por qué estás ahí?», le preguntó, ingenuo, y por toda respuesta tuvo un pedo, acompañado de la palabra conchudo, porque soy un conchudo. Enseguida empezó a roncar y él salió disparado a avisarle a Vilma, que estaba terminando de almorzar en la repostería. Nilda intervino gritando que no se acusaba a nadie pero que había hecho muy bien en venir a decir. Vilma no se inmutó hasta que Julius les preguntó qué quería decir conchudo. «Ven», le dijo.

—¡Carlos! Por favor, bájese de la carroza para que el niño Julius pueda jugar... Ya es su hora.

—Y la mía también.

Vilma y Julius se quedaron sin palabras. La chola hermosa se limitó a agregar que no le enseñara lisuras al niño, pero ya Carlos se había cubierto la cara con la gorra y parecía dormir.

—Se hace el que ronca —dijo Julius.

Pero con los días empezó a dudarlo. Tarde tras tarde venía a la carroza y se lo encontraba roncando. Y por más que se quedara, roncaba exacto. Lo cierto es que Celso, Daniel y Anatolio, el jardinero, ya no querían caer muertos gritando ni saltar por los estribos y el pescante de la carroza por temor a despertar a don Carlos, como ellos lo llamaban. Julius trató de cambiar el sistema del juego: ahora él, subido en el pescante, salvaba a los pasajeros heridos de la diligencia, con gran peligro de caerse de cabeza contra las rocas, de rodar por los cerros... Inútil. No había cowboyada que funcionase con disparos en voz baja, sin alaridos de indios enfurecidos.

Y ese verano, Susan, Juan Lucas y sus hermanos iban diario al Golf y Carlos se pasaba la tarde desocupado, o sea que no había nada que hacer. Solo esperar a que despertara, a eso de las cinco y media, para subir a conversar un rato con él.

—¿Qué quiere decir *conchudo*? —le preguntó, una tarde.

—Yo, por ejemplo —le dijo Carlos, bajándose grandote de la carroza—. Vamos —agregó, desperezándose—, ya va a ser hora de tu baño; Vilma te debe estar buscando.

Media hora después, era él quien la buscaba: no había ido a llamarlo a la carroza, no estaba en la cocina, tampoco en los altos. Tenía que estar en su dormitorio. Julius se dirigió hacia la escalera de servicio y, cuando se aprestaba a subir, se encontró con Santiago bajando nervioso, agitado. Pensó que había regresado muy temprano del Golf, pero como ellos casi nunca se hablaban, se limitó a darle pase y subió hacia el dormitorio de Vilma. «¿Se puede?», preguntó. Le encantaba preguntar ¿se puede?

—¡No, Julius! ¡Un momento! Un momentito, por favor. Ya te voy a abrir. ¡Qué horror! ¡Pero si se me ha pasado la hora de prepararte tu baño!

Había invitados en el palacio. Celso y Daniel, elegantísimos, pasaban azafates llenos de bocaditos y de aperitivos. Susan, linda, triunfaba. Tenía esa manera maravillosa de llevarse hacia atrás el mechón rubio que le caía sobre la frente; reía, y entonces el mechón se derrumbaba suavemente sobre su rostro y todos enmudecían mientras echaba la cabeza hacia atrás, ayudándose apenas con la mano, solo la punta de los dedos; los hombres se llevaban las copas a los labios cuando dejaba el mechón en su lugar, la conversación se reanudaba hasta la próxima risa. Más allá, Juan Lucas comentaba el día de golf con tres igualitos a él y de rato en rato se reían y eran varoniles y solo decían cosas bien dichas. Celso se acercó al grupo y dijo algo en voz baja, algo que debió ser muy gracioso porque Juan Lucas estalló en sonora carcajada y buscó a Susan entre los invitados.

—¿Has escuchado eso, mujer?

—No, darling, ¿qué?

—Aquí el mayordomo me cuenta que el chofer está desesperado porque Santiago se ha robado uno de los carros.

Cada palabra venía con una entonación perfecta, varonil. Susan se quedó estática; lo miraba, no sabía si era bueno o malo lo que había hecho Santiago. Pensó que habría sido malo en la época de su esposo, pero ahora con Juan Lucas...

—Darling, ¿qué vamos a hacer?

—Vamos a esperar —respondió Juan Lucas—. Si regresa y el carro no huele a perfume de muchacha, entonces sí que no dejaremos que se lo vuelva a robar.

—¡Tenía una cita! —gritó Bobby, que había estado todo el tiempo por ahí.

Carcajada general, todos se reían y se llevaban copas a los labios, Susan volvía a acomodarse el mechón de pelo. Era la vida feliz con Juan Lucas y sus amigos, ahí estaban los preferidos, los que sabían vivir sin problemas. Allí estaba también el arquitecto seleccionado para la nueva casa. «No es un mal chico, pensaba Susan, pero está demasiado en los grupos en que estoy. No sé si podrá beber como los otros».

A Julius ya lo habían acostado y le habían apagado la luz. Estaba tratando de dormir un poco antes de que los invitados salieran al jardín. Como siempre, después de la comida, los invitados pasarían a la terraza y beberían hasta las mil y quinientas. Habría música y baile. Aunque se durmiera, pues, la música y las carcajadas lo despertarían más tarde. No le quedaría más remedio que asomarse a la ventana. Por ahora podía descansar un rato, recién estaban bebiendo los aperitivos.

Acababa de llegar uno de los socios norteamericanos de Juan Lucas y era realmente un placer conversar con él. Un hombre fino y un excelente jugador de golf. No tenía el acento horripilante de los norteamericanos y había caído muy bien en el Golf. Y en Lima. Su mujer era un gringuita como hay muchas, pero después de un rato uno se daba cuenta de que era inteligente y de que tenía cierto mundo. Con ellos estuvo a punto de completarse un grupo perfecto de gente bronceada, de deportistas ricos, donde nadie era feo o desagradable. Lo único malo era que no tardaban en llegar los Lastarria, qué se iba a hacer, había que invitarlos alguna vez.

Juan Lastarria había casi muerto de infarto de tanto esperar a su horrible esposa. La muy idiota tenía que dejar a sus dos hijos en cama antes de salir a cualquier parte, y él abajo, fumando más de la cuenta y esperando a que terminara de arreglarse, para qué, no sé, mientras Susan y Juan Lucas recibían y conversaban desde hacía una hora por lo menos. Por fin llegaron. Él hubiera querido verse una vez más el bigote en un espejo, comprobar que ese terno realmente le ocultaba la barriga, sabía que Juan Lucas era un deportista eximio. Daniel abrió la puerta y Lastarria casi se tira de cabeza al vestíbulo del palacio. Se contuvo y dejó pasar primero a su esposa, horrible. Y ahora venía Susan dejándose el mechón rubio en su sitio y besaba linda a su prima, mientras él se inflaba a más no poder, sacaba pechito y se inclinaba para dar el beso en la mano que Susan soportaba. Al entrar en la gran sala del palacio, Lastarria pensó en tanto antepasado y en tanta tradición, pero el llamado del presente pudo más que todo: ahí estaba Juan Lucas. Lastarria se sintió enano pero feliz. Más feliz aun cuando los otros lo saludaron. Felicísimo, luego, cuando su mujer se perdió entre otras, ah, no, ahí está, olvídate, Juan, y goza.

Y esa misma noche, antes de la comida, anunció públicamente que había decidido jugar golf y que se iba a hacer socio del club mientras Juan Lucas le hacía señas a uno de sus amigotes para hacerle notar que Lastarria se estaba pasando la noche empinado, pero seguía llegándoles al hombro el pobre. Poco rato antes de que sirvieran (Nilda estaba ofendidísima porque para estas reuniones encargaban la comida al Hotel Bolívar) empezó a perseguir a Susan, a su duquesa, por todas partes. En realidad, el pobre se debatía entre Juan Lucas & Cía., y Susan. Eran dos ahora, porque el arquitecto de la casa nueva también la seguía y la adoraba. Un jovencito brillante, estaba de moda, pero le faltaba vivir un poco todavía. Lastarria se cagaba en el jovencito brillante y Lima estaba creciendo porque el arquitecto no sabía quién era Lastarria. A pesar de que hubiera podido interesarle...

Por supuesto que todo en la comida era delicioso como siempre en el palacio, y la tía Susana, horrible, quería, pero no iba por nada de este mundo, pedir la receta de tanta maravilla. Se había leído una biblioteca en libros de cocina y nunca había preparado nada igual; de cualquier manera sus hijos estaban mejor cuidados que los de Susan. En cambio Juan, su esposo, ya se había enterado de que todo eso venía del Hotel Bolívar y, desde ahora en adelante, él también iba a pedir al hotel y que su mujer se fuera al diablo con sus recetas. «Delicioso, *my duchess*», y trataba de ganar el primer lugar en la cola de a dos que formaba con el arquitecto. Los igualitos a Juan Lucas y Juan Lucas hablaban de unos terrenos estupendos, no muy lejos de Lima, y de las posibilidades de formar un nuevo club de golf. Al norteamericano también le interesaba el asunto y proponía reunión para mañana en Rosita Ríos, se estaba acriollando el gringo y, además de ser simpático, toleraba muy bien los picantes costeños. Ya en su viaje anterior había regresado a Nueva York con varias botellas de pisco, más unos huacos y, según contaba, dejó cojudos a sus socios allá con el *pisco sour*. Todo el mundo quería la receta en Nueva York y todo el mundo quería invertir dinero en el Perú, si el gringo continuaba en ese plan y, además, detalle bastante fino, iba a ser uno de los primeros socios norteamericanos del Club Nacional. Y Susan tenía la oportunidad de practicar su exquisito inglés con Virginia, la esposa de Lester Lang III (el gringo pesaba de verdad), y así escapar momentáneamente de la persecución del arquitecto y de Lastarria. Ninguno de los dos sabía inglés y no se atrevían a hacer el ridículo frente a la extranjera. Se quedaban esperando mientras Susan hablaba con ella y, si se demoraba, Lastarria partía a la carrera hacia el grupo de Juan Lucas y los otros campeones, sonreía al llegar, alzaba y metía su copa entre el círculo para que le hicieran caso, por favor, y les juraba que iba a hacerse socio del Golf. Lo terrible era cuando aparecía Susana buscándolo para decirle, por ejemplo, que no bebiera mucho vino blanco y que se cuidara de las espinas del pescado. Él la odiaba porque en los palacios no existen pescados con espinas, ¡qué horrible es, por Dios!, cualquier otro camino hubiera sido bueno para llegar hasta ahí sin ella, pero no había otro camino. Así pensaba Lastarria y por momentos hasta se acordaba de la casa vieja en el Centro de Lima, viniéndose abajo, su madre trabajando para pagarle los estudios, pero en eso Susan estaba libre y él se inflaba, sacaba pecho, pechito y partía a la carrera. Se tropezó con el arquitecto. Los del golf sintieron que se habían librado de un mal jugador. Susan estaba pensando que el arquitecto debía tener una novia o algo y que en el futuro mejor viniera con ella. Estaba muy excitado el muchacho y tal vez sería conveniente que no bebiera más. Hizo la prueba de decirles a Celso y a Daniel que no le sirvieran más vino, pero fue inútil: cuando el azafate no venía al arquitecto, el arquitecto iba al azafate. Y volvía corriendo con la copa llena para no perderse un instante de Susan, la pasión de su vida. Y hubo vinos tintos franceses y postres y licores y el joven brillante dale y dale, adorando a Susan, ya no dejaba que Lastarria colocara una sola palabra. Quería bailar además, y pedía que subieran un poco la música, que no se escuchaba bien afuera, mientras iban saliendo todos a la terraza. Juan Lucas se enteraba de esas cosas sin verlas, por costumbre, por ósmosis o por lo que fuera. Y tenía sus métodos; tantos años de vuelo le habían enseñado que nada era peligroso en esta vida. Susan vino a decirle que el arquitecto... pero él la cogió del brazo y ella lo adoró y quedó segurísima de que una vez más Juan Lucas resolvería el asunto alegremente cuando llegara el momento. Por ahora estaba hablando de un club de golf en Chile y de un ganado para engordar que traían de la sierra, más unas avionetas para una fábrica de harina de pescado, esto último a Lester Lang III le interesaba mucho. Bobby se había encargado de alzar el volumen del estereofónico y el arquitecto bailaba con Susan, para desesperación de Lastarria. Susana, horrible, trataba de no bostezar entre un grupo de mujeres que tenían o no hijos, pero que habían mantenido la silueta; sabía quiénes eran, sabía quiénes eran sus padres, quiénes sus esposos, pero no las había vuelto a tratar desde la época del Sagrado Corazón. La pobre no sabía qué hacerse entre ellas porque no querían recordar el colegio ni tampoco hablar de hijos, que ya deberían estar acostados y no robándose el carro de la casa. Además, ella no conocía al profesional argentino, el que había llegado hacía poco en remplazo del otro, este se quedaba más en su lugar, pero así comenzó el anterior también y terminó casándose con la socia indicada y ya la gente empezaba a aceptarlo en lugares que no fueran el campo de golf, eran tremendos los profesionales argentinos. Muchas de esas mujeres usaban bikini todavía y se bañaban en la piscina del club y salían retratadas en los periódicos, los lunes por la mañana. Susana se estaba preguntando quién llevaría esos hogares, quién se ocuparía de esos niños, cuando sabe Dios por qué alzó la cara y divisó a Julius, asomado por la ventana de su dormitorio. Su deber era avisarle a su prima.

El arquitecto de moda llevaba ya tres bailes al hilo con Susan y le estaba describiendo la casa que había soñado construir algún día, por ahí la quería hacer caer el muy ingenuo, despertando en ella el deseo de vivir juntitos en una casa de ensueño. «¿Se la imagina?», le estaba diciendo, cuando Susan notó que su prima la llamaba y aprovechó para sacárselo un rato de encima.

—Susan, Julius está despierto y son más de las once de la noche. Le puede hacer mucho daño trasnochar así.

—Darling, ¿qué haces allá arriba? —preguntó Susan, mirando hacia la ventana por donde se asomaba la cabecita de Julius.

—No puedo dormir, mami; mucha bulla.

Juan Lucas había advertido el asunto.

—Oiga, jovencito —dijo burlonamente—, ¿qué hace usted levantado a estas horas?

—Estoy mirando, tío.

—¿Quiere que le enviemos un whisky?

Julius no contestó, en todo caso no se oyó lo que dijo, pero la tía Susana fue terminante e insistió en que debería acostarse en el acto.

—Darling...

—Déjenlo que disfrute —dijo Juan Lucas—, por una noche qué importa.

La tía Susana, horrible, pensó que eso era todas las noches y ya tenía ganas de irse. El gracioso acento de Lester Lang III la contuvo.

—*¿Cuántous fueroun las incas?* —preguntó, mirando hacia la ventana donde se dibujaba el rostro de Julius.

—Catorce.

—*¡Carhhambas! ¡Fantastic! I don't know how many presidents there have been in the States. Must revise my history* —se había olvidado de sus presidentes el gringo.

Carcajada general de los que entendían inglés. De Lastarria también, empezaba a gustarle el norteamericano y se colocó a su lado y sacó pecho. Lang III no lo captaba muy bien y miró a Juan Lucas como preguntando quién es el del bigote.

Juan Lucas le dijo que era un nuevo socio del club y pariente suyo, Lastarria casi se derrite, con tal de que no se acerque Susana... Por suerte no se acercó, y pudo empinarse bien y sentir cómo lo iban aceptando, después de todo él también pesaba varios millones. Por matrimonio, claro.

Hacia la una de la mañana, el arquitecto de moda había ya desplazado la casa soñada hacia las playas del sur y la había construido sobre una colina, frente al mar.

—Para ti, Susan.

—Qué cosas dices, darling... Mañana te vas a sentir pésimo.

Pero él dale con bailar más, con tambalearse de un lado a otro, ya no tardaba en llorar de tanto que la quería a esa señora. Las amigas de Susan contemplaban la escena muertas de risa, aunque consideraban que ya se estaba poniendo un poquito pesado el muchacho y trataban de salvarla inventando cualquier pretexto para llamarla. Pero el arquitecto la seguía, venía también donde ellas y se les tambaleaba ahí delante, cómo harían para llevárselo a casa.

Ya bastante tardecito apareció Santiago y al verlo todos recordaron que se había robado el auto.

—A ver, mi amigo —dijo Juan Lucas, llamándolo.

—¿Qué pasa? —preguntó Santiago, entre sonriente y nervioso.

—Venga usted por acá, mi amigo.

Santiago se acercó atravesando entre los invitados. Juan Lucas lo cogió amistosamente por el brazo y se inclinó ligeramente. La tía Susana era toda expectativa, iba a morir de suspenso.

—¿Qué dictamina el juez? —preguntó uno de los del golf, muerto de risa.

—*Tell us all about it, Santiegou* —de todo quería enterarse Lang III.

—Huele a whisky y está ecuánime. Además huele a perfume de muchacha. ¡Este muchacho sabe lo que hace!

Susan adoró a Juan Lucas y le hizo una seña por lo del arquitecto, mientras todos felicitaban a Santiago y le decían que se merecía un auto propio. Lester Lang III le invitó un cigarrillo y le prometió que para el próximo viaje a Lima traería a su hijo, tal vez para entonces quedaría una chica libre, a no ser que *Santiegou*... ¡Qué gringo simpático! Todo el mundo festejaba tanta simpatía, menos Susana Lastarria, que buscaba a su marido para irse ya, mañana le tocaba salida al ama y cosas horribles por el estilo, delante de los del golf, él sacrificaría lo que quedaba de la noche con tal de que no se metiera con los del golf ni con Lester Lang III. Estaba fascinado con lo de III.

Arriba, Julius acababa de cerrar su ventana para volverse a acostar, a pesar de que sabía que el asunto iba a durar hasta las mil y quinientas y que el ruido le impediría dormir. Le extrañaba que Santiago no hubiera subido a acostarse; había desaparecido de la terraza antes de que él cerrara su ventana y sin embargo aún no subía. Hasta su cama llegaban las carcajadas de los hombres y la risa delicada de algunas mujeres. Reconocía la de su madre, se deleitaba escuchándola entre la música, pero poco a poco lo fue venciendo el sueño y ya no llegó a enterarse del fin de la reunión.

—Nos vamos... Nos vamos todos —decía Juan Lucas.

En realidad lo que pasaba era que el arquitecto ya estaba pesadito. Había llegado al estado en que juraba tener la casa sobre la colina, frente al mar, perfectamente amoblada para mañana por la mañana. Se caía, pero dale con bailar. Y Susan muerta de pena por el muchacho. Pero había llegado el momento de hacer algo con él. Juan Lucas, copa en mano y sonriente, se acercó y lo cogió amigablemente por el brazo.

—Amigo artista...

El arquitecto de moda oyó algo que le gustó, y volteó a mirarlo, tenía que hacerle una casa... Ese pensamiento o el que fuere se le mezcló con la casa soñada y quiso bailar de nuevo.

—Sí, sí... todos vamos a bailar, pero vamos a algún *cabaret*, algún lugar con más ambiente...

Le hizo una seña a Susan para que desapareciera y continuó ocupándose del artista. «Todos nos vamos; allá nos vamos a encontrar todos», le iba diciendo mientras lo conducía hacia la puerta del palacio. Afuera lo esperaba un taxi que Daniel se había encargado de llamar. El arquitecto se tambaleó hasta la puerta del auto; Juan Lucas lo ayudó a subir.

—Allá nos vamos a encontrar todos —le repitió, cerrándole la puerta antes de que preguntara por Susan.

El taxi se puso en marcha mientras el arquitecto se desmoronaba feliz en su asiento, segurísimo de que allá se iba a encontrar con ella.

Empezó a vivirse la última semana de vacaciones escolares. El verano estaba por terminar y no había más remedio que ocuparse del asunto de los uniformes. Como todos los años por la misma época, Susan se dio cuenta de que había perdido la dirección de la costurera. Le alcanzaron el teléfono y marcó el número de su prima Susana.

—¿A qué hora se acostó Julius la otra noche?

Susan le dijo que se apurara, por favor, Juan Lucas no tardaba en llegar, tenían que salir con Lester y otros amigos. Susana se sabía la dirección de memoria; se la dio inmediatamente.

—Antes de que me olvide —añadió—, Juan quiere invitar a los Lang uno de estos días; ya les avisaremos para que vengan ustedes también.

—Sí... Juan Lucas va a estar encantado.

Susan colgó el teléfono y llamó a Santiago y a Bobby para decirles que se quedaran en casa hasta que llegara la costurera, Carlos iba a recogerla después del almuerzo. Los dos protestaron.

—Sí, pero hay que quedarse —dijo Susan, con el tono bajísimo y dulce que empleaba cuando tenía que dar una orden que ella no hubiera cumplido por nada de este mundo.

Bajó a despedirse de Julius, que se aprestaba a almorzar, terminada su clase con la señorita Julia. Era su última semana con la señorita velluda. Lo tenía loco, a toda costa quería que llegara al colegio sabiéndolo todo. Estaba harto el pobre. Susan le dijo que tuviera paciencia, que ya no quedaban sino unos diítas; enseguida le dio un beso y desapareció porque Juan Lucas acababa de llegar para llevarla al Golf, allá se iban a reunir con los Lang para pasar el día juntos. Julius se quedó almorzando en compañía de la servidumbre. Desde el gran pleito de Chosica, Nilda y Vilma se habían estado llevando a las mil maravillas; sin embargo, él notó que esa mañana algo no marchaba entre ellas. La Selvática la miraba demasiado y la Puquiana como que no le daba cara. La aparición de Celso trayendo al bebé de Nilda lo hizo olvidar momentáneamente el asunto. Le faltaba mucho todavía para caminar, pero el mayordomo-tesorero lo traía sujeto de ambos brazos, obligándolo a dar unos pasitos casi en el aire con sus piernas chuequísimas. Fue la primera vez que el monstruito hizo algo que no fuera berrear, todos lo festejaron y el almuerzo volvió a adquirir su tono normal y diario. Celso y Daniel empezaron a discutir de fútbol. Uno quería que Julius fuera hincha del Municipal y el otro, del Sporting Tabaco. Nilda intervenía gritando que no lo influenciaran, que era malo para el cerebro, que lo dejaran escoger solito.

Por la tarde, Vilma y Julius se instalaron en el pescante de la carroza, para la diaria lectura de *Tom Sawyer*. Hoy nadie les iba a pedir silencio porque Carlos había ido por la costurera y la carroza estaba vacía. Sin embargo, él apenas escuchaba la lectura, andaba muy preocupado con lo del colegio, quería imaginárselo, ¿cómo será?, estaba pensando, cuando el alarido de Nilda lo interrumpió, anunciando la llegada de la señora Victoria, la costurera.

Victoria Santa Paciencia, así la llamaban en el palacio, los saludó como siempre, comprobando que habían crecido un montón desde el año pasado. Continuó, como siempre, diciendo que la habían llamado tarde y que no tendría tiempo para hacerle dos uniformes a cada uno, en menos de una semana. Empezaría, pues, agrandando los del año pasado, para que Santiaguito y Bobby pudieran usarlos mientras tanto. Les rogó, temblorosa, que se pusieran los saquitos y ahí estaban los dos, furiosos, asándose de calor, culebreando porque picaba y ella, tiza en mano, señalando conforme medía.

—O sea que este año te toca a ti —pronunció clarito, al ver a Julius.

No se le cayó ni un solo alfiler de la boca. Julius se quedó cojudo, mirándola mientras seguía habla que te habla con la boca llenecita de alfileres y nada, no se le caía ni uno, como si estuvieran incrustados en las encías. Pidió un café no muy cargadito y con dos cucharaditas de azúcar, y tampoco nada. Al cabo de unos minutos, Vilma apareció trayendo la taza y Santiago la recibió con un Vilma extraño, comiéndose el labio inferior al pronunciar Vil. La Selvática, que andaba por ahí, hizo un ruido con la garganta y se retiró; a Vilma se le derramó un poco de café.

A eso de las seis, Julius subía la escalera de servicio, cuando de pronto se topó con Santiago; se sorprendieron mutuamente, se quedaron parados mirándose.

—¿Qué quieres aquí, mocoso de mierda?

—...

—¿No tienes otro sitio donde estar?

—Voy a buscar a Vilma, tiene mi *Tom Sawyer*...

—¡Vilma no está!, ¡lárgate!, ¡lárgate o te rompo el alma!

—¡Julius! ¡Julius! ¡Sube! ¡Sube, Julius!

Era la voz de Vilma y él ya iba a seguir subiendo, cuando una bofetada y un empellón casi lo hacen rodarse la escalera. Bajó corriendo y llorando, y no paró hasta llegar a la cocina.

Encontró a la Selvática leyendo su periódico. Acababan de raptar a un niño y estaba maldiciendo contra los gitanos. «¿Qué te pasa?», le preguntó, al verlo llorando. Julius le contó lo de la escalera y Nilda gritó que eso no podía seguir, esta vez no era culpa de Vilma, el niño Santiago era terrible y no había más remedio que avisar a los señores. Él no comprendió bien qué ocurría, solo captó que algo malo andaba haciendo su hermano.

Por la noche estalló el asunto. Celso y Daniel escucharon gritos provenientes del cuarto de Vilma y corrieron a ver: lo chaparon en pleno forcejeo. Y no era la primera vez, confesó Vilma. Diario se le metía al cuarto y ella hacía todo lo posible para que nadie se enterara. Hoy se había propasado el niño Santiago. Los mayordomos le cerraron el paso, primero; luego, cuando él los atacó, lo llenaron de bofetadas, le taparon los ojos para que no viera, la boca para que no los maldijera y se lo llevaron cargadito hasta su cuarto. Tenía tres arañones en la cara, uno cerca del ojo, producto del forcejeo. Vilma no podría volver a usar ese uniforme. Así andaban las cosas cuando llegaron Susan y Juan Lucas, agotados después de un largo día con los Lang. Nilda salió gritándoles la historia en la cara, pero ellos tardaron bastante en comprender y por fin decidieron postergar el asunto para el día siguiente.

—Descansen todos, ahora —dijo Juan Lucas—. Ya mañana veremos.

Lo que vieron mañana fue la manera de deshacerse de Vilma sin que los demás protestaran demasiado. Al menos, eso era lo que aconsejaba Juan Lucas, sentado en su cama-templete, terminando de desayunar. Si no hubiera sido porque eran las diez de la mañana, uno habría pensado que recién se iba a acostar: ni una sola arruga en su pijama. Susan, linda a su lado, hubiera querido encontrar una solución mejor que esa, sobre todo porque Julius iba a sufrir. Pero él, removiendo el azúcar en el café, una nada más ligero que de costumbre, dijo que ya era hora de que el mocosillo se olvidara de tanta ama y tanta cosa; andaba metido siempre entre la servidumbre o conversando con el jardinero, con cualquiera menos con otro igual a él. Susan le daba la razón, es verdad, darling, pero le daba también tanta pena... Juan Lucas trató de ser terminante: que llamara a Vilma, que le hablara, luego él le daría una buena suma y punto final. Pero ella insistía en tener pena esa mañana, hasta dijo que era culpa de Santiaguito.

—Escucha, Susan: el chico está saliendo con muchachas, es natural que quiera desahogarse... En Lima, a su edad, no es fácil, ¿sabes?... La chola es guapa y ahí tienes... así es...

—Sí, darling, pero ella no tiene la culpa.

—¿De dónde sacas esas ideas, Susan?

—Darling, pero... se... ha... defendido...

—Bien arrepentida debe estar, ¿o tú la crees santa?

—Darling, no sé, pero...

—Toca el timbre para que vengan a llevarse el azafate, Susan.

—Darling, Santiago merecería...

—Santiago lo que merece es un poco de golf esta mañana... Para que se le despeje un poco la mente... Eso lo tranquilizará.

—¿Y Vilma, darling?

—Ya te he dicho, mujer: habla con ella y luego yo le daré una buena propina. Mis zapatillas de levantarme... Vamos, mujer, levántese... no sea usted floja... ¡uuup!

De la cama pasaron al baño; cada uno tenía su baño. Juan Lucas se peinó un poco antes de afeitarse; no resistía sino lo perfecto en el espejo y ahora, mientras se afeitaba, iba instalándose en el día al sentir la firmeza de su brazo varonil deslizando hacia arriba y hacia abajo la navaja de afeitar. Iba retirando la crema blanca, espumosa, de su cara bronceada y se iba identificando con la finura de sus colonias, de sus frascos de Yardley *for men*, tres, cuatro frascos para usos distintos que yacían elegantes sobre la repisa de porcelana, junto a otros artículos para caballeros, jabones, *shampoos*, cosas que olían a hombre fino, *for men only*, como la revista *Esquire*. De rato en rato tarareaba alguna canción, como para comprobar que su voz seguía siendo para grupos de hombres con whiskies y negocios en la mano, para clubes, para frases oportunas, pertinentes, para ser respetado por barmans que sabían demasiado. Terminó de afeitarse y ahora el pijama resultaba insoportable, una ducha fresca lo esperaba, donde cantaría un poco antes de envolverse en toallas de vivos colores también *for men only*, ya después vendría la camisa de seda italiana, luego lo de escoger la corbata, ninguna mujer sabía hacerlo, cosas de hombres... Poco a poco iría quedando listo para un día más de hombre rico.

En otro baño, uno que tú nunca tendrás, hollywoodense en la forma, en el color, en la dimensión de sus aparatos higiénicos, oriental en sus pomitos de perfume, francés en sus frascos de porcelana de botica antigua, con inscripciones latinas, Susan tomaba feliz una ducha deliciosa. A veces Julius llegaba por esas zonas y escuchaba la voz de su madre pidiéndole una toalla. Corría a alcanzársela y veía aparecer tras la cortina, entre humo, entre vapor, el brazo de su madre que cogía la toalla tarareando. Ahora también tarareaba, aunque de rato en rato el nombre de Vilma la asaltaba, obligándola a enmudecer de golpe. Se ocupaba entonces de su cuerpo con el jabón más fino del mundo y era tanto placer comprobar cómo seguía siempre linda; después, mientras se secara, comprobaría una vez más en el espejo que aún podría hacer una escena de desnudo en una película, Vilma también, qué pena, qué pesadilla, pobre Vilma podría hacer una buena escena, medio calata, la chola, en una película mexicana, las artistas mexicanas son más llenitas, como Vilma, pobre, Juan Lucas va a deshacerse de ella, pobre Julius.

Se iban a un club al sur de Lima, invitados a almorzar por unos amigos. Se le podía decir al chofer que se tomara el día libre, ellos irían en el *sport* y le dejarían las llaves del otro carro a Santiago. Todo esto lo había decidido Juan Lucas antes de partir, pero para nada había mencionado lo de Vilma, como si el solo deseo de verla desaparecer hubiese bastado para que la chola se esfumara.

No fue así. Por eso ahora Juan Lucas manejaba bastante irritado e incómodo. El lío con la servidumbre lo había molestado mucho; él no estaba acostumbrado a despedir a nadie, siempre había liquidado a alguien, había despedido a docenas al mismo tiempo pero firmando un papel, como tantos en el día, y eran otros los que se encargaban de su ejecución. Por una vez en su vida había perdido los papeles y Susan, muerta de pena por todo, había sido impotente para ayudarlo. Se moría de pena por Julius, qué tontuela, con cualquier otra empleada todo volvería a ser lo mismo, qué era eso de tomarle camote a la gente. «Qué tontuela eres, Susan», pensaba Juan Lucas, mientras manejaba su Mercedes por la carretera al sur y, de reojo, veía volar los cabellos de amor, cabellos al viento, amor con esos anteojazos negros, no quisiera hablarte de estas cosas, pero me molestan, ¿qué tal si los licenciáramos a todos?, los largamos a todos, los has engreído demasiado, ¿es verdad que quieres tanto a esa gente? ¿En qué estarás pensando? ¿Le habrá dolido realmente lo de esa mujer? Juan Lucas andaba medio crispado; qué era eso de bajar un día y pedir que te saquen el carro del garaje y encontrarte con toda la servidumbre esperándote frente a la escalera. Uno baja listo para irse donde unos amigos a disfrutar el domingo y toda la servidumbre ahí abajo, insolente y todo. No, Susan, por ti no he soltado un ¡váyanse a la mierda! general. Esa mujer, la cocinera con los dientes picados, hablando del sudor de su rostro y de un hijo, enseñándotelo, casi tirándotelo por la cara, utilizando palabras absurdas, ridículas en su boca, derechos, seres humanos, sindicato, queja, cojudeces por el estilo, Susan, y tú muriéndote de pena, de miedo, diciéndoles que los quieres, diciéndoles que vas a castigar a Santiago, y todavía la chola esa, la cocinera, te pregunta que cómo y tú, Susan, tú ni siquiera sabes responderle; te piden que lo pongas interno y tú te rebajas, tú les das explicaciones, tú les dices que ya es muy tarde, que los colegios abren dentro de tres o cuatro días, que te perdonen, te asustas con los gritos de Nilda, ¿así se llama la del crío?, Susan, eres tan cándida... Te dan la oportunidad, te dicen que se largan juntos y tú les ruegas, tú te mueres de pena, les ruegas que lo hagan por Julius, nada menos que por Julius, tienes un hijito francamente cojudo, Susan, había que verlo ahí escuchando todo y prendido de Vilma, mirándonos como si fuera un enemigo; eres cándida, Susan... Juan Lucas quería hablar de eso, sacarse la escena de adentro, no volverse a acordar más de todo eso, olvidarlo por completo antes de llegar donde los amigos, pero Susan dejaba que el viento jugara con sus cabellos y seguía perdida detrás de sus anteojos de sol, completamente ida, como si lo ignorara, ¿en qué pensaba?

—Susan, enciéndeme un cigarrillo, por favor... Están en la guantera... Susan.

—Sí, Juan.

—¿Qué piensas de todo eso, Susan?

—¡Darling! ¡Ha sido horrible! Me muero de pena, Juan.

—¡Pero, mujer, pareces tonta! Francamente creo que esa mujer ha hecho lo mejor que podía hacer... Si no fuera porque se largó por su propia voluntad aún estaríamos escuchando el discurso de tu cocinera.

—Ahora que sé que se ha ido me siento peor que antes... No tenía la culpa, darling... ¿Por qué crees que todos se quisieron marchar con ella?

—Cosas de momento... ¿Tú crees que van a perder su trabajo como si nada?

—¡Pero, darling!... Sabes perfectamente que lo iban a hacer; si nosotros botábamos a Vilma se iban todos... Lo que pasa es que ella ha pedido que la dejen marcharse sola; ella ha dicho que ya no quiere seguir en la casa... por su propia voluntad. ¿No has visto cómo lloraba de pena?

—El que sale ganando es Julius, Susan; se te iba a volver maricón de tanto andar entre mujeres.

—¡Darling, por favor, ese no es el asunto! Has estado muy vivo; te has aprovechado de la situación: primero Vilma les dice que se va por su propia voluntad; claro, los otros se desconciertan y tú aprovechas para decir que Santiago mismo le llevará su indemnización y le pedirá perdón... Has estado muy vivo, darling... Como el otro día con el arquitecto... Solo que ahora Julius se va a morir de pena... Además, Santiago no irá nunca a pedirle perdón.

—Ya se verá cómo le mandamos su dinero, Susan. Búscame un encendedor, que debo haber olvidado en la guantera... Ya estamos llegando... Un buen baño de piscina y unos aperitivos, *voilà*, eso es lo que nos falta... Estuvo grotesco el asunto y ahora basta ya.

Susan le alcanzó el encendedor. Hubiera querido decir algo, pero allá al fondo, trazado en el arenal, divisó el desvío que llevaba al club; hubiera querido decir algo pero de pronto como que le faltaban fuerzas.

—Eres una tonta, mujer, si sigues muriéndote de pena.

Como todos andaban medio rebeldes en el palacio, nadie se opuso a que Carlos utilizara el Mercedes para llevar a Vilma a su casa, un cuarto, en un callejón, en Surquillo, donde una tía. Celso y Daniel ayudaron a cargar el baúl tipo pirata, pero de cartón y con bordes de lata, horroroso, lleno de colorines y de indudable procedencia serrana; uno de esos baúles que se ven sobre los techos de los ómnibus interprovinciales a La Oroya, Tarma, Cerro de Pasco, etcétera. O a Puquio, o también a cualquiera de esos lugares desde los que se baja a Lima. Vilma besó a Julius. Julius besó a Vilma. Vilma le dio la mano y una palmadita en el hombro a Celso, a Daniel y a Anatolio. Después abrazó a Nilda y cargó un ratito al bebé, que inmediatamente se puso a berrear, todo eso en la cocina. La Puquiana se lo devolvió a la Selvática y abrazó a Arminda, que había permanecido muda, fatal, durante todo el asunto. Nilda le tapó la boca a su hijo para poder decir cuídese de los hombres, Vilma, fíjese en la casa donde vaya a trabajar, que no *haigan* jóvenes. Todos bajaron la cabeza y permanecieron mudos hasta que Carlos dijo que era mejor marcharse ya. Cruzaron íntegramente el palacio, desde la cocina hasta la puerta principal. Ahí se tocaron nuevamente los hombros, palmadas con la mano bien abierta, brusca, franca, y se hablaron más que nunca de usted. Julius participó en la ceremonia con un silencio total. Vilma subió al Mercedes mientras Nilda pronunciaba una frase digna de Lope de Vega, pero mal dicha y en nuestros días, algo como el honor del pobre ha quedado bien alto en esta casa, y mientras Celso y Daniel clavaban los ojos en el suelo, Carlos se dispuso a arrancar el motor. Todavía un instante antes de partir, Vilma asomó la cabeza por la ventana y le dijo a Julius, bajito, casi al oído: «Tu mami subió a verme a mi cuarto y me ha prometido que te mandará a visitarme con Carlos». Después el auto empezó a andar y ella soltó unos sollozos enormes. Sacó un pañuelo arrugadísimo de una cartera horrible y se lo llevó a la cara como si quisiera esconderse. El carro llegó a la reja exterior del palacio, atravesó la vereda y tomó la avenida Salaverry hacia abajo. Vilma lloraba a mares y se moría de vergüenza. Por el espejo retrovisor, Carlos lograba ver cómo temblaban sus senos robustos, llenos de fuerza, cómo se marcaban desafiantes, cómo descendían duros y se elevaban sanos, marcándose hasta el deseo, como si fueran a romper la blusita negra, se la había regalado la señora y le quedaba a la trinca. No paraba de sollozar. Pobre Vilma, estaba buena la chola.

Tres semanas después llamó por teléfono a la señora.

—Me voy a Puquio, señora. Tengo a mi mamá enferma y me piden que viaje urgente.

Susan le pidió mil disculpas por haberse olvidado de enviarle su dinero, se lo mandó inmediatamente con Carlos, pero Julius estaba en el colegio y no pudo acompañarlo. Seis meses más tarde, recibió una carta de ella, escrita con horrible tinta verde en una hoja de cuaderno. Decía poco en mucho espacio: que se portara bien, que fuera bueno, que saludara a todos, que cómo le iba en el colegio, nuevamente que se portara bien, que una familia de Nasca se la llevaba a trabajar con ella, que no sabía la dirección todavía, que tal vez le podría escribir a Puquio, aunque ella ya iba a partir. Nuevamente le pedía que saludara a todos en la casa y se despedía. Julius le contestó; él mismo puso la carta en un buzón, pero nunca recibió respuesta. Después de todo, pensó un día, años más tarde, una carta escrita por un niño, con estampillas compradas con la propina, depositada una mañana, en un buzón de San Isidro, no tenía muchas probabilidades de llegar a Puquio, y todavía de allí a Nasca, donde una sirvienta.

EL COLEGIO

I

El colegio se llamaba Inmaculado Corazón y funcionaba en dos casas: la chiquita, en la avenida Angamos, y la grandaza, en la avenida Arequipa. Alrededor de las ocho y media de la mañana empezaban a llegar los niños bien bañaditos, impecables todos menos los Arenas, esos llegaban inmundos, eran inmundos.

Julius ya estaba asistiendo hacía varios meses cuando a Juan Lucas se le ocurrió lo de la camioneta. Tan lindo como era tomar el ómnibus del colegio por la tarde y regresar a casa mirando durante el trayecto la mano enorme del negro Gumersindo Quiñones, descendiente de los esclavos de los niñitos Quiñones, y como que a mucha honra, porque sonreía cuando te lo contaba. ¡Esquina bajan!, y el brazo de Gumersindo atravesaba el ómnibus a lo ancho, desde el volante; cogía la manija de la puerta, espérate que esté bien parado, abría con la mano vieja, negra, arrugada como una costra, ya puedes bajar, adiós, Carlitos; cerraba, recogía el brazote; y Julius, sentado ahí atrás, tratando de ser el mejor amigo del mundo de esa mano, de los cabellos blancos del negro altísimo. Hubo, sin embargo, lo de la camioneta.

Fue toda una flotilla, porque Juan Lucas se compró un Jaguar *sport* que le iba muy bien con unos sacos que se acababa de traer de Londres. A Susan le compró un nuevo Mercedes, ella no notó la diferencia con el anterior pero lo encontró precioso. Para los chicos trajeron la camioneta Mercury, una con faros inmensos de peligro en la parte posterior, unos faros rojos, enormes, indecentes cuando se encendían. Por supuesto, no faltó algún amigo bromista de Juan Lucas para decir ni más ni menos que una señora con hemorroides, al ver la camioneta con los faroles redondos; en efecto, casi ardían cuando se iluminaban. También a Santiaguito le prometieron auto si se graduaba con buenas notas y si ingresaba en la universidad (Agronomía, por lo de las haciendas).

La camioneta la destinaron a recoger a los chicos del colegio. A Bobby y Santiago del Markham, y a Julius del Inmaculado Corazón. Santiago quería manejar y Bobby insistía en ir adelante, al lado de la ventana. Total que Carlos viajaba siempre sentado entre los dos. Este arreglo contentaba a ambos hermanos porque era muy mal visto entre los estudiantes de secundaria viajar en el asiento de atrás, sobre todo cuando era tan bien visto que ahí fuera el ama, Imelda ahora, en vez de Vilma. Algo impopular la tal Imelda, no se acoplaba bien al resto de la servidumbre, no confraternizaba, no mostraba sentimiento, clarito se veía que no bien terminara sus estudios de corte y confección iba a abandonar a la familia sin pena alguna. A su lado, en el asiento posterior de la camioneta, viajaba Julius con el uniforme azul, impecable por las mañanas, inmundo por las tardes, y el cuellazo blanco almidonadísimo, igualito a cientos más de su colegio.

Las monjitas eran todas americanas y realmente buenas, con excepción de la Zanahoria, que se ponía furiosa y más colorada todavía. Soñaban con tener un colegio nuevo, grandazo, moderno, con capilla y salón de actos separados, con muchas aulas y jardines para lo del fútbol con Morales. Y es que tenían que entrenar fuerte para que los más grandazos del Inmaculado Corazón jugaran y les ganaran a los más chiquitos del Santa María, un colegio de padres americanos adonde era lógico que uno pasara al terminar el Inmaculado Corazón.

Las monjitas se compraron un terreno inmenso al fondo de la avenida Angamos, estaban felices y llenas de deudas. Julius le añadió un avemaría más a las doce que rezaba todas las noches antes de acostarse, para que el colegio fuera algún día realidad. Morales tendría su campo de fútbol y podría entrenar al equipo. Todo un personaje, Morales; decía yas con la bocaza enorme y las madres confiaban en él.

Se empezaba por la casa pequeña de la avenida Angamos. Los niños entraban por un costado y se iban de frente hasta el jardín del fondo, donde estaba el lavadero. A ese jardín daban todas las aulas y ahí los esperaba Morales, siempre con su estropajo. Eso era para los que se quedaban a almorzar y también para los recreos. Terminaban bañados en sudor porque se habían pasado media hora girando en la ronda alrededor de Taboada, cantando a gritos: «¡Taboada, te vamos a cocinar!, ¡te vamos a cocinar!», y el pobre Taboada clamaba por su mamá, gemía ante la mirada sonriente de Morales, que consideraba que se estaban haciendo bien peruanitos. Cuando salía la monjita con la campana, los resondraba por lo de la dancita primitiva y enseguida miraba al cholo: «*Go ahead, Mourales*». «*Yas*, madre», le respondía el otro, con su boca de llanta, y empezaba a cogerlos a uno por uno para limpiarlos con el estropajo. Lo sacaba empapado del lavadero y se los iba pasando rudamente por la cara, hasta les salpicaba los cuellazos de almidón seco. Después, a los más machitos, a los que mejor jugaban fútbol, les daba su patadita en el culo y los iba haciendo entrar a clase. Uno siempre hubiera pensado que trabajar entre tanto niño del Inmaculado Corazón le habría permitido aprovecharse de la situación, tramarse algún chantajito, por ejemplo: «Oye, Santamaría, ¿por qué no le dices a tu papá que me consiga un puesto en el ministerio? Si le dices, yo te pongo en el equipo de fútbol». Pero no: Morales se quedó siempre con las monjitas, lavándoles a todos la cara con el estropajo y viéndolos bajar de camionetas como señoras con hemorroides.

Abundaban esas camionetas. Muchísimas. La camioneta celeste de los King (su papá era diplomático norteamericano); la amarilla de los Otayza, unos que no tenían ama sino institutriz alemana; la azul de Penti, que tenía una barbaridad de hermanas en el Villa María. Imposible enumerarlas. La de Julius era marrón.

Cuando los niños crecían un poco se los llevaban a la casona de adobes de la avenida Arequipa. De lo primero que se enteraban era de que Pastor se podía levantar bien tarde porque vivía al lado. Linda la casona de adobes, hasta misteriosa no paraba, aunque con tanto chico metiéndose por todas partes ya solo quedaban las habitaciones de las madres para lo del misterio y las mil preguntas. Cuando Julius llegó, acababa de formarse la pandilla de la Pepa.

La Pepa era medio zambito, su papá más todavía, pero tenía un montón de plata por algo de unas minas, y como tenía tantos carros y una casa tan grande no le costó trabajo convertirse en jefe de pandilla. El asunto era con caballos. Se ataban los guardapolvos alrededor de la cintura y dejaban una cola para que de allí se cogiera el jinete. El del guardapolvo corría y el de a caballo lo seguía gritándole ¡más rápido!, ¡a la derecha!, ¡a la izquierda!, hasta que te alcanzaban, y si aún no habías sido admitido en la pandilla te revolcaban por el suelo. Era la época en que se llevan siempre rasguños en la rodilla y en la que se empieza a ser o a tener un ídolo. Sin embargo, la Pepa no era ídolo para Julius, que se le escondía siempre y que además no estaba dispuesto a entregarle el lapicero de Cinthia, porque entregarle tu lapicero era lo que te exigía para entrar en su banda. Lo de la Pepa debió terminarse cuando este ya tenía al noventa y ocho por ciento del colegio en su pandilla, y resultaba muy aburrido pegarles a los pocos que quedaban, siempre los mismos. También la Pepa empezó a no crecer y un día vino Arzubiaga y levantó una piedra inmensa. Todo el mundo corrió a llamar a la Pepa para que viniera a levantarla, pero él respondió que lo estaba esperando su chofer y no vino. Bien triste debió ser eso, porque desde entonces ya no volvió a pedir más lapiceros y pasó a jugar ladrones y celadores como todo el mundo.

El problema con Arzubiaga era que nunca le pegaba a nadie; una vez hasta separó a dos que estaban en pleno catchascán. Todos le gritaban que no los separara, que la monja no venía todavía, pero Arzubiaga los separó cargando a uno en peso. Además, ibas a pedirle que le sacara la mugre a Gómez, un cholón medio bruto y con demasiado pelo negro, pero él sonreía y te decía que otro día. Ese era el problema con Arzubiaga, uno hasta se olvidaba de que había cargado el pedrón, y se lo había puesto sobre la cabeza y todo.

Una tarde Silva cargó el pedrón y también se lo puso sobre la cabeza. Silva era bien rubio y tenía cara de gato malo. Tenía los ojos muy verdes y las piernas blancas y fuertes. Cargó el pedrón, y una semana después ya le había pegado a Ramírez, el del coro, a King, que era norteamericano, y a Rafaelito Lastarria, que andaba por esa época en tercero de primaria; no saludaba ni miraba ni nada a su primo Julius, y Julius había agregado un avemaría más a sus oraciones nocturnas.

Arzubiaga era blanco pero moreno, era bien fuerte y conversaba con todos. No pedía lapiceros ni te botaba de su equipo cuando querías jugar con él. Eso era lo malo: no llenaba los requisitos para ser un matón, y sin embargo tres veces más había cargado el pedrón. También había tumbado fácilmente al gordo Martinto, que pesaba el triple que la piedra, jugando nomás, porque el gordo era buenísimo, por esa época era el mejor amigo de Julius.

A la hora del recreo, una mañana, Silva salió furioso y seguido por una pandilla, una pandilla no muy segura porque a lo mejor Arzubiaga le pegaba. El gordo Martinto fue a buscar a Arzubiaga y le dijo que Silva le quería pegar, que lo desafiaba al catchascán en el jardín lateral. Julius también andaba por ahí, hacía rato que estaba buscando al gordo para desafiarlo con unas espadas de madera que se habían construido. Martinto había visto una película en la que un espadachín le volaba la oreja al otro y estaba loco por dejar a Julius mocho, de mentira nomás porque habían puesto unos corchos en las puntas de los palos. Se pasaban la vida el gordo tratando de volarle la oreja y Julius tratando de desinflarlo. Esa mañana lo había estado esperando, pero resulta que ahora venía con lo del desafío más importante de Silva.

Arzubiaga dijo que él estaba ahí y que no se corría de nadie, macanudo era Arzubiaga. El gordo Martinto partió a la carrera con la noticia, por supuesto que en el camino se cayó, se llenó el uniforme de tierra y se volvió a raspar la rodilla. Pero se incorporó inmediatamente, escupió el polvo que había tragado y siguió corriendo para que no se fuera a acabar el recreo sin pelea. «Tiene miedo», dijo Silva, parecía que iba a sacar las uñas. Estaba gringuísimo esa mañana y con mucha cólera, se le notaba en los ojos de gato y en la respiración. No pudo más y atravesó el patio dirigiéndose, como en las películas, adonde el otro. Atrás venían la indecisa pandilla y Martinto gordísimo y ya inmundo.

Le sacó pecho, se puso las manos en la cintura y lo miró más gato y más malo que nunca. «¡Le tienes miedo a Silva!», gritó uno de la pandilla, poco inteligente, desde luego, porque esa calma de Arzubiaga no era miedo. «¿Por qué quieres pelear?», preguntó este, para desesperación de Martinto, que sentía los minutos que quedaban de recreo latir en su corazón. «¡Mariconcito!», le respondió Silva y se infló más todavía. Ya no tardaba en morirse de lo blanco y furioso que estaba. Arzubiaga oyó lo de mariconcito y eso sí que no le gustó nada. Alzó el brazo para señalar el jardín donde debía llevarse a cabo la pelea, pero Silva creyó que era el primer golpe que se le venía encima y se abalanzó sobre el cuello de Arzubiaga. Se vinieron abajo enlazados, y Martinto empezó a temblar de emoción, a comerse un dedo, a no perder un instante, un solo detalle de la lucha, y a controlar que no viniera por ahí ninguna madre, todo al mismo tiempo. Los de la pandilla se desconcertaron, ya hacía rato que Silva seguía de espaldas contra la tierra, no podía sacarse al otro de encima. Y las cosas empeoraban, ya ni se movía, definitivamente el asunto iba a durar muy poco porque Arzubiaga continuaba montado sobre el pecho enemigo, ahorcando suavemente, cada vez un poquito más, buscando el sí final: «¿Te rindes?», preguntaba, esperaba, nada; otro apretoncito calculado, casi benévolo, ¿te rindes? Así, hasta que por fin escuchó un gemido afirmativo y la pelea había terminado. Silva se fue llorando, se fue muy solo, sobre todo. Y había que ver a los de la pandilla tratando de cargar en hombros, como fuera, a Arzubiaga, le hacían barra, lo tocaban.

—¡Límpiate el uniforme! ¡Límpiate el uniforme! —le gritaba el gordo Martinto, inmundo, y él mismo se lo iba limpiando.

Arzubiaga estaba en tercero, era un grande, pero como les hablaba a todos, Julius lo consideraba amigo, aparte de ídolo. Y andaba siempre tratando de que su mamá lo distinguiera por su nombre, también al gordo; quería que Susan aprendiera a distinguir a todos sus amigos:

—No, mami, el gordo es Martinto y quiero invitarlo; el que le pegó a Silva es Arzubiaga, ese es grande, el año entrante pasa donde los padres del Santa María...

—Sí, darling, ¿y cuál es tu amigo entonces?

—Los dos, mami...

—Entonces invita a los dos...

—No, mami, Arzubiaga está en tercero; solo voy a invitar al gordo...

Martinto no se hacía tanto problema con su familia. Vivía feliz y su papá tenía una hacienda enorme, muy cerca de Lima, un lugar ideal para que el gordo se revolcara. Quería invitar a sus amigos a la hacienda, pero su mamá se oponía a que viniera Arzubiaga porque era muy grande. ¡Qué diablos le importaba al gordo con tal de divertirse! Y para eso le bastaba con un espadachín, Julius en este caso. Corretearon un día entero por toda la hacienda, hasta ponerse inmundos, y por la noche regresaron al palacio que los padres del gordo tenían en San Isidro. Le quedaban fuerzas para seguir luchando al gordo, saltaba por los sillones, por las mesas, perseguía a Julius de habitación en habitación, increíble cómo iba dejando huellas de barro y de tierra sobre tapices y alfombras orientales, al menos por el precio.

Fue por esos días que Julius tuvo una metida de pata terrible. Se quedó muy triste después de que aquello ocurrió y hasta se lo contó a su mamá. Juan Lucas, que andaba por ahí, soltó tremenda carcajada al escuchar la historia y dijo que por fin el chico se estaba avivando. Susan, linda, le dio un beso y le rogó que tuviera cuidado con los ojos de las otras criaturas, no vuelvas a hacerlo, darling. Le dio otro beso al notar que el chico estaba realmente preocupado, y volteó a mirar a Juan Lucas, *don't laugh, darling*, Martinto era su amigo...

—¿Martinto era tu amigo, darling? —le resultaba tan difícil retener todos esos nombres...

«No tiene un pelo de tonto el mocoso», pensaba Juan Lucas, al escuchar la historia, después de todo Martinto le había volado ya diecinueve veces la oreja derecha y él solo había logrado pincharle la panza once veces. Lo de la arena se lo había visto hacer a Cornell Wilde en el cine y ya estaba harto de que el gordo no respetara ni una sola de las reglas del duelo. Lo cierto es que andaban en pleno combate en la poza de los saltos, y el otro dale con venírsele encima sin técnica alguna, así cualquiera gana, pero de pronto Julius se acordó de su película y, mientras el gordo retrocedía para cargar de nuevo como Atila, cogió un puñado de arena y se lo arrojó en la cara. «¡Bruto!, gritó Martinto, ¡no veo nada!». Se refregaba y se refregaba los ojos y Julius, esperando desconcertado, quería verlo reír, que siguiera la broma, pero el gordo se iba poniendo cada vez más colorado y los ojos le lagrimeaban y las lágrimas se le mezclaban con la arena. Soltó la espada y se fue caminando ciego y furioso en busca de agua. Julius trataba de acercársele, de ayudarlo a lavarse la cara, pero Martinto lo amenazaba agitando los brazos con los puños cerrados: «¡Vas a ver!, ¡vas a ver!», le gritaba. Y fue verdad porque no bien recuperó la vista empezó a perseguirlo para sacarle la mugre: lo alcanzó, se trompearon, le dio un puñetazo en el ojo, se lo puso negro y hubo lío con las madres.

Tres días después el gordo se volvió bueno de nuevo. No faltaron los intentos de acercamiento, miraditas en la fila y durante las clases, pero ya nunca volvió a ser lo mismo. Además, al terminar preparatoria, y como era de esperarse, al gordo se lo jalaron en los exámenes finales. Se lo jalaron por sucio y por flojo aunque lo volvieron a aceptar en el colegio porque su papá acababa de hacer una fuerte donación para el nuevo local. Siguió siendo tan simpático como inmundo Martinto, pero eso de estar en clases distintas separa mucho a los niños y, al año siguiente, él ya tenía un amigo narigón y se pasaba el día entero, espada en mano, tratando de volarle la nariz.

Pero todavía ese año de la arena en los ojos sucedió algo que desconcertó bastante a Julius. Por esa época era bien importante tener pelota propia y traerla al colegio. Lo malo es que el colegio era en realidad casa y no había sitio para que se jugaran tantos partidos de fútbol al mismo tiempo. Arzubiaga lograba poner cierto orden; sabía organizar los equipos, once y once, aunque a medida que avanzaba el recreo se iban metiendo otros, generalmente al equipo que llevaba las de ganar, y los partidos terminaban con veinte jugadores por un lado y siete por el otro (dos perdedores se habían largado y dos se habían pasado al equipo vencedor, a la disimulada). El mismo Arzubiaga era impotente para controlar tanto desbande, lo más que lograba era que el asunto empezara como es debido. Pero no se molestaba. Tenía una paciencia de santo y nunca le pegaba a nadie. Eso sí, nadie lo fauleaba. Otro problema era el del gringo King; nunca, hasta que a su papá lo nombraron embajador en Nicaragua y se fue, nunca comprendió el fútbol a la peruana y, en lo mejor del partido, cogía la pelota con las manos, se arrancaba como un loco y se metía al arco corriendo y gritando ¡goool!, creía que era como en el rugby. Buena gente el gringo, su hermano menor también era buena gente, pero una bestia para los juegos peruanos. Siempre le traía la pelota a Arzubiaga al terminar el recreo. Arzubiaga era el dueño de esa pelota. Por las tardes la guardaba en una red blanca y esperaba a que vinieran a recogerlo. Pero una tarde, un grupo se quedó junto a la puerta principal, querían jugar un poco. Prohibido jugar en ese jardincito porque ahí estaban las rosas de la madre superiora y además había mucha ventana. Sin embargo Arzubiaga sacó la pelota e hizo un pase lateral, Martinto la elevó y de cabecita se la pasó a Julius quien, a su vez, se la entregó a Del Castillo, Del Castillo a Sánchez Concha, Sánchez Concha a Martinto, el gordo a Arzubiaga y así sucesivamente hasta que apareció la Zanahoria como loca con la campanita y reclamando en inglés la pelota. Enseñaban muy bien el inglés en el Inmaculado Corazón porque todos entendieron cuando gritó que eran unos demonios y que iba a entregar la pelota para los pobres del catecismo. Se la llevó bajo el brazo, se fue furiosa tocando su campana. Todos los años circulaban rumores de que iban a cambiar a la Zanahoria, pero siempre los recibía el primero de abril, campana en mano, enroscada en su enorme rosario y lista para enfurecer. Como esta tarde. Del Castillo le aconsejó a Arzubiaga que le dijera a su mamá, que por qué se la iban a quitar, ni siquiera habían tocado los rosales de la madre superiora. Claro, claro; pero era ya tan tarde, seguro que la madre no volvería a aparecer, había desaparecido con su pelota; la injusticia, el miedo, los alaridos así, de golpe, todo junto fue demasiado: Arzubiaga se puso a llorar. Eso que estaba en tercero, eso que era un grande y que el año próximo pasaba al Santa María. El gordo Martinto le dijo que si su mamá hablaba con la superiora, la Zanahoria tendría que devolverle su pelota. Del Castillo preguntó que quiénes eran los pobres del catecismo. Nadie sabía, pero como que les tenían miedo. Martinto explicó que a lo mejor eran los chicos esos, los que están en los papelitos que te prenden cuando das plata para las misiones. Pero Sánchez Concha lo interrumpió: «No seas bruto, gordo, esos están en el África». La discusión se animó un poco y Arzubiaga fue parando de llorar. Al día siguiente, la Zanahoria lo resondró de nuevo pero le devolvió su pelota; eso sí: prohibido comprar chocolates en el recreo esta semana; todo lo que ahorrara tenía que sacrificarlo para las misiones. Bastantes días estuvo Julius preocupado por lo del llanto de Arzubiaga: ahora resultaba que los grandes también lloraban...

Lo del colegio nuevo andaba viento en popa. Las monjitas habían cercado su terreno. «No dejen de fijarse, les decían a los niños, cuando pasen en sus autos por el fin de la avenida Angamos, no dejen de fijarse: ahí se va a construir el colegio nuevo». Una mañana pusieron la primera piedra y hubo misa y los vistieron con el uniforme blanco y les dieron el día libre. Felices. Ojalá pusieran la primera piedra todos los días. Además iban a comprar ómnibus nuevo, grandazo, carrocería norteamericana, letrerazo amarillo «Inmaculado Corazón» a ambos lados, Gumersindo Quiñones le hacía su reverencia a la superiora. ¡Además la capilla iba a ser preciosa! ¡Además iba a haber salón de actos! ¡Y cancha de fútbol enorme! Morales sonreía, todos lo miraban implorantes: A mí, Morales, escógeme para el equipo. Ese colegio tenía que ser un paraíso lleno de ventanas, lleno de aulas de clase, repleto de corredores, con salón especial para los que estudian piano, con jardines llenos de rosas para la capilla preciosa. El paraíso tenía que ser el nuevo Inmaculado Corazón. Pero faltaba el dinero. La madre superiora se venía abajo cuando les decía que faltaba *the money*. Los arrastraba a todos en su caída. ¡Cómo sufrían! Felizmente volvía a elevarse hasta su categoría para decirles que era necesaria la ayuda de todos. De todos y cada uno. Y como esa mañana habían puesto la primera piedra, primero habría misa, luego entrarían en fila al salón donde estaba el plano, ¡para que vean lo lindo que es!, ¡en colores! Enseguida pasarían al comedor de los desayunos con chocolate. Y finalmente... la madre superiora se callaba un instante, temblaban... finalmente, ¡día libre para todos! ¡El himno del colegio! ¡Todos! ¡Canten! Cantaban con un entusiasmo...

La que no andaba muy viento en popa era la construcción de la casa nueva, en ese terreno enorme que Juan Lucas tenía junto al Polo. Claro que al final todo iba a salir bien, pero por el momento no lograban ponerse de acuerdo sobre los planos. Resultaba que el arquitecto era funcionalista y quería una casa funcional; además quería que lo dejaran hacer lo que le diera la gana, después de todo él era el artista. Juan Lucas quería, por ejemplo, unas tejitas en este techo, pero el arquitecto decía que tejas en los países en que llueve, que se dejaran de cosas absurdas en Lima. Susan, por su parte, se llevaba el mechón cautivante de pelo hacia atrás y quería un rancho mexicano con patio de piedras, para poner ahí la carroza bien pintadita y restaurada. Eso ya le parecía menos absurdo al arquitecto, y hasta se apareció una tarde con un enorme plano, un rancho mexicano con su ventana y su reja para lo de la serenata y todo. Susan gozó y sonrió feliz, imaginándose la carroza en el patio y el estereofónico sonando a lo lejos, en una sala de paredes blancas y espesas, adornadas con esos cuadros de la escuela cusqueña y los otros, los de la escuela quiteña; eran tan lindos sus cuadros, ella misma los llevaría a restaurar. Pero Juan Lucas quería algo moderno y con ventanales que llenaran todo de luz y permitieran ver el campo de polo, al fondo. El arquitecto miraba a Susan, la aceptaba imposible, la adoraba mediante planos y buena voluntad, accediendo hasta olvidarse por completo del funcionalismo. Miraba a Susan y ponía la mano sobre el rancho mexicano bien dibujado en la cartulina, les explicaba. Juan Lucas lo interrumpía insistiendo sobre lo moderno, mientras Susan se imaginaba caminando despreocupada por el rancho y era tan linda, quería tanto que le dieran gusto. Pero en ese momento Juan Lucas ordenó unas copas más, miró el dibujo y descubrió que también traía sus tejitas y que por consiguiente también era absurdo. Los tres se molestaron finísimos, casi sin cólera; Juan Lucas dijo que por la ventana esa, la de la serenata, cualquier otra chola guapa como Vilma se pasaría la vida asomada conversando con su primo. A Susan se le vino abajo el encanto de la serenata, el mexicano tipo Hollywood, prendido a la reja y diciéndole a la americanita: «*I am* apasionado *for you*». Se llevó el mechón rubio hacia atrás, miró a Juan Lucas y volvió a quererlo tanto mientras Daniel llegaba con las botellas de agua tónica y otro baldecito de hielo, mientras el arquitecto agachaba la cabeza y trataba de imaginar un último dibujo, uno que les gustara a los tres. Meses y meses pasaron sin que se hablara de la primera piedra.

En cambio el colegio de las monjitas sí avanzaba. Pusieron los cimientos y hubo misa y comunión para que esos cimientos fueran bien sólidos, para que el edificio nunca se fuera a venir abajo. El pobre Julius ya no se daba abasto para rezar tanta avemaría; aparte de las doce de reglamento, porque era niño bueno, había las extraordinarias: por la mamá de la madre superiora, que está enferma en Missouri, por los cimientos, la otra que nunca se acordaba bien por qué era, y otra por las almas del purgatorio que lo tenían obsesionado.

A fin de año había lo de la repartición de premios. Eso sí que era lindo porque venían todas las mamás, algunos papás, las hermanas menores y mayores, a veces hasta la abuelita. Juan Lucas no aportó nunca por ahí. Se entendía con las monjitas por medio de cheques. Le pasaban la cuenta del semestre, la leía entre mil otras en su oficina, y llenaba la suma indicada. La que sí venía, muerta de flojera, era Susan. También los Lastarria vinieron hasta que sus hijos terminaron el Inmaculado Corazón. Juan no se atrevía a besarle la mano a Susan, por las monjitas, y después regresaba a su casa lleno de remordimientos. En cambio la tía Susana gozaba; esa se sabía el nombre, el apellido, la procedencia de todos los alumnos, y se pasaba la tarde enseñándoles sus hijos a sus amigas, como si fueran unas joyas valiosísimas. Corría de monja en monja y se desvivía saludándolas y presentándoles a su marido, para que vieran que era dueña de un hogar formal, que ella no era de esas mujeres que pierden la dirección de la costurera todos los años, como su prima Susan. Susan, linda, se aburría a gritos, no veía la hora de que la ceremonia se acabara. Julius la buscaba con los ojos, la miraba desde su silletita y la adoraba, la controlaba, con el deseo le exigía que prestara atención, que ubicara a cada uno de sus amigos, que se fijara bien cuando los iban llamando, en cuanto esté lista la nueva casa voy a celebrar un santo, uno grandazo, y voy a invitar a toda la clase. Santiago y Bobby siempre habían pasado con las justas de año, en cambio Julius estaba entre los primeros de su clase. Recién se enteraron cuando la madre superiora lo llamó, le tocó la cabeza y le colgó una medallita. Terminaba preparatoria y era tercero de la clase. La tía Susana casi se muere de envidia, pero vino a felicitar a su prima. Y la pobre Susan loca por largarse, imposible: faltaba el recital, todavía.

Era linda la monjita del piano. Realmente linda y con pecas. Se llamaba Mary Agnes y te hacía entrar en un cuarto con su estatua de San José en un rincón y con una alfombra cusqueña al centro, entre los dos pianos. Julius nunca usó sino el de la izquierda, el otro era para las madres y estaba siempre cerrado. Al principio no sabía si era algo que se echaba la monjita o algún líquido para limpiar las teclas, pero ese olor en el cuarto del piano fue el primer perfume que necesitó en su vida: ayudaba tanto al sentimiento musical... La monjita usaba una especie de babero enorme, blanco y almidonado que le ocultaba los senos y la hacía parecer más buena todavía; por los costados aparecía el rosario interminable que la envolvía con reminiscencias de cadenas. Era muy nerviosa la monjita y se mordía los labios cuando te equivocabas, pero era también buenísima y nunca, nunca jamás se molestó con Julius. Horas se pasaban tres veces por semana, sentados frente al piano oloroso. Ella se mordía los labios pero inmediatamente sonreía y le pedía que empezara de nuevo. Y Julius se inspiraba, se llenaba del líquido ese para las teclas y la adoraba; la miraba, buscaba su sonrisa, ella le señalaba las teclas sonriente, «empieza», le decía...

My Bonnie lies over the ocean.
My Bonnie lies over the sea.
My Bonnie lies over the ocean.
Oh bring back my Bonnie to me!...

...Y el perfume y la adoraba. Cada vez tocaba más suavecito, con más sentimiento.

La monjita de las pecas lo preparó muy bien y él se mató estudiando, para desesperación de Juan Lucas, que siempre se quejó de la bulla que mete el mocoso con su música, hasta que un día Susan le dio un beso y lo llevó despacito al salón del piano. «Míralo», le dijo. Estaba de espaldas a ellos, bastante orejón aún, pero tan gracioso; separaba tanto las puntas de los pies que se le resbalaban de los pedales, tocaba y cantaba al mismo tiempo, suavecito, como si quisiera encontrar un olor también en ese piano...

Oh bring back my Bonnie to me!...

...Adoraba a Cinthia, a la madre Mary Agnes y a la desconocida Bonnie.

Para el recital de fin de año, en preparatoria, Julius tenía «My Bonnie» estudiadísima, a Susan ni se le pasaba por la mente que podría equivocarse. No miró a su alrededor para que supieran que era su hijo el que estaba tocando, pero sí escuchó con ternura mientras el pobre batallaba con unos inesperados nervios, en realidad tocó un «My Bonnie» bastante cambiado. ¡Qué importa!, todo el mundo estuvo de acuerdo en que lo hizo con mucho sentimiento.

Así eran los recitales. Tocaban los mejores alumnos, la monjita de las pecas los seleccionaba y los preparaba hasta el último minuto. Terminada la repartición de premios salían al escenario y se equivocaban varias veces. Sus mamás se morían de nervios, se preparaban para aplaudir, para morirse cuando uno se quedara a la mitad de la pieza, para aplaudirlos fuertemente como si ya hubieran terminado y salvarlos: no importaba, al final siempre habían tocado con mucho sentimiento. Hasta Rafaelito Lastarria logró tocar en un recital, claro que con trampa porque tenía otra profesora en casa, pero logró terminar su danza apache y Susana se sintió tan felicitada. También Juan Lastarria se emocionó e hizo una donación especial para el colegio nuevo.

El recital terminaba y, con él, la ceremonia completa de la repartición de premios, a Susan le parecía mentira. Era mentira porque por ahí sonaba nuevamente un piano, sin errores esta vez: era la monjita de las pecas cerrando el año con broche de oro, llenándolos de sentimiento con una última tocadita del himno del colegio, y todos ahí cantando emocionados mientras los padres de familia empezaban a ponerse de pie, listos para salir al patio y saludarse, para decirse que tu hijo también es una preciosura, para intercambiar planes veraniegos, nosotros a Ancón, ¿y tú?, o algo por el estilo, bien elegante eso sí.

II

El verano entre preparatoria y primero de primaria lo pasó Julius metido en el Club de Golf. Iban siempre todos en la camioneta, menos Santiago, que se estaba preparando para entrar a Agronomía. Tenía un montón de profesores el pobre, profesores jóvenes, estudiantes de los últimos años de facultad que venían en camionetas *pick-up* y le convidaban cigarrillos Inca. El examen de ingreso era como la puerta del garaje del palacio: detrás aguardaba el antiguo Mercedes *sport* de Juan Lucas y, si ingresaba, ya tendría cómo ir hasta la facultad y cómo conseguirse sus plancitos maroqueros en Lince, por ejemplo. «Pobre Santiago, ¡cómo estudia!», decía Susan, sentada al borde de la piscina del club. Bobby, en cambio, se daba la gran vida, lanzándose mil veces del trampolín para impresionar a una gringuita de trece años, la hija del embajador de Canadá. A Julius le suprimieron por fin el ama, y cuando Juan Lucas terminaba sus hoyos de la mañana y venía para almorzar, previos *gin and tonic*, se lo llevaba con él y lo sentaba a la mesa con toda la familia. A veces se les unía Santiago, Carlos lo traía para que almorzara con los señores y se olvidara un rato de tanto libro.

Ese verano apareció Juan Lastarria. Tenía a toda la familia en Ancón pero él se pasaba la mayor parte del tiempo en Lima, por lo de la oficina de importaciones y los almacenes y todo lo demás. Aprovechó, pues, para hacerse socio del club y para venir sin su mujer. El pobre se volvía loco por terminar rápido con los hoyos de la mañana y correr a la piscina donde su *duchess*. Le besaba la mano ridiculísimo, íntegramente vestido de golfista, y se sentaba a contarle que era un hombre feliz, el golf lo estaba transformando, lo rejuvenecía. Entre Juan Lucas y sus amigotes le pusieron Paredón, porque sacaba pechito cuando se ponía la ropa de baño y salía inmaculado y regordete a darse su remojón en la piscina. Se burlaban de él mientras nadaba para mantenerse joven y Susan se moría de pena en inglés, les rogaba que ya no la hicieran reír más, y le decía a Julius que no fuera a aprender *those horrible things* que contaban sobre su tío. Pero Juan Lucas insistió en explicarle cómo era su tía Susana en ropa de baño, y ahí sí que ya todos soltaron carcajadas varoniles y pidieron *gin and tonic* que venía de adentro, del bar del club, traído por mozos que atravesaban de mármol entre tanta mujer, tanta niña, tanta gringa en ropa de baño. Nadie pagaba en ese grupo; las cuentas se las jugaban por la tarde, en el bar: pedían cachitos, y mientras las señoras esperaban en la terraza, ellos iniciaban el póquer, acompañado por las copas del atardecer. Iban lanzando los dados y comentando el día de golf, los resultados de hoy, el número de golpes, y el azar se encargaba de decidir cuál entre todos soltaría un ¡carajo! sin importancia, varonil solamente, y firmaría el vale que ya algún día llegará a la oficina. Lastarria se distraía siempre en pleno póquer por andar observando al profesional del club. Le estaba dando clases, a carísimo la hora, el profesor argentino. Y era buenmozón y medio elegante, lucía en todo caso, atangado en la peinada, canchero además y bronceado, Lastarria no sabía si tratarlo como a empleado o como a señor.

Puede parecer mentira, pero Julius empezó a odiar al *maître* que los atendía en el almuerzo, el que les alcanzaba el menú y trataba mal a los mozos cuando se equivocaban en algo. Y lo increíble es que el *maître* también empezó medio como a despreciarlo, ni más ni menos que si fuera hijo de un socio cuya quiebra era ya conocida en el club. Algo raro sucedía en esa mesa cada vez que el famoso *maître* se acercaba; indudablemente se sentía superior a los mozos por lo del saco más fino, pero, ¿y esas miraditas para abajo a Julius?... Quizá porque el otro día se agachó para recoger un pan que el mozo ese debía haber recogido, quizá porque no era autoritario cuando trataba a los *caddies* y a los mozos, casi imposible explicarlo: ¿a qué otra cosa podía deberse ese naciente odio entre un *maître* alcahuete y sobón y un niño que iba a cumplir los siete años? Pero Julius lo ignoraba soberanamente no bien llegaban esos cócteles de camarones, o esas paltas rellenas, o esas corvinas *à la meunière* o las *crêpes* con Cointreau despidiendo llamaradas sobre la mesa, sin que Juan Lucas se inmutara.

Los golfistas y sus mujeres iban entrando al comedor; aparecían bronceados, elegantemente bronceados, y se los notaba ágiles y en excelente situación económica. Se saludaban aunque se odiaran en los negocios y ahí nadie había cometido un pecado si se había divorciado, por ejemplo, a los amantes se les aceptaba en voz baja pero se les aceptaba. Claro que no faltaban las de apellidos más antiguos, un poco más finas o conservadoras que las otras, a veces, pero también muchas veces ya no tenían tanto dinero y por eso quizá no protestaban; hasta se daba el caso de que llegaran invitadas: pobres, ese era su lugar pero había el problema de la cuota de ingreso; no podían, pues, estarse fijando en las vulgares o en las inmorales. Con los aperitivos se recuperaba el equilibrio, salía a flote el comedor y, mirando por los ventanales hacia el campo, era como navegar sobre un mar verde, un viaje de placer por un océano que desgraciadamente tenía sus límites: todo el alto cerco alrededor del club, para que no se metieran los palomillas a robarse las pelotitas.

Lastarria sufría mucho cuando llegaba la hora del almuerzo. A pesar de haber gastado un dineral para equiparse como golfista, no lograba hacerse de muchos amigos en el club. Claro que todo el mundo sabía que era Juan Lastarria, pero eso era precisamente lo malo: lo sabían. Lo sabían también de otros pero esos eran buenmozos, o borrachines y graciosos, o de gran simpatía y fuerte capacidad asimilativa. Lastarria, en cambio, seguía medio cursilón y no captaba algunos detalles importantes. Si Juan Lucas no lo traía a su mesa, el pobre tenía que zamparse a otra, claro que después pagaba la cuenta firmando un vale, eso sí lo aprendió rápido. Susan se había dado cuenta del problema y muchas veces era ella quien lo llamaba a su mesa, se moría de pena de verlo vestido de golfista y sin parecerlo, ¡quién le ha vendido la chompita esa!

Terminado el almuerzo hacían una larga sobremesa y partían nuevamente a golpear la pelotita, a completar la vuelta de dieciocho hoyos iniciada por la mañana. Susan también era de la partida, en compañía de varias amigas, esposas de diplomáticos y de otros como Juan Lucas. No faltaba una que otra inglesa, algunas norteamericanas y tal vez una alemana. Hablaban en inglés o en castellano, pero fuera cual fuere el idioma que escogían, interferían en él con deliciosas palabras extranjeras. También, a veces, hablaban en francés, por lo de la embajadora, pero ahí ya sí que muchas de las nacionales se pasaban la tarde sin decir esta boca es mía. Inútil decir que todas eran el último alarido de la moda, ¡aaaaaahhhhhh!, y carísimo. Los hombres avanzaban en grupo y decían ¡carajo! y/o ¡cabrón!, bien dicho, en su debido momento, y era varonil; así los *caddies* no se atreverían a pensar que por finos y distintos eran maricones. Si, por ejemplo, en ese momento, te hubieras asomado por el cerco que encerraba todo lo que cuento, habrías quedado convencido de que la vida no puede ser más feliz y más hermosa; además, habrías visto muy buenos jugadores de golf, hombres sin edad, de brazos fuertes y ágiles, y mujeres bastante chambonas en lo de darle a la pelotita, pero lindas. Quedándote asomado un ratito más, y con un poco de perspicacia, habrías podido también reconocer a Juan Lastarria y al profesional argentino, bien canchero este último, caminando los dos tras la pelotita y todo lo que ella representaba.

Mientras tanto los niños y las niñas estaban en Ancón, o en La Herradura o ahí mismo, en la piscina del club. Julius se bañaba hasta que le dolían los oídos, por lo de la presión del agua cuando buceas. Bobby no lo conocía y seguía lanzándose del trampolín y saliendo siempre de la piscina por el lado en que estaba la canadiense, la hija del embajador. Por supuesto que prescindía por completo de la escalerilla: salía acrobáticamente por el borde, se acomodaba la ropa de baño, dejando el ombligo al aire, y trotaba hasta la escalera del trampolín; subía, se aseguraba disimuladamente de que ella lo estuviese mirando, partía a la carrera, la tía Susana nunca lo hubiera dejado, y al llegar a la punta del tablón empezaba a volar, transformándose primero en gaviota, luego en avión en picada al mar, después era como una llanta pero en el último instante se estiraba ágilmente y penetraba en la superficie del agua sin salpicar. Tremendo salto mortal. Y es que estaba a punto de perder la vida por la chiquilla canadiense. ¡Que era más bonita...! También ella se derretía por él pero sentadita en su banca y mirando, no tardaba en sonreírle. Un día por fin se conocieron y empezaron a bañarse juntos. Ni más ni menos que Tarzán y Jane, así sentía él, y buceaban pegaditos de un lado al otro del río, como si fueran a encontrarse cocodrilos en el camino. Un día apareció uno: Julius se acercó a preguntarles la hora, a decirle a Bobby que ya no tardaba en venir mamita a llamarlos para irse, y por mocoso, por cocodrilo, se llevó tremendo cocacho de un Tarzán avergonzadísimo.

Al caer la tarde regresaban los golfistas. Algunos hombres se pegaban su duchazo y hasta su refrescón en la piscina. Después entraban a los camerinos y conversaban envueltos en toallas o calatos, eso dependía de la masculinidad y de la barriga. Las voces de Juan Lucas y de sus amigos resonaban entre los casilleros numerados de los socios, mientras se vestían comentando las jugadas del día. Una tarde Lastarria se calateó delante de todos y no faltó quien le hiciera una broma sobre el estado de su cuerpo. Todos se rieron, él más que nadie, se sintió bien socio del club. Era su hora predilecta: en cuanto estuvieran listos pasarían al bar, cosa de hombres, a lo del cachito, ahí sí que lo aceptaban y aun comentaban los progresos que iba haciendo con el profesional argentino. Poco a poco se iba integrando Lastarria y, si le seguían dando palmaditas en el hombro, no tardaría en sentirse como en su casa. Se sentía prácticamente en su casa, aunque todavía le ocurrían cosas desagradables. Como la otra tarde, por ejemplo, en que dio gracias al cielo por haber estado solo pero al mismo tiempo se sintió tan solo. Pobre. El condesito, el españolito ese radicado, el maricueca ese, tan esnob, tan cretino, tan en quiebra, tan fino, tan admirado, tan invitado, el condesito le pegó tremendo empujón, le ganó la puerta, no lo saludó, casi le escupe, estaba borracho el galifardo. Y él, él sin querer soltó un perdón, conde, que ahora no lo dejaba dormir tranquilo, al fin y al cabo soy rico, hombre mayor y de trabajo, padre de familia. ¡Qué frase tan infeliz!, se despertaba a medianoche recordándola, tenía su dignidad Juan Lastarria. También le sucedió... ¡Ah!, si no fuera por esos incidentes se sentiría tan socio... le sucedió que le presentaron al cónsul del Japón: Juan, el cónsul del Japón, y a él no le gustó, se debatió entre la diplomacia y el chino de la esquina, el de la bodega, se cortó todito, se demoró, no supo qué hacer mientras el otro le estiraba una mano de seda fría, orientalísimo el cónsul, y se llenaba de reverencias; lo miraron como a un perfecto imbécil, los chinos también pueden ser finos. Cosas así le ocurrían al pobre Juan y lo ponían al borde del infarto, luego la gente dirá que fue por causas económicas, por exceso de negocios, preocupaciones mercantiles, infarto debido a las tensiones típicas del buen *business man*...

En el bar permanecían hasta el anochecer, mientras las mujeres los esperaban afuera, en la terraza, y los niños empezaban a reventar la paciencia porque ya querían irse. Surgían negocios también en el bar, pero generalmente se revisaba con elegancia la situación política del país o la de la industria pesquera, sin olvidar por supuesto el último chiste y los comentarios sobre un día más de golf. Pronunciado el «¡carajo!, hoy me tocó pagar a mí», los golfistas empezaban a retirarse. Juan Lucas salía a buscar a Susan a la terraza, la besaba y se adoraban. Se sentaba a su lado y permanecían unos minutos en silencio, contemplando cómo se iban perdiendo los árboles del campo en el anochecer, interrumpiéndose momentáneamente el verano verde y oro que vivían. Era como una breve recaída en el organizado equilibrio de sus vidas, pero ellos no la dejaban llegar a sus cuerpos: llamaban a los chicos para dirigirse a la camioneta y regresar a palacio, y salían despidiéndose de algunos socios que quedaban por ahí, desparramados en las perezosas, mañana nos vemos, ¡adiós! A esa hora se marchaban también los *caddies* y ellos los veían pasar junto a la camioneta. Juan Lucas nunca omitía algún comentario ingenioso: «Soltaron a los presos», por ejemplo, mientras ponía el motor en marcha. «Buenas noches, señor»: era el *maître*; subía a un Oldsmobile viejísimo, que pudo ser de un socio diez o doce años atrás, lleno de cromos que iban a chirriar, un Oldsmobile gordo como una señora huachafa, se demoraba un poquito en calentarle el motor.

El colegio nuevo crecía y crecía, pero Julius no lo iba a alcanzar para la primera comunión. Regresó a la vieja casona de la avenida Arequipa, enorme, con el mirador allá arriba, inalcanzable y que era la clase de los de tercero, los grandes. Arzubiaga había pasado al Santa María y Martinto seguía gordísimo y completamente revolcado, pero en preparatoria otra vez. En primero de primaria había que ser muy bueno porque les tocaba hacer la primera comunión y también los iban a confirmar, y para eso se necesitaba un padrino. Y, ante todo, no pecar, no pegarle a nadie y mucho menos robarse un lapicero o tener malos pensamientos.

Acababan de llegar y estaban conversando en el patio, cuando apareció la Zanahoria tocando la campana como loca para que formaran filas. Todos sintieron que la Zanahoria ya los había visto y que no tardaba en venírseles encima para castigarlos. Quería que las filas fueran de a dos y en orden de talla, cosa bastante difícil porque nadie quería reconocer que este, que el año pasado era más chico, estaba ahora más grande. Pero ella se les acercaba coloradísima por la rabia y el calor y los medía en un instante, pellizcón y campanada en la oreja al que no obedecía *ipso facto*. Se ponía furiosa, cada vez se excitaba más. Felizmente que salió la madre superiora a darles la bienvenida y a decirles que el próximo año se mudarían al nuevo local. Enseguida les presentó a una monjita que acababa de llegar de los Estados Unidos y les pidió que rezaran un avemaría esa noche, para que el clima de Lima no le sentara mal. La monjita nueva se llamaba Mary Trinity y era linda. Menudo problema para los que estudiaban piano con madre Mary Agnes, porque ahora ya no sabrían a cuál querer más. Y es que Mary Trinity era deliciosa; se sonreía refregándose las manos de emoción y parecía que iba a romper a llorar frente a tanto niñito impecablemente uniformado. Por fin le oyeron la voz: les dijo que estaba feliz de haber llegado al Perú, siempre había soñado con venir y ahora todos iban a ser muy buenos amigos. Después se cortó toditita y ellos se movieron inquietos en las filas, como que dieron el primer pasito para adorarla. Pero la Zanahoria creo que la estaba odiando por lo dulce que era, lo cierto es que la campana le temblaba en la mano y ya se estaba recogiendo las mangas, signo de que no tardaba en empezar con su bulla. Las monjitas del año pasado fueron apareciendo, todas a una en la sonrisa. Ahí salía Mary Agnes mordiéndose los labios y linda. La terraza se llenó de monjitas sonrientes. Ellos las contemplaban desde el patio, locos por romper filas y subir la escalerita para saludarlas una por una. En el tercer escalón, un poco más abajo que las monjitas, Morales y Gumersindo Quiñones también sonreían. Gumersindo hizo una reverencia enorme cuando la madre superiora habló del ómnibus nuevo, hubiera querido decir unas palabras. Morales, con su invariable comando caqui y su chompa roja sin mangas, escogía en silencio el equipo de fútbol. Un estropajo le colgaba del hombro y el sol le dilataba la boca. Otro año escolar empezaba feliz.

Hubo unas semanas macanudas para Julius al empezar ese año. Santiago había logrado ingresar a Agronomía y Juan Lucas, fiel a su promesa, le entregó su antiguo Mercedes. Pero no fue suficiente: el cachimbo empezó a reclamar auto nuevo. El asunto se arregló, finalmente, con una rotunda negativa del golfista, acompañada de una fuerte suma de dinero para que tapizara el Mercedes de cuero negro y lo pintara de rojo, eso o nada. Santiago aceptó y, mientras le preparaban el bólido en un taller, tuvieron que darle la camioneta Mercury porque la facultad quedaba por La Molina y era imposible llegar sin carro; había que ser muy raca para tomar el ómnibus en la Plaza Grau, ómnibus para los que no tenían hacienda. Bobby maldijo porque ese año le tocaba a él sentarse al volante, y ya se tenía bien estudiada la curva frente a la casa de la canadiense, quería entrar en trompo, dejar bien negras las huellas de las llantas, en fin, poner en peligro la vida de Julius y la de Carlos. Se resignó con una subida de propina, muy necesaria ahora para los cigarrillos. Julius, en cambio, feliz de saber que tendría que regresar todas las tardes en el ómnibus del colegio.

Se hizo íntimo amigo de Gumersindo Quiñones. Sonaba el timbre de salida y los del ómnibus corrían a cogerse un lugar junto a la ventana. Luego venía la monjita de turno y alguien tenía que cederle su asiento, para eso eran bien útiles los sobones. Gumersindo, previa venia a la monjita, cerraba la puerta asegurándose de que solo él podría volverla a abrir. El ómnibus nuevo era inmenso, mucho más ancho que el viejo, pero Gumersindo alcanzaba siempre a la puerta desde su asiento. Y Julius podía observar la mano negra, enorme, esa palma color marfil, qué raro. Además las canas. Las canas tan blancas hacían del negro todo un señor y él contó eso en su casa y Susan le dijo que efectivamente el chofer era muy atento, lo había visto una vez, así son los negros descendientes de esclavos, continúan muy leales, muy nobles, viven felices con el nombre de sus antiguos amos. Julius la escuchaba encantado, quería más, más sobre Gumersindo Quiñones, más sobre los negros... Le iban a dar gusto, ahí llegaba Juan Lucas, que seguro sabía mucho sobre el asunto... No le hagas caso, darling, tío Juan Lucas anda siempre bromeando. Una señora le estaba acariciando la cabeza a un negrito, negrito lindo, negrito lindo, le decía, ¿y sabes lo que le contestó el negrito? De chiquito negrito lindo, pero de grande negro'e mierda... No le hagas caso, darling.

Era uno de los últimos en bajarse del ómnibus y podía conversar largo con él. La monjita de turno generalmente no entendía muy bien el castellano, o sea que no participaba en sus diálogos, se entretenía mirando por la ventana. Gumersindo le contó toda una serie de detalles sobre su descendencia de los esclavos de los niñitos Quiñones. Él también había trabajado con esa familia, claro que ya no como esclavo, pero había sido chofer de la casa y a menudo los visitaba. Ahora estaba viejo y prefería trabajar con las madres; con ellas el trabajo resultaba más descansado porque solo tenía que hacer cuatro viajes al día y a las seis de la tarde quedaba libre. Donde los Quiñones, en cambio, no paraba mañana y tarde, lo tenían manejando hasta las nueve de la noche y a veces más. La camioneta Chevrolet la usaba para llevar a las madrecitas al médico o a hacer sus compras o a visitar a las madrecitas del Villa María...

—Seguro ahí se ha educado tu mamita.

—No, mi mamita se educó en Londres.

—Ah, eso ya es distinto.

...Las madrecitas del Villa María son también americanas, la misma congregación que las del Inmaculado Corazón. Lo que pasa es que empezaron antes y por eso ya tienen su colegio como Dios manda. Muchas señoras que tienen a su hijito en el Inmaculado Corazón fueron educadas en el Villa María...

—Seguro ahí se ha educado tu mamita.

—No, Gumersindo, mi mami se educó en Londres.

—*Verdá, verdá...*

Perdía un poco el hilo el chofer, pero es que estaba atentísimo al tráfico y nunca volteaba para no distraerse, no fuera a haber un accidente con todos los niñitos adentro. Julius, en cambio, no perdía una sola palabra; lo malo era que ya se iban acercando a su paradero y ahora le tocaba bajarse y Gumersindo seguiría conversando con los dos o tres que faltaban, qué tal raza, él era el que hacía las preguntas y ahora los otros se quedaban oyendo. Se bajaba pendiente de la manota en la manija, necesitaba sellar esa amistad con un fuerte apretón de manos. Por fin un día lo logró.

Fue el último día: el Mercedes de Santiago ya estaba listo y, a partir de mañana, volverían a llevarlo y a recogerlo del colegio en la camioneta. Desde que empezaron a acercarse a su paradero, en una esquina de la avenida Salaverry, supo que el momento había llegado, una especie de ahora o nunca. Por eso, cuando Gumersindo detuvo el ómnibus, volteó a despedirse de la monjita y luego lo miró: «Mañana ya no vendré», le dijo cogiéndole la mano que sostenía aún la manija. Gumersindo reaccionó con una gran sonrisa: «Adiós, niñito», respondió, volteando a mirar a la monjita que seguía la escena algo extrañada. Julius vio partir el ómnibus y se dejó acompañar, como todavía ocurría, por Imelda. Prefirió no contarle nada porque la otra solo pensaba en su corte y confección.

El arquitecto encontró por fin una idea elegante y conciliadora, y vino a comer una noche, trayendo el plano y al ingeniero constructor. La casa iba a ser modernísima, como Juan Lucas deseaba, y, aparte de esos detalles extravagantes, iba a ser realmente funcional; nada en ella, salvo esos detalles extravagantes, sería superfluo. Susan podía llevar todos sus cuadros cusqueños y quiteños a restaurar, porque con ellos se podría decorar más de una habitación. Claro que no había lugar para todos los cuadros, pero, por lo pronto, cuatro no tardaban en desaparecer porque ella se los había regalado a Lester Lang III, para que se los llevara a los Estados Unidos. Se enamoraba profundamente de lo nuestro Lester, no te quedaba más remedio que regalárselo. Ya estaban limpiando el terreno y pronto empezarían a cavar las zanjas para los cimientos. El ingeniero constructor explicó que la casa iba a ser asísmica, no necesitarían moverse cuando hubiera temblores, ni siquiera los sentirían. Cojonudo le pareció eso a Juan Lucas y dijo que cuando hubiera terremoto, se asomarían por la ventana a ver a la gente corriendo como loca, nosotros como quien mira una procesión. Rieron y bebieron para festejar el asunto; enseguida pasaron al comedor.

Julius también, porque en esos días acababan de aceptarlo en la mesa de los grandes. La servidumbre quedó desconcertada; nunca más volvió a comer Julius en Disneylandia. Algo se había terminado en su vida. Algo caducaba, también, porque no todo en los textos escolares era como Nilda o Vilma o los mayordomos le habían contado. Y lo peor es que no era fácil comparar las descripciones de la Selvática, por ejemplo, con las de algunos de sus libros. Nilda leía mal y se achunchaba completamente frente a los textos, además solo quería mirar las fotografías. Y para remate, una buena parte de esos textos estaba en inglés y, cuando él leía en voz alta, para traducirles enseguida, ellos lo miraban con desconfianza, entre asustados y avergonzados, tomaban actitudes casi infantiles, de los griegos y los romanos no le entendían ni papa. Ya no era como antes. Nilda se comía las uñas cuando él hablaba de los mochicas y de los chimú.

Y ahora se lo llevaban a comer con los señores, prácticamente les arrancaban al niño Julius. Imelda hubiera sido una esperanza, por ser quien más se encargaba de él y de sus cosas, pero era bastante impopular. No había visto nacer a nadie en el palacio y no se identificaba a fondo con nada de lo que ocurría, ni siquiera conversaba con ellos en la repostería. Era medio blancona, medio sobrada, limeña, y se ausentaba a menudo por las tardes para asistir a la academia de corte y confección. Esa no bien se gradúe, se manda mudar, ya verán cómo abandona a la familia sin sentimiento. Celso y Daniel casi no le dirigían la palabra, lo estrictamente necesario y nada más. Y Arminda envejecía extrañando a su hija. Le habían contado que vivía en Cerro de Pasco con el heladero de D'Onofrio, pero nunca había recibido noticias directas de ella. Se pasaba horas inclinada sobre el lavadero, dejando la ropa del palacio impecable. Juan Lucas se enteró de que era ella quien le lavaba tan bien sus camisas y ordenó que le aumentaran el sueldo. Ni cuenta se dio. Lavaba imaginándose que a su hija le pegaban, ese hombre nunca se casaría con ella, la abandonaría. Unas mechas largas, brillantes, ordinarias, color azabache, le caían por ambos lados de la cara y, al atardecer, cuando sentía frío en los pies, en los brazos, la historia cada día más larga de su hija se le iba mezclando en la mente con su propia historia cuando era joven, cuando nació su primer hijo, el primero también que se le murió, sí, dos veces se fugó con dos hombres distintos, quince años tenía entonces, por eso sabía que su hija no era mala, por eso sabía que la vida era así, dura como la piedra, por eso era mejor pegarse a la seguridad, ponerse al servicio de una familia, en una casa donde un niño, alguien como Julius, le arrancara nuevas sonrisas, llegué deshecha donde esta familia, solo quería salvar a esta última hija, pero los jóvenes tenemos la sangre caliente y cuando somos pobres la historia se repite siempre como en los periódicos que lee Nilda...

Y a Nilda se le terminaban los relatos de la selva... Y Celso hacía tanto tiempo que era tesorero del Club Amigos de Huarocondo... Todos, salvo Imelda, tenían ya muchos años en esa casa, se conocían demasiado tal vez, qué sería lo que ahora los hacía sentirse desconcertados, sin nada nuevo que contar, todo parecía convertirse en recuerdo. Hasta la niña Cinthia se iba convirtiendo en una visita anual al cementerio y en un hombre que venía a cobrar el cuidado del mausoleo. Celso y Daniel continuaban solteros pero tenían sus mujeres y sus terrenos en una barriada, aprovechaban cualquier pretexto para marcharse. Su presencia allá era necesaria para que las mujeres pudieran ir a comprar comida. Y es que siempre debía quedarse alguien en el terrenito, en la casucha de esteras y latones, si lo abandonaban un instante, otro podría adelantárseles, instalárseles. Vivían preocupados por eso y solo les quedaba tiempo para divertirse con Julius en su comedorcito, pero resultaba que ahora el comedorcito ya no servía para nada. Era mejor todo antes. La partida del niño Julius al comedor de los señores los hizo darse cuenta. Era mejor cuando estaba Vilma, de pronto lo notaron. Hacía ya tiempo que el niño Julius hablaba de un tal Morales y de Gumersindo, pero ellos recién ahora lo notaron. Y se pasaba horas conversando por teléfono con otros niños de su colegio, cada día entraba menos a conversar a la cocina. El comedorcito Disneylandia era el último centro de alegría, y ahora, de golpe, acababan de terminar con él, ya no servía para nada, solo para recordar. Por eso Nilda, encerrada en su cuarto, una noche, deseó hasta llorar que Vilma volviera. Más tarde dio de alaridos, llorando: ¿para qué iba a regresar Vilma?, le habría pasado lo mismo. Bueno, pero, y a ellos, ¿qué les pasaba?: nada; solo que el niño Julius ya iba a hacer su primera comunión y tenía que aprender bien sus tareas y le tocaba comer en la mesa de los señores, como sus hermanos...

El padre Brown les habló, mitad en inglés, mitad en pésimo castellano, y se marchó dejándolos buenísimos a todos, salvo el pobre Sánchez Concha, que estaba aterrorizado con lo del infierno porque acababa de robarle un borrador a Del Castillo. Los demás, en cambio, esperaban que se les apareciera Dios en cualquier momento, aunque más probable que fuera por la noche, mientras rezaban arrodillados junto a la cama y a oscuras. Lo esperaban, y hasta pensaban que sería bestial que se me apareciera a mí y no a los Arenas, por ejemplo. Era la primera vez que los dejaban solos un rato en la clase y sin embargo no metían bulla. Se quedaron bien místicos. Por fin apareció la Zanahoria, un poco desconcertada porque no había a quién resondrar: estaban muy tranquilitos y con las manos juntas sobre la carpeta. Así los dejaba, cada año, el padre Brown, cuando venía a prepararlos para la primera comunión. La Zanahoria puso la campana sobre el pupitre y se les acercó: «Ahora tienen que estudiar muy bien su catecismo; tienen que aprenderse de memoria todo lo que en él diga y no olvidarlo más en la vida; aquel que se olvide de su catecismo estará siempre en peligro de pecar, ¡de pecar! ¡No lo olviden! ¡No lo olviden nunca! ¡Nunca jamás!». Ya se estaba molestando, solita, sin que nadie le dijera nada. «Y a ver si cuando llegue ese día, ese gran día de paz y alegría, se portan como es debido y no se equivocan como unos tontos. Para eso vamos a practicar diariamente; primero aquí, en el colegio, y cuando se acerque el día, iremos a la iglesia, para que se vayan habituando y para que cada uno sepa cuál va a ser el lugar que le corresponde. ¡Van a ir en orden de talla! ¡No se olviden! ¡Y no quiero ver a nadie masticando la hostia! ¡La hostia no se mastica! ¡Se traga suavemente! ¡Con los ojos cerrados! ¡Sin mirar al de al lado! ¡Ay de que yo vea a alguien mirando al de al lado! ¿Han entendido? ¿Han entendido?». Todos le dijeron que sí, y empezaron a morirse de miedo pensando que podrían atorarse. Practicarían en casa, con una galletita, con lo que fuera.

El padre Brown venía tres veces por semana a prepararlos; venía por las tardes y se quedaba una hora, o más si era necesario, hablándoles de la transformación profunda que iba a ocurrir en sus vidas. Los tranquilizó un poco cuando les dijo que Dios perdonaba siempre, que bastaba con tener un firme propósito de enmienda, la firme intención de no volver a pecar. En primer lugar debían evitar los malos pensamientos y amar a Dios sobre todas las cosas, pero también a todo el mundo porque todos eran hermanos, los pobres también, los niños de las misiones en la selva del Perú y del Brasil y en el África y en el Asia: todos eran hermanos y Dios los quería a todos por igual. Se aprendieron los diez mandamientos, sin entender muy bien algunos que el padre prefería no explicarles aún; primero, aprenderlos bien de memoria, ya después se vería, la vida les iría enseñando quién era la mujer del prójimo y qué era lo de fornicar, que tenía bien preocupados a varios. No es que fuera una preocupación precoz, tal vez no era sino semántica, pero en todo caso De los Heros miró a Lastres bastante desconcertado. Algunas semanas más tarde empezaron a llevarlos al salón más grande del colegio. Habían colocado una banca y ellos se acercaban uno por uno, se arrodillaban y el padre Brown les daba su cachetadita y les hacía una señal para que se marcharan y viniera el próximo. Luego volvían y el padre les tocaba la boca, así iba a ser cuando les diera la hostia. Pero más serio, más grave, porque ese día iban a recibir a Dios en la hostia consagrada. Varias veces practicaron; ellos, encantados, porque perdían clases con la Zanahoria. Además, terminado el día escolar, al salir al patio jugaban a lo de la confirmación y se daban tremendas cachetadas. En esas andaban una tarde, cuando de pronto apareció la Zanahoria y descubrió el asunto (todos los años descubría el asunto). Se puso como loca, no paraba de gritarles, hasta los amenazó con agarrarlos a bofetadas si seguían pecando de esa manera.

Por fin un día los confesaron. Se morían de miedo, temblaban cuando les llegaba su turno. Se traían la lista de pecados bien aprendida y no faltó quien los había numerado, temiendo que se le pasara alguno y después cómo hacía. Hicieron unos propósitos de enmienda decisivos, definitivos: nadie volvería a llamar «cholo imbécil» al mayordomo de su casa; nadie nunca más volvería a pegarle a su hermana o a timplarse un lapicero; nadie volvería a desear que San Martín, el chancón de la clase, se enfermara o se equivocara en alguna lección; nadie volvería a desear que la Zanahoria regresara a los Estados Unidos o que se resbalara en la escalera y se le viera el calzón; nadie dejaría un plato sin terminar porque en la sierra hay niñitos muriéndose de hambre y de frío. El padre Brown les iba dando la absolución, uno por uno, y ellos se retiraban espantados, evitando al máximo los malos pensamientos y caminando como mujercitas.

Nunca estuvieron tan obedientes, tan estudiosos, ya no faltaban sino cuatro días para el gran día. Los llevaron dos veces a la iglesia del Parque Central de Miraflores, para que hicieran las prácticas definitivas. Hasta la Zanahoria se había transformado. Parecía que ella también iba a hacer la primera comunión porque los trataba muy bien y no se molestaba ni nada. Casi no les dejaba tareas. Lo único malo era que los de segundo y los de tercero ya habían hecho la primera comunión y a cada rato se les acercaban y los fastidiaban. Se reían de ellos y a veces estaban a punto de hacerlos caer en malos pensamientos o en tentación, o de encolerizarlos. Pero ellos no se picaban nunca, nunca les contestaban, seguían bien firmes en su propósito de enmienda. Llegarían como ángeles, como los que no se rebelaron, y harían su primera comunión y después serían beatísimos y comulgarían los primeros viernes del mes; los domingos también, por qué no. Cada uno evitaba el pecado como podía, no siempre era fácil, había que ser muy astuto para lograrlo. Susan se rió mucho cuando, una tarde, tres días antes del día solemne, Julius le contó lo que le había ocurrido. Subió a saludarla, como siempre, y a rogarle una vez más que Juan Lucas asistiera a la ceremonia; él, por su parte, ya había aceptado que Juan Lastarria fuera su padrino de confirmación (decir lo que pensaba de los Lastarria hubiera sido pecado). Susan lo notó bastante consternado y le rogó que le contara lo que le pasaba. Julius, primero, se mostró un poco reacio, pero después no pudo más y le soltó todo. Resultaba que Aliaga, un grandazo de segundo, lo había fauleado, lo había empujado en el preciso instante en que él iba a meter un gol delante de Morales; y todavía, después, le dijo mariquita. A él se le salieron las lágrimas de rabia pero cómo hacía, si le pegaba era pecado. «Pobre Julius, intervino Susan, improvisando un tono muy preocupado, ¿y qué hiciste?». «Nada; le dije que no le podía pegar porque voy a hacer mi primera comunión, pero en cambio llamé a Bosco, que es mi amigo y está en tercero, y él le sacó la mugre».

Sánchez Concha soñó que el piso de la iglesia se hundía bajo sus pies y que no llegaba nunca al comulgatorio y que la Zanahoria lo perseguía envuelta en llamas y con cachos; se despertó aterrorizado creyendo que era pecado la última parte del sueño y soltó el llanto. Su mamá tuvo que llamar al padre Maquiavelo, un viejo amigo de la familia, para que hablara con él por teléfono y lo convenciera de que podía comulgar. Fuentes se metió la escobilla de dientes a la boca y casi se muere al pensar que podía haberse tragado una cerda. A Del Castillo su mamá le compró un turrón para que le perdiera el miedo a la hostia y llegó sobradísimo diciendo que ya había probado, que no sabía a nada y que se deshacía solita en la boca. El que menos había pasado una noche de perros, pero ahora ya estaban en línea de a dos, a un costado de la iglesia, en el Parque Central de Miraflores. Uniforme blanco y corbatita celeste; bordadas celestitas las iniciales «IC» en el bolsillo superior del saco; cinta de seda en el brazo derecho y, en la mano izquierda, la vela que ojalá no se me apague con el viento. Hasta el Arenas de la clase, el más inmundo de los Arenas, parecía recién bañadito esa mañana. Más bien su papá estaba bien sucio: es ese señor de bigotes que baja del Ford. Cada uno veía llegar a su papá y triunfaba, sobre todo si era más alto que el de Fuentes, por ejemplo. Las mamás llegaban elegantísimas, algunas con sombreros, otras con mantillas. Juan Lastarria llegó con impecable príncipe de Gales y la cagó porque los demás señores vestían de oscuro. Le chocó al principio, pero después se acordó de que era golfista y le volvió la seguridad en sí mismo. Había venido con su mujer, feliz la tía Susana de poder asistir a una primera comunión más en su vida; ya sus hijos habían pasado por eso, cómo vuela el tiempo, cómo pasa la vida, ahora están en el Santa María. Pero las madres no se habrían olvidado de ella y después se iba a acercar a saludarlas y su esposo ya sabía que tenía que hacer una donación, era preciso que ese nuevo colegio se terminara, que las monjitas tuvieran lo mejor, Lima crecía y se merecía colegios americanos de primera, donde los niños aprendieran bien el inglés y se encontraran con otros niños como ellos, donde se supiera siempre que fulanito es hijo de menganito y que pertenecemos a una clase privilegiada, necesitamos colegios dignos de nuestros hijos... Horrible y feliz con su mantilla la tía Susana; feliz también porque, por fin, Susan se había acordado de ellos, a ellos les hubiera correspondido ser padrinos de bautismo de alguno de esos niños, por fin se había acordado...

...Pensar no le impedía vigilar a todos los presentes; los miraba penetrante si alzaban mucho el tono de voz, estamos en la iglesia, esto no es un acontecimiento social. Sus ojos se detuvieron al ver entrar a su prima, un sí complacido se dibujó en su rostro al notar que Juan Lucas la acompañaba. Susan, linda y muerta de sueño, buscaba un asiento libre cerca a la puerta, no vaya a ser que el asunto se prolongue y no podamos salir a descansar un momento afuera. Juan Lucas era ni más ni menos que una tabla hawaiana olvidada en un patio, un día de lluvia: los vitrales de la vieja iglesia, la escasa luz que por ellos se filtraba, la religiosa oscuridad del templo impedían que se luciera el finísimo matiz que diferenciaba su terno de cualquier otro buen terno oscuro; su piel bronceada perdía color y salud, y los anteojos de sol, que tan bien le quedaban, ennegrecían por falta de sol, hasta parecía ciego. Bostezaba camuflándose muy bien la boca y no miraba hacia ningún lado para que nadie lo fuera a saludar. «No se saluda a otro hombre de negocios a las ocho y media de la mañana en la iglesia de Miraflores», pensaba, sintiendo el llamado de la varonilidad. «Si me vieran los del Golf se cagarían de risa; dirían está perdido el pobre, buen padre de familia y esas cosas, a ver, papazote, cuéntanos cómo le pones los supositorios a tu hijo». Hizo un gesto con la cabeza para espantar tanta bellaquería. Susan se moría de pena de verlo ahí tan temprano y le sacaba la lengua a escondidas, burlándose. «Me debes un palazo de golf en el pompis por haberme metido aquí», le dijo él, sonriendo; se estaban adorando, cuando sabe Dios cómo se dieron con la mirada de Susana. Juan Lucas la saludó y volteó la cara, como un niño que no quiere enterarse de que ya le toca su comida; Susan se hizo la que tosía y buscó un misal que no había traído. Los dos volvieron a mirarla pero ella ya no los estaba observando; la ceremonia acababa de empezar.

Los niños avanzaban buenísimos hacia el comulgatorio; avanzaban entre las dos hileras de bancas, mirando de reojo a sus padres; detrás venían los padrinos. Susan descubrió a Julius, se asombró de lo bien peinado que estaba y le dio un codazo a Juan Lucas para que no se perdiera el espectáculo. Juan Lucas lo divisó y le guiñó un ojo cuando volteó al pasar a su lado; lo siguió mirando mientras avanzaba hacia el altar. «Tu hijo nos va a salir obispo», le dijo a Susan, y ella le hizo pen con la mano como pistola. El órgano empezó a sonar allá arriba, y los del coro, con sus trajes rojos de acólito, se acordaron tal vez de sus primeras comuniones y adoptaron posturas graves, listos para cantar, mientras Susan se arrodillaba y Juan Lucas permanecía de pie, a su lado, como los demás hombres.

Al terminar la ceremonia, los padres pudieron acercarse a sus hijos y besarlos, en la puerta de la iglesia. Acababan de comulgar por primera vez en la vida y a muchos les temblaba la barriga. Los Lastarria, felices junto a Susan y Juan Lucas, recordaban emocionados la primera comunión de Pipo y de Rafaelito y le daban toda clase de recomendaciones al pobre Julius. La Zanahoria se acercó en ese momento para llevarse a los niños al ómnibus; unos jardineros municipales los vieron atravesar el parque, sin entender muy bien el asunto pero respetando. La madre los controlaba mientras subían al ómnibus, donde Gumersindo Quiñones los esperaba sentado al volante, para tocarles cariñosamente la cabeza cuando pasaron a su lado. Julius sintió la mano enorme, se bañó en lágrimas: así debían sentirse los santos, algún día él le iba a poner la mano en la cabeza a todos los negritos del África y a los indios del Perú, qué lindo sería ponerle la mano en la cabeza a los pobres y volverlos buenos.

A otro que iba a tener que tocarle la cabeza era a Juan Lucas: acababa de enterarse de que el asunto continuaba en el colegio y estaba furioso. Resultaba que ahora había que saludar a las monjas y agradecerles todo lo que hacían por sus hijos... Y luego esperar que terminaran de desayunar... Y que les tomaran más fotografías... Como si no les hubieran tomado ya suficientes... Susana, horrible, explicaba, pidiendo calma, y Susan le decía que ella sí estaba enterada de todo porque había leído la circular que le enviaron las madres. Gozaba, burlona: Anoche él se pasó horas conversando con la embajadora de Chile, me toca vengarme.

—Darling, te voy a presentar a la madre superiora; cuéntale que tienes una tía monja en los Sagrados Corazones... Le vas a caer estupendo, darling...

Les habían puesto una larga mesa cubierta con mantel blanco y, recostadas en los vasos para el jugo de naranjas, estampitas de colores representando escenas de la vida de Jesús y de alguno que otro santo. La Virgen también aparecía en varias estampitas, casi siempre entre nubes, con las manos juntas en oración y con unos dedos impresionantemente largos, de los cuales colgaba un rosario. Cada uno tenía su asiento reservado con su tarjetita. ¡Había que verlos sentados esperando que les sirvieran el desayuno! Buenísimos y tocándose a cada rato la barriga tembleque, a ver si notaban alguna transformación, ya debía estar llegando por ahí la hostia. Los fotógrafos no paraban de cegarlos con su resplandor y las monjitas pasaban constantemente por detrás tocándoles la cabeza con amor, los pobres no tardaban en cogerse de la mano y en irse juntos al cielo. La presencia de Morales, con una inmensa jarra de chocolate hirviendo, los hizo volver un poco a lo terrenal. También lo del mundanal ruido fue llegando con la entrada gradual de sus padres al comedor. Pero el colmo fue cuando Juan Lucas encendió un cigarrillo, Julius pensó *ipso facto* en el infierno. Nadie más fumaba, solo él, estaba llenando de humo ese rincón, tío Juan Lucas, no, por favor, no. Inútil, porque ya otros señores empezaban a encender sus cigarrillos. Y otros y otros; todos fumaban, y más y más; y las monjitas, cómplices, traicioneras, les iban alcanzando ceniceros y el comedor empezaba a llenarse de humo. ¡Bien hecho!, ni madre Mary Agnes ni madre Mary Trinity les alcanzaron nada. Los niños no querían saber de humo, no querían tener nada que ver con el humo, querían solo nubes, pero los señores ya lo habían arruinado todo, bastaba con verlos conversar, ya todo se iba convirtiendo en reunión como cóctel. Por fin salió la madre superiora a decir su discurso.

Dejaron el chocolate caliente sobre la mesa y la miraron entre el humo pestilente. La madre fue breve: les dijo que una nueva etapa comenzaba en sus vidas; como católicos sus vidas serían una larga lucha para llegar al cielo... Julius sintió que él hubiera podido perfectamente llegar al cielo minutos antes, pero que todo se había arruinado desde que apareció Morales con el chocolate hirviendo; peor todavía cuando su tío Juan Lucas y los demás señores empezaron a fumar; ya ni le temblaba la barriga y el chocolate lo había traído Morales demasiado caliente y acababa de quemarse como todos los días en el desayuno: no había nada que hacer, solo esperar, tal vez otro día en la parroquia... La madre superiora terminó su discurso hablando de la necesidad de concluir las obras del nuevo colegio, aprovechando luego los calurosos aplausos para pegarles su sablazo a todos. Ahora le tocaba al padre Brown.

Susan casi se muere al escuchar ese acento tan horrible: «Un vaquero con sotana», comentó. Julius siempre le había encontrado algo malo al padre Brown, demasiada risa, no sabía muy bien qué, justo lo estaba observando cuando escuchó clarito la voz de su mamá, volteó, se le perdió entre la gente, pero algo le había oído decir: «Una diferencia enorme entre este y los de la parroquia, muy vulgar». Volvió a mirar al padre Brown y comprendió que ella tenía razón: acababa de llamarlos «soldaditos de Cristo» y ahora terminaba su discurso guiñándoles el ojo y haciéndoles pen pen pen con la mano-pistola, probablemente aludiendo a los diablos que tenían que matar para llegar al cielo. Los señores aplaudieron y el padre se acercó para darles la mano a todos. Por ahí le invitaron un cigarrillo y fumó.

Tanto humo, tanto chocolate caliente, tanta conversación terminaron trayéndose a los niños en picada a la tierra. Pero cayeron bien paraditos: en cuanto les permitieron abandonar la mesa, empezaron a intercambiar sus estampitas conmemorativas y por supuesto que no faltó quien se arrancara con lo de que las mías son más finas que las tuyas, la mía es más bonita, y hasta te cambio una de estas por dos de las tuyas. Susan le hizo una seña a Julius para que se acercara a regalarles una estampita a sus tíos, a ver si se iban también ya. Pero en ese momento se les acercó el padre Brown y se armó gran conversa en inglés, para desesperación de Juan Lastarria, que no entendía ni papa. En cambio Susana sí recordaba algo del colegio y empezó a meter su cuchara, pésimo, por supuesto. «Traduce, traduce», le exigía nerviosamente su marido, sacando pechito. Los dos querían conversar con el padre Brown. Susan miraba el bigote de Juan y el bigotito de Susana pensando que serían las once de la mañana o más y que no tenía ninguna pastilla estimulante, tuvo que imaginarse en el Golf para evitar un desfallecimiento. ¡Qué tal acento el del padre!, ¡tan horrible en inglés como en castellano! Solo el brazo de Juan Lucas podría salvarla, pero Juan Lucas acababa de descubrir que el sacerdote-vaquero era golfista y, según contaba, de los buenos. Lastarria escuchó la palabra golf. «Traduce, traduce», pellizcó a su mujer y Susana le contó que estaban invitando al padre al club porque era muy buen jugador. «Dile que yo también voy a ir; dile, dile...». Julius se hartó de esperar y metió descaradamente la mano en el bolsillo del saco de su padrino, para sacar el regalo que asomaba obvio: a lo mejor abriendo la caja cambiarían de tema, a lo mejor acababan de una vez por todas.

—¡Ahijado!, ¡perdón! ¡Se me había olvidado!...

—¿Es una pistola, tío?

—No, hijito; es un juego de lapiceros Parker de oro. ¿Querías una pistola? ¿Una pistola de verdad?... ¿Para matar al diablo?... ¿Pen pen pen?

Julius se quedó mirándolo llenecito de respuestas y sin una sola palabra que decir.

Gumersindo Quiñones les hizo una enorme reverencia y les abrió la reja. Juan Lucas no lo vio; nunca veía a la gente que le abría la puerta, era parte de su elegancia. Los Lastarria le hicieron una mueca-saludo, mejor no le hubieran hecho nada. Pero era a Susan a quien Julius observaba, casi le dice mamita, no te vayas a olvidar. Susan no se olvidó: le sonrió linda a Gumersindo y él, viejo, negro, canoso, alto y uniformado, repitió elegantísimo su anterior reverencia, la hundió más esta vez. Julius, feliz. «Hasta luego, Gumersindo», le dijo, dándole la mano, orgulloso de su amigo ante sus padres y sus tíos, pero sobre todo muy feliz de que Susan se hubiera dado cuenta de quién se trataba y cuánto lo quería. Los Lastarria se despidieron y se alejaron por la avenida Arequipa, en busca de su carro, estacionado en una transversal. Ellos caminaron en la dirección opuesta, hacia el Jaguar *sport*. A Julius lo acomodaron en un pequeño espacio entre los dos únicos asientos y, mientras Juan Lucas ponía el motor en marcha, sintió el brazo de su madre envolviéndole el cuello. Alzó la carita y la miró: ¡qué linda era siempre!, más ahora en que con una mano en alto se iba protegiendo los cabellos del viento. Juan Lucas volaba, dejando a todo el mundo atrás en la avenida, el Jaguar era un bólido y así, descubierto, el aire les golpeaba la cara haciéndolos gozar hasta cerrar los ojos, mucho más con los ojos cerrados, los abrían y los cerraban para notar la diferencia, cerrados era delicioso, repitiendo el juego algo se venía, Julius abrió los ojos al sol, cerró los ojos, la voz de su madre cogiéndolo del cuello entre el viento, muy simpático Gumersindo, darling, con los ojos muy cerrados gozó esperando que llegara el beso también con el viento, y la espera de lo cercano, del amor ahí al ladito, hizo que el mundo entrara en perfección.

Juan Lucas tarareó una canción anunciando la cercanía del palacio. ¡Qué lindo día de sol! ¡Casi un día de verano! ¡A quitarse esta ropa insoportable! Ya estaba viendo una camisa panameña que lo esperaba colgada en un clóset, para irse al Golf. Daba las últimas curvas antes de llegar al palacio y veía su brazo cubierto por la tela oscura, se sentía fuera de temporada, aceleraba más todavía. Susan dejaba caer la cabeza sobre el espaldar del asiento y perdía la noción de todo menos de su felicidad. El viento juguetón se había llevado lejos los últimos rezagos de tanta madre de familia a las once de la mañana y ella, agradecida, le había regalado sus cabellos, que se los llevara también; todo había desaparecido desde que retiró perezosa el brazo que envolvía el cuello de Julius, reposando sobre sus hombros, donde la tela del uniforme era de lana áspera, caliente en su piel, insoportable.

Carlos abrió la reja del palacio, se quitó a tiempo porque Juan Lucas entraba como un bólido.

—¡Péguele su lavadita mientras me cambio! —le gritó, al apagar el motor, y volteó donde Susan—: Apúrate, mujer, nos vamos a almorzar al Golf... Este petardo vestido de ángel también.

Se disponía a bajar del Jaguar cuando aparecieron todos. Los vio salir sonrientes por una puerta lateral y los odió. Nilda, Arminda, Celso, Daniel y un jardinero cuyo nombre ignoraba; Carlos también se acercaba por atrás. Querían ver al niño vestido de primera comunión. Susan miró a Juan Lucas implorándole paciencia. Celso traía una máquina viejísima, de esas negras, de cajón, para tomarse fotos con el niño. Julius, que bajaba en ese instante del auto, consideró toda la escena como algo muy natural; inmediatamente se interesó por lo de las fotos y ni captó que Juan Lucas podía estar decidiendo divorciarse, por ejemplo. Nilda fue la de la iniciativa: quería fotos, varias fotos, todos juntos, en la puerta principal, fotos con el señor y la señora también. El golfista encendió un cigarrillo y ordenó un agua mineral para soportar el asunto. Celso corrió a traérsela y ahora resultaba que ya no había fotógrafo. A Susan le empezó a dar un ataque de risa nerviosa. Juan Lucas se quitó el saco, tal vez así el asunto sea más tolerable, pero en ese momento regresaba Celso con el agua mineral y la Selvática le dijo al señor por favor, póngase el saco para la foto. Susan entre que sufría por él y que ya no sabía cómo hacer para no soltar la carcajada. Juan Lucas rechazó el agua mineral. Por fin estaban todos reunidos delante de la puerta principal, y él desconcertado porque tenía las cerdas negras de la cocinera demasiado cerca. Susan olvidó la risa y sintió en la boca del estómago que Carlos y Daniel eran dos hombres posando junto a ella. Nada de miren al pajarito, por respeto a los señores: sonó el clic y ya, pero en ese instante Nilda dijo que todavía no, otra más, nadie se mueva, una con la vela de Julius encendida, ahora. Además, era justo cambiar de fotógrafo para que Celso también saliera en una foto. Juan Lucas encendió la vela y Carlos tomó la foto. «¡Finito!», exclamó el del golf, pero en ese momento apareció Imelda, y aunque era bastante impopular, Nilda insistió en una tercera y última foto. Esa la tomó Juan Lucas, para que Susan no lo acusara después de ser malo con la servidumbre. Los miraba por el lente, se masoqueaba con la foto que iba a tomar: solo Susan se salvaba ahí; Julius estaba parado cojudísimo con su velita, ya es hora de que empiece a cambiar de voz, ¿cómo se llamará el jardinero ese?, las patas chuecas de Nilda, la bruja lavandera, los mayordomos, no hay nada peor que un serrano digno: se imaginó que era un revólver y apretó el disparador. «¡Listo!», gritó, mirando a Susan y llamándola para irse, vamos rápido. No pudo el pobre porque la Selvática había preparado torta en honor a Julius e insistía en traerla para que comieran todos. Susan dijo que probarían una pizca, el señor estaba muy apurado, y se le acercó para rogarle en inglés que tuviera paciencia. Le dieron su torta y tuvo que probar mientras Nilda, horrorosa a su lado, realmente le estaba entablando conversación; bueno, no tanto a él pero sí a la señora. Juan Lucas empezó a entretenerse admirando lo hipócrita que podía llegar a ser Susan. Qué bien sabía dirigirles la palabra, si hasta les preguntaba por sus problemas, qué bien sabía tocar los temas más profundos sin sentir absolutamente nada más que el calor que hacía ahí afuera. «¡Ay, mujer!», exclamó, quitándose otra vez el saco y abrazándola. Ella lo miró irónica y le señaló algo que se movía a su lado; Juan Lucas volteó y comprobó que sí, era el jardinero: ¿Cómo te llamas, muchacho? Y le estaba ofreciendo un cigarrillo húmedo, medio deshecho y pésimo: ¿Usted permite? Hubo un instante en que Juan Lucas sintió que los campos de golf no existían, que él nunca había jugado y que nunca jugaría golf; esperó que la sensación del ascensor arrancando le terminara en el estómago, y habló: ya no quería más torta. Les encendió su cigarrillo a los muchachos y les palmeó la espalda agradeciéndoles todo; a Arminda le dijo que era la mejor lavandera del mundo, «artista» la llamó. A Carlos también iba a decirle algo, pero se detuvo: Carlos no era tan cojudo y se iba a quedar callado, no le iba a seguir el juego, después de todo siempre los choferes son más criollos. Susan lo había estado observando entre irónica y admirada. «Vamos, darling», le dijo, agradeciéndole en inglés al oído. Solo faltaba Julius, que comía su torta apresuradamente y que, entre bocado y bocado, hacía un rápido examen de conciencia para ver si ya había cometido algún pecado: todo había cambiado tanto desde la iglesia... «¡Ven!, ¡darling!, lo llamó Susan desde adentro, ¡no puedes quedarte con ese uniforme tan caluroso!». Y la voz de Juan Lucas: «¡Apúrate!... ¡Ven a cambiarte!...». Casi no se le oía, algo dijo también de angelote.

El día de la repartición de premios Julius tocó «Indian Love Song» con mucho sentimiento, pero Juan Lucas no fue a escucharlo. Y eso que había salido segundo de su clase. Bobby también aprobó, en el Markham, aunque con las justas. Al que le fue mal fue a Santiago: mucho Mercedes *sport*, mucha enamorada, mucho plancito, mucho bar nocturno a la americana y se lo jalaron; claro que por un punto y por un profesor que era un resentido social. Lo cierto es que ahora tenía que darle duro al inglés porque se iba a seguir su Agronomía famosa en una universidad de los Estados Unidos. Lo mandaban antes de tiempo, además, para que pudiera aclimatarse y hacerse al ambiente. El pobre insistía en quedarse unas semanas más en Lima y disfrutar del verano en La Herradura o en Ancón, pero Juan Lucas lo convenció de que era mejor llegar antes y desahuevarse un poco porque si no los gringos se lo comen a uno vivo. Por dinero y esas cosas no tendría que preocuparse: Juan Lucas le enviaría su pequeña fortuna todos los meses, para que se alquilara un departamento cerca a la universidad, en caso de que no le gustara vivir en la universidad misma. Le aconsejó conseguirse rápido una gringuita y andarse con mucho cuidado con los bebés y las ideas matrimoniales; nada de casarse por ahora, a pasarse sus cuatro o cinco años estudiando y preparándose para llevar bien las haciendas. Por supuesto que Juan Lucas también había hecho vida de estudiante en los Estados Unidos, luego en Londres y en París y, cuando se arrancó con sus anécdotas-recuerdos, Santiago quedó convencido de que ese era exactamente el género de vida que le convenía. Prometió trabajar durante las vacaciones universitarias y Juan Lucas le dijo con tu permiso y se cagó de risa.

Se llevaban muy bien los dos y fue triste verlos despedirse en el aeropuerto. Susan abrazó a ese hijo tan grande y tan buenmozo que tenía, y le dijo que se cuidara y que escribiera, aunque segurísima de que solo lo haría para pedirles más dinero. Después, al verlo partir, reflexionó sobre el extraño bienestar que sentía y sonrió al pensar en esas mujeres que nunca envejecen y que a veces tienen hijos mucho más grandes que Santiago y las llaman «las inmortales»; recordó a Marlene Dietrich, rió: ¡qué tenía que ver con todo eso! Desde la terraza les hizo adiós, sonriendo al sentir que las lágrimas le asomaban a los ojos, ojalá me vieras, darling. Bobby estaba bañado en lágrimas, se le iba su ídolo. En cambio a Julius se le notaba más preocupado que triste, el ceño fruncido y las manos pegaditas al cuerpo, temblando contra sus muslos: se iba su hermano querido por cuya culpa botaron a Vilma, que me trajo al aeropuerto cuando se fue Cinthia...

III

Por esa zona no se había construido mucho y el nuevo colegio se destacaba enorme entre los terrenos abandonados. Con las justas lo habían podido inaugurar para ese mes de abril. Julius tenía ocho años e ingresaba a segundo de primaria, su penúltimo año en el Inmaculado Corazón. Después no iba a pasar al Santa María, como era lógico, sino al Markham; tal vez por lo de los abuelos ingleses de su mamá, pero sobre todo porque ella no toleraba el acento norteamericano en la digestión del almuerzo; algo pretenciosa la declaración de Susan, pero la verdad, cuando la hizo, se puso tan linda y tan fina que todos los presentes asintieron como si fuera la cosa más natural del mundo: ni un coñac le permitía resistir el acento norteamericano después del almuerzo. A Julius casi lo mata de pena: era prácticamente una traición romper el curso lógico que llevaba de las monjitas americanas donde los padres americanos.

Pero aún faltaba mucho para eso. Por ahora, a vivir intensamente el nuevo Inmaculado Corazón. Ahora sí que se podían cagar en cualquier otro niñito uniformado porque mi colegio es más grande que el tuyo. Y así, con esa idea, o con otra parecida, iban entrando por el portón posterior, frente al cual se estacionaba el ómnibus, o por la puerta lateral, donde el Pirata sonajeaba una lata llena de piedrecillas y trataba de envenenarlos con sus dulces. Pusieron alambrada y cipreses para que no se metiera al colegio, pero él introducía la mano por los alambres y les pasaba los chocolates envenenados y los caramelos plagados de microbios que les iban a causar tifoidea. «¿Acaso no ven que el hombre del ojo parchado tiene las manos sucias y dice palabrotas? ¡Qué tendencia al pecado y a la inmundicia tienen algunos niños! ¿Acaso no saben que en el colegio se venden productos muy limpios, cuyas ganancias son para las misiones?...». Cosas por el estilo les repitió la Zanahoria desde la primera mañana, justito antes de declararle la guerra al del negocio rival. El Pirata salió disparado pero regresó a la hora del recreo. Y siempre fue igual: se iba fingiendo miedo y volvía sonajeando su lata. Hasta hoy debe estar ahí parado, junto a la entrada lateral.

Gumersindo Quiñones tenía su cochera con espacio suficiente para guardar hasta dos ómnibus, y Morales su campo de fútbol para entrenar mejor que nunca al equipo del colegio. Los niños los encontraron felices y orgullosos, como si por fin se les hubiera otorgado la importancia que merecían. Lo malo era que el colegio nuevo no estaba completamente terminado y quedaban por ahí uno que otro costal de cemento, uno que otro montículo de escombros, lo suficiente para que los Arenas, que habían llegado ya bastante sucios el primer día de colegio, se pusieran inmundos, como era su obligación, para el resto del año. Otro que estaba inmundo desde la primera mañana era el gordo Martinto. Como había aprobado preparatoria, le habían regalado una pluma fuente, que sabe Dios cómo le había estallado en el bolsillo interior del saco y le había manchado toda la camisa. Pero seguía feliz, trepado sobre un cerrito de arena, desafiando con un palo-espada a cualquiera que pasara por ahí cerca, aunque no supiera su nombre. No tenía problemas, se hacía y se deshacía de amigos con la misma facilidad con que ensuciaba de barro las alfombras de su casa y respondía que cuatro por tres era igual a cien. Ahí estaba sobre el cerro de arena, buscando espadachines, cuando Del Castillo, sin que se diera cuenta, lo hincó por atrás con una ramita. «¡Traición!», gritó el gordo, y se vino abajo revolcándose íntegro y aterrizando ante los pies de Mary Charity, una monjita bizca que acababa de llegar de los Estados Unidos. La monjita no se molestó mucho, pero le ordenó sacudirse inmediatamente el uniforme porque ya iba a sonar el timbre y porque ya no tardaba en salir la madre superiora a decir su discurso.

Unos bien chiquitos y graciosísimos llegaban llorando a gritos y no querían desprenderse por nada de sus mamás. Entonces ellas les señalaban a otros también chiquititos que llegaban como si nada al colegio y se integraban en cosa de segundos. Los llorones miraban a los integrables, asumían su primer complejo de inferioridad, y se volvían a prender a la falda de mamita, arañándole el muslo con intenciones de quedarse así, bien agarrados para siempre. Pero entonces se acercaban Mary Trinity y Mary Charity recién bañaditas y buenísimas y los llenaban de caricias y comprendían todo. Les decían que el colegio era lindo y nuevecito y que iban a ser muy felices; además les aseguraban que mamita iba a volver a recogerlos más tarde. Algunos seguían rabiando, a pesar de todo, y las monjitas, buenísimas y muy pacientes, les mostraban sus enormes rosarios y les regalaban estampitas que ellos, bien interesados, recibían tranquilizándose. Por fin aceptaban separarse de mamita por unas horas y la dejaban partir, generalmente en un carrazo con su chofer o en una camioneta también con su chofer.

Morales se dejaba saludar por los que querían ser miembros del equipo de fútbol y por los que lo admiraban sin segundas intenciones, por ser cholo lisurero. También Gumersindo Quiñones se dejaba saludar por tanto niñito uniformado; acababa de terminar su primer recorrido matinal, y ahí estaba haciéndoles reverencias a las señoras que llegaban trayendo a sus hijos para depositarlos en manos de las monjitas. Y el patio se iba llenando más y más; ese patio inmenso con sus bloques especiales trazados en el piso de cemento, para que los niños se alinearan con mayor facilidad. Ya no tardaban en tocar el timbre.

Habían adquirido conciencia de que ahora tenían más espacio para correr, o de que este año podrían darle duro a la pelota sin temor a romper un vidrio; lo que no habían captado muy bien era lo enorme, lo completo, lo excelente que era el nuevo colegio: de eso se encargó la madre superiora.

Les contó emocionada que había no sé cuántas aulas; enseguida abordó el tema de la capilla con su balcón para el coro, solo faltaba comprarle sus bancas, pero eso vendría con el tiempo y con las generosas donaciones de sus padres. Les habló del comedor para los que se quedaban a almorzar y para los desayunos de los primeros viernes después de la santa comunión. También les contó lo del jardín en que podrían jugar fútbol, bajo las órdenes de Morales y sin llenarse toditos de tierra como antes. «¡Cuidadito con los baños!, les ordenó, ¡nada de escribir en las paredes!, ¡no olvidarse de jalar la cadenita cuando terminen de hacer sus cositas!». Ellos se rieron felices con lo de las cositas, Gumersindo hizo una alegre reverencia y Morales se cagó de risa, medio oculto entre unos arbustos. La madre superiora les presentó a las nuevas monjitas, pero como eran muchas este año, no les dio la palabra. ¡Bienvenidas las monjitas recién llegadas y bienvenidos todos los alumnos! ¡Y a estudiar! A estudiar mucho para convertirse en los hombres del mañana, los jóvenes sabios y cristianos que el Perú necesita. ¡El himno del colegio! ¡A cantar todos! Los que tenían a uno nuevo al lado cantaban bien fuerte para fregarlo porque no sabía la letra. Por último, la señorita que enseñaba castellano, bien huachafa, la habían visto con su novio por la avenida Wilson, alzó el brazo y dio la señal para que entonaran el Himno Nacional del Perú.

Algunas semanas después, Martinto ya había escrito «Viva Martinto» en una pared. Inmediatamente lo castigaron al gordo: una semana sin chocolates. Pero lo peor fue cuando Sánchez

Concha rompió un vidrio de tercero de un hondazo. Ahí sí que se espantaron las monjitas y hubo reunión en el patio, con la Zanahoria pellizcándolos a todos y poniéndolos bien en fila para que escucharan el resondrón. La madre superiora les gritó que eran terribles; les hizo sentir hasta qué punto estaban endeudadas con el colegio nuevo, aún quedaban cosas sin terminar y ellos ya se empeñaban en ensuciarlo y en destrozarlo todo. De ahora en adelante habría severos castigos para los niños malos, para aquellos que se empeñaran en arruinar el flamante local. Casi llora la madre superiora; ellos se pegaron la arrepentida del siglo, lo sintieron en el alma, se llenaron de propósitos de enmienda, nunca más volverían a garabatear una pared y, cada vez que comieran un chocolate, irían derechito a arrojar la platina al tacho de basura. Lo prometieron, dieron su palabra de honor, estaban realmente arrepentidos, pero mientras entonaban el himno del colegio para emocionarse más todavía y sentir al Inmaculado Corazón en el alma, el gordo Martinto le pegó una envoltura de caramelo pegajosísima en la espalda a uno de los Arenas. Y Arenas no alcanzaba bien a sacársela; total que se quedó el resto del día con el papelito en el saco. A la mañana siguiente regresó con un pegoste blancuzco que se fue poniendo marrón durante la semana. Olían muy mal los Arenas.

En los recreos se formaban inmensos grupos de hinchas del Alianza Lima y de la U. También había muchos del Municipal, pero los realmente importantes eran los del Alianza y los de la U. Cada grupo formaba una cadena, en un extremo del patio, y avanzaba insultando al otro. Los de la U eran mariquitas, o-ño-ñoy y cosas por el estilo, mientras que los del Alianza eran negrita bembona, negrito Panamá, saluda a tu mamá y o-ño-ñoy también, por supuesto. Se estrellaban en el centro del patio y se daban de alaridos. Se podía ser hincha del Alianza, después de todo ninguno era negro y eso pasaba por afición futbolística. Lo de la U era muy natural, por tratarse de un equipo en que jugaban hasta rubios. Hasta lo del Municipal se aceptaba por ser un equipo conocido de Lima. Pero una mañana se acercó Cano y declaró alegremente que era hincha del Sport Boys, un equipo del Callao. Trató de organizar su grupo pero nadie lo siguió. Por ahí alguien explicó que los del Boys eran chaveteros del puerto, y todos voltearon a mirar a Cano y se dieron cuenta de que tenía la corbata muy vieja y de que era medio distinto o algo. Él como que no supo defenderse y puso cara de pena, se cortó el pobre, y alguien añadió que en el Callao había mucho ratero y era peligroso, en el Callao es donde matan a toda la gente. Cano trató de defenderse, por lo menos de defender a su equipo, pero lo hizo muy mal. Entonces los hinchas del Alianza y de la U, y también los del Muni, empezaron a notar que además de la corbata vieja, medio arrugada y desteñida, el uniforme de Cano brillaba y el pantalón corto le quedaba más abajo de la rodilla, demasiado largo, y que era medio encorvado, ojeroso también y muy flaco, y muy pálido, y se rascaba siempre la cabeza como si tuviera pulgas. Alguien dijo que venía a pie al colegio y que lo había visto cruzar un pampón; total que lo descubrieron distinto, esa mañana. Un día le pidió cincuenta cobres prestados a uno, y todos se miraron porque, además, había extendido la mano triste como para limosna y llevaba los puños de la camisa deshilachados. Era distinto Cano y ya nunca volvió a decir soy hincha del Boys; hablaba cada vez menos y se notaba. Otro día, uno le dijo Caño, en el recreo, y todos soltaron la carcajada; Julius también, le daba risa eso de Caño con el otro ahí tan flaco y tronchado, pero cuando le vio la cara larga de tristeza, muy pálida, pegó las manos al cuerpo y se marchó preocupadísimo hacia el otro extremo del patio, de ahí se dirigió al baño, luego a un corredor y a la capilla, nuevamente al baño, siempre buscando alejarse un ratito de la escena alegre que se descompuso, siempre buscando un lugar donde no existiera esa pena que ahora crecía cambiando a remordimiento.

El nuevo colegio tenía sus claustros con sus arcadas encerrando un precioso jardín en cuyo centro pronto iban a poner una estatua de la Virgen. En un rincón, a la derecha, estaba la capilla, y no muy lejos de ahí, la escalera que llevaba a la parte alta del claustro, donde se hallaba la sala del piano. Julius subía tres veces por semana para su clase; subía tembleque y enamoradísimo en busca de la monjita y pasaba, por fin, del atardecer anhelante del claustro al olor desesperante del piano, ya no podía más de amor. Madre Mary Agnes se había traído al colegio nuevo toditos sus frascos con el perfume de las teclas y lo estaba matando con tanto olor maravilloso. Había soñado con la monjita bañando las teclas con el líquido antes de empezar la clase; después todavía se echó una gotita en cada peca y casi la coge *in fraganti* porque justito terminó cuando él abría la puerta. Además, como era él quien soñaba, y con tanto amor, realmente la había visto: la había sorprendido y se lo decía noche tras noche cuando la salvaba de un incendio en la cocina del colegio o de las garras de un león, porque ese día la monjita había decidido partir de misionera al África mala. Por el África mala se le iba la mente a Gumersindo Quiñones y de ahí a los negros del Alianza Lima y a Cano mirando cojudo cuando le dijeron Caño: era bien complicada la vida de Julius por las noches. Subía la escalera del claustro recordando sus sueños, soñando con sus recuerdos, los sentía pero no les daba rienda suelta porque venía a tocar perfecto su preludio de Chopin. La monjita lo esperaba sentada pecosísima frente al piano, y le sonreía al verlo entrar hecho polvo entre el amor, los nervios amorosos y el preludio tan serio e importante de Chopin. Julius se dejaba adorar un ratito y esperaba que le rogaran para empezar. Abría su libro de música y juntaba los pies sobre los pedales del piano, que añaden ternura o emoción; entonces el rosario enorme del crucifijo dorado sonaba delicioso porque ella se movía, era casi un preludio al preludio, y ella se movía más, alargando tantito el brazo para ponerle las manos en la posición correcta, con sus dedos tan buenos que seguro acababan de bañarse en agua bendita; con ellos lo tocaba entre el olor, y el libro de música desaparecía con todas sus notas: se equivocaba el pobre, siempre empezaba equivocándose, y ella, que era tan buena y tan nerviosa, sentía otro error más en su tarde de profesora, con los ojos buscaba en el techo un rinconcito donde esconder el gemidito, no lo llegaba a soltar, volvía sonriente a su alumno y le decía cómo y por qué se había equivocado, no tenía importancia, cada vez tocaba mejor, empieza de nuevo. Pero Julius ya se había distraído: ignoraba la monjita que tenía una piel culpable, esas pecas...

Terminada la lección, la monjita le abría la puerta y lo miraba alejarse entre la oscuridad del claustro. Bajaba la escalera y se dirigía al patio donde siempre quedaban algunos, por lo general los Arenas conversando inmundos entre ellos o muy libremente con algún jardinero. Vivían en Chorrillos y venían a recogerlos muy tarde, tal vez por eso les faltaba tiempo para bañarse y para que les limpiaran el uniforme... Otro que muy a menudo andaba por ahí era Martinto. Seguro que perdía el ómnibus a propósito para seguir luchando con espadas hasta que no le quedara ni un solo rival. Julius pasaba muchas veces a su lado, pero el gordo nunca se dio por aludido, probablemente había tenido unos tres millones de amigos desde la época en que andaban juntos. En cambio desafiaba como loco, incesantemente, a los Arenas, pero ellos no le hacían el menor caso. Estaban medio aislados los Arenas; alguien había contado que en Chorrillos las casas eran viejas y feas y alguien había visto el carro de los Arenas estacionado frente a una casona de adobes de donde salía una sirvienta sin uniforme. Se podía vivir en San Isidro, en Santa Cruz, en varios sectores de Miraflores (junto a los rieles del tranvía no, salvo que fuera palacio o caserón; si tenían haciendas, bien). Y los Arenas vivían en Chorrillos. Nadie los invitaba a su santo pero, al mismo tiempo, como eran dos y bien unidos, no llegaron a venirse abajo del todo como Cano, que el otro día le pidió un chocolate fiado a la Zanahoria y la clase entera estalló a reír. No calculaba Cano, metía su pobreza en diversas situaciones igualito como se mete la pata; hubiera podido pasar desapercibido, después de todo no era tan pobre, no era pobre, era pobre ahí solamente, pero cosas como por ejemplo atravesar la calle entre las camionetas, a la hora de la salida, para introducirse solitario y encorvado en un pampón... Por ahí se cortaba camino a pie hasta su casa.

Julius con su preludio y Susan con sus antigüedades. Le dio fuerte por lo viejo y valioso; era un buen momento porque en aquellas semanas Juan Lucas andaba metido en mil negocios nuevos, invirtiendo como loco, algo de unos americanos que se iban a encargar de todo, con lo cual, entre otras cosas, dispondría de más tiempo libre para el golf. Se pasaba noche tras noche invitando a gente aburrida de negocios a comer a la calle, y Susan prefería quedarse en el palacio con alguna amiga también linda, o inteligente y aguda, que sabía un montón sobre pintura cusqueña y/o artesanía ayacuchana. Desde la tarde tenía a alguna inglesa finísima metida en casa y, cuando Julius llegaba del colegio, lo emparaban con toda clase de alabanzas en inglés y se dedicaban a adorarlo entre tazas de té y tostadas con mermelada. ¡Susan se había comprado cada juego de té! ¡Para qué les cuento! Definitivamente le dio por las cosas viejas... Y bien rebuscadas... Uno por uno se sabía el nombre de todas las antigüedades, y lo pronunciaba delicioso además. Un día apareció solita en su Mercedes, trayendo una puerta viejísima que se había comprado en un convento en demolición. Muerta de miedo se había metido con el auto por los quintos infiernos. Un policía la creyó loca, una señora así... Por fin llegó al lugar donde se hallaba la puerta y los obreros soltaron grosería y media, le silbaron y todo, hasta le dijeron mamacita. Pero Susan como si nada: avanzó linda con su falda amarilla y su blusa blanca, de frente hasta encontrar al capataz. Habló con él unos minutos y le compró la puerta regalada. Según el maestro, no servía para nada; para ella, en cambio, se trataba de una joya y la iba a restaurar para su casa nueva. El capataz llamó a dos obreros para que colocaran la puerta sobre el techo del Mercedes y la amarraran. Felices vinieron los muy inmundos, unos diez más o menos se ofrecieron a cargarle su puerta a la mamacita, claro que a ella le dijeron señora, y después se chuparon toditos cuando les dio su billete a cada uno.

Por la avenida Salaverry, venía pensando en el serranito ese tan inteligente que restaura todo lo viejo a las mil maravillas, era un darling el hombrecito y tan conversador. Juan Lucas iba a estar encantado con la puerta, siempre le celebraba todo y ya lo veía copa en mano contándoles a sus amigos, diciéndoles vengan a admirar la última adquisición de mi mujer, con la anterior realmente gozó: «¡Inútil pero precioso!», había exclamado cuando ella desempaquetó el violín firmado por un prócer de la Independencia. Susan llegó feliz al palacio y mandó llamar a Celso y a Daniel para que bajaran la puerta que traía atada al techo del automóvil. Ella los iba a dirigir, era preciso hacerlo con el mayor cuidado; se moría de asco de la puerta medio podrida e inmunda pero insistía en cargar un poquito también, déjeme coger de aquí... En esas estaba cuando sintió un hincón terrible en el brazo y vio al alacrán antes de desmayarse.

Bobby y Carlos partieron como locos en la camioneta para traer al médico. Julius, que se había quedado al pie de Susan, la vio volver en sí rápidamente, pero le dolía demasiado el brazo y los mayordomos tuvieron que acompañarla a su dormitorio. Nilda apareció a gritos, dando toda clase de explicaciones sobre las picaduras de alacranes; señora, ¿recuerda cómo era el que le picó? Susan casi vuelve a desmayarse; no, no recordaba. Entonces Nilda dijo que había que actuar rápido y se ofreció a pegarle un mordisco en el lugar del picotón; también quiso traer una hierba del jardín que a ella le calmaba el dolor de muelas. Mientras tanto, Celso había ido a llamar al señor por teléfono. Juan Lucas mandó decir que venía volando.

Como la señora no se había dejado morder y se seguía quejando, Nilda consideró que tal vez la aliviaría trayendo a su hijo; a lo mejor, al verlo, la señora se alegra y se olvida un poco de su dolor. Lo cierto es que se apareció con la criatura horrible, diciéndole cuchi cuchi, cuchi, saluda a la señora. La pobre

Susan, con tanta servidumbre rodeándola, más la criatura a punto de berrear, se sintió completamente abandonada, no tardaba en hinchársele el brazo, no tardaba en ponérsele horrible; para colmo de males recordó que mañana tenía un cóctel y entonces sí ya vio cómo su brazo empezaba a crecer morado; les pidió que se marcharan todos, ni más ni menos que si quisiera que la dejaran morirse sola. Pero en ese instante entraba Bobby moviendo los brazos a diestra y siniestra, como quien se abre paso entre la muchedumbre, heroico y violento, empujándolos hasta por gusto, casi pisoteando al hijo de Nilda: venía con el médico a salvar a su madre. El médico examinó brevemente la picadura y pidió un termómetro, ante la mirada de Nilda que pensaba estos son unos rateros, si me hubiera dejado morderla no le habría pasado nada. Julius apareció termómetro en mano y Bobby se lo arranchó para entregárselo él al doctor, que acababa de decidirse por las inyecciones. «Se te va a hinchar un poco, Susan, le dijo, pero pierde cuidado que con estas inyecciones la hinchazón va a bajar muy pronto». Era el médico amigo de la familia, se le notaba en la corbata y en el carrazo que había dejado estacionado afuera; uno de esos médicos que jamás mencionan y a los que jamás se les menciona el pago de las visitas, nada de ¿cuánto le debo, doctor? y faltas de fineza por el estilo; uno de esos que de repente te pasan un cuentón y que nunca están cuando se te muere tu tía pobre, la pobre.

Minutos después de la primera inyección llegó Juan Lucas, casi se podía decir que vestido para la ocasión, con una cara para la ocasión en todo caso. Saludó a su amigazo médico y entró en el dormitorio preocupado, aunque en el fondo convencido de que un alacrán no se atrevería jamás a interrumpir esa mezcla de negocios extraordinarios y de golf que era su vida, de ninguna manera podía ser una picadura grave; además, ¿dónde se ha visto que alguien como Susan muera trágicamente?, ¡cojudeces hombre!, eso pasa entre otra gente. Nuestra vida es feliz, parecía decirle, mientras la abrazaba dejándola desaparecer engreidísima en su pecho, haciéndose la del brazo hinchado para siempre. «Cosa de un par de días», explicó el medicazo, y Juan Lucas agregó burlón: «Susan y sus puertas». Entonces sí ella le rogó que le dijera la verdad, que le dijera que estaba horrible toda hinchada y que se iba a divorciar de ese monstruo... «¡Jojoy! ¡Mi envenenada linda! A ver, Celso, tráigase unas copas...». La servidumbre desaparecía sin mayor comentario; uno tras otro iban desapareciendo como si retornaran al cuartel por la noche de un domingo libre.

Julius se había impresionado bastante. Recién ahora se atrevía a acercarse a la camota y a romper esa especie de barrera que lo había mantenido distante, siguiendo toda la escena del dormitorio casi desde la puerta. Quiso enternecer a Susan, algo parecido a lo que intentó Nilda trayendo a su hijo, y se arrancó con la historia de sus clases de piano. Trataba de que ella sintiera la importancia de madre Mary Agnes, la de las pecas, a la que le suena el rosario, que era tan nerviosa, pero la historia se le iba complicando cada vez más, se le iba mezclando con sus sueños y con lo que quería soñar esa noche, total que era dificilísima de contar, mejor contar simplemente que era el mejor alumno de la monjita pianista y que estaba aprendiendo un preludio de Chopin... «¡Mucha monja!, ¡mucha ama!», lo interrumpió Juan Lucas, impaciente porque no llegaban las copas, y él pudo ver la sonrisa comentariosa con que el médico agasajó la frase cortante; no había ambiente, se parecían más que sus corbatas, los fabricaban por montones contra su vida: un nudo en la garganta lo vencía. Felizmente Susan lo trajo hacia su cuerpo para comprenderlo alegremente, lo protegió contra su pecho de otra broma: «Tu tío Juan Lucas nunca está de acuerdo contigo, darling... ¡Oh!, ¡este brazo horrible!, Juan...».

Al día siguiente vino a visitarla espantada la embajadora de Nicaragua; venía de la peluquería y se confesó horrible mientras besaba a Susan y le contaba que todas en el Golf se habían quedado *abasourdies* con la noticia del picotón y el veneno.

Susan la recibió sonriente pero sufriendo. ¡Había que verla con sus mañanitas tejidas por unas monjitas de Oviedo! El cutis impecable, ni una gota de maquillaje y tan bien conservado; el pelo rubio, despeinado a la de mentira porque estaba enferma; todo oliendo a agua de colonia para adornar la mañana que se filtraba alegre por los ventanales. La embajadora de Nicaragua se sentó al pie de la cama, dijo que el dormitorio era el paraíso y le contó a Susan exactamente cómo también le había picado el alacrán, *el alacrán cran cran, el alacrán cran cran*, entonó, recordando probablemente alguna canción centroamericana o de por ahí. Se estuvo horas mezclando historias del Golf con otras de insectos y alacranes en El Cairo y en Guanajuato, porque había viajado bastante la señora. Susan la escuchaba de memoria y se iba soplando tanto blablablá con sus palabritas en francés intercaladas de vez en cuando, parecía que no siempre las usaba en su momento además. Susan no veía las horas de que se marchara para consultar el diccionario, tres palabritas le habían sonado raras.

Por la tarde vino Baby Richardson, cuyo hermano los había atendido tan bien cuando estuvieron en Londres. Baby llegó justo a la hora del té y Susan tocó el timbre para que Celso subiera trayendo el azafate y la mesita de los enfermos. Al instante apareció el mayordomo-tesorero con todo lo necesario para que el asunto fuera exquisito. El pobre se achunchaba un poco cada vez que entraba en el dormitorio de la señora, caminaba en puntas de pies y parecía tonto. Pero Baby Richardson consideró que era un *competent butler* y preguntó si era un *indian* puro. Enseguida anunció que las tostadas estaban perfectas y soltó un gritito entre delicioso e imbécil, al descubrir el platito en que venía la mermelada de naranja. Susan le contó la historia del platito, cómo lo había adquirido, etcétera; ese fue el punto de partida de una larga conversación sobre antigüedades. Terminado el té, Baby abordó el tema de las picaduras de bichos y, medio en broma, medio en serio, se arrancó con una explicación de lo más elaborada sobre los efectos de ciertas picaduras en determinados tipos de sangre: las más finas sufrían más, según ella. Susan se burló: «Esa historia no puede ser científica», dijo, pero había que verla comprobando a escondidas la hinchazón de su brazo, bajo la sábana de seda; lo sacó deforme para ofrecerle un cigarrillo a Baby. En ese momento apareció Julius, de regreso del colegio. Baby Richardson confesó haberse derretido al verlo tan gracioso, de ahí pasó a lo de cada día está más grande... Julius se sopló el asunto bien tieso, con las manos pegadas al cuerpo, las puntas de los pies separadísimas y odiando a Baby Richardson. Ella insistió en que se quería casar con sus orejas y cosas por el estilo; la verdad es que en inglés no sonaba tan mal. Susan la interrumpió para preguntarle a Julius por amigos que no tenía y empezó a quedar pésimo ante su amiga, qué importaba. Además él ya ni la corregía, ya sabía cómo era su madre y la adoraba así, siempre linda y en las nubes. Por fin Baby Richardson decidió marcharse; casi se mata al ponerse de pie: confesó, distinguidísima, haber estado encantada y que por eso no se había dado cuenta de que una pierna se le había dormido. Se fue diciendo que el platito de porcelana ese...

«A mala hora le picó el alacrán», pensaba Juan Lucas, sentado en el comedor del Golf, algo impaciente porque Susan le había dicho que por favor se apurara, no quería llegar tarde a la parroquia. También él tenía que estar temprano en la oficina, de lo contrario se hubiera burlado de la devoción de su mujer y enseguida hubiera tratado de echarle la culpa a Julius.

Y es que últimamente Susan andaba muy dada a los repartos parroquiales y esas cosas, a las familias del hipódromo sobre todo. Ni más ni menos que si el alacrán le hubiese inyectado algunos gérmenes sagrados: Susan abandonó por completo la frivolidad de las antigüedades, ya no le quedaban muchas que comprar, es verdad, y se dedicó por entero a una vida más intensa. Sacrificaba su siesta y partía en su Mercedes, previa Coca-Cola helada más pastillita verde estimulante, sintiendo que se podía quedar dormida en el camino. Pero llegaba siempre y ayudaba mucho en lo del catecismo y en el reparto de ropa, víveres y medicinas entre las familias del hipódromo.

El origen del asunto se remontaba casi a la primera comunión de Julius, por eso Juan Lucas culpaba al mocoso de haber metido a su madre en tanta vaina. Se equivocaba. Susan iba a la parroquia por iniciativa propia y se lo había tomado todo bien en serio y con mucho amor. Hasta había aprendido a poner inyecciones intramusculares y no le tenía asco ni a los pobres ni a los mendigos, qué te crees. Es cierto que fue a la iglesia accediendo a los ruegos de Julius, pero eso fue solo porque no había quién lo llevara a misa antes de ir al colegio. Lo otro vino más tarde, cuando el padre ese tan austero la convenció y la confesó una mañana, y a ella le encantó que le hablaran bajito con acento alemán desde atrás de una cortinita. Al terminar, mientras rezaba una penitencia francamente generosa, descubrió que las estatuas de la iglesia eran una maravilla, austeras hasta la prusianidad y luego, al salir, mientras se dirigía al Mercedes, donde Julius la esperaba impaciente porque iba a llegar tarde al colegio, notó que era realmente agradable estar en la calle sintiéndose tan buena de madrugada, se le llenaron de bienestar palabras como amanecer, alborada y maitines, y le encantaron expresiones como tocan a maitines y al alba... Por supuesto que no era tan temprano pero había sido una misa de siete y la calle estaba desierta y ella sentía una frescura interior, algunos baños con sales le producían el mismo efecto... «No siempre», pensaba tres horas más tarde, gozando de frescura, «no siempre y, sobre todo, nunca su efecto dura más de una hora porque Lima es una ciudad muy húmeda... Hoy, en cambio...».

Tres días después hizo contacto con unas señoras más buenas todavía. Estas se llevaban su frescura y la derramaban por montones en las barriadas, se pasaban tardes enteras en las barriadas. Regresaban bañadas en sudor y con historias increíbles. Una contó que había curado a un borracho recién herido en una pelea, el hombre la había querido agredir y todo, pero ella nada, tranquilita y valientísima, le desinfectó la herida y lo curó mientras dos ayudantes lo sujetaban para que no se le viniera encima. Susan, algo desarreglada y bajo el efecto de la pastillita verde estimulante, miró al párroco y tomó su decisión: ella también iría a una barriada. «¿No hay una que quede por el Golf?», preguntó, explicando enseguida que eso le ahorraría mucho tiempo y que así podría estar cerca a su esposo. La señora más gorda del grupo Nosotras-Vamos-a-las-Barriadas le contó que barriadas había por todas partes, por miseria no se quedará usted corta, señora. Susan aceptó ir desde la semana próxima.

Por la noche se lo contó a Juan Lucas. Julius saltó diciendo que él la acompañaría los sábados por la tarde, pero el golfista lo interrumpió mandándolo a bañarse y a dormir, mocoso del cuerno. Enseguida le dijo a Susan que tomara la cosa con calma, ya hablarían, ¿qué tal si salimos un rato por ahí? Le pidió que se pusiera bien elegante y se la llevó a bailar hasta las cuatro de la madrugada. Se adoraron bailando. Y hablaron.

Tremenda convencida debió haberle pegado, porque al día siguiente Susan ya no quería ir a ninguna barriada. Las señoras del comité la vieron tan linda, tan fina y tan enamorada que le dieron toda la razón del mundo cuando ella les explicó que prefería no abandonar por las tardes a su marido. El párroco intervino y le dijo que podría venir, de tarde en tarde, cuando su marido estuviera ocupado, a ayudar en el reparto de los víveres. También podría encargarse de un grupo de familias del hipódromo, iría con una asistenta social, estaría siempre muy bien acompañada. Eso le gustó muchísimo a Susan, y Juan Lucas no tuvo más remedio que aceptar a regañadientes, cuando ella, despeinándolo y llenándolo de caricias, le explicó que estaría muy cerca a casa y que en el hipódromo la gente tenía que ser menos peligrosa que en las barriadas. «Bueno, bueno», dijo Juan Lucas, y le pidió un coñac a Celso, odiándolo.

Así empezó la vida intensa de Susan. Se levantaba muy temprano para llevar a Julius a misa y para comulgar ella también. Después volvía y tomaba desayuno con Juan Lucas, leyéndole el periódico en voz alta, en realidad leía casi para ella misma porque eran contadas las noticias que lograban interesarlo: algún ministro nuevo y amigo suyo, si Eisenhower continuaba jugando golf y las crónicas taurinas provenientes de España; las verdaderas noticias se las daban sus auxiliares, consejeros o amigos en la oficina. Susan dejaba pasar los noticiones, la muerte de algún señorón de Lima, por ejemplo, y es que él no toleraba nada desagradable mientras tomaba su jugo de naranja, claro que no lo decía porque era muy hombre, pero ella sabía muy bien que a un hombre tan elegante no se le cuenta que la gente sufre y se muere. Sin embargo, un día trató de contarle de uno de sus pobres del hipódromo. Inmediatamente Juan Lucas le hizo *stop*, con la mano, y ella sintió sus dedos finísimos incrustándosele en la garganta. Una lágrima inesperada resbaló, instantes después, por la mejilla de Susan: era el momento para besarle los ojos, pero Juan Lucas tampoco toleraba el amor a las nueve de la mañana, frente a unas tostadas crocantes, cuya mantequilla se derretía sabrosa. No la había visto, además. Solita, la lágrima cayó, toc, en la hoja del periódico.

Julius no presenció la escena. Llegó corriendo al comedor cuando la mano que hizo *stop* acababa de regresar a su lugar, una tostada. Tomó su desayuno para salir a escape hacia el colegio, mientras esa lágrima se abría camino en la repentina e inesperada tristeza de Susan. Solo la notó al acercarse para darle un beso y salir disparado hacia el colegio. De pronto se había quedado con un sabor salado e inexplicable en los labios, ¿mami llorando? Ni siquiera se daba cuenta de las curvas en trompo que pegaba Bobby, poniendo en peligro su vida y la de Carlos. Como todos los días, el chofer le iba diciendo a su hermano última vez que te dejo el timón, pero hoy Julius no lo escuchaba y seguía frotándose los labios con los labios, buscando el sabor desvanecido de esa lágrima para creer del todo que era cierto, mami estaba llorando. La sonrisa enorme y blanca de Gumersindo Quiñones, parado junto al portón, lo convenció de que esa mañana la tristeza se había quedado en otro lugar.

Por la tarde le tocó su clase de piano y anduvo en lo de la adoración de la monjita, hasta más o menos las seis de la tarde. Carlos vino a recogerlo a las mil y quinientas: resultaba que a Bobby se le había ocurrido visitar a Peggy, la canadiense, y se la había llevado a pasear en la camioneta a escondidas de sus padres. Julius había esperado muy impaciente por lo de su mamá; no la había encontrado en casa a la hora del almuerzo y estaba loco por volverla a ver. Al llegar al palacio se encontró con que la felicidad de Susan y Juan Lucas funcionaba nuevamente: acababan de regresar del Golf y estaban tomando un jerez con el arquitecto y el ingeniero, que habían venido para discutir algunos asuntos referentes al nuevo palacio. La obra andaba muy adelantada, pronto iban a techar el segundo piso. Susan escuchaba las explicaciones del arquitecto cogida del brazo de Juan Lucas y fingía, encantadora, la más grande atención. Y el otro no terminaba nunca, hubiera querido seguir el resto de su vida parado ahí, explicándoles, con tal de verla llevarse el mechón de pelo hacia atrás, cada vez que él insistía en algún detalle. En cambio el ingeniero no se daba cuenta de nada, era muy competente pero no se daba cuenta de lo maravillosa que era la señora, por eso el arquitecto despreciaba al ingeniero mientras Juan Lucas les ofrecía más de ese estupendo jerez.

Por la noche, Susan y Juan Lucas fueron a buscar a unos amigos panameños al Hotel Bolívar. Bobby, por su parte, pidió que le subieran la comida a su dormitorio, donde llevaba horas conversando por teléfono con Peggy; cada día era peor: hoy comieron juntos por teléfono. Total que Julius se quedó solo y la servidumbre aprovechó para venir a acompañarlo al gran comedor. La única que faltó fue Imelda, que ya no tardaba en graduarse en corte y confección y que cada día estaba más impopular. Nilda se quedó muy preocupada cuando Julius le dijo que cualquiera de estos días se le moría su hijo sin bautizar y se le iba al limbo. Celso y Daniel asintieron con la cabeza y Arminda le clavó la mirada: «Déjese de evangelismos, le dijo, bautícelo católico». Por momentos Julius se olvidaba un poco de ellos y miraba hacia el asiento vacío de su madre, tratando de reconstruir la escena de la mañana: tenía que haber sido Juan Lucas... Pero ya qué importaba, seguro están comiendo en algún restaurant elegantísimo... de pronto había sentido como que su madre hubiera vuelto a las andadas.

Al día siguiente lo confirmó: fue a buscarla a su dormitorio para ir juntos a misa y se había quedado dormida. Lo dejó sin comulgar. A la hora del almuerzo no estaba, estaba jugando golf con los panameños. Por fin pudo entrevistarse con ella al anochecer: le pidió mil perdones por haberlo dejado plantado, lo llenó de besos y le prometió que al día siguiente no le fallaría.

Cumplió, y a las siete menos cuarto de la mañana ya estaban los dos en el Mercedes camino de la iglesia. Susan le hablaba bostezando y él le respondía muerto de frío sobre el asiento de cuero. Era demasiado temprano para que ella se dedicara a la ternura; en cambio Julius viajaba muy despierto y cuidando cada una de las palabras que le dirigía a su madre, las escogía para que significaran sí, mamá, la puerta está bien cerrada y al mismo tiempo fueran las palabras más cariñosas del mundo. Cualquiera hubiese sentido lo mismo al ver a Susan en ese momento. Se había tomado todo el asunto de la iglesia como nadie nunca. Había inventado un cierto estilo matinal de ir a misa, algo muy sencillo, casi se podría decir que austero, pero en el fondo delicioso. Bostezaba, acariciando su bostezo con los tres dedos que, minutos después, iba a introducir en la pila de agua bendita. El Mercedes se le escapaba hacia un lado y tenía que abandonar el bostezo para dedicarse rápidamente al timón. Ello no impedía, sin embargo, que el auto continuara dando tumbos porque se había olvidado por completo de cambiar a tercera velocidad, nunca lo haría tampoco, no se decidía: toda su energía se le iba en pegar la cara al vidrio delantero, como si estuviera interesadísima en el estado de la pista; enseguida volteaba y descubría a Julius a su lado, y afuera, en la vereda, en el mismo lugar de siempre, a la misma viejita de negro que había visto siempre, ¿cuándo? Soltaba aterrada el acelerador, sin notar los tumbos agravados del Mercedes, y se entregaba por completo a un bostezo con la viejita al fondo y alguien jalándole el tiempo de todas las puntas hasta caer desarmado en pedacitos de instantes que, con gran esfuerzo y paciencia, ella lograba integrar en un precioso rompecabezas donde se veía a una viejita caminando todos los días a misa de siete, por la misma calle, a la misma hora, claro. Ya iba recuperando el tiempo Susan, hasta volvía a descubrir a Julius, pero ahora eran los tumbos agónicos del Mercedes los que le habían declarado la guerra; la sacudían, intuía un acelerador, batallaban, aceleraba y ahí mismo se daba con una esquina, no es justo: podría venir otro auto y tendría que frenar y empezar todo de nuevo. Casi se daba por vencida pero en ese instante volvía a descubrir a Julius y ya estaban sonando las campanas, tocaban a maitines, la torre austera de la iglesia le encantaba.

No habría tolerado un iglesión oscuro-colonial con mendigos en la puerta y altares barroco-complicados desde que pasas la puerta. Un letrero «Prohibido escupir en el piso del templo» a esa hora, la hubiera liquidado. Pero en su parroquia no había mendigos porque había reparto parroquial organizado. Lo que sí había, pero eso era natural y necesario, era un chiquito, hijo de uno de sus pobres del hipódromo, esperándola todos los días para cuidarle el auto. Se llamaba Mañuco y le decía señorita, mientras le abría la puerta y esperaba que se pusiera su pañuelo blanco en la cabeza y que se acordara de su nombre y de sonreírle. Por el otro lado del auto, Julius cerraba bien su puerta y la apuraba porque ya debía estar empezando la misa.

Pon pon pon sonaba todo en la iglesia casi vacía. Alguien se tropezaba al entrar en su banca y pon; un sacristán atrasado cerraba a la carrera una puerta y pon. Eran sonidos que venían siempre desde lejos y la iglesia parecía más grande todavía.

Cuando oía pon al fondo, Julius volteaba y era siempre la viejita de negro llegando. Lo único que sonaba distinto eran los pasos nervioapuradísimos del señor Aurelio Lovett, que se dirigía vehemente hacia la primera banca, «beato chupacirios» le llamaba Juan Lucas. Carraspeaba y abría su misal enorme, lleno de estampitas y cintitas de todos los colores, que señalaban paso a paso el calendario eclesiástico. Susan le entregaba su libro de misa a Julius para que le encontrara la página, pero después se olvidaba de usarlo y se limitaba a sentirse buenísima y a intercambiar miradas muy inteligentes con San Mateo, su preferido entre los doce apóstoles de fría piedra que la rodeaban austeramente. De rato en rato se escuchaban la voz en latín apurado del padre o la campanita del sacristán, y Julius le hacía una seña para que siguiera la misa como es debido. Él sí rezaba en su misal de cubiertas de nácar y broche de oro, regalo de primera comunión de la tía Susana junto con los lapiceros de Juan Lastarria. Una mañana, al volver de la iglesia, Juan Lucas lo descubrió con su misal en la mano y decidió que entre él y ese chico no quedaba absolutamente nada más que hablar. Se lo dijo a Susan, crispado, pero ella solo atinó a responder darling, es muy temprano para problemas, y pidió el desayuno con jugo de toronjas en vez de naranjas. Julius no se enteró del detalle y continuó usando su misal todos los días. Era tan maravilloso estar ahí parado junto a su mamá, en el silencio de la misa de siete, donde aparte de los pon pon espaciados y del andar de ese señor tan rico y tan beato, solo se escuchaba el paso de algún sacerdote que venía de rezar varias horas, desde el alba, en el huerto, junto a un rosal, y que ahora atravesaba la iglesia rumbo a la sacristía sin que sus zapatos hicieran el menor ruido, casi elevadito sobre el suelo, solo el roce de su sotana, así deben sonar las alas de los ángeles cuando se van al cielo y mami aquí, a mi lado, con el pañuelo blanco, se le ha escapado el mechón, qué lindo esconde la frente, ha olvidado recogerlo porque escucha la misa, la blusa blanca sin adornos, no está pintada, sus ojos fijos en el altar, los pobres del hipódromo, ¿estará distraída?, ¿en qué estás pensando?, estás en misa, mami, ¿sabes cómo se llama el padre que acaba de pasar?, ¿has escuchado el roce de su sotana?, ¿sientes?, mírame ya, mamá, como ayer, que vuelva a sentir eso, ¿lo sientes tú?, solo aquí, mami, en casa ya no, Juan Lucas, el tío Juan Lucas, Juan Lucas, mamita no te olvides de voltear hoy como ayer, ¿lo sientes?, dura desde que bajamos la escalera y yo te abro la puerta del garaje, cuando los asientos del Mercedes están tan fríos cada mañana, cuando introduces la llave en el contacto y yo estoy a tu lado y el carro no avanza y yo te dejo, no te digo el freno de mano ni pon tercera, la curva, la esquina, te hacías la que tocabas, te daba asco el agua bendita, te reíste cuando te descubrí, ¿vas a voltear hoy?, ¿sientes?, te dije la ponen nuevecita cada mañana, si llegamos primero puedes tocarla, «darling no hace falta», me viste la cara, tocaste el agua, ¿sientes?... «Julius, darling, ¿qué página toca ahora?». «Esto, mami, lee aquí...». Se miraron sonrientes.

Afuera, Mañuco le dijo señorita y agradeció su moneda, muy rápido eso sí, porque ya sale don Aurelio, le hace agua la canoa, arroz con leche, amarrete también sabe ser, maricón, le tiene asco a las monedas, del monedero las deja caer en mi mano, gracias, señor. Don Aurelio se marchó inmaculado mientras Susan, sentada al volante del Mercedes, vislumbraba que tenía una casa en alguna parte, no veía la hora de estar allá, prácticamente se abrazó del timón. Julius, adorándola, le sacó de la cartera la llave del motor y se la entregó. «¡Ah!», dijo, quitándose el pañuelo de seda de la cabeza, sacudiendo su cabellera rubia hasta captar un jugo de naranjas en el palacio con Juan Lucas sentado al frente. «Con tal de que no quiera llevarme al Golf hoy, pensó, me toca hipódromo».

—Es muy eficiente; mi mujer es ya casi una veterana en estas lides —le dijo Juan Lucas al periodista, entregándole el *gin and tonic* que le había preparado—. Yo no sé nada; ella es la que tiene que contárselo... Y ya verá usted lo bien que lo hace.

—Pero es que no sé por dónde empezar...

—No se preocupe por eso, señora; cuéntelo todo como se le venga a la cabeza. Yo después me encargaré de redactarlo en la forma necesaria; ya verá usted lo bien que sale en nuestra columna. Además, hay un sacerdote que se encarga de esta nueva página del diario y él dará su visto bueno. Usted cuente nomás, señora.

—Bueno... Yo me conecté con los pobres de mi parroquia. Llevé a mi hijo Julius a misa un día, y el párroco me llamó y me dijo que mi ayuda podía ser necesaria, que cualquier ayuda era buena. Me tocó ir al hipódromo. Pero no vamos solas, hay una asistenta social pagada y que ha seguido estudios para tener ese título. Nosotras no tenemos diploma pero yo he aprendido a poner inyecciones. Mi primera experiencia fue con Zoila, Zoilón la llamábamos nosotras, las señoras... Darling, no te rías por favor, esto es horrible... Zoilón era cocinera pero sin trabajo porque tenía demasiados hijos. Tú los conoces, darling: ¿no has visto nunca a ese chico tan lindo que viene a veces a buscarme? Es una maravilla; yo le he puesto Pepone y si viera usted lo dulce que es. Además están Zoilita y los otros. Era el caso típico: madre soltera y con muchos hijos. Pues esta gente necesitaba un colchón y me impresionó tanto su miseria en una cuadra de caballos, que, como era mi primera experiencia, corrí a comprar el colchón. Solo tenían uno para todos y además carecían de abrigo...

—¡Salud! ¿Un poco más de hielo?... Susan ha logrado aprender hasta el vocabulario de una asistenta social: «Zoilón carecía de abrigo».

—No le haga caso... Juan Lucas ayuda también con dinero.

—Siga, señora, siga...

—Zoila se fue a vivir con un hombre a un pampón y yo la seguí; me daba ni sé qué abandonar a Pepone, era un amor ese chico... tiene unos ojos negros inmensos y realmente tristes... No olvidaré nunca ese pampón: la gente vivía ahí por montones, tomando agua de una construcción de por ahí cerca. Todas eran chozas, hechas las mejores con adobes, otras con cañas, con trozos de madera, con calaminas, con cartones, etcétera. Cuando fueron arrojados del pampón se posesionaron de algunas cuadras, de algunas caballerizas, y donde antes habían vivido caballos vivieron después los pobres, llenos de moscas.

—Susan, ¿por qué no le cuentas que tu Zoilón vendió el colchón que le regalaste? Cuéntale que prefirió quedarse con el viejo...

—Darling, déjame, por favor... Soy yo la que cuenta la historia, ¿no?

—Y yo todo oídos, mujer. Espérate, voy a llenar esos vasos... Ya, dale.

—También los visité cuando eran vareadores... me encanta esa palabra... vareadores. Vivían en cuartuchos que ya hubieran querido ser como los establos.

—Susan, perdón, pero yo diría que exageras...

—Juan Lucas, amor, tú no sabes lo que es eso; para ti los únicos pobres que existen en el mundo son tus *caddies* del Golf, y esos son unos vivos, darling, esos tienen más de palomillas que de pobres, créeme, darling, sinceramente no sabes lo que dices...

—¡Bobby! ¡Julius! ¡Vengan por acá un momento! ¡Escuchen a su madre que está declarando para el periódico! ¿Hielo para alguien? Siga anotando, joven... ¿Es usted demócrata cristiano?

—Siga, señora; por favor, siga...

—En la parroquia se hacía un reparto mensual: un kilo de azúcar, un kilo de arroz, un kilo de fideos...

—Para Zoilón...

—¡Juan, para de beber! ¡Estás fatal esta tarde! ¿Dónde has pasado el día? ¿Puedo seguir?... Perdone... Es como un niño... Les dábamos aceite y algo, una prenda de vestir...

—«Una prenda de vestir»: perfecta asistenta social... Sigue, Susan.

—Señores, lamento...

—¡Sigue, Susan!

—A veces les dábamos dinero, pero solo en caso extremo y había que consultar con el párroco antes. Cuesta trabajo no darles dinero porque siempre piden y son tan convincentes en lo que dicen al pedir. Pero, a la larga, el párroco debe tener razón: no quiere mendigos. Por eso es tan agradable su parroquia: nunca hay mendigos en la puerta y una puede entrar tranquila a misa; no es como en el Centro, en la... no, creo que eso no lo debo decir.

—¡Dilo, Susan! ¡Denuncia! ¡Coraje, mujer!

—¡Juan! ¡Darling, ya basta!... Se los ayuda a conseguir trabajo y a resolver sus problemas de matrimonio, litigios...

—«¡Litigios!». ¡Perfecto! Mira a Julius: se le van a salir los ojos. «¡Litigios!».

—Es como si no te oyera, darling...

—No me mires así, Susan...

—Podemos seguir otro día...

—¡No! ¡Ahora, joven!

—Sí; ahora, señor...

—Funciona dos veces por semana un consultorio con dos médicos y una enfermera y varias señoras que ayudamos dando medicinas, poniendo inyecciones y curando heridas. Todo está muy bien organizado, con fichas médicas, récords, etcétera. Hay familias de siete u ocho niños... siempre tienen más hijos; a veces hay alguno anormal y es muy difícil encontrarle un lugar adecuado en un hospital o en un asilo. Gracias a Juan Lucas logré colocar a uno en el Larco Herrera...

—¡Mentira! Yo nunca he colocado a nadie en ninguna parte.

—¡Darling! ¡Por Dios! ¡Y para de beber!...

—*¡No me digas que no beba! Déjame que beba, que puede ser que algún día quiera beber y no pueda, porque me falte alegría...*

—¿No puedes soportar, amor? ¡Qué te cuesta a ti que yo haga este trabajo en el hipódromo!

—¡Susan, mujer! ¡Ayer eran las puertas viejas!, ¡después la misa con el chico este! Y ahora descubres que hay pobres en el hipódromo: ¡eres francamente co-jo-nu-da! ¡Salud! Sigue, sigue...

—Salud, señor; siga, señora...

—No me mires, Susan... Sigue... No me mires a mí...

—Por cierto que en medio de la promiscuidad en que viven hay violaciones, reyertas, borracheras...

—No me mires, mujer...

—He sido llamada algunas veces para poner inyecciones a más de las once de la noche y he tenido que entrar dando tumbos en las desigualdades del terreno, sin ver nada, en la mayor oscuridad... No olvidaré nunca a un hermoso niño...

—¿Pepone, señora?

—No, este se apellidaba Santos. Ahora que lo veo tan sano, recuerdo la noche en que deliraba de fiebre y mediante una inyección logré mejorarlo. Tal vez se le salvó la vida.

—¡Santa Susana! ¡Como su prima!

—¡Lo que quieras, darling! Lo que quieras. Pero acepta que tengo un estilo de vida distinto al tuyo; acéptalo, Juan Lucas... de una vez por todas, darling. El tuyo no es mi estilo de vida, darling. Tú y tu Jaguar inmenso de aquí al Golf y ya estás feliz. Pero yo no, darling, acéptalo...

—Bien feliz que se te ve cuando llegan tú y tu Mercedes inmenso al Golf, *daaarling*...

—Pues te lo digo de una vez: puedes pasarle el Mercedes a Bobby y a mí cómprame un Mini Minor...

—¡Minitontería es la que me estoy soplando! Vamos... termina de una vez con tu perorata...

—Primero termina tú de beber, darling... Perdone, señor, ahora mismo termino: esta gente, contra la opinión general, que es otra que la mía, es de un agradecimiento eterno por lo menor que uno haga por ellos... Darling, Julius, no te muerdas las uñas... No son envidiosos ni me faltan el respeto. Solo hay que saberlos tratar con dulzura y no dejarles sentir la caridad...

la caridad que uno hace por ellos. Es necesario saberlos tratar con dulzura, darles mucho cariño. Conmigo han llegado a la locura del agradecimiento y cada vez que aparezco por ahí...

—¿No le digo que es Santa Susana?... Hasta se aparece... Tenga, échele más hielo...

—*They love me, darling!* Perdone, señor, pero es cierto que me quieren. La asistenta social bromea conmigo y me dice que me van a hacer un monumento... Y eso que nunca les llevo dinero. Ellos vienen a la casa por medicinas o para hacerse poner inyecciones. Siempre son recibidos y socorridos en todo...

—Y ensucian la reja con sus manos...

—*So funny!...* Son tan dulces... A veces les pongo inyecciones y me preguntan ¿cuánto le debo, señorita?

—Y ella no les cobra, por eso le van a hacer un monumento entre las cuadras, rodeado de moscas.

—*Darling, are we having a fight?*

—¡Sí, Susan! ¡Bobby, anda saca el Jaguar del garaje!

«Pando. *Very Dry Sherry. Shipped and Bottled by Williams & Humbert. Jerez and London. Produce of Spain*». Juan Lucas acariciaba la botella mientras se la mostraba a Bobby y le decía que aprendiera a distinguir. En ese mismo instante apareció Carlos, que venía trayendo las cajas con los habanos. «Póngalas junto a las botellas de jerez», le decía Juan Lucas y miraba cómo se iban reuniendo los elementos que lo harían sentirse en Madrid, en esta feria de octubre. El jerez y los habanos formaban un altarcito dedicado a la corrida de toros, así puestos; cajas de puros y botellas de jerez, más el vino, tinto como la sangre de los toros, hacia el final de la tarde, entre pasodobles que se convertirán, por la noche, en guitarras criollas que van circulando por el mesón, porque estamos en 1800, señores, lo dice la canción, tres whiskies más, ¡y qué viva octubre, que es morado! Ya están en Lima los toreros, llenecitos de supersticiones pero sin temor alguno a subir en el Cadillac del empresario, este hijo de puta que todavía no se decide a contratar al Briceño, eso que este año ha enloquecido al público español y ya es hora de que se lo vea en Lima. El Gitano se ha dejado fotografiar en la Corpac mostrando su tablita, esa que lleva siempre cuando viaja porque en los *Super Constellations* no hay nada de madera y él tiene que tocar siempre. Y Juan Lucas no ve la hora de que baje Susan; la espera frente a las botellas de jerez para las invitaciones de estas semanas, y siente todavía en su cuerpo el placer de horas en la ducha fría, cuando el agua resbalaba fresca por sus hombros bronceados y siempre fuertes, preparando su piel para esas camisas de villela recién llegadas de Londres, para el pañuelo de seda que ahora perfecciona en su cuello, que ya alguien un día encontró sensual, a las tres de la mañana, en un mesón precisamente. Escucha unos pasos en la escalera y es Susan que baja, linda, para acompañarlo encantadora hasta que termine la feria de octubre. Susan, como el jerez, es rubia y aficionada y habla de los toreros en diminutivo, los llama «curritos» como si los amara, y se deja rodear por ellos en mesones después de las corridas, que es cuando ya han vencido el miedo y se merecen su voz y sus palabras, y la miran pidiéndole el darling y ella se lo da y se vuelven más andaluces, más gitanos todavía, y empiezan a girar bien chulos a su alrededor, declamándole, borracho-desesperados, coplas que García Lorca no llegó a recoger de entre el pueblo, hasta que ella, para sacárselos de encima, les presenta a niñas rubias que tienen toros de lidia en sus haciendas y que son como Avas Gardners jovencitas desde mediados de octubre hasta fines de noviembre solamente. Susan abraza a Juan Lucas y llama a Julius porque se van todos a misa de once, de ahí al almuerzote criollo y apurado de donde partirán hacia la corrida, para saludarse antes, para que todo el mundo quede saludado cuando el paseo de la cuadrilla empiece. Celso le alcanza el saco del día a Juan Lucas y él se lo pone mientras les pide que hoy no lleven misales porque malogran algo en el ambiente. Susan le toca el pañuelo de seda pero no el pelo, que está ya listo con sus canas cuarentonas-interesantes, eleganteando un perfil que alguien fotografiará esta tarde mientras el Gitano haga su faena, ese perfil de aficionado, de entendido que alguna abonada de sombra encontrará sensacional. Susan no le toca el pelo que se irá despeinando solo con el aire y el sol del día y que siempre le irá quedando bien, porque hasta sabe despeinarse este hijo de puta, y lo hace elegante, varonilmente, por eso Susan lo sigue prefiriendo a los toreros que, después de todo, siempre tienen un pasado con pobreza y pueden hasta ser brutos. Susan lo sigue prefiriendo y más ahora que él le da propinas a su Pepone por donde lo encuentra y lo deja entrar al jardín y lavarle el Jaguar, claro que ella ya no va tanto al hipódromo, no hay tiempo en octubre, con esto de los toros, «ya volveré», piensa Susan. Y es que Juan Lucas usa siempre, posee, el metal de voz de los hombres que tienen razón y ella no podrá nunca alejarse de su manera de ser, prescindir de ella, de verlo triunfar, salir nunca ebrio de mesones donde negros le cantan canciones como de cuando eran esclavos, hasta esos lo conocen y lo admiran, es un señorón en Londres y en una jarana. «Vamos, Julius; apúrate, Bobby», dice Susan y pregunta cuántas botellas de jerez hay en total, mientras lee en una de ellas lo de «*Jerez & London*» y siente algo familiar, como el resumen de su sangre.

Juan Lucas, recién llegado a la iglesia, parece el león en la jaula del chimpancé. Deja pasar a los niños y a Susan, y ocupa su lugar en la banca. No se sabrá lo que piensa pero ya se va recuperando, ya va adoptando una postura definitiva para cada domingo en misa, no es que las busque, le vienen tal vez de sus haciendas, desde atrás, no las inventa en todo caso. Porque ahora viene, ahora acompaña a Susan los domingos a misa, una que sea tardecito eso sí, y el párroco ve el asunto con muy buenos ojos: ya va triunfando la bondad de la señora. Juan Lucas escucha un murmullo a su lado, voltea y descubre que Susan está rezando. La misa ha empezado y hay un padre que se pasea entre las dos hileras de bancas y va repartiendo libros con cantos. Le entrega uno a Juan Lucas mirándolo como si le acabara de dar el secreto de su salvación, y él no le agradece porque en la iglesia no se agradece y porque además ahora qué diablos se va a hacer él con ese libro forrado como los cuadernos de Julius. Se lo pasa a Julius, pero Julius ya tiene uno; se lo pasa a Bobby, pero Bobby le dice que ya tiene; «toma, Susan», y ella le muestra el suyo. Entonces lo pone sobre la banca y trata de olvidarse de que es para él. Mira los puños de su camisa de villela y quiere beber un *gin and tonic*. «Señor», murmura alguien que no estaba a su lado hace un instante y es Arminda, la lavandera, orgullosísima de estar junto al señor, entre la familia. Juan Lucas le entrega el libro, pero ella también ya tiene uno. «Cantemos, dice el padre que repartía los libros, cantemos, página veintisiete». Y empieza a cantar, medio entonado se va paseando, avanza y retrocede pasando junto a todas las bancas y anima a todos para que canten, más alto, más alto, por favor, y Juan Lucas siente a su lado el chirrido, la voz espantosa de Arminda cantando a gritos, sin preocuparse del ridículo, y también algo maravilloso a su otro costado: la voz de Susan, despacito eso sí, y linda, como si creyera que Dios realmente la estaba escuchando. «Mi adorable hipócrita, pensó, ha decidido ser también piadosa y lo logrará de tanto parecerlo». Pero en ese momento algo lo tocaba en el brazo. Era Arminda: «Es en la página veintisiete, señor; cante». Recogió el libro para hacerse el que buscaba la página y encontrarla cuando ya hubieran terminado de cantar, pero en eso el padrecito cantor llegó hasta su banca, no joda, padre, y sonriendo con amor a la humanidad y porque lo habían torturado en China, así contaba Julius, dijo ¡cantemos todos! y, con los brazos en alto, moviéndolos como director de orquesta, fue organizando el asunto y haciéndolos cantar a todos menos a Juan Lucas, que solo tenía ganas de gritar ¡olé!

Pero el padrecito cantor, que ponía los labios redondos como su tonsura y amaba cantar, no perdió la esperanza de conseguir algo bueno de ese señor. Se acercó nuevamente a la banca, esta vez por el lado de Julius, y le hizo una señal a Juan

Lucas, que en el fondo seguro que no era tan malo. «Venga conmigo, señor, le dijo, nos ayudará usted con nuestra colecta dominical». Juan Lucas hubiera querido decirle paso, padre, como con las copas, pero ya Susan, Bobby y Julius, entre sorprendidos y encantados o burlones se pegaban al asiento y le dejaban espacio libre para salir. Y el curita cantor ponía la boca como su tonsura y le sonreía agradecido, indicándole que lo siguiera hasta la mesita en que se hallaba la canasta para las limosnas. Ahí le explicó que debía empezar por la primera banca, seguir una por una hasta llegar a la del fondo, y volver por el otro lado de la misma hilera, hasta llegar a la primera banca nuevamente; enseguida tenía que arrodillarse frente al altar y atacar de la misma manera la hilera izquierda, siempre por ambos lados porque eran bancas muy largas, y el brazo solo llegaba hasta la mitad. «Sí, doctor», le respondió Juan Lucas al padrecito de los cantos, recordando, sabe Dios cómo, a un negro criollazo que había escuchado conversar con un padre y que soltaba los carajos como si nada, luego decía perdone, doctor, y el pobre cura se ponía verde. Pero este curita ni se inmutó, tal vez le gustaba que supieran que era doctor en Teología, además el señor era elegante y varonil y le quedaba bien decir doctor y no padre como todo el mundo. A Juan Lucas se le ocurrió que la próxima vez que estuviera junto a un padre, y Julius presente, le diría también doctor, solo para fregar al mocoso ese, que seguro no sabía por qué eran doctores los curas y que ahora debe andar pensando que me estoy convirtiendo en un beato chupacirios. «Este es el momento», le dijo el curita cantor, y Juan Lucas avanzó hasta la primera banca de la hilera derecha, y tosió para que supieran que estaba ahí y que había que empezar a echar moneditas. En las primeras bancas había un montón de gente conocida, hombres de negocios con pañuelos de seda al cuello o con ternos perfectos de media estación y que entregaban billetes nuevecitos como quien no quiere la cosa. Otros no solo daban su billete, sino que además eran buenos padres de familia y cuidaban que sus hijos y esposas tuvieran también algo que dar y bien a la mano antes de que Juan Lucas se acercara. Y cuando se acercaba, esos señores de las primeras filas, que insistían en venir a misa a pesar de que el curita ese medio pesado, el que se nos prende, salía feliz todos los años, sabía Dios qué domingo, a decirnos que es más difícil que lleguemos al cielo que un camello pase por el hueco de una aguja, uno quisiera tomar nota y no venir ese domingo, al año siguiente, pero lo que pasa es que sobre la marcha nos olvidamos, cuando Juan Lucas se acercaba, los señorones le sonreían burlonamente como si le dijeran ya caíste tú también, golfista, o así me gustaría verte en un directorio, o ¿has sabido, Juan, si se deciden a invertir los Pratolini?, y lo saludaban y sus esposas lo admiraban odiando a Susan o eran amigas de ella. Él seguía avanzando; ya más atrás veía a uno que otro que podía conocer, algún empleado suyo tal vez, entregando su mejor billete y explicándole a su mujer... mientras una de sus hijas descubría que se parecía al esposo de ya no me acuerdo cuál princesa que vi en *Paris Match* y sentía en el alma que su padre no fuera tan rico ni tan buenmozo. Por el fondo, Carlos le entregó algunas monedas y un montón de cholas, que seguro eran las que más cantaban, y horrible además, le fueron entregando moneditas inmundas, felizmente las colocaban de frente en la canasta, sin rozar siquiera la villela de su camisa. Una tuvo que dejar al bebé en el asiento para abrir un atadito inmundo recién sacado del bolsillo, un pañuelo, ¿qué mierda hace?, mira de dónde saca la plata esta... «Gracias, gracias», iba diciendo Juan Lucas, un poco a la carrera porque el bebé ya empezaba a gritar y a pedir que lo cargaran de nuevo y su mamá no terminaba todavía de anudar el atadito, el pañuelo asqueroso. Ahora tenía que volver hacia la primera banca por el otro lado; todo seguía igual por allá atrás: hubo tres más con atadito y el padrecito cantor dijo cantemos, página treinta y tres, y de entre estas bancas era que salían los chirridos de *cantemos al amor de los amores*, cantos así son los que entonan, pues, las cocineras en la cocina cuando uno va por hielo para una copa y escucha algo espantoso que sale de adentro, son las cocineras, aunque Nilda no, esa es evangelista, según cuenta Julius... *«Ya vamos llegando a Pénjamo»*, se decía Juan Lucas mientras se iba acercando a las primeras bancas y la canasta pesaba porque allá al fondo le habían echado pura monedita sucia. Las caras volvían a serle familiares y él llegaba frente al altar, hacía su genuflexión sin tocar para nada el suelo que debía estar inmundo, y empezaba con el asunto en la hilera de la izquierda donde también había varios de los del camello y la aguja. Ahí estaban los suyos también: linda, Susan pidiéndole desesperadamente dinero a Julius, que solo tenía lo suyo, y luego a Bobby, que seguro se lo estaba prestando y nada más, pero no era suficiente, Bobby, *please*, por favor, que ya se acerca Juan Lucas, y Arminda entregándole un billete inmundo, por fin todos felices porque llegaba Juan Lucas y todos podían darle algo; él, en cambio, con cara de tranca por estar ahí con la canastita, ¡qué es esto después de todo! Susan, que no me jodan, oye, ¡última vez, ah!, y ella sacándole la puntita escondida de la lengua, y Bobby respetuoso en el aspecto pero él nunca lo haría, y Julius contento y sorprendido.

El padrecito cantor se acercaba cantando y haciendo cantar a todo el mundo en las bancas, y Juan Lucas, delante de él, introdujo el billete más grande en la canasta, hubiera querido metérselo en la boca al padrecito que lo miraba agradecido y seguía con su música y amando a los fieles, ricos y pobres. Tres chicas le sonrieron a Juan Lucas y él les respondió con una miradota que las atravesó y las dejó llenecitas de esperanzas para el domingo próximo, en la misma misa, es un churro, mujer. Un socio del Golf le preguntó qué tendido tenía para la corrida de esta tarde; él le contestó que su asiento de siempre y quedaron en verse. Siguió avanzando y una adolescente, una muchacha rubia, hermosa, probablemente torturada o en conflicto con sus padres, le cantó *cantemos al amor de los amores* a gritos y en su cara y le hizo tres con tres dedos, él nunca se enteró de que hacía tres domingos que ella se moría por él, y siguió avanzando hasta penetrar totalmente en el sector de las moneditas solamente, y sucias además, sector que atravesó lo más rápido posible para dirigirse nuevamente a aguas territoriales, por el otro lado de la hilera, listo, asunto concluido, ya estaba otra vez frente al altar. Ahí se quedó parado con la canasta y como preguntándose Manongo, ¿dónde lo pongo?, pero en ese instante llegó el curita de la boca en forma de tonsura al cantar y sonreír, y le dijo que se la entregara, que muchísimas gracias y que podía volver a su asiento. «Prepárese para cantar, agregó, todavía falta cantar, página cincuenta y cinco; no olvide usted, señor, que quien canta dos veces reza». «Ah, sí, doctor, claro», le respondió Juan Lucas, y volvió a su banca admirado por muchas mujeres de muchas edades y por Susan que lo adoraba y que lo necesitaba nuevamente a su lado.

Carlos los llevó después de la misa donde el español Luis Martín Romero, que firmaba Pepe Botellas sus artículos taurinos en un diario capitalino. Romero escribía todo el año sobre toros y los limeños lo leían como locos pero solo durante las semanas que precedían a la feria y durante esta. Los limeños querían ser bien entendidos para poder discutir fuerte durante el mes de octubre y parte de noviembre, después qué mierda y hasta el año entrante. Pero este no era el caso de los que asistían al almuerzo: ahí sí que la gente sabía de toros y hasta disponía de bibliotecas taurinas bien completas, donde los libros eran todos forrados en fino cuero y con iniciales doradas. Carlos detuvo el automóvil frente al edificio en que vivía el crítico, y Juan Lucas le ordenó que se llevara a los chicos a casa para que almorzaran rápidamente.

—Apúrese usted también —añadió, mientras ayudaba a Susan a bajar del auto—. No bien estén listos regresan a recogernos para ir todos juntos a la plaza.

La puerta del ascensor se abrió en el cuarto piso; hasta ahí llegaban las guitarras flamencas que un estereofónico perfecto les permitiría apreciar en todo su apogeo no bien entraran al departamento del gordo Luis Martín. Un mayordomo los esperaba para hacerlos pasar, y ahora sí ya se escuchaban todas esas voces bien varoniles, todos esos acentos españoles, todas esas expresiones tipo cojones o me cago en veinte que, hombres de mundo, habían aprendido en círculos taurinos españoles y que hoy, en Lima, pronunciaban sin temor a que pareciera falso porque eran en el fondo como transfusiones de una sangre nueva que sus biografías les habían exigido con el transcurso de los años. Se abrazaban y se daban palmazos sonoros en la espalda, conforme iban llegando. Luis Martín Romero gritó ¡hombre, cien años! al ver a Juan Lucas, y avanzó hacia él para unirse en fraternal y varonil abrazote. Después besó a Susan y le dijo que gordo y feo como era, nunca perdería las esperanzas de ser amado por ella. Susan, linda, le dio un beso, se cogió de su brazo y le dijo que no bien renunciara al puro ese horroroso que llevaba siempre colgando del labio, ella vendría corriendo donde él. «¡El puro nunca!», gritó el gordo, y fue carcajada general y alguien subió el volumen y la habitación empezó a vibrar con las guitarras flamencas mientras el gordo, puro en boca, regresaba al bar para preparar otra tanda de *pisco sour*, con su fórmula mágica, secreto que se llevaría a la tumba, salvo que Susan se lo pidiera... Nueva carcajada general mientras Susan y Juan Lucas saludaban a más gente y la habitación se iba llenando. Ya no tardaban en aparecer los picantes criollos de la negra Concepción de los Reyes, setenta años metida en una cocina de Malambito, y que un español, yo, Luis Martín Romero, he descubierto y he convencido para que agrande el negocio, ponga restaurant decente para turistas, que se vuelven locos con nuestra comida, ¡viva la doble nacionalidad!, ¡y que ya no tardan ustedes en saborear!... Ella misma había venido, la habían traído en taxi y no sabía bien dónde estaba metida la pobre, hasta que le pusieron todos sus ingredientes sobre una mesa en la cocina, ahí mismo se reambientó la negra veterana y empezó cual verdadera artista, mis queridos amigos, a preparar... ¿Y ese pisco, gordo? ¿Cuándo viene? «¡Aquí está ya entre mis manos!, respondió Romero. ¡Mis veinte años en el Perú me permiten asegurarles que no lo hay igual!». Y batía como loco bañándose en sudor, dale que te dale, coctelera en mano porque odiaba lo eléctrico y le gustaba sentirse barman jugando a las maracas, suenan trozos de hielo en la coctelera de plata y el gordo entendido y epicúreo se siente transportado a las Bahamas.

Pero un instante solamente. Porque las guitarras flamencas, las voces de los cantaores fielmente reproducidas por el estereofónico y los afiches que adornan bar, *living*, dormitorio y escritorio, afiches hasta de esa corrida que te perdiste, llaman al gordo Romero a la agradable realidad del momento, y es entonces que abre la coctelera de plata, la envuelve en secadores blancos, la engríe entre sus manos rosadas como a un bebé en pañales y, orgulloso, va dejando caer el líquido blancuzco y espumoso en las copas y anuncia feliz que ahí va otra tanda de *pisco sour*. «¡Susan! ¡Juan Lucas!, grita entre guitarras flamencas, ¡prueben este néctar de los dioses!», y él mismo se lo alcanza, él mismo les entrega copas frescas para los dedos, para los labios. Ellos prueban y halagan, cada uno a su manera. Susan, linda, recogiéndose el mechón de pelo caído a tiempo para la llegada del gordo, mira por la ventana entre distraída y enamorada, vislumbra esa zona de Lima que se dibuja ante sus ojos, vuelve el rostro y recibe la copa sonriente, prueba, se le viene otra vez el mechón a la cara y por fin dice «delicioso, darling, delicioso», y le besa ambas mejillas y el gordo recibe feliz su premio, gira luego con la copa de Juan Lucas en la mano y parte a buscarlo. Atraviesa el *living* festejado, admirado, lleno de amigos en su vida, va feliz el gordo, que es rosado y culón y tetón, pero es octubre y él ya lleva sus blanquísimas guayaberas panameñas, ya adquirió su aspecto característico, el que sus amigotes gustan en él, y no porque es gordo es cojudo, o afeminado o marica, el gordo grita su voluntad en ruedas de amigos y es mandón y sus engreimientos de gordo temperamental pero fiel lo han hecho estimado por hombres de voces varoniles que lo invitan y lo llevan y él les prepara esos *pisco sour*, sin perder nunca ese rítmico andar, esos pon pon

pon pon criollos y acompasados; el gordo parece que cogiera ese ritmo de varonil gordura y de carajo a flor de boca, parece que lo cogiera tras largos y ocultos esfuerzos matinales. Y luego, una vez cogido, una vez logrado el equilibrio para que nada en su gordura rosada se derrame, o sea simplemente excesivo o afeminado, una vez logrado el pon pon pon pon criollo en el andar, sale a las calles en busca del café frente al periódico donde encuentra por primera vez en el día a los amigos; enseguida sube un rato a la redacción del periódico y más tarde, hacia el mediodía, busca en bares italianos en esquinas de jirones centrales de la ciudad, a grandazos como Juan Lucas, amigotes suyos, y con ellos se entrega a las delicias de los aperitivos y las empanaditas de carne o las caldúas o chilenas, que son las mejores. Después almuerza el gordo donde alguien o en un *restaurant* cuya calidad él siempre ha descubierto, y vuelve a su departamento para una larga siesta interrumpida por despertares en los que lee un cuarto de hora, se vuelve a dormir, se vuelve a despertar, así hasta que ya va respirando mejor, ya va digiriendo lo hasta el momento comido, y sale otra vez nuevecito hacia el centro de la ciudad, donde más amigos y nuevas copas lo esperan, copas que muchas noches se prolongarán en cantinas donde en tu vida has probado un chicharrón mejor, cantinas en La Victoria o en Bajo el Puente, pero no importa ni es peligroso porque el gordo es conocido, por ahí tiene sus puertas donde toca y le abren, y además porque su andar acompasado y criollo y su gordura aceptada como parte de nuestro acervo le permiten transitar por avenidas y calles prohibidas al fino, sin que nadie, nunca jamás, le haya silbado hojita de té o gritado ¡loca! con nerviosa entonación.

—¡Estupendo! —exclamó Juan Lucas, al probar su pisco—. Logró usted la fórmula correcta, mi querido profesor.

—¡Ya vuelvo con otra!... ¡Ya vuelvo con otra!...

Así iba diciendo el gordo mientras repartía entre los demás invitados las copas que aún le quedaban en el pequeño azafate de plata. Ya se escuchaba discutir de toros. Susan, rodeada de amigas o de gente que acababa de conocer, explicaba más o menos cómo iba a ser su casa nueva pero se aburría lastimosamente cada vez que comprobaba que Juan Lucas no estaba a su lado. En ese instante apareció el gordo Romero, que había entrado unos minutos en la cocina, trayendo abrazada contra su impecable guayabera blanca a la negra Concepción de los Reyes, para que la vieran, la admiraran y la aplaudieran. «¡A ver, Carlos, ponte unos valses criollos!, le gritó a uno de sus invitados, ¡hay que darle ambiente a lo que se viene! ¡Y aquí está la artista de lo que se viene!». Concepción de los Reyes, ¿qué vería? Se limitaba a sonreír viejísima y como si no captara ese súbito entusiasmo que un universo de amos manifestaba por ella. ¿Lo captaba? ¿O simplemente se sentía tocada, reída y aplaudida por seres increíbles y sobre todo muy variables? Luis Martín se cansó de halagarla, hubo ¡olés! y todo, y guardó a su joya engreída nuevamente en la cocina, para que se ocupara de esa ocopa maravillosa. Y rápido porque ya se va haciendo tarde y él tiene que estar bien ubicado en su lugar privilegiado de periodista taurino para dictar cátedra, para sentenciar cada movimiento, cada actitud de los toreros.

Media hora más tarde, Susan se estaba muriendo con tanto ají y Juan Lucas la llamaba «mi gringa valiente» y le daba pan, explicándole que era más efectivo que el agua o el vino. Los invitados terminaban sus platos y pedían cafés y coñacs antes de partir. En el estereofónico sonaban nuevamente discos de flamenco y alguien que era muy entendido estaba explicando por qué ese cantaor era el mejor del momento, cuando de pronto Susan, que había tomado tres *pisco sour* antes del almuerzo y luego mucho vino, exclamó que ese muchacho era un darling... «Pero, ¿tú cómo sabes?... Tú no lo conoces», la interrumpió burlón Juan Lucas, queriéndola mucho y con siete de los piscos del gordo adentro. Alguien llegaba mientras ella, avergonzada y linda, se escondía en su camisa de villela y lo besaba ahí donde se había afeitado con cremas Yardley y la piel estaba colorada por la euforia y era masculina hasta el amor.

«¡Gargajo López del Perú!», le gritó el gordo Romero a un hombrecito pequeño, medio deforme y horrible que llegaba en ese momento con un terno viejo y el cuello de la camisa sucio. Se decían las verdades así, brutalmente, entre amigos, era el estilo, y Gargajo, nerviosísimo, empezó a saludar a todos y dijo que venía ya almorzado, que había tenido que cumplir con una comadre que tenía. Era periodista y habilísimo y, a pesar de su monstruosidad, que las guitarras flamencas, el vino y los coñacs, el ambiente y la belleza de algunas mujeres aumentaban en extremo, Gargajo era querido por muchos de los hombres que ahora lo abrazaban y le gritaban que para esta feria de octubre se había puesto más feo que nunca, mientras él le iba dando la espalda a tanta mujer que no conocía y buscaba la integración entre sus conocidos, antes de que una mirada de asco lo marginara para siempre. Y le daban de beber a Gargajo; le daban de beber para que empezara con sus salidas terribles, con sus maldiciones increíbles y sus bromas finas y agudas que a lo largo de años de encuentros en bares de la ciudad lo habían ido identificando en esa rueda de amigos a pesar de su monstruosidad e inmundicia. «¿Por qué?», se preguntaba Susan, al ver que hasta Juan Lucas se había dirigido al grupo en que reinaba la fealdad de ese hombre, y ahora, copa de coñac en mano y puro en boca, escuchaba los comentarios de Gargajo, las batidas que le pegaba al gordo Romero, las explicaciones que daba sobre el cuerpo del gordo, la única vez que lo descubrió, muerto de sed y calor, escribiendo un artículo taurino sentado calato sobre una silla de paja en la terraza de su departamento. Susan no pudo más y se acercó a ver cómo era eso. Juan Lucas le presentó a Gargajo con ese mismo apelativo y ella le dio la mano, sintió ese estropajo húmedo que era la de él; además no la miraba a los ojos. Ahí se quedó, parada en medio del grupo, escuchando las bromas y descripciones de ese graciosísimo monstruo; también ella empezó a reír a carcajadas, a gozar a la par que todo el grupo y en su afán de gustar de todo lo que Juan Lucas gustaba, llegó al extremo de decirle darling, a ver si sentía algo por él y lo salvaba; tres veces casi seguidas le dijo darling, pero nada, seguía siendo horrible el tal Gargajo, hasta que él mismo, hipersensible, captó el asunto, se sintió abominable y abominado, bajó la mirada para toda la tarde y quedó, al callarse, solo sucio y deforme.

«¡Hay que tener un paladar lampiño para no apreciar la ocopa de mi negra!», gritaba el gordo Romero mientras salían apresuradamente hacia sus automóviles. Carlos, Bobby y Julius esperaban hacía rato en el Mercedes. Juan Lucas mandó a Bobby al asiento trasero y se instaló junto al chofer para dirigirlo por los caminos más cortos y de menor tráfico. Susan se sentó atrás. Inmediatamente abrió su cartera, sacó un espejo y gritó que estaba horrible y que por favor la llevaran un ratito a la casa para arreglarse, pero Juan Lucas la mandó cortésmente a la mierda, porque ya no quedaba tiempo, y cuando ella iba a protestar le puso su reloj en las narices. Susan se arrepintió de haber bebido tanto y empezó a soñar con una Coca-Cola bien heladita en cuanto llegara al tendido. Juan Lucas había obligado a Carlos a pasarse tres luces rojas y ya se iba por la cuarta, pero se les atravesó una fila de carros y tuvo que frenar de golpe. «¡Me cago en veinte!», gritó, sin hacer caso alguno de la andanada de mentadas de madre que estaba recibiendo. El Mercedes corría minutos después por la avenida Abancay. Primera vez que Julius se internaba por barrios antiguos de la gran Lima, era puro ojos con todo. A su lado, Susan se ponía sus gafas de sol y oscurecía el asunto porque le daba flojera acordarse de la pobreza después de un almuerzo tan pesado y con tanto vino y sobre todo antes de la corrida. «Nos ha tocado un lindo día», comentaba Juan Lucas, al mismo tiempo que le iba señalando a Carlos todos los recovecos por donde podía meterse para ganarle un centímetro al carro de al lado. «Va a ser un lío estacionar, añadía, usted acérquese lo más que pueda a la plaza; ya le indicaré yo en qué tendido estamos para que nos espere allí a la salida; procure no estacionar muy cerca para que le sea fácil salir después». El pobre Carlos no quitaba los ojos del carro que tenía adelante, el señor lo iba a hacer estrellarse con su vehemencia. Así el Mercedes iba llegando a Bajo el Puente y el pobre Carlos esquivaba gente que lo toreaba para atravesar la pista o solo por joder, y otra que no lograba pasar y soltaba tremendas mentadas de madre que se filtraban por las ventanas del Mercedes, mezcladas con el humo que despedían las carretas de las vivanderas. Una mezcolanza increíble de gente de todas las edades y colores, una especie de sálvese quien pueda avanzaba hacia la plaza y Julius miraba espantado, sacando la cabeza orejona por la ventana, súbitamente ocultándola porque un negrito de quince años introducía la cara con la bemba casi hasta donde estaba Susan y hacía reventar dentro del Mercedes el globo de su chicle, o porque un manco introducía el muñón en cuyo extremo llevaba prendidos los billetes de la lotería y les anunciaba millones que ya tenían para mañana por la mañana. Susan compadeció a uno que se había enganchado con el auto de adelante: «¡Uy! Mientras los desenganchaban seguro que no llegan al paseo». «No si siguen discutiendo así, le aseguró Juan Lucas observando a los choferes de los carros enganchados, recién están en los carajeos». Bobby, que nunca decía lisuras delante de Peggy, la canadiense, andaba medio desconcertado con todas las que Juan Lucas pronunciaba esta tarde delante de su mamá. Julius estaba desconcertado y pensando que era pecado, además, pero más lo atraía el espectáculo de locura que rodeaba la Plaza de Acho, ese domingo de sol. Andaba un poco asustado el pobre, y Susan debió notarlo desde sus anteojos de sol y su necesidad de Coca-Cola helada, porque lo abrazó y gritó, bajito nomás al oído: «¡A la Plaza de Acho, caracho!», y fueron cómplices por un momento. Juntos se entregaron al espectáculo exterior a la plaza: a los infaltables marineros norteamericanos o franceses que llegan borrachos en busca de entradas para ver a Manolete o al Cordobés; a las hordas de inmundos palomillas que los persiguen gritándoles míster y pidiéndoles cualquier cosa o tratando de venderles algo o de robarles la cartera; a los muchachos que llegan con sus novias sanisidrinas o miraflorinas, protegiéndolas con el cuerpo para que ningún cholo de mierda les vaya a meter mano y al mismo tiempo fumando un puro que los está mareando y al mismo tiempo buscando el tendido con los billetes en la mano y saludando a un compañero de facultad que llega con otra chica bien bonita y liberal porque viene a sol, se atreve y todo, no es una cojudita de sombra, lo será en cuanto me gradúe, gane dinero y pueda pagar sombra y hasta contrabarrera de sombra, porque triunfaré en la vida. Todos nosotros triunfamos en la vida, ¡no será una cojudita de sombra sino mi esposa, y tengo derecho a llevarla adonde me dé la gana, para algo soy yo! Gente igualita a Juan Lucas también llegaba diciéndole a su chofer que se acercara lo que más pudiera a la plaza y que después buscara dónde estacionar el auto. Y los choferes sudaban y avanzaban como Carlos ahora, hasta que un policía les gritaba ¡alto!, ¡basta ahí!, ¡pegúese a su derecha!

Y a tocar pito como loco y a desviar a todo el mundo porque ya se acercan el señor presidente de la República y su comitiva en carros negros súper largos donde el sol se refleja hasta cegar a la gente del pueblo que pone su carota en la ventanilla y ve al presidente de cerca y esta noche se va a emborrachar en una cantina y en algún momento va a llorar. ¡Viva el Perú, carajo! ¡En las olimpiadas del 36 no nos dejaron campeonar en fútbol porque éramos negros! ¡Viva Lolo Fernández, carajo! ¡Y Manguera Villanueva! ¡Viva el Perú, carajo! El presidente los saluda con la mano, sonríe a las carotas que empañan una tras otra la ventanilla con el vaho de su respiración y ensucian la carrocería negra del Cadillac súper largo con sus manos sudorosas e inmundas; es gente que no entrará a la corrida, solo alguna se zampará, gente que a veces revende los boletos, que esperará buscando algo que a alguien se le haya caído hasta que vuelva a aparecer el presidente, poco antes del fin de la corrida, para saludarlo, si no me empujan, una vez más y luego correr a decirle a uno como Juan Lucas, aunque ellos distinguen más por el carro, ¡yo se lo cuidé, señor!, ¡yo se lo cuidé, señor!, hasta el fin, hasta que empiece a oscurecer y ya solo queden papeles y colillas alrededor de la plaza, que es cuando empiezan a beberse las propinas.

Un zambo con gorrita roja para la ocasión condujo a Susan, Juan Lucas, Bobby y Julius hasta sus asientos y les puso las almohadillas sobre sus numerados de sombra y contrabarrera. Una barbaridad de gente saludó a Susan mientras descendía por la escalera hasta su asiento, pero había mucho sol y ella no distinguía bien y quería tanto su Coca-Cola helada. Linda estaba Susan, y desesperada por saber quiénes eran los toreros que habían venido. Juan Lucas empezó explicándole con santa paciencia que el empresario era un hijo de puta y que no había traído al Briceño, que era lo mejorcito del momento. Después fue nombrando uno por uno a los toreros que habían venido, le explicó y le hizo recordar quién era el Gitano y que lo habían visto cuando estuvieron en Madrid. Susan le dijo que recordaba para no contrariarlo y porque estaba guapísimo, pero simplemente no se acordaba del Gitano. Juan Lucas le señaló a los tres toreros de la tarde que esperaban listos para el paseo de las cuadrillas. Todavía no se había sentado, miraba hacia los asientos de arriba y de los lados y saludaba a un montón de gente, todita vestida para la ocasión. Bobby estaba cojudo con la cantidad de chicas tan lindas que había por todas partes, algún día él también traería a Peggy, aunque ella decía que eso de los toros era criminal. La que llegó en ese momento fue Miss Universo, una sueca rubísima este año, y todos los *playboys* encendieron sus puros y se sintieron, una vez más, bien buenmozos y seguros de sí mismos.

Por los tendidos de sol, los marineros que habían logrado entrar sin que les arrancharan su cámara fotográfica se preparaban para mirar casi toda la corrida a través del lente. También pedían cerveza y se la cobraban en el acto y nunca les traían el vuelto con eso de ya vuelvo, míster. Grupos de muchachos discutían sobre ganaderías y temporadas anteriores y hacían sus pronósticos para esta, mientras maldecían que el puro que habían encendido hacía un ratito nomás se les hubiera vuelto a apagar. Se encontraban en los tendidos y se saludaban aspaventosamente y muchos llevaban pañuelos rojos como en Pamplona y se sentían bien entendidos. Bebían cerveza por montones cuando no habían venido con sus enamoradas y se sentían alegres y libres para emborracharse, gritar, cantar y lanzar, protestando bien taurinamente, su almohadilla en cuanto la chica esa de al lado me esté mirando. Por ahora, en que también me está mirando, solo beber de la bota, como en Pamplona y Hemingway... Varonil. Macho. Cojones.

Pero nadie tan taurino como el popular Mazamorra Quintana, ese estudiante de ingeniería que ahora está bajando hacia su asiento entre los aplausos de amigos y conocidos o no, y que, cuando camina frente a una mujer, fanático como es de los toros, se introduce la mano en el bolsillo del pantalón, se lo jala hacia un lado, dejando, como los toreros, bien marcados sus órganos genitales. Además ha toreado vaquillas en la hacienda de una prima, y en las fiestas, cuando suena el pasodoble, le abren campo y lo llaman; entonces él atraviesa el salón, no hacia la chica más bella sino hacia la que está más lejos, para que sea más largo su camino con la mano en el bolsillo jalando el pantalón, y los órganos genitales bien marcados no dejen lugar a dudas: es Mazamorra del Perú, bueno para todos los ambientes, popular y envidiado en su carro rojo y amarillito. Se abraza con todos en el tendido, saluda con el brazo en alto a los amigos de otros tendidos y pide trago. Todos beben en las primeras filas. Beben cerveza o vino de sus botas, se las cambian, se invitan, se van emborrachando para gritar taurinamente cuando crean que ha llegado la ocasión. También se bebe en las filas altas, donde gente de todos los colores y edades mira divertirse a los muchachos de abajo y espera que empiece la corrida para que se callen un poco y se dejen de mariconadas.

Y la corrida ya empieza porque ahí entra el señor presidente de la República, unos dirán que lo aplaudieron mucho, otros, que nada. La banda de la Guardia Republicana se arranca con la música que da tanto ambiente y los toreros salen desde el portón bajo el tendido once y avanzan primero de frente hacia sombra, desviándose un poco luego hacia el palco del juez. Aplausos para los conocidos que se portaron bien en una temporada anterior, mientras alguien le dice a Miss Universo lo que tiene que declarar terminada la corrida, no la vaya a cagar la sueca, mientras los toreros se desplazan desordenadamente hacia la sombra y el Gitano empieza a tocar madera delante de Susan porque le toca el primero de la tarde, mientras Bobby decide que le gustan más las mujeres que los toros y comprueba que Miss Universo está muy flaca para la cama pero bien para invitarla a comer, mientras llega alguna veterana artista de Hollywood, está bien conservada la gringa, mientras un ganadero peruano se caga de miedo porque son sus toros, mientras la pobre Susan consigue por fin su Coca-Cola y Juan Lucas enciende un puro, mientras Julius empieza a interesarse más por el toro negro y triste que acaba de salir que por los toreros, mientras la millonaria y huachafa Pepita Román llega tarde con su novio, un calato inglés distinguido, para que todos la vean, mientras llegan un torero-señorito peruano y su amante norteamericana interesada por la fiesta, mientras muchos largan a los vendedores de gaseosas porque molestan al pasar, mientras un fotógrafo de sociales quiere captar a Susan de frente, mientras Juan Lucas le pregunta a Julius cómo se siente porque este es un espectáculo para hombres, mientras Susan adora a Julius y lee su rabia contra Juan Lucas, mientras un peón sale disparado con el toro detrás, mientras el Gitano sale listo a enfrentarse con el bicho, mientras Juan Lucas instala en la tarde de toros su perfil rojo trabajado por el sol, adornado por canas que resbalan hacia la nuca, y domina y observa entendido el arte caro que tanto le gusta, mientras Aránzazu Marticorena, que fue su amante, lo mira y lo sigue queriendo sentada al lado de su esposo, mientras el gordo Luis Martín Romero, puro en boca, en su asiento preferencial de periodista taurino, termina de anotar su descripción del primero de la tarde y observa ahora los movimientos del Gitano, continuando así con su descripción de la corrida que mañana podrá ser leída en la página taurina de un diario de la capital.

Y las corridas continúan después de las corridas, más allá de las corridas, como metafrívolamente. Su ambiente, cuando menos, se traslada para muchos actuales, pretéritos y futuros Juan Lucas, hacia bares de lujosos hoteles a los que descienden los toreros que ahí se alojan, como Santillana esta tarde, que bajó llenecito de muecas y golpeó andaluzamente y sin cesar la mesa a la que Juan Lucas lo había invitado, dejando nerviosísima a la mujer de Lester Lang III, que acababa de llegar para la feria de octubre. Lang III, que como Juan Lucas sabía combinar placer y negocios, dejaba bailar la norteamericana curiosidad de su mujer al compás del yo-soy-trágico-e-interesante Santillana y al mismo tiempo le pedía alguna explicación sobre su arte, explicación que semanas más tarde él repetiría en los whiskies que siguen a una reunión de accionistas en Nueva York, que es de donde traía sus dolarillos este acriollado, en la comida y en las inversiones, gringo. Más tarde, ya de noche, el íntegro contenido de las páginas de sociales de los diarios se va trasladando a los mesones, que son como pedazos de coloniaje incrustados muchas veces en modernos edificios de Lima, la ciudad de los virreyes y de los villorrios. Hasta allí llegan fotógrafos que vienen por placas de toreros mezclados en las mesas y entre la música con muchachas que se visten en París. Van llegando Susan y Juan Lucas, ya no los chicos, Lester Lang III y más amigos; van llegando *playboys* que los mozos acompañan a sus mesas y va creándose la atmósfera necesitada, entre marineras que se prolongarán en jaranas, y entre novios peruanos que toleran celosos los autógrafos salerosos que Gitano, Santillana y Lazarillo van escribiendo sobre fotografías en las que resaltan sus órganos genitales más aun que los de Mazamorra Quintana, que también ya va llegando.

Lo del techo del segundo piso cayó en sábado y el arquitecto de moda, fiel a la promesa que le hizo a Julius una noche, con varias copas de jerez adentro, vino a recogerlo muy temprano para llevarlo a ver. Últimamente el arquitecto de moda no se perdía ni una de las reuniones que Juan Lucas organizaba con motivo de la feria de octubre. Ni tonto: el palacio se llenaba de señorones que a lo mejor querían construirse una casa y con los cuales era tan agradable conversar entre el olor masculino de los puros y entre las copas de jerez o de otros licores que Juan Lucas había almacenado para mantener el bar de su casa a la altura de su bien ganado prestigio. La comida llegaba siempre de hoteles o de *restaurants* criollos, chinos, internacionales; Nilda se sentía completamente despreciada en la cocina, andaba bien insolentona la Selvática, y Susan prefería no darle cara por algunos días. En cambio sí podía darle tranquilamente cara al arquitecto, que ya había aprendido a beber sin decir lo que sentía y que ahora venía con su novia, anunciando próxima boda. Por supuesto que seguía loco de amor por Susan, pero ya había aceptado la vida tal cual es y además estaba ganando muy buena platita. Ahora más bien lo que pretendía era que su novia, una Susan bastante disminuida, aprendiera todo de Susan, todo, hasta a tener más de treinta y cinco años exquisita y linda. «Cállate y observa», parecía decirle antes de entrar al palacio, porque la pobre se pasaba reunión tras reunión calladita, siempre sonriente y accediendo en todo, algo insignificantita la novia del arquitecto, la verdad. En cambio él había crecido tanto como los letreros con su nombre que colocaba frente a sus nuevas construcciones; estaba realmente de moda, había que verlo rodeado por los invitados de Juan Lucas, explica y explica sobre arquitectura, tanto que los señorones empezaban a cansarse y se arrancaban a hablar nuevamente de toros; poco o nada les quedaba por decir después del «preciosa la casa» que soltaban alabando sus dibujos y que a él lo entusiasmaba hasta el punto de soltar otra vez su famoso «¡plástico!, ¡plástico!», contemplando el plano extendido entre sus brazos en alto. «¿Y a este qué le pasa?», se decían con los ojos los hombres de negocios; empezaban a abandonarlo, se olvidaban del arquitecto, y él cerraba sus planos y diseños para volver donde su novia y llevársela a tomar unas lecciones más de Susan.

«Trabajan desde muy temprano y sin parar, le había dicho el arquitecto, cuando se techa no se puede parar, hay que trabajar constantemente; se toman sus cervezas para entrar en calor y darse ánimos; cuando agarran viada no paran de subir y bajar, algunos están medio zampaditos». Por eso Julius llegó sonriente y decidido a ver algo nuevo, interesante y alegre. Y por eso ahora, al bajar del automóvil del arquitecto, andaba bastante desconcertado: aparte de que era muy probable que todos se fueran al infierno porque no paraban de gritar lisuras, estaban semidesnudos y todos pintarrajeados. Parecían unos payasos que se habían trompeado desgarrándose las ropas y que ahora, de albañiles, seguían con sus bromas circenses mientras subían por andamios sin barandas de los cuales no tardaban en caerse. El arquitecto se olvidó de Julius y se fue a un lado a conversar con el ingeniero y el maestro de obras. Julius trató de acercarse a la máquina mezcladora de concreto, pero por lo menos tres «¡cuidado, chico!» lo alejaron despavorido. Nadie le daba bola en ese entierro. No tuvo más remedio que pararse nuevamente en la vereda y desde ahí seguir toda la extraña ceremonia: los veía subir cargando al hombro latas llenas de concreto y haciendo equilibrio en los dos andamios: uno avanzaba hacia la derecha, hasta el techo del primer piso; ahí había un pequeño descanso, con una baranda para que no se sobraran con el impulso de la subida y se sacaran la mugre; del descanso arrancaba otro andamio que subía hacia la izquierda, hasta donde iban vaciando sus latas de concreto. Julius permaneció unos veinte minutos parado solo y sin hablar con nadie; por fin se le acercó el arquitecto para decirle que se iba un rato a otra construcción con el ingeniero. «¿Prefieres quedarte?, le preguntó, yo vuelvo más tarde por ti». Julius le dijo que sí y el arquitecto se lo encargó al maestro de obras.

—Ah, ¿es hijo del señor?... Déjemelo nomás... Ahora lo vamos a hacer trabajar un poco... ¿Cómo te llamas? —le preguntó al ver que el ingeniero y el arquitecto se alejaban.

—Julius...

El maestro lo miró sonriente, como si no entendiera muy bien ese tipo de nombres, y empezó a contarle con más detalles cómo funcionaban los obreros el día de la techada. Le señaló las cajas de cerveza que iban bebiendo mientras duraba el asunto y le explicó nuevamente que no podían parar, pero que se turnarían para comer algo dentro de un rato. Mientras tanto, los obreros continuaban pujando para subir, descansando a la mitad del camino, acomodándose bien la lata en el hombro y lanzándose a la segunda mitad de la ascensión. Se encontraban en pleno andamio con otro que bajaba vacío y que le cedía el paso, pero como eran bien bromistas muchas veces se daban codazos o se metían la mano al culo, haciendo tambalearse al que subía. Todo era motivo de gramputeadas y/o mentadas de madre, más otras lisuras que Julius iba aprendiendo sin lograr calificar de malvada a esa gente. Los veía pujar semidesnudos, gritarse nombres increíbles, apodos que no existían en su colegio: Guardacaballo, a un negro esquelético; Cucaracha, a uno de cerdas rojizas; Blanquillo, a uno que era blanco como Julius pero obrero incomprensiblemente; Serrucho; Tortolita; Pan con Lomo, a uno bien gordo; Agua Bendita, a uno que era excesivamente frágil y que tosía mientras subía y mientras bajaba. Todos subían y bajaban y aprovechaban el momento en que el encargado de la máquina les estaba llenando sus latas para correr a beberse unos tragos de cerveza y a veces también a meter la cabeza inmunda, generalmente cubierta con gorros en punta hechos con papel de periódico, en un inmenso barril lleno de agua también inmunda. Luego volvían a recoger sus latas y emprendían la marcha a menudo tambaleándose, acercándose demasiado a los bordes, ya Julius los veía en el suelo y muertos con una palabrota recién dicha. De pronto Cucaracha lo señaló con la mano y dijo que ese debía ser el hijo del patrón. «A ver si se lo palabrean para que nos consiga un extra, añadió, con cerveza no basta». Cosas por el estilo escuchó Julius parado ahí en la vereda, y luego vio que de vez en cuando lo miraban y se sonreían como si fuera broma, después de todo qué podía hacer el mocoso de mierda para que a ellos les pagaran algo más. «Están reclamando paga extra», le dijo el maestro, y él lo miró pidiéndole mayor explicación.

—Es que hoy no pueden parar y quisieran una propina... Tu papá ha hecho que les manden cerveza pero se ha olvidado de los billetes.

Julius se quedó mudo. Recordó que Juan Lucas se quejaba de que la casa le estaba costando un ojo de la cara: «El arquitecto y el ingeniero se están haciendo ricos a costa mía, había dicho una vez, mucho whisky en casa, mucha cojudez, pero a la hora de cobrar tiran con palo». Juan Lucas dominaba este acriollado hablar y lo empleaba a menudo.

«Buenos días, señora», dijo el maestro de obra, y Julius volteó a mirar a la mujer que llegaba. Venía trayéndole la comida a Pan con Lomo. Instantes después empezaron a llegar otras, todas con su atado igualito, y los albañiles empezaron a turnarse para almorzar. Bajaban donde sus mujeres, las saludaban fríamente y ellas abrían los atados. Aparecían entonces unas vasijas desportilladas de lata enlozada, llenas hasta la mitad de comida grasosa, una mezcla de tallarines y carne, pero papas fundamentalmente. De atados más pequeños sacaban cucharas de lata y panes que los albañiles recibían en silencio; luego se sentaban en alguna piedra, formaban un círculo y clavaban la cuchara en la masa de comida, extrayendo un primer bocado grasoso y enorme que introducían rápidamente en sus bocas: llevaban la cara hacia el plato y no la cuchara hacia la boca, como Julius había aprendido desde chico. Desgarraban el pan con los dientes amarillos y formaban un enorme bocado que masticaban hablando y riendo y gritándoles a los que aún no habían parado y seguían pujando con sus latas rumbo al techo. Ahí, masticando, fue que le empezaron a hablar y Julius, cojudísimo y loco por ser íntimo amigo de todos, amigo al extremo de decirles así no se mastica, empezó a responder a sus preguntas.

—¿Tienes hermana, gringuito?... ¿Debe estar como cohete, no? —le preguntó Cucaracha.

—Tenía una hermana, pero se murió.

Cucaracha se metió la cuchara vacía a la boca hasta la mitad del mango y la sacó lamiéndola al mismo tiempo que agachaba la cabeza. Julius se acercó al círculo de albañiles, silenciosos todos por un momento, y pudo ver hasta qué punto estaban pintarrajeados, plagados de manchas y con las manos con que comían llenas de cemento que ya nunca les saldría de las uñas. Las mujeres les acercaban más botellas de cerveza y luego, cuando terminaban de raspar el fondo de sus vasijas de comida, las llevaban hasta un caño cercano y las lavaban.

—¿Y otros hermanos no tienes? —preguntó Tortolita.

—Tengo dos, pero uno está en Estados Unidos.

—Tortolita es loca; por hombres no más le gusta preguntar.

—¿Te gusta la cerveza?

—¡Cómo que si le gusta! ¡Dale nomás!

—¡Que aprenda, hombre, carajo!

—¡Dale su cerveza al blanquito, hombre!

—¿Sabes tomar cerveza?

—...je...

—¡Cómo que si sabe tomar! ¡Dale nomás!

Cucaracha limpió el pico de su botella con la palma inmunda de su mano y se la pasó a Julius, pero el maestro de obras le dijo que no les hiciera caso, «ya están medio zampados», añadió.

—¡Carajo, maestro! ¡Déjelo que aprenda!

—Un poco nomás vas a tomar —dijo el maestro, y añadió—: Y ustedes ya vayan yendo para que los otros puedan venir.

Julius, que tenía la botella cogida con ambas manos, acercó muerto de asco el pico hasta su boca y, chorreándose hasta el cuello, logró pasar dos o tres tragos de la amarga bebida. Luego sonrió porque creía que ahora sí ya era amigo de todo el mundo ahí. Cucaracha, entre carajos, le preguntó si le había gustado; Julius le dijo que sí y se bebió otro trago, se volvió a chorrear también y todos se cagaron de risa. Entonces limpió el pico de la botella y se la pasó a Blanquillo, que llegaba en ese momento. Carcajada general porque el mocoso se estaba portando como Dios manda y a lo mejor hasta era bien machito. Eso estaba aún por comprobarse, y Guardacaballo fue a traer la pinga enorme de cemento con sus pelotas y todo. Se la entregó. Era pesadísima, y le preguntaron qué haría él con una sin hueso igual.

—Ya basta —dijo el maestro de obras, cogiendo el inmenso pene de entre las manos de Julius.

—A ver cuéntenos dónde se la va a guardar —soltó Guardacaballo.

Carcajada general mezclada con un montón de novedosas palabrotas que Julius trataba de interpretar. También él se rió y bien fuerte para que pensaran que seguía el ágil diálogo y porque ya era amigo de todos, aunque si lo viera el padre de la parroquia... ¿qué haría el padre de la parroquia? Otras mujeres llegaban con nuevos atados conteniendo comida seguro pésima y las que vinieron primero se marchaban prácticamente sin despedirse de los hombres. Los ya almorzados flojeaban y no le hacían caso al maestro de obras cuando les decía que la máquina estaba repleta y que había que empezar de nuevo.

—¡Techo de mierda! —gritó uno sin apodo establecido.

—Dale su lata a Julio para que lleve un poco —dijo Agua Bendita, y empezó a toser.

—¡Flaco de mierda! ¡No me tosas la comida!

—¡Jauja! ¡Jauja!

Pero Agua Bendita ya estaba acostumbrado y siguió tosiendo como si nada, de pie junto al grupo que comía sentado en círculo. Cuando terminó momentáneamente con su ataque, arrojó un enorme escupitajo que fue a pegarse en la fachada de la casa. Luego cogió su lata y se la alcanzó a Julius.

—¡No, no! ¡Ya déjense de bromas! —ordenó el maestro, que era medio autoridad y que dialogaba con ingenieros y hasta con arquitectos.

—¡No joda, maestro!

—¡Déjelo que aprenda!

Blanquillo, blanquísimo, incomprensiblemente obrero e hincha de la U, se incorporó dejando su vasija de comida sobre una piedra, cogió la lata de Agua Bendita y le dijo que lo siguiera. Lo llevó hasta la mezcladora que metía una bulla infernal, obligándolos a gritar constantemente, a mentarse la madre a gritos y a mostrarse ya medio borrachos también a gritos. Le dijo que le iba a echar un poco nomás, para que no pesara demasiado: «Tú me dices si puedes con ella». Vació un poco de mezcla en la lata y la dejó a un lado. Cogió otra y la llenó hasta el borde porque era para él. «¿Listo?». «Sí». Dejó su lata en el suelo y alzó la de Julius, acomodándosela sobre el hombro y preguntándole si podía con ella. Que sí, respondió Julius. Estaba casi vacía y él muerto de miedo pero feliz al ver que era verdad y que ahora Blanquillo se colocaba su lata rebalsando mezcla sobre el hombro y se dirigía hacia el andamio. Lo dejó pasar primero y le dijo que no tuviera miedo, que él estaría detrás por si perdía el equilibrio. Todos pararon. Los que comían se pusieron de pie. Agua Bendita empezó a toser y alguien le gritó ¡calla, mierda! Arriba también pararon. Dejaron sus latas al borde del techo y desde ahí empezaron a mirar la ascensión de Julius y Blanquillo. *La múcura está en el suelo, mamá, no puedo con ella*, empezó a cantar alguien pero lo mandaron callar y a la mierda. Julius pudo haber llorado al principio, y dicho no quiero seguir, pero no le salió o no quiso decirlo, y ahora, entre el pánico al ver que se iba a caer, solo escuchaba la voz varonil de Blanquillo dándole coraje, diciéndole que estaba ahí detrás y que no tuviera miedo: «¡Dale, Julio!, ¡dale, Julio!», le iba gritando, y él sentía cómo el borde de la lata le causaba cada vez más dolor en el hombro y que tendría que dejarla caer y arrojarse contra la baranda del descanso. «Primera etapa, respiró Blanquillo, ¿quieres descansar un poco?, ¿te bajo la lata?». Y él que sí quería descansar y además desistir, dijo inexplicablemente que no, y abajo estallaron carcajadas y putamadreadas alabanciosas, hasta aplausos que ellos casi no escuchaban entre el ruido de la mezcladora. «¡Bájalo!, gritaba el maestro, ¡va a venir el ingeniero!». Pero Blanquillo había dicho ¡vamos, Julio!, y Julius había ensordecido para todo ruido que viniera desde abajo, su mundo se había reducido a ese pedazo de andamio empinado y resbaloso donde ahora pujaba sintiendo la ausencia total de barandas, mirando de golpe abajo para caerse de una vez por todas. Y sin embargo no, porque escuchaba la respiración de Blanquillo y de ella sacaba lo que fuera para seguir subiendo, estaba llegando a la mitad de la segunda parte y su cuerpo o él habían comprendido que con Blanquillo detrás nunca una caída sería posible. Y siguió y pujó una vez más como los albañiles pujaban horas seguidas y sintió que también había bebido cerveza y que por eso estaba por fin arriba, íntimo amigo de todos y vaciando su lata que desgraciadamente no ayudó mucho, porque solo llenó unos centímetros escasos. Volteó para triunfar y vio cómo Cucaracha, Agua Bendita, Tortolita y los demás allá abajo se cogían los órganos genitales y movían el tronco en todas las direcciones: se estaban desternillando de risa. «¡Baja a tomarte una cerveza!», le gritaban. Julius vio por dónde había subido, por dónde tenía que bajar y sintió nuevamente pánico. Le parecía mucho más peligroso el descenso; el abismo lo atraía y cuando quería moverse un poquito, resultaba moviéndose un montón y acercándose demasiado al borde. «¡Julio es un campeón!», gritó Blanquillo, cogiendo ambas latas y arrojándolas al aire en señal de triunfo. «¡Hay que bajarlo en hombros!», agregó, y sin preguntarle nada, llevado por un verdadero entusiasmo, lo alzó en peso, se lo puso sobre los hombros, le gritó ¡abrázame la cabeza!, y empezó a descender. Julius no lograba ver ni el andamio, le parecía volar y casi pide ¡más despacio, por favor!, pero para qué si se estaba riendo a carcajadas y no se iba a caer nunca.

Abajo se armó gran reunión. Los albañiles se pusieron felices cuando Julius pidió que le volvieran a pasar la botella, eso que ya se había bebido lo que le dieron cuando llegó en hombros donde ellos. Ya se estaban vaciando las cajas de cerveza. ¡Te toca a ti! ¡No jodas! ¡Anda, mierda! ¡Chupa rápido! El maestro les ordenó que empezaran a trabajar de nuevo, pero solo dos o tres le hicieron caso. Los demás querían seguir conversando con Julius y divertirse oyéndolo hablar. Le enseñaron un montón de lisuras en premio por haber cargado la lata hasta arriba. Ahora ya no lo trataban como a mujercita y hasta se pusieron a hablar de sus cosas delante de él.

—Tú papá ha debido darnos un extra por lo de hoy —dijo Blanquillo.

—El ingeniero ve que nos estamos sacando la mierda y como si las huevas...

—Eso depende de tu papá... Él es el que tiene la mosca.

—Cerveza dan siempre; lo que no dan es billetes...

—Pero mi papá dice que la casa cuesta muy caro... Dice que cuesta un ojo de la cara...

—Cojudeces...

—En serio... Eso le ha dicho a mi mamá.

—Tú papá tiene mucha plata... Es rico.

—Unos cuantos billetes más seguro que ni le importan.

—Viene a ver la obra y pasa sin saludar.

—¿Por qué no le dices que nos mande un extra?

—...

—¿Dirás que no tiene?

—¿Él dice que hacerse una casa cuesta muy caro?

—¿Entonces para qué se hace una casa nueva? ¿Acaso no tiene tamaña finca en la avenida Salaverry?

—...

—¡El ingeniero!

Vieron bajar al ingeniero y al arquitecto del automóvil y salieron corriendo en busca de sus latas. La mezcladora los esperaba repleta de concreto, nuevamente empezaba el peligroso desfile de los albañiles. Ese breve reposo, hoy un tanto prolongado por la presencia de Julius, los había hecho perder el ritmo: se tambaleaban, sobre todo en la primera mitad de la subida. «Vamos, Julius», le dijo el arquitecto, y lo vio acercarse a darles la mano al ingeniero y al maestro de obras, y enseguida despedirse de los obreros con tremendos adioses.

Por la ventana del automóvil que se ponía en marcha, Julius pudo ver por última vez a los albañiles subir y bajar pintarrajeados los andamios peligrosos que llevaban hasta el nuevo techo. Sí, seguían pareciendo payasos locos de circo barato, expulsados además por usar solo groserías para hacer reír al público. Y luego se habían trompeado desgarrándose la ropa y se habían puesto a beber frente a una construcción, y tal vez porque estaban borrachos y eran locos habían tratado de entrar en la casa sin encontrar nunca la verdadera puerta pero sin desistir tampoco, y por eso era que ahora continuaban subiendo y bajando como hormigas, cargando latas para tapar un hueco enorme, para que no les cayera la lluvia del invierno y, finalmente, para que cuando todo quedara listo fuera otro el que encontrara la puerta de mierda. Julius le hizo cuatro preguntas que el arquitecto de moda consideró absurdas en un hijo de Susan. «Cosas de niño, claro», pensó. Pero sus respuestas tampoco convencieron a Julius. Preguntaba porque quería saber; no conocía las respuestas, pero en todo caso sentía que las del arquitecto no eran las que quería aprender: se parecían demasiado a las de Juan Lucas... «¿Por qué no le dices que nos mande un extra?».

Por eso esperó ansiosamente que sus padres regresaran del Golf. Por eso deseó que esta noche también hubiera reunión en casa y no en otra parte, para que se quedaran, para poderles decir. Por eso tuvo tantas dificultades en terminar sus tareas escolares de ese fin de semana. Por eso se sintió feliz al escuchar a Susan llegar y decir que comerían en casa y temprano porque estaban cansados y mañana era otro día de toros. Por eso la besó sonriente y corrió a decirle a Nilda que se apurara con la comida. Por eso le contó a ella, por tercera vez en esa tarde, la aventura de los albañiles y las latas y la suya con Blanquillo, y ella lo acusó de travieso pero sintió que Julius era el de siempre. Por eso la Selvática le ordenó las ideas y le dijo qué debía contar antes, qué después y cuándo exactamente soltar lo del dinero extra para los obreros. Por eso esperaba ahora ansioso que Daniel, medio cómplice también, terminara de pasarles la inmensa sopera de plata con el gazpacho andaluz que Juan Lucas gustaba tomar durante las semanas que abarcaba la feria de octubre. Y por eso estalló ahora finalmente con su historia que Nilda escuchaba escondida detrás de la puerta del comedor.

Susan, linda, empezó abriendo los ojos inmensos, sonriéndole y poniéndole su mejor cara de adoración al único hijo niño que le quedaba. Juan Lucas empezó interrumpiendo con algo de que la Selvática esa no captaría nunca la verdadera idea de lo que es un gazpacho andaluz, ¡esto parece una vulgar sopa de tomate! Y Susan, linda, como sabía que muchas veces las historias de Julius lo molestaban, trató de que no siguiera contando la que acababa de empezar y le dijo que tomara rápido su sopa, se te va a enfriar, darling. Juan Lucas soltó la carcajada, nadie como él para festejar las distracciones encantadoras de Susan: «¡Mujer!, le dijo, lo que estás tomando es frío y tiene que ser frío». La quiso más todavía cuando ella apoyó deliciosamente el codo sobre la mesa y enterró el mentón en la palma de su mano, abriendo inmensos los ojos distraídos, en un desesperado esfuerzo por volver a la realidad y captar que el gazpacho es una especie de sopa que le gusta a Juan Lucas en octubre y que se toma fría. El maravilloso mechón de pelo se le vino abajo, ocultando su cara por un momento. Al ver que lo recogía entre sus dedos y que lo llevaba nuevamente hacia atrás, Julius dejó escapar el aire contenido de su respiración y soltó el resto de la historia. Miraba a Susan, pero se la dirigía a Juan Lucas. ¿Se estaría enterando de que los obreros habían trabajado hoy como mulas?, ¿le estaría haciendo caso cuando decía que necesitaban un poco más de dinero?, ¿sabría que eran buenos y que lo habían hecho pasar una mañana inolvidable? ¿Escuchas, tío? ¿Por qué no me miras? ¿Por qué no dejas reposar un instante tu cuchara y me miras? ¿Por qué comes cada vez más rápido como si no quisieras escucharme? ¿Por qué no me clavas los ojos un momento como mami? Claro que mami me mira pero está en las nubes. ¿Por qué no te enteras de que Blanquillo me ha enseñado a cargar las latas? ¿Y que me ha ayudado? ¿Y que con él no me podía caer? ¿En qué momento te vas a molestar conmigo?... ¿Me vas a llamar algo que no me gusta?... Algo nuevo siempre... porque tú siempre ganas... tú siempre sacas alguna palabra nueva. ¿Por qué te limpias la boca ahora y sigues sin mirarme? ¿Por qué llamas a Daniel y le pides el segundo plato y vino y rápido? Escucha, necesitan un extra. Plata. Y si yo pudiera... Déjame terminar... Nunca me dejas terminar.

—¿O sea que el jovencito cree que puede treparse al techo por los andamios? ¿Has oído eso, Susan?

—Darling, te has podido matar...

—Y además el jovencito es amigo de Blanquillo y me trae sus encargos...

—Tío, pero...

—¡Mira, no sé quién es tu compadre Blanquillo ni me interesa!

—Es uno de los hombres de la construcción —dijo Susan, enteradísima—. ¡Te has podido matar por culpa de ese hombre, darling!

—No me ha pasado nada... Era bien fácil subir...

—¡Y bien fácil matarse! ¡Ya basta con tus peones!... ¡Ni más a la construcción!... ¡Hay que decirle al arquitecto que última vez! ¡Es que a este mozalbete no se le puede descuidar un momento porque hace de las suyas!... ¿Quieres que te pongamos ama de nuevo?

—Tío pero ellos quieren solo...

—¡¿Por qué no te callas de una vez por todas?! —intervino de repente Bobby.

—¡Aprenda usted jovencito que para eso hay un arquitecto, un ingeniero y toda una tanda de zánganos que viven a expensas mías! ¡Me basta y me sobra con ellos para que tú vengas a decirme lo que tengo que hacer! ¡Ahora termina de comer rápido y a acostarse inmediatamente!... ¡O yo mismo me encargaré de largar a Blanquillo y a toda su colección de compinches!

—Darling, yo creo que Blanquillo puede ser un hombre peligroso...

El arquitecto de moda prometió tener todo listo para el otoño. Susan vivía ahora dedicada a las revistas de casas y jardines, decorados de interiores más que nada. Por todas las mesas del palacio andaban regadas *El Mueble Español, House and Garden, El Mueble en Francia en el Siglo XVIII, Gardening* y muchas otras revistas que diariamente hojeaba, esperando la llegada de Juan Lucas para tomar el aperitivo juntos. Cada día se les ocurría alguna nueva idea; la verdad es que se les ocurrían tantas ideas que ya ni siquiera se las consultaban al arquitecto, no porque fueran antifuncionalistas, pues él ya había evolucionado un poco, había madurado, sino porque era imposible meter siete baños o veintisiete terracitas para el té en una misma casa, sobre todo tratándose de estilos diferentes. No le contaban nada al arquitecto, pero solitos y abrazados se construían decenas de casas entre *gin and tonic*, y en cada una metían dos o tres de los bares ideados por él, cuatro y hasta cinco terracitas de las soñadas por ella. Eran días lindos: la feria de octubre había terminado pero el sol de las mejores corridas seguía y seguía.

Una tarde Juan Lucas apareció feliz porque acababa de vender el palacio al precio deseado y con todos sus muebles adentro. Llegó encantado; nada le gustaba tanto como liquidar por completo una cosa y empezar desde cero con otra. Sentía nacer de nuevo, le entraba una especie de desesperación por cambiarse de ropa y tomarse un aperitivo novedoso y salir a comer a algún *restaurant* recién inaugurado y que fuera verano ya, ya. En cambio a Susan no le gustó que la obligaran a desprenderse de todos sus muebles, le hubiera gustado conservar unos cuantos para la casa nueva. Tal y tal mueble, por ejemplo, eran irremplazables. «¿Irremplazables?, exclamó Juan Lucas, cogiendo una revista nuevecita, íntegra de muebles. ¡Que traigan hielo para una copa! ¡Ya te voy a enseñar yo si son irremplazables esos trastos viejos!». Susan misma corrió a traer el hielo al verlo tan alborotado: sabía que eso iba a terminar en bromas y más bromas, a ver quién se burla más; eso iba a ser un duelo crítico lleno de amor e ironía, en el que una frasecita filuda o una comparación precisa tenían que destruir el mueble elegido por el otro; un duelo sin vencedor ni vencido, ya que empezarían sentándose cada uno con su copa, diciéndose chin chin al brindar y abriendo la revista una vez abrazados.

Eran días en que todo lleva hacia un delicioso equilibrio anímico y en los que tu único deseo oculto podría ser la playa, completamente al alcance de tu mano. La primavera limeña insistía en ser generosa y el sol reaparecía francamente simpático cada mañana. Un día Susan salió tan encantada de su dormitorio, que al llegar al borde de la escalera la detuvo el *shock* de verse saliendo, hacía diecinueve años, a gozar soltera del sol en un jardín público londinense, uno de esos días en que el tiempo acaba de cambiar súbitamente a lindo: diecinueve años después iba a salir, casada, a gozar del sol en un jardín privado... «¿Se le ha dormido la pierna a mi mujer?», la sorprendió Juan Lucas, cogiéndola por la cintura y ayudándola a llegar a los bajos, en uno de esos días en que todo lleva hacia un delicioso equilibrio anímico.

—Corro a la oficina... Si sigue haciendo calor, llámame y nos vamos a la playa si te provoca.

Susan se vestía lejos de todas las revistas de modas para sus paseos entre los árboles y enredaderas del palacio. Su ropa no hacía juego con las flores, por supuesto que tampoco desentonaba: era simplemente la mejor compañera que ellas hubieran podido tener. Si te hubieras puesto profesor o tía vieja y les hubieras preguntado, dime con quién andas y te diré quién eres, todas las flores habrían mirado a Susan. En cambio ni un clavel marchito habría mirado a Celso, mientras la seguía en fila india, esperando que le entregara la tijerita toledana, porque esa rosa está ideal para el florero del piano. No todo era, pues, caminata hermosísima entre árboles y enredaderas: Susan tenía que pensar en el florero del piano. No bien se decidía por una flor, se la señalaba con el dedo a Celso, sin tocarla porque podría haber una abeja, y le entregaba la tijerita para que la cortara. Él cortaba la flor, devolvía la tijerita y, siempre en fila india, se desplazaban hacia otra planta, donde ella escogía este clavel ideal y volvía a entregarle la tijerita: así hasta que se llenaba mentalmente el florero del piano y ambos se dirigían al lavadero del patio de servicio. Allí Susan vigilaba el lavado de sus flores, indicándole al mayordomo-tesorero qué hojas estaban de más, «esta podemos suprimirla», decía, por ejemplo, y le entregaba la tijerita, siempre cuidando de recuperarla, porque le era indispensable para cortar las flores la próxima vez.

«¡Divino!», exclamaba Susan, contemplando el florero lleno de jazmines, de rosas o de claveles; «listo», decía enseguida, buscando la mirada aprobatoria de Celso, que francamente hubiera preferido adornar la sala del piano con su flor del capulí. Eran las once de la mañana, hora para Susan de instalarse en un sofá orientalizado de cojines, donde esperaba la llegada de Daniel con la tacita de café hirviendo, del cual tomaba dos o tres sorbitos, para evitar el desfallecimiento de las once, del que hablaba un afiche publicitario, leído de paso, una mañana en París. Ahí, sentada, hojeando revistas de casas y muebles, iba matando el tiempo que Juan Lucas pasaba en la oficina, o en el Golf o en algún bar donde se había dado cita con Luis Martín Romero. Por eso, cuando llegaba, siempre le tenía alguna nueva idea lista, pero nunca se la contaba antes de que él se hubiese instalado junto a ella, con un aperitivo en la mano y con una fuentecilla de maní cerca. Entonces sí ella le contaba su idea y se entregaban a una especie de misticismo arquitectónico, a la contemplación de terrazas imaginarias o de posibles jardines donde las flores estaban siempre en su apogeo, como en las revistas que tenían en sus manos o descansando sobre sus muslos; jardines y terrazas habitados por gente que siempre sonreía y era feliz, tal vez porque tenía el cabello rubio como Susan, tal vez porque acababa de llegar del Golf y vestía camisa de seda como Juan Lucas. Horas se pasaban mirando por el ventanal que daba al jardín, contemplando terrazas y comedores como en un cortijo en Andalucía, dormitorios como los construidos por la Metro-Goldwyn-Mayer para una película, drama de amor-lujo-hormigas-y-Grace-Kelly, en la selva del Brasil, o bares donde los mozos llevaban galones como en los trasatlánticos que Hitchcock necesitó para una película de mayor suspenso que la anterior. No bien entraban a uno de esos bares, aparecía el gordo Luis Martín Romero batiendo cócteles y contando increíbles anécdotas que Juan Lucas transmitía muerto de risa a Susan, mientras le agregaba hielo a su copa y recordaba el chiste cojonudo que el gordo acababa de contarle, ahora que lo dejé en su departamento, de regreso a casa. Al pobre lo había dejado bañado en sudor de tanto picante que se había tragado en el bar de Cúneo. La idea del sudor los llevaba hacia tinas que por su forma parecían todo menos tinas, y cuyas losetas transformaban el agua en celestes, sientes que entras a una piscina, darling. De pronto, en la página ciento veintitrés de una revista, encontraron una carroza impecable y Juan Lucas decidió restaurar por fin la carroza. Conocía a alguien en una hacienda, camino a Chosica, que podía encargarse de eso; mañana mismo llamaría por teléfono; ahora no porque le apetecía almuerzo en el Golf y pegarse un remojón en la piscina allá.

Nilda gritó que acá también había piscina y protestó furiosa porque tenía el almuerzo listo, ya eso iba sucediendo demasiadas veces, ¡no hay derecho! Le enseñó toditos sus dientes picados a Susan. Gritó la Selvática: ¡a ella no le pagaban por trabajar en vano! ¡Cuánta gente se muere de hambre en el Perú y en esta casa a diario se bota la comida a la basura! Susan, espantada, aconsejó que llevaran todo lo que sobrase al hipódromo y volteó a mirar a Daniel, pero el cholo se dio media vuelta y se marchó a la repostería. Pura solidaridad con Nilda porque le convenía que los señores se marcharan: dos menos a quienes servirle la mesa. Lo cierto es que Susan salió disparada a contarle a Juan Lucas que la cocinera andaba eufórica: «Como nunca, darling, parece que la criatura está enferma y no la deja dormir por las noches, parece que estuviera enloqueciendo por falta de sueño...». Juan Lucas hizo *stop* con la mano y declaró solemnemente que había llegado el momento de terminar con esa mujer, él se encargaría de hacerlo, las selváticas muchas veces toman drogas y enloquecen. La explicación dejó a Susan bien preocupada, sobre todo por Julius: ya le había contado varias historias espantosas y era Nilda quien se las leía en periódicos inmundos. No se lo dijo a Juan Lucas, pero partió muy preocupada al Golf.

Las últimas semanas de ese año escolar las pasó Julius muy dedicado al repaso de las lecciones y a preparar su preludio de Chopin para la repartición de premios. Anduvo medio preocupado el pobre porque a lo mejor salía primero de la clase y eso era cosa de chancones, sobones y mujercitas. Además, Lange, uno medio alemán y bien chancón, lo iba a odiar para siempre si le arrebataba el primer lugar. Tal vez por eso le dedicó más tiempo al piano en los últimos días. La monjita de las pecas, los nervios y los olores sobre las teclas estaba feliz con él y se pasaba tranquilamente de la hora con tal de verlo tocar un ratito más su preludio. Lo malo era que Juan Lucas no podría venir este año tampoco a la repartición de premios. Susan le había pedido que la acompañara, pero él tosió tres veces, se arregló el nudo de la corbata y dejó bien establecido que eso no era para él. Además acababan de llegar golfistas de varios países para un campeonato internacional: tenía que atenderlos y tenía que practicar porque él también iba a tomar parte. Que lo dejaran, pues, tranquilo; nada de primeras comuniones otra vez.

Susan sí vino a la repartición de premios y no supo qué decir, ni mucho menos qué cara poner al enterarse de que Julius era el primero de su clase y que por eso lo estaban llamando a cada rato para colgarle otra medalla. Le llenaron el uniforme blanco de medallas. Las monjitas le tocaban la cabeza cada vez que venía por una más. Susan pensó que una que la miraba odiándola podría ser la mamá de Lange y deseó que la tía Susana estuviera a su lado para acompañarla en tan difícil trance. Pero estaba sola y todos ahí sabían que era la madre de Julius y la miraban sonrientes, esperando encontrar en ella a una mujer llena de orgullo. Por supuesto que no faltó quien pensara, hasta se comentó en voz baja, que no se merecía un hijo como Julius, que era frívola y casada dos veces, la segunda con un donjuán que, a lo mejor, hasta la engañaba. Pero la verdad es que muchas ahí hubieran querido ser la esposa de Juan Lucas. Susan miraba a su alrededor y veía esa escenita de repartición de premios llena de mamás bien vestidas y de papás sufriendo con el calor de diciembre y sentía el alivio de no tener a Juan Lucas a su lado: ella nunca hubiera podido querer a un hombre que sabe el día y la hora de una repartición de premios, o que viene un día, a la hora de la siesta o del coñac dormilón en el Golf, a escuchar a un chico tocar un preludio de Chopin. Un hombre que sabe quién es la Zanahoria y se preocupa porque pellizca a su hijo, no es un hombre. Cosas así pensaba y sentía Susan, linda y mejor que todas porque hablaba realmente el castellano mezclándolo con palabras en inglés. Cosas así pensaba mientras Julius le señalaba, en los pocos momentos en que no le estaban colgando otra medalla, a ese chico sin mamá que vivía con su abuelita en una casa sucia y que, ella creía, era el Cano de quien tanto le había hablado. «De lo que te salvaste, Juan Lucas», pensaba, y le hacía sí con la cabeza a Julius, cada vez que le señalaba a sus amigos o a sus enemigos. No veía la hora de estar nuevamente en el palacio bebiendo una Coca-Cola helada, único medio para ella de librarse de la pesadilla en que se iba convirtiendo la tarde sin siesta o sin conversación perezosa, al borde de la piscina del Golf. Por fin se paró la monjita profesora de piano y empezó a llamar a sus alumnos. Ella misma los conducía hasta el piano y los vigilaba mientras tocaban maravillosamente bien, con cuánto sentimiento, pésimo para Susan. Uno a uno fueron desfilando los niños genios del Inmaculado Corazón, uno a uno se fueron equivocando y uno a uno recibieron los aplausos que los salvaban cuando se atracaban a la mitad de la pieza y miraban a madre Mary Agnes, que mordía su rosario y se moría de nervios. Cuando Julius se acercó a tocar su preludio, la monjita lo detuvo con el brazo, lo hizo voltear hacia el público y lo tuvo así un ratito para que todos vieran que además de premiado era pianista. Luego lo llevó hacia el piano y le dio la señal para que empezara. Pero Julius nada: la miraba fijamente como si algo faltara para que él pudiera tocar. «Dale, dale», parecía decirle la monjita, y él empezó pero inmediatamente se atracó, al comprobar que ese no era el piano que él conocía. Miró despavorido a la monjita: el olor, el olor faltaba; se sentía perdido y atrás la gente murmuraba; faltaba el olor y ese no era el piano y ella no estaba sentada a su lado, así no podía él. Recordó la música en el libro pero todo lo demás se le había borrado: empezó a tocar, a equivocarse lastimosamente... No pasó nada. Susan no sufrió. Era un exceso de sentimiento.

Dos semanas después abandonaban el palacio y se iban a vivir al Country Club hasta que el nuevo palacio estuviera listo. Juan Lucas le señalaba a Susan las ventajas del hotel: no tendría que ocuparse de nada, tendría decenas de mozos a su disposición y podría olvidar sus quehaceres domésticos por una temporada. De esta manera podría dedicarse íntegramente a la selección y adquisición de los muebles que faltaban (la mayor parte venía de Europa), y en general de todo lo que pudiera ser necesario para instalarse el próximo otoño en el nuevo palacio. Los cuatro se trasladarían al hotel. De la servidumbre, solo Carlos vendría con ellos para que no les faltara chofer. Los demás podían tomarse unos meses de vacaciones y la Selvática esa, desaparecer. Susan casi se desmaya cuando Juan Lucas le dijo lo de Nilda, creyó que sería imposible lograr que se fuera. Hacía siglos que formaba parte de la cocina, con su cuchillo para la carne siempre en la mano, y no veía la manera de deshacerse de ella. Hasta empezó a darle pena. Recordó y quiso explicarle a Juan Lucas que Zoilón era una cocinera sin trabajo y que se moría de hambre en el hipódromo, pero él no la dejó. Recordó también lo que el padre de la parroquia les decía acerca de la servidumbre, son seres humanos, hay que tratarlos como tal, cuando ella asistía a esas aburridísimas reuniones. Lo recordó pero Juan Lucas andaba en pleno torneo de golf, rodeado de argentinos casados con *miss* algo siempre y norteamericanos que habían jugado en Calcuta y Londres... Además él le prometió encargarse del asunto en persona.

Y una tarde Nilda lloró abrazando a los cholos de la casa, hablándoles de usted y de cosas que tienen que ver con la conducta del pobre sobre la tierra, y supo tener dignidad al fingir creer que no se cocinaría en la nueva casa, que la comida vendría diariamente del Hotel Bolívar y que por eso, usted comprende, señora, ella tendría que marcharse, ya verá adónde señora, dinero no le va a faltar, y buscar trabajo con un hijo de tres años, la señora le dará algunas direcciones, y si lo encuentra acostumbrarse entre extraños, eso es lo de menos, que no van a querer a su hijo, señora, es cosa de hacerse simpático, y no confesar que el chico está enfermito, ya le digo que no le va a faltar dinero, y humillarse porque volverá a visitar, cuando usted guste, mujer, porque en esta casa deja amigos, es lo lógico, mujer, tantos años... Amigos que también fingen creer que en la casa nueva no se cocinará nunca y que participan de su pena y la abrazan ofreciéndole ayuda, ofreciéndole llamar al taxi y cargarle las maletas hasta la calle, y llamando a Julius para que se despida ahora también de Nilda.

En la vereda, ante el palacio, esperaban el taxi bajo el sol y Nilda ya no lloraba pero tenía un ataque de hipo. Nuevamente participaba Julius en conversaciones en que los sirvientes se hablaban de usted y se decían cosas raras, extrañas mezclas de Cantinflas y Lope de Vega, y eran grotescos en su burda imitación de los señores, ridículos en su seriedad, absurdos en su filosofía, falsos en sus modales y terriblemente sinceros en su deseo de ser algo más que un hombre que sirve una mesa y en todo. Se iba Nilda, así nomás, con calor e hipo, con el sol haciéndole brillar sus dientes de oro y uno conocía sus caries y sabía que el hijo era horrible y que siempre berreaba y que se resentía porque despreciaban su comida y que leía periódicos sensacionalistas con el cuchillo de la carne al lado y que se le habían agotado sus historias de chunchos calatos y que transportaba varias historias de la página policial a su niñez en Tambopata y las contaba como suyas y que sabía de derechos del pobre y que tenía un hombre al cual ella le pegaba y que allá adentro, en la cocina, no era ni tan retaca ni tan chueca ni tan fea como aquí achatada sobre la vereda, esperando su *tasi*, preparando sus últimas palabras, las que dirá al abrir la puerta, porque se sentirá importante de partir en *tasi* y lo asociará, como solo ella sabe hacerlo, con los derechos del pobre, pero igual se irá, fingiendo creer y no como Vilma, hace tiempo, soltando borbotones de sollozos y hermosa, pero como Vilma, eso sí, en lo de los horribles baúles de lata pintarrajeada como ella, porque para partir se ha aplastado el colorete sobre los labios y lo que ha sobrado se lo ha puesto como chapas y con el hipo y los dientes de oro encima besa a Julius, que siente el olor de las cholas cuando se acicalan y escucha en la oreja el sufrimiento-hipo de los sirvientes que te quieren.

Country Club

I

«Fue el verano más largo de mi vida», diría Julius, si le preguntaran por los meses que pasó en el Country Club. Y triste, además, sin Nilda ya para siempre; sin Celso y Daniel, con su versión complicada de la casa nueva, la de ellos allá en la barriada, donde si no construyes se te meten al terrenito, a diferencia de Juan Lucas que, cuando no construye, funciona la plusvalía; sin Arminda, que aparecía una vez a la semana, vieja ya y francamente fea, una mezcla de santa con bruja, avanzando hacia el Country Club desde el paradero de ómnibus, trayendo las camisas de seda recién lavadas del señor, acercándose al hotel entre casas blancas rodeadas de amplios jardines, casas que no ve, desde donde no es vista, sabe Dios de dónde viene además, es esa mujer de negro que camina por San Isidro, de negro tal vez porque es lo que más se parece a su vida o porque su hija no volvió nunca, un rostro de plañidera y la melena azabache humedecida por el sudor que la baña siempre, chorreando por ambos lados de la cara, inconfundible a varias cuadras de distancia, que es cuando Carlos la ve y piensa que ya llega la Doña, así la llama él. Arminda envejece pegada a una familia, sin preguntar, callada desde hace años, los quiere a todos mientras plancha la ropa, o sentada en un banco de la cocina observando en silencio, a veces logra ver al señor y nunca ha juzgado a la señora, los niños son los niños, Julius el mejor y algún día ella se va a morir y Dios, con su infinita misericordia, la va a amparar. Carlos la ve llegar, la distingue desde lejos; él se pasa las horas en la puerta del hotel, impecablemente uniformado de verano, con gorra y todo, sentado al volante del Mercedes, al lado del Jaguar que también ha limpiado por la mañana, devorando periódicos mientras espera que la señora, elegantísima y siempre muy buena, en todo sentido, según él, salga a rogarle que la lleve a una calle que no existe, o que existe pero con el mismo nombre en los Barrios Altos, en Magdalena y en San Isidro; Carlos vuelve a apagar el motor recién encendido, le pide a la señora el papelito con el apunte que por supuesto no señala el distrito, lo lee burlón y se lo devuelve diciéndole con los ojos que se está sonriendo y con el bigotito, dos rayitas pendejas que apenas se han movido, que podría estarse burlando y Susan, linda, que ha abierto tres centímetros la ventana porque se ahoga de calor pero no se puede despeinar, coge nuevamente el papelito muerta de vergüenza y oliendo delicioso. Hay entonces un instante en que su voz, su mirada y el mechón maravilloso que, como el programa del día, no tarda en venirse abajo, le dicen a Carlos que la señora millonaria y buena, en todo sentido, según él, quiere y él tiene que llegar a esa calle desconocida. Y rápido, además. Todo lo capta Carlos, chofer de la familia, no sirviente, y mejor pagado que otros, y como la señora es toda una mujer y sabe pedir (versión para otros choferes), y como él de serrano solo tiene un pariente político que no frecuenta y de criollo todo, le pregunta a la señora con cara de de-este-enredo-la-saca-el-del-bigote: «¿Señora, es casa de quién?» Y cuando ella le dice que va por una antigüedad, eso debe ser en los Barrios Altos, señora, y cuando ella le dice que es una mujer que hace maravillosamente bien las cortinas, eso puede ser en Magdalena, señora, porque cuando ella le dice que es una amiga o una embajada, eso tiene que ser en San Isidro, señora. Entonces ella admira al chofer y se entera de que tiene la cara tan negra como el pelo, y él vuelve a introducir la llave en el contacto y pone en marcha el motor con cara de su-chofer, madama, casi-su-zambo, y, al partir, guiña el ojo burlón a otros choferes, a varios bigotes y sus gorras, que lustran carros por la mañana, que ganan más y trabajan menos, todos esperando a la señora o al viejo o al cliente, cuando son los taxistas del hotel, todos devoradores de periódicos, frente al Country Club, como Carlos, su zambo.

Bobby ya tenía autorización para manejar solo la camioneta. Todos los días se iba a buscar a Peggy. Además la llenaba de amigos del Markham, del Santa María, del San Isidro; se juntaban por docenas y, con muchachas del Villa María, del San Silvestre o del Sophianum, del Chalet también, partían felices rumbo a Ancón, donde muchos tenían casa o departamento y donde siempre hay baile esta noche en el casino o en casa de Pelusita Marticonera (hija de Aránzazu, la que fue amante de Juan Lucas, la que estaba en los toros), o donde el gordo La Madrid, hijo de Grimanesita Torres Humboldt que, día que pasa, día que se la ve más avejentada. Es el despiporre Ancón. Bobby se pasaba la vida allá, ese verano. Al principio regresaba siempre a Lima a las mil y quinientas, pero desde que a Peggy la invitaron a pasar una temporada donde una amiga, solo venía a ver a los del Country Club cuando andaba muy mal de fondos.

Otro que andaba feliz ese verano era Juan Lucas; tal vez la había cagado con una gorrita a cuadros medio alcahuetona que se ponía cuando manejaba el Jaguar rumbo al Golf, pero la verdad es que Susan quería volver a casarse con él cada vez que lo veía sentado al volante, con su gorrita puesta y mirándola venir, apúrate, mujer, que nos esperan, mirándola a través de los anteojazos de sol, perfecto el color de las lunas sobre el rostro bronceado, y ocultando unas patas de gallo al carcajearse, las típicas arrugas del duque de Windsor, porque el tío ya se iba por los cincuenta aunque continuaba fresco como una lechuga y con una cara que podría ser la solución contra la muerte, donde el infarto andaba completamente desprestigiado y donde los cangrejos, *frutti di mare*, se conocían en *restaurants* donde la cuenta podría ser tu sueldo y no en los afiches esos que ponen para que te enteres de lo del cáncer.

Nadie tan feliz como Juan Lucas. Bueno, él siempre estaba feliz o a punto de irse al Golf; o a una de sus haciendas porque a él mismo le gustaba controlar a sus caballos de paso o a los de polo, como *hobby* eso sí; o a un cóctel porque acababa de salir primero, segundo o tercero en una competencia internacional del deporte de la blanca pelotita y el jardinzote, y esta tarde había coctelazo de despedida a los argentinos y a los chilenos con sus mujeres descendientes de algún presidente, o muy ricas y muy bellas, o recién arrancaditas en lo del alto vuelo porque acababan de triunfar en un calateo tipo Palm, Miami o Long Beach. Lo cierto es que tal vez porque la vida empieza a los cuarenta o porque un exceso de facilidades en la vida lo estaba dolceviteando o porque los placeres escaseaban ya en su placentera vida, o simplemente por hijo de puta, Juan Lucas había descubierto un nuevo juego, tal vez redescubierto un juego casi olvidado: siglos que no viajaba y ahora en el hotel quería sentirse viajero constantemente. Había que ver lo que le gustaba llegar y partir, andar dejando propinas en manos de botones verdes que seguían esperando sus órdenes y que le cargaban las maletas. Y es que le dio por lo de las maletas. Realmente gozaba teniendo maletas a medio cerrar sobre su cama de hotel. Las dejaba horas ahí, como descansando. Las vaciaba y las mandaba limpiar. Nunca quería terminar de mudarse. Le encantaba salir del hotel rodeado de botones uniformados y pendejos, que depositaban momentáneamente sobre la vereda sus maletas de cuero de chancho como los asientos de un Rolls Royce, y esperaban sus órdenes para introducirlas, esta al lado de esta, sin golpearlas contra los bordes, pues, hijo, en la maletera del Mercedes o del Jaguar. Primero alegaba que le faltaba traer cosas de su departamento en los Cóndores y con ese pretexto se iba y regresaba con sus maletas. Más bien dejaba cosas allá porque al hotel no tenía ya nada que traer. De pronto decidía pasar un fin de semana en los Cóndores, con Susan y sin los chicos, y nuevamente llenaba sus maletas, pedía las comunicaciones desde su dormitorio, invitaba a los amigotes que le apetecía ver (a Luis Martín Romero, por ejemplo, y un día a Lastarria porque van a invertir juntos y Pechito va a trabajar), y partía feliz dando propinas a los botones que ya lo adoraban. Otros días tenía que viajar a una de sus haciendas y, alborotadísimo, abría sus maletas sobre la cama y empezaba a llenarlas de camisas de seda para la ocasión, más el manto de chalán, ese con que se lo ve en la fotografía de la casa hacienda de Chiclayo y en la de Huacho también. Nunca olvidaba su casaca de gamuza tipo nos-vamos-a-la-caza-del-bisonte, por supuesto que no la gorra de piel de Buffalo Bill, solo a Lastarria se le habría ocurrido comprarse todo el equipo en Nueva York, a él nunca: él cabalgaba perfecto entre los campos de algodón de una hacienda, espuelas de plata, la casaca de gamuza y Azabache, el caballo preferido de Susan, que lo miraba acercarse o alejarse de la casa hacienda, pensando, sabe Dios por qué, tal vez porque el café estuvo un poco cargado en el desayuno, que si algún día se enfermaba o envejecía, se fugaría en un barco, desaparecería tal vez en Oriente, para que en tu vida, darling, no haya nunca nada que no sea perfecto como ahora que cabalgas no porque lleves tu hacienda, eso lo hacen otros, solo porque te gusta cabalgar, darling, y tu casaca y el hotel y Azabache y las maletas de chancho y el golf y todo lo que tenemos, coherentemente feliz, darling, eres coherentemente millonario, *not I,* darling, yo no, yo pienso en Nilda, vuelve, Juan, vuelve, darling, que pasan los campesinos por aquí: señorita señorita señorita señorita, campesinos invaden tierras en Cerro de Pasco, un destacamento policial, vuelve, ya vienes; habla, dos minutos tu voz sin parar; sí, darling, sí, darling, *and I will be coherent once more*, aunque el otro día Miss Argentina, la mujer de Polo Rivadeneyra, campeón de Buenos Aires, se moría por ti en el Golf; mientras Polo jugaba no paraba de mirarte; dicen que eres hombre de una sola mujer; mío, darling, somos tan felices, yo te sigo en el juego y estoy siempre a tu lado en el Golf... Para lo cual Juan Lucas tenía también su maletín de cuero de chancho y, por supuesto, el juego precioso de palos de golf en el precioso saco de cuero de chancho. Se cambiaba de ropa mil veces: fraccionaba el día en temporadas que lo obligaban a vestirse siempre distinto y que pasaba en distintas regiones, distintos ambientes del inmenso hotel; deportivo, algo despeinado por el golf de la tarde, cuando con Julius entraba a comer en La Taberna; príncipe cuando solo con Susan, el chico puede comer en su cuarto, entraba al Aquarium y saludaba a hombres rojos en la media luz, sentados como muertos frente a unos espárragos o frente a una dieta ridícula, porque se están muriendo a punta de descender de un virrey y de un montón más, grandazos; impecablemente vestido de hilo blanco cuando se acercaba a la mesita frente a los ventanales donde Susan y una amiga narigona y feísima, una que tiene los perros dálmata más maravillosos del mundo, en una casa que podría alquilarse para colegio, de las últimas en apogeo que cuelgan sobre el mar, en Barranco, tomaban, casi jugaban a tomar, el té a las cinco de la tarde, frente al sol que ya no tardaba en ponerse. Aparecía Juan Lucas y era el rey de ese maravilloso ajedrez, idea o simulacro de batalla que ellos jugaban contra el transcurso de la vida, contra todo lo que no fuera lo que ellos eran; aparecía Juan Lucas y besaba la frente bajo el mechón de Susan, una reina bebiendo su té, saludaba a la amiga más fea de mi mujer, a ver cuándo vemos esos perros tan famosos, solo por decir algo, cuando había una mosca en el Country Club era a ella a quien se le paraba, un peón, que gozaba un instante y luego entristecía al sentir que todos sus perros, todos los que había tenido en su vida no sumaban un Juan Lucas, que juega también, desde su casa en Barranco, al fácil juego del ajedrez alfombrado, en el que rey, torres, alfiles, caballos y peones se mezclan por necesidad y por placer, para que todo siga, para que todo avance como Juan Lucas ahora, que acaba de despedirse y atraviesa coherente y de blanco el *hall* del hotel, rumbo al Mercedes para ir a la ciudad, el Centro de Lima, rumbo al edificio de la compañía y a la sesión de directorio, jaque mate.

A esa hora aparecía, a veces, el gran Bobby, momentáneamente en Lima en busca del eterno mamá-necesito-plata. Susan se pegaba unos sustos espantosos porque el chico cada día gastaba más, aunque por otro lado ella nunca se había enterado muy bien de lo que era el dinero, en realidad todo funcionaba a su alrededor y ahora Juan Lucas en la gerencia, anda, darling, busca la gerencia del hotel que ahí te pueden dar algo... y no corras tanto en la carretera, darling, creo que el hijo de... Estaba borracho, mamá... Se ha golpeado mucho... Chau, mami... Bobby ya no está a su lado: corre hacia la gerencia y hacia Ancón, está cada día más bronceado y más buenmozo... «Susan, mis perros dálmata... Susan». «Perdón, darling, estaba pensando en Julius; hace siglos que no comemos con él; por nada del mundo quiere venir al Golf... Se pasa la vida en la piscina del hotel».

En la de los menores. Porque en el Country las había para niños con ama que no se mete pero ellos levantan el bracito y la chola, caminando por el borde de la piscinita, los hace avanzar, deliciosos mientras su mamá, una muchacha tendida al sol, espera al marido que sale a la una de la oficina para bañarse juntos en la piscina de los socios. Que tampoco es la de Julius. La de Julius es la intermedia, donde un gringo se va ya por el trigésimo salto mortal de esta tarde, sale trepando por el borde, se mete un dedo a la oreja para sacarse el agua y casi el tímpano y, brutal y sin resbalarse nunca, sube nuevamente al trampolín y vuela completando el salto mortal número treinta y uno de la tarde, ante la mirada escéptica y matona de los muchachos del barrio Marconi, que esta tarde van a mandar a las enamoradas solas a casa porque van a esperar al gringo en la puerta, el otro día le guiñó el ojo a Elena, la de Pedro, y Enrique le va a sacar la mugre, los demás vamos porque somos del barrio y por si las moscas... Fumen, muchachos, fumen y esperen; tú, vuela vuela nomás, concha tu madre, el salto que vas a dar afuera sí que va a ser mortal; fumen, muchachos, fumen; guarden los negros que ahí viene el gordo Del Busto que fuma rubios y si se queda mucho rato, besen a sus hembritas, muchachos, para que el gordo se corte todito y se largue. Nosotros nunca nos bañamos porque eso es para mocosos; cuando tengamos dieciocho y parezcamos, fumando, de veintiuno, nos bañaremos en la de socios; ellas sí se bañan, hay que verlas en ropa de baño: Está buena tu gila, compadre; retira, Enrique, retira; son mujeres, Manolo, y hay que besarlas todo el tiempo para que no se te destiemplen; retira, Juan, retira, hojita de té... Gordo, dile al cholo que saque al gringo de la piscina; dile, gordo, es para que se puedan bañar las chicas; si no, lo sacamos nosotros... «Déjenlo al pobre, nos bañamos al otro lado». Esa lo va a cornear a Pepe; otro pucho, gordo; a mí también, anda ya dile al cholo... El gringo sale de la piscina a respirar un rato, sin que nadie le haya dicho nada, y las chicas se van al agua aprovechando el momento; están firmes, nada de bikinis eso sí; manya, primo, a la *flight hostess* casi calata, dicen que tira con todo el mundo; ¿cuál es tu dicen?; ¿quién se avienta?; cuando se vayan las hembritas, hay que pegarle al gringo, no se olviden; fumen, muchachos, fumen; a ver, gordo, otra rueda; ¡manya esa tecla, primito!; ¿cuál?, ¿cuál, primo?; esa, la que está con el mocoso...

Era Susan que, linda y ya sin la amiga de los dálmatas en Barranco, había venido a visitar a Julius y a ponerse al corriente de su vida por la piscina. Lo había encontrado, no sin alguna dificultad, entre docenas de niños que se bañaban horas, mañana y tarde. Eran ya más de las cinco y media y el sol había dejado de quemar. Julius, parado junto a ella, temblaba como loco y se moría de frío cada vez que una gota de agua le chorreaba desde el hombro hasta la cintura o desde la nariz hasta el ombligo. Susan debió pensar en niños con pulmonía, en chiquitos esquimales o en algo así, lo cierto es que empezó a quererlo inmensamente, sobre todo porque en ese instante ni Juan Lucas ni Bobby ni nadie ocupaba su mente. Decidió, pues, compartir la vida semiacuática de su hijo, durante unos minutos solamente, porque a las seis cerraban la piscina y ya iba a ser hora de que se fuera a vestir a los camerinos. Pero aún quedaba un ratito y qué tal si le proponía una butifarra allá en el bar, junto a la piscina de socios, la curvilínea. Julius no vaciló en aceptar; siempre andaba muerto de hambre el pobre y es que generalmente comía solo cuando Juan Lucas decidía bajar a La Taberna, o cuando Susan se acordaba de que debía comer y tocaba el timbre para ordenar que le subieran la comida a la *suite*, esa palabrita francesa que para Julius tenía una significación algo triste, porque quería decir no solo dormitorio, sino además su salita para las visitas que nunca recibía, a no ser que se tratara de Arminda con las camisas. Se acercaban al bar y Susan distinguió a Pericote Siles, ¡qué pesadilla! Pericote se le había declarado cuando estaba por casarse con Santiago, luego cuando enviudó, la tercera vez unos meses antes de casarse con Juan Lucas, y hasta ahora trataba de bailar con ella cada vez que la veía en una fiesta. Y lo mismo con todo Lima. Pero nadie lo tomaba en serio, eso que era abogado y honrado y trabajador y había ganado sus reales también, como todos. Gracias a ellos podía tomarse sus tardecitas libres y ahí estaba, con cara de querer bailar, bebiendo su naranjada, sanas vitaminas para conservarse joven a los cuarenta y ocho años, bastante ridículo de apariencia.

Pericote pertenecía a la raza de los que Juan Lucas conocía pero nunca reconocía. Pericote, guayabera blanca, pantaloncito gris y mocasines negros con blanquito, era un pericote; pero optimista eso sí, optimista y con una enorme capacidad, casi una amnesia de alta sociedad, para olvidar las mil mandadas al diablo que mil hoy señoras de Lima le habían pegado desde que llegó a su primera fiesta, treinta años atrás, invitándole cigarrillos a todo el mundo y saludando hasta a los que no conocía. Seguía igualito y, por eso, no bien vio que Susan se acercaba al bar con Julius al lado, se pegó tal empinada que tuvo que cogerse del mostrador para no irse de cara, parecía el gringo a punto de iniciar el salto número treinta y dos, paralelo a una puesta en pie masiva del barrio Marconi, que se trasladaba fumando hacia el bar, para estudiar a la señora que debía haber sido un lomazo, que todavía estaba muy buena y que qué mierda hace conversando con la rata esa.

—Es Julius, el menor de mis hijos.

—Caballerito ilustre...

Caballerito ilustre, furioso, notó que la mano de Pericote se acercaba para posarse sobre su cabeza empapada, y se anticipó introduciéndose un dedo en la oreja, saltando al mismo tiempo sobre un pie y sacudiendo la cabeza para botar el agua que se le había metido hasta el cerebro de tanto bucear: le salpicó la guayabera a Pericote, que en ese instante retiraba la mano sin haber logrado tocar nada. Ahí nomás estaba la fuente de butifarras y Julius ya se le iba encima, cuando Susan le sonrió a los tres mozos que esperaban sus órdenes y le pidió al más bueno de los tres dos butifarras en dos platitos, por favor, sin dejar que Pericote ordenara con la misma entonación que ya practicaba en primero de Derecho, que fue cuando empezó a querer bailar con alguien. Perfectamente bien ubicado, con una visión total, el barrio Marconi en pleno, salvo las chicas, claro, si no, solo miraríamos de reojo, fumaba atento a los movimientos de la señora, que de cerca seguía tan buena como de lejos. Pericote ordenó una naranjada más para él y dos Coca-Colas o lo que deseen tomar para sus invitados. Julius aceptó la Coca-Cola y Susan, al notar que de pronto empezaba a oscurecer, pidió un jerez porque el momento se parecía a otro en su vida, antes de partir al teatro en Londres, por ejemplo. Pericote casi grita que jerez también para él, pero ya le estaban sirviendo su naranjada y no tuvo más remedio que conformarse con ser mucho menos fino que Susan. «Le mete al trago», comentó uno de los del barrio al ver que a Susan le servían la copa de jerez, otro ya iba a decir que a lo mejor como la *flight hostess*, pero en ese instante aparecieron las chicas y ellos dieron una pitada indiferente y empezaron a disimular, recordando lo del gringo además, ya no tardaba en irse a cambiar; fumen, muchachos, fumen. Pericote seguía pensando en terminar rápido su naranjada y en tomar un jerez a esa hora por primera vez en su vida, pero en ese momento Susan alejó la copita tres centímetros con los dedos y pidió un vaso de agua natural. Él ya no supo qué hacer, Susan ni siquiera había probado el jerez: el pobre era lo suficientemente bruto como para no darse cuenta de que lo del oscurecer fue momentáneo, una nube que ocultó el sol unos minutos, que ahora volvía a aclarar y que el momento ya no se parecía a otro en la vida de Susan, antes de un estreno en Londres, por ejemplo. Julius se iba por la segunda butifarra y Susan pensó que su prima Susana les habría dicho a sus hijos, *awful creatures*, que ni un bocado más, después a la hora de la comida no prueban bocado. Miró a Julius, vio a su prima Susana, horrible, y a Pericote, tan gris, y casi le grita a Julius que comiera butifarras hasta morirse. Y es que ya no podía más la pobre: Pericote seguía igualito a cuando era el muchacho más bueno de Lima, el más pesado también, y ahora, veinte años después, seguía tan idiota como entonces pero con una cierta suficiencia frente a los mozos, algo, lo único que había aprendido a punta de imitar a *playboys* y solterones interesantes; a punta de firmar cheques ya tenía su propia firma Pericote: garabateaba un Siles con letras empinadas.

—¿Y tu marido, Susan?... ¿Sigue hecho un campeón de golf? Por ahí leí en algún periódico que había vuelto a...

—Salió tercero. Julius, darling, cómete mi butifarra si quieres.

—¿Y tú también eres un futuro campeón?

Julius lo miró furioso, un bocado enorme en la boca y la hoja de lechuga entre que entraba y se caía al suelo.

—¿Te acuerdas, Susan, de esa vez en Ancón?... La fiesta de carnavales donde Ana María...

—No... Fue hace mil años, me imagino...

—¡Cómo no te vas a acordar de lo del chisguete!...

—Qué tal memoria la tuya...

—Tienes que acordarte... Alicita Dumont estaba de novia con Bingo León, después pelearon y ella conoció a...

—Julius, darling, a cambiarte, estás temblando de frío... Nos vemos más tarde en la *suite*.

Julius le dio un último bocado a la butifarra de Susan, la dejó nuevamente sobre el platito y se dirigió a los camerinos.

Pericote comprendió que Susan también se marchaba y sintió una pena terrible, ahora hasta el próximo encuentro. Susan abrió su bolso y por supuesto se dio con que no tenía un real, mientras Pericote, empinadísimo, decía que ni hablar de pagar, que él se iba a quedar un rato más y que pagaría todo. Susan no lo escuchó y pidió un vale para que se lo pusieran a la cuenta. ¡Que ni hablar!, volvió a gritar Pericote, pero en ese instante las chicas del barrio Marconi pasaron por su derecha rumbo al camerino de mujeres, la *flight hostess* del bikini por su izquierda también a cambiarse, él no supo hacia dónde mirar, estaba loco por conocer a la *flight hostess*, por sacar la billetera y pagar, por guiñarles el ojo a las chiquillas esas, lo cierto es que no hizo nada, solo puso cara de cojudo y cuando sacó la billetera llenecita, ya Susan había escrito su nombre sobre el vale y hasta se había acordado del número de la *suite*. Se fue Susan, linda y sin darse cuenta de nada, pensando solamente que esos cuartitos allá eran los camerinos y que Julius no le había contado nada de sus días metido en la piscina, y ahora, cuando regresara Juan Lucas, todo sería distinto, probablemente tendría que cambiarse a la carrera, para ir a la carrera a algún lugar que a Juan Lucas le gustaba y que ella descubriría, le encantaba.

Los del barrio Marconi habían pedido cerveza y lo miraban con mala cara. Pericote seguía desconcertado: no había logrado ver bien a las chicas en ropa de baño, y por mirarlas no vio a la *flight hostess*, y por mirarla, esto es lo peor, no pudo pagarle la cuenta a Susan, ¡qué habrá pensado! Continuaba ahí, parado, gris el pobre Pericote, alimentándose de su fracaso, otro día más en su vida en que iría por la noche al club, en que contaría sus hazañas, bueno ahora ya no eran hazañas como cuando era estudiante de Derecho y se trompeaba con matones y se acostaba con bellezas, ahora eran solo historias de lo que pensaba hacer, de lo que deseaba en el fondo, siempre sonriente, y lo escuchaban porque era un abogado honrado, un cojudo, un amigo servicial, de ahí sacaba los saludos, le escuchaban las historias de lo que iba a hacer, nunca de lo que había hecho, esas se las contaba él mismo en la oscuridad de su dormitorio, al apoyar la cabeza sobre la almohada, y entonces se iban convirtiendo en historias de lo que no había hecho, reaparecían copa de jerez y vaso de agua naranjada, con ellos Susan tomándose a la broma su tercera declaración de amor, reaparecían los «no bailo» de Alicia, de Rosa María, de Mary Anne, mientras tocaban *All day, all night, Mary Anne* y él se acercaba entonando, los «no bailo» de Grimanesa, de Elena, de Susan, reaparecían los muchachos del barrio Marconi pagando sus cervezas... Bostezaba Pericote en su pijama de *playboy* y se dormía triste con todo lo que no había hecho, con nada en realidad, como esta tarde Susan impaciente por irse, sin pagarle la cuenta, sin lograr ver a la *flight hostess* de cerquita, sin siquiera haber podido mirar a las chicas esas y todavía ellos mirándolo insolentes. Después, al día siguiente, se levantaba entre sonriente y amnésico, desayunaba apurado y sabía que jugaba a llegar al estudio optimista y atareadísimo, saludando a secretarias, pidiendo llamadas telefónicas que impresionaban a las secretarias, anunciando que les iba a dictar y fumando. Ahí empezaba a creer nuevamente en lo del abogadazo, en lo del solterón interesante, en lo del *playboy*, en que iba a conocer a la *flight hostess*, aventura para el club, así era Pericote.

La piscina hizo que el verano avanzara para Julius. Algunas semanas habían pasado y la cosa iba mejorando porque ya tenía amigos y con ellos correteaba por todos lados, por los jardines a veces, que era cuando se topaban con uno de los del barrio Marconi besando a su chica y regresaban desconcertados a la piscina, donde en un agua más cristalina que la de este vaso, buceaban con el cuchillo de Tarzán, rápido porque ya se acerca el cocodrilo, que era el más gordo de todos, hasta que se picaba y le permitían hacer un Tarzán malo hasta en lo del grito. Jane eran todas las chiquillas que se bañaban en ese momento, vigiladas por un ama que tejía sin cesar sentada en una banca verde; chiquillas de nueve, diez y once años, con las que ellos nada tenían que ver, Cinthias a veces, y Julius las miraba de reojo, por eso a menudo lo cogía el cocodrilo. Pero ni él ni los otros chicos les hablaban, solo los muchachos del barrio Marconi las miraban a veces, las calculaban sabe Dios si para ellos en el futuro, dentro de dos, de tres, de cuatro veranos, o para un hermanito de once años que estaba buceando hecho un imbécil y que ahora, a la salida, para que se haga bien machito, ellos obligarían a trompearse con el palomilla que ya quería cuidar automóviles en la puerta de la piscina y que era probablemente el que se había robado la bicicleta del hermano de Pedro. Fumaban calculadores los muchachos del barrio y, entre cigarrillo y cigarrillo, iban llevando la cuenta de los saltos mortales del gringo, ojalá que en una de esas caiga fuera de la piscina y se mate, y a quien ellos le iban a romper el alma esta tarde, a la salida; mientras tanto, fumen, muchachos, fumen, controlen siempre a las gilas y no se olviden de besarlas bonito, que es lo más importante. Una de esas tardes, tal vez porque el sol había desaparecido, no momentáneamente por una nube sino de verdad y hasta mañana, tal vez porque era jueves, el día en que Arminda acostumbraba venir con las camisas limpias, Julius decidió regresar más temprano a la *suite*. Serían las cuatro y media cuando se dirigió a cambiarse a los camerinos. También había lo de que mañana era su santo y él ya llevaba tres días mirando a su mamá desde todos los ángulos, en los espejos y hasta en los vidrios de las ventanas le buscaba los ojos, a ver si te acuerdas de que se viene mi santo, mami. Pero Susan, que era linda y que hasta el momento no conseguía que le vendieran una mesita de mimbre que fue de Bolívar, no estaba realmente obligada a recordar que mañana había que decirle *happy birthday* a Julius, acompañado de la Enciclopedia Británica forrada en gamuza, por ejemplo. A duras penas recordaba que en los Estados Unidos había uno rubio igualito a ella, Santiago, que pedía y pedía dólares en cartas que empezaban de amor maternal y terminaban de negocios, de amor a Juan Lucas. Más bien Juan Lucas, y por esas cosas raras de la vida, sí había recordado el santo de Julius (ayer, mientras lo afeitaban en la peluquería del hotel, hizo una mueca y el peluquero se disculpó creyendo haberlo lastimado), pero decidió taparse la boca, nada de estarle diciendo ¿y de quién es santo pasado mañana?, que cara para eso él no tenía, a ver si el chico se hace más machito y cambia la voz de una vez, además qué tanta huevada. Lo que no sabía Julius era que Arminda no vendría esa tarde y que Susan estaba en el Golf con Juan Lucas. Mucho menos sabía, esa ni se la olía, que se iba a topar con un primer amor en todo su apogeo al entrar en el corredor que llevaba a la *suite* y precisamente en su puerta.

Ellos no lo vieron, a pesar de que se besaban mirando hacia todas partes al mismo tiempo, con gran riesgo de quedarse bizcos por el esfuerzo o si los cogía un aire. Julius no supo qué hacer: había dado el primer paso del miedo y la vergüenza al retroceder y ocultarse detrás de la puerta que daba acceso al corredor. Ellos estaban unos diez metros más allá y seguían besándose. A quién se le ocurría, es verdad, pero tal vez Manolo y Cecilia creían que ese era el lugar más seguro, sobre todo desde que un jardinero los había cogido besándose entre los cipreses que rodeaban una de las piscinas; además era casi casa de citas eso de besarse y al mismo tiempo saber que medio barrio Marconi está oculto entre los otros cipreses, Enrique entre esos dos porque sale humo, fuma hasta cuando besa, cuenta que se pasan el humo de boca a boca, ya burdeleó, ¡bah!... Se escapaban, avanzaban como todos hacia los cipreses pero se escapaban y, ocultándose de los mozos, de los *maîtres* y sobre todo del señor ese que debe ser el gerente, subían por una escalera que descubrieron una tarde y llegaba a un largo corredor, bastante oscuro y sobre todo muy silencioso, donde ellos, sabe Dios por qué, creían que no había un alma. Y tal vez hasta habían perdido el miedo terrible pero hermoso de los primeros días, el tentador espanto que les provocaba la sola idea de separar sus labios crispados y encontrarse con el gerente o con una vieja beata y millonaria que vivía en el hotel y que no los hubiera comprendido. Pensaban hasta que alguien los podía abofetear, porque a los quince años se es un hombre y se fuma mucho, pero cuando aparece un gerente y uno está besando a Cecilia a escondidas como que se retrocede y no todo lo que dicen los del barrio es verdad, eso solo funciona cuando estamos todos. Lo cierto es que ellos gozaban ese primer amor a escondidas, se ocultaban siempre, y si nadie los hubiera perseguido, si nadie nunca los hubiera estorbado, ellos se habrían escondido de todas maneras para poder quererse más, porque solo el miedo los llevaba a hacerse promesas y a decirse cosas que realmente no eran necesarias pero que eran tan hermosas. El barrio Marconi allá abajo, entre los cipreses, y nosotros acá arriba, solos, sin tener que pegarle al gringo, entre el silencio de este corredor que es tan largo y con este miedo tan maravilloso a las cinco de la tarde... Ahí estaba Manolo besando a Cecilia que lo abrazaba chaposa, ahí estaba contando en segundos la duración de su beso caliente, apartando un instante la boca para respirar, ahogándose frente a los ojos de Cecilia que se abrían mojados, cargados de hondura y con lágrimas quietas, pozos negros donde Manolo quería ver más, estaba a punto de ver más porque se lanzaba a otro beso inexperto aún, cloc, sonaban sus dientes, hasta les dolían, pobres: retiraban la cara, con los ojos aún cerrados esperaban que se filtrara el nuevo, breve, frío desencanto... Pero se amaban todavía por encima de cualquier experiencia y, no bien volvían a abrir los ojos, se encontraban adorándose, regresaban de la triste sensación producida por el freno dental al amor, volvían a mirarse a gritos y se lanzaban, ya no a un beso para no fracasar tan rápido de nuevo, sino al abrazo asfixiante en que se van nervios y músculos hasta desaparecer en ese instante que siempre ya fue pero que insiste en empozar todo el amor a los quince años. Regresaban cansados, sin saber cuánto había durado, él mirando hacia el fondo del corredor que daba a los cipreses, ella hacia la puerta del corredor, y de pronto saltando hacia atrás y empujándolo. Julius se ocultó, pero ya lo habían visto, además escuchó que decía «un chiquito nos está espiando, Manolo». Julius estaba en la única puerta y ellos no sabían por dónde partir a la carrera, además Manolo recordó que debía ponerse macho y trompearse pero no era el gringo y cuando Cecilia repitió lo del chiquito que los estaba espiando, lo cogió la sensación de que ellos eran los niños y el chiquito un hombre grande. En ese instante fue que escucharon un silbido y apareció un mocoso medio orejón caminando muy campante, ropa de baño en mano y cara de que no había visto nunca nada. Pero a los cinco metros todo empezó a irse al diablo porque Julius no encontraba la llave, y eso que ya había metido la mano en el bolsillo en que estaba, y porque Manolo, convencido de que no había nadie a quien pegarle y de que el chiquito era un chiquito y no el gerente, se lanzó sobre Cecilia para besarla nuevamente y probarle que en ningún momento había tenido miedo. Cecilia, sorprendida y aún no muy estable en su segunda semana con tacos altos, perdió el equilibrio del susto y Manolo se fue en caldo sobre la puerta que Julius no lograba abrir porque la llave tampoco estaba, nunca había estado, en la ropa de baño. Ahora sí que los tres estaban aterrados, pero Cecilia, vivísima, sacó de un bolsillo de su falda la cajetilla de Chester que le traía de regalo a Manolo, y le dijo fuma, amor, para disimular, y a Julius se lo conquistó con una sonrisota: «¿Tú vives aquí, chiquito?». Julius le dijo que sí y ella empezó a atorarse de risa y Manolo a quererla matar porque ya había perdido el miedo y él en cambio aún no lograba abrir la cajetilla de cigarrillos, ¡cómo le temblaba la mano de mierda! Julius se iba por la segunda rueda en lo de buscar la llave, la encontró donde siempre había estado, mientras Cecilia, apoyada en la pared junto a la puerta de la *suite*, continuaba riéndose con una mano sobre la boca ante las miradas de Manolo y Julius. Seguía ahí graciosísima, más o menos de la edad que tendría Cinthia, riéndose sin parar, medio descuajeringada por el esfuerzo, con cara de colegiala que acaba de terminar una travesura o de ganar un partido de vóley, preciosa y con la nariz muy respingada. Julius abrió la puerta mirándola de reojo y escuchando la cólera de Manolo que la amenazaba con romper para siempre si no paraba de reírse. Cerró la puerta medio intranquilo porque ya no escuchaba la risa de la chica, a lo mejor rompieron como decía él... Felizmente otro día los volvió a ver en la piscina y ella volvió a reírse, mientras él encendía un cigarrillo tranquilísimo, por lo menos esa era la impresión que daba.

II

Llegó ese día en que la señora les anunció meses pagados de vacaciones hasta que el palacio nuevo estuviera listo. Imelda acababa de terminar sus estudios de corte y confección y se marchó como si nada, sin sentimiento, tan distinta a Nilda. La señora les anunció meses pagados de vacaciones y Celso y Daniel se entregaron a su felicidad, porque ahora podrían edificar. Edificar. Esa era la palabra que utilizaban y para qué ingenieros ni arquitectos, mi brazo. El diccionario debe dar tanto sobre la palabra edificar, la etimología, el latín y todo, pero para qué mierda cuando ellos ya se iban a edificar y te enseñaban los dientes al sonreír y tú ya andabas en plena asociación edificar *:* edificio *:* grande *:* departamentos *:* hoteles *:* suites y ellos seguían sonriéndote con una miga de pan pegada entre los dientes enormes y vacaciones largas pagadas, y se iban a edificar pues. Cuando mojaban el pan en el café con leche sobre la mesa de la repostería, la asociación avanzaba y el color del café con leche te arrojaba de bruces contra la casucha de barro y lo de edificar perdía lo edificante y la cara de ellos mojando los panes ya qué diablos sería lo que te hacía pensar que el diccionario no da la pena, la caricatura de la palabra, lo chiquito de la palabra... Si los hubieras visto edificando en el sentido de miga de pan entre dientes en sonrisa, con las tazas ahí adelante, Celso y Daniel momentos antes de abandonar el viejo palacio para irse a ed... en el terrenito de la barriada.

Llegó ese día en que la señora les anunció meses pagados de vacaciones, y ella dejó de planchar y vino a la repostería para escuchar, pero no hizo ningún comentario. La señora no estaba obligada a preguntarle adónde se iría mientras tanto, porque era la señora, y ellos tampoco le preguntaron porque ya habían empezado a edificar ahí, sobre la mesa de la cocina, y por eso nunca sabrán. Qué tal miedo el que sintió al pensar que se quedaba en la calle, pero continuó muda y tampoco hizo gesto alguno cuando la iluminó la idea de su comadre en La Florida, que podría alojarla durante todo ese tiempo. La señora se marchó y nadie le preguntó. Ella regresó muda al cuarto de planchar, continuó su diaria tarea y nuevamente las mechas color azabache le ocultaron media cara, y fue otra vez la bruja esa que plancha tan bien mis camisas de que hablaba Juan Lucas. Y como el mismo Juan Lucas había liquidado el asunto Nilda, no había quién los uniera en la cocina para considerar la situación, no había quién los representara, ni siquiera quién le preguntara adónde pensaba irse. Ya la vieja Arminda estaba nuevamente haciendo maravillas con las camisas de seda del señor, nuevamente convertida en su resumen, en la mujer que plancha con el rostro oculto entre mechas largas y negras y nada más. Si siquiera hubiera estado Nilda le habría preguntado y ella, sudando, habría mencionado las palabras Florida y comadre, entre otras que no sonaban casi pero que Nilda habría entendido. Nilda ya no está, ahora, y ella seguirá dedicada a las camisas del señor, envejeciendo muerta de calor frente a la tabla de planchar y, como es lógico y posible en las casas en que son tantas las habitaciones y tantas veces nadie se entera de lo que pasa en el cuarto de planchar, ni de que ya tiene más de sesenta años y a veces le duele tanto el pecho aquí al lado izquierdo. ¡No, Dios mío!, ¡no, Dios mío, por favor!, necesitaba tanto descansar para irse mañana a La Florida.

¡Jesús! ¡Qué cosas las que piensa una cuando se siente mal! Pero temía tanto, siempre temo, aunque ahora ya no me duele, hace días que no me duele mucho, pero ese día el miedo y las camisas del señor que no se acababan nunca y Nilda que ya no estaba, ya no está, y yo me iba a terminar sobre la tabla de planchar sin haberla vuelto a ver, nunca volvió y el maldito heladero... no, no, ya ni rencor se guarda cuando duele y tienes miedo, ya ni rencor se guarda, pero Nilda no estaba, su cólera los hubiera regresado junto a la cama en que yo moría, desde la sierra los hubiera traído, pero no, eso tampoco, porque Nilda ya no está, y si no van a cocinar en casa nueva, ¿nosotros de dónde vamos a comer?, ¿también de ese hotel? Y si sucedía antes de partir porque me dolía tanto aquí a la izquierda en el pecho sin que nadie supiera lo de mi comadre en La Florida y sin Nilda ahí para averiguar, porque ellos no me preguntaron dónde vivo en La Florida en casa de mi comadre, Nilda se encargaría de que vinieran Celso, Daniel, Carlos, Anatolio, todos, Nilda iba a hablar de servir el café y todos iban a llorar, pero Nilda ya no estaba y ellos no me habían preguntado y si sucedía en la casa nueva, ni siquiera poder imaginarse la puerta lateral por donde iba a salir todo negro, lento, silencioso, igual a Bertha, y el señor Juan Lucas arreglando con un cheque como con Nilda y yo desapareciendo por la puerta lateral como Bertha; la niña Cinthia murió la pobrecita, quién iba a venir para enterrar la caja con el peine y la escobilla, la plancha eléctrica, ¡no, Dios mío!, ¡no, Dios mío, por favor! Gracias a Dios le dejó de doler ese día y pudo terminar con las camisas y descansar hasta el día siguiente para venirse a La Florida, ¡Jesús!, ¡las cosas que una piensa cuando se siente mal!... Aunque, fíjate, tal vez una de estas tardes, una de estas noches, la señora no tenga que salir, no necesite a Carlos, tal vez el niño Julius esté aburrido y a la señora se le ocurra que puede dar una vuelta, tal vez me note cansada, tal vez se dé cuenta de que el atado de ropa es muy grande, tal vez proponga al niño Julius que me acompañe con Carlos hasta La Florida y ellos se enteren de que vivo aquí.

«Es santo del niño Julius», le dijo Arminda a su comadre Guadalupe, que había cocinado todo el día mirándola planchar. A veces lograban comunicarse las dos viejas; por ejemplo, ya Guadalupe había entendido que Arminda solo se quedaría unos meses y que luego volvería para seguir trabajando donde una familia que se iba a mudar a una casa nueva. Era medio sorda Guadalupe y salía tempranito a misa y a comprar para cocinarles a sus hijos, ingratos que solo vienen por la comida y que tienen sus mujeres en otra parte. Era medio sorda y Arminda ya se sentía mejorcito pero guardaba su mejor aliento para las camisas del señor. Serían las cinco de la tarde cuando terminó con la última de la serie semanal y empezó a hacer el paquete blanco, para llevarlo a la familia con la que trabajaba. Debió haber sido ayer, algo así captó Guadalupe al pensar que era viernes y que ayer fue jueves. «Es santo del niño Julius», le había dicho Arminda a su comadre, mirándola cocinar. «Usted sabe ir los jueves», dijo Guadalupe, unos diez minutos después, pensando que hoy era viernes y que terminaba la novena. «Es santo del niño Julius», le iba a decir Arminda, pero guardaba su mejor aliento para las camisas y la comadre empezó a remover algo en la olla y el paquete ya estaba listo y una gallina pasó corriendo.

Minutos más tarde Arminda subía a un ómnibus viejísimo y allí empezaba su lucha para que no le aplastaran el paquete con las camisas. Nunca había un asiento libre y su larga cabellera negra no inspiraba el respeto o la compasión de unas canas, y aunque ella era vieja y le dolía siempre un poco el pecho al lado izquierdo, era difícil que alguien se pusiera de pie y le cediera su lugar porque no era canosa. Hoy venía cuidando la cartera también, en ella llevaba el paquetito que le había comprado ayer al niño Julius: «Mi comadre debe pensar que me olvidé de llevar las camisas ayer, se quedó mirándome cuando regresé tan rápido pero es que solo salí para comprarle un regalito al niño Julius». En las curvas Arminda se prendía de un asiento para no irse de espaldas, en esos momentos protegía de cualquier forma el paquete, pero en las rectas ambas manos, ambos brazos, todo el cuerpo y la mente protegían las camisas del señor, no había dejado que se las lavaran ni en el hotel, solo ella se las sabía lavar, no era orgullo pero sí lo único que le quedaba en la vida, otra vez pensando en la muerte, pueden ser gases, Nilda habría explicado... Ese ómnibus la llevaría hasta el Ministerio de Hacienda; allí tomaría el Descalzos-San Isidro y ya no bajaría hasta el cruce de Javier Prado y Pershing; desde allí caminaría, ya eso era más fácil, hasta el Country Club. Por ahora la cosa era muy dura y la pobre Arminda tenía que luchar para mantener las camisas como le gustaban al señor. Cada vez le era más difícil salvar su paquete y todavía la gente que la miraba como diciéndole que se metiera en un taxi si quería viajar con tremendo bulto. Hoy iba más tarde que otras veces y es que quería ver al niño Julius y por eso había esperado que atardeciera para llegar cuando él hubiera terminado de bañarse en la piscina. Un hombre le cedió el asiento finalmente, pero ella tenía que bajarse y solo pudo agradecerle con la mueca que era su sonrisa, cuánto hubiera dado por sentarse unos minutos. Alzando como pudo su paquete por encima de las cabezas de los pasajeros que iban de pie, logró llegar hasta la puerta, y bajar cuando el ómnibus volvía a ponerse en marcha. Allá al frente estaba el ministerio. Arminda miró como siempre las ventanas superiores desde donde, Nilda leía a cada rato en el periódico, se arrojaban los suicidas y sintió de pronto una inmensa fatiga. Quería sentarse, pero era mejor cruzar y ubicarse en el paradero del Descalzos-San Isidro, siempre demoraban los ómnibus pero tal vez hoy tendría suerte y fíjate, corre, cruza porque ahí viene uno. Las mentadas de madre de unos muchachos al ómnibus que pasó repleto, a su chofer, a los pasajeros y a la humanidad entera, la hicieron sentir que hoy tampoco tenía suerte. Se quedó ahí, parada, toda de negro y la melena azabache, mirando la ciudad y sintiendo que la ciudad era mala porque no tenía bancas y ella necesitaba sentarse. Cómo era la ciudad, ¿no?, tan llena de edificios enormes, altísimos, desde donde la gente se suicidaba, amarillos, sucios, más altos, más bajos, más modernos, casas viejas y luego puro asfalto de las pistas de la avenida Abancay, tan ancha, de las veredas puro cemento, y sin bancas y ella necesitaba tanto sentarse, un ministerio tan grande y ninguna banca, y los pies cómo le dolían, donde mi comadre el piso es de tierra tan húmeda que me duelen los riñones, puro cemento y de nuevo ninguna banca, cómo es la ciudad, ¿no?, cómo será pues, la gente camina, no descansa nunca, faltaban bancas y ella no tardaba en caerse sentada, tal vez podría dejar el paquete sobre el motor de un auto estacionado, recostarse un poquito sobre un guardabarros. Pero ahí venía otro Descalzos-San Isidro y ella se adelantó para ver si paraba. Tampoco. Tal vez podría sentarse en el suelo con el paquete sobre las piernas estiradas, pero más allá ese mendigo tirado en el suelo y la gente que pasaba y ella quería tanto sentarse y de nuevo no había ni una sola banca, qué locos son los Descalzos-San Isidro, a veces vienen dos seguiditos, uno lleno que no para y otro, vacío.

Arminda vio una cabecita medio canosa de pelos rizados, una zambita, y a su lado, el asiento libre; se dejó caer cerrando los ojos hasta que pasara ese momento en que la presión debió habérsele ido a cero. Cuando los abrió, el cobrador estaba a su lado con el boleto y ella le entregó las monedas que sacó del fondo de su cartera, envueltas en un pañuelo. Cerró nuevamente los ojos para darse cuenta de que el paquete reposaba protegido sobre sus muslos y de que había tenido suerte y que también el paquetito para el niño Julius continuaba bien seguro en su cartera. Otra vez se sentía mejorcita, empezaba a pensar que podía seguir planchando, cuando en eso escuchó una vocecita a su lado, una especie de pitito, y volvió a abrir los ojos para mirar bien a la viejita morena que estaba junto a ella. Efectivamente cantaba, pero eso no era lo más raro, además tenía cara de bebé y se sonreía cojudísima mientras cantaba y tenía el vientre hinchado como si estuviera embarazada. Al ver que Arminda la miraba como quien se despierta y se encuentra con Caperucita Roja al pie de su cama, le dijo que era un pajarito y le sonrió ya directamente a su amiguita, después empezó a desternillarse de risa, feliz se puso el pajarito, y en efecto trinaba y todo el ómnibus tenía que ver con ella y ella ya no podía más de felicidad, hasta se paraba por momentos para trinarles a todos los pasajeros, que eran unos niñitos bien buenos. Gracias a Dios que de vez en cuando se le ocurría mirar por la ventana y veía un árbol o un arbusto; gracias a Dios porque en esos momentos se olvidaba de Arminda y como que se iba a las nubes y hasta dejaba de trinar unos minutos. Pero volvía a la carga en cuanto el árbol o su imagen desaparecían de su mente y empezaba a cantar canciones para niños probablemente improvisadas y a cogerse el vientre y, de repente, también el paquete con las camisas que Arminda tanto protegía, sabía Dios en qué estaba pensando Pajarito. En todo caso, mientras el asunto no pasara de caricias, ella la dejaría, porque a lo mejor si le daban la contra era capaz de convertirse en águila, vaya usted a saber, pensaba la pobre Arminda y de rato en rato hasta le hacía la mueca que era su sonrisa, como diciéndole que la vida no era tan rosada como ella creía, que más tenía color de hormiga que de arbolito o de angelito o de niñito bueno, en fin, que de todas esas palabras que la zambita iba pronunciando mientras acariciaba cada vez con mayor insistencia las camisas del señor. El ómnibus se detuvo en un semáforo y Pajarito volteó a mirar por la ventana, esta vez vio a otro de sus seres queridos, un policía, grandazo el cholo y medio buenmozón. Ahí sí que se puso de pie para alcanzar bien la ventana, era chiquitita Pajarito y quería que el policía la escuchara muy, muy bien. El ómnibus entero tuvo que ver en el asunto porque lo que Pajarito estaba haciendo era y no era falta a la autoridad, y el policía no sabía cómo proceder, por momentos como que se iba a amargar, por momentos como que se iba a reír, pero los pasajeros se estaban burlando, en todo caso él nunca se movería de ahí para que nadie fuera a pensar que cedía terreno ante la ofensiva de una loca. Pero entre lo de la autoridad, la luz que seguía roja y la gente que se cagaba de risa, el pobre no pudo más y desvió la mirada, vio un automóvil que tal vez había cruzado cuando la luz ya estaba en ámbar, lo cierto es que ahora estaba en ámbar, y él, furioso y salvándose, tocó pito, pistola en su funda y palo, y se lanzó en busca de una multa que le devolviera su autoridad. Mala suerte: la luz cambió a verde, el ómnibus se puso en marcha y él tuvo que hacer esfuerzos sobrehumanos para no írsele de cara encima, momento que aprovechó muy bien Pajarito para cantarle en las narices a su ser querido: «Adiós, niñito; adiós, niñito», le iba diciendo al pasar, pero un pito loco ocultaba su canción de amor a la infancia.

El éxito obtenido tuvo el efecto de varios caramelos para Pajarito; largo rato se quedó saboreando sonriente la dulce imagen del policía que jugaba al pito con ella, olvidando momentáneamente al otro niñito, el que Arminda traía en su blanco vientre. Lo malo es que a medida que el ómnibus se iba acercando a San Isidro, la cosa se iba poniendo cada vez más bonita, había más y más árboles, y las casas embellecían gradualmente hasta convertirse en palacios y castillos. Ya por Javier Prado todo se fue llenando de flores, enredaderas y árboles que bordeaban la pista, y Pajarito como que despertó en su rama y se arrancó, *cual ave precursora de primavera*, en un trinar padre. Se asomaba tanto, que por momentos Arminda temía que saliera volando por la ventana del ómnibus y hasta empezó a sentirse en la obligación de cuidarla y de estar atenta a todos sus movimientos. No paraba de trinar la zambita, y en los paraderos, cuando el ómnibus se detenía, recibía a los pasajeros con una bondad tipo San Francisco de Asís y los dejaba espantados porque después de todo andamos en pleno siglo XX y las guerras de liberación... De pronto vino el cobrador y le pegó su grito para que no se asomara, la sentó en su sitio del susto y le cerró la ventana con amenazas. Pajarito arrancó a llorar muerta de risa, ahí fue cuando se acordó del otro niñito y mano con el paquete de camisas nuevamente, hasta lo quería besar y Arminda temía que se lo manchara, ya le iba a llamar la atención a Pajarito, cuando en eso el ómnibus se detuvo y subió un rubio, con algo de húngaro tal vez, recio el tipo, pelo ordinario, madre peruana probablemente, entre futbolista de tercera y ayudante de mecánico, hombre del pueblo en todo caso, pero lo de rubio... algo entre cholo de Europa, serrano blanco y cholo decente, en todo caso el niñito Dios o el presidente de la República para Pajarito porque le pegó su empellón a Arminda y se fue derechito a colmarlo de trinos y de cariños. Se había quedado parado en medio del ómnibus el pobre y seguía tratando de hacerle creer a todo el mundo que todavía no se había dado cuenta, le había dado la espalda a Pajarito y se hacía el que no sentía su mano tocándole la cabeza, mentira porque bien nervioso que estaba y la gente empezó a reírse nuevamente como con el policía y el otro ya no sabía qué cara poner, porque ahora Pajarito metía la cabecita entre su estómago y el asiento en que estaba apoyado y se le aparecía por allá abajo con una sonrisita para su amiguito, el más lindo, el más digno de todas sus caricias. Hasta el chofer por el espejo retrovisor se estaba cagando de risa, casi se sigue de largo por escuchar las canciones de cuna de Pajarito, pero Arminda apareció de repente a su lado, le clavó los ojos de pena, los que no se habían reído en todo el trayecto y no solo le hizo saber que aquel era su paradero, sino que además le hizo sentir que él era el capitán del barco y que estaba en la obligación de poner orden entre los pasajeros y que Pajarito era la miseria humana, vaya usted a saber. Oscurecía ya cuando Carlos, al volante del Mercedes, desembocó en la avenida que conducía desde Javier Prado hasta el Country Club y la vio venir. «Ya llega la Doña», se dijo, y detuvo el automóvil para que ella subiera y evitarle ese último trecho que tenía que caminar. Arminda avanzó muda hasta el Mercedes y él le abrió la puerta, sin bajarse como hubiera hecho con la señora, pero diciéndole burlón cosas que hubiera podido decirle a la señora. Arminda cerró mal la puerta dos veces y él tuvo que ayudarla, previa miradita filuda que ella ni siquiera trató de interpretar. Le preguntó por su salud y ella murmuró que estaba mejorcita. ¿Mejorcita de qué?, porque Carlos ni sospechaba que la Doña había estado pensando en la muerte, el velorio, el entierro y todas esas palabras con sabor a mármol, durante los últimos días. Arminda se había dejado tragar por el acolchado asiento del Mercedes, aprovechando el par de minutos que duró el trayecto para descansar con los ojos cerrados, tal vez a punta de ver solo negro lograría olvidar que el paquete que reposaba a su lado, sobre el asiento, eran las camisas del señor y no el niñito lindo de Pajarito que, en el fondo, era la única feliz.

Y eso porque al menos por ahora los botones tampoco eran felices: Carlos, con el bigotito y la pendejada característicos, detuvo el automóvil frente a la entrada principal del hotel y tres de los verdes se abalanzaron educadísimos sobre la puerta del Mercedes creyendo que era la señora con las propinas de fin de mes. Se apuntó un poroto en su diario y criollo duelo verbal con el personal del hotel, los cojudeó a los tres; sentado al volante se reía a carcajadas contenidas al ver que los botones recibían el paquete con las camisas y, desconcertados, miraban bajar a la mujer pobre que estaban sirviendo.

La noche anterior ellos habían regresado a las mil y quinientas y, como siempre en esos casos, Julius había comido solo en la *suite* y luego había esperado un rato más, hasta que por fin lo venció el sueño sin que mami sepa que mañana es mi santo. Por eso primero casi se muere del susto y después, al darse cuenta de lo que se trataba, casi se muere de felicidad porque era mami que se había metido a la cama para despertarme. Mami en bata lo aplastaba, lo asfixiaba a punta de besos y de hablar de regalos que le iba a comprar esa tarde misma. Le pedía una lista, urgentemente se la pedía, quería llenarlo de regalos, no solo de besos y amor, quería hacerlo feliz inmediatamente, quería que sepas que te adoro. Hubiera querido ser recordada para siempre en ese momento: ágil, feliz, despeinada, mami, atravesándolo de amor maternal, rociándolo, impregnándolo para que también la sensación durara mucho tiempo, como a Santiago cuando le enviaban dinero a los Estados Unidos, diciéndole tiene que durarte un buen rato. Susan estaba tendida boca abajo, a lo ancho de la cama; su cabeza sobresalía colgando por el otro costado y sus cabellos rubios caían sobre la alfombra, mientras su mano derecha, en un disforzado esfuerzo, *mami is getting old*, darling, lograba apretar el timbre junto a la mesa de noche, llamando al mozo que les traería el desayuno para querernos los tres alrededor de la mesita. Ya Juan Lucas tarareaba varonil, afeitándose en el baño, y ella empezaba a sentir nuevamente, un día más, la existencia de ese otro gran amor, el que ella seguía con los ojos ocultos bajo enormes gafas de sol, por inmensos campos de golf, por el mundo entero. La sangre se le había venido a la cabeza y Julius la ayudó a incorporarse coloradísima y a echarse de espaldas a su lado. Susan colocó ambas manos bajo la nuca, se desperezó culebreando el tronco, bostezó por última vez en la mañana y jugó a quedarse dormida junto a Julius, pero era que Juan Lucas, allá en el baño, ya no solo tarareaba, cantaba ahora bajo el chorro del duchazo matinal y ella lo estaba escuchando.

Tres cuartos de hora más tarde, el desayuno de los tres alrededor de la mesita, y con amor, era esas toronjas a medio terminar en sus platitos, las tazas vacías y chorreadas de café con leche, las tostadas con mantequilla que sobraron, grasosas ya, y la mermelada esperando su mosca, aunque, tratándose de una *suite* del Country Club, era muy probable que la mosca nunca llegara; era Juan Lucas impecablemente vestido de hilo blanco anunciando reunión muy importante con otros pesqueros y el ministro de Hacienda, anunciando que pasaría hacia el mediodía para recogerlos y llevarlos a almorzar al Golf; era Susan gritándole desde la ducha que no lo oía; era Julius pensando que al diablo con su lista de regalos porque pasarían la tarde en el Golf; y era Julius hundido en un sofá, envuelto en una bata finísima pero definitivamente enorme, siguiendo con los ojos a Juan Lucas que, de encima de una cómoda, iba recogiendo llavero de oro, cigarrera de oro, encendedor de oro, lapiceros de oro, billetera con iniciales de oro, chequera también de oro, si se quiere, en fin, el sueño dorado de un carterista, lo malo es que él nunca iba por donde ellos estaban o, como es lógico, viceversa. «¿Tiene usted un terno elegante, jovencito?». Julius le iba a responder, pero como de costumbre él se le adelantó: «Esta noche lo vamos a llevar a comer al Aquarium, jovencito; ¿no quiere usted celebrar su santo?». Julius pensó en algunos compañeros de colegio y en los de la piscina, pero también en los primitos Lastarria, esas mierdas, y en las cosas que a Susan podrían ocurrírsele si en ese momento acababa de tomar una Coca-Cola, por ejemplo; mejor no pensar en nada ahora, además ya Juan Lucas decía ¡Adiós con todos! y abandonaba la *suite* millonario, dejando a Susan y a Julius millonarios y con toda la mañana de verano encima, hasta que volviera al mediodía y los llevara al Golf.

Allá todo fue como siempre: Juan Lucas jugó casi toda la tarde, Susan un rato y después se limitó a acompañarlo con otras amigas, mientras Julius se bañaba en la piscina sin lograr entablar conversación con otros niños porque hacía tiempo que no venía y no conocía a nadie. A eso de las seis, Juan Lucas fue a cambiarse, a pegarse un duchazo y se tomó un par de copas en el bar, un poco apurados porque esa noche tenían un cóctel y más tarde tenemos que llevar al chico a comer. Susan, feliz, envió a un mozo a decirle a Julius que estuviera listo y que se reuniera con ellos en el bar porque quería darle una sorpresa. «Darling, rápido, al automóvil, le dijo cuando Julius apareció, tenemos que ir a un cóctel pero después te vamos a llevar a comer al Aquarium». Ella encantada de poder darle la sorpresota, y es que desde la ducha no había podido escuchar lo que Juan Lucas dijo antes de partir, esa mañana.

En cambio esta vez sí escuchó los tres golpecitos tímidos en la puerta de la *suite*. Hacía solo unos minutos que habían regresado del Golf y estaban tomando una copita de jerez, antes de cambiarse para lo del cóctel. «¿Quién podrá ser?», pensaba Susan, muerta de flojera de ponerse de pie. Julius había bajado un rato pero él abría la puerta sin necesidad de tocar. Nuevamente golpecitos. Juan Lucas se paró y fue a abrir para salir de una vez del asunto.

—¡Hola, mujer! —dijo, con el tono adecuado para la situación—; ¿viene usted trayéndome mis camisas? Pase, pase... A ver, Susan, encárgate.

Arminda dio tres pasos tímidos y ya estaba en la *suite*, absurda. Susan notó que empezaba a oscurecer lastimosamente, cosa que podía deprimirla, y corrió a cerrar todas las cortinas, para acercar la noche y con ella el cóctel. Encendió luego una lámpara de pie, en un rincón, y otra sobre la mesa, al lado derecho del sofá, logrando un ambiente perfecto para el jerez, realmente las copitas se lucían iluminadas marroncito sobre el azafate de plata. Arminda continuaba parada, tres pasos adentro y de pronto también sucia y había murmurado algo. Pero Juan Lucas ya no estaba allí y para Susan aún no había logrado entrar, para Susan todo andaba un poco en el subconsciente y otro poco por ahí atrás, hasta que bebió una pizca de jerez, dejó nuevamente la copita sobre la mesa y ahora sí ya no tardaba en ver a Arminda, en ocuparse de ella, por alguna parte debe haber dinero, hay que cogerlo, entregárselo, pagarle y quedarse con el paquete de camisas, Arminda ya, ahora sí: «*Darling, can you give me some money, please?*». Juan Lucas, sentado e improvisando una profunda lectura de *Time*, extrajo la billetera y alargó el brazo hacia Susan, sin mirar porque el artículo se ponía cada vez más interesante. Susan cogió la billetera, la abrió y sacó cualquier billete, mientras avanzaba hacia donde Arminda seguía parada, paquetote en brazos y muy acabada. «¿Es suficiente?», le preguntó, muerta de miedo y linda. Arminda fabricó la mueca que era su sonrisa y le dijo a la señora que no tenía vuelto para ese billete, ya iba a decir que la semana próxima le pagarían, pero Susan, que continuaba recordando a sus pobres del hipódromo y enviándoles cosas, no pudo más de bondad: había que ver lo linda y sajona que se puso cuando tomó el paquete de entre las manos de Arminda, lo dejó sobre una silla y le hizo entrega del billete con su vuelto, y la otra avergonzadísima y le olía el sobaco. Así hasta que el asunto empezó a parecerse demasiado a viaje de reina a sus colonias y ya no les quedaba nada por decirse y la copita de jerez esperaba iluminadita, tengo que cambiarme para el cóctel, pero Arminda quería ver también al niño Julius y preguntó por él. «Debe estar en la piscina», le dijo Susan, pensando que Julius no podía estar en la piscina porque hacía más de una hora que la habían cerrado. Enseguida avanzó hasta la copita de jerez y bebió nuevamente una pizca, a ver si de ahí surgía algo porque la mujer continuaba en la *suite* y qué se iban a hacer con ella, a lo mejor Julius se demoraba horas en venir. ¿Se conversa o no se conversa?, parecía pensar la pobre Susan, porque la presencia de Arminda como que iba creciendo y ni avanzaba ni retrocedía ni se marchaba ni nada y el jerez ya no tardaba en terminarse y ella tampoco ni se sentaba ni se iba a cambiar y Juan Lucas era capaz de pedirle unos anteojos que no tenía, tan interesado seguía en su *Time*, ya solo faltaba que la revista estuviera al revés para que la *suite* estalle, con todo lo que ha costado construirla y decorarla, como en las superproducciones cinematográficas norteamericanas. Alguien venía a salvarlos porque tocaban la puerta y tenía que ser alguien que llegaba a salvarlos; así se sentía Susan cuando corrió a abrir y se cruzó con Arminda mirando sin ver y viendo sin mirar, le sonrió pero el mechón se le había caído y le tapaba la boca y Arminda no vio, solo notó que la señora se apresuraba a abrir: era el botones que se encargaba de lustrar las maletas del señor. Venía cargadito de maletas y muy sonriente por lo de las propinotas. Cuando Susan le dijo pase, casi le ruega que pase, el de verde avanzó feliz, pensando que a lo mejor la señora le entraba al cuento, pero se topó con la otra mujer, como fuera de temporada, y más atrás el señor leyendo. Dejó, pues, de hacerse locas ilusiones, ya ni se atrevió a mirar como diciendo ¿y a esta quién la invitó?, además esta le obstruía el camino y no tuvo más remedio que descargar su equipaje y marcharse, dejando a la pobre Arminda prácticamente convertida en isla, islote más bien, rodeada por todos lados de maletas. Desapareció el botones y Susan regresó para terminarse la copita de jerez y a ver qué pasaba ahora, le daba tantos nervios ver a Juan Lucas enterrado en su revista y sin leer. Esa nadita de jerez le dio la solución: linda, dejó la copita sobre la mesa, se sentó en el sofá y, nerviosísima, le regaló a Arminda la mejor de sus sonrisas. Arminda dio un paso atrás y le contestó con la mueca que era su sonrisa, con lo cual el asunto volvió a cero y todo empezó nuevamente, solo que esta vez con una ligera variante: Juan Lucas escuchó una voz que decía algo de Julius y de un regalito y, al levantar la cara para mirar de reojo, se encontró con Arminda convertida en viajera recién llegada, miró de frente, convertida en un mendigo que se ha sacado la lotería, que aún no tuvo tiempo para comprarse un traje nuevo, pero que ya llega a instalarse en un hotelazo, con unas increíbles maletas de cuero de chancho. Susan, por su parte, continuaba mirando a Arminda y buscando la solución, la encontró por fin: encender un cigarrillo. Cogió el paquete que había sobre la mesa, delante de ella, extrajo uno, lo encendió, primera pitada, exhaló el humo, miró a Arminda y nuevamente el asunto volvía a cero, pero esta vez se anticipó arrojándose sobre el timbre.

—Voy a llamar a alguien para que busque a Julius —dijo—. Nosotros tenemos que cambiarnos para salir.

No fue necesario porque en ese instante Julius abrió la puerta y apareció descubriendo de entrada que en la media luz de la *suite* todo andaba un poco raro, entre tristísimo y absurdo. «Hola, Arminda», dijo, tropezándose con una de las maletas. Juan Lucas aprovechó la ocasión para dejar la revista a un lado y ponerse de pie diciendo: «De vez en cuando se escriben cosas buenas». Susan lo miró, creyéndole, y se puso también de pie. Se marchaban los dos, cuando de pronto Arminda, cambiando por completo de personalidad, empezó a abrirse paso entre las maletas y a avanzar, diciéndole a Julius que ya tenía nueve años y que este año iba a estar entre los más grandes en el Inmaculado Corazón. «Le he traído un regalito al niño», anunció, interrumpiendo la fuga de los señores. Abrió su cartera negra y extrajo el regalito para Julius. Juan Lucas encendió un cigarrillo para hacer algo menos que callarse la boca y se dispuso a presenciar la escena millonario e incomodísimo. La primera pitada lo convenció de que Arminda no importaba y la segunda de que Julius era un imbécil nato. Más bien Susan, interesadísima y trasladándose una vez más al hipódromo, seguía la apertura del paquete con un delicioso y falso entusiasmo. Lo que no era muy seguro es que pudiera mantenerlo, porque el paquetito la verdad es que iba perdiendo lo de te traigo un regalito y se iba convirtiendo en lo que era: el regalo de una mujer pobre a un niño millonario, y en pena...

...En la pena que tú nunca olvidarás, Julius. Porque cuando se es así, cuando el día de tu santo o el de Año Nuevo o el de Navidad o cualquier otro día en que haya que querer y ser querido, cuando un día como hoy te entristece hasta regresar del Golf e irte a pasear por la piscina ya vacía y oscura, cuando se es así, cuando toda esperada alegría lleva su otra cara de pena inmensa, peor aun, de amenaza constante e indefinida de pena inmensa, de pena que tiene que llegar en algún momento, cuando tú has visto en la piscina vacía de gente, vacía de las niñas que te recordaban a Cinthia, vacía de Bertha que la estaba escarmenando, vacía de Celso y de Daniel, que no han venido a verte en todo el verano, que solos se están construyendo esas casas que tú no logras imaginarte, vacía de ese muchacho que encontraste besando a su chica, cuando por fin hay una tarde, una noche ya casi en que los del barrio Marconi no le van a pegar a nadie, pero es que no estaban, cuando en el fondo del agua que tanto frío te daba mirabas las piedras, los cuchillos de Tarzán reposando y eran tristes ahí, inmóviles bajo el agua cristalina, azul pena, cuando la piscina estaba vacía de tus amigos de este verano y era extraño cómo siempre la soledad y el frío te daban ganas de ir al baño y sentías tu cuerpo, te sentías tú, te daban esos momentos tan raros y pensabas que en la *suite* se estaría mejor pero te quedabas, te ibas quedando y veías allá lejos, sobre el mostrador, en el bar, las butifarras de otro momento como esta mañana cuando ella vino y te dio los minutos de felicidad que amenazan siempre con pena más tarde, en cualquier momento, en cualquier momento, Julius, y puede ser ahora, ahora en que por ser tu santo aparece Vilma sentada en una banca y tú la miras y no hay absolutamente nadie, absolutamente nada, solo la amenaza de la pena y que ya es tu tristeza y que no sabes por qué no tarda en ser peor aunque siga sin pasar nada, aunque ahora sea Nilda la que habla a gritos al borde de la piscina y la gente la mira y es horrible hasta la vergüenza, hasta tu vergüenza, cuando sientes más de ese frío y la necesidad de ir al baño es mayor y te entretienes con ella hasta recordar que ayer no vino Arminda, que puede venir hoy porque es tu santo, y te ves salir de la carroza porque llega Cinthia del colegio y te sigues quedando Julius, y sabes que tu vida estará llena de esos momentos, de esa amenaza de pena que ya es tristeza y que te recordará siempre, cuando las bancas que rodean la piscina se convierten en huecos que se tragan a la gente y oscurecen verdes, cuando los botones rodean a Juan Lucas que esta noche te va a llevar al Aquarium, cuando el momento es definitivamente la pena que tú nunca olvidarás, Julius, entonces, dejas toda la amenaza en la piscina vacía de seres queridos o impresionantes y regresas a la *suite* y entras y saludas y te tropiezas con una extraña, triste atmósfera, han encendido las luces, las lámparas esas que dan la media luz, han colocado, sabe Dios cómo, las maletas de Juan Lucas casi rodeando a Arminda, qué triste está la *suite* al abrir y ver la espalda de Arminda, qué apariencia tan rara va adquiriendo todo mientras avanzas con Arminda hacia la mesa frente a la cual están parados ella y él siguiendo, hartos, una escena que no debió ser triste, que sucedió para que escucharas esas palabras tipo Nilda, de mi voluntad, de mi voluntad, niño, y ella terminaba de abrirte el paquete y hubo el momento en que somos mudos y sentimos como un vértigo negro y el momento en que ellos agradecieron para marcharse, de mi voluntad, Julius, esas son tus palabras y otros nunca conocerán tu significado para esas palabras en una *suite* del Country Club, un día de tu santo, y la media luz de las lámparas, como empujada por la pena oscura que se iba amontonando en los rincones y crecía hacia ustedes, crecía cuando escuchaste el traje de Susan descender de seda por su piel, allá en el baño, mientras Arminda te entregaba el regalo y tú no sabías qué decirle porque era un par de medias amarillas a cuadritos y nunca podrías usarlas por horribles, cuando cogiste de su mano el pomo con el agua azul, perfume seguro para Arminda por el color y por el frasco, que fue cuando la voz de mierda de Juan Lucas, allá en el baño, pronunció la frase estoque, dijo se ha anticipado, y las letras que tú no querías que te dijeran nada, te habías defendido hasta ese instante, las letras fueron palabras y tuvieron sentido para ti, de mi voluntad, niño, de mi voluntad, niño, de mi voluntad, niño, de mi voluntad, niño, las palabras fueron de mi voluntad niño de mi voluntad niño de mi voluntad niño de mi voluntad niño, la etiqueta pegada al pomo, de mi voluntad niño de mi voluntad niño de mi voluntad niño de mi voluntad niño de mi voluntad niño, «LOCIÓN PARA DESPUÉS DE AFEITARSE», de mi voluntad niño de mi voluntad niño... «Se ha anticipado en varios años», dijo Juan Lucas. «*Poor thing*!, tal vez Carlos podría...», empezaba a decir Susan, pero mejor era salir y decírselo a ellos mismos:

—Darling, no vamos a usar el Mercedes... Arminda debe estar cansada, ¿por qué no la acompañas hasta su casa con Carlos?

A Carlos no le gustó mucho la idea, pero en fin, por ser santo del niño... En cambio Julius había subido muy alborotado al Mercedes. Permanecer un rato más con Arminda lo entusiasmaba, tal vez conversando con ella y con Carlos lograría alejar un poco de su mente la escena del regalo; en todo caso el paseo iba a servir para matar el tiempo que hubiera tenido que pasar solo en la *suite*, esperando a que Susan y Juan Lucas regresaran del cóctel para llevarlo a comer al Aquarium. Sentado adelante, al lado de Carlos, seguía con gran atención el camino que llevaba desde San Isidro hasta La Florida. Arminda viajaba en el asiento posterior. Hacía ya algunos minutos que había enmudecido asaltada por el recuerdo de Pajarito. Desde que entraron a la avenida Javier Prado empezó a recordar el alboroto de la zambita, la desesperación que le habrían producido todos aquellos árboles y las dos hileras de arbustos bordeando el jardín que avanzaba como un listón verde, entre la doble pista de la avenida. Miró un instante a Julius y pensó que podría descargarle su historia, pero ya hacía varios minutos que ahí nadie abría la boca, hacía también varios años que ella no contaba una historia. Mejor continuar callada y aprovechar que era un viaje de reposo, por una vez en auto y no en un ómnibus repleto; mejor cerrar los ojos para no ver más a Pajarito y descansar. Apoyó la cabeza sobre el espaldar del asiento y trató de dormirse. Carlos había encendido la radio sin consultar, porque después de todo la que iba atrás era señora pero no la señora y, en lo que se refiere al niño, Carlos se cagaba olímpicamente en sus gustos musicales. Julius ni cuenta se dio de que habían encendido la radio; llevaba un buen rato dedicado a mirar cómo cambia Lima cuando se avanza desde San Isidro hacia La Florida. Con la oscuridad de la noche los contrastes dormían un poco, pero ello no le impedía observar todas las Limas que el Mercedes iba atravesando, la Lima de hoy, la de ayer, la que se fue, la que debió irse, la que ya es hora de que se vaya, en fin, Lima. Lo cierto es que, de día o de noche, las casas dejaron de ser palacios o castillos y de pronto ya no tenían esos jardines enormes, la cosa como que iba disminuyendo poco a poco. Había cada vez menos árboles y las casas se iban poniendo cada vez más feas, menos bonitas en todo caso, porque acababan de salir de tenemos los barrios residenciales más bonitos del mundo, pregúntale a cualquier extranjero que haya estado en Lima, y empezaban a verse los edificiotes esos cuadrados donde siempre lo que falla es la pintura de la fachada, esos con el clásico letrero «Se alquila» o «Se vende departamentos»; edificios tipo nos-mudamos-de-Chorrillos-del-viejo-caserón-de-barro-a-Lince; edificios menos grandes, con tienda, bar o restaurancito abajo, y arriba las medio pelos a montones o son ideas que uno se hace; casona vieja: pensión adaptada para el futbolista argentino recién contratado, medio gordo ya pero que fue bueno, pensión también para galán de radioteatro de la misma nacionalidad, que viene a ver qué pasa y para lo de la nostalgia de Buenos Aires, aunque a veces los de Lima sacan sus leyes y se habla un poco del artista nacional y todo eso, mi casa, tu casa, su casa, exentas de comentario por la costumbre de verlas y porque son nuestras; casa tipo Villa-Carmela-1925; quinta tipo familia-venida-a-menos; el Castillo Rospigliosi, mezcla de la cagada y ¡viva el Perú!; chalecito de la costurera y de la profesora; casa estilo con-mi-propio-esfuerzo, una mezcla del Palacio de Gobierno y Beverly Hills; casa estilo buque, la chola no alcanza al ojo de buey y no te abre por miedo, todo medio seco; tudores con añadidos criollos; casa torta de pistache de uno que la cagó y sale feliz hacia un Cadillac rosado de hace cinco años, estacionado en la puerta; edificio para galán argentino ya establecido, con departamento tipo pisito-que-puso-ella; edificio bien terminado, muy caro, venta de departamentos en propiedad horizontal, que está de moda; edificio altísimo, orgullo nacional, ¡yo ahí por nada, con los temblores que hay en Lima!, con muchas oficinas en alquiler y, en el punto más alto, *penthouse* para amigo soltero de Juan Lucas. Después, ya por el Centro, es donde se arman las peloteras, tremendos pan con pescado de lo moderno aplastando a lo antiguo y los balcones limeños además. Pero van saliendo también de ahí y el Mercedes atraviesa toda una zona que no tarda en venirse abajo desde hace cien años y desciende a un lugar extraño, parece que hubieran llegado a la Luna: esos edificios enormes, de repente, entre el despoblado y las casuchas con gallinero, son como pálidas montañas, y hay una extraña luminosidad, ni más ni menos que si avanzaran ahora por un lago seco, dentro del cual el camino se convierte en *caminito que el tiempo ha borrado* y el Mercedes sufre, nostálgico de las más grandes autopistas. Arminda como que despierta ahí atrás y Julius, al principio, se desconcierta, no puede imaginarse, no sabe qué son, ¡claro!, son casuchas, ¡claro!, ya se llenó todo de estilo mi-brazo, aunque de vez en cuando se repite alguna de las chalecito, una costurerita bien humilde tal vez, y de repente, ¡zas!, la choza, para que veas una, Julius, mira, parece que se incendia pero es que están cocinando; no muy lejos, el edificio donde puede vivir el profesor de educación física del colegio; por momentos edificios cubiertos de polvo y por momentos también un cuartel o un descampado, y Carlos se siente algo perdido, aunque siendo criollo se orienta pronto y ¿quién dijo miedo?, a ver, señora, usted dirá por dónde, y Arminda, medio desconcertada porque viene en auto y no en ómnibus, no sabe qué responder y el Mercedes avanza perdido para que Julius vea más de esa extraña hondura, lejana como la Luna del Country Club.

El Mercedes se cubría de polvo y no tardaban en robarle vasos y cromos, mientras Guadalupe removía algo en una olla tipo paila y miraba a Arminda sin entender a los otros dos, al niño sobre todo. Julius se había quedado de pie, cerca de la puerta, y un chiflón se filtraba por la rendija, enfilándole la espalda hasta el estornudo, pero no se atrevía a avanzar. Además, por primera vez en una casa, en pleno comedor y la sala no está por ninguna parte, una gallina lo estaba mirando de reojo, nerviosísima, y bajo la media luz de una bombilla colgando de un techo húmedo, todo al borde del cortocircuito y el incendio y familia en la calle. Y él ya no sabía hacia dónde mirar y es que miraba ahí para no mirar allá y sentía que continuaba insultando a Guadalupe, a Arminda, tal vez hasta a Carlos, porque el piso está frío y es de tierra, porque la cocina es de ladrillo, porque en la vitrinita, no como las enormes del palacio, tres saleritos enverdecen porque no son de plata y hay una tacita rajada y una naranja y tres plátanos mosqueados y porque las cuatro sillas alrededor de la mesa son distintas y porque la cocina, que es de ladrillo, está en el comedor y allá también la mirada es insulto y ahí también y aquí también, la gallina, la gallina, los pollitos ahora: Julius da un paso, después se hubiera agachado, los hubiera acariciado, pero la gallina y los pollitos salen disparados, un insulto más, él que iba a acariciarlos y a sonreírle a Guadalupe, ha espantado a los animalitos, han cacareado además y él ha vuelto a insultar a Guadalupe, que no entiende y es sorda y por eso él cree que lo odia. Mirar a Carlos tal vez no sea insultar, pero Carlos se ha olvidado de él. Carlos, cancherísimo, se frota las manos y mira sonriente, como diciendo ¿y ese tecito, señora? Arminda les pide que se sienten y se acerca con la tetera hirviendo, la deja sobre la mesa y va por las tazas; en el camino le pregunta a Guadalupe si desea y Julius cree que Guadalupe lo odia definitivamente porque ni siquiera contesta. Arminda no insiste, no sabe tomar té por la noche mi comadre, está cada día más sorda Guadalupe.

«A ver qué tal está este tecito para el viaje de regreso», dice Carlos, arrojando el humo de su cigarrillo mientras Arminda coloca las tres tazas, tazones desportillados, y Julius vuelve a insultar, lo siente, siente que insulta pero reacciona genial y sonríe feliz aunque nerviosísimo y levanta su taza con ambas manos cuando ella le va a servir, es que no podría pasarse un segundo más sin café, sin té, le tiemblan las manos pero logra controlarlas mientras ella le sirve, logra bajar la taza hasta la mesa sin derramar mucho y la levanta de nuevo y prueba y se quema y aguanta y está muy rico, pero Carlos, cancherísimo y dominando, no le da bola cuando lo mira y manda un tremendo sorbo con ruido y malos modales, con sonrisita bullanguera al ver que Arminda se acerca con tres panes y mantequilla, con qué malos modales coge uno, pero Julius quisiera poder, poder tomar el té así, y es que ahora, entre el silencio de Arminda sentada por fin y bebiendo su té como una muerta, los sonidos de Carlos al sorber y los que hace cuando deja chorrear en la misma bebida el pan que acaba de mojar o cuando lo muerde enorme empapándose hasta el bigote o cuando mastica, esos sonidos son el único ruido, agudo como una punzada bajo la bombilla reumática, y se repiten gracias al hambre tragona y alegre de Carlos, se repiten y van adquiriendo un ritmo, van a desembocar en un comentario, estamos a punto de sonreír, voy a ser Julius aquí, nos vamos a reír, Guadalupe también, pero Guadalupe los mira sorda, debe creer que continúa removiendo algo en el ollón quieto, y tal vez por eso la bombilla oscurece los sonidos un segundo antes del ritmo, y la humedad de la casucha los corroe, es de noche en La Florida y se ha convertido en pelos mojados de té el bigotito de Carlos justo en el instante en que Julius se cogía de él, ya no lo alcanzó, algo negro se desprendía además a su derecha: la melena de Arminda cayendo por ambos lados de su cara cuando pegó los labios a la taza sin levantarla, la melena de Arminda doblándose junto al pan que se había olvidado de alcanzarte: «Come, niño», te dijo, con la mueca que era su sonrisa. Insistió en que era para ti y te lo fue acercando poquito a poco con la mano, cuando ya Carlos había terminado y estaba listo para irse; la mano te iba acercando el platito con el pan y la mantequilla, y tú viste de repente la uña negra, morada, inmensa, un punto blanco, anda comiendo, niño, y tú viste los guantes blancos con que Celso y Daniel servían en el palacio pero para nada te sirvieron: vomitaste, Julius, vomitaste cuando ya Carlos se quería marchar, tuvo que fumarse otro cigarrillo mientras Arminda descubría que el té no te sentaba y te limpiaba el cuello con un trapo húmedo, y tú ya no hacías nada, viste solamente cómo Guadalupe se acercó tres pasos, te miraba entonces con gran atención pero siempre de lejos y era sorda.

Abajo, en el camino aún de tierra, pusieron el letrero «Propiedad privada», el que te da pica porque hubiera sido bestial meterte por ahí con el carro y tu hembrita, pero tienes que seguir de frente por la carretera. Al lado, el arquitecto de moda hizo poner otro letrero con su nombre en letras negras bien grandazas y así arrancó el asunto. Todo esto en Monterrico, que es mucho más San Isidro que San Isidro. Después, dicen que la familia dejó a los hijos internos y se marchó a Europa, quería volver cuando ya todo estuviera listo y no ocuparse de nada. Le dejaron carta blanca y un montón de dinero al arquitecto de moda; eso sí, le dijeron que querían mucho vidrio y él, revisando una vez más sus ideas funcionalistas y el cheque que le dejaron, optó por un feliz eclecticismo: la casa esa de vidrio que hay sobre un cerro en Monterrico, ¿cómo?, ¿no la has visto todavía?, ¡pero si ha salido fotografiada en todas las revistas!

Bien finos eran los dueños de la casa de cristal sobre el cerro de Monterrico, y dicen que Juan Lastarria gritó ¡me ligó!, cuando recibió la tarjetita para el cóctel de inauguración. En todo caso es verdad que pensó en Juan Lucas, hace ya algún tiempo que eran socios y la gente lo saludaba más, y como que le quedaban bien los doce ternos que se había mandado hacer en Londres. Pero siempre quería más Lastarria y, por las noches, entre dormido y despierto, imaginaba a un conde italiano, a uno arruinado, y que él le compraba el título medio a escondidas, en Siena, por ejemplo. Lo malo era que después cómo se presentaba en Lima, Juan Lucas se iba a cagar de risa en su cara y en presencia de la secretaria esa que un edificio más a mi nombre y la hago mi querida. Pero eso cuando andaba entre despierto y dormido, entre el sueño y la realidad, no ahora en que subía atentísimo en su Cadillac como un avión el camino aún de tierra que llevaba a la casa de cristal. «Ya la cagué», pensó el pobre Lastarria al desembocar en la pista de estacionamiento, frente a la casa iluminada: no había un solo carro todavía, era el primero en llegar. «Juan Lastarria es un gordito cursilón que llega el primero y se va el último de cuanto cóctel hay en Lima», habían dicho una vez, y él lo sabía. Viró el timón y casi atropella a un atropellable y afeminado mozo, uno de esos que se alquilan y se van contagiando hasta el extremo de que a veces a Lastarria como que lo distinguían y lo saludaban entre «buenas noches, señor» y «usted no me la hace», a pesar del Cadillac como un avión.

Avión solo en la pinta, desgraciadamente, porque ahora que bajaba para darse una vueltecita por Monterrico y dejar que otro llegara primero y la embarrara, vio que un auto subía como loco, no tardaba en matarse, él hubiera querido volar y pasar por encima, pero nada de eso, y ahí estaba ahora el Cadillac, previa frenada terrible, frente a otro carro, un *sport* indudablemente, aunque entre el polvo y los faros encendidos casi no se veía nada; aquello parecía la Carretera Central con lo de ¡pase!, ¡pase!, ¡le estoy dando pase!, y miles de gestos y/o putamadreadas. Lastarria decidió no bajarse por nada de este mundo porque su carro era más grande y había costado mucho más caro. Tomó el asunto como encuentro de monopolios millonarios y estaba pensando si allá hay sesenta, aquí hay cien, cuando una mentada de madre con un acento rarísimo lo hizo bajarse corriendo y ensuciarse los zapatos, sabe Dios para qué porque no le iba a pegar a la enorme rubia que de un brinco salía del MG *sport* y que, con un acento más raro todavía, le gritaba altísima y en pantalones «*¡pegas tu caro al cero, pues, hambre!*». Lastarria sintió que retrocedía a la época en que enamoraba a su mujer con un solo terno, y eso que ya había llegado a la época en que ella se enfermaba antes de todo compromiso social. Volvía al Cadillac y, al tocar la manija de la puerta, quiso ser Juan Lucas y empezó diciendo señori... «*¿Pegas tu caro al cero o no?*», le chilló la rubia altísima y en pantalones, y el pensó que podía saber judo como en las películas norteamericanas de espionaje, uno nunca sabe, y se trepó, de un saltito se hundió en el sofá rojo del Cadillac, puso el motor en marcha, sintió que era un avión y quiso asustar a la inasustable espía rusa, pero una aleta o un ala o sabe Dios cuál de los cromos del Cadillac empezó a raspar el cerro y Lastarria, automático frente a la vida, apretó un botón que cerraba la ventana para no escuchar el ridículo que estaba haciendo. Siguió avanzando y raspando, y la rubia, que iba con el MG descubierto, escuchó íntegro el raspetón mientras emprendía nuevamente la marcha hacia arriba, pensando muerta de risa que así eran todos los que iban a venir al cóctel y que se quedaría con sus pantalones sucios y maravillosos.

Todas las habitaciones daban a un enorme patio con una lagunita al centro, y nadie sabía de dónde venía la luz que lo iluminaba tan maravillosamente bien. La casa de vidrio tenía forma de U y encerraba ese patio por tres lados; quedaba un lado abierto que, más allá, se convertía en jardín donde se vislumbraba una piscina también misteriosamente iluminada, ya después empezaba un bosque que se prolongaba por una ladera del cerro, decían que en pleno bosque había una laguna y se hablaba de patos salvajes. Unos cien invitados iban pasando por el vidrio enorme y abierto que era la puerta de entrada y estrechaban la mano de Ernesto Pedro de Altamira, que andaba bastante mal de su neurastenia, que era pálido, finísimo, se parecía un poco a Drácula y leía mucho en alemán, sin desentonar tampoco, ahora que lo veían, con el modernísimo vestíbulo de su casa, donde la biblioteca también era de cristal. A Finita, su esposa, muchos la saludaban diciéndole condesa, parece que lo era además, lo cierto es que muchos hombres se inclinaban para besarle la mano, diplomáticos sobre todo. Las mujeres, en cambio, la llamaban por su nombre y le tocaban apenas la mejilla con una pizca de labio; la pobre Finita se estaba mareando ya con lo lindo que olía el mundo esa noche en su casa nueva, no se la fueran a quebrar, era toda de vidrio, se moría de espanto y había sido siempre tan dulce y en el mundo hay gente tan envidiosa. Finita iba adorando a todos los que se acercaban a saludarla, pero tenía el brazo tan cansado ya: «Ernesto Pedro, Ernesto Pedro, ¿cuántos invitados más falta que lleguen?», pensaba suplicante y sonriente, mientras otro más le besaba la mano, pero aunque lo hubiera gritado, Ernesto Pedro no le hubiera contestado porque era germanófilo en el mal sentido de la palabra y se había casado con ella para tener hijos finos y bellos y no para quererla. Llegó Juan Lastarria, que había ido hasta el castillo a cambiar el Cadillac por el Mercedes de su mujer: llegó nuevamente en auto distinto por si acaso alguien además de aquel mozo lo hubiera visto, parecía que nadie, entró y le besó la mano a Finita, condesa, lo había practicado y no le fue mal, le dieron nota aprobatoria. Al verlo, Ernesto Pedro de Altamira sintió una fuerte tirantez en la mejilla izquierda, realmente se parecía a Drácula mientras observaba a Lastarria unirse al grupo que iba pasando ante la masturbada mirada de varios mozos que sonreían antes de derretirse, sin lograr nunca sumar el total de lo que veían, menos uno que tenía cara de traidor. Iban pasando los cien invitados y el arquitecto de moda con su ahora esposa, la Susan disminuida, escuchaba feliz cuando preguntaban por el artista de la casa de cristal, los contaba, le iban a faltar vidrios para hacer tanta casa de cristal: ¿qué era la Facultad de Arquitectura?, esa mierda, ¿qué la vocación y los principios?, y su esposa sabía portarse y por eso, listo para explicar cuando le preguntaran, el arquitecto pudo unirse al grupo en que iban Susan, linda, y Juan Lucas, perfecto. Los saludó feliz y juntos atravesaron el inmenso *living* para salir al patio encantado siglo XX por el enorme vidrio abierto que era la puerta del *living* que daba al patio de la lagunita.

Todo era perfecto ahí afuera. Hombres y mujeres recogían vasos de whisky y bocaditos de unas bandejas de plata que pasaban siempre que tú querías que pasasen, y continuaban interesadísimos en la conversación. Pero había una sueca muchachona sentada al borde de la lagunita, en pantalones y probablemente sucia. No se la explicaban muy bien cuando la veían y ella parecía no saber tampoco qué diablos pasaba a su alrededor. Susana Lastarria hubiera hablado de una institutriz, claro que en esa facha... Pero Susana Lastarria no había venido y los invitados pensaban más bien que porque Ernesto Pedro de Altamira era muy europeo y muy culto, o porque el mayor de sus hijos estudiaba en Europa, a lo mejor el chico se la había traído de vacaciones, claro que lo de la inmoralidad, pero los De Altamira, tú sabes, muy finos, oye. En todo caso, la sueca ni se fijaba cuando la miraban como diciéndole ¿y tú de dónde saliste?, y fumaba tranquilísima, rodeada por los chicos De Altamira. Uno de ellos también fumaba, tosía y se reía echándole el humo en la cara, y la sueca se protegía arrojándose la cabellera rubia sobre el rostro, se quedaba largo rato así, nadie captaba cuando abría un hueco entre sus mechas con el dedo y por ahí miraba a Juan Lucas, que aún no la había visto. Más bien Lastarria sí la había visto y le daba la espalda y se cuidaba mucho de que el grupo con que andaba no se fuera a acercar a la lagunita. Estaban felices todos y lo que decían se perdía en la noche, se pulverizaba entre la música que venía del cuarto del estereofónico, uno que había costado ya dos mayordomos, vía una patadita o un escobazo en no sé qué aparatito fundamental, ese donde parecían vivir encerrados y reducidos los músicos más famosos, tan claro se les escuchaba; lo cierto es que queda usted despedido y todo lo demás que Finita, finísima, se encargaba de decir, mientras Ernesto Pedro traía nuevamente al hombre del estereofónico para que lo arreglara y le colocara siete parlantes nuevos, uno en el dormitorio de la sueca, por ejemplo. Y la sueca, que había sido campeona de natación y hasta parece que había participado en competencias de decatlón, les estaba contando a los chicos De Altamira por qué sus senos eran tan duros y sus brazos perfectos y les explicaba que tal ejercicio le había formado tal músculo y dale con lo de que la natación te pone los pechos bien duros, y el De Altamira de trece años le pidió una pitada al de catorce y le dijo a la sueca que quería tocar y la muy bruta o muy sana y nosotros solo vemos el puterío, la muy bruta se desabrochó la camisa del De Altamira mayor, el que la había traído de Londres, uno que no estaba ahora porque había fiesta en casa de una prima del Villa María y ahí ni hablar de llevar a la sueca, en Europa sí pero en Lima ni hablar, además en Europa bestial lo de las suecas y los negros, pero el otro día la habían llevado a la hacienda y se portó pésimo, claro que ni Finita ni Hitler se enteraron, pero la muy bruta parece que se aburría y se largó con José María, el negro que arregla los tractores. Desde entonces ya sí que todos los De Altamira andaban tras la sueca y ahora ella, debatiéndose entre el atletismo, el amor libre, el puterío y en Suecia somos socialistas, les mostraba, clarito se veía, el seno maravilloso y nunca había usado sostén. Uno de los invitados pasó el dato, avisó que la nórdica era de armas tomar y entonces los hombres uniformados de elegancia e interés común, recogieron vasos de whisky de los azafates adivinadores de tus deseos y se lanzaron a mirar, felices, compradores y descarados, hasta que a la sueca le dio asco y dejó de hablar de natación y de atletismo y giró sobre el borde de la lagunita, les dio la espalda, también estaba buena por ahí, y se puso a jugar con los peces para no ver a esa tanda de imbéciles y a esas mujeres como papagayos de luto. Muy bruta la sueca: no entendía que las señoras estaban elegantísimas y muy bien maquilladas y que, en realidad, ahí el único bicho raro era ella: ¡cómo era posible!, ¡qué descaro!, ¡presentarse así a un cóctel!, es que la chica vive aquí, hija, es una muchacha, ¡aunque viva en el Polo Norte está en la obligación de quitarse ese pantalón asqueroso y esa camisa que debe apestar!... «¡Hermosísima obligación!», exclamó Juan Lucas, Susan dijo algo como darling, alguien se cortó un poco, pero la carcajada del propio Juan Lucas entre que los contagió y los obligó, lo cierto es que Lastarria quiso mojar una estrella con su whisky, prácticamente lanzó su vaso a las nubes, estallando *ipso facto* en tremenda carcajada, ya todos los del grupo también, y cuando podían les explicaban entre risas a otros la salida genial del golfista, la cadena fue creciendo, «eres terrible, Juan Lucas», dijo alguna por ahí, Lastarria andaba en el estado inmediato a la cargada en hombros y el arquitecto de moda entre que se reía y veía cómo Susan, linda, se marchaba al Japón misterioso. La sueca volteó a mirar qué pasaba, no entendió nada la pobre, miró a Juan Lucas, fue la primera vez que se miraron, él con el rabillo del ojo y bebiendo un trago gordo de whisky, luego dejó el vaso en un espacio de aire que se transformó en azafate y le clavó los ojos con esa manera suya de mirar sin que nadie se diera cuenta. Solo Susan lo observaba lejana, casi comprensiva; lo observaba sin mirarlo entre la gente que volvía a conversar interesadísima y que segundos después volteaba a mirar hacia la puerta del *living*: Ernesto Pedro de Altamira, que se sentía muy, muy tenso, tocaba con la yema de tres dedos el brazo importante del premier, «cuidado con el escalón», le decía, y aparecían en el patio sin que la sueca supiera de quién se trataba.

Pero la sueca era una excepción; también los chicos De Altamira, que andaban en la época en que el periódico se abre en la página de los cines y punto. Los demás no, y había que verlos cuando se acercaban, unos poco a poco, como quien no quiere la cosa, otros al estilo Lastarria, como quien sí quiere la cosa, aunque los había también que no se acercaban, parece que el premier gozaba de sus antipatías. Y él debía saberlo porque temblaba un poquito todo el tiempo, ni más ni menos que si se estuviera muriendo de miedo. En el patio encantado siglo XX prácticamente no había rincones, pero él como que los buscaba, casi se diría que los creaba, como que se iba arrinconando siempre; además se cuidaba mucho la mano porque te entregaba una especie de estropajo y, antes de que pudieras encontrarle el hueso, ya te habías quedado sin nada. Ernesto Pedro de Altamira protegía a su invitado momentáneamente más importante, ayudándolo a evadir algunas conversaciones preguntonas que se hacían muy largas, o las embestidas de algunos entusiastas, o las caras de algunos que venían con cara de ¿ya sabe a quién va a joder usted con su nueva ley? Finita, finísima, se acercó con un vaso de jugo de toronjas y se lo puso en la mano al premier, que sintió un cierto entusiasmo y vio a

Susan, linda, y pidió por favor saludarla: la quería mucho, fue compañero de universidad de su primer esposo, años que no la veía, la quería mucho, siempre, siempre la quería mucho, tenía que acercarse a saludarla. «Susan, la bella, la bella Susan, Susan, la bella», iba diciendo el premier mientras avanzaba con su jugo de toronjas y los invitados se iban acostumbrando a su presencia y la última ley en realidad no los perjudicaba en nada; los invitados lo veían cruzar el patio, Lastarria se inflaba de orgullo y el arquitecto de moda hubiera querido hacerle una casa gratis al premier.

«Aquí te traigo al señor ministro, dijo Ernesto Pedro de Altamira, añadiendo tensísimo: no sabía que era un gran admirador tuyo». «Muy antiguo, muy antiguo», iba repitiendo el premier, mientras que Altamira se alejaba excusándose y sintiendo que un músculo le tiraba desde el hombro, obligándolo a cerrar el ojo izquierdo. Susan vio a un muchacho con un terno pasado de moda pero elegantísimo y hablaba siempre de política, quería bailar conmigo, vio también a Santiago, su novio, bailaba conmigo... «Muy antiguo, muy antiguo», continuaba repitiendo el premier, y ella vio un vaso amarillo que iba quedando sobre una mesa blanca y luego al ministro en un montón de fotografías en todos los periódicos, vestido a la moda esta vez pero también en caricaturas horribles, deformes, volvió a verlo hablando de política justo antes de sentir que dos manos frías, sin huesos, estrechaban sus brazos diciendo Susan, Susan. «Darling», dijo ella, aún distraída, arrojando su mechón hacia atrás para volver del todo al patio, hasta Juan Lucas apareció conversando más allá con la sueca, que se había puesto de pie y era bellísima. «Darling, repitió, esforzándose, ¿y ahora cómo te voy a llamar?». Lo besó tiernamente en ambas mejillas, mientras él iba repitiendo Dodó, llámame Dodó como siempre... «Un hombre tan importante, darling...». «Dodó, Dodó, como siempre». El premier cogió su jugo de toronjas, le apetecía alejarse un poco más del barullo de las conversaciones. Tomó a Susan del brazo y lentamente la fue acercando a un punto del jardín desde donde podía divisarse Lima, al fondo, entre lucecitas como estrellas. Él no se olvidaba nunca de Lima y un instante después ya había empezado a hablarle de política, pero esta vez ella fingía enorme seriedad y lo escuchaba y lo quería mucho y en ningún momento se iba a poner a llorar.

Con un pie apoyado en el borde de la lagunita, Juan Lucas cogía otro vaso de whisky y seguía contándole a la sueca historias sobre la selva del Perú: «¡Ah!, es algo que no hay que perderse», le decía, mientras ella introducía, sabe Dios cómo, una mano en el bolsillo posterior del pantalón estrechísimo y con la otra cogía su quinto whisky, estallando de golpe en tremenda carcajada y derramando medio vaso, porque Juan Lucas acababa de reducirle la cabeza con un procedimiento que nadie conocía. También él se mataba de risa cuando ella extendía el brazo con su cabecita reducida colgando de los pelos y la miraba y luego se la iba colocando en la cara a los chicos De Altamira. Pero a ellos no les hizo la menor gracia: comprendieron los pobres que esta noche con la sueca nada, justo cuando se había marchado el hermano mayor; comprendieron y se marcharon hacia la repostería con la esperanza de tomarse unos whiskies a escondidas de sus padres.

A algunos invitados no les gustaba mucho eso de que la sueca se hubiera puesto a putear en pleno cóctel, pero ya la mayoría había bebido lo suficiente como para que el asunto fuera quedando poco a poco de lado y cada vez se notara menos. Solo a Lastarria le seguía fastidiando lo de Juan Lucas y la sueca. Quería acercarse y traerse a Juan Lucas a conversar con él y con otros, pero se moría de miedo de otra mentada de madre de esas rarísimas, esta vez en pleno cóctel, y entonces sí que trágame, tierra. No sabía muy bien qué hacer el pobre y a Susan no la veía por ninguna parte. En cambio al arquitecto de moda sí lo veía por todas partes; era muchachón el arquitecto y su esposa, joven y elegante, hasta bonita no paraba, y parecía que no decía tonterías cuando hablaba tonterías con las otras señoras. Lastarria lo miraba y se debatía entre hacerse una casa con él y quitarle el saludo: mira cómo se sonríe, calculador, simpático, mira cómo no tiene barriga, yo tampoco (sacó pechito), es fortachón a la verdad y debe hacer tabla hawaiana... Cambió de postura Lastarria, de whisky también y por allá, al fondo, distinguió a Finita y todavía no había charlado con ella. Allá iba ahora, y entre la carrerita y las venias no tardaba en irse de cara al suelo, pero como últimamente se había asociado con Juan Lucas ya no hacía tanto el ridículo y llegó sano y salvo. Colocó su whisky anunciador en medio del círculo y esperó la sonrisa de Finita: «¿Y Susana, Juan?», le preguntó Finita, finísima, y él se arrancó con una historia interminable que todos en el pequeño grupo escuchaban con santa paciencia hasta que de repente, un soplido caliente que venía de arriba lo hizo decir: «Bueno, ¿y tú, Finita? Ya creo que todos te habrán felicitado por este palacio de cristal...». Al segundo soplido caliente, Finita pensó que tal vez debía presentarlos: «Juan, le dijo, es Lalo Bello, nuestro primer historiador, el hombre que más historia sabe en el Perú». Lastarria cambió el whisky de mano, alargó el brazo feliz pensando en la guerra con el Ecuador, pero ahí se le acabó la historia y su sonrisa tipo ¿quieres-ser-mi-amigo? desapareció al coger una mano de trapo caliente y húmeda que venía de un gordo inmenso, que no le hacía el menor caso mientras lo saludaba y que solo volteó a mirarlo cuando retiró la mano asquerosa. Lastarria creyó que iba a hablar porque se inflaba todito, pero lo que hizo fue soltarle otro soplido caliente de arriba abajo, en plena cara, y cargado de un desprecio cuyo origen se remontaba indudablemente al Virreinato. Y es que el gordo vivía en una casona vieja con zaguán y todo, en el Centro de Lima, y era su tía la que tenía aún un poco de dinero y le daba semanalmente su propina y algo extra también para que se comprara más libros. No tenía carro ni nada Lalo Bello, pero subía en taxis y partía a cuanta reunión hay como la de De Altamira, después la gente lo invitaba a comer y en algún momento él le contaba al dueño de la casa de quién fue la hacienda que hoy es Monterrico, en 1827, por ejemplo. Siempre le dolían sus anchísimas caderas y tenía pie plano, asma, callos y juanetes y una cara que con ella debió acabarse el Imperio Romano, en todo caso en la actualidad era a través de ese rostro que decaía Occidente. Pero Lastarria no perdía las esperanzas con el gordo sucio y sacó una cigarrera de oro para ofrecerle un cigarrillo egipcio: Lalo Bello se contuvo un ataque de histeria, se introdujo un dedo homosexual entre el cuello de la camisa, le dio íntegra la vuelta como si ya no tolerara ni un segundo más el calor ni la corbata ni nada, y por fin le dijo «neee», con un montón de aire caliente, al pobre Lastarria, que llevaba horas ahí con la cigarrera de oro esperando y no quedaba nadie más a quien ofrecerle porque Lizandro Albañiles y Cocotero Tellagorri acababan de cambiarse de grupo y a Finita el médico le tenía terminantemente prohibido fumar y, además, Ernesto Pedro la estaba llamando porque ya el premier había terminado su jugo de toronjas y tenía que marcharse. Lo cierto es que Lastarria decidió aceptarse un cigarrillo y ya se lo ponía en la boca cuando notó que el historiador extraía un paquete de los peores nacionales, de papel el paquete, medio amarillento y todo aplastado, se llevaba un cigarrillo a la boca e inmediatamente empezaba a morirse de nervios porque las fibras del tabaco se le pegaban en los labios. No se controlaba Lalo Bello y lo que realmente estaba haciendo era lanzar pequeños escupitajos de tabaco que bien podrían ir a parar sobre la solapa inglesa y a la medida del pobre Juan Lastarria, que tuvo la brillante idea de defenderse encendiéndole el cigarrillo con su encendedor de oro exacto al de Juan Lucas. Feliz con su idea, Lastarria lanzó el brazo en cuyo extremo iban apareciendo el puño perfecto de la camisa de pura seda, el gemelo de oro con su escudito de mentiras nomás, y por fin fuego en el mechero que iluminaba la amarillenta papada grasosa y mal afeitada de Lalo Bello que, además, tenía un hombro descolgado y era completamente chato por atrás. Pero Lastarria estaba dispuesto a perdonarle todo al de arriba y se entregó vital, parecía que llegaba al estadio con la llama olímpica y era tan feliz porque el historiador le cogía la mano y lo ayudaba... Y lo seguía ayudando y no lo soltaba, parece que Lalo tenía la manía de hacer girar el cigarrillo con los labios y realmente incendiar toda la punta porque ahí el tabaco estaba siempre flojo, casi cayéndose, y no se dejaba fumar bien; lo cierto es que le había cogido la mano al pobre Lastarria, se la había envuelto con las toallitas húmedas y tibias que eran las suyas, y el otro, ahí, medio empinado, casi colgando y entre sonriente y suélteme, oiga, porque más allá el premier besaba a Susan, despidiéndose, y ya no tardaba en pasar a su lado. Ya venía el premier y hubiera sido tan natural despedirse encontrándolo así, de casualidad y en buena compañía además, porque Lalo Bello podía tener los puños de la camisa inmundos pero era definitivamente importante. Pero Lalo Bello recién lo soltaba, muy tarde, el premier ya no podía verlo, al gordo Bello más bien sí y seguro que se iban a saludar y él podría entrar nuevamente en escena, pero el premier, que avanzaba conducido por tres de los dedos arios de Ernesto Pedro de Altamira y pensando en Susan todavía, divisó esas caderas anchísimas y ese hombro descolgado y se trasladó *ipso facto* a su despacho, donde su secretaria le leía la columna «Papeles viejos» de un diario, Lalo Bello sobre el origen de ciertas fortunas y odios políticos... El premier pasó junto al historiador, y su ojo izquierdo, satánico, se le vino casi hasta la oreja, una mirada de reojo que se convirtió en frontal y con odio; hubo el terror de Lastarria y el instante en que, finalmente, Lalo Bello se desinfló en el humo caliente de su primera, inmensa pitada, y se ocultó furioso tras el humo porque su tía lo había resondrado por el articulito, más el pobre Lastarria perdido entre el aire asfixiante y Lalo Bello sufriendo un ataque horrible de tos.

Cuando volvió a sonar la música para Lastarria y nuevamente aparecieron los invitados en el patio, el gordo historiador se había retirado algunos metros del lugar y buscaba una silla y un whisky y un mozo que se lo alcanzara. Lastarria comprendió que era su oportunidad para escapar, tal vez Susan esté sola por ahí o Juan Lucas haya abandonado a la sueca... Pero algo llamó su atención y lo puso en busca de una columna que no existía en ese patio: Lalo Bello, ya sentado, se refregaba un pañuelo inmundo por la cara y llamaba a un mozo, a otro, a ese también, y ninguno le hacía caso: lo veían y como si nada, en cambio seguían apareciendo en los grupos donde alguien acababa de pensar quiero otro whisky. Pero el gordo Bello como si no existiera, y hasta una mirada oculta de desprecio porque un mozo le caló la tela del terno y él tenía por lo menos dos mejores. Lo que Lastarria no captaba era que el gordo ni cuenta se daba, estaba muerto para todo lo que fuera darse cuenta de que había mozos que lo despreciaban; pedía nomás, se refregaba el pañuelo por la cara y volvía a decir whisky, a secas, y tenía tanta sed y empezaba a pensar en su tiíta para que le trajera el vaso hasta los labios. Nuevamente dijo whisky, esta vez más fuerte, y Lastarria se ocultó tras la columna que no existía y fue el arquitecto de moda el que, simpático, calculador y con un terno comprado durante su luna de miel en Nassau, le dijo al jefe del servicio que andaba por ahí cerca: «Oiga, alcáncele un whisky al señor». Se lo dijo medio en voz alta, lo suficiente como para que se oyera hasta allá, en todo caso, y el jefe del servicio, lo suficientemente antiguo como para saber quién era el señor Bello y tenerle su debido respeto, corrió a llamar al mozo más cercano y fue así como Lalo Bello logró beber un whisky y olvidar a su tía. Segundos después, ya aliviado, el historiador alzó la vista y miró hacia donde el arquitecto volteaba la cara para integrarse nuevamente a su grupo. Pero se había dejado ver la cara el arquitecto de moda. Lalo Bello había observado ese perfil sonriente y, un poco más a su derecha, había observado también a Lastarria saliendo de su escondite, dispuesto a construirse una casa con el joven artista. Enseguida el historiador echó la cabeza hacia atrás, como si ya no los quisiera ver, pero ambos continuaron flotando en el aire y él, dejando escapar un enorme, caliente y virreinal soplido de satisfacción, se puso a pensar en Plutarco y en lo de las vidas paralelas y en que, como siempre, alguien le ofrecería su automóvil y esta noche él pediría que lo dejaran en el Aquarium porque tenía ganas de comer una langosta y de beber buen vino para seguir imaginándose cosas que tal vez iba a escribir.

Se los veía perfecto en el patio encantado siglo xx. Ahora que ya habían bebido varias copas y que las conversaciones estaban completamente entabladas y los grupos definitivamente formados, el patio encantado siglo xx participaba de tanta elegancia y alegría, ofreciéndoles la protección de sus muros de cristal, que eran la casa maravillosa, iluminada, envolviéndolos y aislándolos de la noche en que se perdía Lima, allá, al fondo, olvidada. Entre la música se escuchó un ¡olé!, probablemente de la sueca, porque el arquitecto de moda volteó a mirar y vio que se clavaba un dedo como un cuerno en el pecho y que Juan Lucas se reía fuertemente y echaba el cuerpo un poco hacia atrás, manteniendo siempre un pie sobre el borde de la lagunita y el vaso de whisky colgando entre sus dedos larguísimos, ligeramente apoyado sobre la rodilla flexionada. Finita y Ernesto Pedro de Altamira habían acompañado al premier hasta la puerta; allí esperaron a que su automóvil se pusiera en marcha y avanzara hacia el camino que descendía el cerro rumbo a las oscuras pistas de Monterrico y, más allá, a la carretera que llevaba a Lima. Ambos volvían ahora al patio. «¿Hasta qué hora durará todo esto?, se preguntaba Finita al ver que sus invitados continuaban charlando alegremente; solo el premier ha tenido la consideración de marcharse temprano, estos ni siquiera miran sus relojes, arrojan los cigarrillos encendidos sobre mi piso, mis lajas, ¡santo cielo!, pisan las colillas, pasarán meses, ¡Dios mío!, antes de que mi casa quede nuevamente limpia y los mayordomos...». Transparente, Finita, escuchó que la llamaban de un grupo y sufrió espantosamente porque no le quedaba otra alternativa que acercarse. «Es la Beba Marinas», se dijo, mientras avanzaba transformando su psicosis en sonrisa hacia donde una enorme pulsera de brillantes la esperaba: «Finita, todavía no nos has explicado de dónde ha salido la rockanrolerita esa que conversa con Juan Lucas». «Amiga de los chicos, Beba, amiga de los chicos», empezó a decir, cuidándose mucho de que el aire no le fuera a dar en la espalda descubierta y angostísima y pensando que realmente no sabía muy bien de dónde había salido: «Los chicos, los chicos, incontrolables en estos tiempos». Sufría porque la Beba era capaz de preguntarle más, le temblaba la sonrisa pero insistía en ser muy dulce con sus invitados que la llamaban de todas partes, obligándola a entregarse en cuerpo y alma al cóctel, aunque era bien probable que se desmayara pronto. Mientras tanto, Ernesto Pedro, momentáneamente con ambos ojos abiertos, avanzaba escapándose de los diversos grupos que lo solicitaban a su paso; les sonreía eso sí, y por orden de méritos: tres cuartos de sonrisa al del consorcio, mueca-sonrisa al pesquero solamente, venia-sonrisa-mueca al hacendado-miembro-del-consorcio-y-pesquero, le tocó el brazo al arquitecto, se le cerró un ojo al ver a Lastarria, neurastenia para Lalo Bello que se ahogaba en una silla y, por fin, sonrisa total con los dos ojos abiertos porque ya iba llegando adonde Susan, entre distraída, traviesa y nadie sabrá si tristísima, hacía equilibrio sobre el borde del piso, ahí donde el patio se transformaba en jardín. «Uno, dos, tres», contaba mentalmente Susan, pero resbaló un poquito y tuvo que pisar el césped, abandonando su juego y avanzando unos metros hasta el borde de la piscina iluminada. Allí se detuvo y esperó de espaldas la llegada de Ernesto Pedro de Altamira: «No te muevas, escuchó que le decía, cogiéndola por los codos, quédate como estás, un momento, Susan... Es enorme el placer de mirar Lima por encima de tu hombro tan blanco... No te muevas todavía... Déjame contemplarla un rato más reducida a esas luces que apenas se distinguen... Claro que podría colocar una estatua en este lugar, pero, ¿y tus cabellos, mujer?». Susan sintió que las manos de Ernesto Pedro se apartaban de sus codos y volteó sonriente, llevándose el mechón rubio hacia atrás y presentándole la belleza de su pecho atrevidamente libre sobre el traje brillante y azul. Tenía ya en los labios las palabras en inglés y la ternura para una frase perfecta... «Darling», fue todo lo que dijo y su voz tembló tanto y es que, por encima del hombro de De Altamira, su vista era Juan Lucas hablando entusiasta con la sueca feliz, contándole probablemente de viajes en *jeep* a través del Brasil, lo conocía tanto, era la cara que usaba cuando la juerga estaba por empezar, Susan había visto mucho esa cara pero con ella. «Juan Lucas se está portando pésimo, Ernesto; no sé hasta qué hora se va a quedar con la chica esa». De Altamira, que aparte de neurastenia tenía mil manías, envejeció rapidísimo, se llenó de arrugas en la mejilla izquierda y empezó a odiar a Juan Lucas y a todos sus invitados porque él a las diez en punto de la noche tenía que quitarse la dentadura postiza. «Vendrá, Susan, Juan Lucas vendrá», le dijo, tratando de contenerse y cogiéndola del brazo para llevarla hasta un mirador, desde donde Lima se divisaba bastante bien. «Estás temblando, Ernesto», le dijo ella. Iba a añadir algo, pero él le pidió que lo esperara: «Voy por un vaso de agua, Su-Susan», tartamudeó, y salió disparado en busca de agua para la pastillita celeste eléctrico de las nueve y media de la noche y porque el vacío, ahí al frente, el hueco inmenso y negro que era la noche por ese lado del cerro, lo empujaba con incontrolable ímpetu a arrojar su dentadura sobre Lima, sobre Monterrico en todo caso, ya no podía más De Altamira y la visión de sus manos blanquísimas, surcadas de venas azules, como la pastilla de las once, tampoco le ofrecía ningún reposo, algo sereno que mirar. «Solo Susan, solo Susan», se iba diciendo mientras corría por su agua, compungidísimo y completamente tuerto, felizmente que no encontró a Lastarria en el camino porque lo hubiera apuñalado. Y felizmente también que Finita se había acordado de la pastilla del señor y había mandado a un mozo con un vaso de agua a buscarlo. Por ahí se encontraron los dos, y ahora Ernesto Pedro regresaba donde Susan, pensando que tomar la pastillita celeste eléctrico en su compañía podría tranquilizarlo, aunque lo de la dentadura a las diez y los invitados... «He estado bastante decaído últimamente, le dijo cuando estuvo nuevamente a su lado, los domingos por la tarde, sobre todo, son terribles», y ya le iba a decir que pensaba marcharse de nuevo a Europa para consultar con un neurólogo en Alemania, pero de pronto sintió que el color celeste eléctrico de la pastillita de las nueve y media de la noche iba surtiendo efecto y que su fe en Dios no había desaparecido como él tanto temía los domingos, después de almuerzo especialmente. Sintió también fuerzas para esperar en compañía de Susan que la gente empezara a marcharse y que Juan Lucas terminara de molestar a la salvajilla esa, calculaba que podría tolerar, por un día, la dentadura postiza hasta las diez y media. Susan, siempre en el mirador, lo había recibido con una sonrisa, le había cogido el vaso de entre las manos y había esperado que él hablara.

—Es muy desordenada la sueca —le dijo, un poco más animado—. Bastante desordenada, pero alegra la casa.

—¿Cómo vino a dar aquí, darling?

—Ernesto, mi hijo, la conoció en Londres y decidió invitarla. Cosa de muchachos de este tiempo. Lo cierto es que ahora no le hace mucho caso... Más bien los menores andan muy alborotados...

Susan volteó a mirar hacia donde Juan Lucas, que, en la distancia, recogía un vaso de whisky y continuaba su charla con la sueca. No necesitó abrir la boca para que Ernesto Pedro comprendiera que también Juan Lucas estaba muy alborotado y que ya hacía rato que había dejado de ser menor. Sabe Dios por qué, De Altamira decidió soltar una frase larguísima y en perfecto alemán, pero no pudo terminarla porque un músculo en su hombro tiró cerrándole el ojo izquierdo desde allá abajo, al ver que el rostro de Susan, que no entendía ni papa, reflejaba sin embargo cierto fastidio, pues se imaginaba que Ernesto Pedro, utilizando algún texto literario, pretendía resumir el destino de las mujeres que se casan con tipos como Juan Lucas.

Le dio una pica terrible a Susan. Miró a De Altamira, que continuaba con el ojo medio cerrado, y, recordando a Nilda, estuvo a punto de decirle ¡ojalá te dé un aire y te quedes tuerto para siempre! Pero le dio flojera molestarse.

—Darling, aunque tú no lo creas, Juan y yo somos muy...

Ernesto Pedro sintió que la palabra felices era de color anaranjado, que se le mezclaba horriblemente con el celeste eléctrico de la pastillita, y el mundo empezó a írsele a la mierda, Monterrico incluido. Se le vino a la cabeza que tendría que despedirse de sus invitados sin dentadura, lo iban a ver con la cara reducida, más arrugado y pasado mañana es domingo después de almuerzo. Casi se arroja por el cerro con dentadura y todo, pero se contuvo porque el hombre es más fuerte que la mujer y, en nombre de la raza blanca, volteó a mirar su gran casa, su gran patio misteriosamente iluminado, tal vez esa visión lograría salvarlo del terrible decaimiento: había unos hombres de saco blanco perfecto que rodeaban como moscas que no se te paran a otros hombres de ternos oscuros y corbatas plateadas sobre fondo perfecto color blanco o marfil de camisas de seda; estos no veían a las moscas, las moscas eran unas moscas tácitas y deseadas, parte de un ordenamiento natural, color celeste eléctrico, como también lo era el patio tan hermosamente iluminado donde Juan Lucas, señor, jugaba con la rubia, todo elevado sobre Lima, en Monterrico, y la posibilidad de viajar en cualquier momento a Europa o sanar de la neurastenia y llenar la casa hacienda de invitados un día en que ni yanaconas ni peones anaranjados aparezcan por ahí, ni el administrador anaranjado pero celeste me busque en la oficina, que es hermosa y donde quedo muy bien, claro, claro, claro, voltear ahora donde Susan sintiéndose mejor, encontrarla junto a mí... Le hizo mucho bien la miradita al patio a Ernesto Pedro. Se sintió mejor. Y se sintió mucho mejor cuando vio que el primer grupo de invitados se acercaba para despedirse: «Los acompaño, señores, los acompaño», les decía De Altamira e iba poniendo sus dedos arios sobre los codos azules de sus invitados, empujándolos ligerísimamente a través del patio encantado siglo xx, del *living* increíble, del vestíbulo glorioso, etcétera. Otros más se le acercaron también a despedirse mientras avanzaba, y él les dijo señores, sonriente y pensando: «Ya son más los que se marchan, si la cosa sigue así lograré quitarme la dentadura antes de las diez y media y la pastilla azul de las once para dormir y mis hijos, mis propiedades, mi todo, y Alemania...».

—¡Susana, mujer! —llamó Juan Lucas, españolísimo.

Casi la mata del susto. Susan, linda, volteó, pero se dejó el mechón caído sobre la cara al ver a la sueca.

—Hola, Ramón del Valle Inclán —dijo, pero Juan Lucas ya había agarrado vuelo y la burla se filtró en él convertida en piropo y más España.

—Hay un mozuelo llamado Julius que nos espera —solo faltaron *er* Niño de Triana y sus guitarras flamencas.

—Hay un mozuelo llamado Julius que nos espera —lo imitó Susan, y hubiera zapateado burlona, pero la sueca, sabe Dios cómo, introdujo ambas manos en los bolsillos posteriores del pantalón y sus senos crecieron insolentes bajo la camisa blanca, obligando a Susan a cerrar los ojos, como si alguien le hubiera encendido dos faros en la cara. Quiso volar al Oriente misterioso pero perdió también ese avión y fue peor porque balbuceó algo, no llegó a decir nada y se notó que podía ponerse colorada.

—Me *llama* Dita —dijo la sueca, extrayendo del bolsillo la mano probablemente aplastada y extendiéndosela a Susan.

Juan Lucas iba a empezar a zapatear pero se sintió hijo de puta y se limitó a pegar un taconazo, en el preciso instante en que Susan sentía como si hubiera tomado una Coca-Cola helada y extendía el brazo para llevarse el mechón hacia atrás, hizo esperar a la sueca y recién ahora le daba la mano, dejándola completamente adolescente y en pantalones sucios.

—¿Quieres venir a comer con nosotros? —le preguntó entre reina de Inglaterra y Greta Garbo—. Vamos a comer al Aquarium.

—No sé, no *cree* que *puoda* —contestó la sueca, entre la Cenicienta y taquimecanógrafa.

Susan firmó el documento con una sonrisa, mientras Juan Lucas, copa en mano, se rascaba la nuca completamente hijo de puta y decidía que lo mejor era dejar a la muchacha con los De Altamira y marcharse porque Julius debía estar galgo de hambre. Abandonaron los tres el mirador y avanzaron sonrientes entre los pocos grupos de invitados que aún charlaban en el patio. El arquitecto de moda volvió a enamorarse de Susan al verla pasar conversando en inglés con la sueca que avanzaba disminuidísima y con veinte años de belleza menos que Susan. Sentía que no sabía nadar la pobre, y hubiera querido tanto que Susan le enseñara, más aun hubiera querido no tener una costra enorme en el codo. *«Me va»*, les dijo despidiéndose, y corrió a su dormitorio: tal vez la costra estaba ya seca y podría arrancársela, presentarse limpia donde Juan Lucas, pero de dónde iba a sacar un vestido que no fuera la camisa de Ernestito Pedro de Altamira, «*¡lo adio!*», gritó la nadadora.

Mientras tanto Susan, linda, y Juan Lucas, entre *playboy* y niño pródigo, besaban agradecidísimos la mejilla izquierda inmaculada de Finita y le preguntaban por Ernesto Pedro, para despedirse también de él. «Ahí viene», dijo Finita, siempre un momento antes de desmayarse, y Juan Lucas vio que Ernesto Pedro se acercaba con el ojo completamente cerrado y mirando su reloj pulsera, faltaban tres minutos para las diez y había envejecido tanto que Susan lo recibió en sus brazos, rogándole que no se molestara en acompañarlos hasta la puerta.

Minutos después el Jaguar descendía el cerro abandonando velozmente la propiedad privada de Ernesto Pedro de Altamira. La sueca, desnuda en su habitación, había descorrido ligeramente una enorme cortina y miraba perderse el automóvil en la noche, a través de uno de los vidrios que era una pared de la casa maravillosa, iluminada. En el patio, unas treinta y cinco personas azules continuaban conversando interesadísimas, sin haber logrado descubrir de dónde provenía la misteriosa luz que encantaba ese modernísimo patio, la aceptaban simplemente, de la misma manera como aceptaban que ellos, solo ellos, pudiesen dejar un vaso caer en el aire y que el aire se convirtiera rápidamente en azafate de plata labrada. Conversaban felices, protegidos por la casa de cristal con sus muros transparentes; lo que decían se perdía entre la música, entre la noche elegante allá arriba con sus estrellas, fumaban y el humo se iba enredando, iba formando arabescos entre los rayos misteriosos de los reflectores ocultos, bebían whisky y sentían y era verdad que flotaban en una isla sobre el mundo, avanzaban sabe Dios hacia dónde pero felices, anaranjadamente felices.

La última curva lo convenció de que nada asustaría esa noche a Susan. Traía ganas de correr así, como loco con el Jaguar, desde tiempo atrás, pero nunca pensó que esta sería la noche ideal. Y que ella estaría a su lado, entregada al viento, dejando que sus cabellos volaran libremente. El Jaguar devoraba las distancias y las curvas aparecían siempre antes de que hubiera podido alcanzar el máximo de su velocidad, las veía a último momento. Juan Lucas había penetrado por sectores aún no construidos, oscurísimos de Monterrico, y Susan debía haber cerrado los ojos porque continuaba muda e inmóvil, dejando siempre que sus cabellos volaran hacia atrás con el viento.

—Estamos perdidos —le dijo Juan Lucas, de pronto.

—Piérdete un rato más, darling.

Al hablar, Susan había volteado a mirar a Juan Lucas; también él quiso mirarla, registrar su expresión, pero el viento enmarañaba en ese instante sus cabellos sobre su rostro, ocultándoselo completamente.

—Piérdete un rato más —volvió a decir Susan.

Él hubiera deseado verle la cara, quería acusarla de haberse pasado largo rato conversando con Ernesto Pedro.

—Darling de Altamira —probó, entre preocupado y burlón, pero la imagen de la sueca, modernísimamente salvaje y con sus pantalones sucios y tan apretados, irrumpió derrumbando su frase, sus palabras perdieron fuerza conforme las pronunciaba y se ocultaron turbias entre el rugido del motor.

—Darling de Altamira —insistió, alcahuetísimo y fingiendo unos celos que ahí nadie tenía, y nuevamente sus palabras desaparecieron tragadas por el rugido nocturno del Jaguar.

—Darling de Neanderthal —lo cagó Susan, con tremenda alusión a la sueca adolescente, luego volvió a mirar muy tranquila hacia adelante, abandonándose valiente al vértigo de la velocidad, y dejando que el viento arrastrara nuevamente sus cabellos hacia atrás, ahora volaba también su mente. Juan Lucas apretó el acelerador a fondo, se alocó el Jaguar, pero ya todo en Monterrico había desaparecido para Susan... Me lo dijo Cinthia: eres la más bonita del colegio, Susan; no quiero irme de Londres, Cinthia; yo tengo que regresar a Buenos Aires, ¿cuándo te volveré a ver, Susan?; mi primera hija llevará tu nombre, te lo prometo, Cinthia; la mía también se llamará como tú, Susan; siete años que estamos internas, Cinthia; por fin cómo te llamas, ¿Susana o Susan?; nunca lo he sabido bien: *daddy* me llama Susan y mami Susana, yo firmaba Susana pero en Londres nadie me ha vuelto a llamar así, solo mami en sus cartas, ya hasta me suena extraño, Cinthia; será terrible separarse de ti, Susan; no llores, Cinthia; lloro siempre, soy una tonta, a ti nunca te he visto llorar, Susan, es extraño; es verdad, Cinthia; eres la única que no ha soltado una lágrima durante la graduación, Susan; adiós, adiós; sí, me quedaré en el aeropuerto, su avión llega dentro de media hora, debió llegar para la graduación, se ha atrasado, hace tres años que no lo veo, no llores, adiós, Cinthia; qué pena no haberlo visto esta vez, Susan; *¡daddy!, ¡daddy!, ¡daddy!*, ¡qué lindo eres, *daddy*!; ¡mi hijita!, ¡eres una mujercita, Susan!; se acabó el internado, *daddy*, la peruanita solitaria; mi pobre Susan; nunca sufrí, no se notaba, mi inglés es perfecto, mejor que mi castellano, mami se queja siempre, ¿cómo está?, perdona mis errores de ortografía, mami, tus cartas tienen cada vez más errores, te estás olvidando de tu idioma, ¿qué vas a hacer cuando regreses a tu patria, Susan?; no quiero regresar, *daddy*; pero, Susan...; unos meses más, *daddy*, el avión hace escala en Nueva York, esta noche a las ocho; Susan, no pongas esa cara; son solo unos mesecitos, *daddy*; *miss* Stone se ocupará de todo, Susan; encantada, *miss* Stone; le tengo listo un departamento al lado de mi casa, en Stanhope Gardens, señorita; ¡mío!, ¡mío!, ¡mío!, ¡soy feliz!, nadie se mete conmigo, Cinthia, escríbeme siempre, cuéntame todo, Susan; completamente independiente, sin ninguna profesora para prohibirme las cosas, me he cortado el pelo chiquitísimo, sería perfecto si no estuviera al lado la pesada de *miss* Stone; no vuelva nunca tarde, señorita; no se preocupe, *miss* Stone; no fume usted tanto, señorita; no se meta, *miss* Stone; ¡qué se ha creído, señorita!; ¡váyase al diablo, *miss* Stone!; le escribiré, le contaré todo, se enterará de todo, señorita; o le creas, *daddy*; ¿cómo es posible que hayas sido tan grosera con *miss* Stone, Susan?; es marimacha, *daddy*; se limitará a darte tu mensualidad, no la dejes entrar a tu departamento, iré a verte en cuanto pueda, Susan; gracias, mil gracias, linda tu carta, eres un amor, *daddy*; los negocios me obligan a ir postergando el viaje, Susan; y me corté el pelo más chiquito, te mando cinco fotos, *I love you, daddy*; tu madre reclama tus cartas, Susan; no me provoca escribir, no hago nada, no tengo tiempo para hacer nada, soy feliz, David; déjame abrazarte, Susan; no quisiera que nadie se meta conmigo, quisiera sentirme siempre libre, David; ¿son todas las peruanas como tú, guapa?; ¿crees, David?; los más bellos dieciséis años, guapa; diecinueve, David; mentirosa, eres una peruana guapa y mentirosa, Susan; suelta mi pasaporte, idiota; ¿vienes a la fiesta, guapa?; mi pasaporte, imbécil; en la fiesta, te lo daré en la fiesta, Susan; ¡suéltame, imbécil!; ¿qué pasa?, oiga, ¡suéltela, imbécil!; ¡calienta pingas!, ¡loca de mierda!; ¡suéltalo, Paul!; larguémonos de aquí, un poco de aire fresco, cógete de mi cintura, Sue; sí, Paul; ¿has ido en motocicleta antes, Sue?; corre más, corre más, Paul; cerraron los *pubs*, Sue; a Stanhope Gardens, corre más, Paul; ¿otro whisky, Sue?; no quisiera que nadie se meta conmigo, quisiera sentirme siempre libre, Paul; *good-by, baby*; ¡Paul!, ¡regresa, Paul!; mocosa loca, pequeña Sue, voy a traer más hielo; tampoco lloré, tampoco lloré esa noche, sí, esa noche fue, Elizabeth; ¿cuánto tiempo has estado con él, Susan?; casi un año, Elizabeth; ¿qué vas a hacer con tu *daddy*, Susan?; esa imbécil de *miss* Stone; su hija ha desaparecido de Londres, se ha marchado sin avisarme, señor; me escribe desde Francia, dice que está muy contenta, *miss* Stone; estoy en el deber de comunicarle que su hija se ha marchado en motocicleta con un desconocido, señor; me escribe desde Suecia, jura que está con una amiga, una llamada Elizabeth; has tenido suerte de encontrarme aquí, Susan; me harté de Paul; si vuelves a coquetear con ese maldito sueco, te mato, Susan, casi se matan; Elizabeth; tengo dinero suficiente para las dos, Susan; te pagaré en Londres, los giros de *daddy* deben esperarme allá, los debe tener la bruja esa, *miss* Stone; que vendrá, que vendrá para llevársela, eso me ha dicho su padre, señorita; estoy perfectamente bien, te mando siete fotos, ya me creció el pelo, quiero estudiar, no me niegues esta oportunidad, te lo ruego, con todo mi amor, Susan, ¡lo convencí!, toma tu dinero, Liz; y tú sigues en pantalones, no tardan en llegar y tú toda desarreglada, Susan; ¿no podré ir así?, me da flojera cambiarme, ¿quiénes son, Liz?; la pareja JJ, dos de Oxford, John y Julius, una fiesta en nuestra casa de Sarrat, ¿no conoces?, al norte de Londres, no hay tiempo para que te cambies, te quedan mejor que un traje de baile tus pantalones, vamos, Susan; ¡déjenlo que corra más!, ¡más!, ¡déjalo que corra, John!; ha bebido demasiado, no corras tanto, Julius, ¿peruana, Susahn-a?; sí, y no te mostraré mi pasaporte, borrachín; peruana como Santiago, John; compañeros de universidad; tu gran amigo, ¿no, Julius?; de Lima, dueño de medio Perú, cuando sea presidente nos mandará su avión, ¡armaremos la gran juerga en el palacio, John!; entra más despacio, Julius; la vez pasada me volé la puerta, jajaja; ¿cuántos años tienes, Susahn-a?; ¿cuántos whiskies has bebido, Julius?; me encantaría besarte, pero antes necesito otro trago, entremos, a ver si con otro trago me atrevo a decirte que te adoro, Susahna-a; me gusta, Liz;

te invitará a salir, se emborrachará, te olvidará, tendrás que regresar en taxi, pasa siempre, Susan; nos estamos emborrachando todos, Carol, como siempre en las fiestas de Julius; ¿a qué hora llegará el hijoeputa de tu compatriota, Susahn-a?; no había vuelto a pensar en él, Liz; tuviste suerte de que no te encontrara borracha, Susan; me había ido a sentar al borde de la lagunita, hacía siglos que no escuchaba hablar español; la sueca estaba de espaldas, sentada sobre el borde, jugando en la lagunita, se acercó Juan Lucas, hacía siglos que no oía español, tenía que ser Santiago: Julius me envía a conocerte, Susan; ¿Santiago?; espérate no te muevas, quédate como estás, Susan; me había vuelto a crecer el pelo, darling, ¿largo como ahora, mami?, sí, Cinthia; ¿papi te dijo eso?, ¿que te dejaras caer siempre el mechón de pelo?, ¿que repitieras ese gesto?, ¿que lo alzaras con la mano?, ¿papi se enamoró de ti por eso, mami?; casi no había pensado, en todo caso te había imaginado distinto, Santiago; ¿desilusionada?; Julius me dijo que eras dueño de medio Perú, Santiago; lo mismo me dijeron de ti, Susan; te había imaginado moreno, enorme, Santiago; ¿desilusionada, Susana?; años que nadie me llamaba así; era bajo, rubio, pero repitió ¿desilusionada?, es tan irónico, tiene la barba espesísima, no pude soportar su mirada, es más bajo que yo, lo noté cuando bailamos, me encanta, me dejaba sentada al borde de la lagunita, iba por otro whisky, la sueca lo miraba, abriéndome un agujero con el dedo en el mechón, de repente le dije darling, me miró con tal ironía, me sentí una salvaje, toda sucia en pantalones, salida de las cuevas de Altamira o de las cuevas darling Neanderthal, no toleraba su mirada, casi lloro de amor, *daddy*, pertenece a una gran familia, lleva el mismo nombre que su padre, mi gran amigo, Susan, 27 de septiembre de 1937, te adoro, Santiago; vamos a celebrarlo, mi automóvil nos espera impaciente, ¿dónde vives, Susana?; Stanhope Gardens, Santiago, pensé dormir en Sarrat, tengo mis cosas en la maletera del auto, Susan; ¡y tiene una bata de seda color rojo vino!, ¡es un dandy!, ¡unas pantuflas azules maravillosas y su nombre bordado en seda!, y te mira y hay que bajar los ojos, Liz; te llegó la hora, no más la libre peruanita, Susan; te adoro, Santiago; vas a cumplir diecinueve años, volveremos a Lima, nos casaremos, Susan; quedémonos más tiempo en Londres, por favor, Santiago; imposible, tengo que ponerme a trabajar, tenemos que volver a Lima muy pronto, Susana; querido Julius: Santiago vive ocupadísimo, no puede escribirte, voy a tener mi segundo hijo, tendrá que llamarse Roberto, Bobby, como un tío que va a ser su padrino, si es mujercita se llamará Cinthia como mi amiga argentina (nunca la volví a ver), tal como voy parece que serán muchos, cumpliremos la promesa, el próximo se llamará como tú, con todo mi amor, Susan, casémonos aquí, quedémonos un tiempo más, Santiago; imposible, Susana; hasta luego, *miss* Stone; espero que haya hecho usted una buena elección, señor Santiago; ¿tú qué piensas, Susan?; ¡váyase a la mierda, *miss* Stone!; para mí es un placer que se la lleve usted, señor Santiago, en Lima no podrás portarte así, Susana; la sueca; prefiero que me llames Susan, Santiago; querido Julius: nuestro cuarto hijo acaba de nacer, es hora de que cumplamos nuestra promesa, se llamará Julius como tú; espero poder abandonar el trabajo pronto, no me siento nada bien, quisiera viajar a Londres para consultar con un médico, nos volveremos a ver entonces, Julius; mi querida Susan: la vida es terrible, cuánto diera por verte, nunca creí que no lo volvería a ver, por favor escríbeme, Susan; darling: unas líneas para describirte a Julius: orejoncísimo, graciosísimo, Julius se debe estar muriendo de hambre en el hotel, regresaremos a más tardar a las diez, Julius; ¿quién es ese señor, mami?; no voy a llorar, la sueca, fastidiarlo, darling de Neanderthal, te llevará a pasear en su carro de carrera, este es Julius, Juan Lucas... «¡Susan Susan!».

—Casi me matas del susto, Juan Lucas.

—Hace cinco minutos que detuve el coche. ¡Ni cuenta te diste de que casi nos matamos en la última curva! ¿Cuántas copas has bebido?

—Menos que John y Julius —soltó Susan, mirándolo encantada pero un poquito más allá tristísima.

Juan Tenorio encendió el motor, lo apagó, sacó la llave del contacto y la volvió a introducir, se contuvo justo cuando la iba a sacar de nuevo, por poco no se va a la mierda el golfista. Susan lo miró aguantándose la carcajada y el llanto. Juan Lucas encendió un cigarrillo, dio una pitada y produjo tres roscas de humo, blancas y perfectas en homenaje a la paz, luego tosió dos veces, varonilmente, encendió el motor, lo dejó quietecito el tiempo necesario para probar de nuevo lo de darling de Altamira, lo dijo muy bien esta vez y ya se iba...

—Darling de Neanderthal —lo acusó Susan, ya segura de que el otro había comprendido la alusión, pero arrojándose por si acaso el mechón de pelo sobre la cara y clavándole un dedo para abrir el agujero famoso y mirar al imbécil este. Juan Lucas apagó el motor ya para siempre y cruzó los brazos dispuesto a escuchar lo que fuera, a ver también si de paso entendía algo más.

—¿Dónde estabas el 27 de septiembre de 1937? —le preguntó Susan, rarísima y sin soltar la carcajada porque podía escapársele el llanto.

—Susan, perdóname pero no entiendo ni jota.

—¿Quién se le acercó a quién y quién estaba sentada al borde de una lagunita el 27 de septiembre de 1937?

—¡Ni papa, Susan! Pero dime, ¿la sueca es darling de Neanderthal?

—Yo más bien diría que darling de Neanderthal estaba sentada al borde de la lagunita en Sarrat, el 27 de septiembre de 1937 —dijo Susan, continuando el juego.

—¿Luego, tú eres darling de Neanderthal?

—¿Y entonces quién es darling de Altamira? —Susan casi vomita.

—Cálmate, Susan; nos vamos a buscar a Julius...

—Julius estaba completamente borracho esa noche... ¿Tú dónde estabas, Juan Lucas?

—Te lo he contado mil veces, Susan: por esa época yo también andaba en Londres...

—¿Y la sueca, darling?

—¡Basta, Susan! Nos vamos. Van a ser las once de la noche y Julius debe estar ciego de hambre.

—O borracho...

—¡No, Susan! ¡Julius tu hijo, el beato chupacirios ese que ninguno de los dos quisiera ver esta noche!

—El otro, Juan Lucas, el que andaba siempre borracho...

—¡No lo conozco!

—Pero si tú estabas en Londres en esa fecha, me lo acabas de decir; además, asistió a nuestra boda...

—¡Nos largamos!

El Jaguar empezó a avanzar lentamente por las pistas oscuras de Monterrico.

—¿Encontraste el camino, Juan Lucas? —preguntó Susan, momentos después.

—Sí, estamos bien por aquí.

—En cambio yo no lo veo muy claro... Hay un camino que lleva de darling de Neanderthal a darling de Altamira, pero para eso hay que encontrar una lagunita en Sarrat, al norte de Londres... Y un peruano, darling. Pero, ¿qué pasa si la lagunita está en Suecia?... No interesa, no interesa porque Lima tiene la culpa, la mayor parte del camino pasa por Lima...

—¿De qué hablas, Susan?

—Del camino entre darling de Neanderthal y darling de Altamira: pasa por Lima, Juan. Esta noche, cuando te vayas, hazme acordar para darte un mensaje.

—¿Para quién, Susan?

—Para mí, Juan.

Le rogó que se apurara, tenía miedo, por primera vez en muchos años tenía realmente miedo de ponerse a llorar... Me da flojera cambiarme, ¿quiénes son, Liz?; la pareja JJ, John y Julius, una fiesta en nuestra casa de Sarrat, al norte de Londres, te quedan mejor que un traje de baile tus pantalones, sueca, fastidiarlo...

—...los señores gustarían —terminó de decir el mozo, alienadísimo y entregándoles la carta de los vinos, ante la supervigilancia del *maître* que había llegado hasta la mesa patinando sobre hielo.

—*Champagne* —dijo Susan, dirigiéndose, en el fondo de su alma, al otro Julius, al de Londres—. Hay que festejar el santo de este chico —explicó burlona, casi disforzada.

—Está bien: *champagne* —aceptó Juan Lucas, dispuesto a seguir el juego o lo que fuera eso. No pudo, sin embargo, disimular un cierto fastidio que el mozo no logró captar, pero que el *maître*, ya más fino, sí había notado; ahora le tocaba al *maître* hacer notar que no había captado nada: retiró las copas de vino con influencia francesa y muy buen sueldo, y se alejó patinando entre las mesas; más allá se reunió con otro *maître*, juntos dibujaron un arabesco, patinando ahora sobre un solo pie, y se deslizaron sonrientes, inclinados y con la pierna izquierda extendida hacia atrás, hasta llegar a la mesa donde el premier había terminado ya su gelatina y quería marcharse. Juan Lucas no tuvo en ese instante una pelotita de golf para introducírsela en la boca a Julius que con un inmenso bostezo debutaba en la *dolce vita*. Lo habían encontrado dormido en el sofá de la *suite*, y Susan no pudo evitar conmoverse al notar que su corbata le colgaba de una oreja, una vieja broma que años atrás le había enseñado Vilma: le ponía la corbata en una oreja mientras le cerraba el cuello de la camisa. «Apúrese, jovencito», le había dicho Juan Lucas, despertándolo. Julius se había lavado la cara, había dudado por un instante si era ayer u hoy y luego se había puesto el saco y los había seguido sonámbulo hasta el famoso *restaurant*. Ni pizca le provocaba estar ahí, más bien hubiera preferido comer unas galletas en su dormitorio y meterse enseguida a la cama. Pero ahí estaba sentado y había escuchado vagamente lo del *champagne* y en algo había asociado la presencia del *maître* en la media luz del Aquarium con un porfiado que años atrás había tenido y que, por más que lo enderezaba, se le volvía a inclinar. Después había pegado un tremendo bostezo y Juan Lucas lo había mirado, con los ojos le había dicho algo que fluctuaba entre *happy birthday*, por ser tu santo y huevón de mierda. Con eso despertó un poco más y empezó a mirar hacia las otras mesas, hasta que despertó del todo cuando vio que el de la mesa un poquito más a la derecha, casi al frente de la suya, se estaba chupando unos dedos gordísimos, sin notar que le había chorreado comida en la solapa; luego atacaba feliz una langosta, pero se le metían fibras de comida entre los dientes y tenía que soltar la langosta para extraérselas nerviosísimo. Quedaba agotado el gordo, le faltaba la respiración o algo, lo cierto es que pegaba unos suspiros enormes, se inflaba todito y al arrojar el aire iba empujando un pañuelo inmundo y probablemente húmedo que había dejado sobre el mantel blanquísimo.

Era Lalo Bello y no le importaba nada y había venido dispuesto a gastarse toda su propina, además, qué diablos; si no me alcanza, firmo. Lo conocían muy bien al señor Bello en el Aquarium. «Lo raro es que haya venido solo, se decían los mozos cuando entraban a la cocina, el gordito sabe hacerse invitar siempre». Pero esta noche no, y Lalo Bello seguía comiendo ante la mirada de asombro de Julius. Susan quería reírse y que Juan Lucas pensara que se reía de Lalo porque, aunque casi no se saludaban, eran parientes: Lalo pertenecía a la rama que empobreció, la más antigua también, y a Juan Lucas le molestaba encontrárselo con el cuello de la camisa inmundo por todas partes, hasta al Golf había llegado una tarde Lalo. Apareció en pleno club con una camiseta blanca de ñangué, chatísimo como nunca por atrás porque estaba sin saco, felizmente se marchó pronto: «Mucho yanqui, mucho yanqui», había dicho en aquella oportunidad, y se puso tan malcriado que los que lo habían invitado tuvieron que llevárselo. Juan Lucas lo saludó como diciéndole ni te me acerques y el gordo le contestó con mucho más desprecio y sin necesidad de dinero. A Susan más bien le hizo una venia, luego miró a Julius un poco desconcertado y se metió una pata de langosta en la boca. «Darling, no lo mires tanto», le dijo Susan a Julius, que continuaba asombrado, ahora más que antes, al ver que un mozo muy amable le entregaba una carta a Lalo Bello, arrancándose inmediatamente con lo de «el señor gustaría...» y nombres de vinos con su año de cosecha y todo, pero Lalo, sin hacerle el menor caso, clavaba una uña enorme y sucia sobre la carta, «neee, decía, yo quiero este, este, este», y luego volteaba a mirar a Julius con odio. Julius tuvo que mirar a otro lado, y Susan estaba muerta de miedo y deseando que trajeran pronto el *champagne*, porque el chico miraba descaradamente a todas partes, alguien podría molestarse.

Alguien que no fuera el premier: «La suerte de volverlos a ver, la suerte de volverlos a ver, la suerte de vol...». Juan Lucas, Susan y Julius voltearon ligeramente para comprobar que el premier se acercaba, quería saludarlos nuevamente, ya tenía que marcharse. «No, no, no se paren, no se molesten, por favor», les dijo, cuando estuvo al lado de la mesa. Juan Lucas aprovechó para hacer como si se fuera a poner de pie... «No, no, no se molesten», insistió, sonriente. «Darling», pronunció Susan, entregándole su mano, dejando que él la cogiera entre las suyas y le comunicara su temblor. Se quedaron así hasta que Juan Lucas intervino: «Se nos va el señor ministro», con todo el respeto de que era capaz. «La vida de un ministro, la vida de un ministro, la vida de...», empezó a repetir, y Susan sintió un ligero cosquilleo en el brazo, ya no tardaba en soltar la risa, sabía Dios cuánto iba a durar eso, pero Juan Lucas, como siempre, encontró la solución: le hizo creer a todo el mundo en el Aquarium que se iba a poner de pie... «No te molestes muchacho; no te molestes, muchacho», lo detuvo el premier que, en realidad, no le llevaba tantos años como para tratarlo de muchacho. Miró a Julius, descubriéndolo recién, y empezó a sacar cuentas, a ver si era de este o del otro matrimonio, no quería meter la pata al preguntar por él. «¿Es el menor?», preguntó, porque las cuentas no le salían, había olvidado el año exacto de la muerte de Santiago y tampoco lograba calcularle la edad al chico. Susan le contestó que sí, que Julius era el menor, y el premier hizo un nuevo esfuerzo por calcular: nada, los números se le mezclaron toditos, se le formó un enredo terrible al premier, por fin Juan Lucas se puso de pie interrumpiéndole bruscamente una suma. «El menor, el menor, el menor», pronunció el premier, pensativo, despidiéndose enseguida y descubriendo que tenía la mano de Susan entre las suyas. Ya afuera en su auto haría sus cálculos, lo ayudarían los dos hombres que lo habían acompañado a comer, dos tipos que esperaban en la sombra mientras él saludaba a sus amigos. Partió el premier, acompañado por dos hombres que no fueron identificados.

—¡Julius, por favor! —dijo Susan, al ver que volteaba a mirar nuevamente a Lalo Bello.

—No te comas las uñas ni mires con esa cara de bobalicón —intervino Juan Lucas.

—No le hagas caso, darling —dijo Susan, contreras, y añadió—: Es su santo y tiene derecho a pasarlo bien.

—Eso quiere decir que...

—¿Podría retirar la carta, señores? —intervino un mozo, brutísimo, porque a los señores no se los interrumpe.

Juan Lucas dibujó un a-la-mierda finísimo con un ligero movimiento de mano y una arruga nueva en la cara y el mozo agradeció antes de marcharse.

—¿Qué es *aquarium*?

—Un sitio donde hay muchos peces, darling —explicó Susan, interesadísima en la educación de su hijo y para fregar a Juan Lucas.

—No los veo, mami; ¿puedo ver a los peces?

—Este es un *aquarium* sin peces —concluyó Juan Lucas, al ver que el *maître* patinaba hacia la mesa con la botella de *champagne*; se acercaba también el mozo cargándole el maletín, las copas de *champagne* en este caso.

Estalló la botella dentro de los límites de la mejor elegancia y el *maître* la dominó ante la admiración de Julius, haciendo caer la espuma no al mantel, como él temió, sino en el baldecillo de plata cargado de hielo para mantener el *champag-*

ne en la temperatura ideal. Los ojos del *maître* reflejaron cierta satisfacción: había cautivado al hijo de los señores pero los ojos de Juan Lucas apagaron ese reflejo: había abierto mil botellas, había visto abrir cuarenta mil, que se dejara de alcahueterías, que se apurara con lo demás, todo dicho con la mirada. El *maître* se alejó patinando, de espaldas, no sin antes dejar las copas bien servidas, burbujeantes. Juan Lucas miró su reloj.

—A ver, Julius, ¡salud! —dijo, al ver que empezaba a hacerse un poco tarde.

—Despacito, darling —añadió Susan—, hay tiempo.

—¡Salud! —repitió Juan Lucas, clavándole los ojos a Susan primero, a Julius después.

Julius se llevó la copa a los labios y bebió un trago bastante corto, no le interesó mayormente el asunto. Más le interesaba mirar hacia donde el gordo Bello se había volteado, comía de lado el historiador, no quería ni ver a cuatro muchachos que, desde otra mesa, ya más de una vez se habían reído de él, andaba furioso con ellos. Ellos, por el contrario, felices, estaban algo bebidos los cuatro y eran estudiantes, unos muchachos muy elegantes: dos estudiaban para Juan Lucas, uno para ministro, el cuarto no se notaba bien para qué estudiaba, no andaba muy contento el cuarto.

—Años que no nos reuníamos, desde el colegio —dijo un Juan Lucas.

—¿Por qué mierda se te ocurrió entrar a San Marcos? —preguntó el otro.

—Era más fácil el ingreso. No tenía palanca para entrar a la Católica.

—Pásate, todavía estás a tiempo —sugirió el que iba a ser ministro.

—El deshueve —dijo un Juan Lucas—. Te pasas; volvemos a ser los cuatro del colegio.

—En cuarto de Derecho, en quinto mejor, hacemos una trafa y nos pasamos a San Marcos —el otro.

—Ahí es más huevo graduarse —un Juan Lucas.

—Hay el problema de la reputación —intervino el que iba a ser ministro.

—Y la cojudez de las huelgas. Arrancan con una huelga y a lo mejor pierdes un año —un Juan Lucas.

—Volvemos a la Católica —el otro—. ¡Salud! —se cagaron de risa, menos uno.

—Hablen un poco más bajo —el que iba a ser ministro—. Y menos lisuras, que se oye.

—Mozo, otro whisky.

—Cuatro.

—No me va a alcanzar el dinero —el cuarto.

—Olvídate: hoy pagamos nosotros —un Juan Lucas.

—Carajo, Carlos... —el otro.

—Ssshhhiii... No seas bruto, hombre —el que iba a ser ministro.

—Me cago en la noticia.

—¡Y en la cuenta que le voy a firmar a mi viejo esta noche!

—¿Ustedes firman? —el cuarto.

—¿Y de dónde crees que vamos a sacar para divertirnos? Allá los viejos si quieren que uno estudie, que se frieguen con las propinas.

—Te sacas el alma practicando y no te dan un real en el estudio.

—¿Tú practicas, Carlos?

—No; francamente, me está llegando la vaina esta del Derecho.

—¡Pero qué mierda!... La cosa está en sacar el título.

—¡Mira!, es mi tío Juan Lucas...

—¡Ese sí que es un tipazo!

—¡Hola, tío!... Hay que estarse un poco más tranquilos, oye. No se vaya a dar cuenta de que estamos tomando mucho... Cada día está más guapa la mujer de mi tío.

—¡Sí, oye! ¿Sabes lo que me pasó el otro día en el Golf? ¡Horrible, oye! Por poco no se da cuenta; vi a una muchacha en bikini y me acerqué para verla bien, ¡qué bestia, oye!... Era tu tía Susan... Parece una muchacha en bikini.

—No mires tanto, no seas bruto que se van a dar cuenta.

Un mozo se acercó con un azafate y cuatro whiskies.

—De parte de su tío, señor.

—Gracias.

—Gracias, tío.

—Gracias.

Juan Lucas comía tranquilamente, les guiñó el ojo. Ellos descubrieron un papelito, un mensaje: «Sobrino, el gordo de enfrente es tu primo, aunque no lo creas. Haz una bolita con este papel y arrójasela». Se cagaron de risa. El sobrino lo miró y Juan Lucas volvió a guiñarle el ojo.

—Yo se la tiro, si quieres —el cuarto.

—¡No! No sean brutos —el que estudiaba para ministro—. Es Bello, el historiador.

Muy tarde: el *maître* que supervigilaba a los jovencitos, no se vayan a portar mal porque están bebiendo mucho, vio el papelito volar convertido en mariposa, transformó su azafate en red de caza y saltó sonriente y alcahuetísimo, falló, volteó desesperado hacia Bello, le caía en la frente, no se daba cuenta, volteó feliz: los señores podían continuar, eran muy graciosos los señores. Juan Lucas les envió otra rueda de whisky.

—Gracias, tío.

—Es buenísima gente tu tío.

—No es por nada, pero me gustaría ser como él... Vienen toreros y mi tío los aloja o les da comidas, viene cualquier tipo famoso y mi tío anda con él para todas partes, hasta le han dedicado libros. Sale siempre en los periódicos, con su whisky en la mano, atendiendo a todo el mundo y divirtiéndose. ¿Te acuerdas cuando vino la artista esa de Hollywood? ¿Cómo se llamaba la gringa?... No me acuerdo, pero mi tío la acompañaba a todas partes y ni cojudo, seguro que se la tiró.

—Habla más bajo —el que estudiaba para ministro.

—Un trome, mi tío, y no porque me he tomado varios whiskies, pero para qué, en el fondo yo quisiera ser como él... En el fondo es lo único que me interesa.

—Hay que tener el cartón primero —el otro.

—¿Tú crees que mi tío tenga cartones? Para lo que él hace no se necesita título. ¿Tú que piensas, Carlos?... ¿No te gustaría ser así?

—No sé... En todo caso, te felicito: creo que eres el único sincero entre nosotros.

Los Juan Lucas y el ministro abrieron grandazos los ojos y miraron a Carlos entre desconcertados y desconfiados; no les había gustado mucho lo de la sinceridad. Algo se había filtrado entre ellos, «San Marcos», pensó Carlos, algo que les impedía ser el colegio, los cuatro juntos nuevamente como en quinto de media cuando esperaban la salida del Villa María y se iban a casar con la más rica y todo eso. Carlos sintió que la había cagado de una vez por todas, pero había bebido lo suficiente como para soportar unas horas más el vacío que se creaba entre ellos, el futuro era un vacío mayor además: se quedaría con ellos, esta noche, tanto lujo lo ayudaría a mantener la sonrisa con que ahora los miraba.

—Es muy linda tu tía —dijo, volteando descaradamente hacia la mesa de Susan.

—Deben haber sido amigos de Santiago —comentó Juan Lucas, refiriéndose a los cuatro—. No sabía que mi sobrino andaba ya en edad de juerga.

Julius no pudo encontrarle ni una sola espina a su corvina. Pero en cambio el pejerrey de Juan Lucas traía hasta el espinazo, obligándolo a trabajar con el cuchillo más corto, el de pescado, un trabajo que Juan Lucas hacía como nadie en este mundo, feliz, además.

—Tío —dijo Julius—, un día te dio cólera con Nilda porque encontraste una espina... Ahora seguro te vas a molestar mucho.

A Susan no le dio risa pero se rió de todos modos; era una buena oportunidad.

—El pejerrey es una cosa y la corvina otra. ¿Acaso tú has encontrado espinas en tu plato?... Tu plato está limpio.

—Jeje, a lo mejor me he comido una...

Susan se tapó la cara.

—¡Mozo! —llamó Juan Lucas; se acercaron *maître* y mozo—. Traiga, por favor, la carne para este chico de una vez.

—¿Le gustaría en su punto?, ¿bien cocida?, ¿cómo le gustaría al caballerito?

—Con espinas —se le escapó a Susan.

El mozo quedó medio en las nubes; el *maître*, en cambio, encendió su cara: que no había entendido nada, señor, que la broma era excelente, señora, comprenda usted, por favor, señor, buscó la influencia francesa pero nada.

—Esteee... jeje...

—Normal, oiga, para el chico —Juan Lucas crispó las patas de gallo: *maître* y mozo se retiraron de espaldas, patinando sobre hielo.

—¡Salud! —dijo Susan, alzando la copa de *champagne*.

—¡Bravo, mujer! ¡Salud!

—*Thank you*, darling. Julius, van a hacer todo lo posible por traerte un Chateaubriand con espinas.

—Como podrá usted ver, jovencito, su madre está muy feliz esta noche.

—Pídeme un postre, Juan. No tengo hambre.

—Gracias por apurar las cosas, pero hay que esperar a que este chico termine con su carne.

—Puedo quedarme con él, si quieres...

—Susan...

—¿Por qué no le cantas *happy birthday*, Juan?

Julius derramó su copa de *champagne*, miró a Juan Lucas despavorido.

—Mozo, por favor, limpie la mesa —dijo Juan Lucas al vacío.

Un mozo bajó del cielo.

—Inmediatamente, señor —se llenó de todo lo necesario.

Terminaba de limpiar cuando trajeron el Chateaubriand para Julius.

—No quiero, mami...

—¿Podríamos tomar el postre? —preguntó Susan.

—¿Los señores no desearían?...

—Nada. El postre. El chico está que se duerme.

—Y el señor está muy apurado...

Julius alzó los ojos para mirar a Juan Lucas: ¿apurado?

Dos mozos habían trabajado largo rato para convertir la mesa inmunda que dejó Lalo Bello en mesa del Aquarium. Justo terminaron cuando entró ese que Julius miraba ahora, un señor sin su esposa y con dos igualitos a él pero más jóvenes, sus hijos indudablemente, y con ellos dos muchachas algo fuera de ambiente, tenían que ser las enamoradas. Se instalaron los cinco, encendieron cinco cigarrillos y sonrieron satisfechos al mismo tiempo que arrojaban el humo, se cubrieron de humo, cambiaron de postura, ensayaron una vez más y ahora sí el humo ya no les caía en la cara. Sonrieron. El señor encontró los ojos de Julius y le hizo un guiño. Julius miró a Susan, Susan a Juan Lucas y Juan Lucas recién entonces se dio cuenta de que era alguien que él conocía, el ricacho ese: el señor con los hijos y las enamoradas lo saludaba con gran venia, luego se estiraba, miraba sonriente a sus hijos y a las chicas, estaba esperando: a la una, a las dos y a las tres: qué joven estás, papá, cada día se te ve más joven, es increíble lo joven que te mantienes. Y las preguntas de las chicas: ¿no es cierto? La más desenvuelta decía que jovencísimo, la otra decía lo mismo pero con los ojos, y nuevamente los hijos: cada día estás más joven, papá, y papá se estiraba, guardaba la barriga en el pecho, ¿es verdad?, preguntaba, ¿es verdad? Sí, papá, joven y duro como tus gemelos de oro, flamante como tu Lincoln, joven, papá, pensarán que somos tus hermanos, no tus hijos, pensarán que... Se callaba el más bruto y la tímida agachaba la cabeza, no fueran a pensar que ella era su novia o su querida, la gente es tan chismosa en Lima; le contaron el otro día que a su suegro, hija no es todavía, lo habían visto siguiendo al ómnibus del Villa María, viejo verde, en su carro llenecito de aletas, espejitos, antenas, cromos y botones, aprietas uno y el asiento se convierte en cama, terrible tu suegro. Llegaron *maître* y mozo y se unieron al grupo que no paraba de sonreír. Uno de los hijos, el que trabajaba ya en la oficina de papá, le preguntó al *maître* si eran padre e hijos o tres hermanos, uno de ellos sin novia. El *maître*, con la mejor influencia francesa, le pisó el pie al mozo y soltó que hermanos, ¿qué otra cosa podían ser? Miró luego al mozo, acababa de comprender el pobre y acertó: los señores eran hermanos, claro, ¿qué otra cosa podían ser? Sonreían, no podían parar de sonreír; feliz el papá con su terno marrón a rayas y el cuellazo crema de la camisa de seda, el pañuelito en el bolsillo superior del saco haciendo juego con la corbata, qué joven es mi querida y me da fama, pero de pronto medio tristón porque allá al frente Juan Lucas estaba indudablemente mejor conservado, tengo tantos años como rayas mi terno, una cebra, pero notaron el desconcierto los hijos, miraron al *maître* y ahora sí, todos a una: cada día más joven, papá, día que pasa, día que se te ve más joven, papá, alzaron el tono de voz y todo, no pudo más el hijo menor, el que iba a trabajar en la oficina de papá: no te dejaría solo con Martita, eres una fiera, papá, Martita bajó los ojos, papá miró su terno: marrón sin cebras, verde botella el Lincoln, de buen apellido la esposa ocupándose de la casa, joven y hermosa la querida y gasto horrores, cosa de señores, en ella, guapas secretarias, comprar una hacienda, *turfman*, cada día gano más, no pagarle mucho a los hijos, que no me hagan, ¡ay!, abuelo todavía, vivan la fama, el poder, la vida, mis hijos: más joven cada día, papá, cada hora que pasa, me voy a poner celoso de ti, papá... Y papá recogiendo el orden de su mundo, acomodándolo en una nueva sonrisa, ¿qué opina usted?

Usted era el *maître* y no opinaba nada porque estaba aterrorizado. Más bien les rogaba, perdida momentáneamente la influencia francesa, les imploraba con la mirada que ordenaran, les suplicaba con muy buen sueldo que escogieran, que bajaran el tono de voz, que se dieran cuenta, por favor, que había mirado, que nunca miraba, que se había movido, que nunca se movía, que acababa de inclinarse, que nunca se inclinaba, que los estaba mirando furioso. Algo captaron ellos en la extraña actitud que adoptaba el *maître*, algo intuyeron entre tanta sonrisa, y voltearon a mirar: frío, miedo, terror fue lo que sintieron al encontrarse con los ojos rojos, bañados en alcohol de José Antonio Bravano. Se le escurrió su mundo al padre de sus hermanos, sus hijos lo encontraron viejísimo y muerto de miedo. José Antonio Bravano se había inclinado ligeramente, su rostro azul o verde o rojo asomaba brillante al lado de su tercera esposa, inmóvil a su lado; sus ojos relucían enfermos, los estaba odiando, le había hartado tanta chilindrina en la mesa de la izquierda. Los que captaron la escena esperaban algo malo. El padre de sus hermanos disparó su primer y último cartucho, buen negocio contra imperio era el asunto y él lo sabía; se inclinó, pues, hasta besar la mesa, cerró los ojos, abriéndolos al levantar la cabeza ya sin mirar a Bravano, y esperando pálido y viejísimo cualquier cosa, hasta un disparo cruzó su mente, pero nada: silencio eterno y miedo. Se atrevió a mirar a sus hijos: lo miraban, Martita habló, ingenuísima, prefería corvina con salsa tártara, el hijo más bruto avisó que su señora le había metido algo en la boca, el *maître* empezó nuevamente a tomar nota, alguien dijo qué bien lo lleva su tercera esposa, Juan Lucas, en su mesa, le explicaba a Susan, «casi arde Troya», le decía, y Julius miraba a ese señor tan raro que otra vez parecía muerto.

El postre era nada para Juan Lucas porque detestaba todo lo que no fuera pastelería francesa a las seis de la tarde y en París. Empezaba a hartarse el golfista y les hacía sentir su apuro golpeando con un dedo larguísimo su copa vacía de *champagne*. A Susan le trajeron helados de vainilla, una bolita solamente, en una preciosa copa de plata, casi un cáliz. Tal vez probaría una pizca, en todo caso se entretendría clavando la cucharilla de plata en lo alto de la montañita blanca, luego miraría, miraría largo rato cómo se iba derritiendo el helado, qué lindo quedaba sobre el mantel casi acolchado, blanquísimo, qué estúpida significación iba adquiriendo eso de que la cucharita, espadita ahora, se fuera hundiendo en la bola de vainilla, acercándose cada vez más al fondo de la copa, un instante que ella empezaba a temer, medio en broma, medio en serio, y pensando que era extraño o tonto su juego, pero quería ver qué pasaba al fin, cuando el metal de la cucharilla tocara el fondo de la copa y Juan Lucas pidiera la cuenta porque había que marcharse y seguir con todo, ahora que ella empezaba a sentir sueño y pereza y no tenía ganas de sufrir. La fogata de Julius apuraría las cosas, tal vez era mejor así.

La fogata de Julius era sugerencia del *maître* y consistía en unas *crêpes Suzette*, le encantarían al caballerito. Susan había aceptado pensando que eso demoraría más la partida, y, qué rara soy, pensando también que el fuego ayudaría a derretir más rápidamente su helado y a precipitar el choque inevitable de la espadita en el fondo de la copa. «Sí, sí, te encantarán las *crêpes*, darling», había dicho, y Julius, que ya le andaba bostezando en la cara hasta al propio Juan Lucas, no tuvo más remedio que despertar de nuevo al ver que *maître* y mozo, felices, instalaban el aparato sobre la mesa, el hornillo de plata reluciente, la pequeña sartén y todo, mirándolo soboncísimos y deseando que él les preguntara algo, ¿cómo se hace, ah?, ¿y ahora qué más, ah?, que era el momento aguardado para extraer fósforos elegantes y arrancar con la fogatita para que el caballerito, el hijo de los señores, quede asombrado y su mamita contenta porque don Juan Lucas anda medio amargo esta noche, mejor encendemos no más y nos vamos en cuanto todo esté listo. Y ahí estaban los dos trabajando con las *crêpes*, bañándolas en Grand Marnier y *curaçao*, transmitiéndoles el sabor de la naranja y el limón azucarados, metiendo las manos en el fuego a ver si por fin el niño se entusiasma, pero el niño nada. El niño volvía a pegar un bostezo padre, se le oscurecía el Aquarium, se le borraban el Country Club, el colegio, el Golf y el mapa del Perú, enseguida lo negro empezaba a aclarar al llenarse el espacio de chispitas giratorias, un Aquarium distorsionado empezaba a formarse, un *restaurant* caliente donde la fogata enorme de su mesa, las llamaradas locas que iban a incendiarlo todo se trasladaban a la mesa de José Antonio Bravano que era rojo y roja su mujer y no se quemaban ni sudaban sino que el fuego se acobardaba y se instalaba bajito alrededor de su mesa para que ellos pudieran seguir ahí, porque siempre habían estado ahí, siempre: trajeron el Aquarium y se lo pusieron alrededor, trajeron el Country Club y se lo pusieron alrededor, trajeron a todos los *maîtres* y mozos del mundo y se los pusieron alrededor, nunca habían entrado al Aquarium, nunca habían salido, siempre estuvieron ahí sentados y no temían al fuego, al fuego, al diablo, al diablo, el caballerito, el caballerito gustaría... Julius contuvo un nuevo bostezo, lo mató en la palma de su mano, y les dijo que iba a esperar porque aún estaban muy calientes; ellos, felices, ya estaban listas las *crêpes* del caballerito, ya se apagaba el fuego, él hizo una mueca, sacudió la cabeza como para espantar una mosca y sintió que lo vencía nuevamente el sueño, ese calor, pero le faltaban las *crêpes*...

Maître y mozo se cuadraron junto a la mesa y esperaron a que se movieran. Se movieron, hicieron el ademán de ponerse de pie, *maître* y mozo se abalanzaron suavísimos sobre el espaldar de sus sillas. Ahora los tres estaban de pie. Julius miró una vez más, la última: José Antonio Bravano, muerto, encendía un puro; su mujer también estaba muerta, o dormida o le molestaba el humo, pero siempre. Tenía que pasar delante de su mesa para dirigirse a la puerta que comunicaba el *restaurant* con el interior del hotel. Empezaba a avanzar cuando escuchó la voz de Juan Lucas llamándolo y señalándole la puerta que daba al jardín exterior y a la calle. «¿Para qué, si por aquí es más corto?», pensó, pero ya la escolta se precipitaba educadamente sobre la otra puerta, obligándolo a cambiar de dirección y a seguirlos. Susan permaneció un instante más junto a la mesa, y aplastó con la palma de la mano la cucharilla que continuaba clavada sobre la ya deforme y gastada bolita de vainilla; la espadita se hundió en la crema pero no encontró apoyo y resbaló sobre el borde de la copa. Se apresuró hasta la puerta, todavía alguien allá al fondo la conocía, la vio salir encantada.

Ahora estaban mudos. Julius, demasiado cansado, hubiera preguntado por qué salían hasta la calle, por qué no seguían el camino más corto, el caminito que cruzaba el jardín y llevaba hasta la puerta principal del hotel. Juan Lucas avanzaba seguido por Susan. Dos metros más atrás venía Julius mirando el brazo extendido de su madre, la mano rígida, abierta como si le fuera a decir ven, cógete de mí, avancemos juntos. Pero ahí nadie decía nada. Julius se moría de sueño, no podía ser, algo pasaba, porque de pronto el tío se había detenido, se había apoyado en el Jaguar y esperaba a que ellos terminaran de acercarse.

—Bueno, jovencito, la noche se ha terminado para usted —dijo, casi desafiante. Le quedaba olor a Yardley para varias horas.

—Nos vamos a dormir, Julius.

—Yo creí que tío Juan Lucas quería llevarnos a pasear...

—Darling, si hay algo que tío Juan Lucas no quiere es llevarnos a pasear.

—Voy a tomarme una copa, Susan; ven conmigo... No creo que tú tengas tanto sueño.

—Te equivocas, darling; me muero de sueño.

—Bien, como quieras; yo me voy.

—*Good-bye*, darling.

Juan Lucas subió al automóvil y puso el motor en marcha, mientras Susan y Julius avanzaban hacia la entrada al jardín exterior del hotel. Susan se detuvo, volteó: el Jaguar retrocedía, Juan Lucas maniobraba, detuvo el automóvil al ver que ella lo miraba.

—¿Qué pasa? —gritó.

Susan puso el brazo sobre el hombro de Julius, avanzaba nuevamente, no pasaba nada. El Jaguar continuaba parado en medio de la pista.

—¿Qué hubo de ese mensaje, Susan?

Entraban al jardín, caminaban por una vereda hacia la puerta principal del hotel, una puerta giratoria. ¿Qué había de ese mensaje? Susan no escuchaba el motor del Jaguar, seguía parado ahí, un automóvil iba a entrar veloz por esa pista en curva, se iba a estrellar, iba a matar a Juan Lucas, ¿qué había de ese mensaje?... Terminaban de subir la escalera de piedra del jardín a la puerta.

—Tú primero, darling.

La puerta giratoria, enorme, de vidrio y madera, cuatro pequeños compartimentos, cuatro personas podían ir entrando. Julius se metió, la hizo girar, Susan lo siguió, entraba en otro compartimiento, él empujó fuertemente, una broma que a menudo le hacía, ella no lograba contener la puerta, casi se bamboleaba, no logró contenerla, apareció nuevamente en la escalera, sobre el jardín: el Jaguar se ponía en movimiento, roncaba el motor, no podía ver a Juan Lucas que ahora viraba para tomar la avenida del Golf, rumbo al Freddy Solo's Bar, donde tantas veces habíamos... *tell her*, dile que se muera, que se quede en Lima, ya verá, ya verás cómo mañana hace veinte años que estás aquí, no que seas infeliz, pero hace veinte años que dejaste de ser feliz o joven o libre o soltera o motociclista, de motociclista a esposa, de libre a puta, de soltera a ama de casa, de lo que querías a lo que un día descubres, de Sarrat, de Londres a un caserón húmedo, quédate, Lima te devuelve hasta la virginidad, el traje de novia, la iglesia, la respetabilidad, todo te lo devuelve si quieres jugar con ella... Susan se lanzó sobre la puerta, la pateó para hacerla girar. Julius tiró desde adentro, la esperaba, esta vez no le había gustado la broma, avanzar callado, dejarse seguir hasta el ascensor, esperar que encienda el cigarrillo, que mire hacia el bar que ya está cerrado, que vuelva, esperarla con la puerta del ascensor abierta. Susan sintió que algo se la tragaba, la puerta del ascensor se cerraba a su espalda, esta parte había terminado.

La sueca esperaba sentada en el MG, estacionado en la puerta del Freddy Solo's Bar. Ya se estaba hartando la pobre, no veía la hora de que Juan Lucas apareciera. Primero estuvo sentada con las piernas estiradas y fumando. Se le acercaron tres *playboys*, dos borrachos, un chileno, un *purser*, otro que dijo ser magnate y uno que se presentó como Pericote Siles pero que pisó caca de perro y se fue avergonzadísimo. A todos, la sueca los mandó a la puta de su madre, que era lo último que había aprendido y le encantaba. Continuó sentada, valientísima y muy segura de sí misma, hasta que se le acercó uno que decía que le quería cuidar el carro. Ese casi la mata del susto, casi grita ¡auxilio! la sueca. Ni a eso se había atrevido y el tipo seguía parado ahí, con la gorra inmunda de marino, con todo inmundo. Había salido de entre la noche; el letrero intermitente del Freddy Solo's Bar lo hizo aparecer verdoso, y se le acercaba y era un ladrón o un asesino peruano o un loco o eso que llaman «las barriadas», lo cierto es que repetía cuidar, señorita, y ella con el miedo no le entendía y el otro pensó americanita la rubia, y para traducirle no encontró mejor medio que pasarle la franela inmunda que llevaba por la luna delantera, se la dejó totalmente empañada, y ahora sí que ella estaba segura de que ese era el comienzo de un crimen horrible en esta tierra de salvajes. Pegó un salto la sueca y cayó sobre la vereda, al otro lado del automóvil. ¡Que se largara!, ¡que se largara!, le rogaba al tipo y el otro dale que dale con lo de cuidar, ya hasta se ofrecía a traerle un baldecito para lavarle las llantas, pero la sueca empezó a subir la capota del auto *sport*, la aseguró bien por todos lados y luego se subió ante la mirada desconcertada del guardián, que ahora insistía en enseñarle una tapita de Coca-Cola que llevaba prendida en la solapa y que, según él, le daba jurisdicción sobre todos los carros que llegaban a ese bar, desde hacía siete años, además. Ya lo de la chapita de Coca-Cola tranquilizó un poco a la sueca, también eso de que no empezara nunca con el crimen la había hecho pensar que probablemente se trataba solo de un loco nada peligroso. Por si las moscas cerró bien las lunas y les puso seguro a ambas puertas, no se movería hasta que llegara Juan Lucas este hombre de mi-er-da, *demorrón*. Pero Juan Lucas se había demorado más todavía, y la sueca pudo ver cómo los hombres que llegaban solos o acompañados por mujeres de toda clase y tamaño no le tenían miedo ni asco ni nada al tipo ese, a nadie se le había ocurrido avisarle a la policía para que se lo llevaran al manicomio. Por el contrario, los hombres le encargaban su automóvil, «cuídamelo pero sin ensuciarlo», le decían, bromeando, y algunos le añadían su palmadita en el hombro, que seguro tenía lepra o algo como los perros. Hasta popular no paraba el tipo, y sabía muy bien cuándo alguien no era peruano, lo notaba en el pelo rubio o en la «lengua», porque los que no hablaban peruano hablaban «lengua», y él se sabía sus palabras: «*I mister, I mister*», les decía, y ellos le soltaban monedas y le confiaban sus automóviles. «Le voy a preguntar a Juan Lucas», pensó la sueca, que aún no lograba perder el miedo del todo.

Se olvidó de la pregunta. Se olvidó de la pregunta, del tipo con la gorra de marino inmunda y del miedo. Se olvidó de todo cuando vio que a su derecha, precisamente en el espacio que un Cadillac acababa de dejar vacío, aparecía la nariz aerodinámica del potente Jaguar. Juan Lucas estacionaba, extraía la llave del contacto, inclinándose ligeramente, y la sueca aprovechaba la luz intermitente del letrero del bar para deleitarse en la contemplación de esa nuca en que se deslizaban algunas canas perfectas, apropiadísimas, el símbolo del hombre interesante y de la masculinidad para ella. Apagó su último cigarrillo, bajó del MG para esperarlo y entrar juntos. Quería un whisky para mirar el vaso en la media luz, con la música entre el humo, quería que le hablara poco y bien dicho y ella voltear de rato en rato para gozar de su nuca bronceada, adornada de plata y de seda. Juan Lucas empujaba la puerta del Freddy Solo's Bar, la dejaba entrar.

Susan lo vio sentado, casi dormido sobre la cama. La corbata le colgaba de una oreja mientras con gran dificultad se desabotonaba la camisa. Ella hubiera querido arrojar su vestido azul por el balcón de la *suite*, pero esas cosas no se hacen, ella no era la sueca, ¡a la mierda con todo! ¿Para qué había entrado al cuarto de Julius? Sí. No para decirle que esta noche mami iba a dormir sola y si quería meterse en su camota, hay espacio para veinte en mi camota, ¿qué te parece, darling? Le espantó el proyecto, Julius la miraba, ¿qué pasa?, ¿algo malo con tío Juan? Eso no pasa nunca, se ríen toda la vida pero... ¿Qué diablos hacía ella ahí?, no para decirle que esta noche voy a dormir... La bata la asfixiaba, podría tomar un duchazo, no, pastillas para dormir... Susan salió disparada en busca de un whisky pero en el camino todo dejó de importarle, solo que Julius debía haberla notado rarísima... ¿Qué pasa esta noche y ahora mami ha cerrado su puerta y tose o llora?

III

Las chicas del barrio Marconi se pusieron sus gorros y se metieron juntitas al agua, por el lado menos profundo de la piscina. Era un buen momento porque el gringo parecía cansado luego del salto mortal número catorce de esa tarde, se había marchado el gringo, se había perdido entre los jardines, era un rosquete de mierda, siempre desaparecía en el instante en que ellos iban a romperle el alma, la otra tarde también se había escapado. Pero no importaba: el momento de romperle el alma llegaría, cualquiera de ellos bastaría para la tarea, lo que pasa es que todos querían pegarle, en el fondo es una manera de que mi hembrita me quiera más, ya ahora le meto lengua, imagínate si además le pego al gringo. El otro día Carmincha le dijo a Pepe por qué no te tiras un salto mortal como el gringuito, cojuda de mierda, claro que Carmincha es medio putillona, su mamá está divorciada y todo, al pobre Pepe uno de estos días me lo adornan y ellos no querían cornudos en el barrio, la fama, muchachos, habría que aconsejar a Pepe, que le cayera a Norma, esa fijo que lo acepta, cualquier cosa, porque ellos no querían cornudos en el barrio.

Los muchachos del barrio Marconi, con la peinada de después del almuerzo, fumaban controlando a cuanto bañista desconocido se arrojaba a la piscina. Ocupaban su banca de siempre, sentados unos, otros de pie a ambos lados, el resto también de pie detrás de la banca, apoyándose en el espaldar y, de vez en cuando, soltándole la ceniza del cigarrillo a uno de los sentados. «¡Me cago!», gritaba la víctima, incorporándose para devolver la broma con un escupitajo pequeño, compacto, perfecto, que golpeaba certero la camisa del primer bromista. «¡Tísico de mierda!», gritaba este, limpiándose con el pañuelo, mientras el otro extraía del bolsillo posterior del pantalón caqui o azul un peinecito tipo cholo, lo mejor para armarse nuevamente la montañita engominada que te da uno, dos y hasta tres centímetros más de estatura. Fumaban hasta quemarse los dedos, luego arrojaban las colillas encendidas al pie de la piscina, a ver si alguien viene descalzo y se quema la pata. Ya los habían descubierto y el administrador les había llamado la atención, pero ellos negaron rotundamente, de todo nos acusan y, además, que no jodan, hombre. Continuaron divirtiéndose cada vez que alguien se quemaba la planta del pie y se arrojaba desesperado al agua. Al gringo le llenaban el camino de colillas encendidas, pero el gringo salía empapado de la piscina y corría mojando todo lo que pisaba, nunca se había quemado, se le pegaban las colillas en las plantas de los pies y el tipo como si nada, seguía corriendo, trepaba nuevamente al trampolín, volaba, salto mortal sabe Dios número cuánto, salía nuevamente por el borde y por enésima vez corría hacia el trampolín con los pies llenecitos de colillas que se apagaban sin quemarlo. «Pobre gringo», había dicho Carmincha, pero Carmincha ya todos sabían lo que era, hielo con Carmincha, y tú, Pepe, a tomar desahuevina, había que aplicar la ley del barrio.

Pero las chicas del barrio Marconi dijeron que no, que ni hablar de romper con Carmincha, ellos qué se habían creído. Ellos fumaron más y pelearon toditos con toditas, a buscarse la hembrita en otro barrio, un amor en cada puerto y todo eso. Por la noche Luque se robó el auto de su cuñado y el barrio en pleno, como sardinas en lata, partió a beber y aterrizó borracho en un prostíbulo de la avenida Colonial. Tres se aventuraron, otros ni aventura ni plata para la aventura, solo para beber unas cervezas más. Dos desertaron, enamoradísimos después de la tercera botella, hubo uno que quiso suicidarse, lo cierto es que al día siguiente todos se sentían pésimo cuando llegaron a la piscina del Country. Las chicas no habían ido por la mañana y ellos fumaron como bestias y se pasaron horas prendidos a la barra del bar, pidiendo agua helada para apagar el incendio que los consumía. De vez en cuando controlaban la puerta de ingreso a la piscina, pero ni sombra de las chicas. Ellos no sabían que se estaban probando sus uniformes: el verano se acababa.

Por la tarde sí vinieron toditas, pero ellos se cagaban en ellas y no las saludaron. Las pobres estaban arrepentidísimas. Carmincha quería hablar con ellos y explicarles que ella era así, que no había nada de malo en su manera de ser, quería pedirles por favor que la perdonaran, ojalá que se apuraran porque ellas la habían convencido, tienes que disculparte, hazlo por nosotras, y ya se le estaban quitando las ganas. Lo haría por Cecilia, que era la única que la comprendía, pobre, el gringo le gustaba más que Pepe, Cecilia comprendió cuando la vio llorar. Sí, lo haría por ella. Por ella esperaría a que el gringo terminara sus saltos mortales y solo entonces se bañaría con todas, era la única manera de que ellos se dieran cuenta de que los querían, más tampoco hay que hacer. Se pusieron sus gorros y se metieron juntitas al agua, nadaban despacito, los miraban, puf, se zambullían, debajo del agua los querían horrores.

Ellos fumaban más. Hacía un buen rato que el gringo había desaparecido y su itinerario piscina-trampolín estaba llenecito de colillas humeantes. Pero de pronto apareció por uno de los jardines laterales, venía corriendo al trampolín, subió como loco, voló imitando el silbido de un avión en picada y se clavó en el agua. Conque silbiditos, ¿no?... además era maricón el gringo. Los muchachos fumaron más, más todavía cuando vieron que las chicas salían juntitas de la piscina, le daban voces a Carmincha, le pedían, le rogaban que saliera, pero Carmincha las ignoró por completo y a ellos ni los miró.

«Puta de mierda», dijo Luque, poniéndose de pie y arreglándose por ambos lados de la cabeza, con las palmas de las manos, la peinada. «Puta de mierda», dijo Carlos, poniéndose de pie y acomodándose los testículos delante de todo el Country Club. El barrio Marconi en pleno se incorporó en el instante en que el gringo pasaba delante de ellos rumbo al trampolín, pero los gringos nunca han entendido nada y, además, este gringo ni siquiera los había visto. «Puta de mierda», dijo Enrique, frotándose las muñecas. «Sí, puta de mierda», murmuró Pepe, sombrío, y Manolo, a su lado, le ofrecía tembloroso un fósforo encendido, cuando el otro bien encendido que tenía su cigarrillo. Cecilia se cogió del brazo de Manolo y sopló apagándole el fósforo con una sonrisa nueva, maravillosa, una mujercita es lo que era; un goterón se desprendió enseguida de su pelo empapado y fue a posarse en su nariz por un instante, para resbalar luego siguiendo la curva respingona que tanta gracia daba a su perfil, cayó finalmente sobre su labio superior, apagando entonces su sonrisa y transformando su carita en otra grave, la carita para las grandes ocasiones que ahora estrenaba: «Dejen a Carmincha en paz», soltó nerviosísima, no pudo controlarse y se arrojó sobre Pepe, ahí fue que le dio un beso muy mal dado en la mejilla y salió disparada y Manolo detrás de ella, con el fósforo todavía en la mano. También Pepe quería largarse y ellos trataban de contenerlo. «¡Déjenme solo!», gritó, de pronto, logrando escaparse de Luque y de Carlos, que lo tenían cogido por los brazos. Se les iba, y ellos se debatían entre la ayuda al caído y el ataque al enemigo, pero entonces las chicas decidieron seguir el ejemplo de Cecilia y se pegaron a ellos para besarles la mejilla, algunas hasta introdujeron la mano por debajo de sus camisas para acariciarles sus varoniles pechos. Carlos iba a gritarle algo al gringo que volvía de otro salto mortal, pero en eso sintió la mano de su hembrita, calentita la mano y justito ahí donde cada día le crecían más pelos en el pecho, no pudo con las ganas de fumar y cayó sobre la banca abriendo la nueva cajetilla de Chester... El barrio Marconi se iba calmando poco a poco.

Pero el Chino, que era bien ladilla y no tenía enamorada, consideró que el asunto no podía terminar así. Andaba furioso el Chino y hacía un ratito nomás que le había gritado ¡silencio, vieja de mierda!, a una señora que pasó por ahí diciéndoles a los chicos que hoy último baño, mañana a cartabón y todo eso. Claro que al gringo le iban a pegar de todas maneras pero lo de Carmincha... «Hay que hacerle alguna pendejada a la puta esa». Bien bruto el Chino, porque soltó lo de puta delante de las chicas y ahora ellos empezaban a voltéarsele, cuidado, primo, amarra el perro, respeto. También ellas, entre muñequeadas y furiosas, decían si ustedes defienden a este, nosotras defenderemos a Carmincha, ya no tardaba en empezar todito el lío de nuevo, pero el propio Chino la barajó diciendo nosotros no vamos a pelearnos, a llevarnos todo el bulto mientras la pu... perdón, mientras Carmincha sigue bañándose tan tranquila, ¿por qué no le hacemos una pendej... una broma? Miren, aquí tengo una latita de betún, un recuerdo que me ha quedado del carnaval, ¿qué tal?, ¿qué les parece, muchachos?... y si salta el gringo, yo me encargo de él. No estaba mala la idea porque después de todo la tal Carmincha seguía tan contenta, ni los miraba, se había quedado en el agua, cogida de un borde de la piscina y admirando al gringo, ya solo le faltaba aplaudirlo cada vez que saltaba. ¡A la mierda! Por el barrio, muchachos. Pásate un Chester, hermano, el betún, primo, ¿pero cómo hacemos para que venga?

Fue entonces que al muy bruto de Manolo se le ocurrió mandar a Julius a pedirles un cigarrillo a los muchachos del barrio. Hacía días que Cecilia había empezado a hablarle a Julius cuando lo encontraba en la piscina. Al principio a Manolo le llegó un poco el asunto, pero luego se fue acostumbrando y ahora hasta le gustaba. Era tan graciosa Cecilia cuando le hablaba al chiquito, qué feliz se ponía, se disforzaba toda y era bestial eso de sentarse un rato los tres juntos, lejos del barrio reunido, y conversar y escucharlo hablar de una hermanita Cinthia que había tenido y de mil cosas más, rarísimas algunas, pero el chiquito era millonario y todo era posible, muy posible además porque el chiquito, Cecilia lo decía, era bien nerviosito, temblaba de frío porque andaba todo el día en ropa de baño y estaba muy flaco, pero temblaba también porque era bien nerviosito, graciosísimo era y ella se quitaba la toalla de los hombros y lo cubría para que no se enfriara y los tres conversando se parecían tanto a cuando ellos se imaginaban ya casados, mi primer hijo tiene que ser hombrecito, un Manolito, claro que con Julius ahí delante ellos hablaban de otras cosas, conversaban menos íntimo, pero en sus ojos estaba que el momento se parecía a otros cuando tú seas ingeniero y esas cosas que ellos hablaban cuando oscurecía y estaban solos... «Anda donde los del barrio y diles que me manden un cigarrito», le dijo el muy bruto de Manolo, sin pensar en todo lo que era capaz de hacer con el pobre Julius el deshonrado barrio Marconi. Julius, que andaba en todo lo de adorar por primera vez a una que no tenía ni la edad de Cinthia ni la de su mamá, tardó un momento en comprender y esperó por si acaso Cecilia decía algo, pero Cecilia, bien bruta también, apoyó a Manolo: «Vas y vienes corriendo, chiquito». La verdad es que se moría de ganas de darle un besote a Manolo y por ahí hacerle comprender de una vez por todas que Carmincha no era mala ni nada, que simplemente se le caía la baba por el gringo, ya era hora de que el gringo se dejara de tanto salto mortal y de que se enterara de que hay mujeres en este mundo. Julius se les había acercado en ese momento y era mejor que se marchara un ratito, lo del cigarrillo era un buen pretexto y era verdad además.

El famoso Chino vio a Julius y pensó que ese era el hombre. Claro que le darían el cigarrito para Manolo pero antes tenía que hacerles un favor. Las chicas protestaban, era broma, claro, pero muy pesada. Ellas se habían negado a llamar a Carmincha y ahora se negaban también a permitir que el chiquito fuera a llamarla en nombre de ellas. «Pero, entonces, ¿por qué no se meten al agua con ella?, ¿están de su parte?», preguntó Luque. No, no, pero la broma era muy pesada y Carmincha iba a creer que eran ellas las que la habían mandado llamar y ellas no tenían nada que ver con la idea. «¿Entonces?», dijo Luque. No, no, no, ellas acababan de amistar, no querían pelear otra vez. «Es una broma», les decía el Chino, ellos también, ¿qué menos podían hacer? Por fin ellas se callaron, cedieron, y el Chino le explicó a Julius: solo querían que saliera un ratito para arrojarla entre todos al agua. Si no, peor, porque le iban a arrojar todas sus cosas, anda, chico, dile que venga, dile que solo queremos darle la mano y quedar como amigos. Cuando nos dé la mano, la cogemos, la balanceamos un poco y al agua, eso es todo... Allá iba Julius, había llegado al borde de la piscina y se iba a meter, cuando se escuchó por todo el Country Club, también por ahí cerca, en San Isidro, un increíble alarido. Todos los ojos convergieron en el trampolín donde el gringo gritaba haciendo girar los brazos como hélices, ¡se volvió loco el gringoaaaaaauuuuuuuuuuuu!, y a correr como nunca, ¡a volar como nuncaaauuuuuu!, ¡altísimo voló el gringoaaaaaauuuuuuuuuuuuuuu!, se clavó en la piscina. Segundos después Cecilia y Manolo corrían hacia la banca del barrio, silencio absoluto: el gringo seguía sin salir, había desaparecido en la parte más honda de la piscina.

«Se ahogó», pensaron muchos, y los muchachos del barrio Marconi hasta empezaron a sentir remordimientos, en el fondo el gringo podría haber sido buena gente. Y el otro dale con no aparecer y la gente alrededor de la piscina aguantándose la respiración, muerta de pánico, nadie se atrevía ni a acercarse al borde. Solo Julius continuaba ahí parado y podía ver que el gringo ni se había clavado en las losetas del fondo ni se había partido el cráneo ni nada. Al comienzo había sentido un poco de miedo al verlo instalarse en la parte más honda, y permanecer sentado como meditando, hasta que parece que tomó una decisión y empezó a bucear hacia el lado de menor profundidad, donde Carmincha parecía también esperarlo como si todo hubiera sido parte de un plan preconcebido. Pero esto ahí adentro, no alrededor de la piscina, donde Luque ya empezaba a quitarse la camisa para lanzarse en busca del pobre gringo que, dejándose de tanta cojudez, hasta tenía cara de buena gente. Por ahí una señora gritó al cielo: «¡Hagan algo por Dios santo!», y ya Luque estaba olvidando la ley del barrio y todo, cuando de repente se escuchó un chillido histérico y disforzado de Carmincha y todos la vieron elevarse como un metro: era el gringo que se le metía por entre las piernas y la alzaba sobre sus hombros, feliz renació el de los saltos mortales. Carmincha reía ahora instalada cojudísima sobre sus hombros, así sería el amor para ella en adelante, salto y salto mortal, a este no habría que pedirle que dejara de fumar como a Pepe, a este lo que habría que pedirle es que no se matara en el trampolín. Todos continuaban pasmados, furiosos luego, cuando el gringo que tanto los había hecho sufrir pegaba otro alarido desesperante, depositaba a Carmincha sobre el borde de la piscina, pegaba un salto, caía sobre las colillas encendidas pero él nunca se había quemado, recogía a la pobre Carmincha, siempre cojudísima pero lo quería al gringo, ahí se la lleva, ¡qué bestia el gringo!, la había cargado de cualquier forma, los muchachos del barrio Marconi vieron cuando la cogió por la entrepierna, y se la llevó de cualquier manera a su reino, allá arriba, sobre el trampolín, sanísimo el gringo, no captó ni entrepierna ni chuchita ni nada, solo quería que ella se arrojara con él del trampolín, pobre Carmincha, una nueva vida empezaba para ella, «siempre le gustó lo prohibido», pensó Luque, pero no le sonó a verdad su pensamiento, qué bruto el gringo, ahora pegaba otro alarido salvaje y arrojaba a la pobre Carmincha al agua, cayó de panza y el gringo al lado, un costalazo, y feliz. Carmincha salió a la superficie entre valientísima y llorando, el gringo pegó otro alarido, Cecilia les hizo adiós y el Chino, que todavía se acordaba de la ley del barrio, empujó a una sirvienta al agua, le metió la mano a otra, embetunó a una tercera, vino el cholo portero a pedir calma, lo embetunaron, Luque arrojó al Chino al agua, embetunó a Carlos, a Manolo le cayó betún en el ojo y a Cecilia le dio un increíble ataque de risa al verlo tuerto y furioso. Ese fue el momento en que el gringo vio por primera vez a los muchachos locos esos, pero ahí venía el administrador, ¡mañana todo el mundo al colegio!, se cerraba la piscina, el gringo la clausuraba con un alarido feliz y la pobre Carmincha volvía a caer de panza, nunca aprendería, le dolían el pecho y la barriga, trataba de decírselo pero él quería más saltos y ella tendría que estudiar bien su inglés porque el gringo no comprendía ni los dolores en castellano.

Los
GRANDES

Los Arenas llegaron ya inmundos. Parece que el día anterior les habían estado probando los uniformes y, como nunca nadie se ocupaba de ver que esos niñitos no se ensuciaran, ellos se los quedaron puestos y media hora más tarde ya estaban bien sucios. Por ahí alguien dijo que hasta se habían acostado con los uniformes, lo cierto es que también los llevaban muy arrugados cuando llegaron. Felices aparecieron los Arenas, eso de que fueran hermanos los libraba de convertirse en puntos porque al batir se bate a uno, nunca a dos juntos. El que sí llegó tristísimo fue Cano; hacía tiempo que había dejado de estar de vez en cuando triste, ahora era triste y tenía caspa además. También llegó el gordo Martinto, pero lo habían jalado de año nuevamente y a duras penas se acordaba de que Julius había sido su amigo. Todos iban llegando, y junto a la puerta que daba acceso al gran patio se repetía la sempiterna escena de los que venían por primera vez al colegio y no querían quedarse por nada de este mundo. «¡Quiero a mamita!, ¡quiero a mamita!», gritaban, pobrecitos, eran de partir el alma con sus uniformes azules impecables y los cuellazos blancos almidonados que tanto molestaban al comienzo; cuanto más rabiaban y movían el pescuecito, más se irritaban. La tarea de recibirlos le había tocado a madre Mary Agnes, que desde tempranito los había estado esperando buenísima, sonriente, tan encantadora que algunas mamás sufrían más que sus hijos al ver que dejaban a Ricardito, por ejemplo, en manos de una monjita tan linda y que huele tan rico. Y es que las madrecitas del Inmaculado Corazón eran americanas y olían siempre a limpiecito y seguro que desayunaban Corn Flakes, que son unas cajas con bastante maíz del mejor y mucho sol de California.

Madre Mary Agnes no sufría por eso; a veces sentía que se iba a impacientar, pero entonces tocaba rápido una cuenta de su rosario y de ahí abajo le subía nuevamente la sonrisa hasta los labios. Sánchez Concha llegó enorme, realmente había pegado un estirón atroz durante el verano, pero no era tonto Sánchez Concha y antes de arrancarse con alguna matonería prefirió pasarse el primer día estudiando el ambiente, no fuera que por ahí otro de tercero hubiera crecido más y a lo mejor me pega. Del Castillo estaba muy rubio pero no había crecido mucho. Julius sí había crecido pero andaba cada día más flaco y solo se trompeaba cuando lo desafiaban y no quedaba otra solución. Llegó en la flamante camioneta Mercury, una que Juan Lucas decía haber asegurado contra todo riesgo menos contra Bobby que, antes de llegar al Markham, tenía pensado tirar por lo menos una docena de curvas con trompo delante del carro de una chica del Villa María. La había conocido en Ancón un día en que Peggy, la canadiense, estaba resfriada. Bobby había dejado a Julius en el Inmaculado Corazón, baja mierda, apura, y había salido en busca del carro de la niña nueva, cuyo itinerario casa-Villa María tenía estudiado de antemano. A su lado, Carlos comía tranquilamente. Le había perdido el miedo a la muerte y le acomodaba ese afán del niño Bobby por manejar; así él podía ir comiendo su pan con chicharrón, era la hora en que le gustaba desayunar y hasta se traía su termo con su té bien calentito.

Al entrar al colegio, Julius tuvo la sensación de que sus pies pisaban más abajo. Primero pensó que a lo mejor se iba a desmayar, pero luego, al detenerse en esa sensación, empezó a comprender que había crecido. Estaba en tercero de primaria, era un grande en el colegio, por eso el cemento del piso estaba ahora más lejos de su vista y el local le parecía más pequeño, soy un grande. Era siempre un enorme local pero todo parecía estar como más al alcance de su mano, todo era más fácil este año, y aunque las ventanas seguían siendo inmensas, tal vez las más grandes que había visto en su vida, ya nunca podrían tragárselo, ya nunca serían tan grandes como antes. Extraña sensación, más extraña ahora que miraba a todos los chicos y a todos los conocía o eran los bebitos esos que llegaban por primera vez, ya ni aprendería sus nombres y los demás no lograrían nunca asustarlo. No sabía, por más que pensaba no sabía por qué sintió que podía pegar un grito y que toditos iban a enmudecer. Sintió también que sería muy fácil ser malo este año, claro que Del Castillo y los Arenas y Sánchez Concha y los demás de tercero también podrían ser malos este año, ¿qué hacer en este caso?... Puedes ser malo entre todos los que no están en tercero pero también puedes ser malo entre los malos, mira otra vez al piso a ver si te contesta, ¿quién te va a contestar, Julius?... La monjita del piano se le acercó nerviosísima, ¿por qué Julius?, ¿por qué tu mamá ha decidido una cosa así? Julius la miró sin saber a qué venían tantos nervios, justo cuando él empezaba a ser malo se le acercaba la otra llenecita de olor a teclas de ese piano, ¿qué había decidido mami? Mami había decidido, por carta le había informado a la monjita, y ahora la monjita oliendo delicioso le informaba a Julius: «Tu mamá dice que hay que tomar en serio lo del piano y que vas a estudiar muchas horas semanales con una señorita alemana, una gran profesora de piano». Su prima Susana Lastarria, madre de unos niñitos Lastarria que estudiaron aquí, la había convencido. Julius tenía talento, tienes talento, Julius, y este año aprenderás con otra profesora, una gran profesora alemana... Ahí fue donde debió ofrecerle a Dios humildad al aceptar lo de gran profesora alemana, ahí debió ser porque se pegó tremendo mordisco en el labio, nerviosísima se puso la monjita del piano con ese olor, «tenía pensado enseñarte el himno de los Estados Unidos», atinó a decir, y salió disparada con el pretexto de que ya iban a tocar la campana y todavía tengo que hablar con varios que quieren seguir sus clases conmigo. Se fue temblorosa la monjita del piano y Julius se quedó estático, buscando razones, ¿por qué mami no me habrá dicho nada? Postergó la maldad para un momento más apropiado, después de todo qué era ser grande si las decisiones importantes continuaban viniendo desde arriba, sin siquiera consultarle. Vio el piano oliendo delicioso, a teclas, a limpiecito, y corrió a unirse a Del Castillo y a Sánchez Concha, tal vez junto a ellos volvería a crecer, mira, allá está el gordo Martinto, fíjate en los Arenas, mira a Chávez, fíjate en Cano.

Pobre Cano. Le quedaban unos cuantos reales que le había robado a su abuelita y estaba comprándole unos miniches al Pirata, que había metido la mano por el alambrado. Ya iba a quedar terminada la compra cuando en eso la Zanahoria vio el asunto y dale a correr con la campana en alto, coloradísima corría la Zanahoria, cuántas veces tendría que repetirle, oiga usted, que está terminantemente prohibido venderles cosas envenenadas a los niños, todo esto en inglés, y el Pirata luchaba por sacar la mano atascada en la alambrada, luchaba por entregar los miniches y recibir las monedas, pero Cano, larguísimo, se había quedado paralizado. «Ya me voy, madre, ya me voy», iba diciendo el Pirata, que seguro tenía gusanos bajo el parche negro del ojo izquierdo, «ya me voy», repetía, y en realidad ya se iba pero era solo porque la hora de clases llegaba y los niños iban a desaparecer del patio. Volvería, como siempre, a la hora del recreo; años que venía haciéndole la competencia al negocio de golosinas limpísimas, pasteurizadas, norteamericanas y homogeneizadas que las monjitas tenían instalado para favorecer a las misiones y para fomentar las vocaciones religiosas. El Pirata, gran negociante, logró recibir las monedas pero no soltó los miniches, y a Cano se lo llevó la Zanahoria tristísimo. «Te los doy más tarde», alcanzó a decirle el Pirata, pero sabe Dios si él escuchó porque su abuelita había dicho un día ladrón que roba a ladrón tiene cien años de perdón y eso mismo acababa de sucederle.

Jadeante, la Zanahoria había ocupado su lugar en lo alto, junto a las demás monjitas. Acababa de dejar a todas las clases del colegio perfectamente alineadas, en fila de a dos y por orden de talla, y ahora iban a cantar el Himno Nacional del Perú y el del colegio. La monjita del piano alzó el brazo para dar la señal, todavía no lo había bajado, cuando el gordo Martinto soltó un ¡Somos libres! desentonadísimo y la Zanahoria corrió furiosa a llenarlo de pellizcones. No pudo, felizmente, porque la madre superiora decidió que era el primer día de colegio y que había que tomarlo a broma, ya irían practicando y van a ver cómo dentro de unos días cantamos el himno de este país como es debido, también el himno del colegio y el de mi país, que es muy lindo y muy grandazo y que algún día ustedes podrán visitar porque aquí les enseñaremos el mejor inglés y ustedes podrán tomar un avión y volar, rrrrrrrr, y aterrizar, rrrrrrrrrr en los United States, y cuando extrañen su país, que también es lindo, se toman otro avión y, rrrrrrrrrr, se vienen volando a Lima, ¿qué les parece? Y todos sííííííííííí y risas, y la Zanahoria ya había regresado junto a las demás monjitas y algunos de *kindergarten* se habían asustado con tanto rrrrrrrr y Mary Trinity bajó corriendo para ser buenísima con los chiquitos que lloraban y la monjita del piano alzó y bajó el brazo rapidísimo para que Martinto no se equivocara de nuevo y todos cantaron el himno del Perú y el del Inmaculado Corazón. Luego la madre superiora volvió a hablar, más seria esta vez, y la Zanahoria asentía. Fue presentando a las monjitas nuevas y ellas hacían una venia al escuchar su nombre, sonreían oliendo a limpiecito y, cuando la madre superiora aludía al inmenso sacrificio que habían hecho dejando su país para venir a educar a los mejores niñitos del Perú, las monjitas se ponían serias y se cogían de sus rosarios, vivían envueltas en unos rosarios enormes que terminaban en una hermosa cruz negra de bordes dorados y de Cristo también dorado.

Entraron a sus clases y empezó otro año escolar. Ese primer día los de tercero se pasaron la mañana mirándose, estudiándose y calculándose los centímetros que podían llevarse unos a otros. Poco a poco se fueron calmando, pero en todo caso Sánchez Concha no cesó durante varios días de hacerle ver a todos ahí que ya casi no cabía en la carpeta, había que tomar nota de eso, además Sánchez Concha era ágil y jugaba muy bien fútbol, el mismo Morales lo había dicho y seguro que este año lo nombraba capitán del equipo del colegio. Eso le jodía un poco a Del Castillo.

Dos semanas más tarde, Sánchez Concha ya era capitán del equipo de fútbol y a Del Castillo se le estaba borrando un ojo negro, producto de un puñetazo que le cayó por faulear al capitán del equipo de fútbol. A Julius también había sido incluido en el equipo, pero no de arquero como él había pedido, sino de *winger*. «Tienes que ser *winger*», le había dicho Morales, pegándole un estropajazo en el culo. «Estás tan flaco que tienes que ser *winger*. Esos deben ser largos y flacos para que puedan correr mucho, déjate de arqueros ni de coj...». Iba a decir cojudeces, pero vio que se acercaba madre Mary Joan, una de las que había llegado este año pero que había estado antes en México y entendía las reglas del fútbol. Madre Mary Joan seguía todos los entrenamientos. Por las tardes, en cuanto Morales hacía sonar su silbato de árbitro-entrenador-director técnico, la monjita aparecía sonriente, bendecía el juego con su bondad, le impedía a Morales decir lisuras y recogía ligeramente las mangas del hábito porque era la monjita deportista y le encantaba el fútbol.

Tres semanas más tarde, Sánchez Concha le había vuelto a pegar a Del Castillo, y había agregado a su lista de pateaduras las que le dio a Zapatero, a Espinosa, a De los Heros y a Julius, a quien acababa de sacarle la mugre esa mañana. Julius estaba contando la increíble historia de su profesora alemana de piano, era nieta de Beethoven y todo, cuando en eso apareció el otro gritándole ¡mentiroso!, ¡a ti no se te cree ni lo que comes!, agregó por último que su hermana iba a dar una fiesta y que no iba a invitar a su hermano Bobby porque ese no tenía papá sino padrastro. A Julius no le cayó nada mal eso de que a Juan Lucas le llamaran «padrastro», pero lo que no pudo tolerar fue que le malograran íntegra su historia sobre la nieta de Beethoven. Se produjo el desafío, chócala para la salida, y por eso él partió con tremendo arañón en la cara a recibir su clase de piano esa tarde.

«En realidad, darling, fue una idea de tía Susana», le explicó Susan, cuando Julius, al volver después del primer día de clases, la acusó prácticamente de alta traición, de haberlo puesto en una situación la mar de desagradable frente a la monjita, se fue nerviosísima, mami, era una profesora muy buena, yo quiero seguir estudiando con ella, ¿sí, mami?, por favor, mami. Pero mami estaba algo cansada y el día parecía el último de sol, no tardaba en caer el otoño, y el jardín del Country Club, allá al frente, no tardaba en llenarse de *autumn leaves* y de *feuilles mortes*. Además, mami acababa de llegar de la peluquería y llevaba los cabellos cubiertos con un pañuelo de seda blanco: de nada le valió, pues, llevarse el mechón maravilloso hacia atrás, no hubo mechón esta vez, y si continuaba pensando en una explicación para Julius, que seguía ahí parado, se le iba a enfriar el té que un mozo del hotel acababa de traerle en fino juego de plata. Cogió una tostada, le untó mermelada inglesa de naranjas y se la ofreció a Julius porque estás flaquísimo, darling.

—Mami, no quiero ir donde la profesora alemana; la monjita me gusta más.

—¿Y usted cómo sabe que la monjita le gusta más?

A mala hora había iniciado Julius ese diálogo-protesta, porque quien le había respondido era nada menos que Juan Lucas que, elegantísimo, acababa de aparecer atravesando el *hall* del hotel, ante la mirada feliz de una exiliada boliviana que tomaba el té en la mesa un poquito más allá de la de Susan.

—A ver, pruébeme usted que la monjita esa enseña mejor. Y dígame usted, señor: ¿le interesa realmente ser pianista o quiere usted tal vez convertirse en organista de iglesia? A esos hasta los castran, ¿no? ¡Ah, no!, eso es a los que cantan...

—Darling —intervino Susan—, tu tía Susana tiene razón; ella dice que cuanto antes cambies de profesora, mejor. De todas maneras tendrás que cambiar el año entrante, cuando vayas a otro colegio... Mi té se enfría... Y hay que ir pensando ya en conseguirte un sitio en otro colegio para el año que viene...

Un mozo atravesaba el inmenso *hall* del hotel y Susan lo llamó para que le trajera su té al niño, de una vez.

—Se hace tarde, darling; ahora toma tu té, ya mañana cuando vayas a tu primera clase verás cuánto te va a gustar la nueva profesora.

—Usted sabe, jovencito, que Alemania es un país de músicos —dijo Juan Lucas, adoptando una expresión de educador que le quedaba pésimo—. ¿Sabe usted quién fue Beethoven? ¿Que sí sabe? Pues su tío Juan Lucas le está pagando a usted nada menos que clases con la nieta de Beethoven.

A Susan le encantó lo de la nieta de Beethoven. Julius, por su parte, recordó que Beethoven era el busto con cara amarga que había sobre el piano en el castillo de los Lastarria, si Cinthia supiera que voy a estudiar con la nieta de Beethoven... Pero no podía ser verdad.

—Mami, tío Juan está mintiendo.

Tío Juan andaba de excelente humor y no tenía que partir a ningún lado, tenía todo el tiempo del mundo para su familia, sus hijos, la educación, etcétera.

—¡Cómo que mintiendo!... ¿Mintiendo sobre un asunto tan grave?... ¿Mintiendo sobre un asunto de filiación?

Lo cagaron al pobre Julius con la palabra filiación. Sonaba importante. Sonaba a verdad. No se miente sobre un asunto de filiación, ¿qué es filiación? Juan Lucas lo notó impresionado e impresionable.

—El código castiga severamente a los que mienten en asuntos de filiación.

A Susan se le puso delicioso el té al notar que Juan Lucas perdía su tiempo alegremente con Julius, Juan Darling.

—Acérquese, jovencito. Tome asiento aquí, entre su madre y yo. Veamos, ya le traen su té... Póngaselo aquí, listo, gracias... Tráigame un agua mineral, por favor... El arroz con pato donde el gordo Romero ha estado un poco fuerte hoy en el almuerzo... Veamos, a Beethoven sí lo conoce, ¿no? Bueno. ¿Y sabe por qué se murió más sordo que la pared de enfrente? ¿Y sabe por qué se quedó sordo? ¿No sabe?... ¡Ah!, pues entonces usted no sabe nada sobre la filiación de los genios, mi querido amigo.

Susan sintió que su té acababa de llegar de la India, colonia inglesa.

—*What about them?* —preguntó encantada. Quería saber todo sobre los genios.

—Los genios —dijo Juan Lucas—. Los genios... —repitió, y no encontró ninguno en toda su educación secundaria y superior; buscó en *Time* y encontró a Einstein—. ¡Los genios! ¡Claro! ¡Beethoven! ¡Claro!...

Julius no tardaba en volver a insistir sobre la monjita del piano, iba a hablar...

—Un problema de filiación... Mire usted, jovencito: los genios son unos tipos difíciles, lo más raro que hay, siempre con unas pelucas enormes y toda la vida furiosos. Ya sé. Mira, Julius: Beethoven tuvo tres hijos y los tres eran unas soberanas bestias tocando piano. Tocaban tan mal que su papá los tuvo que botar a patadas y nunca más quiso reconocerlos. Ves, ah, ahí hay un problema de filiación... Hazme acordar que tengo que llamar a uno de mis abogados, Susan. ¿Qué le pasa a este candelejón del mozo que no me trae mi agua mineral?... Ya viene, ya viene.

—Los abogados se encargan de los asuntos de filiación —intervino Susan. Ojalá que Juan Lucas dijera que sus abogados se ocupaban solo de negocios, porque si no, a lo mejor andaba en problemas de filiación con la sueca... No lo creía tan babieca para meterse en esos líos...

—Eso depende de la especialización —explicó Juan Lucas—. Los míos se encargan solo de negocios.

Susan feliz, porque lo de la sueca no fue nada, aventurillas de darling y nada más. Hubiera sido tan pesado que ella se presentara un día en la oficina de Juan, tristísima, con traje y diciendo se pasó la fecha y no enferma hasta ahora...

Juan Lucas bebía sobriamente su agua mineral, Susan se dedicaba a su té de la India colonial, Julius tomaba su lonche y, en la mesa de un poquito más allá, la exiliada boliviana conversaba con la embajadora de Chile, que era elegantísima. Julius volvía a sentir pena por la monjita del piano, se le vino el olor de teclado, mami...

—¡La filiación de los genios! —exclamó Juan Lucas, y a inventar otra vez, no paraba de venirle el buen humor—. A los tres hijos los botó papá Beethoven de casa. Los botó para siempre. Ya sabe usted lo que le espera si resulta un ensarte como pianista.

—Beethoven —lo llamó Susan, encantada, jardincito para el té en la India y violines gitanos, con estereofónico y sin gitanos, entre el aire fresco y el Sol poniente. Juan Lucas se vio con peluca, le iba a dar asco pero triunfó la broma de Susan y a ella ya se le había secado el pelo y se quitó el pañuelo de seda, abajo el mechón maravilloso, limpio, recién salidito de la peluquería. Juan Lucas pensó que apurándose aún alcanzarían la puesta del Sol sobre el mar, ¿qué tal si nos vamos a tomar un aperitivo al Yacht Club del Callao? Y tú no te preocupes, ahora te cuento todo, ya vas a ver lo que son los genios, y el abuelo de tu profesora sobre todo, mañana empiezas con ella, ¿no?... Pues ahora te vienes al Yacht Club con nosotros.

—¿Tú qué sabes sobre la filiación de los genios? —le gritó Julius a Sánchez Concha. Llevaba nueve clases con la profesora alemana y no le quedaba la menor duda de que era nieta de Beethoven. Sánchez Concha no sabía absolutamente nada sobre la filiación de los genios y se fue muerto de pica. Los demás se quedaron todos. Ahí estaban Del Castillo, De los Heros, Espejo Roto (se apellidaba Espejo y tenía una cicatriz en la frente), los Arenas apestando, Zapatero, Espinoza, Cano tristísimo y Winston Churchill, que se llamaba así y era nicaragüense. También rodeaban a Julius otros chicos de segundo y hasta algunos de primero. Lo de la filiación de los genios se ponía cada vez más interesante.

—Pero uno de los tres hijos se casó y tuvo una hijita y le enseñó a tocar el piano. Esa salió genio —Julius recordaba a Juan Lucas contándole la historia en el Yacht Club; eran sus palabras—: A los cinco años, la chiquita tocaba el piano perfectamente bien y su papá la entrenaba todos los días porque un día se la iba a llevar a Beethoven y le iba a decir escucha a tu nieta, a mí me negaste la filiación pero con ella no podrás hacer lo mismo, porque ella también es un genio, como tú, papá, y seguro ahí Beethoven se iba a poner a llorar y los iba a perdonar a todos.

Martinto apareció armado de una inmensa espada de palo y desafió a todo el grupo pero ni siquiera voltearon a mirarlo. Nada le importó al gordo el desaire de esos cobardes, siguió carrera furioso y allá al fondo se trabó en mortal lucha con un ciprés.

—Y una tarde se la llevó y Beethoven no quería recibirlo pero el otro insistió tanto que no tuvo más remedio que hacerlos pasar.

—Seguro que la chiquita se orinó del susto —dijo Del Castillo.

—¡Eso crees! La chiquita empezó a tocar piano y tocó mucho mejor que Beethoven y Beethoven se puso negro de envidia y como era genio hizo un esfuerzo supremo por no escucharla, se moría de envidia, hizo tanta fuerza para no escucharla que se quedó sordo para siempre.

—¿Y entonces?

—Entonces ella creció y en Alemania los nazis eran muy malos y la acusaron de haberle pegado a su abuelito en la oreja, la empezaron a perseguir y ella se escapó a América y se cambió de nombre y ahora nadie sabe que es la nieta de Beethoven, eso no lo debe saber nadie. Ella se cambió de nombre y no quiere saber nada con la filiación de los genios.

Hace tres semanas que estudio con ella y ahora se llama *Frau* Proserpina.

—¿Tú le has preguntado?

—¡No seas bruto!

—¡Mentira! ¡A ti no se te cree ni lo que comes! —Sánchez Concha había regresado al grupo sin que nadie lo notara y ahora volvía al ataque—: ¡Mi hermana va a dar una fiesta del Villa María y no va a invitar a tu hermano Bobby porque ese no tiene papá sino padrastro y chócala para la salida!

Tenía que ser a la salida porque la Zanahoria, feliz, hacía volar su campana anunciando el fin del recreo.

Bobby andaba tirando impresionantes trompos frente a la casa de la niña nueva del Villa María. Todas las tardes se quedaba con la camioneta y Susan tenía que cederle el Mercedes a Carlos tres veces por semana, para que llevara a Julius al centro de Lima, a su clase con *Frau* Proserpina. A esa hora estaría oscureciendo en el Golf y Juan Lucas pegándose un duchazo después de los hoyos de la tarde, mientras Susan lo esperaría conversando con algunas amigas para este invierno, la señora marquesa, embajadoras, esposas de otros Juan Lucas o de otros golfistas simplemente. Oscurecía en Lima cuando Carlos atravesó La Colmena y tomó la avenida Tacna, para continuar avanzando hacia el jirón Arequipa, que era donde tenía su academia la nieta de Beethoven. No podía dejar de reírse al ver a Julius con una mejilla en estado bastante lamentable y ocultado mal la furia que lo dominaba. Felizmente esa furia ya iba pasando y, a medida que se acercaban a la academia, Julius empezaba a notar que otra sensación lo dominaba, miedo tal vez, pero no miedo por traer la lección mal aprendida, sino porque nuevamente tendría que introducirse en ese antiguo caserón, donde todo parecía no tardar en venirse abajo. «Le han pegado al niño y el que le ha pegado se llama Sánchez Concha y Sánchez Concha también tiene su camioneta con su chofer...». A Carlos lo había asaltado de pronto esta idea y ya le estaban entrando ganas de meterle su par de cabezazos mañana al chofer de Sánchez Concha. «A mí qué mierda después de todo, pensaba, mientras conducía el Mercedes, a mí qué mierda después de todo, pero le han pegado al niño Julius, bueno, a lo mejor se lo merece, en todo caso, no es cosa mía, tombo de mierda, ¡cambia la luz!, mira a Julius, cómo me lo han puesto, ¡cambia la luz, huevas!». «Oye, Julius, dijo de pronto, ¿tú qué le dijiste al que te sonó?, ¿le mentaste la madre?, ¿sabes mentar la madre?... Pues escucha porque te voy a enseñar unas cuantas para que le digas al próximo que te suene, escucha... tienes que aprender a usar la cabeza también, lo que pasa es que ustedes los blanquitos no saben usar la mitra, te voy a enseñar a repartir con la mocha; ustedes los blanquitos no cabecean ni cuando juegan fútbol, ¿o tú crees que la cabeza solo sirve para pensar? Pensando te pasas la vida y después viene cualquiera y te suena, bueno, ya estamos donde tu profesora, baja rápido y yo voy a buscar dónde cuadrar, te espero en la puerta... Te han roto el alma por no saber usar la mitra, anda, baja ya...». Mañana le iba a pegar su cerradita al chofer de Sánchez Concha y si me alega, lo sueno, el huevas este de Julius.

Zaguán se llamaba el patio horrible ese que tenía que cruzar. Julius se había quedado parado, examinando la madera carcomida del inmenso portón, seguro que ya nadie lo cerraba porque las bisagras estaban completamente oxidadas y el portón se había quedado abierto para siempre. Eso de ahí parecía una llave de luz pero segurito que los niños que se electrocutaban en los periódicos de Nilda metían la mano en llaves de luz así, y el bebito, pobrecita la criaturita, ese que se puso a mear, mear es orinar, Julius, ese que se puso a mear y por ahí había un enchufe así todo roto y por los orines se le subió la electricidad hasta el pipí y huérfana se quedó su madre; no, Nilda, huérfano se queda el que se le electriza su mami. Mejor era cruzar el zaguán sin luz, cuidando de no torcerse el tobillo en alguna de las losetas que faltaban, faltaban casi todas, en alguno de los huecos que había además de las losetas que faltaban, cruzar el zaguán mirando a la gente detrás de las ventanas inmundas, bajo las bombillas que cuelgan altísimo, todos son rarísimos, nunca he visto gente así. Entró una colegiala, las chicas que están en los colegios no viven aquí, pero la colegiala abrió la puerta y Julius se había detenido, muerto de curiosidad, otra amiga la esperaba y él, medio escondido, que no me vayan a ver mirando. La colegiala recibió a la colegiala y se sentaron con sus libros a estudiar bajo una bombilla que colgaba altísimo, ¿cómo estudian sin luz? Una colegiala alzó la vista y Julius volvió a avanzar. Andaba despacito, avanzaba por el centro del zaguán y tantas puertas y tantas ventanas enormes, seguro que no eran casas, pero entonces vio también una cama y a una mujer muy blanca vestida con grandes espacios blancos, que cerró desafiante, ¿qué miras niño?, la cortina, seguro se va a calatear. Julius avanzó rápidamente, se tropezó en un escalón, una parte negra ahora y otro patio y más ventanas, otra colegiala, bonita, bonita, bonita, sentía frío ahora Julius. Ahí estaba la escalera y miró atrás y era bonita, bonita y le sonreía y había un montón de ventanas con la bombilla colgando altísimo, esa es una oficina, ¿y qué hace el de esa ventana?, miles de periódicos, millones, y hace tres semanas que vengo y sigue leyendo, ¿se los va a leer todos?, tengo que preguntarle a mami qué es Escribano de Estado, sí, eso creo que dice, me acerco, no me acerco, Escribano de Es..., sonreírme una colegiala blanca, pero así no son las colegialas blancas del Villa María, Cinthia, me sonríe buena y bonita, bonita, bonita. Julius se lanzó sobre la escalera que llevaba al segundo piso donde había un montón más de ventanas, igualito que abajo, un montón de ventanas a los cuatro lados del zaguán, bombillas también, y mientras avanzaba pudo ver otra cama, no, cuatro camas en ese cuarto, y siguió de largo, ahí está el hombrecito que me sonreía, al viejito le brilla el coco calvo, siempre está leyendo un periódico el hombrecito con el coco calvo, le brilla el coco y seguro es un sabio con las lunas de los anteojitos como fondo de botella el vidrio de los anteojitos tan redondos, seguro que es un sabio y hoy también me ha saludado el viejito, ya debe ser hora de mi clase, mejor me apuro, no sé bien la lección, no pude repasar al volver del colegio, Carlos me ha enseñado a mentarle la madre a Sánchez Concha, a usar el coco, la mocha, la mitra y le voy a mentar la madre, nada con la madre, Julius, decía siempre Nilda, apúrate que ya debe estar esperando, qué rara es Frau Proserpina, pobrecita está tan vieja, tío Juan dice no hablarle de Beethoven, puede ser muy doloroso para ella, pero seguro también que no se acuerda porque está tan vieja, y por aquí a la izquierda. Julius avanzaba por un largo corredor donde también se podía electrocutar si se le ocurría encender la luz, que seguro tampoco hay. Avanzaba y había también un montón de ventanas pero ahí la gente ya nunca era blanca y tenía siempre la ropa colgada y olía siempre a mojado y a jabón, pobrecita *Frau* Proserpina, hablar alemán y vivir aquí, pero también es bien dura y no quiero que me pegue más en las manos cuando me equivoco. Avanzaba, Julius pasaba junto a las ventanas de esos cuartos más pobres, más pequeños que los del patio, ¿son casas?, ¿casas?, ¿cuartos?, ¿edificio?, qué raro todo... En la última puerta, como una boca de lobo, la academia. Tres semanas que él desembocaba en ese inmenso auditorio con sus cuatro bancas siempre pegadas a la pared del fondo, todo oscuro y, al otro lado, el estrado también oscuro, solo dos pianos iluminadísimos, y, en el de la izquierda, *Frau* Proserpina esperándolo tres veces por semana y, en la silla desfondada, todos sus chales, buenas tardes, *Frau* Proserpina.

«Tres minutos de atraso, tres minutos menos de lección», así lo recibió la nieta de Beethoven, seguro que ha heredado el carácter de los genios, pero mejor no pensar en eso porque se le podía escapar algo delante de ella. «Tome asiento el jovencito». Julius se sentó y trató de explicarle que había tenido un lío con Sánchez Concha, que por eso no había podido darle una última repasada a la lección, pero *Frau* Proserpina no mostró el más mínimo interés por su mejilla arañada, mucho menos por el intento de explicación: Julius no tuvo más remedio que dejarla a la mitad. Era la décima clase y la nieta de Beethoven no daba señal alguna de simpatía. Ya el primer día le había preguntado por su profesora anterior y él, encantado, trató de contarle hasta del olor de ese piano, pero ella lo interrumpió: «Solo su método me interesa; ¿qué tipo de ejercicios emprendieron usted y esa señorita?». Que no era señorita, le iba a explicar Julius y, sonrisa en labios, se arrancó con que era una monjita y muy nerviosa... «¿Qué ejercicios emprendieron juntos?». A Julius le molestó tanta interrupción, pero todavía quería creer que era por lo de la filiación de los genios. «El jovencito explicará a su profesora qué tipo de ejercicios emprendió con su anterior maestra». Larga la frase y dale con lo de emprender y vocalizando tanto, además, que ya no tardaba en zafársele la mandíbula, y él qué se iba a hacer si eso ocurría ahí al fondo de esa ¿casa?, ¿edificio?, ¿cuartos? Definitivamente tenía que preguntarle a mami por el local en que se hallaba la academia. El pobre Julius tenía que apurarse en responder porque *Frau* Proserpina pronto iba a impacientarse nuevamente, ¿qué decirle?, con la monjita esa él nunca emprendió nada que se llamara solfeo, la monjita le dibujó las llaves con su rabito y su colita y la llave de sol era una arpita, una muchachita, y después empezó a dibujarle todas las notas, que eran unos soldaditos peruanos y norteamericanos, y de ahí pasaron a *My Bonnie lies over the ocean* porque Julius tenía facilidad... Eso mismo trató de explicarle el día de su primera lección, le sonrió y todo, a ver si se hacía íntimo amigo de la viejita y ella le contaba llorando de su abuelito... «Comprendo», lo cortó nuevamente *Frau* Proserpina, que de seguir en ese plan no tardaba en convertirse en vieja fea y nada más. Pero lo de la filiación de los genios... «Comprendo que el jovencito y la anterior señorita no han emprendido ningún estudio que valga la pena considerar como serio, por consiguiente hay que emprender todo desde la hoja número cero». Acabó justito cuando se le iba a salir la mandíbula. A Julius ya no le cabía la menor duda de que era nieta de Beethoven. Ahora lo que habría que meditar era que no parecía tan buena. Él siempre se había imaginado que la gente que sufría o estaba enferma, o que le dolía la cabeza o que se la había roto, debía ser la gente más buena. Pensó en Juan Lucas, a ese nunca... a mami no le gustaría... «No pensar en las musarañas es condición del buen discípulo», dijo *Frau* Proserpina, incorporándose y balbuceando algo del otoño y del invierno mientras se dirigía a la silla de los chales y cogía uno. Se lo puso. Ese fue el primer chal que se puso. Y hoy, tres semanas más tarde, *Frau* Proserpina llevaba varios chales sobre los hombros y se quejaba de que el invierno iba a ser terrible. Julius miró hacia la silla desfondada y notó que colgaba sobre el espaldar la misma cantidad de chales que el día de su primera lección. «Veamos», dijo la nieta de Beethoven, y él puso ambas manos sobre las teclas y arrancó con el ejercicio ese tan pesado y que ya lo estaba haciendo odiar el asunto del piano. Los pianos de *Frau* Proserpina olían solo a humedad, además, y ella no le mostraba el menor cariño ni le sonreía nunca ni se controlaba cuando él se equivocaba, total, que si seguían en ese plan al pobre Julius se le iba a acabar el talento, y el que más iba a gozar con eso era Juan Lucas, a quien le llegaban los músicos fuera de los discos o de las cintas estereofónicas. «Nada de artistas en la familia, había dicho un día, nada de artistas, esos no rinden un céntimo y hay que mantenerlos estudiando toda la vida. Indudablemente Julius es un tipo inteligente, mucho más que Santiago o que Bobby, y algún día podrá encargarse muy bien de los asuntos de la familia». Susan no se lo había negado, estaba completamente de acuerdo con lo que él decía, pero es tan bonito que el hijo menor toque el piano o sea pintor y lo vistes elegantísimo, y le da un inmenso encanto a la casa, mira, Juan, lo bonito que es ver a Julius sentado en su piano, ya poco a poco le irá pasando, pero por ahora es graciosísimo, no lo puedes negar, darling. Darling también estaba de acuerdo con ella, justamente por eso había mandado a Julius donde una profesora de a verdad, él hasta cree que es nieta de un genio, espérate a que le pegue un buen par de gritos, espérate a que él le sonría y ella lo mande al cuerno, ya vas a ver cómo se le acaba la bobada del piano, no pasa de este invierno, mujer... Y de ahí al golf, al deporte, a que se junte con muchachos más alegres... de ahí a que se deje de mariconadas hay solo un paso. Susan estaba nuevamente de acuerdo pero más suavecito, no tan bruscamente, darling, y empezaba a explicarle todo de nuevo pero más suavecito, menos bruscamente, cuando recordó que su prima Susana le había dicho que el único defecto de *Frau* Proserpina era que les pegaba coscorrones a sus discípulos.

Se equivocó de golpe la tía Susana. *Frau* Proserpina no pegaba coscorrones sino tremendos reglazos, y en plena muñeca, y era en esos momentos, precisamente, que le venía el paso de ganso, la disciplina férrea o sabe Dios qué, lo cierto es que le volvía hasta el acento alemán que tantísimos años en el Perú le habían hecho perder casi completamente. «¡Levanta la *monyeca!*», gritaba en esas ocasiones, y esta era una de ellas: «¡Levanta la *monyeca!*», gritó y, ¡zas!, tremendo reglazo en el hueso flaco de la muñeca de Julius. «Sánchez Concha, concha de tu madre», pensó Julius, furioso, y casi se le escapa pero no era precisamente Sánchez Concha el que acababa de electrizarle medio brazo con ese golpe filudo. Era *Frau* Proserpina y qué culpa tenía el pobre Julius si la monjita del piano oloroso nunca le había hablado de tocar levantando la muñeca ni tonterías. Cuando tocas con sentimiento, ¡qué importa la muñeca alta o baja! ¡Zas!, otro reglazo, y de nuevo «¡levanta la *monyeca!*», así él nunca iba a tocar con sentimiento ni nada, en ese plan se le iba a terminar hasta la última gota de sentimiento. Por lo pronto ya quería decirle déjeme en paz, señorita, pero algo en él la perdonaba aún, tal vez la necesidad de enterarse de lo que ocurría en esa ¿casa?, ¿edificio?, ¿cuartos?, tal vez la colegiala bonita, ¿vive aquí?, qué raro, o tal vez el viejito, que seguro es un sabio, también el escribano y el que arregla máquinas de escribir, que seguro ya no sirven para nada, bajo una bombilla que cuelga de altísimo, máquinas de escribir como catedrales con sus torres con sus campanas... ¡Zas!, otro y «¡levanta la *monyeca!*». Este sí que le dolió en el alma, le dolió hasta aceptar que los pianos de *Frau* Proserpina huelen a orines de gato y que las miserables cuatro bancas del fondo para los recitales están sucias. Ella le había dicho que sus discípulos, solo los mejores, daban recitales y que venía mucha gente. «Tengo que seguir. Algún día habrá recital y seguro que van a venir todos los que viven, ¿casa?, ¿edificio?, ¿cuartos?, aquí...». ¡Zas!, «¡levanta la *monyeca!*», y él levantó altísimo las dos *monyecas* y las mantuvo así mientras *Frau* Proserpina iba por otro chal, «será un invierno muy crudo», anunció. Su tono tristón le dio a Julius nuevas esperanzas y ya empezaban a bajársele afectuosamente las muñecas, cuando escuchó que *Frau* Proserpina agregaba lo de la nieve: «Caerá mucha nieve», dijo, exactamente, y Julius levantó *ipso facto* ambas muñecas y se esforzó por tocar lo mejor posible su ejercicio, «en Lima nunca cae nieve, señorita», se equivocó por quererle decir que en Lima nunca nevaba, y por empezar de nuevo y rápido se le bajaron las *monyecas* y, ¡zas!, otro. «Cuando termine la clase le contaré a Carlos y él se matará de risa, *hoy sí que has llevao tupido pa' la finca*, dirá. Pero seguiré viniendo porque algún día habrá recital y seguro que vendrán todos los de aquí, el viejito sabio y calvo y la mujer malhumorada que se calatea, el escribano, las colegialas, la bonita, la bonita, la bonita».

«En tres semanas es muy poco lo que hemos emprendido», le dijo *Frau* Proserpina, al terminar la lección. «Usted vino recomendado como alumno de importante talento. ¿Dónde esconde usted ese talento?». «Concha de tu madre, Sánchez Concha», pensó Julius, pero nuevamente sintió como si hubiera disparado a otro blanco. *Frau* Proserpina se puso de pie y se dirigió a la silla desfondada en busca de otro chal. «Tal como se presentan las cosas, el invierno va a ser muy crudo y la nieve...». Por toda respuesta, Julius solo atinó a despedirse prometiendo preparar mejor sus ejercicios para el próximo miércoles. «Se ruega puntualidad», le dijo *Frau* Proserpina, cuando él ya había bajado del estrado en que se hallaban los pianos iluminados. «Un alumno sale y otro entra. Usted se va y otro viene. Se ruega puntualidad para evitar toda alteración en el horario. Los horarios están hechos para ser respetados». Julius alcanzó a duras penas a prometer que llegaría puntual la próxima clase, se acercaba ya a la puerta del inmenso auditorio y su mente volaba hacia cosas más interesantes, o por lo menos tan inexplicables como la propia nieta de Beethoven. Como siempre, *Frau* Proserpina se quedó sentada esperando a su próximo alumno, que debía llegar en cuanto Julius partiera, los horarios están hechos para ser respetados. A medio andar por el corredor, Julius se dio cuenta de que había olvidado su cuaderno de solfeo y volvió hacia la academia para recogerlo. Entró en silencio y se encontró con todo a oscuras, «¿qué hacer?, pensó, tiene que venir otro alumno, se fue *Frau* Proserpina, qué raro». En esas andaba cuando una madera del piso crujió bajo su pie y los pianos volvieron a iluminarse de golpe, aclarando aquel extremo del vetusto auditorio: la nieta de Beethoven estaba tejiendo un chal. «Me olvidé de mi cuaderno», explicó Julius, y *Frau* Proserpina, que se había puesto rápidamente de pie, como sorprendida por algo, arrojó la madeja de lana, cogió el cuaderno temblando y extendió el brazo, sin avanzar eso sí, para que él se acercara a recogerlo. «Las cosas no se olvidan y menos el cuaderno de solfeo. Partir rápido porque llega otro alumno puntualmente». Julius cogió su cuaderno y salió disparado del auditorio. Avanzó luego más despacio hasta llegar a la mitad del corredor, rarísimo todo, el alumno puntual no llegaba, tenía que pasar por ese corredor y nada... Algo lo hizo regresar por segunda vez hasta la puerta de la academia, pegó su aguaitadita y partió a la carrera al ver que la nieta de Beethoven había apagado nuevamente las luces, seguro que estaba tejiendo chales, y a él le provocaba todo menos que una madera del piso volviera a crujir.

Caminaba lentamente por los corredores que bordeaban el segundo patio y llevaban hacia la escalera. Al pasar por la ventana del viejito calvo del coco brillante, Julius miró porque quería ver una vez más cómo eran los sabios. Ahí estaba sentado con sus anteojitos de lunas como fondos de botella, y Julius pasó haciendo el menor ruido posible, pero el viejito alzó la cara y lo miró. Siempre lo miraba y le sonreía pero esta vez trató de incorporarse, eso le dio un poco de miedo, Nilda dijo hay que desconfiar de todo el mundo, y él apuró el paso al ver que el viejito sabio le hacía señas con la mano, igualito como si le estuviera haciendo adiós, con el brazo en alto pero bien enclenque, y apenas si se movió temblando. Julius no se atrevió a voltear para ver si efectivamente se había incorporado y había llegado a la ventana. Corrió hasta alcanzar la escalera y ahí sí ya tuvo que andar más lento porque no había luz y los escalones estaban hechos pedazos. Al llegar a los bajos se detuvo en el espacio negro entre los dos patios y se quedó pensativo, como si estuviera urdiendo algún plan maquiavélico para cruzar el zaguán sin miedo ni nada, enterándose de una vez por todas de lo que pasaba en cada una de las ventanas con las bombillas colgando altísimo. Debió haber contado a la una, a las dos y ¡a las tres!, porque se sobró de impulso y antes de detenerse ya estaba en el centro del zaguán, sintiendo además que todo el mundo lo había visto correr y que de todas las ventanas lo estaban mirando, a lo mejor con odio. En una ventana, a su derecha, las dos colegialas estudiaban en la penumbra, muy pronto iban a necesitar anteojos, pobrecitas, se les va a malograr la vista. Y cómo estudiaban, él ya llevaba su ratito ahí mirándolas y ellas ni cuenta se daban. Aprovechó para acercarse un poco a investigar esas paredes de la habitación, parecían de cartón; se acercó más y había una frazadota enorme colgando y atrás de la frazadota era otro cuarto. ¿Cuál será la ventana de la colegiala bonita?... Julius la buscaba con más confianza ahora, esa no es, tampoco, esa es la del escribano de... se acercó más a la placa «Escribano de Estado» y el tipo ahí adentro, llenecito de papeles... ¿Cuál será la de la chica bonita?... Ya se estaba poniendo contento, claro, él siempre había tenido razón: la chica no vivía ahí sino en una casa que ya empezaba a imaginar, cuando de pronto, en un rincón del zaguán se dibujó una ventana que hasta el momento no había visto y la chica bonita era colegiala y vivía ahí y lo miraba sonriente mientras se pintaba las uñas casi a oscuras. Julius apartó la mirada y trató de disimular, volteando hacia la ventana donde la mujer muy blanca que se vestía con grandes espacios blancos cerraba nuevamente su cortina con aire desafiante, ¿qué quieres, mocoso? No le quedó más remedio que salir disparado hacia el portón para siempre abierto, donde Carlos fumaba tranquilamente.

—Pasa buen hembreo por el jirón Arequipa —le dijo, añadiendo—: Vamos a buscar a Merceditas, que está estacionada en la esquina.

El reinado de Sánchez Concha duró lo que dura una flor. Todavía no se había acostumbrado el pobre a ser el más grande y el más fuerte de todos cuando una mañana, en plena clase de inglés, se abrió la puerta del salón y apareció la madre superiora acompañada de un chico nuevo que los miró a todos furioso. La madre superiora se arrancó con lo del nuevo compañerito, es peruano pero ha estado viviendo en la Argentina, su papá era embajador allá y ahora ha regresado al Perú y nos ha mandado a su hijito, tienen que ser buenos amigos, tienen que ayudarlo pues llega un poco tarde, pero seguro, como es muy inteligente, pronto va a recuperar el tiempo perdido, tienen que prestarle sus cuadernos para que se ponga al día; Fernandito, tú también vas a ser muy amigo de todos, ¿no es cierto? Fernandito no contestó ni pío y se limitó a mirarlos furioso. También ellos lo habían estado mirando, midiendo más bien, realmente no ofrecía mayor peligro porque era bastante bajo. La madre superiora continuaba hablando, les daba las últimas instrucciones acerca de la manera en que debían tratar al compañerito que llegaba con retraso y desventaja, bueno, ya lo conocían. Trató de tocarle la cabeza con afecto pero Fernandito se quitó a tiempo, parece que se cuidaba celosamente la peinada. La madre superiora les dijo por fin su nombre completo: se llamaba Fernandito Ranchal y Ladrón de Guevara. Del Castillo se rió al escuchar tanto apellido, ahí se dio cuenta de que debía dejarse de tonterías porque Fernandito Ranchal y L. de G., así firmaba en los cuadernos, lo atravesó con la mirada. Del Castillo bajó los ojos y hasta empezó a quitarle con la uña un pegostito que no existía a la tapa de su carpeta.

La carpeta para Fernandito era la última de la primera fila. La de los matones. La madre superiora se la señaló antes de abandonar el salón. Madre Mary Joan, la monjita futbolista, le dijo que podía sentarse y él empezó a avanzar lentamente, mirando a los treinta y cinco de la clase al mismo tiempo, y furioso. De los Heros vio que no miraba al suelo al caminar, y aprovechó para sacar la pierna y dejarla lista para tremenda zancadilla. Ya se acercaba Fernandito, siempre mirándoles la cara, no podía haber visto la pierna que lo esperaba, cómo diablos supo, eso es algo que hasta hoy debe andarse preguntando De los Heros, lo cierto es que soltó un ¡ay! adolorido, y guardó la pierna con la espinilla hecha fuego. Encima tuvo que disimular cuando madre Mary Joan volteó a preguntar «¿qué pasa?». No pasaba nada, Fernandito Ranchal y Ladrón de Guevara avanzaba tranquilísimo y furioso hacia su carpeta.

Sánchez Concha, que no tenía un pelo de tonto, volvió a adoptar una actitud contemplativa. Varios siguieron su ejemplo, Julius entre ellos. No era la estatura de Fernandito lo que los sumió en ese estado de expectativa, eran más bien su cara furiosa y su silencio también furioso lo que los desconcertaba. La bomba de tiempo casi estalla una mañana, durante el recreo, algunas semanas después de la llegada de Fernandito. Pero desgraciadamente aquel incidente no tuvo la significación que los de tercero hubieran deseado, no fue de ninguna manera un incidente definitivo. Fernandito acababa de comprar furioso un chocolate y le estaba quitando la platina cuando se le acercó el muy bruto del gordo Martinto. No se había enterado de nada el gordo, ni siquiera se había dado cuenta de que Fernandito estaba en tercero y de que vivía furioso. Simplemente notó que era alguien nuevo en el colegio y decidió atacarlo justito cuando el otro se aprestaba a comerse su chocolate. Fernandito jamás se lo hubiera esperado, pero de pronto se encontró con una espada de palo en el pecho. Sonrió furioso y el gordo le contestó con risa y feliz. «Uno nuevo para los desafíos», estaría pensando, pero Fernandito lo miraba con tanta insistencia que el pobre Martinto empezó a debatirse entre soy un niño feliz y el problema de la maldad en el mundo. Cómo andaría de furioso y sonriente Fernandito que hasta el mismo gordo se empezaba a dar cuenta de que algo no marchaba en la vida, de pronto hasta se dio cuenta de que todo tercero seguía el asunto a media distancia y como quien no quiere la cosa. Se le fue la alegría al gordo, se le filtró algo de desconcierto en su torpeza, y cuando Fernandito le dijo dame el palo, él se lo dio como un perro que viene a entregarle la pelota a su amo para que se la vuelva a arrojar. Igualito hizo Martinto y también creyó que el juego seguía porque volvió a reír y dijo guárdate la espada, voy a traer otra y te desafío. Fernandito sonrió más y más furioso y el gordo creyó que ese era su estilo, «Cojonudo el nuevo pirata», debió pensar, y ya giraba para salir en busca de otra espada, cuando sintió que un palazo terrible le incendiaba las nalgas. «Toma», le dijo Fernandito, devolviéndole tranquilamente el palo y el gordo parado ahí, con una impresionante cara de cojudo, frotándose el culo con más pena que rabia, recibiendo el palo que ya para qué servía, y descubriendo la tristeza una mañana de junio. Se acabó el gordo Martinto. Desde entonces vino muy limpio al colegio. Hasta empezó a adelgazar. También un día lo vieron entrar tan solo como serio a una matiné y ese mismo año aprobó sus exámenes con buena nota y en el futuro estuvo muchas veces entre los diez primeros de su clase.

Sánchez Concha tiró pluma. Martinto había sido compañero de clases años atrás, el que se lo hubieran jalado dos veces no impedía que creciera, Martinto tenía edad para estar en tercero. Era, por consiguiente, un grande, pero al mismo tiempo no lo era... Cosas así debieron pensar también los demás alumnos de tercero. Además, Fernandito no se había trompeado, no se lo había visto en acción. ¿Existía un método para dejarte hecho polvo sin entrar en acción? Ahí estaba el detalle. La vida se complicaba por culpa de Fernandito, antes la cosa era más sencilla: chócala pa' la salida, pisa la salivita, a ver métete pues, mariconcito, y luego tremendo catchascán y el asunto terminaba cuando tú decías me rindo y te quedabas triste por un par de días o para toda la vida, o cuando, con más suerte, escuchabas al acogotado de abajo decir suelta ya o me rindo y te ibas sobradísimo, te quedabas así por varios días hasta que venía Espejo Roto a comunicarte que en el pueblo vecino había uno que disparaba más rápido que tú y el proceso se repetía, con los mismos riesgos y ventajas. Con Fernandito la cosa era definitivamente más complicada.

Más semanas pasaron y Fernandito continuó tranquilísimo y furioso. Cada día venía más maduro o más viejo o de peor humor. Hasta Morales lo respetaba. La profe de castellano, que era bien huachafa, la habían visto con su novio por la avenida Wilson, dijo que Fernandito era un caso de altanería excepcional, cosa que le puso la piel de gallina al pobre Sánchez Concha, que se sintió convertido en un vulgar matoncito. «Ni hablar, decidió Sánchez Concha, mañana mismo cierro el pico, no le vuelvo a hablar a nadie, me vuelvo muy serio y si alguien se mete conmigo, le pego una tremenda bofetada y después lo sigo mirando hasta que ponga cara de bobo y se largue tristísimo como Martinto». Esa tarde, en su casa, se miró en el espejo y por fin la cara número veintisiete le pareció la más conveniente para enfrentarse a su nuevo destino. La ensayó ciento veintisiete veces y, a la mañana siguiente, la llevó consigo durante todo el trayecto casa-Inmaculado Corazón. Al entrar, Del Castillo le dijo «¿por qué no te metes con Fernandito?» y él se arrugó íntegro y le aplicó soberana cachetada. Enseguida se arrugó más todavía para lo del efecto psicológico tipo Fernandito, pero Del Castillo era bien macho y, aunque Sánchez Concha le había pegado ya tres veces, se lanzó para lo del común catchascán, lo sorprendió al otro que seguía arrugadísimo, felizmente que reaccionó rápido, porque hubo un momento en que Del Castillo lo tuvo debajo medio acogotado y todo. Terminada la pelea, Sánchez Concha casi le explica que el apuro que había pasado se debía a un mal empleo de una nueva técnica y no a una ilógica pérdida de fuerza, «no vayas a creer que porque casi...», le estaba diciendo, pero se acordó de Fernandito y se puso serísimo y él no tenía que darle explicaciones a nadie, ¿a nadie?... bueno, a sí mismo sí, porque acababa de fallarle lo del golpe único y luego eso de *tus ojos en mí se fijaron con tal fuerza en el mirar*, que es cuando Del Castillo debió haberle bajado la mirada pero en cambio se le vino encima y casi casi.

Otro Del Castillo, zambo este, treinta y cinco años y fotógrafo oficial del colegio, llegó esa mañana para lo de la fotografía anual. Había desayunado temprano, allá en la chingana de la esquina. Ahí estaban también los amigos del barrio y ¿qué tal si le entramos al día con una mulita de pisco?, pero Del Castillo, que era medio artista y por eso trasnochador y bohemio de chalina y emoliente, les respondió, bien varonilmente les dijo que ni hablar del peluquín, que esa mañana se iba a ganar los pesos, tengo que fotografiar en claustro, foto en claustro es cosa seria y hay que cuidar el aliento. Se iba a fotografiar a miles de blanquiñocitos que estudiaban allá por San Isidro, tremendo colegio con sus monjitas norteamericanas, la mulita de pisco para otro día, nunca cuando hay que fotografiar en claustro. Abandonó a los compadres Del Castillo, los dejó en la chingana, limpiándose la garganta de anoche, escupiendo sobre el aserrín de la mañana, y partió rumbo al claustro y la seriedad. Y ahora la madre superiora lo presentaba como todos los años, «*el siñor Delcastilo*», y todos buenos días, señor Del Castillo, y luego otra vez la madre superiora, en inglés, ha venido a tomarles una foto para que la guarden de recuerdo, para que algún día se la enseñen a sus nietecitos, mira hijito, abuelito fue también un niño hace mil años. Se ponía igualita a abuelito, al menos ella lo creía, se arrugaba todita la madre superiora y te enseñaba temblando la foto que Del Castillo te iba a tomar en cuanto la gorda, sí, madre, sí, madre, en cuanto la gorda acabe con el palabreo y me deje tranquilo para ganarme más pesos. Pero la madre superiora siguió todavía un ratito con lo del nieto y el abuelo, le encantaba ver a los niños reírse con sus bromas. Hasta Sánchez Concha soltó la risa por un momento, pero ahí fue cuando vio que Fernandito presenciaba la escena furioso y adoptó rápidamente la cara número veintisiete. Lo malo fue que, a la semana, Del Castillo fotógrafo, trajo las fotos listas y Sánchez Concha descubrió que Fernandito había posado feliz, con una sonrisa de oreja a oreja, una que nadie le había visto nunca y él, en la hilera del centro, más alto que todos pero con una cara que parecía que iba a tirarse un pedo en cualquier momento o que le dolía terriblemente el estómago, qué complicada era la vida. Sánchez Concha se guardó rápido la foto en el bolsillo del saco y volteó a mirar qué pasaba con el resto de la clase. No pasaba nada, o mejor dicho sí: todos compraban su foto para enseñársela a mamá y que no crea que le pedí el dinero por gusto, todos compraban su foto menos Fernandito, que ni siquiera se tomó el trabajo de mirarla. Del Castillo fotógrafo se le acercó y Fernandito le soltó un no, más seco que los desiertos de nuestra costa. Unos cuantos años más y Fernandito, de puro corrompido, tendría su lugar entre los de la mulita matinal de pisco, allá, muy lejos de San Isidro, algo así captó Del Castillo, fotógrafo del recuerdo.

«Todo listo para la mudanza», decía el cable del arquitecto. Juan Lucas se lo leyó a Susan, en la *suite* del Hotel Ritz de Madrid. Se habían venido en viaje relámpago, primero pasaron una semanita en Londres y se adoraron en un *restaurant* hindú donde Juan Lucas era amigo del chef, y luego volaron a

Madrid donde aprovecharon para ver tres corridas del Briceño, que estuvo estupendo. «Todo listo para la mudanza», repitió Juan Lucas e inmediatamente decidieron ponerle fin a tanto placer. El del golf cogió el teléfono y pidió comunicación con su agencia de viajes. El primer avión para Lima y ahora solo faltaba hacer las maletas de cuero de chancho y cancelar dos o tres compromisos que tenían pendientes con amigos madrileños. Una pesadilla eso de instalarse en la casa nueva, pero Juan Lucas andaba chocho con su nuevo palacio y no veía la hora de inaugurarlo con tremendo coctelazo. A Susan le encantó la idea de regresar tan rápido porque había dejado a los chicos solos en la *suite* del Country Club, y Bobby, sobre todo, era capaz de cualquier cosa. «A lo mejor ha desalojado a Julius y se ha instalado con la canadiense en nuestro dormitorio», le dijo Juan Lucas, muerto de risa, cogiendo nuevamente el teléfono para ordenar unos martinis que iban muy bien con las ocho de la noche.

Bobby no había instalado a nadie en el dormitorio de sus padres, pero en cambio había estrellado la camioneta frente a la casa de la niña nueva del Villa María y también le había vaciado los frenos al Mercedes durante uno de sus frecuentes pleitos con Peggy, la canadiense. Últimamente se llevaban muy mal y ella ya no quería escaparse a pasear en auto con él. Una tarde discutieron larguísimo y, cuando a Bobby se le acabaron los argumentos, arrancó el motor y se la llevó aterrada rumbo a la casa de la niña nueva del Villa María. Ahí tiró trompos hasta que Peggy lloró de miedo y le dijo que todavía lo quería, en el preciso instante en que los frenos del Mercedes dejaron de funcionar. Total que Carlos tuvo que ir a recoger a los señores al aeropuerto en el Jaguar, y Juan Lucas prefirió pagarle un taxi de regreso al hotel, porque en ese carro tres personas viajaban muy incómodas.

Susan besó a Julius y le dijo que lo había extrañado muchísimo. Bien mentirosa pero también bien buena era Susan porque, al terminar de decirle que lo había extrañado muchísimo, se dio cuenta de que ni siquiera había pensado en él y que no había sentido nada al decirle que lo había extrañado muchísimo. Entonces se le acercó de nuevo y lo besó adorándolo y le dijo otra vez te he extrañado muchísimo, darling, y ahora sí se llenó de amor y pudo por fin quedarse tranquila. Juan Lucas, bromeando, le preguntó si tenía alguna queja que darle sobre la conducta de su hermano Bobby. Julius le dijo que ninguna y el golfista celebró eso porque solo los mariconcitos, los tontos pollas y los cipotes se quejaban de sus hermanos o de sus amigos. «Acusar es de gilipollas», agregó, encantado con las expresiones tan españolas que había recuperado para su vocabulario. Carlos apareció en ese instante cargando algunas maletas que se había traído en el taxi, y Juan Lucas le dijo que cómo así le había dado las llaves del Mercedes a Bobby, que si no había tenido suficiente con que estrellara la camioneta. Carlos se arrancó con tremenda explicación: que al niño quién lo para cuando quiere algo, que él solo se había quedado con las llaves de la camioneta, que seguro las del Mercedes las encontró el niño en la *suite*, etcétera. Julius, que seguía la escena con gran atención, le dijo que parara ya de acusar porque tío Juan llamaba «maricones» y «tontos pollas» a los que acusaban. Juan Lucas maldijo la hora en que conoció a Julius, y Carlos, que era muy criollo y algo sabía del derecho de huelga y eso, se debatió entre el señor aceptará mi renuncia, una mentada de madre, vamos afuera y aquí está usted en lo suyo pero vamos respetando. Incomodísima la situación. Felizmente Carlos miró a Julius y sintió respeto por el padrastro del niño y se tragó su amargura, pero desde ahora en adelante él era el chofer de la señora y punto, yo no le aguanto pulgas a nadie, vamos respetando. Dejó las maletas en el lugar que Juan Lucas le ordenó y se marchó a fumar donde la atmósfera esté menos cargada. Lo malo es que Juan Lucas hacía rato que se estaba cagando en él, aunque no en Julius: tal vez no hayas salido mariconcito, felizmente, pero te pareces a la lora de los cuentos, todo tienes que repetirlo...

—Bueno, anda, llámate a un botones para que nos ayude a subir estas maletas... anda, apúrate.

Tres días después Julius entretenía a sus compañeros de tercero contándoles el asunto de la mudanza. Ni estudiaba ni nada. Esa noche era la primera que iba a pasar en el palacio nuevo y todo estaba hecho una leonera. Susan se paseaba atareadísima aunque, viéndolo bien, nunca llegaba a hacer nada, a lo más controlaba que los camioneros no fueran a romperle alguno de sus nuevos muebles o que no le fueran a estropear ninguno de sus cuadros preferidos. Pero tanto temor era injustificado porque los camioneros eran verdaderos especialistas y en realidad ella no tenía por qué preocuparse tanto. Más tarde vino el decorador pero solo para los últimos toques ya que, desde tiempo atrás, Juan Lucas había firmado la suficiente cantidad de cheques como para encontrar el palacio perfectamente habitable el día en que les tocara instalarse. El decorador era mariconcísimo pero ello no impedía que se le cayera la baba por Susan, y Susan encantada porque los maricones son siempre tan conversadores y uno puede pasarse horas hablando con ellos sin sentir que te quieren para otra cosa. Más bien cuando Julius llegó del colegio le encargó que no se le alejara mucho porque el decorador ya le había echado el ojo. Era de buena familia el decorador, tan elegante como Juan Lucas solo que con más colorín por lo de la mariconada, y no era de los que andan tras los chocolateros de los cines, ¡qué va!, este era de los que en cualquier palacio de Monterrico o de San Isidro se te pone a jugar con los niños y, entre broma y broma, les sale con una peleíta de lucha libre y cosas por el estilo... Pero felizmente el encargado del buen gusto en el palacio era artista de gran conciencia profesional y a la hora de trabajar se olvidaba de todo lo que no fuera su arte, o sea que el asunto no pasó de una buena mirada al pobre de Julius, que no comprendía bien qué diablos hacía esa especie de pavo real dándole instrucciones a todo el mundo ahí. Poco a poco lo fue comprendiendo, pues a medida que pasaban las semanas, el palacio iba quedando cada vez más lindo, cualquiera de estos días se les desmayaba el del buen gusto al ver su obra culminada. Feliz el decorador. Se despeinaba íntegro mientras trabajaba y gritaba nerviosísimo y lleno de inspiración, que así sí daba gusto trabajar. «Mucha plata en Lima, les explicaba a Susan y a Juan Lucas, mucha plata en Lima pero también cada señora, ¡para qué les cuento! Ustedes no saben toda la huachafería que puede tener cabida en una ciudad. Te piden que vengas a decorarles una casa y es ella la que quiere dirigirte, ¿entonces para qué he estudiado yo en Roma?, ¿para qué?, ¡díganme!, ¡díganme para qué!... ¿Para que una señora que en su vida ha pasado de la esquina del barrio me obligue a que le decore una torta de merengue?... ¡Horrible!, ¡espantoso!... Lima para el trabajo y el dinero, nada más que para eso; para todo lo demás, Europa; oye, no hay como Europa... Pero no me cuenten de su último viaje todavía... No me maten de la pura envidia porque todavía me falta mucho en el comedor. ¿Esas cortinas, las instalaron? A ver, voy, voy, voy, hay que verlas instaladas antes de decidir la ubicación de los cuadros. A mí las cosas solo perfectas». También a Juan Lucas las cosas solo perfectas y los hombres solo hombres, o cuando menos no tan amanerados como el ejemplar del buen gusto. Le propuso un whisky para taparle el hocico, qué diablos le importaba haber sido amigo de su padre, él no tenía por qué soplarse tanta mariconada.

Celso y Daniel hicieron su reaparición por esos días. Arminda se había venido desde el primer día y había ayudado en todo lo posible, aunque a Juan Lucas no le gustaba mucho que anduviera por toda la casa así, tan fea, íntegramente vestida de negro y con las mechas azabache colgándole por la cara. Susan tuvo que mandar a Carlos hasta la barriada para traer a sus dos mayordomos. Se quedaron hasta el último momento, aprovechando las vacaciones pagadas para terminar con sus casitas estilo con-mis-propias-manos, allá en el terrenito. Grandes abrazos y gran reunión hubo en la sección servidumbre del nuevo palacio. Hasta Susan vino a saludarlos y ni hablar de Julius, que se instaló ahí desde que llegaron Celso y Daniel y se acostó tardísimo esa noche. Muy moderna y funcional era la sección servidumbre. Había botones por todas partes, y a cada rato se escuchaba la voz de Juan Lucas por uno de los mil altoparlantes empotrados en las paredes. El que más gozaba con el sistema era Carlos. Eso de escuchar la voz del señor y poderle contestar váyase a la mierda, sin que nada ocurriera, era cojonudo. De repente, por ejemplo, la voz de Juan Lucas pedía hielo para una copa, y Carlos, feliz, le contestaba ven a buscarlo tú mismo. Claro que el de allá no se enteraba pero era cojonudo de todos modos. A Arminda no le gustaba mucho el asunto, sobre todo cuando Carlos decía esas cosas delante de Julius. Agachaba la cabeza y su rostro, expresando sabe Dios qué, desaparecía oculto entre sus mechas. Otra cosa que le molestaba bastante era lo moderno. Es verdad que todo era bien blanco y estaba nuevecito y muy limpio, pero las mesas siempre han tenido cuatro patas y ahora, de pronto, la pobre se encontraba con una mesa de una sola pata, al centro. «No tarda en venirse abajo mientras comemos», pensaba, y no se atrevía a cortar la carne ni a apoyar los codos por no hacer presión. Además, las sillas tenían muy poco espacio para las nalgas y en cualquier momento ella se iba a descuidar y se resbalaría por un lado, un golpe malo, «a mi edad, las caídas y los golpes saben ser muy malignos», le explicaba a Carlos, que siempre se burlaba respetuosamente de la Doña.

Julius sometió a Celso y a Daniel a un severo interrogatorio sobre sus actividades durante los meses de vacaciones. El tío de Celso continuaba siendo alcalde de Huarocondo, allá en el Cusco, y él continuaba siendo tesorero del Club Amigos de Huarocondo, con sede en Lince. El dinero seguía en la misma caja y él prefería guardarlo en su dormitorio, porque así, en la casa, está más seguro. Pero el tema que más los entusiasmó fue el de sus casas en los terrenitos de la barriada, algún día lo llevarían a conocerlas...

Por ahora tenían que enfrentarse con problemas más urgentes. Solo cuatro habían sobrevivido al antiguo palacio, y si bien por el momento Arminda les preparaba la comida a los niños y a ellos (Juan Lucas y Susan comían siempre fuera), era necesaria una cocinera de oficio. Arminda tenía la presión muy alta y Daniel dijo que sus labores debían limitarse al lavado con lavadora eléctrica y al planchado de la ropa. Más era abuso. Había que comunicárselo a la señora. Celso dijo que la señora se encargaría de eso a su debido tiempo, pero Daniel insistió en que ellos tenían pleno derecho de hablar con la señora sobre el particular. Daniel seguro que había escuchado discursos peligrosos allá en la barriada. Había que hablar con la señora y no solo sobre lo de Arminda, también él tenía derecho a un aumento de sueldo porque, según sus cálculos (había medido en metros cuadrados y todo), en esta casa le tocaba barrer una superficie mayor que en la anterior. Julius escuchó todo el asunto muerto de miedo. Ya veía a Daniel frente a mami, soltándole esas cosas, mami se iba a poner nerviosísima, le iba a contar a Juan Lucas y tío Juan Lucas era capaz de botarlos a todos. Y más problemas aun: faltaba un jardinero, porque Anatolio no había querido abandonar sus flores del antiguo palacio, y faltaba una muchacha para la ropa de los niños desde que Imelda se graduó en corte y confección y se largó sin despedirse de nadie y sin sentimiento.

No hubo líos, felizmente. Susan solita notó esas ausencias y, además, aceptó como cosa muy natural el aumento de sueldo para todos. Lo que sí hubo fue una larga selección de cocinera y de muchacha para que se encargara de la ropa de los niños. Muchos días pasaron antes de que Susan se decidiera por alguna de las candidatas que su prima Susana Lastarria, tan útil en estos casos, le enviaba a medida que ella se lo pedía. Por teléfono, claro; Susan solo se acercaba a su prima por teléfono, toda otra relación con ella le causaba infinita pereza. Susana Lastarria había ido reduciendo su vida a este tipo de actividades desde que su esposo, entregado a una vidorra más a la altura de sus inversiones con Juan Lucas, había empezado a abandonarla dentro de los límites permitidos por la sociedad limeña. Continuaban yendo a misa juntos, por ejemplo, pero él la llevaba rara vez al cine, nunca a los clubs que gustaba frecuentar y jamás a los cócteles, donde pensaba que solo haría mejor papel. Ni asomar por el Golf a la pobre Susana, y de lo sexual ya hacía varios temblores y hasta algunos terremotos. Mejor. A ella siempre le había dado un poco de aprensión todo eso. En realidad no había valido la pena tanta cochinada para terminar con solo dos hijos. Si hubiera sabido con exactitud los días en que Dios le mandó concebir a Pipo y a Rafaelito, las mierdas esas, habría evitado todo un pasado que ahora despreciaba hasta la vergüenza, pero que se le aparecía obsesivamente en sus sueños, en sus decaimientos, Juan reptando hacia sus piernas con una cara rarísima, demorándose en inmundicias, ¿qué fue del amor?, en vez de salir cuanto antes del asunto a ver si nacía Pipo. A ver si nacía Rafaelito, después. Pesadillas. Ya no quería pensar en eso la tía Susana, horrible, y por eso buscaba incesantemente algún problema casero para meter las narices. Siempre la muchacha había cometido alguna torpeza, siempre Víctor, el único sirviente que duraba en el castillo, se había olvidado de sacudir el polvo de un mueble, había que estar detrás de él, Víctor se iba engriendo cada vez más con el tiempo. La vida social de sus hijos Pipo y Rafaelito era otra cosa que le ocupaba la mente a la tía Susana. Siempre preocupada por la chica con que salían, siempre preocupada por la hora en que regresaban, siempre preocupada hasta que encontraba alguna otra preocupación. Y Susan se la había dado ahora. Ella decía que Susan la volvía loca con las llamadas por teléfono, pero bien contenta que se ponía cuando Víctor cogía el fono, contestaba y venía a avisarle: «De parte de su prima Susan». Horrible y feliz volaba al teléfono Susana Lastarria.

Y Susan continuaba recibiendo a todas las muchachas que su prima le enviaba, pero ninguna parecía convencerla, hasta que un día se dio cuenta de que en el fondo había estado esperando que se presentaran Vilma y Nilda. Se quedó un poco sorprendida, aunque al meditarlo descubrió que ella no tenía criterio alguno para elegir servidumbre. Eso la había hecho buscar una cocinera familiar y una muchacha también familiar. Sin querer había esperado que aparecieran Vilma y Nilda entre todas las sirvientas que su prima le recomendaba. Había estado perdiendo el tiempo. Sentada en la pequeña terraza donde las entrevistaba, Susan decidió tomar a la primera que se presentara esa mañana.

Casi se podría decir que la primera que se presentó esa mañana tomó a Susan. Llegó una chola frescachona y entró hablando en voz demasiado alta para lo que se acostumbraba dentro de su condición en un palacio. En realidad, lo que pasaba era que la chola hablaba siempre bien fuerte y estaba acostumbrada a imponerse. Era bien simpática pero le gustaba tener razón y para ello nada mejor que gritar. Así fue que esa mañana entró gritando al nuevo palacio, gritando atravesó el jardín y ya estaba impresionando a Celso con tanto grito, ya lo estaba convenciendo de que ella tenía razón en todo, en buscar trabajo, en ser una excelente muchacha y en lo que se le ocurriera gritar, cuando, sin saber cómo, su voz empezó a llenarse de algodones, por lo menos así le pareció a la pobre, y verdad que casi no se le oía al atravesar la gran sala, la chola ignoraba que Juan Lucas había mandado instalar unos techos mataruidos, y creyó que se le acababa la razón que siempre tenía y gritó más aun para convencer a Celso del todo y para siempre, pero en la terraza no funcionaba el mata-ruidos de Juan Lucas y apareció pegando de alaridos y llenecita de razón.

Susan sintió que el pueblo francés venía en busca de María Antonieta, pero ahí mismo le volvieron la realidad peruana, nuestra historia según Juan Lucas y el sentido del humor. «Fachosísima la chola», pensó al verla con las pantorrillas tan redondas, el culo grandazo, mucho más redondo que las pantorrillas, y finalmente las tetas como una sola, enorme, redonda y aventurada. Una cara joven y redonda la coronaba, encantada de la vida, ampliamente satisfecha de sí misma. Susan abandonó el humor tipo cultura de clase por el deber de ama de casa y le preguntó su nombre.

—Flora, para servir a la señora.

Susan, linda y desconcertada, buscó una respuesta, pero solo encontró lo de buen provecho, que no servía para este aprieto. Le hizo una ligera venia y se preparó para la siguiente pregunta.

—¿Has trabajado antes de cocinera?

—La señora se equivoca —le respondió Flora, llenándose de redondez e insultando alegremente a Susan con el pecho enorme y decidido—. La señora se equivoca. Mi oficio son los niños, el cuidado de su ropa y de sus dormitorios. Mi oficio no es la cocina.

—Claro, claro. Es que también espero a una cocinera —le dijo Susan, tranquilizándose al ver que la chola disminuía, satisfecha con su explicación—. Lo que pasa es que acabamos de mudarnos y necesito una muchacha y una cocinera. Estamos estrenando esta casa y nos falta servicio.

—Aquí el joven Celso ya me lo había informado. Muy hermoso su *chalete*, señora, permítame felicitarla. No bien tenga el gusto de conocer al señor haré lo propio. Muy hermoso su *chalete*, señora. ¿Su nombre, por favor?

—Susan —dijo, entre linda y aterrada, y casi agrega para servirla, pero se imaginó a Juan Lucas riéndose a carcajadas cuando le contara y prefirió voltear donde Celso que seguía la escena perplejo.

—Tráigame un café, Celso, por favor.

Un café que tal vez no tomaría, pero la idea de un café hirviendo la ayudó a enfrentarse nuevamente a Flora tan temprano por la mañana.

—¿Ha trabajado usted antes? ¿Tiene experiencia?

—La señora habrá notado que he hablado de oficio, pero si la señora desconfía puede leer detenidamente todas mis recomendaciones. Aquí las tiene.

Flora, aumentando, abrió orgullosísima su carterita perfumada y extrajo tarjetas con nombres de muy buenas familias de Lima. La recomendaban como persona formal y cumplidora de su trabajo.

—Nunca he sido despedida. Siempre me he marchado por mi voluntad. Tenga usted, señora, lea.

Susan se encontró leyendo una serie de tarjetitas aburridísimas, ella le hizo una a Nilda cuando se fue, «basta ya», pensó, y se las iba a devolver.

—Lea, señora Susan... Tómese su tiempo. Está usted en su derecho.

Ya no sabía qué hacer Susan. No tuvo más remedio que leerse tres tarjetitas, bajo el pecho inmenso de Flora, que esperaba decidida cualquier comentario.

—Muy bien... la felicito. Me basta con lo que he leído. Cuando venga Celso la acompañará a su dormitorio. Quisiera que se quedara usted con nosotros desde hoy mismo. El chofer la puede llevar a traer sus cosas. Puede instalarse usted hoy mismo y mañana...

Susan ya estaba encontrando el vocabulario y las ideas de su prima Susana, y hasta se atrevió a pensar que el asunto era asunto concluido, cuando notó que Flora, decididísima, empezaba a aumentar peligrosamente, apoyando al mismo tiempo ambas manos en sus caderas y convirtiéndose en una especie de enorme tinajera, con la carterita perfumada colgando de un brazo como un lacito redondo en el asa derecha.

—No se han discutido las condiciones, señora.

—No se han discutido las condiciones —repitió Susan, bajo el pecho opresor de Flora, la decidida. Pensó vagamente que las condiciones tenían que ser el sueldo y que el sueldo era muy buen sueldo, claro, qué tonta, se había olvidado de lo más importante. Pero en todo caso el sueldo era el fin del diálogo, le diría su muy buen sueldo y llegaría el café hirviendo y la Decidida se quedaría con ellos, implantaría su terror gritón y risueño en la casa nueva, con que trabaje bien basta, por los altos limpiando sola no se la escuchará, en la cocina y en la sección servidumbre que sea feliz, es tan graciosa la chola, la Decidida... Uno ni se enterará de que existe allá adentro en la parte de la servidumbre... Iba a establecer el buen sueldo Susan...

—Mis condiciones son tres. A saber: un sueldo de acuerdo a mis expectativas, alojamiento salubre y la misma alimentación que la familia.

Todo, todo lo iba a tener, y Susan recordó su juventud y/o sus tardes en el Golf y quiso ponerse de pie para decirle ya, Flora, basta, pero sintió que eso era imposible con el pecho enorme, redondo y aventurado de la chola allá arriba, sintió que todo era cómico y absurdo pero que ella se había quedado para siempre sentada en la perezosa blanca del cojincito verde. Sola en una terracita del nuevo palacio, esa mañana húmeda y el café hirviendo que no llegaba nunca, definitivamente la Decidida acababa de tomarla.

Tres muchachas más vinieron esa mañana pero las tres venían a ofrecerse para lo de los niños y su ropa, y Celso les dijo que ya no necesitaban, que ya había. En cambio no llegó ninguna cocinera y Susan pudo descansar y recuperarse del encuentro con la Decidida. Había revisado la escena con su humor característico y la encontraba deliciosa; además se sentía feliz con el apodo que acababa de inventarle, Juan Lucas se iba a morir de risa cuando le dijera hay una nueva que se llama la Decidida y la Decidida iba a aparecer aumentando frente a Juan, lo iba a saludar con la absoluta confianza en la vida que le daban su pecho y su voz, a lo mejor hasta le daba la mano y ellos se iban a matar de risa cuando se fuera, darling va a gozar tanto con lo de la Decidida... Qué cosas más no le irá a inventar... Ya lo estaba viendo Susan, copa en mano en el Golf, explicando el cuerpo, la voz, los aires de la redonda y feliz frescachona.

Hacia el mediodía apareció Juan Lucas con la novedad del cocinero. No tardaba en llegar, se lo habían recomendado esa mañana en el Golf y él ya había probado su comida hacía años en casa de un amigo. Un excelente cocinero, ya verás mujer, desde ahora en adelante comer en casa va a ser un placer tan grande como comer en el mejor *restaurant*. Susan se alborotó con la idea. Juan Lucas era muy exigente con la comida y por fin parecía haber encontrado a la persona capaz de satisfacerlo diariamente. El problema del servicio estaba prácticamente resuelto. Solo faltaba el jardinero pero ya Anatolio les había ofrecido mandar a su primo. Susan llamó a Celso desde el bar y le ordenó hielo para unas copas. A los pocos minutos apareció Celso con el hielo y con Abraham. Susan miró a Juan Lucas, Juan Lucas a Celso y Celso, contra su costumbre, a duras penas si pudo contenerse la risa. Y es que los tres estaban mirando a Abraham que acababa de hacer su ingreso al palacio, y que ahora se acercaba al bar con un maletín de grandes asas colgándole del brazo izquierdo y con una chompa blanca de cuello de tortuga, como si viniera de jugar tenis toda la mañana. «*Oh, my God!*», se dijo Susan, al ver al zambo lleno de rizos enormes, casi una permanente lucía y varios rulos conservaban aún el color cucaracha de la última oxigenada. Porque se aclaraba los rizos con agua oxigenada el tal Abraham, y ahora que lo tenían delante de ellos, Susan y Juan Lucas pudieron oler la mezcolanza de brillantina, perfume y sobaco que desprendía el nuevo sirviente.

Juan Lucas sirvió dos *gin and tonic*, les echó hielo y empezó a remover ligeramente las bebidas con unas largas cucharitas de plata, presionando las rajas de limón contra las paredes del vaso. Abraham carraspeó mariconcísimo y Susan dejó que Juan Lucas pronunciara las primeras palabras.

—Bueno, mujer, aquí tienes al nuevo cocinero.

Susan se armó de paciencia y decidió portarse como una verdadera ama de casa.

—¿Cuáles son sus condiciones? —preguntó, recordando a la Decidida y acercándose el vaso a la nariz más que a la boca, a ver si el aroma del limón y del *gin* exorcizaba la realidad maloliente de Abraham.

Pero Abraham no le entendió ni papa. «¿Condiciones? ¿Qué condiciones?», pareció preguntarle con los ojos risueños, asquerosos. La única condición que él ponía era su felicidad, la alegría de vivir al servicio de don Juan Lucas.

—Yo creo, señora...

—Todo está arreglado, mujer —intervino Juan Lucas, antes de que el otro empezara con cualquier amena y maricona charla y tuviera mal aliento, además.

—Eso es —confirmó Abraham, encantado de estar de acuerdo en todo con don Juan Lucas.

—Estupendo. Nada más, entonces. Vaya usted por sus cosas y a ver si mañana nos sorprende con un almuerzo digno de su fama.

Abraham se pegó una ondulada general, flambeó como si un cosquilleo eléctrico lo hubiera recorrido de pies a cabeza. Feliz con el piropo de don Juan, se quedó *así de medio lado, tomándose un helado*, a ver si le soltaba otro el señor buenmozo. Juan Lucas casi le suelta un oñoñoy nervioso o qué lindo el peinadito, pero eso era descender hasta la suspirante Sodoma de Abraham, hasta la paupérrima Gomorra de los zambos feos, cocineros, maricones y vendidos a mí por ansia de imitación.

—Nada más, entonces —cortó, con tono definitivo, porque acababa de interpretar demasiado bien un aspecto de la realidad que lo comprometía—. ¡Nada más! —ordenó disgustado, porque se sintió comprometido, y antes del almuerzo, y en pleno *gin and tonic*—. ¡Nada más, oiga!

Abraham volvió a ondularse pero se enderezó inmediatamente. Se quedó tieso y obedientísimo a las órdenes del señor, bajando la mirada como si esas palabras tan duras lo hubieran castigado en el colegio. Tres segundos debió permanecer en esa postura, luego su cuerpo solito empezó a prepararse para otra ondulada, sin que él pudiera hacer nada por evitarlo. Se le notaba en algo que hacía con el brazo, el brazo derecho como que se le iba encogiendo a golpecitos... Susan decidió intervenir, adoraba a Juan Lucas y ahora con el cocinero nuevo podría ordenarle diariamente los platos que le encantaban.

—¿Por qué no le prepara al señor un gallo al vino mañana en el almuerzo? Tendremos al arquitecto y a su señora a almorzar. Cuente usted unas diez personas en la mesa, por si acaso... Al señor le encanta el gallo al vino.

Pero Abraham, no lo olvidemos, era ciudadano de Sodoma y Gomorra y sabía del mal que podía hacer, venenito el maricón, y Juan Lucas lo había tratado con dureza, la mujer, no bien llego, ya me ordena. Le salió la cobra a Abraham.

—¡Uy, señora! ¡A mí me va a decir lo que le gusta al señor! Le conozco todas, toditas sus exigencias al señor. Mañana, si quiere, le preparo su plato favorito, su cabrito al horno... El señor lo dijo una vez en casa de la señorita Aránzazu... ¡Ufff!, más de una vez lo dijo... Siempre que le preparaba su cabrito en casa de la señorita Aránzazu Marticorena, el señor decía que nadie lo preparaba tan bien como yo... ¡Cuántas noches no le habré preparado yo su cabrito al horno en casa de esa señorita!

Juan Lucas se sirvió más *gin* y Susan volteó para reírse mirando a las botellas del bar, no fuera que Abraham se armara de valor al verla y le soltara más sobre las amantes de Juan Lucas antes de ella.

—Bueno, oiga, aquí el mayordomo lo va a acompañar a la cocina para que vea usted las cosas y se vaya acostumbrando.

—¿Nada más, don Juan?

—Nada. Vaya nomás. Acompáñelo, Celso.

Abraham giró nerviosamente en el preciso instante en que Julius y Bobby llegaban del colegio para almorzar. Los dos pudieron ver ese culo rarísimo de hombre que un pantalón, que hubiera querido ser como los de Juan Lucas, apretaba asquerosamente. Abraham desapareció. Parecía un frustrado y paupérrimo tenista que practicaba solo, con pelotas malogradas y raquetas mal templadas, contra paredes de corralones.

—¿De dónde sacaron a la loca esa? —preguntó Bobby.

—Pregúntale a Juan Lucas —intervino Susan, burlona, ahora que el asco había desaparecido.

—Mañana es sábado, ¿no es cierto? Pues quédese usted, jovencito, a almorzar con nosotros y ya verá de dónde ha salido la loca esa. Tenemos en casa al mejor cocinero de Lima.

—Cocinera —se le escapó a Julius, tal vez descubriendo la homosexualidad, tal vez pensando simplemente en Nilda.

—¡Darling! —exclamó Susan, mirando aterrada a Juan Lucas.

—Ese tipo no va a vivir aquí, mujer. Solo va a venir a cocinar... *Anyhow, do you think he would dare?*

Y Julius, ahí parado, que era primero de su clase en inglés.

Al día siguiente, a la hora del almuerzo, Carlos comía encantado porque ya tenía a quién batir durante una temporada, si se amarga la loca, lo sueno, y Abraham cocinaba encantado porque el chofer, negrote y con el bigotito así, era vivir con la tentación en casa. Arminda no se daba cuenta de esos detalles. Se iba completando el servicio pero ella no captaba los matices que enriquecían la historia. La presencia de Julius, varias veces durante el día, y la presencia de su hija, varias veces durante la noche, era casi lo único que captaba últimamente. También, a menudo, los dos se le acercaban juntos. Ocurría sobre todo cuando pasaba muchas horas seguidas allá arriba, en el cuarto de planchar. Con el calor y el sudor como que se adormecía y los dos se le presentaban pero ella sabía que estaba sola. Algo más extraño la inquietaba, aunque enseguida se olvidaba de su inquietud. Era algo muy extraño, pero ella no seguía preguntándose por qué sus deseos se cumplían antes de que los hubiera podido expresar. Julius atravesaba la cocina o la repostería, ponte tu chompita, con una chompita puesta, ¿o es que acababa de pasar desabrigado? Solo su hija no regresaba nunca con el heladero, pero eso era porque ella no se comunicaba con nadie por lo hondo, porque nunca había expresado su deseo que vuelva mi hija, ahí en la repostería. Solo estaba sola en su dormitorio. Por eso se presentaba de noche. En cambio Julius pasaba a cada rato junto a ella, ponte tu chompita, niño, con una chompita puesta, ¿o es que había pasado antes desabrigado? Pero las mechas azabache se le derrumbaban cubriéndola, interrumpiendo su inquietud cuando se iba a preguntar por qué...La Decidida también bajó a almorzar ese sábado y se encontró de golpe con Abraham. Lo saludó decididamente pero solo porque el hombre, ¿eso es un hombre?, era empleado y gozaba, por consiguiente, de los mismos derechos y tenía, por consiguiente, las mismas obligaciones. Carlos vivía feliz con la Decidida. Ella lo trataba de don Carlos y comía controlando que su comida fuera igual a la de los señores. El del bigotito la miraba risueño, con doble sentido, entreteniéndose con el infaltable escarbadientes del almuerzo que luego guardaría tras la oreja para la noche. Daniel preparaba el frutero y los aguamaniles y Celso iba llevándoles a los señores las primorosas fuentes que Abraham servía. Los dos se burlaban con serrana alegría del marica criollo y el marica criollo los despreciaba con sus chompas de tenista y su pelo oxigenado.

En el comedor, el arquitecto de moda y su esposa, la Susan disminuida, saboreaban encantados el cabrito al horno que Juan Lucas calificaba de insuperable. «No es por nada, decía, pero el marica está en gran forma».

—Señor —interrumpió Celso—, el cocinero manda preguntar si el cabrito está tan sabroso como en casa de la señorita Martínez.

—Marticorena —corrigió Susan, volteando sonriente a mirar al arquitecto de moda, a ver si sufría por ella como antes. Pero el arquitecto de moda acababa de cobrarle una suma fabulosa a Juan Lucas, y su mujer era disminuida pero estaba aumentando y el otro día él se había acostado con la sueca, que continuaba en Lima llena de libertad sexual, hasta los ministros la conocían. Susan miró nuevamente a Celso y le dijo que al señor Juan Lucas le parecía muy bueno el cabrito.

—Dígale que está como siempre. ¡Muy bueno! —exclamó Juan Lucas, en el momento en que Celso regresaba a la cocina—. De mamey —completó, mirando al arquitecto y obligándolo a adquirir una nueva dimensión en su joven elegancia: la buena mesa.

—En efecto, Juan, nunca lo había comido mejor.

—Está delicioso, Susan —la Susan disminuida que aumentaba.

—Muy rico, mami. Quisiera más pero tengo que salir disparado. ¿Nadie necesita la Mercury? —Bobby salió disparado arrojando la servilleta.

—No la vuelvas a estrellar porque te quedas sin movilidad.

—Me gustaba más el encebollado que hacía Nilda —soltó Julius, completamente distraído por la cantidad de ventanales que había en el comedor.

Juan Lucas quiso enfurecer pero no valía la pena enfurecer por el crío este, y el nuevo bocado estaba francamente delicioso y ahora el vino y el puño de villela al alzar mi copa y Susan encantadora cagándose en el arquitecto y en su mujer, irán disminuyendo sus visitas y tendremos solo a los buenos amigos. ¡Ah!, cómo va a gozar el gordo Luis Martín Romero con los platos del marica... Celso apareció diciendo que Anatolio había mandado al nuevo jardinero y que necesitaba una manguera para regar.

—¿Quién es Anatolio? —preguntó Juan Lucas.

—El jardinero de la casa vieja —aclaró Julius.

—Celso —intervino Susan—, dígale a Carlos que en cuanto acabe de almorzar lleve al jardinero a comprar una manguera y todo lo que necesite.

—¿Pero cómo sabemos que se va a quedar? ¿Tú lo has contratado, mujer?

—No, darling, pero Anatolio había prometido que nos iba a mandar a su primo. Dice que es muy buen jardinero y que necesita trabajo. Ya después veremos. Por ahora de todas maneras se tiene que quedar.

—Se llama Universo —dijo Julius, enteradísimo.

—¿Se llama qué? —exclamó Juan Lucas—. ¿Universo?

—Sí.

—¡Ah!, ¡eso hay que verlo! ¿Qué os parece a ustedes el nombrecito?

El arquitecto de moda y su esposa celebraron la sorpresa y la curiosidad de Juan Lucas. Se reían ambos.

—A ver, Celso, haga pasar a Universo.

—Darling...

Pero mientras Celso regresaba a la cocina por el jardinero, Juan Lucas se había vuelto a llevar la copa de vino a los labios, y por el ventanal más grande del comedor, elevado sobre el jardín, miraba, enorme y verde, el campo de polo. El jardín del palacio se prolongaba en el campo de polo y su vista entre los árboles alcanzaba centenares de metros hasta el fondo. De ahí volvió para sentir nuevamente la elegancia de su comedor, qué bien han quedado estos cuadros cusqueños, caracho. Lo encerró el lujo de la habitación, casi lo atrapan sus límites. Dejó entonces la copa sobre el mármol de la mesa, y estirando los brazos de *tweed* paralelos a los cubiertos de plata, apoyó las palmas de sus manos para sentir también el frescor del hermoso día de otoño y el frescor no fue frío ni lo frío fue húmedo porque ahí empezaban sus puños de villela y, un segundo más allá, Celso había adornado la mesa con un frutero lleno de color donde sus ojos fueron a posarse un instante, las naranjas, los mangos, los higos, para rebotar inmediatamente como buscando los árboles de esas frutas y tomar vuelo hacia el jardín y elevarse más allá hacia el campo de polo, que ahora unos hombres minúsculos atravesaban acompañando a hermosos caballos sobre el césped... El mechón rubio y maravilloso de Susan se vino abajo cerrando lo verde con oro, pero algo feo entraba también por el rabillo de su ojo.

—Universo —anunció Celso.

Juan Lucas volteó a mirar. Había un serranito, unos diecinueve años, pero uno nunca sabe con los serranitos. Entró descubriéndose la cabeza, humilde, y ahora se había encogido un poco y con el sombrero de paja se estaba cubriendo un pedazo de pierna donde Juan Lucas había visto un parche azul sobre el comando caqui que llevan siempre estos cholitos. Universo había dicho buenos días, pero él ya no recordaba haber mandado traer a un tipo llamado Universo para ver quién podía llamarse Universo. Miraba hacia el polo y nuevamente esos caballos allá al fondo atraían su atención, pero algo en el suelo, en el rincón de su comedor, también lo llamaba. Julius se lo temía pero por una vez fue menos de lo que se temía: Juan Lucas se limitó a golpearle los pies de un miradón al pobre Universo, cuyo sombrero de paja no alcanzaba a cubrirle los viejos zapatones de fútbol. «Ya, ya, dijo, que le den de almorzar». Celso se lo llevó inmediatamente y no hubo broma porque cuando Juan Lucas se acordó de que el jardinero se llamaba Universo y de que era para reírse, Universo ya había vaciado ese rincón y él se estaba llevando otra vez la copa de vino a los labios, «no se pierdan los caballos allá al fondo, les decía, deben ser para el *match* de esta tarde».

Una tarde llovió demasiado fuerte para lo que suele llover en Lima y Morales dijo algo de temblores, siempre hay temblores cuando llueve tanto, y la madre superiora dijo que mejor suspendían el recreo y se quedaban tranquilitos en sus salones, porque los salones y el colegio entero eran antisísmicos. Se veía triste y oscuro el patio a través del enorme ventanal de tercero. La Zanahoria se quedó cuidándolos. Podían bromear y conversar porque era recreo, pero sin moverse mucho ni ponerse de pie porque no estaban en el jardín. Les iba a decir que Morales no tardaba con los chocolates y las golosinas de las misiones, para que pudieran comprar como siempre a la hora del recreo, cuando Cano, triste y distraído, extrajo del bolsillo de su saco, medio chancados y melosos, tres de los miniches del Pirata. La Zanahoria empezó por enfurecer, ¡cuántas veces se lo había dicho!, y a volverse loca, ¡hay gente que no entenderá nunca!, por último enloqueció del todo y cruzó media clase a la carrera, echando aire con el hábito, para llegar hasta donde Cano y meterle tremendo coscorrón. No fue un golpe malintencionado, era un típico coscorrón de monja a niño malo, con la mano abierta y todo, pero Cano hubiera preferido que le dieran un palazo en la cabeza, nunca ese golpe falso y suave con la mano de la Zanahoria resbalando por su cabeza y ahí mismito, después, ella arrugando la nariz al descubrir grasa en su mano, grasa de Cano, de sus pelos grasosos, juntos vieron también cómo un montón de caspa se había desparramado sobre la carpeta. Cano quiso cubrirla con las manos y vio en cambio sus puños sucios y deshilachados, felizmente que ya se iba, se fue la Zanahoria, pero detrás de ella apareció la clase entera volteada mirando la escena; una vez lo habían hundido así en el mar, él quería ver las casetas al fondo de la playa, él quería ver la ventana de la clase y el patio, tenía que sacar la cabeza y respirar; lo logró Cano, lo logró haciendo por primera vez aquel gesto extraño y triste. Quitó los ojos para un lado y luego, bajando la cara hasta apoyar la barbilla sobre el pecho, junto a un hombro, la refregó a lo ancho de su camisa, llevándose en el camino la corbata hasta su otro hombro.

Seguro que el día de las misiones también hizo Cano el gesto ese tan extraño y triste y a su edad. Seguro que lo hizo varias veces, pero Julius solo lo vio repetirlo cuando lo invitó a su casa, pocos días después del asunto de las misiones. Duro fue el asunto de las misiones para Cano, pero también, pensaba Julius, bien bruto, ¿por qué no se hizo el enfermo si no tenía plata?, debió hacerse el enfermo en vez de pasarse varios días sin comprar miniches. Cano, efectivamente, se había pasado varios días sin comprar miniches, guardándose el dinero para la colecta. Bien bruto, tanto tiempo en el Inmaculado Corazón sin darse cuenta de que esa plata es para las misiones y para las vocaciones sacerdotales y de que para eso se necesitan billetes, no moneditas, Cano, cómo no se te ocurrió. Hubiera sido mejor que se enfermara, que no viniera ese día. Pero vino. Y todavía vino creyendo que a Fernandito Ranchal se lo iba a comprar diciéndole he traído todita mi plata de la semana, vamos a ganar, nuestra fila es la que más va a dar, vamos a ganar y nos van a dar el día libre. Día libre para la fila que dé más dinero, la madre superiora lo prometía. Y claro, Fernandito también quería ganar y tener su día libre, tan malo no era, pero ni Cano ni nadie se lo iba a comprar diciéndole tengo mi dinero de toda la semana, todito lo voy a dar, ganaremos, Fernandito, ganaremos.

Bien vivos eran, pero tampoco de eso se había dado cuenta Cano. Bien vivos eran porque se guardaban el dinero hasta el fin. Desde el principio no lo iban a dar todo, había que guardar para el fin, por si la fila de al lado nos gana en la primera vuelta, por si hay empate, para desempatar. La primera vuelta en realidad contaba poco. Madre Mary Joan sacaba la cuenta de cada fila y qué poquito habían dado, qué va a decir la madre superiora cuando venga. Tontita era madre Mary Joan, no se daba cuenta de que todavía teníamos las billeteras llenecitas, tontita la madre. Y tonto Cano, porque se emocionó al oír que su fila había ganado. Estaba ganando pero las otras filas no se daban por vencidas y aquí tenemos más madre, y madre Mary Joan, sonriente. Tonto Cano, porque creyó que su fila había ganado cuando recién acababan de sacar las primeras cuentas, tonto porque pegó un salto feliz para abrazar a Fernandito y este, furioso y sorprendido, volteó a gritarle ¡lávate la caspa!, ¡cámbiate de uniforme!, ¡prepárate a dar más plata porque por tu culpa ahora los otros van a dar más! Entonces seguro que Cano hizo nuevamente el gesto extraño, pero Julius solo lo vio días más tarde cuando lo invitó a su casa, seguro que hizo el gesto tan raro ese, tan triste y a su edad, pero ni Julius ni los otros se estaban fijando en él en ese momento, y Fernandito ya lo había destrozado con la mirada y había volteado para seguir la nueva cuenta que madre Mary Joan iniciaba, al ver que de las filas derrotadas surgían las caritas sonrientes, las manitas en alto con los primeros billetes. ¡Ajáááááááá, *guarda-ditous lous* tenían!, era la primera vez que madre Mary Joan les hablaba en castellano, jajajajajaja, risas y disfuerzos todo el mundo, Fernandito excluido y furioso, risas porque madre Mary Joan hablaba castellano y solo debía hablarles en inglés, qué simpática madre Mary Joan... Shhhhhh, no griten, está contando los billetes y si hemos perdido le damos más porque es tan graciosa madre Mary Joan. Ganó la tercera fila y la primera ¡no!, ¡no!, ¡no!, y la segunda ¡no!, ¡no!, y la cuarta y la quinta y todas juntas ¡no!, ¡no!, ¡no!, y madre Mary Joan calma, calma, por orden, vengan por orden, porque todos querían ganar, ya solo pensaban en ganar y venían corriendo, atolondrados, corrían ya no pensaban, ya no calculaban, ahí al ladito de la madre abrían sus billeteras y la madre encantada de ver lo vivos que eran, cómo se guardaban los billetes más grandes hasta el fin... Ssssshhhhhh, madre Mary Joan está sacando la cuenta por filas... ssshhhhhh... ¡no!, ¡no!, ¡no!, ¡no!, ¡no!, la cuarta fila no podía haber ganado, ¡sííííííí!, ¡noooooooo!, ¡sííííííí!, ¡noooooooo!, y madre Mary Joan todavía hay tiempo, hasta que llegue la madre superiora, todavía hay tiempo, y cogía un puñado de moneditas, lo metía en una lata y tacatacatacatacatacataca, y nuevamente los niños se le venían encima con más billetes, ya nadie daba moneditas tacatacatacatacatacataca, billetes ahora, de a diez, de a cincuenta, ¡*quéi bounitooouuu*!, uno de cien, y ellos encantados con el acento de madre Mary Joan, ¡*quéi bounitooouuu*!, la tercera fila ganaba otra vez, ¡nooooo!, ¡sííííí!, ¡noooooooo!, ¡sííííííí!, y quedaban aún esperanzas para las otras filas, quedaban esperanzas porque sabían que tenían algunos billetes, sus papis comprendían lo importante que era eso, que sus hijitos quedaran bien con las monjitas, con las misiones, sus papis les vaciaban la billetera y ellos todavía no la habían vaciado, bien vivos eran, se guardaban para las finales, pero Fernandito estaba en la última carpeta de la primera fila, en el rincón de los matones, y la primera fila tenía que ganar, al menos así se lo manifestó a Cano, que ocupaba, infeliz, la carpeta de adelante. Cano empezó a sufrir porque el otro ya le estaba pidiendo su billetera, ¿qué?, ¿qué billetera? Anda, bruto, límpiate la caspa y saca los billetes; no has dado más que monedas. Y Cano tratando de explicarle, nuevamente tratando de hacerle sentir que había dado los miniches de una semana, lo de abuelita de una semana, pero en ese instante entraba la madre superiora y, sabe Dios cómo, al verle la cara, Cano recordó que Fernandito hasta el momento no había dado ni un centavo. Fue la reacción de su vida, volteó entre odiándolo e identificándose con su pobreza, pero *hay golpes en la vida tan fuertes, yo no sé*: vio cómo Fernandito contaba furioso los billetes de a cien que guardaba en una preciosa billetera con sus iniciales F.R.L.G. grabadas en oro. Seguro que entonces también hizo el gesto ese bien raro que Julius solo vería días más tarde, el día en que Cano lo invitó a su casa, seguro también que estaba terminando con su extraño gesto, cuando escuchó la voz de Fernandito llamando a los de la primera fila: «Cano no ha dado nada», les decía, y los de la primera fila ¡Cano! ¡Cano! ¡Cano!, y la madre superiora mirándolo, dándole la oportunidad de cerrar la competencia con un triunfo, a ver, *Canou*, con *brouche* de *ouro*. Y ellos jajajajajajajaja, porque también la madre superiora pronunciaba graciosísimo el castellano, si las oyera la profe, pero ahora todo dependía de Cano y Cano volteó triste donde Fernandito y la mirada de Fernandito lo arrojó contra la madre superiora. Allá lo esperaba con los brazos abiertos y Cano miró a la clase y no pudo, y miró a las madres y no pudo, y al mismo tiempo buscaba en todos sus bolsillos y la superiora ya no estaba tan contenta. Recogió una pierna apoyándose sobre la punta de los pies para buscar mejor en la secreta del pantalón, el bolsillito ese bajo el cinturón, ahí estaba la última monedita, tres miniches, la sacó y la entregó y no vio más porque buscó la pizarra negra para no ver a las monjitas que se rieron y se molestaron y se rieron y se volvieron a molestar, regresa a tu carpeta, regresa rápido a tu carpeta, la tercera fila había ganado. Era la fila de Julius y él, con todos, pegó un tremendo ¡rahhh!, ¡día libre mañana!, ¡rahhh!, y seguro por gritar tanto para celebrar el triunfo con sus compañeros no vio a Cano repetir su gesto frente a la pizarra, antes de volver a su carpeta, antes de encontrarse con la mirada furiosa de Fernandito, y antes de sentarse en su silla para enterrar la cabeza casposa entre los brazos salpicados de caspa y llorar un rato en silencio.

Los de la primera fila continuaron echándole la culpa de su derrota a Cano, pero él había escondido la realidad entre sus brazos, la había atrapado y oscurecido entre sus brazos, su cara, sus hombros y la tapa de la carpeta. Nadie lo volvió a mirar. Ahora todos estaban muy ocupados en escuchar el discurso que la madre superiora pronunciaba ante la mirada sonriente y aprobadora de madre Mary Joan. Claro, decía con los ojos risueños madre Mary Joan, claro, claro, así es, así es, sí, sí, se merecen un premio, claro, claro, claro, claro. Y es que la madre superiora se los estaba llevando por el camino de la felicidad, ellos veían venir el desenlace, por respeto no gritaban ¡rahhh! todavía. Ellos sabían que ya se venía la recompensa, no solo la tercera fila se ha portado como es debido, ya no tardaba en llegar el premio, todos han colaborado al máximo, les latía el corazón bajo las iniciales rojas del colegio, los niños de las misiones recibirán vuestra ayuda, una fila tenía que ser la ganadora, así es la vida, pero todas han colaborado al máximo, les saltaba el corazón, se venía el premio, el fin del discurso era un premio para todos, lo veían venir. Y por todas estas razones y porque ustedes han colaborado como nunca con las misiones y con las vocaciones sacerdotales, no solo la tercera fila... ¡rahhh!, sino todas... ¡tres hurras por la madre superiora!, todas las demás filas... ¡hip!, tendrán... ¡rahhh!, el... ¡hip!, día... ¡rahhh!, libre... ¡hip!, y madre Mary Joan haciendo ¡rahhh! también con los brazos en alto, inolvidable la monjita futbolista, siempre tan simpática y alegre.

Después la madre superiora se fue con las alcancías y con las cajas de los billetes, uuuuuuuuh, casi se cae con tanto peso, y ellos felices porque en broma casi se cae con tanto peso y madre Mary Joan se ofreció a ayudarla y juntas abandonaron el salón las dos monjitas. «Despacito, les dijo la monjita futbolista, al cerrar la puerta, pueden hacer bulla pero despacito», y ellos continuaron conversando encantados, mañana no hay colegio, te invito a mi casa, etcétera.

Fue entonces que Julius volteó a mirar hacia el fondo, a la derecha, donde se oía la voz de Fernandito, y vio cuando este le pedía su guante de béisbol a De los Heros. De los Heros no se explicaba para qué, pero tampoco era cosa de preguntar mucho porque Fernandito se estaba amargando y ya varios habían volteado a mirar. Le trajo el guante hasta su carpeta y todos voltearon a mirar. Todos menos Cano, cuyos hombros habían cesado de gemir, pero que continuaba bien enterrado entre sus brazos. Fernandito se puso el guante y lo llamó: «Cano», le dijo, y Cano se estaba incorporando cuando la manota enguantada lo volvió a hundir de un solo golpe en su llanto. «¡Por atrás no se pega!», se le escapó al pobre Julius. «A ver pega por delante, pues». Fernandito se puso de pie y la clase enmudeció. «Por atrás no se pega», repitió Julius, poniéndose también de pie y acercándose, más bueno y justiciero que el Súper Ratón en el último número de *Historietas*. Estaba viendo la página trece de su revista cuando un guantazo en la cara lo frenó en seco. Fernandito se había sacado el guante y se lo había lanzado a quemarropa y recién ahora podía verlo nuevamente, muy tarde, aunque siempre trató de cuadrarse pero fue solo para recibir tremendo puñetazo en la nariz y descubrir detrás del impacto la cara furiosa y los ojos penetrantes de Fernandito trabajándolo psicológicamente. Súper Ratón página trece y se lanzó sobre la mirada y, pafff, otro golpe y, detrás de los ojos, los hombros llorando de Cano y, pafff, otro golpe, sangre en mi mano y, pafff, otro golpe, me quema la nariz y, pafff, otro golpe, y Fernandito ya se estaba cansando de golpear, Julius le rebotaba siempre, pafff, otro golpe, machito Julius y, pafff, otro golpe, nuevamente a la carga y, pafff, otro golpe... ¡La madre!, ¡la madre! ¿Qué pasa?, ¿qué pasa?, y, paff, otro golpe justito antes de que se lo llevaran y para que no se olvidara.

Tres días después Fernandito entregó una hoja enorme donde había escrito ciento cincuenta veces «No debo pegarles a mis compañeros», y por orden de madre Mary Joan, y bajo su supervigilancia, vino a darle la mano sonriente y furioso a Julius. A Julius ya no le dolía la nariz. Le dolía en cambio que Juan Lucas le hubiera dicho que se la habían quiñado justamente por meterla donde no le tocaba y que Cano era un gilipollas, sin lugar a dudas. Le dolía mucho recordar la escena y hasta hubo un momento bien triste en que, escondido en el baño, anduvo hojeando el último número de *Historietas* para ver si el Súper Ratón se había encontrado alguna vez en su vida en una situación similar, si alguna vez se había encontrado algo así como estrellándose y estrellándose contra una pared. Claro que a medida que se estrellaba le iba doliendo menos, pero la pared era siempre pared y se había quedado sin un solo quiñe mientras que a él se lo habían llevado al baño gimiendo furia y chorreando sangre. Trató de meterse en el pellejo del Súper Ratón y realmente el tipo no hacía otra cosa que encontrarse con paredes en su vida, pero nunca se estrellaba; definitivamente el justiciero animalito se las traía todas bien aprendidas, pero, ¿qué hago encerrado triste aquí en el baño? Julius tuvo su pequeña vergüenza, lo asustó ese tipo de soledad en un baño inmenso y elegantísimo; lo abandonó dejando atrás frascos de porcelana con nombres en latín que reposaban sobre la bañera-piscinita de Susan. Por la noche no lograba dormir, y luego, cuando se durmió, ahí estaban la pared y Fernandito, y después, al día siguiente, le dio por andar imaginando. Andar imaginando, hubiera dicho él, pero una mañana escuchó las palabras exactas. La profe de castellano, bien huachafa era y la habían visto con su novio por la avenida Wilson, dijo que Julius era un niño volcado sobre sí mismo y de carácter más bien reflexivo y capaz de... El resto ya no lo escuchó, justamente porque andaba imaginando.

Cano también andaba imaginando. Al menos esa era la impresión que le daba a Julius. ¿Qué otra cosa podía estar haciendo mientras se paseaba por el patio, por el jardín, por el patio, por el jardín, por los corredores del colegio? Hasta por los inmensos baños blancos y fríos se paseaba Cano. Y siempre con su ramita. Caminaba siempre con una ramita larga y fina. La misma todos los días, o se conseguía una igualita cada mañana antes de llegar al colegio. Parecía un dios olvidado haciéndole su revolucioncita o simplemente quemándole el pastel al dios actual, con eso de andar tocando todo lo que encontraba a su paso y dándole un nombre distinto. Porque eso, exactamente eso era lo que hacía Cano. Julius lo había estado observando muerto de curiosidad, hasta que una mañana, a la hora del recreo, decidió esconderse detrás de un árbol porque acababa de descubrir que Cano no solo tocaba las cosas, sino que además les ponía un nombre que no era precisamente el que les correspondía. Ni más ni menos que si estuviese reinventando el mundo. Claro que Cano no era ni dios, ni loco, ni siquiera adulto para traérselas así tan raras, pero la verdad es que no andaba muy lejos de todo aquello. Y Julius fue testigo. Lo había vencido la curiosidad al escuchar un murmullo cada vez que Cano, tic, tocaba algo con la ramita. Bien curioso Julius. Tal vez no debía meter las narices donde no le tocaba, pero recordó que esa era frase de Juan Lucas y metió inmediatamente las narices donde no le tocaba: detrás de un árbol, sin que Cano lo viera. Ahí venía. Tocó la macetita a tres metros de la banca y la llamó perrito; siguió caminando hacia el árbol pero antes había un caño que salía de la tierra como una planta, tic, lo tocó con su ramita y lo llamó gato, y se acercó más hasta uno de los rosales de la madre superiora. Se detuvo a contemplarlo. Llenecito de rosas el rosal y Cano empezó a tocarlas toditas y a toditas las iba llamando mamá, mamá, y Julius observaba recordando que Cano era huérfano, y Cano contemplando una rosa medio marchita, arriba, a la derecha, y llamándola abuelita, tocando nuevamente las otras rosas, mamá, mamá, hasta que las dejó para acercarse más al árbol donde Julius no podía seguir escondido porque seguro viene y me toca. Pero la banca estaba en el camino y Cano la miró un rato y, tic, la llamó casa, y sobre la banca había una araña y la tocó con la ramita, pero inmediatamente alzó el pie para aplastarla antes de que se le escapara; Fernandito Ranchal y Ladrón de Guevara la llamó mientras la aplastaba. Después solo quedaba el árbol. Julius se trasladó mentalmente adonde Cano y desde ahí se miró: se lo veía clarito detrás del árbol. Prefirió salir corriendo pero se encontró con la ramita en su camino, lápiz estaba diciendo Cano, y por poco no le clava la ramita en el ojo en el instante en que él trataba de alejarse silbando. Fue entonces que lo vio hacer el gesto extraño y triste, por segunda vez: Cano lo tocó con la ramita y lo llamó Julius, mientras él insistía en alejarse silbando. «Julius, mi abuelita me ha dado permiso para que te invite a tomar té el sábado». Inmediatamente quitó los ojos para un lado, bajando la cara hasta apoyar la barbilla sobre el pecho, junto a un hombro, refregándola luego sobre su camisa, llevándose la corbata en el camino hasta el otro hombro. Julius solo atinó a decirle que sí, y juntos pero silenciosos se fueron caminando a formar filas porque el timbre acababa de sonar anunciando el fin del recreo.

Y ese mismo día, durante el almuerzo, Julius le contó lo de la invitación a Susan, que acababa de salir fresca y linda de su bañera-piscinita. «Qué feo nombre, darling», se limitó a decir ella, pero Juan Lucas, que estaba saboreando feliz una receta del gordo Luis Martín Romero, preparada por nuestro marica, no pudo contenerse.

—Debe ser hijo de un antiguo peluquero del club —dijo—. Digno amigo de tu hijo, mujer.

Julius y Cano andaban imaginando por todas partes, cada uno por su cuenta y con su propio estilo. A Julius le extrañaba que Cano no se le hubiera vuelto a acercar desde que lo invitara para ese sábado, ni siquiera le había vuelto a dirigir la palabra. En cambio él se mostraba decidido a entablar una amistad duradera con aquel chico tan distinto, pero cada vez que lo miraba, en clase o durante el recreo, Cano le quitaba los ojos y repetía el gesto extraño, hasta que de pronto Julius sintió que algo le tiraba por adentro de la cara y decidió nunca más volverlo a mirar, por temor a que se le pegara el gesto tan feo y a su edad. Total que sábado era pasado mañana y no sabía qué hacer. De seguir en ese silencio iba a llegar a casa de Cano, ¿y de qué iban a conversar si prácticamente no se conocían? Las cosas empeoraron para Julius cuando, por la noche, soñó que atravesaba inmensos pampones y que caminaba hasta el oscurecer para llegar a una casa que creyó ser la suya, pero que al verla resultó ser la de Cano. Y él también era Cano regresando a su casa después de clases. No bien se despertó empezó a reflexionar para que ninguno de los detalles importantes del sueño se le escapara de la memoria. Descubrió entonces que irse caminando hasta su casa todas las tardes le producía inmensa flojera, y que andar tocándolo todo con una ramita y poniéndole un nombre nuevo a cada cosa ayudaba a vencer el miedo que sentía al atravesar esos pampones. Casi descubre que era vergonzoso partir solo entre las lujosas camionetas en que se iban los otros niños... Casi descubre que la camioneta de Julius le metió un día el guardafango por el culo y lo obligó a cruzar volando... Pudo haber descubierto mil cosas, pero la Decidida entró gritando que si no se apuraba en levantarse y en pasar al baño iba a llegar tardísimo al colegio. Trató de hacerla callar, le hizo una ligera seña con la mano, algo como no me interrumpas, por favor, pero la Decidida tenía razón y gritó más fuerte y Julius no tuvo más remedio que quedarse a la mitad de sus inquietantes descubrimientos.

Mañana era sábado, y Cano continuaba encerrado en su mutismo y caminando de lado a lado del patio, tocándolo todo con su ramita como si quisiera terminar con la pesada tarea de organizar el mundo ese mismo día. Dos veces trató de acercársele Julius y las dos veces lo rechazó con el gesto tan triste y tan feo. Una extraña idea empezó entonces a atormentarlo: seguro que Cano se ha arrepentido. ¿Debo o no debo ir? A lo mejor ya no quiere que vaya y no se atreve a decírmelo. Todo el viernes se lo pasó Julius dándole vueltas a su tortura y mirando a Cano, a ver si le hacía alguna seña en ese sentido. Nada. Cano continuaba encerrado en lo suyo. Por fin, a la hora de salida, Julius se armó de coraje y decidió no preocuparse más del asunto. Lo había invitado, iba a ir, de todas maneras iba a ir... En esas estabas, cuando Cano pasó a su lado sin que él hubiera notado ni siquiera que se le acercaba.

—No te olvides. Te espero mañana a las cuatro —le dijo, a la carrera.

Julius encontró las palabras apropiadas para responderle cuando el otro se internaba ya en el primer pampón, luego de haber atravesado la pista entre decenas de autos y camionetas que hacían sonar sus bocinas, anunciando que mami o el chofer esperaban impacientes. Ahí estaba Carlos.

Esa misma noche empezó Julius el largo camino hasta la casa de Cano. Atravesó la pista, al lado del colegio, y tuvo que apurarse porque una camioneta Mercury, de lujo, partía furiosa y casi le mete un guardafango por el poto y todo el mundo se iba a matar de risa. El impulso lo obligó a saltar a la vereda y a tomar nuevo impulso porque enseguida había un acequión, total que fue una especie de salto triple que terminó con sus pies enterrados en el pampón, cubiertos de una nueva y uniforme capa de polvo. Julius sintió que los ojos se le iban para un lado y que su barbilla presionaba fuertemente sobre su pecho y que se traía la corbatita en el camino hasta el otro hombro. Sintió pena y frío, pero la costumbre lo obligó a seguir avanzando. No era tan peligroso ni tan solitario regresar por las calles que llevaban hasta su casa. Estaban poco construidas aún, pero eran mucho menos inhóspitas que esos pampones donde a menudo se cruzaba uno con mendigos y raptores de niños. Ahora era imposible dejar de atravesarlos. Abuelita se había acostumbrado a que llegara a una hora determinada. Fue pura mala suerte porque al principio él regresaba siempre por esas calles y justo el día en que se le ocurrió cortar camino por los pampones, a abuelita se le ocurrió tomarle tiempo y ahora si se demoraba más ella se asustaba y él podía encontrarla muerta de miedo. No le quedaba más remedio que regresar todos los días por los pampones y los terrenos despoblados. Era la única manera de evitar que abuelita se muriera y de encontrarse solo en el mundo. En cambio, si eres un niño bueno y llegas siempre puntual a tu casa, abuelita podrá vivir tranquila hasta verte hecho un hombre, capitán de aviación, alférez de fragata, y te casarás y me llevarás a vivir contigo y tu esposa será muy buena y yo lograré ver a mi primer bisnieto antes de morirme en paz. Pobre Julius, las palabras de abuelita lo conmovieron de tal manera que empezó a correr como loco para llegar a tiempo y encontrarla viva. Tenía miedo de perderse pero cómo se iba a perder si él era Cano... Por apurarse hasta se le cayó la ramita, felizmente que ya había recorrido mil veces el camino y que se tenía ese ladito del mundo bien organizado, cada cosa con su nuevo nombre, menos la caca, que por ahí abundaba, y para la cual por más que buscó no encontró nombre mejor que el de caca. Juan Lucas y Susan debieron haber llegado en ese momento porque Julius escuchó pasos en la distancia, la voz de mami en el corredor, y dejó de ser Cano cuando una oscura y confortable realidad empezó a invadir el itinerario hasta su casa, se le escabulló el resto del sueño y de pronto se encontró con que ya ni siquiera sabía dónde quedaba la casa a la que iba, la de Cano. Felizmente tengo la dirección en una tarjetita en mi mesa de noche y Carlos me va a llevar esta tarde. Mami se había acostado y él no sentía ganas de orinar y un bostezo le cerró los ojos, después fue un poquito como en el cine cuando ya apagaron la luz y la película no empieza ni hay música, hasta que llegó Del Castillo, en primero de primaria, a contarles a todos que Cano lo había invitado a su casa. Le estaba contando y también el chico ese Julius escuchaba que yo lo había invitado y que abuelita, qué vergüenza, porque vive con su abuelita, es huérfano, una vieja que es su abuelita, una vieja bien vieja, con pelo blanco, ella me contó que es huerfanito y que ella es el único ser que tiene en el mundo, no sigas, abuelita, somos pobres, no cuentes, abuelita, pero su padre iba a ser el primer abogado de Lima, se acabó joven, así lo quiso el Señor, que se haga siempre su voluntad, ya no más, abuelita, mañana lo cuenta en el colegio y es mi único amigo, allá nadie es hincha del Sport Boys, me tratan de «chavetero», «saca la chaira», me dicen, abuelita ya no más por favor que da vergüenza y mañana seguro que me va a traicionar: durante el té su abuela trajo una botella de las más chicas de Coca-Cola, Del Castillo, por favor, y a los dos nos sirvió en unos vasitos chiquititos y sobró un concho y tapó la botella y la guardó de nuevo. Toda la clase se reía de él y él también trataba de reírse pero no le salía igual que a los otros, no sé, a veces quisiera odiar a mi abuelita y a veces la adoro. Del Castillo se transformó en Espejo Roto en segundo de primaria para contarles que Cano y su abuelita iban a pie todos los domingos hasta la misa del Parque Central de Miraflores, y regresan caminando y tienen que caminar un montón y llegan a una casa vieja, muy vieja, de barro y madera...

Julius se despertó viendo las casonas viejas de Miraflores con sus altos muros amarillos, sus rejas de madera marrón y unos caminitos de losetas rojas, brillando siempre o resbalosas porque acaban de baldearlas, una o dos saltadas, y más allá dos o tres escalones, una terracita con sus maceteros de madera verde y geranios marchitos a ambos lados de la puerta de dos hojas, con sus ventanitas enrejadas por donde uno mete la mano y abre por dentro. Creyó que iba a ver también a la abuela de Cano, pero la Decidida pegó su segundo alarido de aquel sábado por la mañana; obligándolo a erguirse inmediatamente. Permaneció sentado un momento mientras ella abría las cortinas y regresaba, importante, hasta la cama, para transformársele bruscamente en tinajera y abultarle más aun el pecho enorme, lo cual bastó y sobró para que Julius saliera disparado rumbo al comedorcito de los desayunos, que era como un alto en la larga serie de dormitorios y baños que se sucedían en ese interminable corredor del palacio. De allí pasaba al baño, donde la Decidida solo lo abandonaba al verlo bien metido en la ducha. «¡Y cuanto más fría, mejor!», le gritaba, llenando el uniforme de contenido y dispuesta a pegar otro grito, sin cólera eso sí, porque la Decidida al gritar remplazaba la cólera por sus consiguientes derechos.

Juan Lucas propuso golf para todo el mundo esa mañana, pero Julius desapareció a la hora de partir. Felizmente que no insistieron mucho en buscarlo y que terminaron marchándose sin él, porque la ducha fría lo había dejado lleno de grandes proyectos. Gracias a un sueño había comprendido muchas cosas sobre Cano. No todo, desgraciadamente, porque la Decidida vino a interrumpirlo, despertándolo justo cuando iba a llegar a la casa. Claro que ahí se iba a armar un lío horrible porque él era quien soñaba y él era Cano también en el sueño, qué importaba. Julius estaba dispuesto a que se armara el lío. Aún era temprano y una pastilla para dormir, seguro que mami tiene, podría aclarar las cosas definitivamente. Quedaban muchas cosas por aclarar. Faltaba saber exactamente cómo era la casa de Cano y cómo era su abuelita, así llego y no me asusto y ya sé de qué hablar y todos me van a querer. Cosas por el estilo andaba pensando Julius mientras buscaba entre los pomitos de Susan, leyendo atentamente las indicaciones de cada uno de los remedios. Por fin encontró uno que aseguraba sueño largo, profundo y reposado. Justo lo que necesitaba. Se tomó dos pastillas para asegurarse de que el sueño fuera realmente largo y profundo, profundo sobre todo, para conocer a Cano profundamente. Bajó corriendo a buscar a la Decidida y le dijo que iba a estudiar toda la mañana en su cuarto y que solo lo llamaran si era algo muy urgente. Así decía mami y siempre funcionaba porque nunca la venían a despertar durante sus largas siestas. Arminda iba a decirle que era sábado, que no estudiara tanto y que saliera más bien a jugar al jardín, pero un Julius desapareció hacia los altos y el otro se fue en dirección al jardín, a bañarse en la piscina. Arminda sacudió ligeramente la cabeza y se olvidó. También Julius se olvidó de quitarse la camisa, o mejor dicho, no alcanzó a quitársela porque el sueño lo llamó por primera vez en plena búsqueda del pijama bajo la almohada, por segunda vez mientras se quitaba el pantalón, y por último lo llamó del todo cuando empezaba a desabotonarse la camisa. Se quedó seco.

Seguía seco cuando la Decidida hizo aparecer su pecho por la puerta y anunció de un solo grito que hacía horas que lo esperaban para almorzar. Hoy no estaban sus padres y por consiguiente tenía que almorzar solo y temprano. Media hora después, la Decidida volvió a asomar el pecho por la puerta, pero esta vez tomó además la precaución de mirar y se dio con que Julius no estaba en su mesita de trabajo. ¿Qué podía ser del niño? A lo mejor los señores se lo llevaron sin avisar. Una falta de consideración de los señores. Habría que hacerles presente. Pero ella había visto a los señores partir sin Julius y a Julius venir a la cocina para avisar que iba a estudiar en su cuarto. No podía, por consiguiente, haber partido con los señores. De todas maneras es una falta de consideración por parte de los señores partir sin avisar que se llevan al niño. ¿Dónde está Julius? La Decidida partió gritando a voz en cuello porque no se sentía completamente segura de tener la razón en su última discusión con los señores... ¿Qué señores?... ¿Qué discusión?... ¡¿Dónde está Juliuuusss?!

Ese alarido lo despertó sin haberse logrado enterar de nada nuevo sobre Cano ni sobre nadie. En cambio, un dolor de cabeza, acompañado de unas ganas horribles de volverse a dormir, lo hicieron dudar del éxito de su operación. «Qué mala pata», pensaba el pobre Julius, y ya se iba a quedar dormido cuando otro alarido de la Decidida lo obligó a salir de la cama y a ir en su busca.

¡Dónde había estado! ¡Horas hacía que debería haber terminado de almorzar! ¡Cómo era posible! ¡Una falta de consideración con sus padres!... ¡No!... ¡Con la servidumbre!... ¡Sí! ¡Eso! Julius comía esforzándose por abrir la boca lo menos que podía porque ahorita cualquiera de esos abrires de boca se le convertía en tremendo bostezo y ahí mismo se quedaba seco de nuevo y a lo mejor no volvía a despertarse hasta la noche y dejaba plantado a Cano. Eso sí que sería el colmo. La presencia de la Decidida, cumpliendo estrictamente con su deber y exigiendo, por consiguiente, que Julius terminara hasta el último bocado y respetara sus derechos, que incluían un breve reposo después de almuerzo, lo obligaron a realizar un esfuerzo sobrehumano para terminar con la fruta y pedir café en vez de postre. ¡Café de ninguna manera! ¡Desde cuándo aquí café a tu edad! Julius miró a la Decidida y le dijo que no se sentía muy bien y que iba a echar una siesta. «Por favor, dile a Carlos que me tiene que llevar adonde un amigo a las cuatro, agregó, despiértame a las tres». La Decidida aceptó, felizmente.

Lo despertaron a las tres en punto y, una hora más tarde, elegantísimo y muerto de sueño, partió rumbo a casa de Cano. En el trayecto empezó a cabecear, sentía que su cabeza pegaba contra el vidrio de la camioneta, cada vez le costaba más trabajo enderezarla. Carlos le había dicho hasta el cansancio que no se apoyara en la puerta, se va a abrir y te vas a sacar la ñoña, pero él nada podía hacer por evitarlo. Solo reaccionó cuando lo escuchó decir está servido el jovencito... Miró a Carlos espantado y arrojó la ramita con que había venido tocando miles de cosas pero al mismo tiempo había venido en camioneta y no cruzando pampones y no le había puesto nombre a nada ni traía tampoco una ramita en la mano. «Sueño largo, profundo y reposado», pensó, al bajar de la Mercury. Otra vez estaba bostezando. Felizmente que el timbre rodeado de humedad en la pared amarilla y fría logró asustarlo un poco. Miró bien, lo hizo sonar, y se convenció de que la visita había empezado y de que en casa de Cano el timbre sonaba. No debía dormirse apoyado en la puerta porque a lo mejor la abuelita abre y cree que estoy muerto y se muere del susto y lo friego a Cano porque se queda solo en el mundo.

«Pasa, hijito», le dijo la abuelita, con unas canas tan blancas y una cara tan dulce que él empezó a adorarla justo cuando iba a tapar una Coca-Cola de las chicas porque quedaba un poquito. Sacudió la cabeza y nuevamente pensó en lo del sueño reposado y profundo, ¿y ahora qué hago? Sí, señora, no, señora, no, señora, no, señora, sí, señora, ¿cuándo, señora?, ¿le ha dolido mucho? Julius despertó con la explicación.

Cano lo había estado esperando todo el día. Los dos lo habían estado esperando todo el día, pero el jardín no era muy grande. El jardín era muy chiquito y Cano había dicho aquí fútbol no se puede jugar. Había dicho mejor jugar básquet y ella le había preguntado ¿cómo? y él le había explicado. «Muy fácil. Le sacas el fondo a la canasta vieja de la ropa sucia, te trepas al árbol y la cuelgas en la rama más alta. Podemos apostar quién emboca más veces. Podemos jugar hasta que oscurezca». Pobrecito, bajo su vigilancia se trepó al árbol, ella misma lo estaba cuidando, Dios lo quiso así... Sí, señora, sí, señora, sí, señora.

Se había sacado la mugre Cano. Se cayó de la rama más alta y hubo que llevarlo a la Asistencia Pública. Allí le entablillaron el brazo. Julius siguió a la abuelita por unos corredores horrorosos donde todos los pisos eran de losetas y hacía un frío húmedo. Se tropezó con una mesita muy fea y casi tumba un florero con flores de plástico que mami dice es lo más cursi y feo del mundo. Lo eran, además. La verdad, todo era muy feo en la casa. También Cano en su cama altísima y vieja. De la época de Matusalén era la cama, y el otro ahí sentado, con un pijama como los de Celso y Daniel, sonriéndole y contándole me saqué la mugre. Le habían puesto unas tablitas en el brazo y lo habían vendado encima. No se las podía quitar hasta dentro de dos semanas.

Horas llevaba Julius sentado en el sillón incomodísimo, lleno de resortes saltados, donde lo dejó la abuelita mientras iba a prepararles el lonche. Ella les avisaría en cuanto estuviera listo, te pones tu batita, hijito, y vienen los dos al comedor. Después otra vez a la cama porque el médico ha ordenado mucho reposo para que puedas ir el lunes como siempre al colegio. Julius, a la disimulada, buscaba la ramita por todos los rincones. No la veía por ningún lado. La abuelita volvió a aparecer trayéndoles un *Pato Donald* a cada uno. Cano estiró el brazo entablillado. «¡Ay!», se quejó. Cuidado, hijito, el médico ha dicho que no lo muevas. Todos tenemos que sufrir. Él nos enseñó a sufrir. Él sufrió más que nadie. Él sufrió por todos nosotros... Él era un crucifijo que colgaba encima de la cama y contagiaba frío. Todo en la habitación contagiaba frío. El roperote. El sillón. La camota, sobre todo, de fierro, parecía hecha con cañerías de agua fría. El roperote más que la camota. Tenían que haberlo desarmado íntegro para meterlo en la habitación. El roperote empezó a contagiar pereza, Cano vivía bajo los efectos del mueble inmenso, qué tranquilo leía encorvado bajo la luz de una sola bombilla colgando también altísimo. Julius apenas lograba ver las leyendas de su *Pato Donald*, sueño largo, profundo y reposado...

En el comedor, una *Última cena* de plata sobre fondo negro y otra bombilla colgando también altísimo, casi reposando sobre la mesa enorme y oscura. Julius sintió que un escalofrío le empezaba en los testículos y le terminaba en la cabeza, transformándose casi, si no fuera porque soy niño, en derrame cerebral. Controló su cuerpo. Se sentía bien, claro que se sentía bien y ahí venía la abuelita con un botellón de Coca-Cola tamaño familiar y Del Castillo es un mentiroso. Le mandó una sonrisa triunfal a Cano, una sonrisa de amigo, y Cano se miró el brazo entablillado y en ese momento la abuelita les alcanzó dos vasos, bueno, vasitos, y Julius apostó que iban a tomar más Coca-Cola que Del Castillo en todos los días de su vida, pero la abuelita les llenó los vasos, bueno, vasitos, y tapó la botella, para la próxima vez que vengas, hijito, y se la llevó a la cocina. Volvió con unos panes que seguro habían estado guardados en algún mueble que contagiaba frío, unos panes con palta que a Julius le iban a caer pésimo.

Se le terminó de ir el sueño cuando Cano, de nuevo en su cuarto, le dijo que le iba a confesar su secreto y sus planes, pero antes tenía que jurarle que no le iba a contar a nadie. Julius le juró por Dios, y para convencerlo del todo, casi le promete que tampoco le iba a contar a nadie que tu casa es tan sucia y tan fea, pero ahí mismo se dio cuenta y se guardó la promesa para sí. Cano le dijo que no hiciera bulla un ratito. Escucharon en silencio y efectivamente la abuelita estaba en la cocina y ya iba a ser hora de su rosario. Podían encerrarse y quedarse solos un momento. Cano se acercó al roperote que influía en su vida y abrió la puerta. «Ven, acércate», le dijo y Julius vino a su lado y vio que le señalaba tres pedrones.

—Ahora no puedo cargarlos —le dijo—, pero dentro de quince días los volveré a cargar.

—¿Para qué?

—Un chico del barrio, uno que no está en el colegio, me ha dicho que si los cargo todos los días, a los dos meses seré más fuerte que Fernandito.

—¿Cómo sabes?

—Un chico del barrio que no está en el colegio me lo ha dicho.

Cano empezó a rascarse la cabeza y a mirar a Julius sonriente y confiado. Julius estaba pensando que por su casa nunca había habido chicos del barrio y que cómo sería eso. Cano lo seguía mirando, sonriente.

—¿Pero cómo sabes?

—Porque las cargas todos los días y cada vez eres más fuerte.

Julius pensó en Fernandito y volvió a preguntarle, ¿cómo sabes?, pero Cano no captó ese matiz de su pregunta y él ya no supo de qué manera insistir. Además, Cano le decía que le creyera, que esperara y que iba a ver dentro de dos meses; le rogaba, eso sí, que no le dijera a nadie. Julius le juró nuevamente por Dios, y para que el otro se quedara más tranquilo, le explicó que habría que ser muy bruto para contarlo ahora porque Fernandito se enteraría, y como todavía falta mucho para dos meses, viene y te saca la mugre.

La abuelita abrió la puerta del dormitorio y Cano cerró rápidamente la del ropero. Algo raro notó la viejita pero no los resondró porque Julius se veía que era un niñito muy bien. Les dijo que podían cambiar sus *Pato Donald*, así cada uno puede leer dos *Pato Donald*, y agregó que era una pena que no pudieran salir a jugar un poquito al jardín, pero este niño tiene que reposar para que pueda ir al colegio el lunes. A la cama y sin moverse. Órdenes de abuelita. Desde niño había que aprender a resignarse. Él nos había dado el mejor ejemplo de resignación, quién sino Él había sido tan resignado toda su vida... Sí, señora, sí, señora, sí, señora, sí, señora, esteee... no, señora.

«Llegamos a la finca de la tecla alemana», le dijo Carlos. Julius lo miró como diciendo es la nieta de Beethoven, más respeto, pero prefirió no hacer ningún comentario porque, como siempre, Carlos lo iba a mirar burlonamente. Además eso no era una finca sino una antigua casona de la Lima señorial. Susan se lo había explicado. Le había contado que, sin duda, esa casona había sido habitada por alguna gran familia cuyos descendientes vivían hoy en San Isidro o Miraflores, a lo mejor en Monterrico, a no ser que hubieran venido a menos, en cuyo caso ella ya no sabía qué había sido de esa gente. Pero para qué explicarle esas cosas a Carlos, se reirá de mí, y cuando le diga «mami me lo ha dicho», se reirá más todavía. Cogió sus cuadernos de música y bajó corriendo del Mercedes.

De golpe se encontró con la oscuridad del zaguán, pero lo atravesó tranquilito porque ahora ya sabía de qué se trataba todo eso. Claro, mami tiene razón: fueron grandes casas llenas de habitaciones y la gente las alquila para oficinas porque todo el mundo trabaja en el centro y es conveniente tener la oficina ahí. También hay quienes viven en ellas, la clase media, Julius, la clase media baja, muy baja a veces, y la mujer muy blanca vestida con grandes espacios blancos es la viuda de un empleado del Estado y todos los meses va a cobrar su montepío... Montepío, darling, lo que les pagan a las viudas de los que trabajaron para el Estado. Esas mujeres también viven en las viejas casonas porque tienen alquileres muy antiguos, pregúntale a tío Juan Lucas: esa gente es un problema. Te compras una casona de esas que están viniéndose abajo para construir un edificio y tienes que meter tropa para sacar a los inquilinos; por nada quieren soltar la ganga del alquiler. Julius caminaba tranquilamente por los altos, mirando hacia el zaguán y pensando que las chicas del colegio son las chicas de los colegios nacionales. «¡Ah!, dijo tío Juan, esas huachafitas son las mejores secretarias. En cuanto a la bonita que se pinta las uñas, qué quieres que te diga, muchacho. Esa me parece que se va por el mal camino». Julius se había detenido en el punto estratégico desde el cual contemplaba a la muchacha bonita pintarse las uñas. Siempre se estaba pintando las uñas sentada así, al pie de la ventana, y él inconscientemente había empezado a apurarse en llegar a la academia para poder contemplarla unos minutos antes de que empezara su clase. Oculto allá arriba la observaba irse por el mal camino. Se iba contenta, sonriente, pintándose cuidadosamente las uñas, tarareando boleros. Él le había contado todos esos detalles a Juan Lucas y tío Juan Lucas, por todo comentario, había dicho a esa le gusta lo prohibido. No puede ser, mentira; Carlos, Nilda, Vilma, todos tararean boleros. Pero, entonces, ¿por qué no se juntaba con las dos chicas que iban a ser muy buenas secretarias? ¿Por qué? Estaban en el mismo colegio, se veía por el uniforme, vivían en la misma casona, pero las secretarias estudiaban todo el tiempo y en cambio ella no paraba de irse por el mal camino. Siempre sonriendo, siempre pintándose las uñas y tarareando boleros. Se miraba las uñas, se las soplaba y volteaba a mirar al zaguán, y entonces Julius se hacía rápidamente a un lado. Faltaba un minuto para la clase y él quiso contemplarla un ratito más cuando, de repente, la chica tan bonita se inclinó para mojar el pincel en el esmalte y, al incorporarse, le hizo adiós con la mano que estaba soplando. Julius se quedó tieso porque ella nunca lo había visto allá arriba, imposible, tiene que haberle hecho adiós a otro, pero la chica le sonrió claramente y empezó a cantarle a él o al aire: *Te duele saber de mí, amor, amor, qué malo eres...* Tenía que ser a él. Lo venció el pánico. Julius pegó un salto hacia atrás y hacia un lado al mismo tiempo y fue a parar junto a una risita.

Jejeje... Se debatió entre enterarse de su procedencia y salir disparado sin haber visto ni oído nunca nada, pero en ese instante la risita se convirtió en palabras y el lugar de su procedencia, en la ventana del viejito sabio del coco calvo. «La niña, la niña», decía el viejito, cuando él se atrevió por fin a voltear a mirarlo. «La niña, la niña», repetía con los ojos llenos de alegría, chinitos de felicidad detrás de sus anteojos. «Hace días que la niña, la niña jejeje...». Julius no sabía qué hacerse con la felicidad del viejito sabio. Mucho menos supo qué hacerse cuando la felicidad se le convirtió en tos y empezó a ahogársele detrás de la ventana. Iba a morir feliz el sabio, dale con matarse de risa entre espasmo y espasmo, y dale con seguir hablando de la niña, la niña, la niña, no tardaba en quedarse muerto con esas palabras en los labios. Ahí lo dejó Julius, luego de explicarle que nuevamente iba a llegar tarde a su clase de piano. «*Frau* Proserpina se va a molestar», agregó al irse. De golpe el viejito se puso muy serio. Hasta se asomó entre la reja para decirle algo que él ya no logró escuchar muy bien, algo de que *Frau* Proserpina no podía darse ese lujo.

Esa misma tarde Julius se convenció de que se le había acabado por completo el sentimiento. Solo su curiosidad lo haría aguantar más reglazos en la muñeca. *Frau* Proserpina estaba cada día más severa y hasta insolente y malcriada no paraba. Sin cesar le repetía que era el peor de sus alumnos y que si no mejoraba notablemente le iba a escribir una carta a su mamá diciéndole que las clases no podían continuar por falta de talento del alumno. Los reglazos continuaban a la orden del día. Los chales también. Realmente increíble el asunto de los chales. Ya casi no podía con los que llevaba encima y, sin embargo, el espaldar de la silla desfondada seguía llenecito de chales nuevos. Otra cosa de lo más rara era lo de los alumnos.

«Puntuales todos, menos tú», decía siempre *Frau* Proserpina, pero Julius ya tenía sus sospechas sobre el particular. Claro que él siempre llegaba un poquito tarde porque hasta hoy, en que había descubierto que la chica lo había descubierto, se quedaba un segundito más mirándola y ahí se le iban varios minutos de clase. Era probable que en ese momento se marchara el alumno puntual que daba su lección antes que él, pero, entonces, ¿por qué no lo veía nunca pasar a su lado? Ese alumno tenía que pasar por el mismo corredor. Claro que a lo mejor él andaba tan concentrado en la chica que se iba por el mal camino que ni cuenta se daba cuando el otro salía. Pero, ¿y el que venía después? A ese tampoco le había visto la cara. Con todas esas ideas fluyendo por su mente, a Julius le quedó poca atención para el problema de las muñecas y una nueva serie de reglazos con su levanta la *monyeca* de estilo no se hizo esperar. Por fin un reglazo colmó la medida y Julius, en pleno vuelo por las escalas musicales, tomó la firme decisión de conocer a fondo al viejito sabio, de enseñarle a la niña de las uñas pintadas el buen camino, de preguntarle por el monto del montepío a la mujer muy blanca que se vestía con grandes espacios blancos, de cambiarles la bombilla eléctrica a las futuras secretarias de Juan Lucas, de preguntarle al que arreglaba las máquinas de escribir inservibles de qué vivía, de leerse unos cuantos pliegos del escribano y, por último, no me pegues, vieja de mierda, de enterarse del oscuro secreto que rodeaba la academia de la nieta de Beethoven. «¿Aún no se ha terminado con los ejercicios y ya estamos fatigados?». En efecto, Julius había pegado un gran suspiro, pero no por las razones que *Frau* Proserpina suponía. Era la cantidad de decisiones tomadas en un segundito la que lo había dejado grogui. Casi le pide otro reglazo a la vieja, a ver si le infundía el coraje necesario para emprender tanta aventura. «El asunto marcha de mal en peor, le dijo, en cambio, *Frau* Proserpina, no podemos emprender nada nuevo hasta que usted no sepa bien estos ejercicios». Julius le iba a responder que sí los sabía, que lo dejara probar otra vez, cuando ella, sabe Dios por qué, añadió: «El negocio se va a la quiebra». Se quedó mirándolo inquisitivamente. También Julius la miraba desconcertado, esperando alguna explicación sobre el sentido de su frase, pero *Frau* Proserpina, como reponiéndose de un desfallecimiento, volvió a adoptar su tono chillón y le dijo que pasado mañana no había clases. «Pasado mañana hay recital. Usted se queda en su casa practicando sus ejercicios. El recital incluye solo a los mejores alumnos». A Julius, que había figurado entre los mejores pianistas del Inmaculado Corazón, la frasecita le cayó como patada en el hígado. Se quedó profundamente ofendido y consideró el asunto como un reglazo simbólico-moral en lo más hondo de su alma. No dijo ni pío, sin embargo. Lo que hizo fue levantar altísimo las muñecas y arrancarse con el ejercicio como en sus buenas épocas. Se llenó de sentimiento y ya no tardaba en convertirse en el mejor alumno del mundo, cuando *Frau* Proserpina le colocó su reloj sobre el teclado, él casi se lo lleva en su camino, y le dijo que la lección había terminado y que el próximo alumno llegaría en cuestión de segundos. Nuevo reglazo simbólico-moral para Julius, que se incorporó furioso, recogió sus cuadernos y se marchó prácticamente sin despedirse, murmurando vieja loca, en Lima nunca nieva, mientras cruzaba el umbral de la puerta. Se detuvo no bien se sintió libre, y esperó unos minutos medio agazapado contra la pared del corredor. Del alumno puntual ni la sombra y los reglazos simbólico-morales dolían todavía. Le fue fácil dar media vuelta y asomarse por la puerta de la academia. Rarísimo: *Frau* Proserpina había apagado las luces que iluminaban ambos pianos. Julius consultó con su alma. Aún dolía el castigo. No le fue difícil soltar una tosecita, una carraspeadita, lo suficiente para que la nieta de Beethoven arrojara la madeja de lana y encendiera de un salto la luz, pero él ya había partido a la carrera.

Se estrelló con la risita del sabio. «Imposible, pensó al ver que el viejito continuaba muerto de risa, ya se habría ahogado». Ignoraba que lo había escuchado acercarse corriendo a su ventana y que había vuelto a asomarse. Además se estaba riendo de otra cosa, ahora. «Muy mala, muy mala», le decía, y dale con su jejeje, ya no tardaban en volverle los espasmos en que desembocaba siempre su alegría. «Muy mala *Frau* Proserpina». Julius le dijo que era la nieta de Beethoven y al sabio se le llenaron los ojitos de alegría, otra vez a matarse de risa. Y por reírse no lograba decir lo que quería, la risa lo dominaba, y Julius no podía entenderle... Jejeje, sí, sí, jejeje, hijito, jejeje, la nieta, jejeje, de su abuelito, jejeje, de Beethoven, jejeje... Por fin algo que Julius logró entender claramente: «¿Quién te lo ha dicho?».

—Mi tío Juan Lucas... Está casado con mi mamá.

—¡Ah! Tu papá, sí, sí...

Julius pensó que era un buen momento para seguir con el diálogo. El viejito sabio había parado de reírse y lo miraba ahora muy serio.

—La chica...

Metió la pata. No bien nombró a la chica, el viejito empezó a matarse de risa otra vez. Julius tuvo que esperar pacientemente a que terminara.

—¿Y en esa ventana? ¿Ese hombre que arregla las máquinas?

—Todos trabajamos en la vida. Hay que trabajar. ¿Tú también trabajas?

—Yo estoy en el colegio.

—Estudias para después trabajar.

Julius pensó en el hombre de las máquinas y en Juan Lucas. El viejito no era tan sabio como parecía. Sus respuestas lo dejaban en las mismas.

—Pero, ¿esas máquinas quién las quiere? Están reviejas.

—Las quieren sus dueños. No tienen para comprarse nuevas.

—¿Y cómo gana plata ese hombre?

—Trabaja mucho y gana poco.

—¿Y usted, señor?

—Filatelia.

Julius pensó que en los Estados Unidos quedaba Filadelfia y lo miró con cara de cojudo.

—Yo colecciono estampillas. Eso es la filatelia. Yo soy un filatelista. Mira mis álbumes sobre la mesa.

—¿Y la mujer en esa ventana allá abajo?

Qué habría dicho de malo para que el viejito empezara a hacerle no, no, no, no con la mano, y a ponerle cara de asco. Julius se quedó completamente desconcertado. Justo cuando el interrogatorio comenzaba a marchar...

—Yo nunca bajo. Estoy muy viejo. No interesa, no interesa...

—Es la señora viuda del montepío...

—¿Y a ti quién te cuenta todo eso?

—Tío Juan Lucas... No. Mi mamá.

—Hazme un favor, hijito. Un gran favor. Yo ya no puedo bajar, me cuesta mucho trabajo bajar. Cómprame el periódico. Otro día hablaremos de esa mujer.

El viejito le dio la espalda para dirigirse a su escritorio y empezó a buscar por los ceniceros hasta que encontró una moneda. Vino nuevamente a la ventana para entregársela, y Julius le dijo que ahorita volvía. Salió disparado y no paró hasta toparse con Carlos. Había mirado a todos lados mientras corría. Cada uno en su ventana, ella pintándose las uñas, mirándolo sonriente, pero él ni sonrisa ni nada, derechito hasta el portón. «¿Adónde vas con botellas vacías?», lo emparó Carlos. Julius le explicó como pudo lo del viejito y Carlos le dijo que al sabio le hacía agua la canoa. «¿Qué?». «Maricón, hombre», le explicó, pero él no podía quedarse con la plata del viejito, tan pobre, y además, ¿por qué, Carlos?, no es maricón, déjame ir, déjame ir. Carlos aceptó pero con la condición de que el asunto no durara más que muy poco y de que él pudiera vigilarlo desde la sombra. Julius atravesó la calle, compró *El Comercio* de la noche, y volvió corriendo hacia el zaguán. *Te duele saber de mí, amor, amor, qué malo eres...* pero él no quiso enterarse de tan corrompidas palabras y siguió su camino hacia los altos. Carlos, más bien, se detuvo y volteó a mirar esa flor en botón, ya le estaba calculando la edad, pensando un par de añitos más y se me pone como pepa de mango, pero la flor se cerró ocultando la cara al verlo, girando para mirar hacia el interior de la habitación y enmudeciendo. Carlos se cagó en la niña y alzó la cabeza. Desde ahí abajo podía cuidar a Julius.

—Mil gracias, mil gracias. A mi edad, hijito, a mi edad hay esfuerzos que ya no se pueden hacer... La nieta de Beethoven, ¿no?

—No me gusta —se le escapó a Julius, a quien el pasado le volvía de pronto, llenecito de golpes simbólico-morales.

—No nos gusta, hijito. Toma.

A Julius le tembló la mano al recibirla. Primero decidió no verla y continuó mirando al viejito, pero luego los ojos se le llenaron de lágrimas y bajó la mirada hacia la redondelita fría, brillante y sin peso que, incómoda, le abarcaba íntegra la mano. Ya tenía los cinco centavos, gracias, no los quería, gracias no los quer... Pero el viejito había abierto los brazos como el papa bendiciendo, agitaba el periódico en el aire mientras hablaba: «Nuevecita, nuevecita, repetía, brilla como el oro y vale un caramelo». Julius decidió que el viejito era sabio y que Carlos era un malo que se burlaba de todo el mundo, no, Carlos no era malo, se equivocaba solamente, ¿dónde estará para que vea que no le hace agua el maricón?, un sabio.

—Tengo que irme, Carlos me está esperando.

—¿Quién es Carlos?

Julius volteó hacia el zaguán donde Carlos lo aguardaba mirando. «Me espera Carlos», repitió, y ya se iba, pero una última pregunta lo detuvo, ¿quién era la chica? No se atrevía, el viejito iba a empezar a reírse.

—¿Quién es la chica que se va por el mal camino?

—¿Eso también te lo ha dicho tu papá? —esta vez el viejito se puso muy triste—. ¿Quién es tu papá?

—Es mi tío Juan Lucas. Está casado con mami.

—¿Quién es tu papá? —repitió el viejito sabio del coco calvo, pero más que preguntar, pensaba, mirando allá abajo, donde la chica sentada al pie de su ventana se pintaba las uñas sonriente. Tarareaba otra vez.

—¿Quién es? ¿Por qué?...

—Todo aquí se va por el mal camino —lo interrumpió el viejito.

—¡Vamos, oye! —gritó Carlos casi al mismo tiempo, desde abajo—. ¡Ya está bien de conversa!

Se dirigió hacia el portón al ver que Julius bajaba. *Te duele saber de mí, amor, amor, qué malo eres. Las flores que en el cielo se creyeron, cayeron batidas en la humillación.*

Trató de darle alguna explicación, empezó a contarle lo de las estampillas, pero Carlos lo interrumpió.

—¿Filatélico o locatélico? —preguntó, poniendo el motor en marcha.

Julius enmudeció. Con Carlos no podía nadie. Le miró el bigote y descubrió que había bigotes cortados para tomar la vida en broma. Se puso la mano encima de la boca, ahí donde él no tenía bigote, no lo tendría aún por muchos años, miró por la ventana del Mercedes y, en la oscuridad de la noche, en esa parte tan vieja, tan fea de Lima, el viejito volvió a decirle aquí todo se va por el mal camino.

«Todo, pensaba también el viejito, pero el niño qué simpático, orejón como nos pintan a nosotros los judíos...». Se había quedado en la ventana, escuchando vagamente el tararear de la colegiala, ni cuenta se daba de que le estaba gustando, pero sus manos empezaron a enfriársele prendidas a las barras de un campo de concentración, y tuvo que retirarlas de la reja. Se fue entonces a pegar tres estampillas que le quedaban para toda la noche, más el periódico, desde hace años sin noticias para él. Solo el niño, la nieta de Beethoven, la niñez... *Está casado con mami...* Oyó claramente una canción y estuvo un momento mirando una radio como las máquinas de escribir de esa ventana, pero la canción venía de abajo. *¿Quién es la chica que se va por el mal cami-*

no?... Avanzó para cerrar la ventana. La cerró pero ahora le faltaba la cancioncilla, fíjate tú, años, años. Abrió la ventana, primera vez que la música en este país... Mucho le tembló la mano de marfil manchada de tinta verde y azul cuando trató de pegar una de las tres estampillas para la noche, lo interrumpió, además, la niña cantando cada vez más fuerte. Dejó la estampilla a un lado, fíjate tú, hasta le provocaba sentarse un rato, pensar sin recuerdos, sí, sí, una niña que canta y un niño que viene...

Ahí viene. Lo escuchaba subir lentamente y, por primera vez en años, se alegraba de no tener estampillas guardadas para la noche. Iba a estar bastante cansado por la noche, muy agitado después de probarle al niño que *Frau* Proserpina era mala y loca, sumamente nervioso después de contarle toda la verdad. Sí, esos eran los pasos del niño en el corredor y, ahora que no lo escuchaba, el niño se había detenido para mirar a la colegiala. El viejito se asomó a la ventana. Ahí estaba Julius. Aún no había terminado de acomodarse en su trinchera, y el enemigo-amigo ya lo había descubierto. Igualito que el otro día. Tuvo que salir disparado, un salto hacia atrás y hacia un lado, unos pasos y ahora solo le quedaba voltear y saludarlo.

—No tengo clase.

—¿Cómo? ¿Y entonces para qué has venido?

La explicación era muy larga y además Julius, llenecito de planes impostergables, ignoraba por completo que el viejito sabio del coco calvo andaba también lleno de ideas que corrían casi paralelas a las suyas. No había olvidado lo del recital. Era solo para los mejores y él debería estar en su casa dándoles duro a sus ejercicios, pero los reglazos simbólico-morales continuaban ardiéndole, y ahí estaba dispuesto a asistir como fuera al recital.

—Yo no tengo que venir —explicó—. Hoy hay recital para los alumnos grandes.

El viejito empezó a caer en la cuenta. «Ah», dijo alejándose de la ventana y dirigiéndose hacia la pared del fondo, donde colgaba un almanaque.

—Claro, claro... Ya recuerdo. Hoy es primer viernes del mes. Todos los primeros viernes del mes hay recitales. Ajá... Conque recital, ¿no? Y tú no tienes permiso para venir al recital, jejeje, claro que no... ¡La gran academia de *Frau* Proserpina! ¡La gran academia de la nieta de Beethoven! ¿Quién le dijo a tu papá que *Frau* Proserpina era nieta de Beethoven?

—No sé; tío Juan Lucas lo sabía.

—¿Tío Juan Lucas?

—Está casado con mi mami.

—Verdad. ¿Tú le has dicho que es nieta de Beethoven? ¿Y a *Frau* Proserpina se lo has dicho?

—¡No! Tío Juan Lucas me lo ha prohibido.

Está casado con mami... No, tal vez esa felonía no era de esta malvada, pero malvada era de todas maneras. Definitivamente el viejito sabio tenía sus ideas sobre *Frau* Proserpina.

—La gente de aquí seguro que va a venir al recital.

—No lo sé, hijito, no lo sé... Pero tú y yo vamos a asistir al recital famoso.

Le pidió que lo esperara, y Julius vio cuando se ponía la bufanda y desaparecía por la puerta de la habitación. Creyó que tendría tiempo para acercarse nuevamente a la baranda y echar otra miradita al zaguán, pero la vocecita del sabio lo sorprendió llamándolo desde un extremo del corredor.

—Ven —le decía.

Julius logró ver que la chica de los boleros no estaba en su ventana, seguro se estaba arreglando para venir al recital. Se apuró hasta alcanzar al viejito en la esquina del corredor. Juntos torcieron a la derecha y avanzaron hasta el fondo de ese otro corredor, ahí estaba la academia. Julius empezó a temblar no bien vio la puerta.

El recital había comenzado. No cabía la menor duda de que uno de los mejores alumnos estaba tocando porque el piano sonaba como los discos de tío Juan Lucas. Por primera vez en su vida Julius captó la diferencia entre su *My Bonnie lies over the ocean* y lo que tocaban los alumnos que habían emprendido muchas lecciones con la nieta de Beethoven. Al llegar a la puerta quiso dar marcha atrás, pero el viejito parecía decidido a todo. Hasta le cogió la mano para darle coraje o para que no se le escapara. «Mira», le dijo, empujando ligeramente la puerta. Julius pudo ver las cuatro bancas de siempre pegadas al fondo, todo oscuro, solo los pianos muy iluminados y la que tocaba mucho mejor que él en su época de oro era nada menos que *Frau* Proserpina.

—¡Tú eres su único alumno!

La voz del viejito lo terminó de convencer, pero ahora quería irse y no podía. Cada vez le apretaba más fuerte la mano, jadeaba el viejito, temblaba como si le fuera a dar un ataque de rabia.

—No tiene alumnos porque es vieja y mala. ¡Vieja y mala! ¡Vieja y mala!

Perdió el equilibrio pero logró apoyarse en la hoja de la puerta que permanecía cerrada. «Felizmente, suspiró Julius, si se apoya en la otra se va de narices adentro». Cada vez jadeaba más el viejito, ya ni siquiera se cuidaba de no hacer ruido. Y no bien recuperó del todo el equilibrio, empujó nuevamente la hoja entreabierta como si quisiera que Julius se convenciera aun más de lo que estaba viendo. Julius volvió a asomarse y fue horrible porque en ese instante *Frau* Proserpina empezó a equivocarse y de golpe paró de tocar.

—Es el intermedio —le dijo el viejito—. Ahora ella va a anunciar una breve pausa para que el público pueda pasar a tomar un refresco al bar antes de la segunda parte del concierto.

Frau Proserpina se acercó al borde del estrado e hizo un gesto colérico dirigiéndose al público. Julius sacó inmediatamente la cabeza, pero el viejito le dijo mira, y él no tuvo más remedio que mirar: cogía una madeja de lana, se sentaba, se ponía a tejer durante el entreacto.

A él le bastaba ya, pero el viejito no podía contener su rabia, insistía en que tenía que verlo todo hasta el fin. Porque ahora *Frau* Proserpina iba a volver hasta el borde del escenario y les iba a anunciar la segunda mitad del programa.

—Hace años que hace lo mismo.

Julius le dijo, le rogó, que quería irse, pero al viejito lo dominaba la rabia.

—¡Sí! ¡Sí! Pero antes quiero que sepas bien por qué. ¡Esa mujer no te va a enseñar nada! ¡Es mala! ¡Loca y mala! Tú eres el único alumno que tiene y se las quiere vengar contigo. ¿Quién te mandó aquí? Me imagino que fue el que está casado con tu mami. ¡Pues aquí ya se acabó todo! ¡Aquí todo se va por el mal camino! ¡*Frau* Proserpina no es nadie! ¡Fue una gran profesora pero no es nadie ya! ¡Y tú no tienes por qué ser la víctima! ¡Víctima como yo! A mí me subarrienda ese cuartucho miserable en que vivo y me quiere botar porque no puedo pagarle más... A costa tuya y mía quiere mantener... quiere mantener... Sí, tú debes ser un niño rico... Por eso te trata así... Quiere creer que eres un alumno más y eres el único alumno que tiene en el mundo... Y yo con mi renta también tengo que mantener... mantener... Yo tengo que mantener...

Pero sus gritos habían ido disminuyendo paulatinamente y Julius sentía que ya no le apretaba la mano, temblaba ahora el viejito, y él notó que la rabia lo iba abandonando, sollozaba, hasta trató de irse. Muy tarde: ya la tenían encima.

—¡Judío mordaz! —chilló *Frau* Proserpina, terminando de abrir la hoja de la puerta por donde ellos habían estado aguaitando.

Pero el viejito lloraba ahora, y ella no lograba explicarse muy bien qué ocurría, hasta que notó que alguien más pequeño estaba escondido detrás de la hoja cerrada. *Frau* Proserpina se asomó y descubrió a Julius.

—¡Judío mordaz!

—¡No! ¡No! ¡No! —clamaba el viejito, llorando, abandonado ya del todo por la rabia, alzando el brazo como si quisiera detener toda la escena, como si nunca hubiera querido empezar con todo eso.

—¡Vas a pagar, judío mordaz! ¡Terrífico!

—¡No! ¡No! No me había dado cuenta...

—¡Tu renta vas a pagar! ¡Lo que yo te pida!

—¡No importa! ¡No importa! ¡No me había dado cuenta!... El niño se va...

—¡En la calle vas a dormir esta noche, judío mordaz!

Pero el viejito ya no la escuchaba; le había dado la espalda y miraba sollozando a Julius, que se alejaba por última vez para los dos. No se había dado cuenta, fue el entusiasmo del otro día, la felicidad, la cólera después, la miseria... Todo trató de decirlo el viejito, yo también... Pero Julius había torcido a la derecha, ya no estaba en el corredor, ya ni él ni ella lo volverían a ver... *Frau* Proserpina se había adelantado hasta ponerse junto a él, y miraba desconcertada hacia la oscuridad vacía del corredor.

—¡La academia ha terminado para usted! —gritó, para que Julius supiera que su falta de talento la obligaba a pedirle que se marchara.

Una mujer encendió la luz de su habitación y se asomó a la ventana que daba al corredor, por el lado de la academia. Iba a tender una sábana cuando se dio con los dos ahí parados. La luz de su propia ventana le permitió verlos claramente: Qué vieja *Frau* Proserpina pero siempre tan tiesa, soldado alemán parece, y el viejito judío tembleque, ¿qué harán juntos sin pelearse? Por una vez que no se están peleando. Seguro son ellos los que han estado gritando endenantes... La mujer se ocultó al ver que el viejito avanzaba acercándose. Iba haciendo no con la cabeza. No tenía estampillas preparadas para la noche...

—En invierno no se echa a nadie a la calle —le dijo *Frau* Proserpina—. Ya hablaremos cuando pasen las nieves.

Y después dio media vuelta y entró al auditorio, cerrando la puerta detrás de sí, para evitar que se enfriara la gran academia. Se dirigía firmemente hacia la silla de los chales, cuando de pronto escuchó los aplausos.

Anochecía cuando Carlos empezó a bocinear frente al portón exterior del palacio, pensando en todo el dinero que se había invertido en tremenda finca y, sin embargo, no habían sido capaces de agregar un poquito más para una puerta automática. Trató de decírselo a Julius pero Julius andaba muy de capa caída, mejor dejarlo que cantara su tango solito. Insistió con la bocina y nada. «Cómo se ve que no es la del carro del señor, pensaba, ahí sí que salían los chontriles a la carrera, claro, don Juan no gasta en puertas automáticas porque tiene dos chinos para abrirle la puerta automáticamente, las manya el del Jaguar, toditas se las sabe». Por fin abrió Celso y, al entrar el Mercedes, Julius como que despertó atraído por un automóvil increíble. Carlos estacionó y se quedó contemplando la pieza de museo que habían traído al palacio. Era un negro y antiquísimo La Salle, pero estaba nuevecito, chillandé, y los tres lo miraban como algo que no debería existir más que en el cine. Julius corrió a verlo por dentro. Sí, como en las películas de gángsters, su luna al medio separando al chofer de los de atrás, así no se enteraba de lo que andaban tramando los señores o quien fuera el dueño de la increíble *limousine*. Celso iba a decir que era de un amigo del señor y que acababa de llegar, pero Carlos lo interrumpió.

—¿Ya mataron a la familia? —preguntó.

—Sí, pues, su carro de un bandido parece —dijo Universo, el jardinero, apareciendo en la escena.

—¿Cómo bandido? ¿Cuál es tu bandido? ¡*Gáster*, hombre, aprende!

La puerta del La Salle se abrió y apareció un negro inmenso muchísimo más uniformado que Carlos. Casi regresa por su gorra Carlos, pero el negro inmenso ya se estaba descubriendo y ahí había conversa para rato, en cuanto se fueran el niño y los del Ande; así sí que daba gusto, entre devotos del mismo santo y qué viva lo moreno, amplias sonrisas lucían los choferes.

Elegantísimo, Daniel abrió la puerta del palacio y Julius lo saludó preguntándole al mismo tiempo quién era. No lo sabía aún, era un señor muy raro pero su nombre no lo sabía, solo que don Juan Lucas le había dicho que iba a recibir a un amigo por la tarde. Julius le preguntó por la Decidida en el preciso momento en que sus gritos empezaban a invadir esa zona del palacio, ya se había enterado de su llegada y venía a gritarle por tener el uniforme sucio como todos los días y porque era hora de que se pusiera a hacer sus temas. Empezó a dirigirse a Julius desde el fondo de esa zona del palacio pero de repente él la vio perder viada, cada vez andaba más despacio la Decidida y no era solo efecto de los techos mata-ruidos, había algo más, ya casi no se le escuchaba, *ella que siempre reía y que presumía de que partía los corazones...* Julius avanzó hacia donde la pobre Decidida se había quedado quietecita luego de murmurar un lánguido buenas tardes, justito antes de enterrar la mirada en el suelo.

—Buenas tardes, o mejor dicho buenas noches, porque aquí ya está todo iluminado.

El pobre Julius, que aún seguía buscando a la chica que no se iba por el mal camino para decirle adiós, me voy para siempre, casi se cae del susto.

—Buenas noches —repitió la voz mala del hombre de negro con sombrero negro sentado en un taburete en el bar de invierno.

—Perdón, señor, estaba distraído —le sonrió Julius, acercándose a darle la mano al gángster amigo de tío Juan Lucas—. Buenas noches, señor —repitió sonriente.

Pero la sonrisa en los niños los confundía con mujercitas, este todavía tenía voz de maricón, qué hijos los que se ha acoplado Juan Lucas, lo cierto es que Al Capone se limitó a pegarle un apretón de manos y la sonrisa de Julius se topó con los mismos ojos que hacía un instante acababan de terminar con la Decidida. No sabía qué hacer Julius, y Al Capone continuaba sentado sobre el taburete, sin mostrarle interés alguno por los libros que traía. Cualquiera le hubiera preguntado ¿y en qué colegio estás?, ¿y esos libros qué son?, entonces él podría haberle explicado que venía de su última clase de piano y, a lo mejor, si era buena gente, hasta haberle contado lo que le había ocurrido y que la chica no se iba por el mal camino, que esas eran cosas de tío Juan Lucas, ya podrían ser íntimos, pero nada con Capone. Ni siquiera se había quitado el sombrero... y esa manera de sacar pecho como si estuviera incesantemente recibiendo una condecoración. Y la mirada terrible bajo el ala del sombrero, ya nadie usaba sombrero en Lima, ni esos ternos tan cuadrados de hombros, ni tantas cadenas de oro en el chaleco.

—Tus padres están por llegar —le dijo, mirándolo otra vez de esa forma tan mala, tan rara que Julius ya había visto antes, ¿pero dónde?

Le iba a decir que si quería pasara a esperar en la sala, pero Al Capone le clavó más los ojos. Él había visto esa mirada antes.

—Lo esperan, joven.

Sacó más pecho y cambió de víctima, ahora era nuevamente la Decidida que ya estaba recuperando cierta redondez y que volvió a disminuirse ante tanto poderío.

—Apúrate, Julius. Tengo que limpiarte el uniforme y ya es hora de que te pongas a hacer tus tareas.

A la Decidida hasta le salió su gallito, pero en cuanto terminó su frase hizo un esfuerzo supremo, dio media vuelta, ya no tenía la mirada encima, y se marchó ganando en redondez al avanzar, recuperando su esplendor mientras abandonaba esa zona del palacio. Era nuevamente la Decidida la que llegaba a la repostería, llenecita de derechos y sus consiguientes deberes, grandota otra vez y con el pecho enorme y aventurado anunciándole su llegada a Arminda, ahí sentada, y a Carlos calentando un tecito para beberlo con el otro chofer. «No está mala la pechichona, carajo», exclamó bajito el del La Salle, poniéndose y quitándose la gorra, pero la Decidida le había dado ya la espalda y él captó lo del carajo frente a Arminda, con perdón, señora, respetando, y Arminda, cuando oyó algo de perdón, levantó la cara porque a lo mejor era su hija que llegaba.

El que sí llegaba era Juan Lucas, y Susan a su lado, pero no en coche de caballos o en diligencia como dijo el bruto de Universo, que había abierto el portón y que no sabía nada del pasado. Llegaban en la carroza y apurados porque ya debía estarlos esperando Fernando; se habían demorado en entregarles la carroza. Julius se estaba cambiando el uniforme cuando escuchó pasos de caballo en el patio exterior del palacio, ¿qué diablos era? Corrió a la ventana: la carroza nuevecita, nunca la había visto con caballos. Salió disparado. Susan y Juan Lucas descendían en ese momento. «¡No cierre el portón!, le gritaba el golfista al pobre Universo, que se había quedado cojudo al ver llegar a los reyes, ¡no cierre el portón porque vienen por los caballos y me traen mi auto!». Celso salía a recibirlos y a anunciarles que un señor los esperaba adentro. No bien abrió la puerta, apareció Julius corriendo y no paró hasta no estar bien instalado en la carroza y disparándoles a todos los indios, como cuando tenía cuatro años, si Cinthia lo viera, y Nilda y Vilma y Anatolio.

Dejó de disparar cuando tras la nube de emoción apareció nuevamente su edad actual, cuando el juego sin tantos jugadores empezó a entristecer. «Mami», dijo, y Susan, que entraba en ese momento al palacio, captó algo al ver tan triste la carita del príncipe en la ventana. Linda, vino a decirle bájate, darling, el tiempo de los indios pasó. Es solo un adorno, antojo de *daddy*, algo ridículo el asunto, darling. El cochero ni siquiera sabía conducirla bien. Pero ya sabes cómo es *daddy*, dale con ir a traer la carroza y después furioso porque en el camino le silbaron tres veces esa cosa de hojita de té... Y ahí no termina la aventura, darling: *daddy* insiste en que fue el eje el que sonó, pero bien clarito que se oyó la pedrada que nos tiraron en Lince. Vamos, darling. Tenemos un amigo de *daddy* en casa. ¡Dios mío!, espero que no sea tan raro como su auto. ¿Por qué no tomas una foto del patio con todos esos vehículos locos? Vamos.

«Bien hecho», pensó Julius, al ver a Capone enano y de luto entre los brazos de *tweed* a cuadritos vivos de Juan Lucas. Estaban en pleno abrazote. Años que no se veían.

—¡Casado e instalado! —gritó Capone, elevando un brazo corto y fortísimo, haciéndolo girar como torero que agradece al ruedo y marcando su admiración por esa zona del palacio—. ¡Vivan el lujo y quien lo trujo!

—Sabía que habías regresado de Buenos Aires, pero te hacía en Trujillo.

—¡Llegué esta mañana! Una temporada en la hacienda, poner todo en orden por allá, y después a Lima. ¡A ver a los amigos!

—¡Hombre, ya lo creo! ¿Y cómo va eso, en Trujillo?

—Pues ya te imaginas... Seis años de embajador. Seis años sin pisar mis tierras... Pero tengo buena gente ahí. Ya te contaré... Unas cuantas semanas de trabajo fueron suficientes.

—Bueno, bueno, vamos a ver qué tomamos.

«Bien hecho», seguía pensando Julius, al comprobar que el gigante del taburete se había encogido al ponerse de pie. Claro, tenía muy cortas las piernas, pero, ¿y esa mirada?... Susan, por su parte, observaba la emoción de los amigotes medio burlándose de Capone, pero dispuesta a agregarle amor a su sonrisa en cuanto dejaran de darle la espalda.

—Darling, aquí estamos...

—¡Enhorabuena! —exclamó Capone, enorme de torso y chiquito de piernas.

Susan consultó el diccionario: claro, enhorabuena porque Fernando ya era embajador cuando me casé con Juan.

—Gracias —dijo, acercándose.

—Bueno, pues ahora ya la conoces.

—Señora, encantado y a sus órdenes.

—Susan.

—¡Encantado, Susan! Me permito ahora felicitarte personalmente. En aquel entonces recuerdo haberlo hecho en forma escrita.

Por fin se quitó el sombrero Capone. Tenía sus manías el tipo, y con razón, porque era calvísimo y no le iba bien con tanta matonería y elegancia a lo antiguo. Susan no miró pero sí captó el desmedro que la calvicie producía en tanta figura, se notó que lo estaba captando, Capone lo notó más que nadie y, sabe Dios por qué, seguro porque los niños son los que se burlan en esos casos, o porque nunca son calvos, ¿por qué sería que le clavó la mirada terrible a Julius? Lo desarmó, cuidadito con reírte y todo, no le faltaba razón, porque Julius seguía ahí parado, esperando para entrar en escena y pensando bien hecho.

—Bueno, pues... vamos a ver esa copa —dijo Juan Lucas.

—¡Un brindis al cabo de seis años!

—Fernando fue mi compañero y amigo desde el colegio.

—¡Y antes si se puede! —exclamó Capone, y le sonó una cadenita en el chaleco.

—Todas mis vacaciones las pasaba en su hacienda en Trujillo.

—¡En Trujillo nació Dios!

—A ver, a ver, acerquémonos al bar.

—Pues, Susan, quiero que sepas que lo dejé soltero y jurando soltería.

Julius continuaba fuera de escena y hubiera podido irse, pero esas miradas que pegaba Capone lo tenían más que preocupado, las había visto antes. Capone se había acercado al bar con Susan y Juan Lucas, y ahora aprovechaba un descuido de ella para pegar un saltito y caer inmenso sobre un taburete. Recuperó su esplendor Capone, y al sentirse otra vez grandazo, le soltó tremendo piropo a la antigua usanza a la pobre Susan, clavándole luego los ojos en el instante en que ella lo iba a adorar. Susan se cortó un poco y era que Capone había metido intención en sus palabras y en su mirada: piropo sí, pero también un pasado exitoso con las mujeres, muchas miradas destructoras en mi vida, logros en el amor, capacidad de enredar a cualquier mujer, aun de un amigo, aun de Juan Lucas, jamás de un amigo, jamás de Juan Lucas, soy un caballero y puedo todo lo que quiero menos lo que no quiero... Susan se dejó caer íntegro el mechón para ocultar la sonrisa que le produjo saber que tenía programa, y muy entretenido, con Fernando, realmente cada amigo de Juan Lucas era un darling a su manera y este, este se debatía entre lo sublime y lo ridículo.

—Oye, Fernando, por ahí me parece que tienes algunos virreyes que también fueron antepasados de Susan por vía materna. A ver, arréglense ustedes... me parece que tienen algún apellido en común por ahí.

—Mami —intervino Julius.

—Sí, darling... ¿Has saludado al señor?

—Sí, mami —respondió Julius, prometiéndose no darle cara al otro para evitar la miradita.

—Fue el primer miembro de la familia que conocí.

Seguro que lo estaba mirando así, pero Julius ni bola. Sin hacerle el menor caso, empezó a contarle a Susan lo que había sucedido en la academia de *Frau* Proserpina. Sabía que Juan Lucas lo iba a interrumpir y prefirió abreviar.

—No quiero seguir tocando piano, mami.

—¡Perfecto! —exclamó Juan Lucas—. Se acabó el piano. A este le estaba dando fuerte por el arte —agregó, mirando a Capone.

—¡Bella cosa! —exclamó el gigante del taburete, pero medio como que se arrepintió; el arte no es mucho cosa de hombres y por si acaso repitió la mirada del piropo anterior con la misma intención y a Susan se le volvió a caer el mechón. «El de siempre», pensaba Juan Lucas, contemplando a su amigo.

—Ya lo creo que es bella cosa, pero no para tenerla en casa. Además, todos los niñitos son pianistas pero ya este está grandecito. Ya va a tener doce años.

—Once —corrigió Susan.

—Diez —corrigió Julius, sabiendo que Capone lo estaba matando con la mirada: a los mayores no se los contradice, la autoridad del *pater familias* y todo eso, pero no le iba a dar gusto y, bien hecho, no lo miró.

—Darling, hablaremos de eso otro día. Por ahora puedes dejarlo si quieres.

Julius sabía que el asunto del piano había terminado para siempre. No más piano, no más chica que se va por el buen camino, no más *Frau* Proserpina. Miró a Juan Lucas echando whisky en largos vasos de cristal de roca, ¿quién era Juan Lucas? Miró a Susan, ¿quién era Juan Lucas?, ¿quién eres, tío Juan Lucas?

—Tío, la chica que se va por el mal camino es mentira porque hoy estaba estudiando sus lecciones con las otras dos colegialas.

—¿Verdad? —preguntó Juan Lucas, apretando el botón del micro por el que se comunicaba con la cocina.

—Julius nunca miente —dijo Susan, pegando su saltito para sentarse en un taburete junto a Capone.

—Tío, ¿no es cierto que *Frau* Proserpina no es la nieta de Beethoven?

—A ver, tráiganse un poco de hielo al bar de invierno —dijo Juan Lucas, inclinándose ligeramente para hablar por el micro; se irguió enseguida y miró a Julius—: Oye, ándate a la cocina y mira que se apuren con ese hielo.

—¿Qué historia es esa de la nieta de Beethoven? —preguntó Capone, mientras Julius se alejaba escuchando.

—Cosas de Juan Lucas, y el pobre Julius...

En la cocina andaban muy interesados en la conversación. Juan Lucas se había olvidado de cerrar el interruptor del micro, se estaban matando de risa allá en el bar de invierno.

—Increíble —decía Susan—. No puede ser.

—¿Este? —insistía Juan Lucas, señalando a Capone con un dedo larguísimo—. Este es capaz de cualquier cosa. Había que estar ahí para creerlo. ¡Cuántos veranos me he pasado yo en la hacienda esa!

—Pero, ¿disparaba de verdad? —preguntó Susan, y vio que Capone se ponía muy serio.

—Hay que apuntar siempre a un blanco —dijo, grave.

—Claro que no les daba, mujer, no seas ingenua, pero los hacía bailar. Llamaba a los peones...

—¿Eran indios?

—¡Cholos pues! ¡O serranos, lo que sea! Lo increíble era verlos saltar. «Te voy a agujerear la punta del pie», les decía y, ¡paff!, un tiro y, ¡paff!, otro y, ¡paff!, otro, y los tipos pegaban de brincos, «¡no!, ¡no!, ¡no!, señorito don Fernando», le gritaban los peones.

—¡Oh, nooo!

—Bueno, pueees... no les daba, pero...

—No les daba porque no era necesario.

—Llévales su hielo —interrumpió Carlos, dirigiéndose a Celso.

—Ya lo llevó —dijo Arminda, pero Celso estaba aún ahí.

—¡Deja! —exclamó Daniel—. Yo lo llevo.

—Dámelo —dijo Julius—. Yo lo llevo.

Pero en ese instante reconoció la mirada que tanto lo había intrigado.

—¡De padres a hijos! —exclamó Capone—: ¡Fernando Ranchal y Ladrón de Guevara!

—Pobre Cano —murmuró Julius.

La profe de castellano, bien huachafa era, la habían visto con su novio por la avenida Wilson, les mandó redactar una composición sobre algún acontecimiento o personaje que los hubiera impresionado fuertemente en los últimos meses. Podían hablar, por ejemplo, de la visita del cardenal al colegio, o de la celebración del santo de la madre superiora. De ese crimen estaba prohibido hablar. No, tampoco, ¡terminantemente prohibido hablar de la vida de las artistas de cine! ¿Quién les cuenta esas cochinadas? Uuuuuuyyyyyy, ¡silencio! Podían hablar de Santa Rosa de Lima, del negro que era santo porque en el cielo hay democracia. De todas maneras era mejor escoger un tema más actual. Podían hablar de su mejor amigo a lo largo del año escolar.

«O de su peor enemigo», pensó Julius, y al día siguiente se acercó el primero a entregar su composición. La señorita, la habían visto con su novio por la avenida Wilson, le dijo que se esperara un momentito porque Espejo estaba metiendo bulla, y ante todo la disciplina. Lo que pasaba era que Espejo le había echado ojo al escote del traje de tafetán celeste y le estaba pasando la voz a Del Castillo que, a su vez, volteaba a mirar a De los Heros, se tocaba el pecho y señalaba a la profe. Un segundo después todos se tocaban el pecho y señalaban a la profe. Julius, parado ahí, juntito a ella, captó la cosa y, ni tonto, echó su miradita, aprovechando que la profe se había sentado; más que nada lo hizo por disfuerzo, pero lo cierto es que de pronto captó que la profe tenía una cabellera rojiza, la vio abrazada con su novio por Wilson, y algo se le aflojó por dentro cuando sus ojos empezaron a resbalar sobre la forma morena que descendía abultándose más blanquita, hasta perderse en un escalofrío que le empezó en los testículos, transformándose casi, si no fuera porque soy niño, en derrame cerebral.

—Siéntate, Julius —dijo la profe, cerrándose la chompita rosada y descubriendo, al mismo tiempo, la mirada de Fernandito Ranchal: se le escapó un botón. Allá al fondo, Fernandito la seguía mirando convertido en el enemigo malo, y la seguía mirando como si hubiera visto mucho más que los otros, petiso insolente, si te agarra mi novio, cita a las seis con Lolo, Lolín, Lololo...

Pero antes era la cita de Julius y desde ayer se había estado preparando. Anoche toda la cocina había intervenido en la redacción de la composición. Bien vivo Julius, se sentó junto a la Decidida, que estaba tomando su té, y le preguntó por el señor que vino esa vez, cuando trajeron la carroza, el que estaba vestido de negro, el del carrazo negro, pues, Deci... Recordó la Decidida, y ese fue el comienzo de una larga charla en la cual, a su debido tiempo, cada uno fue dando su opinión sobre el extraño personaje. Lo malo es que el extraño personaje fue perdiendo poco a poco misterio y ganando mucho de ridículo, a medida que Carlos y Abraham iban añadiéndole detalles a la historia. Celso también metió su cuchara y contó que, a la hora de pasar al comedor, el señor Ranchal se había tropezado al bajar del taburete y había tenido que apoyarse en el hombro de la señora. La señora se había reído, pero se había tenido que aguantar la risa porque el señor Ranchal parece que se molestó, bien serio el señor Ranchal, parece que se molestó y le clavó sus ojos; feo sabe mirar el señor Ranchal, y la señora Susan tuvo que parar de reírse; todito su pelo se dejó caer sobre la cara, seguro que estaba escondiendo su sonrisa. Y Daniel, que había servido la mesa, también tenía algo que añadir: sus patas de las sillas las miraba el señor Ranchal antes de sentarse a comer, sus patas de las sillas las miraba, seguro quería que le trajeran su taburete al comedor. Arminda intervino entonces, pero fue solo para preocuparlo más por su salud. La Decidida pensó que había llegado el momento de jubilarla, no podía seguir así la señora Arminda, todo lo confundía, y cuando ellos creyeron que se estaba riendo de la última salida de Carlos, les soltó lo de bajen la voz, no los vaya a oír el señor de negro. Inmediatamente Julius decidió que ese iba a ser el título de su composición: «El señor de negro».

Llegó al colegio y corrió a buscar a Cano. Tenía que convencerlo de que no se metiera con Fernandito. «Le pego, le pego», fue la respuesta optimista del otro, y él en vano trató de explicarle que por más pedrones que hubiera cargado, Fernando le iba a sacar la mugre. «Le pego, le pego», insistía Cano, y Julius no lograba hacerle entender que era él quien le iba a pegar, quien lo iba a matar con su composición titulada «El señor de negro». Bien bruto Cano. Nada captaba del castigo psicológico y todo eso, y Julius dale que dale explicándole, hasta trató de leerle una paginita, pero el otro dale con no entender. Por fin sonó el timbre, acompañado de la campana de la Zanahoria, y Julius corrió a filas porque quería que todo empezara rápido para él empezar rápido a su vez con la lectura de «El señor de negro».

Negro el señor y negro el señorito, porque si bien Fernandito tardó algo en comprender las primeras alusiones del texto, poco a poco muchas cosas le habían ido sonando familiares, y ya a partir de la segunda página sufría a solas pensando que el personaje de la composición de Julius se parecía mucho a su padre. Claro que ni Julius lo sabía, ¿de dónde iba a conocer a su papá?, pero toda la clase se estaba riendo de su papá. Increíble, hasta se vestía igualito a su papá el señor de negro, y ahora todos estallaban en nuevas carcajadas porque acababa de montarse en el taburete al cabo de tres intentos y, por mirar a un chiquito que lo observaba burlón, por clavarle la miradita de Al Capone, había perdido el equilibrio y se había vuelto a resbalar y ahí estaba nuevamente tratando de subirse al taburete, pero una de las cadenitas de oro falso de su chaleco, Fernandito respiró aliviado porque las cadenitas de su papá eran del oro más caro, pero se amargó enseguida porque de cualquier manera eran cadenitas y una se le había atracado en la perilla de la puerta del comedor y quería entrar a comer y no podía.

—Lee más despacio y sin gritar —intervino la profe, agregando que había serias faltas de sintaxis, de ortografía probablemente y de prosodia seguramente.

«Y como no alcanzaba la mesa, el mayordomo tuvo que ir a traer un montón de cojines, y el cocinero que sabía que miraba así le mandó un pejerrey, y al pejerrey le habían acomodado los ojos bien fijos, y el señor de negro se encontró con que el pejerrey lo miraba y lo miraba, y por mirarlo el señor de negro, por mirarlo al pejerrey se pasó toda la comida tieso, y todos terminaron de comer y el señor de negro seguía mirando al pejerrey, y el pejerrey lo seguía mirando, y nadie quería creer cuando una lavandera llamada Arminda les dijo que no se rieran del señor de negro porque estaba en la cocina y era verdad porque el mayordomo tuvo que limpiar la mesa por la noche y el señor de negro seguía mirando al pejerrey, y el pejerrey ya empezaba a podrirse y el mayordomo tuvo que llevárselo a la basura que estaba en la cocina, y el señor de negro quería que el pejerrey le bajara la mirada y por terco se vino siguiéndolo a la cocina, y el mayordomo botó el pescado a la basura, y el señor de negro lo siguió hasta adentro de la basura y, como era tan chiquito, el mayordomo no lo vio y tapó, y al día siguiente se lo llevó el camión de la basura».

—No se dice la basura, Julius, se dice el basurero. Lees muy mal, muy rápido, a menudo el sujeto podría ser remplazado por un pronombre, que existe precisamente... ¿Para qué existe el pronombre, De los Heros?

—Para remplazar al nombre y evitar su repetición.

—He dicho De los Heros y no Palacios. La idea no deja de tener interés, Julius. ¿Quién te ayudó a hacerla?

—Mi mamá la corrigió un poquito y entre todos la hicimos.

—El trabajo es personal, Julius.

Pero a él qué le importaba que el trabajo fuera personal o colectivo. Lo que le importaba era que Fernandito Ranchal estaba hecho mierda al fondo del salón, hecho mi-er-da estaba Fernandito, y claro que Julius no fue tan lejos en su idea, pero Fernandito sí había sentido el terror de salir exacto a su padre en eso de ser chicapiernas y tener que andar buscando taburetes en todos los bares del mundo. Pero el muy bruto de Cano no había captado nada. Se había reído como todos, se había burlado de lo lindo del señor de negro, pero su burla no había tenido ese doble sentido delicioso que había tenido para Julius. Se dirigía a su asiento Julius cuando vio que Cano alzaba los brazos flexionándolos y sacando mollero. Se le fue toda la alegría al verlo.

¡Era más bruto Cano! ¡Qué no hizo el otro por convencerlo de que la venganza estaba consumada! Pero dale con insistir: «Le pego y le pego». Y es que a punta de cargar y cargar los pedrones había ido adquiriendo gran seguridad en sí mismo. Pero su seguridad sonaba más falsa que esta moneda. Le quedaba pésima tanta confianza, además. Poco o nada podía hacer Julius por detenerlo ya. El plazo fijado para la adquisición de la nueva fuerza se había vencido más de un mes atrás y Cano estaba muy impaciente. Julius había logrado ir postergando la cosa, y ahora tenía esperanzas de que quedara satisfecho con lo de la composición, pero nada: «Le pego y le pego». Y pronto. Pronto porque ya se acercaba el fin de año y había que cumplir la promesa.

Fue al fondo del jardín, junto a los rosales de la madre superiora. Felizmente no había nadie por ahí cuando Cano divisó a Fernandito paseándose furioso por aquel rincón. Corrió a buscar a Julius. «Ven para que veas», le dijo, y juntos fueron en busca del enemigo. La decisión con que caminaba Cano, y lo de la aparición de la Virgen María en Fátima, le dieron a Julius un momentáneo optimismo. Sintió primero una especie de ¿por qué no?, y luego hasta un claro, hombre, al comprobar que Cano era bastante más alto que Fernandito. Pero no bien llegaron al lugar junto a los rosales, a Julius se le acabó todo el optimismo. Y peor aun cuando vio que Cano, justito antes de arrancar con el desafío formal, repetía muy exagerado el gesto tan raro y tan triste: «Yo te pego, este... yo te pego...». Hubo la sonrisa de Fernandito, le dio la mano. «Hola, amigo», pareció que le iba a decir, Cano estaba esperando y ahora también estaba esperando que el otro se cansara de hacerlo girar, no se caía Cano, el eje era Fernandito y había decidido seguir un rato más antes de soltarlo, corre y corre Cano, girando y corriendo, tratando de no caerse, pero iba a volar en cuanto el otro soltara, abrió la mano Fernandito, soltó y se quedó mirando cómo Cano se perdía entre los rosales de la madre superiora y se estrellaba finalmente contra la alambrada ahí atrás. «¿Quieres más?». Cano no contestó porque el golpe lo hizo verse una tarde en su barrio, su amigo diciéndole entrénate cargando unos pedrones, es como si levantaras pesas...

Después vinieron los exámenes finales y los ensayos para la repartición de premios, pero Julius este año había perdido mucho tiempo en lo del piano y en la lectura de Mark Twain y Charles Dickens, tal vez por eso no iba a recibir medallas como los años anteriores. En todo caso ya no se preocupaba tanto por las reparticiones de premios. Y Susan encantada, porque no tendría que asistir. Y a él qué le importaba, ya no era como antes, como cuando tocaba *My Bonnie lies over the ocean* y a su lado estaba madre Mary Agnes. Además parece que las monjitas sabían que se iba al Markham el año entrante y ya no lo querían tanto, o sería una idea que él se hacía, lo cierto es que asistió a desgano a la repartición de premios. Mejor hubiera sido que no asistiera porque hubo tres escenas que lo apenaron mucho. La primera, cuando un chiquito de orejas chiquititas tocó *My Bonnie lies over the ocean*; la segunda, cuando la madre superiora leyó el discurso de adiós a los grandes que pasaban al Santa María; y la tercera, cuando llamaron a Fernandito Ranchal para entregarle una medalla por ser el mejor futbolista del colegio, y mientras se acercaba a recogerla furioso, Cano estaba haciendo el gesto extraño y triste.

Retornos

I

Todos los techos mata-ruidos de Juan Lucas no bastaron para silenciar el escándalo que armó Bobby, unos días después de que Julius cumpliera diez años. La primera noche, porque todo empezó una noche a eso de las siete, no necesitó del licor para mantener firme e imponente su rabia. No se expresaba muy bien Bobby, y Julius, al comienzo, no lograba captar claramente qué diablos sucedía. Ya después comprendió algo mejor, y hasta le dio cierta alegría, porque la rabia de su hermano desbarataba los planes de Juan Lucas para las siguientes semanas del verano. Julius estaba encantado de ir a bañarse todos los días con mami a La Herradura, y de repente venía el otro con la idea de trasladarse a Ancón durante cuatro o cinco semanas, para estrenar un edificio que había construido en sociedad con Juan Lastarria. Julius le rogaba que no y Juan Lucas ni bola. No le bastaba con obligarlo a jugar golfito todas las mañanas en el golfito que acababa de instalar en el palacio, porque le gustaba ese deporte hasta en su dimensión más pequeña, y porque al anochecer, bebiendo una copa, le encantaba contemplar desde el bar de verano cómo la sombra nocturna descendía sobre el césped del campo de polo, prolongando su jardín hasta el fondo de la noche, y cómo el entretenido golfito, que era rojo con casitas blancas, túneles, puentecitos y montañitas, oscurecía también pero siguiendo el oscurecer de sus colores. Lo verde, lo blanco y lo rojo combatían para él con lo negro. Esa noche, Juan Lucas acababa de añadirle una nueva dimensión a su placer. Fue casi sin desearlo. Se había llevado el vaso de whisky hacia la nariz (oler, mientras combatían los colores, era una dimensión ya añadida), pero esta vez su mano continuó subiendo hasta que el cristal de roca cubrió su visión enriqueciéndola con muchas visiones, su mano giró por atrapar una que se le iba, giró también el cristal, carrusel de visiones, con solo alzar un poquito más el vaso, siempre girando, agregó el oro fugitivo y controlado del whisky, ah... En esas estaba cuando el primer alarido furioso de Bobby, proveniente de algún lugar del palacio, quebró hasta nueva oportunidad el caleidoscopio que acababa de formar con su golfito, su jardín y la noche, su vaso de cristal y su whisky, en el bar de verano de su nuevo palacio.

Juan Lucas se encontró un poco ridiculón, tan sensitivo ahí, combinando colores, inventando caleidoscopios y decidiendo de esa forma el color de unas telas que pensaba encargar a Londres. Realmente andaba en otro mundo, y en esta vida hay que estar en este mundo, por eso los carajos a voz en cuello de Bobby lo habían sorprendido, obligándolo a voltear rápidamente, aunque solo para descubrir que la vista hacia el interior del palacio era, a su manera, tan bella como la vista hacia el exterior. Casi le coloca el vaso de cristal de por medio, pero Bobby se acercaba por algún lado añadiendo mil palabrotas a sus carajos, algunas que ni el propio Juan Lucas conocía.

Y ni sus techos mata-ruidos bastaron para silenciar el escándalo que Bobby armó esa noche. Alguien, seguro que en los Estados Unidos, creyó que había terminado con el problema de los ruidos en las casas, pero para qué, como se dice en Lima, Bobby, atravesando salón tras salón, iba probando lo contrario a punta de putamadreadas. Julius, que apareció por ahí, tuvo que salir disparado porque su hermano quería pegarle a quien fuera y él, con esa cara de inocente y de cojudo, era una buena oportunidad. No paraba Bobby, corría de una habitación a otra: por ahí lo vio Susan, y él no la oyó decir ¡darling!, ¡darling!; por allá lo vio Juan Lucas, y él no lo oyó decir ¿qué pasa, muchacho?; por la escalera de servicio lo vio pasar Daniel y corrió a avisarle a Celso. Segundos después, en los altos, en un corredor, la Decidida se cruzó con el niño Bobby gritando como loco y quiso también gritar, pero captó que los gritos no estaban dirigidos a ella, no infringían, por consiguiente, ninguno de sus derechos, aunque sí la enfrentaban a ciertos deberes: corrió a avisarle a la señora, que en ese instante corría a buscar a Juan Lucas, gritando ¡darling!, ¡darling!, cuando de pronto se vio mentalmente en bata, con una toalla sobre la cabeza, y pensó en regresar corriendo al baño porque si había algo que detestaba era que Juan Lucas la viera desarreglada.

Pero era bien orgullosito Bobby, y por nada de este mundo quiso confesar esa noche de qué se trataba, aunque Juan Lucas ya tenía sus sospechas. Julius no entendía ni papa por el momento. Algo pasaba, evidentemente, porque Juan Lucas había servido tres copas en vez de dos, pero él aún no entendía nada. En cambio, el del caleidoscopio ya tenía sus ideas al respecto. Consideró que lo mejor era darle sus whiskies al adolescente para que encauzara la rabia hacia la pena y, momentos después, con tres buenos whiskies adentro, les empezara a contar, furioso primero y rabiando después, lo que por diablos y demonios le había ocurrido con alguna muchacha.

Se le aguaron sus planes al del golf. Se le aguaron los hielos para los whiskies también, porque en una de sus locas carreras Bobby había desembocado en su dormitorio, y llevaba ya cerca de una hora bien encerrado, rompiéndose el alma contra las paredes, luego de haber terminado con todo lo que se podía romper ahí. «Mis Mark Twain», pensaba Julius, que había subido a buscar a Susan, por encargo de Juan Lucas. Pero Susan no podía bajar aún. Lo de Bobby la tenía aterrada, según su propia expresión, aunque Julius no notaba en su cara nada que se pareciera a la película de terror que había visto el otro día. Los dos se quedaron parados junto a la puerta del dormitorio de Bobby, Susan rogándole que abriera, diciéndole que por favor no la torturara, y después, en inglés, que se iba a volver loca de la pena. Esto último lo dijo con tal sufrimiento, que Julius volteó inmediatamente a adorarla, y claro que la adoró, pero más que nada por lo linda que salía siempre de su bañera-piscinita, seguro por eso se bañaba tres veces al día.

También ahora, cuanto más insistía en sufrir, más linda se iba poniendo; hasta se agachó para rogarle a Bobby que le abriera por el hueco de la cerradura, en estas puertas supermodernas que no tienen hueco de la cerradura. Le seguía rogando mientras descubría su error y, por insistir teatrera, se le cayó la toalla que llevaba enroscada en la cabeza, y se le vino todo el pelo sobre la cara. Inmediatamente se irguió, se echó el pelo hacia atrás con ambas manos, y le rogó otra vez: «¡Abre, darling, *please*!; por favor, abre, darling», mientras a Julius le pedía «el traje que está encima de mi cama», porque quería rogarle un ratito más a Bobby, y después correr a tomarse una copa con Juan Lucas.

«Hágase a un lado la bañista», dijo Juan Lucas, mirando encantado el escote de la bata con que Susan cubría su cuerpo libre y fresco. Acababa de subir acompañado por Celso, que traía, en azafate de plata, una botella de whisky, tres vasos de cristal tipo caleidoscopio y una nueva provisión de hielo. Al descubrirlo a su lado, Susan hizo un delicioso gesto de impotencia, no por lo de Bobby sino por lo de la bata, tengo que estar horrible, pero sabía mejorarse hasta el encanto y no tuvo más que echar la cabeza ligeramente hacia atrás, introduciendo al mismo tiempo los dedos de ambas manos en su cabellera, paseándolos luego hasta alcanzar casi la nuca... Coqueta, ella solo había jugado un instante con sus cabellos, de más no podía acusársele, pero Juan Lucas había visto dibujarse esos senos que ya no tenían veinte años y que sin embargo continuaban presentándosele con la misma inquietante novelería de una primera vez que de pronto además era esta. «Relévame, darling», le dijo Susan, sonriente. Mientras se iba, Juan Lucas pensó echarle su miradita a través de uno de los vasos de cristal, el deseo le pedía enriquecer también esa visión, pero Julius apareció con un traje por el fondo del corredor y, en todo caso, a lo que había venido era a ocuparse de este.

«Vamos, muchacho», le dijo a través de la puerta, aprovechando un silencio, pero Bobby no le hizo el menor caso y continuó gritando que lo dejaran solo y luego algo más de que no iba a parar hasta no haberse vengado y hasta que... Juan Lucas no logró escuchar porque Bobby seguía rompiendo cosas y estrellándose contra las paredes y, a menudo, el ruido de una silla arrojada contra una puerta o un vidrio hacía desaparecer sus palabras. «¿Qué dices?», preguntó, a lo mejor el otro le contestaba, pero tampoco esta vez pudo oír porque Julius llegó con un encargo importante de mami. Había una silla que fue de Alfonso XIII en la habitación, y mami le rogaba no romperla. Había costado un triunfo conseguirla. Julius trató de comunicar su mensaje, pero lo interrumpieron, primero el ruido de un libro que Bobby descuartizó justito cuando él empezaba a hablar, pobres mis Mark Twain, y luego Juan Lucas: «A ver si desapareces, oye; esto solo lo puedo arreglar yo».

—Vamos, muchacho...

—¡Váyanse a la mierda todos!

—Váyase, por favor —le dijo Juan Lucas a Celso, que había seguido la escena, azafate de plata en mano y muy respetuoso.

—No hay nadie sino yo aquí...

—¡Váyanse a la mierda todos!

—¡Hombre, muchacho!

—¡Quieres irte a la mierda, por favor!

—Entre hombres siempre...

—¡Tú no eres mi padre!

—Vamos, Bobby, vamos...

—¡Alcahuete! ¡Cabrón de mierda!

Ahí tienes algo que hacía por lo menos treinta años nadie le decía a Juan Lucas; se desconcertó el golfista, por una vez no supo qué hacer. Bueno, sí supo pero después de un ratito: no había nada que hacer por esa noche, tampoco debía intervenir en el asunto sin que Bobby se lo pidiera. En fin, dejar que las cosas vengan solas y que caigan por su propio peso. Claro que él siempre podría ayudar en algo: «¡Julius!», gritó, y al verlo salir de su dormitorio, se le acercó para decirle en voz baja que ni él ni Susan iban a comer esa noche en casa, pero que por si acaso le dijera a Celso que distribuya unas cuantas botellas de whisky por los altos, mira bien que las coloquen en lugares estratégicos, ¿comprendes?... Bueno. Limítate a decirles a los mayordomos que pongan unas cuantas botellas de whisky a la vista para que tu hermano las encuentre a su paso. ¿Qué? ¿Todas?... No sea usted gilipollas, jovencito. Se trata de que las vea por todas partes y caiga en la trampa. ¿Qué? ¿La tentación?... Llámale como quieras, lo importante es que las vea. Luego con media botella bastará. A lo mejor cuando regresemos lo encontramos ya a punto.

Veinticuatro horas después, el hambre obligó a Bobby a abrir la puerta, cuando ya casi todo el mundo había dejado de preocuparse por él. Triste caminaba el pobre por el inmenso corredor, la rabia lo había abandonado al terminar con todo lo que se podía romper en su dormitorio. Él mismo lo había notado cuando inconscientemente respondió que sí a la dulce pregunta que Susan le hizo esa mañana. «Darling, darling, ¿rompiste la silla de Alfonso XIII?». «Sí», contestó, mirando su reloj. Eran cerca de las once de la mañana y empezaba a tener hambre. Ya no le quedaban fuerzas para rabiar. Pensó que no debía haber respondido a la pregunta de su madre, pero enseguida sintió algo así como un inmenso y blando ¡qué mierda!, luego una especie de alivio, una extraña sensación, como si tuviera neblina en la cabeza, ¿por qué no sentía pena?, ¿qué pasaba?, ¿realmente le había sucedido todo eso?

Hacia el mediodía Celso vino a ofrecerle algo de comer, y él sintió que podría decirle entra Celso, vamos a conversar un rato, pero lo de anoche y la historia de su vida lo obligaban a responder ¡vete a la mierda!, con lágrimas en los ojos. A las dos de la tarde, sabía que abajo estaban almorzando y que Juan Lucas probablemente se estaba cagando en él y que toda oportunidad de que viniera a llamarlo como anoche se había perdido precisamente anoche. Le vino el hambre, entonces, y fuerte. Con esa hambre ni hablar de tener cólera, imposible armar otro escándalo y pasar a primer plano, que no se olviden de mí, ¡hijos de puta! La neblina otra vez, y el hambre fuerte. ¿Realmente le había ocurrido todo eso?... A las seis de la tarde miró su reloj, y casi se felicita por haber aguantado valientemente las cuatro horas que se había prometido aguantar. Sintió una nueva rabia y la soltó, pero no se oyó afuera porque fue una rabia chiquita, sin importancia, se perdió en tres gritos que más tenían de sollozo y en unos cuantos mierdas pronunciados bajito, con la nariz y la boca aplastadas contra la almohada. Notó que se le terminaba esa rabia y miró su reloj, a ver cuánto tiempo había durado: solo cinco minutos. Nadie se había enterado... De pronto otra vez la neblina y más fuerte el hambre, hasta frío, a las siete salgo.

A las siete lo expulsaron todas las cosas que yacían rotas por el dormitorio. Llevaban horas acusándolo, hostigándolo, vergüenza te debería dar. De ahí la cara compungida con que ahora avanzaba por el corredor. Ver el dormitorio de Julius tan pacífico le dio un poquito de rabia, pero ya no confiaba en esas rabias que se te van inmediatamente y sin que nadie te las escuche. El baño de Susan, sin embargo, lo llenó de una furia que podía ser duradera, habría que estudiarla... duraba. Vio una botella de whisky, la primera de la colección que Juan Lucas había hecho distribuir sabiamente por el palacio y que lo esperaba desde anoche. La abrió, olió, probó, el fuego del whisky lo hizo mierda, pero enseguida como que empezó a repartírsele por el cuerpo, entibiándole las piernas. Bebió otro trago, fuego controlado y, de pronto, sintió que una nueva fuerza le subía desde los pies, ahora por el estómago, ¡fuerzas! Una rabia que va a durar... Bobby regresó a su dormitorio con la botella.

Y todos los techos mata-ruidos de Juan Lucas no bastaron para silenciar el escándalo de Bobby, que, esa noche, inició el segundo capítulo de sus furibundas aventuras por el palacio. Julius fue el primero en escuchar sus alaridos. Estaba mirando un programa de preguntas y respuestas en la televisión cuando un grito que no era precisamente el «¡correcto y bien contestado!» del animador, lo hizo saltar de su asiento. «Mis Mark Twain», pensó, y salió corriendo hacia la escalera, pero solo llegó hasta la mitad porque la tambaleante rabia con que bajaba Bobby no tardaba en llevárselo de encuentro. «¡Quítate de ahí hijo de puta!, ¡mierda!, ¿quieres que te mate?». Julius partió a la carrera gritando ¡Deci! ¡Deci!, ojalá apareciera alguien por el camino para decirle que Bobby se había vuelto loco. No tardaron en enterarse todos. Primero les tocó a Susan y a Juan Lucas, que estaban contemplando tranquilamente el triunfo de la noche sobre el polo y el golfito, cuando un alarido atravesó, llamándolos, desde el bar de verano. «Abrió», dijo Juan Lucas, pensando que era un buen momento para ir a buscarlo, pero enseguida notó que los gritos de Bobby se acercaban, venía donde ellos, era mejor esperarlo ahí. «Sentémonos», dijo, conduciendo a Susan hacia un sofá-mecedora que había en aquella terraza. Dejó un espacio libre entre los dos, como si adivinara exactamente lo que iba a pasar: Bobby irrumpió, los vio, e inmediatamente sus gritos perdieron sílabas hasta convertirse en llanto puro, se abalanzó sobre la mecedora, incrustándose en el espació que ellos le habían dejado libre, quería ahogar su llanto, que sonara menos, iba a cumplir diecisiete años y ya había cachado.

Daniel, Celso, la Decidida, Julius y Universo, que andaba regando por ahí afuera, aparecieron en el momento en que Juan Lucas se dirigía al mostrador a servir tres copas, con la mano les hizo un solo gesto y todos desaparecieron automáticamente. Pero se quedaron por ahí cerca, escuchando... Solo llanto, primero, y la voz de Susan, darling, ¡oh no!, darling, no ha pasado nada, y Juan Lucas nuevamente sentado esperando que el muchacho empezara a hablar... ¡No! No era la niña nueva del Villa María, ¡esa qué mierda! ¡Sí! ¡Sí! ¡Sí! ¡Peggy! ¡Peggy!... Susan miró a Juan Lucas y lo vio hacer un gesto de desagrado al producirse el nuevo estallido de Bobby. Estaba desconcertada y seguía mirando a Juan Lucas, como preguntándole si estaba bien morirse de pena o si era mejor no prestarle ninguna atención a los diecisiete años con cuernos. El golfista, en monólogo interior, decidió comprarle a Bobby un automóvil que ningún otro muchacho tuviera en Lima. En fin, eso habría que pensarlo un poco más, según como se desarrollaran las cosas, en todo caso mejor no decirlo ahora. Ahora lo que había que hacer era dejar que el muchacho les contara su problema, que llorara la borrachera y luego que se fuera a dormir, con algún calmante mejor, el tiempo y otra chica eran la única solución, Bobby no era tonto y reaccionaría rápido... Pero la historia se complicaba. Resulta que Bobby nunca había estado interesado por la chica nueva del Villa María, nunca la había querido, ella le daba bola pero él solo había querido a Peggy... Juan Lucas casi le dice ¿entonces para qué te las das de donjuán?, pero ya Bobby estaba completamente entregado y solito les estaba llorando todo el asunto. No, él nunca la había engañado, ella sí, ¡ella no!, ella sí, ¡ella no!, ella coque..., ella coquetea..., ella coqueteaba con él, ¡no!, ella no coqueteaba con nadie, sííí, aaajajjjajjjajjjajjjaj, él, jaj, él está en Santa María jaj jaj jaj... «Adiós trabajos, pensó Juan Lucas. Problema de orgullo, ya veo la figura: uno del Markham se deja quitar la chica por uno del Santa María; esto termina en trompeadera escolar». Le cogió la cabeza y lo obligó a mirarlo: «Mala suerte y nada más», le dijo, pero entonces notó que tenía sangre en la mano, lo obligó a enseñársela: nada, probablemente se cayó con la botella, era solo un pequeño corte, no era serio. Pero Bobby, al ver que descubrían su mano ensangrentada, sintió que la rabia le volvía: «¡Lo mato!, ¡lo mato! ¡Carlos, la camioneta!». Se incorporaba, cuando Susan le miró por fin los ojos y se lanzó sobre él para llenarlo de besos, ¿por qué sus ojos me dijeron eso?, *oh, my God!*, entonces eso era ser madre, yo lo soy feliz. «¡Déjalo, Juan Lucas!, ¡déjalo!, ¡me toca a mí ahora! ¡Pipo Lastarria le ha quitado a Peggy!, ¡darling!»...

Julius empezó a trompearse con Rafaelito Lastarria, pero para qué si seguro que el otro estaba dando sus primeros pasos de baile en el casino de Ancón, y sobornando a los fotógrafos para que lo tomaran bailando con la hija de la señora marquesa. Paró, pues, de romperle el alma y fue más bien para mal, ya que terminada la solidaridad con Bobby, otra idea le vino a la cabeza y hasta escuchó un leve ¡hurra!, que felizmente no pasó del pecho porque más hubiera sido pecado. Resulta que Juan Lucas se los quería llevar a todos a Ancón, a pasar una tempo-radita, aprovechando la inauguración de un edificio que acababa de construir en sociedad con Juan Lastarria. Y Juan Lastarria también iba a estar, ¡hurra!, sintió Julius, pero no lo dijo y por eso no era pecado: Seguro ya tío Juan Lucas no nos lleva a Ancón, seguro ahí está Peggy con Pipo y tío Juan Lucas ya no nos lleva a Ancón, ¡hurra!

Al día siguiente, a la hora del almuerzo, Julius seguía pensando que el solo deseo de no sentir ¡hurra! implicaba un propósito similar al propósito de enmienda y que por lo tanto estaba libre de culpa, cuando, de pronto, Juan Lucas anunció oficialmente que no había programa a Ancón, que para qué, que mucha gente en esta época, etcétera, y Julius dio un saltito por encima del propósito de enmienda y soltó un ¡hurrita! sin mover los labios, prometió no volver a hacerlo. Juró no volver a hacerlo al ver que Bobby entraba cabizbajo, aguantándose el dolor de cabeza y el otro. «No te preocupes, Bobby, se dijo, mirándolo sin que él lo viera. Tú y yo nos vamos en la camioneta a Ancón, una sola tarde eso sí, nos vamos y buscamos a los Lastarria y les pegamos a los dos, ¿qué te han hecho tan malo?, mejor hago también propósito de enmienda de no pensar en esto porque se me vienen las lágrimas y seguro tío Juan Lucas va a decir ¿y a usted qué le pasa?, fíjate, cómo no te enteras de nada, Bobby, con Cinthia nos enterábamos de todo».

Susan hubiera preferido no salir esa noche, no tanto por sus ojos un poquito hinchados y porque ¿te has fijado cómo ha crecido Julius y cómo ya no es tan orejón?, no tanto porque hace años que no recibía ni una sola línea de Santiaguito, le diré a Juan Lucas que lo traiga de vacaciones, sino porque acababa de enterarse de que Bobby muchas veces cuando le pedía dinero también hubiera querido besarla, y de que se había acostado con veintisiete prostitutas desde los catorce años, y de que, en Ica, Nana Portobello, una bailarina que había nadado en la piscina de Abdula de Egipto, cuando era Abdula de Egipto, le había cobrado la propina de un mes y le había contagiado una gonorrea que Juan Lucas había pagado carísimo. Susan empezó a enterarse de cosas increíbles, ella lo supo todo a los dieciocho, pero esas gradaciones, ¿cómo? Ya no lo besaba ni lo acariciaba, ahora más bien se reía cuando él explicaba que con una venérea eres cabo, con dos sargento, con tres no sé qué y podían llegar hasta... «Hasta presidente de la República», interrumpió Susan, y Bobby rió francamente, no, mami, solo a mariscal, y trató de seguir alegre, pero fue por eso que no besó tanto tiempo a Peggy y ella, debí habérselo dicho, ella, ella empezó, ella empezó a coque..., a coquete... Susan lo besó, ¿por qué no besaba a Peggy? No, no era contagioso así, con besos solamente, pero algo, respeto... Está bien, darling, no te preocupes, voy a pedirle a *daddy* que traiga a Santiaguito a pasar las próximas navidades con nosotros. Bobby la miraba, por momentos tenía vergüenza, por momentos se sentía cómodo. También ella le había contado cosas de su padre, siempre lo quería, no, no era como Juan Lucas, tienes que recordarlo, claro, eras muy pequeño, pero sus ojos, su mirada sonriente, irónica, es inolvidable... ¿qué?... No... No... Juan Lucas no hubiera venido si él... No, darling.

«¡Sí, darling! ¡Voy!», respondió Susan al oír la voz de Juan Lucas. Pero hubiera preferido no salir. Julius también hubiera preferido que no saliera. Juan Lucas tenía la culpa. No de que ella saliera, eso era otra cosa. Pero por primera vez en su vida él veía clarito que Juan Lucas tenía la culpa. Siempre creía tener la razón y siempre la tenía porque era más alto y hablaba muy bien, pero él no podía pasarse la vida sin tener razón hasta alcanzar la estatura de Juan Lucas y tampoco le interesaba tener nunca esa voz, porque con esa voz tienes razón mientras hablas y después ya no. Esta vez Julius tenía razón.

Recordaba perfectamente haber preguntado, protestado, «¿todas?», cuando Juan Lucas ordenó que pusieran las botellas en lugares estratégicos. Gilipollas, algo así le dijo cuando él protestó, ¿y quién era el gilipollas ahora?, ¿quién se había ido al cóctel de los Pratollini?, ¿quién se había llevado a mami que era la única que tranquilizaba a Bobby? Y sobre todo: ¿quién se olvidó de ordenar que guardaran las botellas estratégicas? ¿Quién, ah? Tú, Juan Lucas. Tú, Juan Lucas.

Susan vino hasta la repostería para anunciarles que salía con el señor Juan Lucas y que volverían tarde, no regresaban a comer. Abraham le dio una pitada insolente a su cigarrillo, allá ellos que no saben lo que se pierden, allá ella que a lo mejor lo pierde a don Juan esta noche, bien mejor conservado que está él. Susan no se enteró de la insolencia y dio unas cuantas órdenes más, que a Bobby le llevaran la comida a su dormitorio, que si quería salir lo dejaran, en fin, que no se preocuparan demasiado. Arminda alzó la cabeza cuando Susan ya había abandonado la repostería. Hasta este momento no había abierto la boca para comentar lo del niño Bobby, parecía no haberse enterado de nada, eso que todos ahí no paraban de hablar y hablar del asunto. Y no bien se marchó Susan empezaron nuevamente, Carlos con sus comentarios irónicos, Celso y Daniel con los suyos, respetuosos, Abraham siempre con su cantaleta, ya ven, ya ven, ya ven, nunca pagan las mujeres, y la Decidida repitiendo una y otra vez sucede en las mejores familias. Lo volvió a repetir y Julius la miró, recordando de pronto que las botellas nadie las había guardado y que Bobby podría volver a emborracharse. Iba a decirlo, pero en ese instante Arminda se puso de pie: «Santiaguito la va a querer violar a Vilma», dijo, dirigiéndose lentamente hacia el atado de camisas que le faltaba planchar esa noche.

«La Doña», comentó Carlos, dándose tres golpecitos con los nudillos en la cabeza, al verla marcharse. Caso perdido la Doña, se le confundía el tiempo, los dejaba a todos en las nubes con sus salidas. Abraham apagó su cigarrillo y regresó a la cocina, mientras Celso y Daniel se disponían a poner la mesa para que comiera Julius. En cambio para Carlos el día había terminado, solo le quedaba guardar los autos y marcharse. El grupo terminó de disolverse cuando la Decidida subió a los altos a abrir las camas, seguida por Julius, que quería ver televisión un rato antes de comer. «En esta mesa falta una botella», pensó Julius, mientras avanzaban por el corredor de los dormitorios y los baños. Inmediatamente miró hacia la puerta cerrada del cuarto de Bobby, se oía música allá adentro.

«La niña Peggy no está en Lima... Sí, en Ancón». Él ya lo sabía, llamó por marcar el número, más que nada porque la telefonista le había dicho dentro de diez minutos le damos su número de Ancón. Bobby volvió a poner su canción, la que ella le había regalado, la tenía en tres versiones distintas, pero esta le gustaba más porque era la más triste. Bebió otro trago directamente de la botella, y saltó sobre el teléfono en cuanto sonó el timbre. Tampoco estaba, había ido a una fiesta en el casino. Arrojó el fono, voló el tocadiscos de una patada y corrió a buscar la camioneta. Julius lo escuchaba, Juan Lucas no tenía razón. Celso abrió el portón del palacio, se tuvo que hacer a un lado para que Bobby no lo atropellara.

Una hora más tarde, Julius comía silencioso, pensando que Bobby podía matarse en la carretera y que Juan Lucas no tenía razón. Celso contó en la repostería cómo lo vio partir, manejando con una mano y bebiendo de la botella con la otra. La Decidida decidió llamar a los señores y estuvo largo rato buscando el número de los Pratollini en la lista de teléfonos. Cuando por fin logró comunicarse, los señores ya se habían marchado y no se sabía adónde. La única solución era esperar, Carlos no estaba y no había quién pudiera coger el Mercedes y lanzarse a la carretera de Ancón en busca del niño Bobby. La Decidida gritó nuevamente lo de sucede en las mejores familias y le ordenó a Julius que se acostara y se durmiera en el acto.

Pero una hora más tarde aún no se había dormido. Imposible con todo lo que se le venía a la mente. Primero anduvo imaginando que el verano terminaría tranquilamente con las diarias idas con Susan a La Herradura, muy tempranito eso sí, no bien terminaba con su matinal sesión de golfito, porque luego ella marchaba a reunirse con Juan Lucas para almorzar juntos en el Golf. No, no irían a Ancón, pero esta vez ya no sintió que el ¡hurra! se le venía a los labios, por el contrario, el nombre de Ancón, sus playas, sus edificios, sus malecones se lo llevaron por otro camino y ahora avanzaba tranquilamente hacia el casino a sacarle la mugre a Rafaelito Lastarria. Claro que había el problema de la edad, el otro ya debía andar camino de los catorce y era muy difícil pegarle a uno de esa edad, pero en todo caso ellos tenían razón porque a Bobby le habían quitado a Peggy, aunque bien raro que Bobby llorara tanto por una chica que vivía tan lejos, cuando al frente de casa vive una chica linda, indudablemente se complicaba la vida o tal vez no, porque la chica que se iba, que no se iba por el mal camino vivía también muy lejos, algo de eso tenía que haber en toda la historia del llanto de Bobby... De cualquier forma, si el asunto marchaba mal, si Rafaelito Lastarria ha crecido mucho desde la última vez que lo vi, entonces Bobby puede pegarle a Pipo y después viene y me ayuda a mí... no, eso tampoco, porque Bobby es mayor que Rafaelito, no tiene solución el asunto... Julius se dio la vuelta en la cama y apoyó la cabeza sobre el otro extremo de la almohada, estaba más frío y seguro le iba a dar nuevas ideas, todos bailando en el casino y Bobby y yo entramos y todo el mundo corre, les sacamos la mugre, ¿cómo decía Carlos?, ¿la mitra?, ¿la mocha?... Julius se dio otra vuelta, nervioso, intranquilo esta vez: por recordar las palabras invencibles de Carlos se le había apagado la escena en que Bobby y él les rompían el alma a los Lastarria, y la almohada estaba caliente por ese lado. Cerró los ojos, pero siguió viendo la mesa de noche con el retrato sonriente, conversador de Cinthia, se cubrió con la colcha, desapareció en la oscuridad total que formaba sobre su cara, pero la colcha tenía pelusitas que le picaban en la nariz, arrojó sábanas y colcha, fue casi un puñetazo en la cara de Rafaelito, giró pero también la almohada estaba caliente, acababa de estar ahí, caliente el centro otra vez, entonces se abalanzó sobre la mesa de noche y encendió la lámpara, iluminando a Cinthia sonriente y conversadora. Lentamente la fue acercando a su cara, la tenía cogida con ambas manos y le iba preguntando, tendría quince años, si le gustaba bailar en el casino de Ancón, ¿qué te gustaría?... Pero el marco de plata le enfriaba las palmas de las manos y en todo caso no había nada que hacer: seguro que la pelea de Bobby era en otro sitio y él ahí tratando de imaginarse que entraba en el casino, ya ni siquiera eso porque la lámpara le iluminaba perfectamente cada detalle de su dormitorio y Ancón quedaba al otro extremo de una larga autopista... Apagó, sin ilusiones esta vez... para qué ilusionarse, si en cuanto forzaba un viajecito a Ancón una arruga en la sábana lo detenía.

Los alaridos de la Decidida lo despertaron en plena noche. Pensó en temblores, terremotos y en el Señor de los Milagros, pero nada temblaba en el palacio y, cuando saltó de la cama, ya sabía que de peligro de muerte no podía tratarse. Algo distinto tenía que ser, pero se quedó sin averiguarlo hasta la mañana, porque al salir de su dormitorio para dirigirse a la sección servidumbre, se topó en pleno corredor con Bobby rabiando, gritando, corriendo completamente loco o borracho y, detrás de él, la Decidida en camisón, que seguía arrojándole cosas y que cada vez que lo alcanzaba le metía otro golpe. Celso y Daniel lograron contenerla, y a la fuerza se la llevaron nuevamente a su zona, mientras Bobby amenazaba a Julius con descuartizarlo si continuaba mirándolo y si le decía algo a mamá por la mañana.

Pero él qué iba a decir nada, si ya llevaban horas discutiendo y aún no lograba ver las cosas claras. Carlos, en la repostería, también anduvo un poco aturdido, aunque su desconcierto duró menos que el de Julius. Resulta que, al llegar esa mañana, se encontró con la Doña tomando su desayuno, «buenos días, señora», le iba a decir, pero ella lo sorprendió repitiéndole lo del niño Santiago violando a Vilma, en el preciso instante en que aparecía la Decidida gritando con la cara toda arañada que el niño Bobby se lo tenía bien merecido. Carlos sintió un escalofrío; peor todavía: sintió que ese escalofrío se le juntaba por un hilo tan inexplicable como helado con otro escalofrío en la repostería del antiguo palacio, por el mismo hilo regresó tembleque a la nueva repostería, y hasta hubo un momentito en que era allá el verdadero escalofrío y el de ahora lo estaba profetizando con el decorado moderno y todo. Casi se le distorsiona el tiempo al del uniforme con gorra, casi agarra una nueva dimensión de lo profundo, pero ni hablar del peluquín y al que madruga Dios lo ayuda: sobre la marcha pidió que le calentaran su tecito para entonarse, mientras iba a sacar a Merceditas de su casa, cojudeces pa' los franceses... Seguía un poco preocupado Carlos, felizmente que al subir al Mercedes se encontró con su bigote perfecto en el espejo retrovisor, a este bigote con cuentos, ten paciencia, Hortensia, ten tesón, Ramón, todo a su debido tiempo: Santiaguito con Vilma allá, acanga Bobby con la Pechichona, mala está la Doña.

Larga había sido la odisea de Bobby, llevaba horas tratando de explicarla coherentemente. Recordaba bien el comienzo, pero por nada les iba a contar que durante siglos la había buscado y que la encontró bailando, y *cheek to cheek*, con Pipo Lastarria. Primero se cagó en él y le rogó a ella, pero no tardó en darse cuenta de que ella se cagaba en él y tuvo que enfrentarse con su primo. Recordaba patadas y puñetazos, nada definitivo, recordaba sangre suya y del otro, recordaba que lo echaban del casino, que lo compadecían, que lo insultaban. Luego todo era una noche negra con él avanzando por pistas que nunca duraban lo suficiente, con miles de ideas que llevaban a la camioneta de curva en curva y a menudo lo ponían sobre un sardinel, frente a su casa, al borde de la muerte. Un ojo le dolía ya cuando entró al burdel... Pipo Lastarria le había cerrado ese ojo entonces... Un ojo le dolía cuando entró al burdel y cuánto quería que le hicieran caso y buscaba su dinero y no lo encontraba, gritaba su nombre y su apellido y nadie le hacía caso, y otra vez su dinero no aparecía, hasta que pensó en la Decidida: mamá no estaba en casa y todos saben, mamá, Juan Lucas, Carlos, soy un cornudo, ¡no!, ¡no!, ¡no! Después todo empezó a salirle como él quería porque corría como un loco para matarse y la camioneta no se estrellaba nunca y cuando llegó hizo bulla y no quería que lo oyeran y nadie lo oyó. Sí, él ya tenía ese ojo hinchado, pero por nada del mundo les iba a contar quién se lo había hinchado, aunque ya se estaba arrepintiendo de haber acusado a la Decidida por los dos ojos.

Juan Lucas, enterado por la larga descripción de Bobby, tenía ya sus sospechas y estaba dispuesto a creerles todo, tanto a él como a ella, aunque se contradijeran. La Decidida gritaba que cuando el niño Bobby la «atracó», venía ya con un ojo magullado y con la camisa rota. Bobby lo negó rotundamente, pero de pronto también le empezó a dar vergüenza que una mujer le hubiera dado tal paliza. Entonces cambió y dijo que a lo mejor se había equivocado y que ahora que recordaba se había trompeado en un burdel y él le había roto el tabique nasal a un negro y que el negro había logrado conectarle un par de puñetes, uno en cada ojo, porque él estaba borracho, por supuesto, se había bebido dos de las botellas que encontró en los altos. «¡Mentiras!, gritó la Decidida, reivindicando para ella uno de los ojos negros; no por placer, señor, nada más desagradable para una pobre mujer pobre pero honrada; no por placer sino porque mi honor así me mandó defenderme». Juan Lucas suspiró y ordenó hielo para un *gin and tonic*. «Calma, calma, dijo, esto se puede arreglar fácilmente, ¿qué opinas tú, mujer?». Susan casi levanta la mano para contestar, qué miedo, la habían cogido desprevenida, estaba pensando en el mal gusto de los chicos, habrá que traer a una enana para cuando Julius empiece con lo mismo... ¿Qué opinaba? Opinaba que Deci era una mujer muy buena y eficiente, que felizmente el mar no llegó...

—La sangre no llegó al río —corrigió la Decidida.

...sí, al mar. Habría que pagarle el pijama que le habían roto y, sobre todo, opinaba que Bobby debía pedirle perdón en el acto y prometerles a todos que no volvería a tomar whisky de esa manera. Eso era lo que opinaba y, no bien terminó, volteó linda, sonriente y aterrorizada a mirar si la Decidida estaba de acuerdo con lo que opinaba.

Totalmente de acuerdo. La Decidida consideró que el asunto se podía olvidar y que el niño Bobby había actuado movido por el despecho, que el despecho era un sentimiento huraño que, mezclado con el licor, podía llegar a ser un despecho enfurecido, pero precisamente esa maldad no era por consiguiente el resultado de la maldad del niño Bobby sino del licor más el despecho, que eran circunstancias *atenuatorias* del atraco. En esa casa se había respetado sus derechos y una mancha negra se borra con un futuro decente, además el despecho es humano y la situac...

—Bobby, pídele perdón a esta señorita —ordenó Juan Lucas.

Bobby le dijo que había estado borracho y que lo perdonara; la Decidida ya iba a arrancar con más sobre el despecho, pero Juan Lucas la volvió a interrumpir, diciendo que todo estaba arreglado, que no había rencor que guardar y, justito cuando ella trató de soltar algo más, rogándole que le trajera hielo picado de la repostería para prepararle un brebaje especial al niño Bobby, a ver si le quitamos esa cara de miserable, con esa cara no me lo dejan entrar al Golf. Bobby sonrió, Susan sonrió, y Julius loco porque la Decidida se vaya para preguntar el significado de la palabra despecho. «Voy por el hielo», dijo, por fin. Susan y Juan Lucas ya iban a soltar la risa por el pecho temblando mientras decía despecho, pero ella era siempre quien concluía: «No se preocupen, señores, sucede en las mejores familias», les dijo, antes de retirarse.

A la cocina llegó *loca de contento con su cargamento para la ciudad*. Le habían dado amplia satisfacción y no tenía ningún inconveniente en repetirles la escena ocurrida. «¿Negro?, la interrumpió Carlos cuando llegó a la parte de la trompeadera en el burdel, ¿de cuándo aquí los Lastarria son negros? A ese el que lo ha sonado ha sido su primo Lastarria, el mismo que lo ha adornado... ¿Negro?, jajaja, ya quisiera verlo frente a un moreno, de un gargajo me lo ahogan».

En el bar de verano, tres buenas salidas de Juan Lucas lograron que Bobby lo mirara cara a cara y le sonriera. Había copa para todos, no tardaban en estar listas, en cuanto la Decidida se acordara de traerles el hielo. Pero Bobby dijo que no corría tanta prisa, primero iba a tomarse un alka-seltzer, ya regresaba. Juan Lucas aprovechó su momentánea ausencia para comunicarse con la cocina: que quitaran y escondieran las botellas de whisky, por favor, gracias. Cuando levantó la cara para seguir con su buen humor, se encontró con los ojos de Julius mirándolo acusadoramente.

Una gota gorda de sudor resbaló por la melena larga y azabache de Arminda, mojando, al caer junto a un botón, la seda color marfil de la camisa. Arminda descubrió la gota, pero, a su lado, en un extremo de la tabla de planchar, tenía la vasija con el agua para salpicar humedeciendo la tela y facilitar su perfecto planchado; introdujo entonces, hasta la mitad, cuatro dedos en el agua y continuó salpicando porque eso no era suficiente... Ahora sí. Sus dedos quedaron mojados, aprovechó para secárselos en la cara porque hacía tanto calor, pero al bajar la mano continuaban mojados y, como siempre, se los secó en el traje negro. No se dio cuenta de haberlo sentido húmedo y caliente como la camisa, la camisa húmeda y caliente, claro, el agua, la plancha hirviendo, apoyó nuevamente la plancha para seguir...

Como siempre, se hallaba sola a esas horas en el cuarto de planchar. Una vez Juan Lucas había pasado por ahí afuera, por ese corredor, cuando el arquitecto de moda insistió en mostrarle la sección servidumbre, primero, y luego esa otra sección, tres cuartos alineados a lo largo de un corredor que terminaba en una puerta cuya belleza anunciaba el lujo de la sección familiar del palacio. El corredor y los tres cuartos eran blancos; uno era el cuarto de planchar, el de al lado, el cuarto de costura y el otro podría servir para que duerma alguna enfermera o alguna monja de la caridad, si algún día operan a uno de los chicos de las amígdalas, algo así. Pero los chicos se operaban en el hospital y nadie estaba enfermo en casa, y el segundo cuarto tampoco se usaba porque la Decidida zurcía en su dormitorio.

Arminda estaba en la repostería cuando Daniel se despidió porque le tocaba su salida. Celso tampoco andaba por ahí, ella lo había visto salir en dirección al pequeño patio interior, en cuyo piso de losetas depositaba la platería para luego pasarse horas limpiándola, terminaba de noche. Hoy no le tocaba venir a Universo, y la Decidida había partido en el Mercedes con Carlos acompañando a Julius adonde el dentista. El señor, la señora y el niño Bobby habían ido a almorzar al Golf, no regresaban nunca antes de las siete de la noche. «Adiós, señora. Hasta la noche», le dijo Abraham, y sin saber por qué, ella se sintió más tranquila al ver que la repostería quedaba vacía, y que en los altos tampoco había nadie. Siempre subía a esa hora a planchar, pero hoy le parecía que era la primera vez, no se explicaba muy bien ese interés en verlos marcharse, ese afán de subir a trabajar sabiéndose sola.

Se detuvo un instante en el descanso de la escalera, se descubrió escuchando: ni el menor ruido, los vio marcharse nuevamente, a Celso lo recordó afuera, frota y frota una tetera de plata. Arriba se desvió un poco para escuchar que la Decidida no estaba en su cuarto, pero se acordó y continuó avanzando tranquilamente; todos los dormitorios vacíos, el baño de servicio con la puerta abierta y solo silencio adentro, luego los tres escalones al corredor blanco, al fondo la puerta cerrada, en todo caso la familia estaba en el Golf, Julius donde el dentista. Se asustó porque ya no tardaba en terminar el verano, pero cuando aguaitó se quedó más tranquila: «Victoria Santa

Paciencia, la costurera, aún no ha venido para los uniformes de los niños». Retrocedió, pero no había nadie tampoco en ese cuarto blanco, sin muebles, al que, a veces, llamaban «la enfermería».

Vio con agrado, sobre la mesa blanca, el atado con muchas camisas del señor. Avanzó para cogerlo y abrirlo. Como siempre, el sol la cegó, una vez ella pensó en pedir cortinas para esa ventana, después se las había arreglado con poner periódicos mientras trabajaba, pero ahora le daba cansancio más que flojera acomodarlos, bastaba con ponerse de espaldas a la ventana cuando planchaba. El agua estaba ahí, en un extremo de la tabla de planchar. Pestañeó para acordarse que ayer había llenado la vasija, pero se le borró para siempre haberla llenado jamás en su vida. Volvió a pestañear. No le molestó quedarse sin ese trocito de pasado para siempre. Hay agua. Enchufar la plancha. Volteó porque el enchufe estaba al lado de la ventana, nuevamente la cogió el sol, la cegó completamente. Se agachó para enchufar, en cuclillas descubrió que ya no tenía cuerpo, era un enorme mareo, luego le volvía el cuerpo lleno de náuseas, saltó una chispa al enchufar, siempre rezaba, soltó el enchufe porque ya no saltaban chispas, se irguió con los ojos cerrados, llenecita de chispas en la oscuridad, la vio venir, sí, sí, detrás de los árboles, de las casas, detrás de todas las chispas la vio venir, cómo no lo supo antes para no abrir los ojos, justo los había abierto cuando ella aparecía, por ahí, detrás de las casas, de los árboles. Miró todo lo que pudo al sol y cerró los ojos... Últimamente Arminda creía con toda su alma en los milagros y aquello tenía que ser un aviso.

Como tenía mucho que planchar, regresó hacia la tabla y extendió la primera camisa. Había que ser muy cuidadosa junto a las iniciales bordadas del señor. Sus manos estaban limpias. Empezó a planchar, a sentir en su cuerpo el calor que despedía la plancha eléctrica, era agradable, se mezclaba con el calor del sol que seguía quemando fuerte por la ventana, que por momentos dibujaba chispas en los vidrios, ahora que ella se había puesto frente a la ventana para mirar de rato en rato, abrir y cerrar los ojos a cada rato...

Gotas gordas de sudor resbalaban por la melena larga y azabache de Arminda, mojando, al caer, la seda blanca de la camisa. Ella las veía, suficiente; se secaba entonces la mano en el traje negro y apoyaba nuevamente la plancha. Empezaba a cansarse, el Sol se ponía y cada vez más ella lo miraba fijamente, siempre nada. Humedeció la manga de una camisa, se dejó cegar por el sol, la vio aparecer y desaparecer, venía pero la cubrió la vasija de agua que, en un trocito de su pasado, hace un momento, se había caído al suelo. Se iba a preguntar por esas gotas sobre la tela pero ellas mismas la hicieron agacharse a recoger la vasija, sonrió al verla venir, arrepentida, avergonzada, venía escondiéndose detrás de la vasija, pero ahora ella, tu madre, corría a rescatarla y le ordenaba bájate de esa carreta, ¡Dora!, ¡mi hija! Obediente, sumisa, ella saltaba de la carreta y el heladero de D'Onofrio desaparecía de su sonrisa y al fondo la felicitaban Vilma, Julius, Nilda, el señor Santiago, la señora Susan, la niña Cinthia, Celso, se le borraba Celso y trataba de atraparlo, se le borraba Daniel y trataba de atraparlo, saltaban, se le escapaban, se le borraban todos, todos volvían, aparecían, Julius desapareció, desaparecieron todos, todos menos su hija, se quedó tranquila, sonriente, pensando que seguro las habían dejado solas para que conversaran un rato.

Celso corrió a abrir el portón cuando oyó la bocina del Mercedes. «Traigo un herido», dijo Carlos, mirando burlón a Julius, que venía adolorido y furioso porque el dentista le había cogido mil veces el nervio con la maquinita esa... Estacionó a Merceditas a un lado del gran patio, detrás de la carroza que ya tenía una rueda rota porque Bobby, al entrar el otro día borracho en la camioneta, le había dado un buen topetón. La Decidida fue la primera en bajar, ofreciendo té para todos, menos para Julius: «A ti te voy a preparar una bolsa de hielo», le dijo. Los cuatro entraron por la puerta de servicio y se dirigieron hacia la repostería, en el pasadizo sintieron olor a quemado. «¡Arminda!», gritó la Decidida, y los cuatro corrieron a los altos.

Estaba tirada en el suelo, junto a la vasija de agua, y la tabla de planchar caída encima de una pierna. La plancha estaba a su lado, en el suelo, semienvuelta en una camisa agujereada y chamuscada. Pensaron que era un vértigo, pero inmediatamente se dieron cuenta de que estaba muerta. Carlos se quitó la gorra, Celso empezó a llorar de miedo y la Decidida buscó palabras apropiadas, pero no era el momento y los tres pensaron de golpe en el teléfono. Después se preguntaban a quién llamar en estos casos y Julius, casi pidiéndoles permiso, sugirió buscar en la lista especial que mami tiene junto al teléfono de su cama. Carlos les dijo que corrieran, yo me quedo con Celso, ¡corran ustedes dos!, vamos a ponerla sobre la mesa. Julius y la Decidida salieron al corredor y se apresuraron al dormitorio de Susan. Había que llamar al Golf, primero; no, había que llamar al médico de la familia, primero; ahí estaban todos los teléfonos; ¿a quién llamaban primero?, ¡a cualquiera! Llamaron al médico de la familia y estaba en el Golf. Llamaron al Golf y no estaban ni el médico de la familia ni Juan Lucas ni Susan ni nadie. Podían llamar a la tía Susana, pero estaba en Ancón; no, siempre venía a Lima. Julius marcó el número de la tía Susana y sí estaba en Lima pero a esa hora iba siempre a confesarse, hablaba el guardián, no, no había nadie más en casa. Julius colgó y la Decidida lo acusó de no haber dejado un mensaje. Cogió el fono para llamar de nuevo, pero en ese instante sonó la bocina del Jaguar, afuera, y con ella la de la camioneta, una y otra vez: Bobby exigiendo que le abrieran en el acto. «¡Ese niño no sabe lo que hace!», maldijo la Decidida, corriendo hacia la escalera.

Entraban los automóviles cuando la Decidida apareció corriendo y gritando, interrumpiendo la asustada versión de Celso, creando más confusión, y por fin haciéndoles saber que habían encontrado a Arminda muerta en el cuarto de planchar. «El médico debe estar en camino a su casa», dijo Juan Lucas, bajando del Jaguar, mientras Susan, inmóvil en su asiento, había apoyado los codos sobre las rodillas, ocultando luego la cara entre las palmas de sus manos. Se movió al recordar a Arminda planchando las camisas de Santiago, poco después de su matrimonio...

Hubo que hacer algunas diligencias, todo lo hizo Juan Lucas muy bien, un poco fatigado eso sí. Reinaba el silencio, caminaban en punta de pies, hablaban solo lo indispensable y bajito. Juan Lucas propuso llevarla a su dormitorio, pero la Decidida dijo que ahí había trabajado siempre y que ahí debían dejarla descansar. Susan asintió con la cabeza, y la Decidida rompió el miedo con un llanto sonoro y contagioso. Celso también lloraba y Carlos se jalaba el bigotito para que no se le escaparan las lágrimas. «Hay que avisarles a Universo y a Daniel», dijo Susan, y Carlos se le acercó, voy señora, se puso y se quitó la gorra, se le escaparon las primeras lágrimas mientras corría al automóvil. Juan Lucas regresó después de haber acompañado al médico hasta la puerta. Caminando por ese corredor, recordó cuando el arquitecto se lo había mostrado, desde entonces no se había asomado por ahí. «Bobby y Julius, llamó, ¿por qué no suben un rato a sus dormitorios?». Pero ni Bobby ni Julius salieron del cuarto en que descansaba Arminda, y él ya no insistió porque estaba pensando que no sería mala idea trasladar al primer cuarto el de costura, dejamos este cuarto de planchar vacío, es un lugar ideal para instalar el ascensor... Entró a respetar un poco, pero salió disgustado al ver que Abraham aparecía emitiendo gemiditos y caía arrodillado frente a la mesa, ¡tan buena como era!, ¡tan buena como era!, usted perdone, don Juan, pero Juan Lucas ya no estaba.

«*Poor thing!*», pensó Susan, pero maldijo saber inglés y sintió una pena horrible. Comían silenciosos y, más de una vez, Juan Lucas se había llevado la servilleta a la boca con un gesto nervioso. Bobby insultaba en silencio a Arminda, por culpa de ella no podía salir a emborracharse, pero ahí mismo cambiaba y sentía pena y luego rabia porque la pena se le iba y él quería llorar y que fuera de pena, Peggy tenía la culpa. Julius empezó a sollozar y Juan Lucas a llevarse la servilleta nerviosamente a los labios, entonces Julius soltó el llanto mirándolo y él bajó la servilleta, la dejó sobre sus piernas, y estoy seguro que hubo un momento ahí en que todos sintieron pena y recordaron a Arminda y sintieron su última presencia, descansando allá arriba, muerta.

Bobby no salió esa noche. Tampoco la noche siguiente. Se portó bien y cumplió con su promesa de pasar por lo menos cinco horas en la capilla ardiente. Es verdad que cada vez fue espaciando más sus permanencias, pero logró completar cinco horas y tuvo momentos de pena, y si le costaron tanto trabajo fue por culpa de Peggy, no de Arminda, aunque lo desgarraba el deseo de salir y emborracharse y sentir que amistaba y luego, cuando le empezaban las náuseas, correr a un burdel, encamarse hasta llorar, correr sobre todo a ese burdel donde creía haber visto una cara conocida. Esta noche podría hacerlo, pero no debería pensar en esas cosas durante el entierro.

Juan Lucas había dirigido todo al comienzo, luego dio órdenes precisas que Carlos, Celso y Daniel iban transmitiendo, en su debido momento, a los negritos elegantes de la funeraria. «Entierro de primera clase, pensó, satisfecha, la Decidida, los señores son señores bien; el señor se ha portado: a una lavandera de primera, un entierro de primera», pero esta fórmula le sonó un poco falsa y prefirió no seguir pensando y más bien ayudar en todo lo que fuera necesario. Sin embargo, las instrucciones de Juan Lucas, transmitidas por Carlos, principalmente, bastaban. Lo mejor era que ella se fuera junto a Julius, que estaba muy nervioso a pesar de los calmantes que la señora no debe darle tantos. Julius seguía atento el traslado del ataúd, lloraba por momentos, pero ahora, por encima de su pena, había alguna idea. Bobby ya se había dado cuenta: todo el tiempo había estado preguntando por dónde iban a sacar el ataúd. En cambio anoche había estado muy poco preguntón para lo que solía ser...

Y es que anoche Julius no tenía aún nada que preguntar. Arrodillado en la capilla ardiente, pasó largo rato pensando en el entierro de su padre y en Cinthia, preguntándole a mami por qué a Bertha se la habían llevado por la puerta de servicio, «la puerta falsa» la llamaban. ¿Cinthia cómo pensó en el entierro de Bertha, la caja, el peine, la escobilla?... Cinthia también había muerto... Lloró entonces, y vinieron a llevárselo, pero en cualquier lugar, en el baño con Susan dándole pastillas, en su dormitorio acostado, seguía pensando en Cinthia: ella habría tenido alguna idea para Arminda...

Esa mañana preguntó muchas veces por dónde iban a sacar el ataúd. Se quedó tranquilo cuando Celso le repitió las instrucciones dadas por Juan Lucas. Tan tranquilo que se olvidaron de él hasta que la Decidida vino a pararse a su lado, porque lo empezaba a notar muy nervioso. Los negritos elegantes de la funeraria acababan de cargar el ataúd y se disponían a trasladarlo hacia la escalera de servicio. Julius aprovechó que todos habían bajado la cabeza para anticipárseles, bajó corriendo y cerró por detrás la puerta del pasadizo que llevaba hacia la puerta falsa. Salió por esa puerta al jardín y corrió para entrar nuevamente al palacio por la terraza del bar de verano. Juan Lucas lo vio pasar y se puso de pie, pensando que el traslado debía haber empezado. Avanzó lentamente hacia el interior del palacio porque Susan aún no había bajado y prefería esperarla. Mientras tanto, Julius había regresado al pasadizo y esperaba parado delante de la puerta. El ataúd estaba ya en los bajos y se acercaba. Entonces él trató de abrir la puerta, no pudo, y señaló el corredor, por el otro lado. «Por aquí también se puede», dijo, y los negritos elegantes de la funeraria obedecieron porque era lógico, a todos les pareció lógico que la puerta alguien la hubiera cerrado por distracción. Continuaron avanzando y Julius abriéndoles puertas y más puertas, hasta que aparecieron en el inmenso *hall* donde Juan Lucas esperaba que Susan terminara de bajar la escalera. Julius señaló la gran puerta, al fondo, más allá de todos los inmensos salones, era solo cuestión de seguir de frente. Juan Lucas se hizo a un lado muy tarde para protestar, para preguntar quién había alterado sus disposiciones: ya todos pasaban delante de él, de Susan, y Susan se unía al grupo. Julius se había quedado atrás, desde ahí alcanzaba a ver dos carrozas, una era un gran automóvil negro; desde ahí atrás alcanzaba a ver cómo el entierro de Arminda salía por la puerta principal del palacio.

Victoria Santa Paciencia trató de contarles lo mucho que le había costado ubicar la casa, no tenía costumbre de venir por esas nuevas urbanizaciones, tan bonitas, tan modernas. Trató también de decirles lo maravillosa que encontraba la casa, el buen gusto que reinaba, pero cada vez que abría la boca, Bobby la interrumpía diciéndole apúrese, de muy mala gana. En cambio Julius quería verla hablar más, le encantaba verla abrir y cerrar mil veces la boca sin que se le cayera ni uno de los alfileres que se iba metiendo entre los labios mientras descosía o señalaba. La tiza también se la ponía en una oreja y, por más que se agachaba hasta el suelo, nada de caérsele, una artista era Victoria. Además, hacía honor a su apodo, Santa Paciencia, porque Bobby la estaba tratando muy mal y ella no se inmutaba, seguía sonriente y con la boca llenecita de alfileres. Y no se le caían; ni siquiera ahora que estaba agachada, mirando el suelo casi, y preguntándole a Julius si le agradaba cambiar de colegio, ¿te gusta tu uniforme nuevo? «¡Apúrese, mierda!», gritó Bobby, y el suelo se regó de alfileres. Victoria se incorporó para dibujar la solapa en la tela del saco, tenía lágrimas en los ojos y estaba muy pálida. Bobby quiso pedirle perdón, pero Peggy tenía la culpa y repitió ¡apúrese, mierda! Trató de arreglarla inmediatamente: lo esperaban, llevaba ya mucho atraso, era una cita importante. Victoria le dijo ahorita termino contigo, Bobby, falta solo marcar los ojales, pero los nervios le impedían apurarse, además se confundía de oreja al buscar la tiza y al llevarse la mano a la boca porque necesitaba un alfiler, los alfileres habían desaparecido. «Listo, Bobby», se le escapó, contra sus principios, porque no le gustaba hacer las cosas al cálculo, pero ya después vería cómo hacer para los ojales.

Bobby salió disparado y no regresó hasta muy tarde en la noche. Llegó con una rabia alegre y forzada, contento y furioso. Había satisfecho su orgullo, sin embargo, la misma pena continuaba en el fondo. Y lo que hizo esa noche frente a sus padres lo repitió varias veces en casa, la semana siguiente: sin querer dejaba caer la billetera y con ella aparecía en el suelo la foto de una chica. «¿Nueva novia?», le preguntó Juan Lucas. También sus compañeros de clase le hicieron la misma pregunta: ¿Nueva hembrita? Carlos, por su parte, explicó sonriente, en la repostería: «Un clavo saca otro clavo». Pero todos notaron que se trataba de clavos muy diferentes: Maruja nada tenía que ver con la naricita respingada y las desinteresadas curvas con que Peggy había desfilado un día en el té-bingo-desfile de modas, que las señoras miembros del comité pro-barriadas-aún-no-clasificadas organizaron en los amplios salones del Hotel Crillón. Peggy presentó tres modelos de la Boutique Musée du Louvre (es de madame Mireille Monaco y de Papotita Castro y Castro). La peinó Pier Paolo Cajahuaringa. La despeinó también, porque terminado el desfile, ella le pidió que le soltara el pelo, que se lo escarmenara un poco y que se lo dejara así nomás, suelto y lacio como a ella le gustaba, porque mañana iba a jugar tenis o a montar a caballo, aún no lo sabía. Maruja también había desfilado pero eso había sido hacía ya un año, cuando quedó con las justas segunda en el concurso Todas las Playas de mi Perú, al cual llegó representando a la muchachada de Huaral. Se picó cuando coronaron a la otra, y hasta declaró que había perdido porque Miss Todas las Playas de mi Perú usó bikini dorado. Felizmente se controló, y cuando vino lo de las fotos y las declaraciones para el periódico dijo que la ganadora había ganado porque merecía ganar. Después se la llevaron a La Herradura y posó sentada en una roca, mirando al mar, y declarando que entre los músicos su preferido era Beethoven, y que aspiraba a ser modelo de la tele. Sí, también el cine nacional le interesaba pero para eso le faltaba mucho estudio de arte dramático. Mintió que aún no conocía el amor, pero aseguró que era de temperamento romántico y más bien apasionado. Pasaron las emociones del concurso y Maruja se fue a vivir con su madrina, no muy lejos de un canal de televisión. Pasaron también los meses y Maruja empezó a perder las esperanzas porque el canal estaba llenecito de chicas tan guapas como ella. Así hasta que un día su madrina la acusó de floja, de no trabajar, ¡tanto tiempo frecuentando esos lugares y hasta el momento ni un solo muchacho que valga la pena! La verdad es que solo había habido un argentino buenmozón pero que también trataba de ser modelo. Felizmente que no lloró Maruja; felizmente porque si Bobby la hubiera visto con los ojos hinchados, a lo mejor no hubiera pegado el frenazo que pegó ni hubiera dado siete vueltas a la manzana, desembocando siete veces en trompo en la misma esquina. Pero él le vio todo menos los ojos, ya se la estaba imaginando en alguna playa solitaria del sur, y cada vez que la veía desnuda apretaba el acelerador a fondo y picaba nuevamente rumbo a la esquina, y a otra vuelta a la manzana para aparecer en trompo y pasar nuevamente frente a ella, mirándola, no atreviéndose a mirarla, hasta que Maruja le hizo un adiosito, casi bajo la cartera, y le soltó su sonrisita, entonces pegó la frenada definitiva.

Le compró un bikini dorado y un reloj de oro y la escuchó mientras ella le hablaba tendida a su lado en una playa solitaria del sur. Trató de quererla porque era mayor que él y un lomazo y si la quería ya no iba a querer a Peggy y a lo mejor su herido orgullo se curaba para siempre. Hizo todo lo posible por quererla: la escuchaba, ponía atención cuando ella le contaba de su vida, escuela para señoritas número 27 del distrito de Huaura. Un día hasta se imaginó entrando a la casa de su madrina y tomando té los tres y él emocionado, eso podría ser el amor, porque es pobre pero honrada, pero después pensó en Juan Lucas pidiendo la mano de Maruja y de pronto se descubrió prestando verdadera atención a sus palabras, las que usaba cuando le hablaba al oído, Santiago ya se la hubiera tirado, ¡huachafa de mierda!, tíratela si no la puedes querer; pero, ¿y Peggy?; ¡cojudo!, ¿no te das cuenta del lomazo que te estás perdiendo?... Entonces se lanzó a romper el bikini dorado, aprovechando que ella le decía soy de temperamento más bien romántico y apasionado, cayó tapándole la boca con la suya, y cuando se apartó un poco para acomodarse mejor y respirar, el insulto se le vino con tal fuerza que no tuvo más remedio que insistir, lanzándose nuevamente para incrustarle la palabra maroca entre los labios.

En un par de semanas Maruja lo tenía agobiado, sin embargo, Bobby acababa de cumplir diecisiete años, y cada vez que dejaba caer la foto para que alguien supiera, ya no que tenía una nueva enamorada, sino que estaba saliendo con un hembrón, se descubría muerto de ganas de ir a verla. Una tarde que no la encontró (había olvidado que ella tenía cita en la televisión; él mismo le había falsificado una tarjeta de recomendación para el gerente del canal con la firma de Juan Lucas), Bobby no tuvo más remedio que seguir su loca carrera en la camioneta hasta desembarcar en un bulín de La Victoria. Tremenda desilusión: costó dinero y ni compararla con Maruja. Además, buscó la cara conocida de la vez pasada pero no la encontró, ese era otro asuntito que a veces lo hacía pensar: casi no se fijó en esa cara la primera vez, solo cuando la mujer se ocultó, él pensó ¿quién puede ser?, y ahora estaba pensando lo mismo, ¡pero a la mierda!, porque Maruja me dio cita a las diez y ya van a ser las diez. Voló hasta el interior en que vivía Maruja y anunció su llegada con tremenda frenada, seguida de inmediato por tres toques a la primera bocina, la «Marcha del río Kwai», y tres a la segunda, talín-talán, talín-talán, talín-talán. Maruja apareció rapidito y avanzó concursando riquísima hasta la camioneta. Subió sonriente, le habían prometido una prueba en el canal para dentro de un mes, solo una prueba, pero ya era algo. Bobby lo festejó haciendo sonar ambas bocinas al mismo tiempo y picó rumbo a la Pera del Amor, donde unos quince minutos más tarde convertía los asientos de la camioneta en impresionante cama de dos plazas, con su almohada y todo. Maruja se dejó besar, se dejó abrir un poco la blusa y, cuando él ya iba para más, dijo *stop* y se quitó.

Y se siguió quitando. Bobby enfureció, rabió, gritó, chilló, la llamó «maroca de mierda», y ella se siguió quitando todas las noches. Por fin un día le dio una explicación: nada hasta que terminara el colegio, nada tampoco después, hasta que consiguiera un trabajo en una de las haciendas de su papi, tampoco nada entonces, y nada más tarde cuando él viniera a su casa y pidiera su mano y fueran novios, nada hasta que se casaran como Dios manda. Bobby le gritó ¡maroca de mierda!, se largó furioso y empezó a ciriar a una del Villa María. A la semana siguiente regresó. Maruja lo recibió tierna y sonriente. Lo llenó de besos y se dejó llevar, sentadita a su lado acariciándole el cabello, hasta la Pera del Amor, donde Bobby armó la cama de dos plazas y se lanzó prometiéndole inminente boda, justito en el momento en que ella se quitó.

En el Markham lo botaron tres veces seguidas de la clase por mandar al diablo al profesor de castellano; hasta lo amenazaron con expulsión si seguía portándose tan mal. Pero él insistía en ser malo y un día hizo trompearse a Julius con uno más grande, y cuando vio que Julius llevaba la mejor parte, le dio un cocacho y lo mandó a la mierda. Todo le salía mal y Maruja se le seguía quitando noche tras noche. Lo único positivo era que ya no pensaba en Peggy. Además, ¿quién dijo que ya no pensaba en Peggy? Esa misma tarde desembocó por el Óvalo Gutiérrez, y cuando menos se lo esperaba, otra camioneta le tocó la «Marcha del río Kwai», y pasó Pipo Lastarria con Peggy sentadita a su lado y más bonita que antes. Picó, aceleró a fondo, pero un carro se le cruzó y los tortolitos se le perdieron en la siguiente curva... ¿Qué tal si se confesaba?, a lo mejor su suerte cambiaba, hablar con alguien, confesarme. ¡No!, ¡qué confesión ni nada!... ¡Claro!, esa sí era una buena idea: escribirle una carta a Santiago y contarle todo, pedirle un consejo. Picó y aceleró de nuevo, rumbo al palacio esta vez.

Años que no veía a su hermano, siglos que no recibía una carta de Santiago, ¿cómo era Santiago? No lo sabía más que por las breves cartas que, muy de vez en cuando, le enviaba a Juan Lucas, y por las fotos que enviaba cada vez que se compraba un auto nuevo. Pero él admiraba a Santiago, siempre lo había admirado, un gran tipo, el año en que estudió Agronomía en Lima fue un constante cambiar de enamoradas, nunca una chica lo dejó como a mí, a lo mejor se caga de risa si le cuento todo lo que siento, a lo mejor me manda al diablo y me dice anda a llorar a las faldas de mamá. Horas llevaba el pobre Bobby tratando de comunicarse con su hermano, ya se estaba hartando de seguir ahí sentado, mirando el papel aún en blanco y el lapicero sobre la mesa. Cada vez que lo cogía era para dejarlo nuevamente. Se había quedado en lo de «Querido Santiago». Cogió el lapicero y agregó dos puntos y otra vez no supo cómo demonios empezar... Santiago: si no te gusta mi carta no la leas, ¿pero entonces cómo se va a enterar de que no le gusta? Santiago: estoy hasta las patas. Peggy me ha puesto cuernos. Estoy saliendo con un hembrón pero es medio pelín y no la puedo querer. Sin embargo, algo raro pasa porque desde que no quiere tirar conmigo estoy enamorado hasta las patas de ella; casi tanto como de Peggy. Todo me sale mal. Ella se llama Maruja y quiere que me case con ella. No comprendo lo que me pasa. Si te gusta una mujer, te casas con ella (claro que todavía, porque me falta terminar el colegio y estudiar algo y ponerme a trabajar). A mí me gusta Maruja y me quisiera casar con ella, pero siento que cuando me case con ella ya no me voy a querer casar con ella... ¿Comprendes? Yo tampoco. ¿Cómo explicarlo? Espérate... creo que ya sé: yo me caso con Maruja (porque quiero casarme con ella) y el día de la boda viene Juan Lucas y se caga de risa y mami le dice darling a Maruja y el asunto no funciona. Juan Lucas se niega a tomar el pisco que le ofrecen en casa de Maruja (ese es otro problema, la casa, me imagino que la de Huaral será peor que la de la madrina). Yo me amargo, pero cuando me voy a amargar de a verdad, pruebo el pisco o lo que sea (chilcanito, a lo mejor), y ya no me puedo amargar con Juan Lucas. ¡Mierda! Ya sé: de repente me doy cuenta de que también se están burlando de mí, y me amargo de a verdad, y empiezo a romperle el alma a Juan Lucas, o a ti (si estás en mi boda, me imagino que vendrás cuando me case) y a todo el que se ha burlado... A ti, sobre todo; sí, a ti, tú te burlarías más que todos, ojalá que cuando regreses a Lima te enamores de otra Maruja y también te cierre las piernas y (a diferencia de mí) te cases con ella, huachafa de mierda, te juro que iré a tu boda y me burlaré de ti y me mataré de risa solo de mirar el vestido de novia de Maruja...

Bobby saltó al encontrarse nuevamente con el papel en blanco. «Querido Santiago:» seguía siendo lo único escrito. Cogió la pluma y ya iba a escribir, pero en ese instante le llegó la respuesta de su hermano por telepatía: «Lo de Peggy se llama cuernos, cuernos tan grandes como una catedral. El único remedio (infalible, eso sí): enamórate de su mejor amiga. Lo de Maruja, huevón de mierda, tiene su nombre y tú bien lo sabes: tremenda enchuchada». Bobby tomó nota, palabra por palabra, en el mismo papel en que decía «Querido Santiago:». Leyó y releyó. Tal vez el respeto por la cosa escrita, o ver la evidencia, lo convenció de que el papel tenía razón.

Acto seguido cogió otro papel y escribió «Mi querido Santiago:», porque de todas maneras le quedaban ganas de comunicarse con él. Esta vez le fue mucho más fácil escribir, en realidad había poco que contar, ya él sabría todo lo de Peggy, mala pata, de todas maneras ya me estaba hartando la flaca, además es mucho mejor que haya ocurrido así; es mucho mejor, porque si hubiera sido yo el que la dejaba, sus amigas se hubieran solidarizado con ella. «En cambio hay algunas que se han amargado con ella y que no tragan al primo. Por si no estás enterado, le rompí el alma en pleno casino de Ancón. Entre las amigas amargas hay una que me gusta mucho desde hace tiempo. Pero he preferido castigarla un poco y tomarme unas vacaciones. Por supuesto que acompañado. Dime, ¿qué piensas del hembrón que me estoy tirando?». Maruja se le quitó de pronto, y Bobby prefirió terminar cuanto antes su carta, metió rápido la foto de la maroca en el sobre porque no quería ni verla.

A los pocos días llegó un paquete recomendado de los Estados Unidos. Venía dirigido a Bobby y con un letrerito a un costado que decía «Personal e intransferible». Bobby se prendió del paquete y corrió escaleras arriba hacia su dormitorio. Allí lo abrió con verdadera emoción y desparramó el contenido sobre su cama. ¡Tremenda respuesta! ¡Un trome Santiago! La notita decía que no se lo enseñara ni a Juan Lucas ni a mami. ¡A quién se le ocurre! Corrió a cerrar la puerta con pestillo y regresó para entregarse a la contemplación detenida y minuciosa de cada una de las fotos. Había para rato. ¡Qué tal trome! ¡Mira esta! ¡Y esta! Y es que todas valían la pena, porque resumían muy bien ese aspecto de la vida de su hermano que a él tanto le interesaba. Había fotos con carros de colores increíbles, con mujeres de senos increíbles, Marujas gringas a granel, pampas y pachamancas. Santiago y Lester Lang IV cargando striptiseras desnudas por un corredor. Bailando con ellas en el *cabaret* en que se calateaban. Saliendo con chicas preciosas de un edificio de la universidad. Besándose con una Peggy. Con otra. Con otra. Con la hermana parecidísima de otra Peggy... ¡Si Peggy tuviera hermana!... Indudablemente Santiago tenía razón. Bobby escondió las fotos en su escritorio y, lleno de optimismo, corrió a buscar el número de la amiga de Peggy en la lista de teléfonos. Lo anotó en su libretita de direcciones y bajó corriendo para ir en busca de Maruja y mandarla a la mierda, claro que iba a ser difícil porque le provocaba... Titubeó Bobby, pero en ese instante creyó identificar a la mujer de cara conocida que había visto la vez pasada en el burdel. «¡Ajá!», gritó, y salió disparado rumbo a la camioneta.

Susana Lastarria vivía consternada desde que se enteró de que Pipo le había quitado la niña a su primo Bobby. ¡Por nada de este mundo podía ella tolerar semejante cosa! Llamó a Pipo y empezó a darle de gritos, pero en ese instante apareció Juan Lastarria y la hizo callar gritando más fuerte. Susana, horrible, alegó: dijo que entre primos no era posible que sucediera una cosa así, qué iba a pensar la gente, dirán que somos una familia desunida. Juan optó por dejarla hablar, pero le dio permiso a Pipo para retirarse. Lastarria había comprendido, desde tiempo atrás, que a su mujer no la callaba nadie por más de un minuto, y que la solución consistía en dejarla decir todo lo que quisiera y en dejarla sola no bien empezara a decir tonterías. Era la solución al problema. Ella seguía hablando y ellos no la escuchaban y, finalmente, cuando se daba cuenta de que la habían dejado sola, corría al teléfono a llamar a su hermana Chela, que también se había quedado sola. No bien una llamaba, la otra contestaba.

Y fue en una de esas llamaditas que Chela le aconsejó enviarle una carta a Susan, si es que no se atrevía a llamarla por teléfono. La sugerencia de su hermana le pareció una excelente idea, solo faltaba consultarlo con su confesor. Corrió, pues, a contarle al padre Pablo. Este, como siempre, la escuchó con santa paciencia y con una sonrisa en los labios. El padre Pablo la tranquilizó mucho diciéndole que todo eso era cosa de muchachos y que lo más probable era que su prima Susan lo hubiera tomado así. La cartita podía enviarla, si lo deseaba, pero él, personalmente, creía que más fácil era llamar por teléfono. Susana, horrible, insistió diciendo que una carta le parecía más serio y formal en estos casos. El padre Pablo ya no quiso contradecirla: en efecto, una carta podía ser mejor. De hecho, lo era, la señora Lastarria tendría algo que hacer, seguro que le tomaría horas escribirle a su prima. Sí, era mejor una carta.

A la mañana siguiente, Susana Lastarria empezó a escribir la carta. Le tomó el día entero, y cuando la tuvo lista llegó Juan. Le pidió que firmara, encima de su nombre, pero Juan acababa de tomarse una copa con Juan Lucas en el Golf, y los dos se habían estado riendo nuevamente de lo de la trompeadera en el casino de Ancón y de las borracheras de Bobby desde que perdió a Peggy. Además, Peggy era una niña de mucho mundo porque sus padres habían sido embajadores en otros países antes de venir al Perú, y cambiar un chico por otro le parecía normal a su edad. Precisamente esa tarde se les había acercado y a Juan Lucas lo había saludado con el mismo cariño de siempre, encantadora la chiquilla. Lastarria no cabía en sí de la felicidad que todo el asunto le daba, más ahora que Juan Lucas lo comentaba riéndose a carcajadas y luego invitándolo a conocer a sus «futuros consuegros», jajaja, que estaban tomando una copa en la terraza del club. Los señores embajadores dejaron a Juan Lastarria encantado, por supuesto que el asunto de Peggy y Pipo no se tocó para nada, nimiedades, cosas de la edad, se necesitaba ser bien ridículo para andar pensando ya en noviazgos y matrimonios, motivo por el cual Lastarria dejó de pensar en noviazgos y matrimonios mientras se despedía de los señores embajadores de Canadá. Regresó feliz a su casa. Durante todo el camino vino pensando en lo macanuda que era la vida con unos hijos como los suyos, así le gustaba la vida, siempre los hijos superando a sus padres, él ya empezaba a ver los frutos de tantos esfuerzos y sacrificios, esfuerzos y sacrificios cuyo símbolo viviente tenía ahora de pie, a su lado, en su escritorio, rogándole que firmara la carta.

—¿Ya fuiste a confesarte? —le preguntó, tratando de evitar la inevitable insistencia de Susana.

—No. Hoy me ha faltado tiempo. Víctor tiene días fatales. Voy a tener que deshacerme de ese mayordomo. Hay días en que todo lo hace mal...

—Bueno, pero todavía tienes tiempo de irte a confesar...

—¡Ay, Juan! Cuántas veces tengo que decirte que el padre Pablo solo confiesa hasta las seis de la tarde.

—Bueno, bueno, mañana te confiesas...

—Tienes que firmar aquí...

—Mira, Susana, eso está requeteconversado, sabido y olvidado. Precisamente esta tarde nos hemos estado riendo del asunto con Juan Lucas. Incidentalmente, acabo de conocer a tus... a mis futuros consuegros... Esto dicho en broma, por supuesto, son cosas de muchachos.

—¿Y qué te han parecido los embajadores?

«¿Y qué les vas a parecer tú a ellos?», pensó Lastarria. La idea le dio fuerzas para coger la mano en que Susana tenía la carta, apartándola ligeramente de su camino, mientras se ponía de pie.

—Tengo que marcharme —le dijo, apartándole un poco más la mano, dándole ahora su topetoncito también al cuerpo.

—Tienes que firmar.

—¡No tengo que firmar! ¡Y sabes por qué! Porque ese es un asunto de muchachos y que debe quedar entre muchachos, y porque en todo caso sucedió en febrero o en marzo y ya estamos en septiembre. ¿Necesitas más información?

«...A Juan le hubiera encantado firmar. Te ruego que lo disculpes; acaba de llamarme para avisar que tiene mucho trabajo y que no vendrá hasta muy tarde. No puedo esperar porque el chofer tiene que irse y quiero mandártela esta misma noche. Perdóname por haberme demorado tanto, pero es que se trataba de un asunto tan penoso...».

—Increíble —dijo Susan, interrumpiendo la lectura de la carta.

—Está completamente histérica —añadió Juan Lucas.

—Celso, ¿ya se fue el chofer de mi prima Susana?

—¿No me digas que le vas a contestar?

—No, darling... pero por lo menos decirle que he leído su carta y que por favor lo olvide todo; así me evito llamarla por teléfono.

—¡Nada, mujer! ¡Qué la vas a llamar! ¡Está completamente loca!

—*Poor thing!* Juan no le hace el menor caso.

—Y si Juan le hiciera el menor caso, nadie le haría el menor caso a Juan —soltó Juan Lucas, imitando la compasión de Susan.

—Está bien, Celso; dígale al chofer que puede irse.

—Bien, señora.

—¡Pero si eso ocurrió hace siglos!...

—Llámala y dile que Bobby es novio de la íntima amiga de Peggy.

—A propósito de Bobby, darling, estoy encantada de que sea enamorado de esa chica... nunca me acuerdo de su nombre... Todo está muy bien, darling, pero últimamente bebe mucho y cada día viene más tarde...

—Cosa tuya, mujer; a mí no me metas en esos enredos. Además, es natural a su edad...

—Pero es que está muy excitado y muy violento. Por otra parte, cada mes trae peores notas. Es su último año de colegio y sería una lástima que lo perdiera.

—Bueno, ¿y qué se hace en estos casos? ¿Quieres mandarlo a los Estados Unidos?

—Me parece que no es el momento, darling...

—Yo lo único que puedo hacer es cortarle la propina.

A mala hora le cortaron la propina. Bobby empezó a robarle la cartera a Susan todas las tardes, hasta que ella comprendió por qué nunca encontraba un céntimo en su bolso y decidió esconder el dinero en la caja fuerte del palacio. Pero Bobby no se dio por vencido y anduvo varios días tratando de descubrir la fórmula para abrir la caja. Imposible, no daba con ella, mezclaba y mezclaba números pero no daba con la combinación. Y para esa noche necesitaba dinero más que para cualquier otra noche. Primero tenía que llevar a Rosemary al cine, y luego correr al burdel porque, según la matrona, la tal Sonia regresaba hoy. La matrona le había dicho, días atrás, cuando él llegó preguntando por la de la cara conocida, que en efecto esa muchacha trabajaba ahí, pero que estaba de vacaciones en el sur y que a su regreso se la tendría listita. Mientras tanto podría entretenerse con las otras chicas, las había mejores. Lo de mejores le pareció un poco exagerado a Bobby, pero tampoco era falso que de vez en cuando se veía una buena puta donde Nanette. Claro que resultaba un poco caro el asunto, pero ninguna solución mejor que la de seguirse gastando el dinero allí mientras olvidaba a Maruja. Costara lo que costara tenía que olvidarla, y la verdad es que lo venía logrando, hasta que el dinero se le agotó... ¡Y justo hoy que llega la tal Sonia!, ¡justo ahora mamá se ha puesto fuerte!, ¡todo lo esconde en esta caja de mierda! Le metió su puñetazo a la caja fuerte, por supuesto que así tampoco la abrió, pero el resultado fue de todos modos positivo porque otra caja acababa de abrírsele en la imaginación: Bobby salió disparado rumbo a la sección servidumbre y al dormitorio de Celso.

Una hora más tarde, Celso apareció en el bar de verano donde, aprovechando los primeros rayos de sol de la primavera, Juan Lucas, Susan y Luis Martín Romero conversaban de toros y maldecían al empresario porque este año tampoco iba a traer al Briceño, que seguía haciendo delirar al público español y que, según dicen, cada día está más torero y más clásico. «Voy a tener que meter manos en el asunto», amenazaba Juan Lucas, cuando la voz de Celso lo interrumpió.

—Me han robado la caja del Club Amigos de Huarocondo conteniendo la suma de mil quinientos soles de oro.

—¿Qué? —preguntó Susan, sorprendida.

—La caja del Club Amigos de Huarocondo que, en su calidad de tesorero, me corresponde guardar.

Susan recordó de qué caja se trataba, Julius a menudo había hablado de ella, una caja de galletas Field llenecita de billetes sucios.

—Hay que hacer algo, Celso.

—Hay que encontrarla; a lo mejor con ese dinero sobornamos al empresario para que traiga al Briceño —intervino jocoso el gordo Romero, y Celso lo mandó a la puta de su madre con los ojos llenos de lágrimas, comer, beber y reírse no más sabe el gordo libidinoso...

—Existen sospechas —se atrevió Celso, dando un paso adelante.

—A ver, hijo, ¿qué pasa? —preguntó Juan Lucas, recordando que Celso llevaba por lo menos quince años al servicio de la familia.

—Existen sospechas —repitió Celso, obligando al gordo Romero a tomarse un trago.

—Tienen que ser los obreros; son los únicos que andan por ahí cerca.

—¿Qué obreros? —preguntó Susan.

—Los que están instalando el ascensor, mujer...

—Ah, verdad...

—Mira, muchacho, ándate a la comisaría del barrio y tráete un policía.

—Existen sospechas —insistió Celso, dando otro paso adelante.

—Por eso mismo; viene un policía y lo arregla todo. Dile al comisario que es en mi casa...

—Dile que se trata de un asunto de menor cuantía —intervino el gordo Romero, copa en mano y carcajeándose. Juan Lucas festejó la salida del crítico taurino, Susan también, pero a Celso no le hizo la menor gracia y casi da otro paso adelante... Sabe Dios por qué dio tres pasos atrás y se marchó.

Anunció el robo en la repostería y la Decidida, llenándose de redonda honradez, dijo que estaba dispuesta a pasar por la pantalla. Nadie la entendió, pero Carlos añadió que con qué derecho se acusaba a los obreros cuando todos sabían quién era el ladroncito.

—Tiene razón, don Carlos —intervino Abraham, pero Abraham siempre decía que Carlos tenía razón y cada día estaba más maricón.

—Anda y diles a los señores que ha sido Bobby —dijo Carlos—. ¿Acaso no le ha estado robando también a su mamá?

—Don Carlos tiene toda la razón...

La Decidida aceptó los argumentos de Carlos y hasta se convenció de que Bobby era el ladroncito, pero prefería llegar a ese mismo resultado por vías mucho más democráticas. Decía que para nada se necesitaba a un policía, que ellos eran capaces de llevar a cabo la investigación sin la intervención de terceras personas ajenas al fraude. Lo primero que había que hacer era llamar a todos los obreros, al maestro también, que estaban instalando el ascensor y que cada uno fuera probando su falta de culpa y, una vez establecida esta, todos juntos fueran donde los señores a decir que solo quedaba un culpable y ese era su propio hijo de los señores.

—¡Yo no cocino con tanto obrero metido aquí!

—Un egoísta es usted —acusó la Decidida.

—¿Y usted qué será?

—Bueno, bueno —intervino Carlos—, todo se puede hacer, pero creo que lo mejor y más rápido es que Celso vaya donde los señores y les diga de frente que fue el niño Bobby.

—Yo lo acompaño si quiere —dijo la Decidida.

—No. Solo voy.

Celso regresó hasta el bar de verano, donde Juan Lucas, Susan y Luis Martín seguían conversando de toros y toreros.

—Existen sospechas —dijo Celso, dando tres pasos adelante.

—Celso, ha sido el niño Bobby, ¿no es cierto? —preguntó Susan.

—Sí, señora.

—Aquí tiene —intervino Juan Lucas, extendiéndole un cheque—. ¿Está bien así, a su nombre, o quiere que le haga otro a nombre del club ese?

Mientras tanto, en el cine, Bobby sonreía con las incidencias de la película y, de rato en rato, volteaba a contemplar el perfil de Rosemary. Ahora lo único que le faltaba era ir donde Nanette y encontrar a la tal Sonia, tenía que ser ella a pesar de que usaba otro nombre, Sonia tenía que ser su nombre de combate. Le apretó la mano a Rosemary, y ella volteó a mirarlo sonriente: «Bobby, le dijo al oído, estoy muy contenta de ser tu enamorada». «Yo también», le dijo él, acercándose más para besarle la frente. Sí, le gustaba tanto o más que Peggy y todo había salido a pedir de boca, porque ella había sido la mejor amiga de Peggy y ahora era la peor enemiga. Pero nada le había gustado tanto como enterarse de que Pipo Lastarria la había ciriado antes que a Peggy, se le había declarado y todo, pero ella le había dicho que no. Seguro que Pipo cirió a Peggy por despecho; en el fondo soy yo el que le ha quitado a Rosemary. Claro que entonces recordó que también Pipo le había quitado a Peggy, pero Rosemary estaba a su lado y él la besó de nuevo y esta noche me voy donde Nanette. Con lo de esta tarde tenía dinero suficiente para varias veces con Sonia. Luego empezaría a portarse bien y otra vez le darían su propina y para fin de año todo habría vuelto a la normalidad.

Pero donde Nanette le dijeron que la tal Sonia aún no había regresado y que ya seguro no volvía hasta el verano, parecía que alguien la había retenido en el sur. Bobby maldijo un rato pero las malas compañías con que andaba lo convencieron de que Sonia no era lo mejor del burdel y que con todo ese dinero podía pasarse varias noches cojonudas. Sin embargo, esa misma noche, al regresar al palacio, decidió que sus notas lo ponían en peligro de perder el año y que iba a retirarse un poco de *chez* Nanette, porque ya solo faltaban octubre y noviembre para los exámenes finales. «Volveré en verano, cuando regrese Sonia».

Al día siguiente confesó haber sido él quien se había robado el dinero de la caja. Juan Lucas le dijo que eso ya todos lo sabían y que más bien se trataba de reponer el dinero ahora mismo. Bobby alegó que lo había gastado en pagar una deuda, ¿qué querían que hiciera si lo tenían sin propina?, ¿de qué iba a vivir? Juan Lucas le dijo que la próxima propina se la daría cuando aprobara los exámenes finales y él respondió qué me importa, pensando que le quedaban más de mil soles para los meses siguientes y que casi no los iba a necesitar porque iba a encerrarse a estudiar. Juan Lucas no quiso quedarse con esa respuesta y tuvo la brillante idea de decirle que mejor no le daba propina hasta que no aprobara su examen de ingreso a donde diablos y demonios fuera a ingresar. Eso ya no le gustó tanto a Bobby, mucho menos cuando pensó que en verano Sonia volvía a trabajar donde Nanette. Pero él tampoco toleraba que Juan Lucas lo dejara mal parado, y ya empezaba a sonreírse, como quien dice siempre queda algún recurso, cuando, ¡paff!, se le vino la idea a la cabeza, qué bruto, cómo no lo pensé antes: la alcancía de Julius, años que la tenía y todo el mundo metía en ella monedas y billetes, ¡qué bruto!... ¡pero si la tiene desde que nació!... Las mil y una noches con Sonia, pagadas por Julius... Bobby soltó la risa y Juan Lucas casi lo llama «cornudo», pero mejor no meterse con los hijos de Susan... Donde sí tenía que meter la mano era en la empresa taurina.

—Y por eso no puede ir a toros —le explicaba Juan Lastarria al arquitecto de moda, mirando avergonzadísimo a Susana, íntegramente vestida con el hábito del Señor de los Milagros. Habían estado los dos bebiendo en el bar del castillo, cuando de pronto se apareció Susana, íntegramente vestida con el hábito del Señor de los Milagros, y él no tuvo más remedio que presentársela.

—¿Te vas a confesar?

—Vengo de confesarme.

—Bien. Mándanos a Víctor con más hielo.

—Ya está haciendo su calorcito —dijo el arquitecto, sonriendo, mientras Susana desaparecía.

—¡Ah!, pero eso alegra la fiesta —exclamó Lastarria, empinándose ligeramente por detrás del mostrador.

—¿Usted también es aficionado?

—Como Juan Lucas, vamos; en realidad es él quien me ha enseñado a apreciar la feria de octubre, su colorido, su fiesta, su... su...

El arquitecto casi le pregunta ¿y si hay feria en marzo, es usted también aficionado a toros?

—Juan Lucas entiende mucho —dijo, en cambio.

—A su lado se aprende mucho...

—Indudablemente.

Juan Lastarria sintió que ya no tardaba en arrojarle el whisky en la cara al arquitecto.

—Usted no es aficionado a toros, ¿no, arquitecto? —preguntó, en cambio.

—He ido un par de veces, pero no me atrae.

—¿Y qué deporte practica?

—Tabla.

Juan Lastarria se descubrió sacando pechito: «Ya no necesito eso, pensó, la costumbre». Felizmente por ahí venía Víctor con el hielo y aprovechó la empinada para recibir el baldecito de plata.

—La señora manda decir que no beba usted tanto, señor; después, dice la señora, se pasa usted la noche dando saltos en la cama.

—Dígale a la señora... ¡Salud, arquitecto! Parece que Juan Lucas está furioso porque no viene el Briceño este año tampoco.

—Ya por ahí he oído decir que piensa meter mano en la empresa. Pues a ver si cuando venga el Briceño me decido a probar una vez más. A lo mejor si es tan grande como dice Juan Lucas, hasta me vuelvo aficionado...

—Lo dificulto. Eso es algo que está en la sangre: o le gusta a usted la primera vez que va o no le gusta nunca... Eso es algo que está en la sangre... ¿Más whisky, arquitecto?

—Gracias. ¿Ha visto usted torear al Briceño?

—Sí. ¿Hielo?

—Gracias. ¿En Madrid?

—En Lima... en cine, solamente.

—Ajá...

—En casa de Juan Lucas, en rueda de amigos, los rollos que Juan Lucas tomó durante su última estadía en Madrid. Excelente calidad de película. Comentada por Luis Martín Romero, ¿lo conoce?

—¿El crítico taurino?

—Hay que conocerlo; insuperable cuando está de humor. ¡Pipo, ven!... Uno de mis diablos.

—¿Qué hubo, papá?

—Saluda al arquitecto; él dibujó la casa de tu tío Juan Lucas y ahora está dibujando, diseñando, la nuestra.

—¿Este es el mayor?

—El donjuán de la familia. ¿Vas a salir, muchacho?

—Si convences a mamá...

—Toma dinero.

—Chau, papá.

—Novio de Peggy... Bueno, usted no la conoce, hija de los embajadores de Canadá... Muchacho serio y estudioso. ¿Tiene usted hijos, arquitecto?

—Ya tengo uno.

—Parece mentira cómo pasa la vida; cualquiera diría que fue ayer que estaba usted bailando con Susan en la fiesta aquella...

—Tiene usted un hermoso bar, Juan.

—Estaba usted soltero, recién egresado...

—¡Juan! ¡Juan! ¡Pipo ha vuelto a salir de noche! Mañana tiene que levantarse temprano para el colegio. ¿Quién le ha dado...?

—Yo le he dado permiso.

—Acérquese, señora, por favor. ¿No nos hace usted el honor de una copa?

—Yo no bebo, jovencito... Pipo...

—Solo su compañía, entonces, señora. Hemos estado conversando y discutiendo con su marido sobre los planos de la casa nueva; me imagino que estará usted también interesada en saber cómo va a ser su casa.

—Ya lo creo, arquitecto, ¿pero qué puede hacer una si no es encomendarse a Dios?, ¿de dónde voy a sacar yo fuerzas para limpiar una casa más grande que esta todavía?... Con lo difícil que está la servidumbre. Usted tal vez podría convencer a mi esposo para que sea una casa más pequeña. ¡Cuánto he luchado yo! Pero él es como un niño y sueña con tener una casa más grande que la de mi primo político Juan Lucas.

—Precisamente de eso hemos estado hablando, señora; imposible que la casa sea más grande; puede tener más habitaciones, si usted quiere, pero la perspectiva la hará aparecer siempre más pequeña. ¿No ve usted que la casa de Juan Lucas ha sido construida aprovechando toda la extensión del campo de polo? Es eso lo que la hace parecer inmensa, mucho más grande de lo que en realidad es. No se preocupe, señora, su casa será más pequeña. Creo que esta tarde he logrado ya convencer a su esposo de ese «detalle».

—No sabe cuánto se lo agradezco, arquitecto... Juan, Pipo tiene que ir al colegio mañana, ¿no has pensado en eso?

—Bueno, Juan, quedo a sus órdenes; usted dirá cuándo empezamos la obra. Tengo que volar.

—Sí, sí, arquitecto. Lo acompaño hasta la puerta. Yo también tengo que salir esta noche.

—¡Juan! ¿Con lo resfriado que estás?

—Vamos, arquitecto...

—Adiós, señora. Buenas noches.

—Parece mentira cómo pasa la vida; cualquiera diría que fue ayer que Juan Lucas lo acompañó a usted un poco copeadito...

Un estornudo interrumpió la frasecita incisiva con que Lastarria quería terminar con el arquitecto. Mejor no seguir, mejor apresurarse en llevarlo hasta la puerta, no vaya a ser que Susana se arranque con una horrible perorata sobre la gripe y lo peligroso que será salir esta noche. Lastarria le dio su empujoncito al arquitecto de moda cuando escuchó por allá atrás algo de ya no eres un joven...

—Buenas noches, Juan —dijo el arquitecto, tal vez burlón.

Se dieron sonriente apretón de manos. En el fondo, los dos estaban satisfechos: Juan Lastarria iba a hacerse una casa con el arquitecto de moda y el arquitecto de moda iba a cobrar una fuerte suma por una casa mitad castillo, mitad funcional.

Lastarria se dirigió nuevamente al bar para decirle a Susana que no tenía gripe y que sí iba a salir, pero al llegar se encontró con que había desaparecido por algún oscuro corredor del castillo y decidió tomarse una copa como quien festeja el asunto. «Felizmente que no está», pensó, al sentir que una racha de estornudos se le venía incontenible, con las justas logró ahogarla en el pañuelo. Pero entonces se dio cuenta de que ese no era el pañuelo para la gripe sino para el club, cambió en un segundo al pañuelo ordinario, se sonó con ese, pero de golpe vio a Juan Lucas sonándose con el de las iniciales bordadas, el de hilo de seda más suave para los bordecitos sensibles de la nariz. Cambió nuevamente Lastarria, sacó el de hilo de seda, pero ahora ya no lo necesitaba. «Para la próxima, estaba pensando, nadie me ha visto», cuando en eso se le vino otra racha y la iba a ahogar en el fino, pero hizo trampa Lastarria: justito antes de estallar cambió al de la gripe y se sonó escondiéndose de sus pensamientos, ocultándose solito en un rincón del bar. Solito también se estaba descubriendo la mar de imbécil, cuando un estornudo inesperado trajo consigo una voz detestablemente inesperada: venía de la salita de al lado, donde Susana, probablemente horrible y a oscuras, lo había estado escuchando todo el tiempo y soltaba ahora su frasecita cargada de piedad y de doble sentido: «Dios te bendiga». Juan Lastarria arrojó el pañuelo de la gripe y decidió hacer pública a su querida esa misma noche.

Las notas de Bobby mejoraron notablemente a principios de noviembre, y Juan Lucas aceptó la sugerencia de Susan de llevarlo a las últimas corridas de la feria, que hubiera podido ser mucho más animada si el gilipollas del empresario hubiese traído al Briceño. Una tarde, hacia fines de mes, el gordo Luis Martín Romero llamó a Juan Lucas por teléfono para anunciarle que el Briceño iba a debutar en ruedos hispanoamericanos y que iba a torear dos domingos seguidos en la plaza de Quito. Juan Lucas le dijo que no colgara y, por otro teléfono, llamó a Susan para preguntarle si le provocaba pasarse un par de semanas en el Ecuador. «La corrida del siglo», añadió, porque la había despertado en plena siesta, y Susan nunca tomaba una decisión antes de la Coca-Cola helada que bebía en cuanto despertaba de su siesta. Susan pegó un bostezo enorme mientras decía que bueno, y colgó para comunicarse inmediatamente por el teléfono interno con la repostería y pedir su Coca-Cola helada. También Juan Lucas colgó al escuchar la respuesta afirmativa y porque estaba en pleno directorio, y cogió rápido el otro fono para decirle al gordo Romero que lo invitaba a ver torear al Briceño en Quito, esta noche arreglamos los detalles, Luis, sí, adiós... Perdón, señores, sigamos...

El viaje fue un desastre. Resulta que el Briceño no logró recuperarse de la cogida que había sufrido tres semanas antes, mientras lidiaba el tercero de la tarde en la plaza de Logroño. Pero lo peor fue que al gordo Romero le sentó pésimo la altura de Quito y en vez de cuidarse, comió y bebió como nunca. Al final se les puso a la muerte el gordo y tuvieron que apurar el regreso, cuando aún quedaban esperanzas de que el Briceño se repusiera y llegara para la segunda corrida que tenía programada.

Fue allá en Quito, y precisamente una noche en que el gordo se revolcaba de dolor en la recepción del hotel, que un botones les trajo una nota urgente que les enviaba Bobby. Susan la abrió espantada, pero al cabo de un instante empezó a sonreír, y ya hacia el final de la lectura le estaba dando tanta risa que tuvo que pedirle disculpas al gordo Romero, que seguía quejándose lastimosamente. Le pasó el papel a Juan Lucas y también él empezó a reírse mientras leía, terminando con tres jajaja sonoros que ocultaron por completo el dolor del gordo.

—¿Qué pasa? —les preguntó Romero, un poco amargo con tanta risa.

—Bobby nos pide permiso para hacer su fiesta de promoción en casa.

—No le veo la gracia, francamente.

—Léete el papelito...

—No, gracias... ¡Ay!...

—Toma, lee, gordo quejoso...

El gordo Romero se sintió insultado con lo de quejoso y pidió el papel para leerlo y no encontrarle ninguna gracia. En efecto, no tenía ninguna gracia. ¿Qué le ven estos de original a que su hijo les pida permiso para hacer una fiesta en su casa? ¿Y plata para una orquídea para su pareja? ¿Y esto? Ha copiado las notas de su libreta para que vean que en noviembre ha mejorado... ¿Dónde está la gracia?... Ya les iba a devolver el papelito, pero Susan insistió en que leyera lo último, lo de abajo, darling. El gordo leyó de mala gana y sonrió mientras les decía tal vez conociendo a la mujer tenga alguna gracia, ¡ay!, se quejó, pero a Juan Lucas no le gustaba la gente que sufría, ni aun tratándose de Luis Martín, y cogió el papel para leer en voz alta las palabras de la Decidida, dando testimonio de la verdad de esas notas: «Es copia fiel del original, que queda a la disposición de los señores en su colegio del niño Bobby, Markham se llama el colegio», y luego dos garabatos bajo los cuales había escrito «firma y rúbrica». Juan Lucas soltó tres jajaja sonoros y le dijo al gordo que parara ya de quejarse y que regresaban a Lima. «Hay que preparar esa fiesta», agregó burlón.

En Lima, ya mejorcito, Luis Martín Romero se enteró de que el Briceño se había quedado sin debutar en ruedos hispanoamericanos. En el fondo, lo alegraba el asunto; así Juan Lucas tendría tiempo de meter mano en la empresa y ser él quien trajera por primera vez al torerazo ese a plazas del Nuevo Mundo, le reservarían su lugar a Juan Lucas en la historia del toreo y todo.

Bobby había estado esperando ansiosamente una carta de respuesta. Grande fue su sorpresa cuando, al llegar una tarde del colegio, se encontró con Susan y Juan Lucas de regreso, antes de lo que esperaba. «¿Sí o no?», les preguntó sonriente al ver que lo recibían sonrientes. Susan le dio un beso y le dijo que si no les iba a preguntar qué tal les había ido. Les preguntó qué tal les había ido y ella le contó que había comprado un cuadro maravilloso de la escuela quiteña. Bobby confesó entonces que el electricista ya había venido a estudiar lo de la iluminación para la fiesta. Vio que Susan y Juan Lucas sonreían y aprovechó para hablarles de la orquídea, no le quedaba ni un cobre para comprar la orquídea, había que encargarla rápido, él ya estaba atrasado, en esta época todos los colegios tienen su prom... Pero Juan Lucas lo interrumpió diciéndole que en Lima a cualquier geranio le llaman orquídea y que ni hablar de encargar nada. Bobby sintió que Peggy lo había corneado, que Maruja se le había quitado y que Sonia todavía no había regresado; felizmente que Juan Lucas notó su reacción a tiempo: «Déjame terminar», le dijo, y empezó a contarles. Resulta que también entendía de orquídeas o que, en todo caso, tenía orquídeas y ellos no lo sabían. Tenía millones de orquídeas y andaban botadas, además, crecían silvestres, verdaderas, como Dios manda, no esas orquídeas raquíticas que te venden en Lima. Siempre había que escoger de lo bueno lo mejor y, para eso, las orquídeas de su plantación en Tingo María. Susan le rogó que fuera más lento, por favor, no entendía ni papa, pero ya Bobby había comprendido que Juan Lucas tenía una plantación en plena selva. Planta de experimentación, más bien, con sus lingüistas estudiando el dialecto de los chunchos y todo, hasta unos testigos de Jehová parece que habían llegado por ahí últimamente...

—¿Y quién se encarga de eso, darling? ¿Por qué no me habías contado?

—Ya iremos a verla algún día; estamos habilitando un pequeño aeropuerto para la avioneta. Ahí tengo un par de yugoeslavos... inmigrantes... Ellos le van a escoger a Bobby una orquídea como en tu vida has visto.

A las seis de la tarde, el jefe de los electricistas anunció que todo estaba listo para la prueba final y la Decidida, alborotada, corrió a encender las luces que iluminarían el gran baile de promoción. Apretó el botón, pero inmediatamente sonó chuc y salieron chispas de todos los enchufes del palacio, todo se volvió a apagar y quedó un olor a humo en el ambiente. El jefe de los electricistas sonrió anunciando que se trataba tan solo de una ligera falla técnica, pero en ese momento apareció Bobby gritándole que era una bestia y que por su culpa se iba a quedar sin fiesta. El hijo del jefe de los electricistas salió en defensa de su padre y ya lo estaba guapeando a Bobby, cuando felizmente intervino la Decidida disculpando al niño de la casa y explicando que estaba muy nervioso porque había tomado muchos calmantes. Bobby se largó gritando que quería luz en cinco minutos y que con el hijo del electricista donde quiera y cuando quiera. A las seis y media, más o menos, apareció el camión de la orquesta trayendo el piano y el órgano. Desde una ventana, en los altos, Julius vio que cargaban el piano hacia el interior del palacio y bajó corriendo a comprobar que era exacto al de madre Mary Agnes. No bien lo dejaron en el rincón que iba a ocupar la orquesta, en una terraza, se trajo un banquito y se sentó a tocar uno de los ejercicios que nunca había logrado tocar bien donde *Frau* Proserpina. Le estaba saliendo perfecto y hasta se atrevió a agregarle su poquito de sentimiento hacia el final, pero se quedó sin terminarlo porque de pronto apareció Bobby gritándole que cerrara el piano en el acto si no quería que le partiera la cara de una bofetada. Julius se apartó rápidamente, pero volteó no bien se sintió fuera del alcance de su hermano.

—Es un piano regularón nomás —dijo.

—¡Tú que sabes, mierda!

—Los buenos pianos no huelen a orines de gato, jejeje...

Con las mismas salió disparado, Bobby casi parte tras él, pero en el camino estaba plantado el hijo del jefe de los electricistas mascando chicle con sonidito y todo, y haciendo bailar una pierna al compás de su musiquita guerrera. Bobby decidió una vez más tirarse a Sonia con el dinero de la alcancía de Julius, dio media vuelta y entró por donde había salido, pensando con el hijo del electricista cuando quiera y donde quiera. «Con estos también», se dijo al cruzarse con tres que avanzaban cargando el órgano de la orquesta. En ese momento sonó el teléfono. Bobby corrió a contestar, podría ser uno de la clase que quiere algo.

—¿Quién habla? ¿Julius?

—No. Bobby.

—Hijito, llamaba a felicitarte por tu fiesta de promoción...

—Gracias.

—¿Ya tienes chaperones, me imagino?...

—De sobra.

—¿Tu mamá está?

—No hay nadie...

—Quisiera felicitarla porque todo debe estar muy lindo...

—No hay nadie.

—Ojalá todo salga tan lindo como en la promoción de...

—Sí.

—¿Y quiénes son los chaperones, hijito?

—No sé.

—¿Tu mami no está, no?

—¡No hay nadie!

Susan volteó al escuchar que Bobby tiraba el fono y soltaba un ¡vieja de mierda!, furioso. Sentada, leyendo una revista, había escuchado distraídamente la conversación de Bobby.

—¿Tía Susana, darling?

—¡Como aparezca por aquí la largo a patadas!

—Ya no creo que aparezca, darling...

En la cocina, perfectamente uniformados, Celso y Daniel tomaban su té mientras los mozos de «Murillo atiende matrimonios, banquetes y recepciones» iban dejando las últimas mesas listas allá afuera y empezaban a preparar los cócteles para dentro de un rato. Abraham sonreía escéptico frente a los azafates con los bocaditos que acompañarían a los aperitivos, y Carlos se burlaba diciéndole no trabajan mal los de la competencia, ¿eh?

—¿Los habrá probado usted, don Carlos?

—Solo me falta uno de estos —le respondió el chofer, cogiendo con toda concha uno del azafate más grande.

—A ver si después no alcanzan y hay líos...

Pero Carlos cogió otro y Abraham no tuvo más remedio que bajar la mirada ante tanta superioridad, «terrible es usted, don Carlos», le dijo.

Mientras tanto, en uno de los baños, Bobby acababa de cortarse afeitándose. Al ver la sangre recordó que la orquídea aún no había llegado. Arrojó la navaja, y corrió hacia los bajos para decirle a Juan Lucas que por su culpa se iba a quedar sin fiesta de promoción. En el camino se encontró con Susan que subía a cambiarse y le preguntó por Juan Lucas, por su culpa se iba a quedar sin fiesta de promoción. Susan le dijo que *daddy* estaba jugando billar en el salón verde con Luis Martín Romero y el nuevo director de la empresa taurina.

—¿Dónde está mi orquídea? —gritó Bobby, irrumpiendo en la sala de billar.

—En Tingo María —soltó el gordo Romero, clavando como una lanza el palo de billar en el suelo y abriendo enorme la boca mientras le llegaba la carcajada desde España, por el estómago.

—¡Ah, caracho! —exclamó Juan Lucas—. ¿No ha llegado todavía?

—¡Tú me dijiste que la avioneta llegaba por la mañana!

—A veces se demora, pues, hombre...

—¿Y si se ha caído?

—A ver, a ver —intervino Romero—: tráeme un teléfono, muchacho; voy a llamar al periódico, si hay algún accidente, ahí lo sabrán antes que en cualquier otra parte... ¡Me cago en sus muertos! ¡Solo faltaría eso!

—Espérate —intervino Juan Lucas—, mejor es llamar al aeropuerto...

Pero en ese instante apareció Julius diciendo tío Juan, te buscan dos señores con una cajita, y mientras los anunciaba, se oyó la voz de uno de ellos: «*La orriquídea don Joan*», completamente afónico. Pero ahí quedó el asunto porque en ese mismo instante volvió a sonar chuc, saltaron chispas de todos los enchufes del palacio y, como esta vez ya había oscurecido, todo quedó negro en el palacio.

—¡Estos electricistas! —maldijo Juan Lucas.

—¡A ver si me voy a cagar en sus muertos!... No veo mi whisky —se quejó el gordo.

Una hora más tarde, Bobby, en *smoking*, abandonaba el palacio en el Jaguar, rumbo a la casa de Rosemary, que todavía no estaba lista porque justo hoy se les había ocurrido peinarla pésimo en la peluquería. Al salir del palacio, Bobby había visto detenerse dos taxis, pero no esperó a ver quién bajaba de ellos. Era la orquesta. La orquesta y su director con su *crooner* también. La Ritmo y Juventud, su director, el maestro Benny Lobo, y su *crooner*, Andy Latino, que se cuidaba mucho la garganta, por eso se ponía siempre la chalina entre melodía y melodía. Eran once en total. Lobo, Latino y nueve profesores, nueve magos del ritmo. Lobo era blanco; a Latino, en todo caso, lo blanqueó el amor, la noche, el ron, el humo, las madrugadas y las luces de neón. Los profesores iban desde zambo clarón, buenmozón incluso, hasta negro retinto. Varios hubieran podido ser negritos elegantes de la funeraria, casi todos hubieran podido ser choferes y algunos, más graciosos, hasta ayudantes de barman en lugares oscuros para bailar. Pero eran artistas los nueve profesores, y no otra cosa demostraron al llegar al patio interior, donde los mozos engominados de «Murillo atiende...», un tanto atrasados debido al segundo apagón, ultimaban los preparativos. Eran artistas los nueve profesores, y Carlos, como una tortuga molesta, se guardó en su concha no bien vio aparecer a los nueve choferes con más éxito que él. Los nueve profesores no se fijaron en Carlos. Alegres como llegaron, ni se fijaron en él, probablemente porque los bocaditos anunciaban copas, y las copas música, y en la vida con ritmo a los negros tristes no se los nota. Abraham, en cambio, los recibió con un gemidito de felicidad. Se sentó en un banquito, entre los músicos y encendió inmediatamente un rubio para morir en el vicio, así, contemplando entre nubes tibias de humo, cómo los nueve morenos se iban quitando los sacos, dejando aparecer la seda de sus amplios blusones rojos llenos de bobos blancos y abiertos sin botones sobre sus pechos nocturnos, atados en un lazo sobre el ombligo y, más abajo, los pantalones blancos, bolsudos hasta las rodillas, ciñéndose hacia los tobillos, cargados para el prostíbulo en las braguetas abultadas. Celso y Daniel se debatían entre el silencio, el autógrafo y la risita serrano-ignorante. Optaron por el silencio, al ver que la Decidida pasaba seria, diciendo buenas noches, respetando la profesión de músico, y en cambio los nueve profesores le contestaban insolentes, batiendo uno de ellos sus maracas al vaivén del seno único-enorme, y respondiendo los otros al llamado del ritmo con un bailecito de sus hombros cumbancheros que se detuvo en quimba en el sacudón final de las maracas con que desapareció la Decidida. Andy Latino gargajeó entonándose y pidió unos traguitos tempraneros para calentar la máquina. Abraham se puso de pie y corrió a servirles a todos. Bebieron, todos menos el maestro Lobo, que era quien firmaba los contratos.

Julius se estaba peinando cuando sonaron los compases de una canción de moda. Soltó el peine y salió disparado hacia una ventana de su dormitorio, que daba precisamente sobre el rincón de la orquesta. Abrió, se asomó y descubrió que no había absolutamente nadie en la pista de baile, tampoco en las mesas distribuidas por todo el patio, solo la orquesta allá abajo, en su rincón, ya ni siquiera tocaban, conversaban sonrientes los músicos, jugando al mismo tiempo con sus instrumentos, o escuchando algunas instrucciones del maestro Lobo. Julius cerró la ventana y regresó al baño para seguirse peinando con mucho cuidado, porque la Decidida le había dicho que tenía que ponerse muy elegante. Bobby, en cambio, lo había amenazado con romperle la cara de cojudo que tenía si asomaba la nariz por la fiesta; «la fiesta no es para mocosos», había agregado, violento. Qué importaba; desde esa ventana de su dormitorio podía seguir todo el baile. Además, Bobby ni se iba a acordar de su amenaza cuando él apareciera más tarde por el patio. Julius terminó de peinarse y se puso su corbatita michi, pero verdad que Juan Lucas le había enseñado que las corbatas de lazo se las anuda uno mismo y que esas ya hechas, con su ganchito para sostenerlas al cuello, son horribles, nada de colgajos, las cosas o se usan bien o no se usan. Se quitó la corbatita michi y regresó a su dormitorio en busca de una corbata normal. Por ahí había una que le gustaba. Ahora seguro que tío Juan Lucas me dice que queda pésimo con este terno. Se miró en el espejo y le pareció que le quedaba de lo más bien, claro que sí; ahora seguro me dice ¿cuándo aprenderá usted a combinar, jovencito? Ya aprendí; ¿te gusta, mami? Susan, sonriente en la fotografía sobre la cómoda, le dijo que sí. Entonces Julius volteó a mirar la fotografía de Cinthia sonriente y conversadora sobre la mesa de noche, sí... Pero de pronto Cinthia decidió hablar de otra cosa y Julius le quitó rápido la mirada porque no quería entristecer pensando en esas cosas, no puedo, Cinthia... De golpe sonaron nuevamente los compases de una canción de moda, se lanzó a abrir la ventana, pero al asomarse se dio con que la música se diluía en unos acordes desafinados a los que un brusco trompetazo puso fin. Cerró la ventana y volteó a mirar la fotografía de Cinthia. Se quedó parado, mirándola. Por tercera vez los músicos empezaron con los compases de una canción de moda, pero seguro estaban solo practicando y Julius ya no corrió a la ventana. Seguía parado, escuchando a Cinthia, y los músicos abajo, practicando. No debería ponerse tan triste, tan nervioso cuando hay una fiesta... Debería bajar aunque no hubiese nadie todavía, entretenerse mirándolos, escuchándolos practicar... Varias veces habían vuelto a practicar... Cinthia. Julius se impuso salir. Bajó corriendo las escaleras y se dirigió apurado hacia el patio. Pensaba acercarse a conversar con los músicos mientras practicaban, pero al salir se encontró con el patio lleno de parejitas bailando y con los músicos de pie, meciéndose al compás, bailando casi, sudando de lo bien que tocaban.

—Julius, ¿dónde has estado?... ¡Ven! —le gritó la Decidida, llamándolo al escondite desde donde la servidumbre en pleno contemplaba la fiesta.

Estaban alborotadísimos en el escondite. Gozaban como si fuera de ellos la fiesta, se reían, hasta daban sus pasitos de baile, ¡mírenlo al niño Bobby!, festejaban. Y con razón. Con mucha razón porque Bobby se había traído una gringuita linda.

—Su niña del niño Bobby... —comentaba Universo, disculpándose ante Carlos porque acababa de pisarle el pie con su zapatote de fútbol con barro.

—Mejor era la canadiense —explicaba Carlos—: más llenita; a esta se le van a partir los rieles...

—¿Qué? —interrumpió Julius.

—Los rieles, las piernas.

—Jejeje, los rieles... Este Carlos a todo le cambia de nombre... —«Como Cano...». Eso ya no lo dijo, ni siquiera terminó de pensarlo porque no hay que ponerse triste en las fiestas, y por ponerse triste en las fiestas, otra vez lo de Cinthia...

—Jejeje, los rieles... Este Carlos a todo le cambia de nombre... —«Como Cano, Cinthia...»—. ¿Cuál te gusta más, Deci?

—Mirándolo bien, su pareja del niño Bobby luce más hermosa.

—¿Y a ti, Carlos?

—Todas están buenitas, pero a todas les echaría sus kilitos más... No está mal la niña Rosa María...

—Rosemary —corrigió Julius.

—¡Su niña del niño Bobby! —exclamó Celso.

—¡Su niña del niño Bobby! —exclamó Daniel.

—¡Siempre su niña del niño Bobby, *Rosmarí* que la llaman! —exclamó Universo.

Pero Carlos lo interrumpió diciéndole menos bulla, tú, porque la orquesta ha parado de tocar y ya se estaba oyendo afuera tanta algarabía. «Apaguen la luz», dijo la Decidida. No era una mala idea: así, a oscuras, pegados a esa ventana detrás de la orquesta, podrían gozar todo lo que quisieran sin que se notara en el patio.

Una hora más tarde, el maestro Lobo les tocaba música suavecita al órgano, mientras comían. «Anda para que comas con tus padres», le dijo la Decidida a Julius. Julius abandonó el escondite, y pasó no muy lejos de las mesas, rumbo al grupo que formaban Susan, Juan Lucas, Luis Martín Romero, los chaperones, que resultaron muy simpáticos, y los dos rubios grandazos que habían llegado horas antes con la orquídea para Bobby. «¡Darling!, exclamó Susan al verlo aparecer, ¿ya comiste?». Julius le dijo que no, y alguien por ahí debió escucharlo, porque inmediatamente apareció un mozo de «Murillo atiende...» trayéndole un vasito de Coca-Cola y el primer plato del menú.

Entre plato y plato, el maestro Lobo les tocaba melodías más suaves todavía. Entonces, los que querían mucho a su enamorada, y los que se le iban a declarar a su pareja esa noche, se ponían lentamente de pie, estiraban silenciosos el brazo llamando a las chicas, ellas sonreían, se ponían de pie, los seguían, los alcanzaban cogiéndose de sus manos y, sin alejarse mucho de la mesa, se juntaban, se pegaban, cerraban los ojos muy serios, y de rato en rato daban un pasito hacia un lado. Los malos bailarines, los sin ritmo y los tímidos también aprovechaban: bailaban pésimo y separadísimo. Hasta los cojudos de la clase y los que hubiera sido preferible que no vinieran aprovechaban, luego de traumatizantes esfuerzos, para pegarse su bailecito con las feas y las que hubieran preferido no venir. Desaprovechaban, eso sí, la entonación café-de-puerto-brumoso-en-país-tropical que Andy Latino lograba darles a sus canciones de amor.

Después del postre arrancó lo bueno. Ahí estaban los nueve profesores moviéndose como locos y el maestro Lobo dirigiendo mientras tocaba, agilísimo, el piano o el órgano.

Andy Latino ya no entonaba; perdido entre los profesores, los alentaba con gritos cubanos y, de rato en rato, se acercaba al micro para soltar un estribillo. Se fregaron los malos bailarines. Varias chicas empezaron a aburrirse porque los tímidos ni idea de cómo se bailaba todo eso. En cambio los tromes bailaban separado cuando querían y cuando querían se pegaban a la niña y la bailaban despacito, pegadito, pero siempre con ritmo. De todo hubo: merengue, *twist*, rock, chachachá, etcétera. Con los popurrís sí que se vino la locura: bailaban, saltaban, hacían trencitos y corrían tropezándose entre las mesas, valía la pena verlos gozar.

Claro que sí. Y la chica esa tan bonita, tan alegre, tan simpática. La del vestido azul llenecito de tules. La de la faldita respingona. La que se abrazaba los hombros desnudos como si tuviera frío pero era purita alegría. ¡Ya viene! ¡Ahí viene! Pasaba en la ronda frente a ellos y les hacía miles de adioses, feliz, chinita de felicidad; les hacía adiós a los chaperones: a Juan Lucas, a Susan, a los rubios grandazos, y a los fotógrafos que la correteaban porque nuevamente desaparecía bailando, saltando, cantando... Julius aprovechó la bulla para preguntarle a Susan quiénes eran los rubios grandazos. Eran los socios de Juan Lucas, Tingo María, Atilio y Esteban, yugoes... Pero ahí venía, otra vez pasaba la chica simpatiquísima, todos querían verle la cara, no podían, reía, saltaba, giraba, todo el pelo rubio se le venía a la cara, los tules la envolvían, los fotógrafos la cegaban, ya se iba, desaparecía gritando que viniera, a Julius lo llamaba, que se uniera a la ronda, al trencito, ¡ven chiquito!, se la llevaba la ronda hacia el fondo del patio, dónde andaría, búscala, Atilio y Esteban se mataban de risa, Julius se negaba, ¡no!, ¡no!, no quería ir, y otra vez venía la chica, por mirarlo, por invitarlo a bailar se iba a desprender de la ronda, iba a salir volando, cada vez pasaba más rápido, linda era y qué le importaba que le pisotearan los tules, los iba regando por el suelo, tules por todas partes, ella qué importa, seguía gozando, dando vueltas, cambiando lindo de ritmo cada vez que los profesores cambiaban de ritmo. Y ahora cambiaron a la raspa, *¡bailar!, ¡bailar!, ¡bailar!, ¡la raspa popular!*, todos miraban lo graciosa que era, las manitas en la cintura, un poronguito, un porfiadito, saltando como una loquita, ya ni sabía quién era su pareja, con todos se encontraba en su camino, con todos bailaba, se encontraba frente a los yugoeslavos, también los llamaba, ellos mandaban a Julius y Julius ahora sí quería ir, pero pasó Bobby corriendo, volando, cogido del brazo de Rosemary, todos giraban con la raspa, se enlazaban, se soltaban, cambiaban de pareja, con quien encontraban se enlazaban, y la chica tan graciosa había desaparecido, se la habían llevado del brazo, girando hacia el fondo del patio, y se acababa la raspa, Julius la buscaba como loco entre las parejas. Susan miraba a la orquesta, no quería que pararan, buscaba entre las parejas, allá por el fondo saltó, ya no estaba. Nuevamente el maestro Lobo cambiaba de ritmo, Susan le sonrió a la orquesta, «Barrilito de cerveza» ahora, «¡polca!», gritaron los yugoeslavos, las parejas corrían dando saltitos, de extremo a extremo del patio corrían, otra vez la chica tan graciosa apareció, loquita se había vuelto, «¡vengan!», les gritaba, a todos ahora, y otra vez se iba, saltando para atrás desaparecía, «¡polca!», gritaban Atilio y Esteban, «¡la bailan de cualquier manera!», comentaba feliz Juan Lucas, «¡la juventud!», exclamaba Luis Martín Romero, ¡polca!, ¡juventud!, ¡polca!, otra vez la chiquilla tan graciosa, «¡preciosa!», exclamó Juan Lucas, «¡desenvuelta!», gritó Romero, «¡infatigable!», añadió un chaperón, «¡ahí viene de nuevo!», anunció Atilio, ¡vengan!, ¡entren!, ¡no tengan miedo!, se les acercó casi hasta estrellarse, «¡señora, baile!», le gritó a Susan, muerta de risa, los ojos chinitos de felicidad, «sí, amor; sí, darling», le dijo Susan, sonriendo con los ojos bañados en lágrimas, «¡señora, baile!, ¡señora, baile!», gritaba mientras se la llevaban saltando, bailando, girando, linda, hacia el fondo del patio, donde Julius la seguía buscando...

—Luis Martín —dijo Juan Lucas—, ocúpate un momento de los invitados.

—¿Qué pasa con Susan?

—No sé; parece algo indispuesta...

Juan Lucas entró por la puerta por donde Susan había desaparecido. Ahí estaba, al fondo del primer salón, sonriente, guardando su pañuelo.

—No es nada, darling.

—Susan...

—Hay que ocuparse de los invitados.

Juan Lucas trató de besarla, pero ella no se dejó.

—Susan...

—Darling —le dijo, besándolo—, vamos al patio.

Ahora era Julius el que había desaparecido. Los invitados no se dieron cuenta de nada, felizmente. Atilio y Esteban, muy afónico este último, continuaban comentando las virtudes de la polca con los chaperones. La orquesta había parado de tocar y las parejas descansaban rendidas en sus sillas. Se veían manos cogidas por encima de las mesas, otras se adivinaban cogiditas bajo las mesas. Andy Latino y los nueve profesores bebían lentamente los vasos de cerveza que Abraham acababa de traerles, mientras el maestro Lobo se sentaba frente al órgano para tocarles de nuevo música suavecita, y los fotógrafos aprovechaban para tomarle su foto a cada pareja.

Pasó todavía largo rato antes de que la música se acabara del todo. Al principio Julius creyó que podría dormir. Ya no quería más fiesta, muy alegre primero y después siempre suceden cosas. Creyó que la música del órgano era el fin y que así, tan suave, lo ayudaría a dormir. Pero de pronto, allá abajo, el maestro Lobo empezó a meterle ritmo al asunto y poco a poco fueron entrando los demás instrumentos, la trompeta ahora; ¡a bailar merengue!, gritó Andy Latino, y Julius saltó de la cama. Pensó en vestirse de nuevo y bajar, pero no. Tampoco abrir la ventana y ponerse a buscarla. Miró la foto de Cinthia, no se acuerdan de ti, Cinthia, solo mami lo sabe, lo vi en su sonrisa esta noche, yo tenía cinco años la otra vez que la vi sonreír así, cuando no regresaste de Boston, Cinthia. Eran tus compañeras de colegio, de clase, mami lo notó, te vio; no, Cinthia, no te vio pero te recordó en su sonrisa; yo sí te vi, qué miedo, así son de tristes las fiestas, por eso seguro pasan siempre de noche. No se acuerdan de ti, Cinthia, esa chica me asustó, una vez mami me encontró hablándote, todos decían está en el cielo, una vez mami me encontró rezándote, *¡no!, ¡no!, ¡no!, ¡Julius!, ¡no, darling!, ¡no, mi amor!, ¡mi tesoro, no!,* me confesé, no te recé más y hasta hoy te he hablado, ¿acaso no estábamos conversando antes de la fiesta?, tú querías hablar, yo no quería, siempre te he hablado, por eso mami lloró y yo no, yo me asusté, mami tiene razón, *¡Julius, no!, ¡mi amor!, ¡no puedes!, ¡no debes!, ¡te va a hacer daño, mi amor!, ¡Cinthia está...! ¡Te va a hacer daño, mi amor!* Eso fue hace tiempo, Cinthia, te he seguido hablando, por las mañanas, por las noches, tu retrato, tú, por las noches, todo lo sabes cuando te miro al acostarme, por las mañanas, todo lo sabes cuando te miro al levantarme, Cinthia, mami tiene razón, por eso hoy tuve miedo, un día se acuerdan de ti y lloran, así es la gente, yo en cambio te contaba de Cano, de Bobby, de mami, y hoy me he asustado, tienes que perdonarme, Cinthia, es solo tu foto, tienes que perdonarme, Cinthia, te voy a poner sobre la cómoda, lejos de mi cama, desde chiquito pienso en mi cama, te voy a alejar de mi cama, sobre la cómoda, Cinthia, perdón, ¿ya ves?, hace horas que te estoy hablando, por eso esta noche me he asustado y a lo mejor hace daño asustarse así, después te tiemblan las manos y te duele el estómago siempre a las cuatro de la tarde, perdón, Cinthia, estás... La sonrisa de mami esta noche, perdóname, te vas a la cómoda, voy a cumplir once años, encima de la cómoda, un día yo voy a tener que ir a una fiesta y no quiero asustarme, ya te conté mi sueño, Cinthia, la otra noche, comprende por favor, era la fiesta de Bobby y yo tenía la edad de cuando estaba chiquito, antes de Boston, pero te había conversado hasta esa noche, esta noche, hasta tus quince años, y salí feliz a buscarte, corría a verte con tus compañeras pero no estabas, ¿dónde está?, les preguntaba, y no se acordaban de ti, Cinthia, ya eso te lo conté, no llores, ¿ya ves?, esto no sirve para nada, para hacerte sufrir y nada más, para asustarme yo, esto no sirve, yo con la edad de cuando era chiquito no te encuentro y Bobby me quiere botar porque molesto, de verdad molestaba, tú no viste el sueño, Cinthia, andaba de mesa en mesa preguntando, fastidiando, una eras tú de repente, pero otra también eras tú y otra eras tú seguro porque mami dijo un día a los quince años todas son iguales, hoy se equivocó mami, pobre mami, pero yo entonces seguro le creí y esa eras tú y la otra tú y tú la que creí que iba a ser Cinthia, mami, ¿por qué dijiste que todas eran iguales?; qué difícil era, qué difícil, se terminaba la fiesta y no te encontraba, Cinthia; sentía pesadez y todo empezaba a vaciarse, a irse, yo corría aún, sentía ya el cansancio, toda la noche buscándote, Cinthia; recién al fin, cuando me sonreíste, ya te lo conté, recién entonces fue fácil, por fin tu sonrisa me llevó tras de ella hasta una mesa, tu sonrisa, Cinthia, ya te lo conté, el sol de la mañana me despertó a tu lado, como siempre, mirándote, ya ves, todo lo sabes cuando te miro al despertarme...

—¡Julius!

Con el susto, Julius escuchó la voz de Susan, hasta pensó en una explicación, es la última vez, mami, pero al voltear se encontró con que era Bobby.

—¿Ya se acabó la fiesta?

—¿No has visto que ya no hay música?

—Sí, sí, verdad, qué bruto...

—Vengo a hacerte una propuesta.

—...

—Si me das la plata de tu alcancía, yo te digo a quién voy a tirarme esta noche.

Julius recordó que Juan Lucas había dicho a Bobby ni un centavo hasta que termine el verano, casi le entrega la alcancía, jejeje, ¿qué haría tío Juan Lucas?, pero eso de que su hermano viniera a pedirle todo su dinero a las cuatro de la mañana y apestando a licor no le dio muy buena espina.

—Recién empieza el verano —le dijo—, no tendrás para pagarme.

—¡Apúrate, imbécil! ¿Sí o no?

—¡No! —gritó Julius, abalanzándose sobre la maletita de hierro del Banco Internacional del Perú.

Bobby la cogió antes, ya se iba el muy bruto...

—Mami tiene la llave en la caja de fierro...

Bobby conocía muy bien las alcancías esas, más difíciles de abrir que las propias bóvedas del Banco Internacional, él tenía una también, vacía desgraciadamente, y ya no tardaban en cerrar el burdel.

—¡Mierda! —gritó, soltando la alcancía—. ¡Te quedas sin saber a quién me voy a tirar esta noche! —añadió, partiendo a la carrera, furioso, Sonia ya debería haber llegado adonde Nanette.

Pero Julius no sabía nada de eso. *Si tú me das la plata de tu alcancía, yo te digo a quién voy a tirarme esta noche*. Volteó a mirar a Cinthia, ¿qué va a hacer?, ¿qué quiere?, *a quién voy a tirarme esta noche...* Perdón, Cinthia, te vas a la cómoda, te pongo sobre la cómoda, mami tiene razón. Julius cogió el retrato de Cinthia y lo dejó encima de la cómoda, junto al de Susan. *¿Tirarme?*, ¿tirar?, tirar una piedra, perdón, Cinthia, tirar, ¿ya ves?, tengo que ponerte aquí, voy a apagar ya, Cinthia, me despido, mami tiene razón, ¿tirar?, ¿ya ves?, todo lo sabes cuando te miro al acostarme...

Fue radical Julius. Valiente. Se durmió con un nudo en la garganta, cuando ya amanecía, pero se durmió dándole la espalda a la cómoda. Poco después los rayos del Sol estuvieron a punto de despertarlo porque la Decidida, con el alboroto de la noche anterior, se había olvidado de subir a cerrar las cortinas como acostumbraba. Julius llegó a sentir un rayo de luz sobre los párpados cerrados, pero en ese instante Cinthia, sonriente, lo llamó desde una mesa al otro lado del patio. ¡Permiso, mami!, ¡permiso! Susan no lograba retenerlo y Julius, jadeante, atravesaba con dificultad entre las parejas que ahora, de golpe, abandonaron su dormitorio, dejando libre el espacio entre él y la mesa, entre su cama y la cómoda, todo lo sabes cuando te miro, al despertarme...

II

Y aquel fue, si mal no recuerdo, mi último llanto aún pueril, y ya se mezclaba en él un no sé qué de turbio y amargo.

Francesco Chiesa, *Tempo di marzo*

...escuchamos la voz de Maurice O'Sullivan diciendo que una gran parte de él murió también en esa noche: una íntegra y profunda parte de su vida: su niñez.

Dylan Thomas, *Twenty Years A-growing*

«Lo prometido es deuda», dijo Juan Lucas, enseñándole el telegrama a Susan. ¿Cómo?, ¿ya no se acordaba que les había prometido traerlo para esta Navidad? Susan leyó el telegrama sonriente: «Llego el 24. Tres de la tarde hora de Lima. Vuelo 204. Nueva York-Lima. Voy con Lester Lang». Bobby sintió una profunda alegría, Santiago llegaba dentro de unas horas.

Almorzaron a la carrera; después partieron todos en la camioneta. Juan Lucas prefirió que Carlos manejara, para que pudiera dejarlos en la puerta principal del edificio y luego buscar dónde estacionar. Felices llegaron al aeropuerto. «Ese es», dijo Bobby señalando un avión que descendía. Julius miró la hora en su reloj, ese tenía que ser. «¿Te acuerdas de tu hermano?», le preguntó Susan, cogiéndolo del brazo, mientras entraban al *hall* principal.

Sí, sí se acordaba. Todos se acordaban de Santiago. Carlos también; en un segundo había estacionado la camioneta y había corrido para ver aterrizar el avión del niño Santiago. Ahí estaba ahora, parado junto a ellos en la terraza, pronunciando con ellos el nombre de Santiago, hasta que por fin lo vieron aparecer detrás de las dos aeromozas que abrieron la puerta del *jet*. Bobby alzó el brazo para hacerle adiós, pero justo en ese momento Santiago abrazó a una aeromoza y estuvo besándola un rato. Terminó, y Bobby ya estaba alzando otra vez el brazo, pero entonces apareció uno más rubio que Santiago, abrazó a la otra aeromoza y estuvo besándola un rato también. «¡El hijo de Lester!», comentó Juan Lucas, encantado. «No dejan bajar a los demás pasajeros», intervino Julius, cagándola, al menos a juzgar por la miradita que le clavó Juan Lucas. Por fin miraron hacia la terraza. Santiago los ubicó inmediatamente entre el gentío que esperaba a familiares o amigos. «Esos son, le señaló a Lester, ¡sí!, ¡sí!, ¡esos son!». Entonces Lester Lang IV se quitó un sombrero tejano que no traía, y se arrancó con unos largos y prolongados adioses, dibujaba y desdibujaba abanicos que alcanzaban un ángulo de ciento ochenta grados, adioses tipo *un-canto-de-amistad, de-buena-vecindad...* «El hijo de Lester», comentó Juan Lucas entre *jajajás*.

Santiago pagó un montón por exceso de equipaje y se lanzó sobre su familia, seguido de cerca por Lester Lang IV. Susan se cuadró en broma para enfrentarse a la emoción de su hijo, pero no pudo evitar que este la desarmara en rápida maniobra, «¡clinch!», gritó Santiago, y empezó a hacer lo que le daba la gana con ella: la besaba, la apartaba, la miraba, la admiraba, la volvía a abrazar, la besaba, la despeinó íntegra. «¡Darling!, ¡darling!, ¡darling!», gritaba Susan, indefensa, pero todavía giraron dos veces más, abrazados. «¡Mastodonte!», exclamó, al verse libre de la alegre furia de Santiago, que ahora se abalanzaba sobre el aturdido Bobby y lo ponía fuera de combate en cuestión de segundos. Se oían las risotadas de Juan Lucas. El próximo era Julius: «¡Orejitas!», le gritó, clavándole un codazo despacito en el hígado y pegándole al mismo tiempo un fuerte jalón de orejas. Después abrazó a Juan Lucas, y por ahí se encontró con Carlos, aprovechando la alegría del momento para abrazarlo también. «Este es Lester», dijo, presentando al hijo de Lang III, pero ya el otro había saludado a todos.

Una vez en el palacio, Julius consideró que era su deber enseñarle toda la casa nueva a Santiago y a su amigo, pero tanto uno como el otro se paseaban de habitación en habitación como si toda la vida hubieran vivido allí. Susan desapareció porque se moría de sueño y necesitaba su siesta. También Juan Lucas les dijo bueno, muchachos, ya nos veremos por la noche, vamos a comer todos juntos en casa. Santiago y Lester se quedaron sentados en el bar de verano, bebiendo un coñac y hablando de que sería conveniente pegarse un duchazo y descansar un rato. Ahí fue que aparecieron Celso, Daniel y la Decidida. Santiago le explicó en inglés a Lester de quiénes se trataba y por qué eran tan feos, pero en castellano los saludó con afecto y hasta hizo algunos comentarios sobre años pasados, con los mayordomos. «¿Y ese?», preguntó, de pronto, al ver que Abraham, de quien nadie le había hablado, atravesaba nerviosísimo el jardín, mirándolos de reojo. «Es el cocinero, le explicó Julius, pero no sé qué hace aquí a estas horas; siempre se va después del almuerzo y viene para la comida».

Lester y Santiago acariciaban aún su coñac cuando apareció Bobby y se sirvió uno también, ante la mirada crítica de Julius. «¿Tú qué miras?», le dijo, y Julius casi le contesta que con una copita se emborrachaba, pero prefirió no quedar como acusete ante los viajeros que hasta el momento parecían simpáticos, aunque su hermano tenía algo raro en la mirada.

—¿Qué autos hay? —preguntó, de pronto, Santiago.

—Una camioneta y un Mercedes, aparte del Jaguar de Juan Lucas.

—¿Tú tienes la camioneta?

—Sí.

—Entonces mamá tiene el Mercedes; ¿y nosotros qué?

Bobby iba a explicar que muchas veces el Mercedes estaba libre, que Susan generalmente salía con Juan Lucas, pero de golpe Santiago pasó a otra cosa.

—¿Dónde está la piscina?

—*The swimming pool* —dijo Lester, que consultaba constantemente un librito para llegar a América Latina y ser simpático, *bestseller* del género, según decía en la carátula.

—No te preocupes —le dijo Santiago en inglés—, toda la gente que te voy a presentar habla inglés. No necesitas tu librito para nada; si quieres mételelo al culo...

—¡*Culou, ass*!—exclamó Lang; esa se la conocía sin mirar el librito.

—¿Dónde está la piscina? —preguntó Santiago, nuevamente.

—Por allá —explicó Bobby, señalando—; queda justo bajo de la ventana de tu cuarto.

—Sí, me *gussta muchou* Lima —leyó Lang, pesadísimo con su librito.

—¿Es profunda?

—Sí, ¿por qué?

—Nada... A ver, quiero verla.

—*Mi gussta muchou* Lima, *señoureta*...

—Señorita —corrigió Julius, alegremente, volteando para ver si Santiago aprobaba la intervención.

Efectivamente había algo raro en su mirada. Lo observó ponerse de pie y dirigirse hacia la piscina. Todos lo siguieron. Bobby, que iba delante, volteó de pronto.

—¿Qué quieres tú con nosotros, mocoso de mierda? —le gritó a Julius—. ¡Vienes si me das la alcancía!

—¡No!

—Pues entonces te vas a la mierda y te quedas sin saber...

—¿Qué pasa? —intervino Santiago, deteniéndose.

—*What's the matter?* —esa también se la sabía Lang.

—¡Este, que lo sigue a uno por todas partes!

—¿Cuándo te he seguido yo a ti?

—Déjalo a orejitas.

Julius sintió un gran alivio al ver que Santiago había volteado sonriente, como si fuera a intervenir en su favor, pero ahí mismo se dio cuenta de que no lo estaba defendiendo ni aprobando ni nada. Nuevamente había notado algo extraño en su mirada, algo que lo hizo recordar un instante en el aeropuerto, un instante en que esa misma impresión de vacío se reflejó en sus ojos... Sí, sí, también cuando saludó a Celso y a Daniel... Continuaron avanzando hacia la piscina.

—Es lo suficientemente profunda —dijo Santiago, al verla, pero tanto él como Lang IV miraban hacia la ventana del dormitorio que iban a ocupar en el segundo piso.

—¡Vamos arriba! —exclamó, de pronto, Santiago—. *Upstairs!* —le tradujo a su amigo, señalando la ventana del dormitorio.

Partieron los dos, seguidos por Bobby. Ni cuenta se dieron de que Julius se había quedado parado junto a la piscina. Su cara reflejaba la angustia de un invitado adolorido, esperando ansioso el desenlace social-importantísimo de un retortijón en plena comida: acababa de darse otro instante de esa forma de mirar de Santiago, y estaba a punto de definirla. En todo caso, esta vez le había captado un detalle más: la sonrisa, la sonrisa tenía algo que ver en el asunto.

La ventana del dormitorio estaba abierta y Julius, parado siempre al borde de la piscina, podía mal que bien seguir la conversación de sus hermanos y el visitante, allá arriba. Primero Bobby les estuvo diciendo que no, que era imposible, pero después su voz no se volvió a escuchar. Llegaban, en cambio, las voces de Lester y Santiago discutiendo en inglés. Preguntaban por las ropas de baño, dónde diablos estarían entre tanta maleta; luego decían no importa, quítate el pantalón o, por último, vestidos. Julius escuchó también algunas risotadas, pero, enseguida, un breve silencio le permitió concentrarse en el instante raro de la mirada de su hermano. Nuevamente escuchó las voces, mucho más cerca esta vez, y cuando alzaba la vista para ver por qué... *Go!*, gritaron allá arriba y Santiago y Lester salieron volando uno tras otro por la ventana y se incrustaron serísimos en la piscina. Reaparecieron tranquilos y nadaron hasta el borde para salir, estaban en calzoncillos. Una vez afuera se quedaron parados, los dos en la misma postura, con ambas manos apoyadas en las caderas y mirando satisfechos hacia el agua. Bobby los admiraba desde arriba y Julius los observaba desde el otro lado de la piscina: eran unos tarzanes, unos atletas, cada músculo se les dibujaba más cuando respiraban profundamente. Volvieron a mirar hacia la ventana, esta vez para medir el peligro, y Lester sonrió como diciendo ya está bueno. También Santiago sonrió y fue entonces que Julius pudo notar que de la sonrisa se le iba lo alegre y que, luego, al alzar la cara para mirar más arriba del segundo piso, la débil sonrisa desaparecía del todo, escapándosele en una chispita que se apagó en sus ojos, en una fugaz pompa de jabón que desapareció salpicando de vacío su mirada, dejándola perdida en otra ventana, una más alta, en un tercer piso que nunca había existido en el palacio. Tal vez por eso también la expresión angustiada de sus labios, aún estirados y curvos, pero totalmente abandonados por la alegría.

—Vamos a descansar —le dijo Santiago a su amigo, interrumpiendo la cuidadosa observación de Julius—. Cena de Navidad con los viejos esta noche; después salimos. Un par de horas de sueño no nos caerían mal ahora. ¿Hay pesas? —preguntó de golpe, dirigiéndose a Julius.

Julius le iba a decir que no, y hasta pensó en contarle la historia de Cano y los pedrones, pero se dio cuenta de que sería en vano porque Santiago ya había perdido interés en su respuesta.

—¡Orejitas! —exclamó, de pronto, sonriente, acercándosele para darle un afectuoso jalón de orejas, pero en ese instante como que vio a otro Julius más allá—. A dormir —dijo, con los ojos ya apagados.

Esa tarde, la Decidida andaba un poco fastidiada y, como siempre, fue Julius quien se la tuvo que soplar. Felizmente ya estaba aprendiendo a no tomarla muy en serio, y a decirle, como Carlos, que no se acalorara, que era malo para la presión. Por eso, ahora, sentado en el comedor, esperando a los recién llegados para empezar la cena navideña, sonreía cagándose en la curiosidad de Juan Lucas, mientras recordaba las quejas de Deci: «Ante todo, una forma muy libre, que le digan "americana" qué me importa, una forma muy libre de educación da como resultado lo que hoy se da y que es una verdadera falta de respetación. No se respeta aquí la Navidad; esta noche es Nochebuena y no se ve ni un solo árbol de Navidad». Julius intervino para decirle que en eso él creía que mami tenía razón. «Mami dice que no se puede poner arbolitos de Navidad llenos de algodón, para que parezca nieve, cuando nos estamos achicharrando de calor. Eso está bien en Alemania o en los Estados Unidos, pero no en Perú». La Decidida estaba de acuerdo. «Con lo que no estoy de acuerdo es con que la señora no haga pública esa expresión de su pensar, y en vez de arbolitos de Navidad, que ponga nacimientos, que ahora no me van a decir que son también de los Estados Unidos... Tu hermano y su amigo Lester hace dos horas que están durmiendo y no me dejan entrar a acomodarles el equipaje; seguro todo lo han dejado tirado de cualquier manera por el cuarto... No me van a decir que los nacimientos los ha traído el joven Lester». «Deci, explicó Julius, la Navidad es bien triste; no sé por qué es bien triste. He pensado y debe ser porque falta Cinthia. Antes había arbolito y nacimiento. Desde que murió Cinthia, yo creo que mami ya no ha querido más eso». La Decidida enmudeció, pero su silencio duró muy poco. Dijo que respetaba los duelos pero que los sentimientos eran interiores y que nada tenían que ver con los arbolitos de Navidad, que eran exteriores. «A cada uno su pena, agregó, pero a todos la alegría». Se quedó pensativa, encantada con su frase, hasta se le pasó el mal humor al ver que había dicho algo tan profundo. Se quedó sentada, mirando a

Julius, de rato en rato agachaba la cabeza como si quisiera asomarse a la profundidad de sus palabras.

—¿A qué hora bajan los viajeros? —preguntó Juan Lucas, un poco impaciente.

—No sé, darling.

—A ver, Celso, vaya trayéndome una botella de *champagne*.

—Sí, señor.

Julius recordó a Celso entrando a la repostería, mientras la Decidida y él discutían de igual a igual sobre la Navidad. Entró encantado, diciendo que el señor y la señora habían sido muy generosos con la indemnización que les habían hecho a todos esa Navidad. «A cada cosa por su nombre, lo interrumpió la Decidida, eso no es una indemnización sino un aguinaldo *navideaño*, navideño», se corrigió rápido. Julius sonreía al recordar la escena y Juan Lucas ya le iba a preguntar ¿se puede saber de qué se ríe usted, jovencito?, pero en ese instante Susan, linda, sentada a un extremo de la mesa, elevó la mirada por encima de los candelabros de doce velas encendidas y, llevándose hacia atrás el mechón rubio, sonrió anunciando en la ternura de su rostro la entrada de los viajeros al comedor.

—Dormilones —dijo, tocando con un dedo el pie de un candelabro, frente a ella.

«Carajo», pensó soltar Lang IV, al descubrir la figura de Susan, semioculta ahora entre los candelabros; felizmente recordó que en el avión Santiago le había dicho esa ya te diré cuándo puedes soltarla. Con las justas se contuvo el carajo el gringo, pero en su rostro se notaba el impacto que le había producido ver a Susan detrás de las velas encendidas, encerrada entre ventanales que daban a jardines adivinados del trópico, muy al sur del río Grande, entre paredes en las que colgaban cuadros oscuros, probablemente de santos extraños, como la obra maestra de la escuela cusqueña con que su padre regresó una vez de Lima. No tenía un pelo de tonto el hijo del inversionista: esperó a que Santiago besara a su madre y, detrás de él, se acercó haciendo aparecer un regalo que anunció «para usted, señora, con el cariño de mis padres», y antes de que Susan pudiera agradecérselo, produjo otro regalo que anunció como suyo, y que entregó diciéndole «no hay palabras», en inglés, por supuesto.

Estalló la botella de Juan Lucas, mucho mejor que las miles que estallan noche tras noche en los *cabarets* del mundo; Celso se le acercó con el azafate y las copas. Dos minutos después todos bebían y brindaban, sin llegar a decir nunca por qué o por quién brindaban; «¡salud!», decían, ahí se quedaban.

—¡Amoroso! *So sweet!* —exclamó Susan, de pronto, sacudiendo la cabeza para arrojar el mechón rubio hacia atrás, porque tenía ambas manos ocupadas con la cajita abierta y la tarjetita—. ¡Amoroso! —repitió, leyendo la tarjetita—: Lester nos envía con su hijo la llave de oro de su nueva casa en Boston, la casa es nuestra, está y estará siempre a nuestra disposición... *So sweet!*

Nuevamente brindaron todos, esta vez muy probable que fuera por el de la llave y las inversiones de oro, y Juan Lucas, que nunca se quedaba atrás en eso de ganarse a la gente, produjo también una llave.

—¡Esta es una llave sueca! —exclamó—. ¡Abre la puerta y el contacto de un Volvo *sport* que los espera afuera, muchachos!

Santiago le tradujo al inglés a Lester, y Lester aceleró con un pie, bajo la mesa, y partió sin rumbo fijo con un zumbido de automovilística felicidad.

—¡Gracias, Juan Lucas! —exclamó Santiago, encantado, pero en ese instante Julius notó que su mirada se desviaba hacia el ventanal, y se iba como buscando en la noche del campo de polo un automóvil *sport* que estuviera más allá del Volvo.

Empezaron a entregarse los regalos. Juan Lucas anunció que no bien Santiago y Lester regresaran a los Estados Unidos, a principios de enero, el Volvo quedaría encerrado con llave en el garaje, esperando los resultados del examen de ingreso de Bobby. «Si apruebas, es tuyo, añadió, extendiéndole un fajo de billetes para que se divirtiera hasta año nuevo, una semana de juerga es suficiente; el 2 de enero, a encerrarse a estudiar». Bobby miró a Julius, como diciéndole te quedaste sin saber a quién me voy a tirar, y Julius decidió preguntarle a Carlos el otro significado de la palabra tirar. Ahí quedó ese asunto por ahora. Susan acababa de pedirle a Celso que trajera los regalos del niño Julius, y ya aparecía el mayordomo con la flamante bicicleta de carrera que Juan Lucas había recomendado en vista de que Julius ya ni golfito jugaba. «Cada día está más flaco, había dicho, más desgarbado, no luce la ropa como sus hermanos». Julius se entregó a la inspección de la bicicleta. Tenía de todo: piñones especiales, por lo menos así decía el manual que colgaba del timón; la palanquita esa eran los cambios, para ir más rápido en las bajadas, para ir más suavecito en las subidas, para ir más descansado en las normales, por último, para ir como va todo el mundo en bicicleta. Terminada la inspección, Julius volteó adonde Susan, y la miró como diciéndole ¿y qué hubo de lo otro? Felizmente Susan estaba atenta, porque tanta alegría con *champagne*, candelabros, besos, regalos y la servidumbre aguaitando por la rendija de la puerta, empezaba a entristecerlo.

—Darling, no me he olvidado —dijo—; no me he olvidado, pero en la librería me enseñaron el último catálogo y justo ahora acaba de aparecer en los Estados Unidos una edición preciosa de las obras completas, toda forrada en cuero verde. Lo siento, darling, tardará uno o dos meses en llegar, pero yo he cumplido con mi promesa. ¿Acaso no te gustaría tener tus Mark Twain con tapas de cuero verde?

Julius casi le contesta mejor de acero verde para que Bobby no me los vuelva a romper, pero verdad que en Navidad era como en la Segunda Guerra Mundial, que en Navidad los soldados dejaban de pelear. Además, en ese momento, Susan le anunció que tenía otro regalito y que se lo había comprado por si quería entretenerse mientras llegaban los Mark Twain. Julius recibió el paquete pensando que la guitarrita no tenía nada que ver con los Mark Twain y que seguro era algo que a mami se le había ocurrido en el momento. Adivinó, porque, en efecto, Susan, caminando y completamente perdida y millonaria por una juguetería, y pensando tal vez que tenía que comprar unos juguetes para mandarles a sus pobres del hipódromo, vio el violín sobre un escaparate y le pareció que Julius con sus cinco años quedaría graciosísimo, todo orejón, tocando violín. Julius terminó de desempaquetar su guitarrita y se encontró con que era un violín. «Un violín sin profesor, felizmente», pensó, mirando a Juan Lucas, que acababa de ordenar que trajeran el pavo, y que en ese momento volteaba hacia donde Julius.

—Mañana mismo coge usted su bicicleta y a la calle, a hacer deporte —le dijo.

Pero con todo el dinero que tenía para gastarse en una semana, Bobby no fue a buscar a Sonia. Dejó el asunto para más tarde, porque el prostíbulo era una etapa de la vida que Santiago había superado, y si quería andar con su hermano esos días, no le quedaba más remedio que seguirlo en sus aventuras vacacionales y gastarse con él y con Lester todo el dinero que Juan Lucas le había regalado por Navidad. Nunca creyó que su hermano aceptaría su compañía sin protestar. Por el contrario, pensó que los recién llegados le iban a decir en algún momento que los dejara en paz, basándose en que ellos eran casi mayores de edad, mientras que él aún no había cumplido los dieciocho. Bobby temió que ese momento iba a llegar después de la cena navideña, cuando los tres salieron al patio exterior del palacio para estrenar el precioso Volvo, estacionado detrás de la carroza. Santiago sonrió al ver el automóvil por primera vez. «No está mal», dijo, pero mientras se acercaba su sonrisa se fue apagando, y tanto él como Lester subieron y cerraron las puertas como si toda la vida hubieran tenido ese auto. Bobby se quedó parado, mirando, pensando que no bien ellos se fueran, él cogería la camioneta y partiría donde Nanette.

—¿Subes? —le preguntó Santiago, de pronto, abriéndole la puerta del auto.

Bobby subió rápido y se sentó en el estrecho asiento posterior, con la esperanza de que alguien saliera a abrirles el portón. «Toca la bocina», dijo, pero Santiago como si no lo hubiera oído. Estaba pensando ¿qué mierda se hace en Lima? ¿Cómo se presenta un tipo que ha estado fuera tanto tiempo? ¿A quién llamo? ¿Qué chica me gustaba? ¿A quién me puedo tirar? ¿Quién para Lester? ¿A qué playa se va? ¿Ancón? ¿La Herradura? ¿Las Gaviotas? ¿El Waikiki? Bueno, eso lo iría viendo poco a poco, más importante era algún lugar nocturno por ahora, ya era más de la una de la mañana.

—¿Qué hay para bailar? —le preguntó a Bobby.

—Bueno, depende...

—¿Siempre existe el Freddy Solo's?

—Sí.

—Abra —le dijo Santiago a Abraham, que en ese momento abandonaba el palacio, y pasaba junto al Volvo mirando de reojo.

Bajaron los tres, sin ver que un hombre inmundo, con una gorra inmunda, les ofrecía limpiarles el auto, cuidárselos en todo caso. El hombre los saludó y ellos insistieron en no darse cuenta y atravesaron la amplia vereda hasta la puerta del Freddy Solo's Bar. Un mozo se acercó para ofrecerles una mesa, pero Santiago le indicó que se iban a quedar en la barra. «¿El teléfono?», preguntó, y el mozo le dijo que el barman se lo iba a pasar por el mostrador. El barman reconoció a Santiago y lo saludó efusivamente. «Los señores de enfrente se marchan», le dijo, y los tres se dirigieron a los taburetes que no tardaban en quedar libres. Estaba repleto el Freddy Solo's. Navidad, claro. Borracheras increíbles. Casi no se notaba que era Santiago el que llegaba, eso que había varios ahí que lo conocían y sabían que era el heredero de una de esas fortunotas. El barman le acercó un teléfono: «Aquí tiene, señor Santiago». Bobby decidió tener veinte años. Pidió whisky también. Sí, de esa marca. Santiago hablaba por teléfono. Marcaba un número tras otro. «Nadie está en su casa, le comentó a Lester entre dos llamadas, por esta época todo el mundo empieza a largarse a Ancón». Bobby aprovechó que Lester no sabía qué diablos era Ancón para contarle, pero a la mitad se dio cuenta de que el gringo ni caso le hacía, mucho menos cuando empezó a decirle lo del Acapulco de Lima, la Riviera peruana... Definitivamente la estaba cagando Bobby, porque Lang IV ya había estado en Acapulco, ya se había acostado con un montón de mujeres en Acapulco, y la última vez que había ido, ya había empezado a aburrirse en Acapulco. «No hay nadie», dijo Santiago, dejando el teléfono a un lado y acercando su vaso. Volteó a echar una ojeada entre el humo. En realidad había poca gente bailando, la bulla y las carcajadas era todo cosa del mostrador y sus cercanías. Llenecito de borrachos, parados, sentados; borrachos simpáticos, pesadísimos. «El eterno imbécil ese, la mierda de Siles». «¡Santiaguito! ¡A los años!», gritó Pericote, al verlo, pero Santiago lo miró sin verlo y Pericote tosió entre una mano y reapareció conversando encantado con la misma chica que hacía horas lo venía soportando. Lester seguía callado. Si miraba a algo, era a la música que miraba. Pero se enteraba de todo porque todo era internacionalmente igualito. Bobby, en cambio, necesitaba mantenerse atento a cada uno de los movimientos que hacía su hermano para ir cogiendo todos los detalles. Santiago encendió un cigarrillo. Lester tenía un cigarrillo encendido. Bobby encendió otro cigarrillo. Lester y Santiago apenas si tocaban sus cigarrillos, Bobby, pitada tras pitada. Había terminado su whisky y, ahora que se fijó, los otros seguían con sus vasos llenos y solo de rato en rato los alzaban ligeramente, pero más que nada para hacer que los hielos tintinearan. Pericote Siles derramó un vaso de whisky y, mientras se agachaba para recogerlo, la chica con que conversaba feliz desapareció. En ese momento, Santiago escuchó y reconoció la carcajada aguardentosa de Tonelada Samamé. Sonó entre el humo igualita que años atrás, un poco más cargada al tabaco solamente. Volvió a sonar, más fuerte esta vez, porque ya lo tenía detrás de él, gritándole «¡dónde has estado!, ¿no me vas a decir que has estado estudiando todo este tiempo?». «¿Todavía no te has muerto?», le preguntó Santiago, volteando sonriente a saludarlo. Le presentó a Lester. «¿Este es el nuevo?», preguntó Tonelada, cachaciento, dándole un palmazo en el hombro a Bobby, y con el otro brazo acercando a la Piba Portal, que todavía no tiraba en la época de Santiago, pero que ahora ya sí. «¡Dos whiskies!», gritó Tonelada, y antes de que el barman le hablara de los anteriores, le dijo «Esos allá, a Pericote; estos acá, a la cuenta del nuevo». Bobby sintió que le ponían la mano en el hombro, y volteó a mirar a Santiago, pero Santiago a nada le daba importancia y seguía conversando tranquilamente con la Piba. Tonelada retiró la mano del hombro de Bobby al ver que llegaban los whiskies.

—Dale uno también a... ¿cómo te llamas?

—Roberto.

—Dale uno a Roberto.

Bobby volteó nuevamente a mirar a su hermano, pero Santiago conversaba ahora con un tipo que se le había acercado. Mientras tanto, la Piba entablaba conversación en inglés con Lester. Encantado Lester. La Piba resultó ser, aparte de que se la podía tirar, simpatiquísima. Tenía mil anécdotas para contar. Y Tonelada dos mil. Dos mil y en inglés, en inglés gracias a cuarenta y cinco palabras, las únicas que guardaba de una buena educación, bañadas en whisky, salpicadas con carcajadas, adornadas en sus silencios con el gesto necesario de sus manos vividoras, cuyas palmas él a menudo miraba exclamando ¡ah!, ¡si Versalles me contara! Con todo esto iba armando su perfecto inglés Tonelada, el necesario para el ambiente en todo caso; soltaba tres modismos muy en su lugar, luego algo de lo que quería decir, el resto lo llenaba con sus manos historiadoras, con algunos monosílabos pronunciados en un tono internacionalmente cojonudo, y hacia el fin encajaba el desenlace con la palabra exacta, rematándolo con el estallido contagioso de siempre, porque si la historia no terminaba en carcajada general, entonces no valía la pena de ser contada.

Lester la estaba pasando muy bien entre la Piba y Tonelada. La vaina peruana. Limeña. Todo el humor. Traducido al inglés, además. Feliz Lang IV. Bebió un sorbo de whisky y pidió que le sirvieran otro, mientras Tonelada se bebía el suyo de un solo *round*, devolviendo los hielos al vaso para sacudirlos y exigir rápido *one more*. Le dio la espalda a Bobby, pero volteando a disculparse, y a explicarle que en realidad lo que quería era darle la espalda a este: Pericote se le acababa de acercar e insistía en pegársele por el hombro y en hablarle aunque sea por detrás de la oreja, hasta que Tonelada dio un paso atrás para pisarlo. Lo tuvo un rato así, todo el rato que Pericote se le prendió a Bobby. Mientras tanto, seguía carcajeándose con Lester y la Piba.

—Es que la muchacha está nostálgica —comentó, burlón.

—¿Por qué nostálgica? —preguntó Lester.

—En Navidad siempre me pongo así... Debe ser por el niñito Dios...

No debió decir eso la Piba porque de verdad se puso nostálgica. Felizmente Tonelada intervino, la quería tanto, «¡carajo!», exclamó, mirándose las manos. Ya en otras navidades la Piba se había puesto a hablar del niñito Dios y eso había sido el principio de una borrachera de las que malean hasta a Dios... Tan buena compañera como era...

—No hay tal nostalgia —le explicó Tonelada a Lester—, lo que pasa es que le quedan sus rezagos.

Lang no comprendió lo de rezagos y le pidió a la Piba que le tradujera la palabra exacta, una que le faltaba en su vocabulario inglés a Tonelada, demasiado complicada para esos ambientes, tal vez. La Piba tradujo y Tonelada pudo seguir con su explicación: le quedaban rezagos a la muchacha, rezagos de colegio de monjas. Tres años que la vengo forzando para que se acueste en Navidad... con alguien que le guste, claro, y dale con que en Navidad no. Estallaron los tres en tremendas carcajadas. Bobby se asomó por detrás de Tonelada y participó con una sonrisa.

«¡Ajá!», gritó, de pronto, Pericote Siles. Tonelada volteó creyendo haberlo pisado demasiado fuerte, pero se encontró con que el otro había sacado el pie y avanzaba feliz entre la gente para abrazarse con uno inmenso que llegaba y que todos, él más que nadie, reconocieron. «¡Virrey! ¡Virrey!», gritó Pericote. Virrey entre que lo abrazó y lo puso a un lado, y siguió abriéndose paso hasta llegar a la barra, no muy lejos del lugar que ocupaba Santiago. «¡Virrey!», lo llamó este. Ambos se pusieron de pie para acercarse entre los bebedores y darse un gran abrazo. «Me caigo de la tranca; hace tres días que estoy chupando», anunció Virrey, mirando por lo alto a todo el Freddy Solo's, por si alguien quisiera aprovechar la oportunidad para pegarle borracho. Pero de entre el humo no se le abalanzó nadie y Ray Charles siguió cantando tranquilamente para las parejas y para los borrachos que en Navidad se inclinaban por la melancolía. Santiago se trajo a Virrey al grupo para presentarle a su amigo. Lester Lang IV se puso *ipso facto* de pie, para mostrarle que en los Estados Unidos también hay toda un tradición, muy bien encarnada por John Wayne en el cine, que consiste en encontrarse así grandazos en un bar y en hacer mierda una por una las lujosas instalaciones, a lo largo de horas de pelea; allá por lo de la conquista del oeste y ahora también por lo del americano feo, y acá por lo de *tengo el orgullo de ser peruano y soy feliz*. Tonelada, medio oculto, se carcajeaba al ver que el nacional le estaba haciendo mierda la mano, amistosamente, a Lester. Había que pensar que Virrey andaba por los treinta y Lester, por más corpulento, no tenía aún veintiuno. Lester mismo lo pensó y soltó a tiempo, felizmente. Virrey sonrió alegre, pero ver a la Piba hizo que volviera a escuchar el carcajadón que Tonelada había soltado segundos antes. Volteó a buscarlo, rápido porque Tonelada, aprovechando uno de esos momentos en que Virrey volteó a buscarlo, meses atrás, así, borracho como ahora, le encajó un buen cabezazo, luego un puñetazo y hasta una patada en los huevos, lo malo fue que, recibidos los golpes, Virrey quedó tal cual, enterito, y lo peor, que inmediatamente después ubicó a Tonelada entre la música y le dio tal tunda que lo tuvo un mes sin que una sola mujer en Lima le hiciera caso. Escucharlo sí, porque simpático era siempre, lo más simpático y perdido que hay en Lima, pero nada más hasta que los ojos te vuelvan a sus órbitas, Tone. «Pero si de todas maneras soy un encanto», reclamaba el vividor, pero nada. «Me voy, anunció ahora, al sentirse descubierto; lo siento, Piba. Aquí te dejo entre amigos. Aquí te dejo esta prenda, Lester. Ya no tarda en quererme pegar Virrey; en cuanto se emborracha le da por pegarme». Salió disparado hasta la puerta, a pesar de que lo llamaban insistentemente desde la barra. «Sí, sí, dijo, asomándose entre las cortinas que ocultaban la salida, sí, sí, Germán», repitió, señalando a Pericote; se refería al pago de los whiskies. Santiago había seguido la escena sonriente; increíble Tonelada, fue su ídolo en el colegio, estaba chico aún cuando Tonelada era el mejor nadador del colegio, fue su ídolo en secundaria, un delfín, campeón interescolar, rey en las fiestas. Trató de pensar por qué se había vuelto así y hasta se le vino la idea de que era su gracia la que lo había perdido... Iba a meditar sobre el asunto, pero en ese instante sus ojos se apagaron, como si de pronto hubiesen empezado a mirar más allá de sus recuerdos, como si se hubiesen asomado a una zona donde los afectos se diluían, oscura de todo.

—Se fue Tonelada, ¿no? —preguntó Virrey.

—Creo que sí —dijo Santiago.

—A ver, Pericote, cuéntame algo.

Pericote Siles, un poco calvo y canoso ya, le dio la espalda a Bobby y se acercó feliz. Inmediatamente empezó a alabar la capacidad bebedora de Virrey, pero la voz de la Piba contándole a Lester y a Santiago las últimas hazañas de su amigo, el nombre de Tonelada pronunciado constantemente, escuchado en medio de su borrachera, confundiendo lugares y acontecimientos, hizo que Virrey otra vez recordara, otra vez se sintiera descubierto una noche cercana, lejana, cercana, en cualquier *cabaret* de Lima, de Buenos Aires, fue en Santiago, besando a un millonario, un automóvil por una semana de luna de miel, besando a ese marica de mierda y de pronto esta, esa noche aquí, en Buenos Aires fue en Santiago, en tantas noches, de pronto la carcajada de Tonelada mirándolo, descubriéndolo, a él que nunca nadie le había pegado.

—¿Dónde está Tonelada?

—Se fue —dijo la Piba—. ¿Pero por qué eres tan malito?

«Si el gringo trata de llevarse a la Piba lo mato», pensó y ordenó: «Piba, ¿qué bebes?».

—Paga, Bobby —dijo Santiago—; nos vamos.

—¿Nos vamos?

—Sí, nos vamos... *Let's go*, Lester. Paga tú, Bobby; todavía no tengo plata. Ya después te doy... Virrey está loco por pegarle a alguien y, con esta al lado, no tarda en agarrárselas con Lester —añadió, en voz baja.

—Vamos —dijo Bobby, pidiendo la cuenta.

—Vamos a ver qué ambiente hay en otra parte —le tradujo Santiago a su amigo, cuando este preguntó por qué pagaban. Con la Piba no lo estaba pasando mal Lester, hasta tenía pensado resolverle lo del prejuicio navideño, pero Santiago lo convenció de que había lugares mejores y de que la noche avanzaba.

Momentos después, Santiago, Bobby y Lester bebían en la barra del Saratoga. Bobby se moría de sueño, su hermano lo desilusionaba. Muchas horas habían pasado, y aparte de lo de la piscina, nada en él ni en su amigo que se pareciera a las fotos que semanas atrás le había enviado. Pensó decirles que se marchaba porque estaba cansado, pero en ese instante resonó la carcajada de Tonelada.

—No me habrán traído a Virrey, ¿no? —dijo, cachaciento.

Santiago sonrió. Lester iba a pedir un cuarto whisky, pero Tonelada le dijo que no: «Eso más tarde, amigo. Quedan muchos departamentos con luz en esta ciudad... No todos duermen al abrigo de sus arbolitos navideños y hay chicas... *girls*», le tradujo a Lester.

—*Yes, girls!*

Tonelada introdujo la mano en un bolsillo de su pantalón y sacó un billete, «el último, dijo, pero ahora comienza una vida mejor».

—Toma para que te tomes un taxi —añadió, entregándoselo a Bobby.

—Págate un whisky, siquiera —le dijo Bobby, rechazándolo.

—Espíritu de familia —comentó Tonelada, y soltó un carcajadón de los suyos, mientras Bobby se ponía de pie, mirando a su hermano.

—Anda, Bobby, mañana nos vemos —le dijo Santiago, al verlo partir furioso—. ¿Hay pesas en la casa? —preguntó, de pronto, pero Bobby no lo escuchó.

Santiago y Lester amanecieron dos veces al día siguiente. La primera, a eso de la una de la tarde, tirados en camas desconocidas, al lado de las muchachas que Tonelada los había llevado a ver la noche anterior. Santiago fue el primero en abrir un ojo. Se incorporó y salió en busca del otro dormitorio para despertar a su amigo. Felizmente casi no había bebido, se sentía un poco cansado pero eso era todo. Lester tampoco parecía estar muy mal que digamos, al menos a juzgar por la sonrisa con que recibió la aparición de Santiago en su habitación. Pegó un salto y lo primero que hizo fue pedir una ducha fría y un jugo de naranjas. Santiago le dijo que se olvidara del asunto por el momento, ya en casa encontraría todo lo que deseaba. Ahora lo importante era partir antes de que las muchachas se levantaran y empezaran a pedirles que se quedaran un rato más, o que las llevaran a la playa, cualquier cosa. Y eso o algo por el estilo iba a suceder si no se apuraban, porque la chica de Lester, entre dormida y sonriente, acababa de pegarse una estirada con gemidito y todo, lo suficiente para que el gringo se lanzara de cabeza al agua tibiecita ahí nomás. Pero ya tanto era exceso, bastaba con lo de anoche y esta madrugada, había que cuidar la forma. Santiago regresó a su habitación mientras Lester se vestía. Los dos se pusieron la ropa de cualquier manera y se despidieron de sus respectivas con una palmadita en el popó y la promesa de un pronto retorno.

La segunda amanecida fue hacia las cuatro de la tarde, en el palacio. Ahí sí hubo ducha y jugo de naranjas. Después aparecieron en los bajos, donde Santiago volvió a preguntarle a Bobby si había pesas. Juan Lucas, que se encontraba por ahí cerca, le dijo que con un par de holgazanes como Julius y Bobby, las pesas nunca habían sido necesarias en casa, hoy además era feriado, pero mañana él mismo se encargaría de que les trajeran un juego completo a él y a Lester.

Con la llegada del equipo de pesas se regularizó la vida de los visitantes navideños. Se levantaban tardísimo todas las mañanas, se ponían sus ropas de baño, bajaban al jardín y durante horas cargaban y cargaban pesas de todo tipo y tamaño: para los antebrazos, para redondear los hombros, para el pecho, los músculos dorsales, los bíceps, los tríceps, los glúteos, los muslos, las pantorrillas, etcétera. Horas se pasaban en ese plan, y Bobby mirándolos furioso, esperando que terminaran para que decidieran por fin a qué playa iban a ir esa mañana. También a él lo metieron un día en el asunto de las pesas, pero Bobby sabía por el espejo de su cuarto que para nada las necesitaba, a no ser que quisiera convertirse en un Tarzán como esos. «Ni hablar, pensaba, mucha esclavitud». No había más que mirarlos dale que te dale con las pesas, bañados en sudor, cubiertos de plásticos para sudar mas todavía y eliminar el más mínimo exceso de grasa, grasa que solo ellos notaban además, producto de los tres o cuatro días que, con lo del viaje y la Navidad, habían dejado de cargar sus diarias y matinales pesas. Maricones parecían con tanta alharaca por un milímetro más o menos de caja torácica que el mes anterior, tan grandazos, ¡había que ver cómo se cuidaban!

¡Y después los duchazos! ¡Y los jugos de toronjas! ¡Y el número exacto de vitaminas! ¡El de calorías! ¡El desayuno norteamericano! ¡Descanso y digestión!, después... «Maricones, parecen maricones», pensaba Bobby. Felizmente que ya se habían tirado a varias de las chicas que Tonelada les puso en bandeja, felizmente porque tanto cuidado, tanto mirarse el cuerpo lo tenían preocupado. Se tocaban, además, pero era por fanatismo: ¿a ver cómo andas?, ¿está duro?, mídeme este bíceps, ¿quieres que te mida? Bobby llegó a tener sus dudas, pero eso de que se tiraran a varias de las chicas que les puso Tonelada lo tranquilizó. Era técnico el asunto, frío, cultura física, ¡exacto!, ¡claro!, cultura física. ¡Felizmente!

Y felizmente también que después del reposo ya no se ocupaban más de sus cuerpos. Por lo menos así lo creía Bobby. Un poco torpón el muchacho porque el asunto del cuerpo continuaba más tarde en la playa, en el Waikiki, en La Herradura, en Ancón. Terminado el reposo decían qué playa iban a invadir esa mañana y salían disparados en el Volvo. Bobby los acompañaba. Esos eran los mejores momentos para él; Santiago y Lester eran amables y no lo mocoseaban ni nada. Le presentaban a las chicas y las chicas le conversaban a pesar de que eran un poco mayores; además, cuando él se daba cita con Rosemary, la recibían amablemente y eran bien simpáticos con ella. Se encontraban en el malecón y bajaban a la playa juntos, allí esperaban otras chicas y todos se saludaban y se tendían en la arena, muy conscientes de que había otras chicas mas allá, en otro grupo, que hubieran querido que se les acercaran y se tendieran a su lado. Pero Lester y Santiago tenían sus preferencias: ya habían escogido a sus chicas, andaban medio emparejados. La de Lester se llamaba Delfinita. Sus ojos, al igual que su nombre, hacían juego con el mar. Quedaba linda en la playa.

Esos eran los mejores momentos para Bobby. Ahí sí que su hermano y el gringo se portaron como verdaderos tromes. Había que verlos trabajarse a las chicas, ¡toda la playa se moría por ellos! Y ellos tendidos en la arena, ocultas sus miradas bajo los anteojazos negros, indiferentes, seguros del éxito, y de pronto decididos, ágiles, incorporados de un solo salto y partiendo a la carrera hacia el mar, salto mortal y, ¡juaj!, tremenda zambullida en la rompiente. Reaparecían entre las olas, ¡a nadar ahora!, pasaban las rompientes, se alejaban, desaparecían preocupando a las chicas.

Otras veces era lo del esquí acuático. Pirueta tras pirueta, y Bobby al timón de la lancha, siguiendo las instrucciones, ¡acércate más!, ¡acércate más!, le gritaban desde allí atrás, y Rosemary muerta de miedo porque la lancha se acercaba peligrosamente a la playa y no tardaba en cogerla una ola. ¡Qué diablos! Lo importante era que todo el mundo en la playa se enterara de que eran ellos los que hacían todas esas locuras. ¡Cojonudos Santiago y Lester!

Después era el almuerzo en ropa de baño. Ahí decaía un poco el asunto porque Santiago y Lester empezaban nuevamente a cuidarse. Pedían aperitivos, *vodka tonics*, pero a duras penas si los probaban. En cambio Bobby siempre se tomaba uno más de la cuenta y ello era motivo de discusiones con Rosemary. Un poquito pesada Rosemary. «Siempre las enamoradas son así, pensaba Bobby, la próxima enamorada no será enamorada sino *flirt*, como Santiago y Lester; claro, como ellos». Ellos besaban a sus chicas, se mataban de risa con sus chicas, pero ninguna promesa, nada de te voy a extrañar cuando regrese a los Estados Unidos, nada de te voy a escribir. En cambio Rosemary dale y dale con lo del ingreso, con que ya debía empezar a estudiar, con que ya había pasado el año nuevo y todos los de su promoción estaban encerrados preparándose para el ingreso. Bobby trataba de tranquilizarla, una y otra vez le explicaba que Juan Lucas arreglaría el asunto, que todo era cuestión de palanca, influencias, Rosemary, pero Rosemary dale con que no bebiera otro vodka, con que empezara a estudiar de una vez, definitivamente se estaba poniendo un poco pesadita.

Por suerte no lo molestaba delante de ellos; delante de Santiago y Lester, Rosemary se portaba bastante bien, pero aprovechaba los momentos en que se iban a pegar un duchazo, lo volvía loco mientras ellos iban a enjuagarse para volver al comedor sin esa sensación pegajosa que deja el agua de mar. ¡Ah!, ¡eso era cojonudo! Siempre se les caía la toalla en la ducha, se les empapaba, y de regreso al comedor playero, aparecían exprimiéndola, se paseaban entre las mesas exprimiendo cada uno su toalla, toditos sus músculos resaltaban con el esfuerzo. «Buena táctica, pensaba Bobby, viéndolos acercarse, de todas las mesas los miran, los admiran, buena táctica». Empezaba a comprender que todo era buena táctica en su hermano y en Lester.

Y es que todo se lo tenían calculado los de la universidad con campus. En el fondo, Lester y Santiago eran los mártires de la táctica. Bobby empezó a notarlo durante los últimos días de la visita a Lima. Comprendió entonces que lo del paquete con tanta foto y tanta orgía era una época perteneciente al pasado, y hasta pensó que su hermano se lo había enviado precisamente porque quería despedirse de todo ese desorden para dedicarse por entero a lo del cuerpo y la táctica. Claro, eso tenía que ser. Seguro que él también sería así algún día, dentro de algunos años, varios años eso sí. Estos se habían anticipado un poco. Quedaba tiempo aún, mucho tiempo, mucho tiempo para tirarse a Sonia y a mil más. Sí, sí, no bien regresaran a los Estados Unidos él iba a correr adonde Sonia. Lo malo es que con ellos se estaba gastando todo el dinero que le habían dado la noche de Navidad. Lo de la táctica y el dinero lo hicieron pensar en Juan Lucas. Ese sí que era el rey de la táctica, pero en Juan Lucas la táctica se había convertido en parte del goce. Además, el aguante que se manejaba; entre aguante, táctica y goce había llegado a su edad con veinte años menos, ¡mierda!, ¡qué difícil! Él siempre había creído que con dinero todo, mujeres, orgía, mujeres, y resulta que ahora eso te envejece y hay que calcular los placeres... ¡qué mierda! Bobby se metió otro trago de su *vodka tonic*, felizmente que Rosemary no dijo nada porque la hubiera mandado al diablo delante de

Santiago y Lester, que en ese instante terminaban de exprimir sus toallas y por fin se sentaban a calcular el almuerzo.

Por la noche calculaban menos, afortunadamente. En realidad, con Tonelada Samamé al lado no había cálculo posible, y así fue que en año nuevo terminaron completamente borrachos en un *cabaret* de regreso de una fiesta en Ancón. Hasta se salieron de la carretera esa noche. Con Tonelada ahí atrás contándoles chistes durante todo el camino a Lima, sentado de cualquier forma y con tres mujeres encima, Santiago, Lester y Bobby, en el asiento delantero del Volvo, se olvidaron de todo cálculo y emprendieron terrible competencia con otro automóvil cargado de amigos que regresaban también de Ancón a Lima. Carcajada tras carcajada, Santiago a duras penas lograba controlar el timón. Las chicas gritaban ¡nos matamos!, ¡nos matamos!, histéricas, pero ahí nadie creía en la muerte, mucho menos Tonelada, que se arrancó con una larga serie de chistes sobre la muerte, medio en castellano, medio en inglés para que el gringo también disfrutara. Por fin en una de esas, Santiago notó que el carro se le iba para un lado, pero justo en ese momento Tonelada encajó el final de otro chiste y él, que ya varias veces había jugado a lo del paso de la muerte en Estados Unidos, sintió un extraño impulso o lo que fuera, en todo caso prefirió la carcajada al peligro y se abandonó al deseo de salir volando de la pista con toda esa gente matándose de risa ahí adentro. El Volvo salió disparado en el preciso instante en que el Chevrolet de sus amigos los pasaba como un rayo, y frenaba luego unos doscientos metros más allá. Los del Chevrolet bajaron y se introdujeron corriendo entre los arenales. «¿Qué ha pasado?, ¿qué ha pasado?», gritaban acercándose en la oscuridad, tenían que estar vivos... El Volvo estaba enterito... ¡qué tal estabilidad! Había volado, había rebotado varias veces en la arena, y por fin se había detenido completamente atollado. Las chicas lloraban y gritaban histéricas. Los del Chevrolet las escuchaban mientras se acercaban, pero cuando por fin llegaron, los hombres habían empezado a reírse nuevamente, y Tonelada estaba preguntando si a nadie le dolía nada y luego si nadie ahí era San Pedro. Hubo un instante de silencio y desconcierto antes de que Tonelada volviera a hablar: «Si a nadie le duele nada, y nadie es San Pedro, ¡pues entonces no ha pasado nada! *Saint Peter!*», le tradujo a Lang, y el gringo otra vez a reírse, mientras Santiago miraba de reojo a Bobby, pero un segundo antes de sentir que era su hermano y que lo quería muchísimo, volvió a encontrarse decidiendo volar con todos matándose de risa y se dejó llevar nuevamente por la misma sensación.

—Bueno —dijo, abriendo la puerta—, mañana mandamos una grúa para desenterrar el carro... Todos al Chevrolet, vamos, ¡rápido!

Fue la mejor noche para Bobby. La más cara también. Esa noche en el *cabaret* se gastó hasta el último centavo, pero qué diablos. Con Santiago al lado no había problema alguno, cosa de mocosos andar pensando en que se te acaba el dinero, no bien ingresara a la universidad pediría chequera como su hermano. Por ahora seguirlo, aceptar sus invitaciones hasta que se marchara, después la alcancía de Julius, tres o cuatro sesiones con Sonia y a estudiar, ¡eso! Faltaba poco para la partida de Santiago y Lester, tenían que estar allá en los primeros días de enero, faltaba poquísimo en realidad. Pero al menos esta noche, en el *cabaret*, nadie hablaba de viajes a los Estados Unidos; de otros viajes sí, ¡pero a la gloria! ¡Viajes a la gloria con Gloria!

Vente a la gloria con Gloria
chachachá
Vente a la gloria conmigo
chachachá

Lo decía el estribillo que la orquesta empezaba a tocar, mientras el maestro de ceremonias anunciaba el segundo *show* de la noche, entre borracheras de año nuevo, interesando a ebrios y copeaditos en la internacionalmente famosa, ¡la bellísima Gloria Symphony y su con-tinen-tal-mente-te famosa revista Sinfonía Glooo-riooo-sa! Hubo aplausos pero no vino nadie al estrado y la orquesta se vio obligada a arrancar nuevamente con los compases de

Vente a la gloria con Gloria
chachachá
Vente a la gloria conmigo
chachachá

Y es que Tonelada acababa de encajar el final de uno de sus chistes y la pobre Gloria Symphony, entre que el chiste era excelente, diecisiete whiskies y que el juez le había otorgado la tutela de su hijo al padre, entre que el año pasado la noche de año nuevo, igual a cualquier noche en Cali o Miami, se había acostado con un gringo como el de enfrente, y entre que era rechula y movía maravilloso el culo bajo el régimen de Batista, nuevamente diecisiete whiskies y el chiste de Tonelada, entre un montón de cosas más, Gloria Symphony soltó tal carcajada, que en su emoción lagrimeante puso en peligro todo el maquillaje, y por más que la orquesta volvía a llamarla *vente a la gloria con Gloria*, no podía incorporarse. Las chicas del *show* la jalaban pero nada, la carcajada continuaba paseándose por un montón de *cabarets* en su vida, año nuevo vida igual, jajajajajajajajajajaja... Santiago seguía indiferente la juerga dramática de una bailarina más.

En cambio Tonelada se prestó a ayudarla. «Ya vuelvo, mi vida», le dijo a la corista que lo adoraba, poniéndose de pie y llevándose a Gloria Symphony hasta el estrado, entre aplausos y exclamaciones de algunos envidiosos *habitués* que no toleraban la idea de que fuera Tonelada quien traía a la rumbera a trabajar. Más exclamaciones cuando la dejó con la orquesta.

—¡Tan pesado como siempre! —soltó alguien por ahí.

—Sí —respondió Tonelada, deteniéndose un instante, y mirando hacia el rincón desde donde había venido esa voz—; de chiquito yo también tuve soldaditos de plomo, pero no jugaba con ellos: me los comía.

Carcajadas y aplausos de la mesa de Tonelada, donde Bobby le traducía a Lester la respuesta del vividor, y Santiago y sus amigos gastaban y se dejaban querer por las muchachas del *show*. Tonelada regresó y pidió que le hicieran sitio junto a su ñatita. «Contigo vida nueva, contigo al fin del mundo», le dijo, mientras se sentaba a su lado y ella lo recibía con risas y besos. Un mes se iba a quedar en Lima la ñatita, la trompudita, la de la vida nueva. Ya Tonelada le había echado el ojo; «esta para mí», había pensado. Tenía que trabajársela bonito, sentimental. La arrinconó, le hizo su nochecita ahí, carita a cara, dándoles la espalda a los otros; «¿y tú cómo caíste en lo bajo?», le preguntó, añadiéndole whisky a su vaso, y explicándole que eso a su corazón le importaba mucho saberlo.

—¡Chicas, nos toca! —exclamó la de Lester.

Tenían que cambiarse, les tocaba el próximo *sketch*, tenían que correr, ¡uy! Se incorporaron apuradas y prometiendo pronto retorno. Giraron para dirigirse a los camerinos, giraron y ellos, que estaban medio borrachos, se encontraron con un montón de culos que rozaban el borde de la mesa y los vasos al partir ondulantes. «¡Carajo!», exclamó Lang IV, mirando inmediatamente a Santiago. Santiago le sonrió como diciéndole sí, está bien aplicada la palabra en este caso. «¡Poquita ropa, ah!», les gritó Tonelada, mientras se alejaban. Algunas voltearon a darle su beso volado, pero él ya estaba siguiendo los movimientos de Gloria Symphony, que ahora se paseaba cantando entre las mesas.

Vente a la gloria con Gloria
chachachá
Vente a la gloria conmigo
chachachá

Lo de chachachá se lo soltaba en la orejita a los señores que tenían a su esposa al lado. «Guapa la puta», pensaban las sonrientes y amables ofendidas, acomodándose en sus asientos.

Les incomodaba sentirse tan superiores y de repente tan inferiores. *Chachachá* se le despegaba a un marido y se iba a otra mesa, permitiendo que la señora se acomodara de una vez por todas en su cómoda silla. Pero, *chachachá*, llegaba Gloria Symphony a otra mesa, y a otra y a otra, perdiéndose luego por ahí atrás hasta que llegó por donde Tonelada le gritó ¡aligérate, mi diosa!

Vente a la gloria con Gloria
chachachá
Vente a la gloria, conmigo

Y mientras decía chachachá regresaba hacia el estrado arrojando plumas, tules, sedas, tafetanes, total que no le quedó más que lo de arriba y una conchita brillante, llenecita de lentejuelas de plata, chiquitita.

—Esa ya le ha traído líos con la Junta de Obras Públicas —comentó Tonelada.

—Animal —le dijo Santiago, sonriente.

—Las señoras esas que castigan a estas chicas...

Pero Tonelada interrumpió su jocosa aclaración porque en ese instante la orquesta dejó de tocar, saltando, de pronto, negro el bongosero, a lugar preferencial, montándose prácticamente sobre el bongó, acariciándolo igual a un mono con un plátano enorme y anunciando, con tres toques hondos y sonoros, misterio y peligro de los hechiceros de Haití. Sus toques tuvieron terribles consecuencias sobre el vientre famoso de Gloria Symphony: se le arrugó, se le comprimió, se le fue reduciendo cruelmente con cada golpe, un poco con el primero, otro poco más con el segundo, más todavía con el tercero; se le hundió íntegro el negocio alrededor del ombligo y, abajo, la conchita reluciente se horizontalizó de tanto que se metió hacia el ombligo con la tensión. Un cuarto toque casi la mata, se jaló el pelo ahora, se despeinó todita de dolor, era horrible el sufrimiento; en la cara ya se estaba muriendo, se moría, se hubiera muerto, pero mucho sabía el bongosero y, previa mirada sonriente hacia las chicas que esperaban calatitas y ocultas su turno, previa mirada también a Tonelada, que se había acercado a la pista, el de los golpes tabú gritó ¡uno!, y empezó a salvarle la vida a la blanca cautiva con un montón de golpecitos alegres y rapidísimos. Fue como si le hubiera aliviado los dolores del parto, remplazándoselos a punta de mil toquecitos secos, seguiditos, por locas cosquillas que hormigueaban incontrolables entre las luminosas lentejuelas de la conchita: enloqueció Gloria Symphony, se le escapó hasta al bongosero, se liberó, en presencia de todas las señoras arrojó por su ombligo excomulgado miles de brujos de Haití en pleno corazón de Lima, y los muy inmorales, los muy diabólicos empezaron a meterse con sus maridos, a inquietarlos en sus sillas, a bañarlos en sudor, obligándolos casi a seguir con el cuello la movida loca de la ombliguista que continuaba haciendo de las suyas, anticipándosele hasta al propio bongosero cuyos brazos latigueros, en su desenfrenado batir, habían penetrado ya el negro secreto de la vida nocturna y ahora, delgados, desilusionados, incrédulos y profesionales, simulaban no saber qué golpe encontrar para traerla nuevamente al mundo en que le pagaban por moverse así; no paraba la otra, era él quien la seguía con los golpes esta vez: más se movía, más asqueroso; más asqueroso, más escándalo; más escándalo, más le pagaban; más le pagaban, más tenía para pagarle colegio decente de curas a su hijo; quería labrarle con sudor una carrera de abogado a su hijo, no la dejaban, la llamaban, nueva gama de golpes tabú, codos y palmas, palmas y codos, codo con codo, dos con un codo, todas se las sabía el bongosero, ya la tenía en sus golpes, traerla ahora: tuntún... tuntún... tuntún tuntún tuntún tuntún tuntún tuntún tuntún tuntún tuntuntac tuntuntac tuntuntac túntun túntun tuntún tuntún tuntuntactac tactac tactac tactac tactactún tuntun, cayó muerta Gloria Symphony, murió entre aplausos, empapada en sudor, entre la carcajada de Tonelada, de pie, aplaudiendo con los demás al bongosero, que se desmontaba de su enorme plátano y venía a recogerla para agradecer juntos las aclamaciones y los gritos insolentes de ebrios y copeaditos. Algunas señoras creyeron que eso era el fin por fin, pero es que no las habían visto: no bien desaparecieron bongosero y pecadora, aparecieron insolentísimas las chicas del próximo número, y los maridos, por ser año nuevo y por estar borrachos, ordenaron nuevas botellas. Ya no los paraba nadie a los maridos, querían beber más y más, querían ver todito el *show*, íntegra la Sinfonía Gloriosa, hasta la última calata querían quedarse, Gloria Symphony se había marchado, pero dejando suelta en plaza, completita, a la diabólica archicofradía del ombligo borrascoso.

Fue indudablemente la mejor noche para Bobby y ahora, al despertarse, tuvo un instante la imagen del anunciador ante sus ojos, gritando ¡fin de fiesta con todas las chicas!, y luego otra, la de Tonelada recibiéndolas con licores en cuya elaboración había intervenido, y ordenando, al mismo tiempo, taxis a granel para llevarlas a su departamento. Bobby divisó las cuatro de la tarde en el despertador, sobre la mesa de noche, y sonrió al pensar que por fin ayer Santiago y Lester habían olvidado todos sus cálculos y tácticas para entregarse al desenfreno, al bullicio, a la locura de aquella bacanal que Tonelada calificaba a gritos de ¡pampa!, mientras iba destapando nuevas botellas de licor. Ahí se vino abajo Bobby: todo el malestar de una horrible perseguidora le anunció que estaba bien despierto y que era inútil tratar de dormirse otra vez. Se puso la bata y bajó lentamente para ordenar que le alcanzaran cuatro *alka-seltzers* y cuatro Coca-Colas heladas a la piscina. Quería un azafate con todo eso, todo junto en un azafate al borde de la piscina mientras él se bañaba, se refrescaba, buscando en el frío del agua un sedante para su adolorida cabeza y sus agotados miembros. Cólera le dio encontrarse en su camino con Lester y Santiago, leyendo tranquilamente sendas revistas, risueños bajo sus enormes anteojos negros, tirados en dos perezosas y sin dar muestra alguna de malestar. No le cabía la menor duda, habían atravesado la orgía, la pampa, calculando, evitando los excesos, hoy se habían levantado un poco más tarde, habían prescindido de las pesas hasta mañana por ser año nuevo, pero eso era todo. Bobby se arrojó al agua; ahí adentro se estaba mejor. «¡Bah!, sonrió, tengo mucho tiempo por delante, en todo caso estoy mejor que Tonelada porque ese no tiene piscina en su departamento». Nadaba lentamente.

Ya no hubo otra noche igual para Bobby. Volvió la regularidad: las pesas, la playa, el casino de Ancón, los lugares oscuros para bailar. Una o dos veces tuvo la esperanza de que el plato se repitiera, sobre todo al ver que Tonelada aparecía en el Saratoga o en el Freddy Solo's, pero nada: carcajadas, unos whiskies y chicas decentonas. De las de año nuevo, de Gloria Symphony y compañía, no se volvió a hablar. Sin embargo Bobby tenía sus planes. No bien ingresara a la universidad, no bien le entregaran el Volvo, partiría en busca de Tonelada; sabía dónde encontrarlo y últimamente el vividor hasta le había invitado copas. Era solo cosa de dos o tres meses de encerrona para lo del ingreso, pero bastaba de pensar en eso: aún le quedaban dos o tres días con Santiago y Lester.

Los dos o tres días se convirtieron en algunas semanas. Mucho hablar de los Estados Unidos y de la vida por allá, sin embargo de Lima no se movían. La universidad donde estudiaban abrió sus puertas, pero ellos nada de partir. La Decidida le comentó el asunto a Julius. «Los jóvenes están flojeando, le dijo, al señor y a la señora les corresponde en su deber de padres de uno y amigos íntimos que dicen que son del padre del otro, a los señores les corresponde que ambos dos jóvenes emprendan un pronto retorno a su país del amigo del joven Santiago». Julius se tomó muy en serio el asunto y anduvo echándoles sus miraditas a Susan y a Juan Lucas cada vez que los visitantes aparecían en el comedor o en el bar de verano, grandes centros de reunión de la familia. Pero ni Juan Lucas ni Susan decían esta boca es mía; por el contrario, parecían encantados con que los otros se siguieran quedando, para nada intervenían. «Las ventajas de ser hermano mayor», pensaba Bobby. Julius, por su parte, recordaba que a él lo habían mandado al colegio con un año de atraso y, además, de frente a preparatoria, privándolo de *kindergarten* que, según un libro que acababa de leer, era una época linda en la vida de todo niño... Tenía razón Deci: Susan y Juan Lucas no cumplían muy bien con su deber.

Lo cierto es que los visitantes navideños siguieron quedándose, y Bobby no tuvo más remedio que abandonarlos y encerrarse a estudiar. Llegaron profesores de todas las materias, que la tía Susana conocía y recomendó por teléfono: a Pipo, su hijo, lo estaban preparando estupendamente bien para su examen, aseguraban que iba a aprobar con excelente nota, que iba a quedar entre los primeros, con todo lo que ella rezaba no podía ser de otra manera, Susan debía hacer lo mismo, rezar, rezar, pero Susan solo pensaba en colgar y colgó. Los profesores llegaron por montones, para todas las materias, y Bobby se encerró a estudiar, convirtiéndose en el hombre más compadecido del palacio. Todos lo compadecían al verlo aparecer por las noches en el comedor, agotado, y aún le quedaban varios problemas de trigonometría por resolver antes de acostarse. Mientras tanto, los visitantes continuaban en Lima sin que nadie les preguntara si tanta postergación no iba a afectar sus estudios en los Estados Unidos. Santiago explicó un día que una vez allá era fácil recuperar las clases perdidas, lo que no explicó es por qué se iban quedando más y más. Susan, sin embargo, tenía sus sospechas. Una tarde entró a la casa Welsch para comprarle un reloj a Julius, que ya iba a cumplir los once años, y el administrador le contó que su hijo acababa de estar ahí con un amigo norteamericano y que habían comprado una preciosa sortija de platino.

Pero Susan no se metía para nada en la vida de los mastodontes, y se quedó sin saber el resto de la historia, ni siquiera se enteró de que había sido Lester el que había comprado la sortija para regalársela a una chica. Notaba, eso sí, cierta tensión en el ambiente, aunque la atribuía más que nada a una serie de pleitos entre Bobby y Julius. Algo gritaban de una alcancía, pero ella ni cuenta se dio de que los pleitos se producían sistemáticamente por la noche. Por fin un día vino Julius a preguntarle si siempre tenía la llave de su alcancía bien guardada en la caja de fierro. Se marchó tranquilo cuando ella le dijo que sí. Al día siguiente, Bobby le pidió dinero a Juan Lucas, pero Juan Lucas acababa de perder por un golpe un torneo de golf y le dijo que ni un céntimo hasta después del ingreso. Bobby trató de sacarle algo a Santiago, pero Santiago no hizo más que sonreír y repetirle lo que ya Juan Lucas le había dicho. Entonces hizo la prueba con Lester y Lester lo mandó a la mierda a gritos y en inglés. Se escuchó por todos los bajos la gritería del gringo. Juan Lucas no andaba por ahí, pero Susan sí escuchó el estallido furioso del huésped, rarísimo porque era muy tranquilo y parecía incapaz de una cosa así. Susan recordó lo de la sortija, pero como ella no se metía para nada en la vida de los mastodontes, se quedó sin saber el resto de la historia.

Al menos por ahora. Sin embargo, notó que la tensión se generalizaba. Los pleitos entre Bobby y Julius empezaron nuevamente y con mayor violencia que antes. Julius estaba machísimo con eso de que iba a cumplir once años y de que este invierno terminaba su primaria; no paraba de soltar lisuras a diestra y siniestra, tanto que Susan se vio obligada a decirle a Carlos que ya no le enseñara más, aunque le preguntara todo lo que le preguntara. Pero a Julius qué mierda. Ya sabía lo que quería decir tirar y se sentía a la misma altura que su hermano. Bobby era otro problema; cada día estaba más violento, al pobre tanto estudio lo iba a volver loco. Por lo pronto una mañana mandó a la mierda y a la puta de su madre al profesor de química recomendado por la tía Susana. Pero ahí no acabó la tensión. Ese mismo día, por la tarde, Lester apareció nerviosísimo y con la camisa hecha trizas; felizmente no le habían roto la cara ni nada, estaba enterito el huésped, pero hubo que darle su calmante porque corría de un lado a otro, de una habitación a otra, corría como un loco, gritando *finished!, finished!, finished!, never more!, the end!, finished!* Todos entendían pero nadie comprendía. «¿El fin de qué?, se preguntaba Julius, ¿el fin de qué?». No tardó en enterarse de que era el fin de la estadía en Lima: mientras Lester tomaba su calmante, Santiago llamaba por teléfono a la compañía de aviación. Fijó fecha de partida para mañana por la noche.

Un par de horas más tarde, Lester, bajo los efectos del calmante, les explicaba a Susan y a Juan Lucas que era hora de volver y que su visita a Lima había sido simplemente fantástica. Susan prefirió no tocar para nada el tema de la camisa hecha trizas, aunque no era difícil suponer que la famosa sortija había tenido algo que ver en el asunto. Santiago les dijo que iban a salir esa noche para despedirse de algunos amigos y tomarse con ellos las últimas copas. A todos les pareció muy buena la idea. Ahora lo que estaba por verse era si Juan Lucas aceptaba la propuesta de Bobby. ¿Cuál era? Muy simple, lógico: Bobby quería salir con ellos, necesitaba cambiar de ambiente, llevaba ya semanas encerrado, una noche de diversión no le haría mal, ¿qué mejor oportunidad que la despedida de su hermano? Santiago sonrió como diciendo si quieres ven, me da lo mismo, no me voy a poner a llorar porque parto un año o dos. Bobby insistió, y Juan Lucas, que acababa de cobrarse la revancha frente al campeón de la vez pasada, dijo bueno, pero solo por una noche. «Ya estás feliz», pensó Santiago, mirando a su hermano, pero, contra lo que se esperaba, Bobby ni sonrió ni mostró alegría, prefirió guardarse su sonrisa para la noche. También él tenía sus tácticas, había aprendido muy rápido Bobby.

—No, no voy con ustedes; tengo la camioneta para mí.

—¿Cómo así? —preguntó Santiago.

Lester no entendía la conversación de los hermanos. Bobby le explicó en inglés, «lo siento mucho, le dijo, pero tengo una mujer esperándome; hace tiempo que me espera y es mi única oportunidad para verla». Santiago sintió curiosidad.

—¿Cómo así tienes la camioneta?

—Muy fácil: le dije a Juan Lucas que ustedes a lo mejor se demoraban en regresar y que yo no quería volver tan tarde; lo más práctico era que me prestaran la camioneta, así podía volver antes si era necesario, y levantarme mañana a tiempo para estudiar.

—Buena idea...

—Además me dio algo de dinero; no mucho, pero para esta noche basta.

—Bien —dijo Santiago—; entonces chau...

—Chau...

Y en el instante en que Santiago le sonreía con la mirada ausente, Bobby le sonrió igualito; ampliaron sus sonrisas al voltear para dirigirse cada uno a su auto, se miraron aún un instante, así, ausentes, mientras volteaban, un segundo bastó para que firmaran un eterno pacto de ausencia: los dos eran los herederos de una inmensa fortuna.

Y mientras Bobby corría como un loco para tirarse de una vez por todas a la tal Sonia y asegurarse de que era ella, Santiago y Lester estacionaban tranquilamente frente al Freddy Solo's Bar, donde habían quedado en encontrarse con un grupo de amigos. Ya no Tonelada. De ninguna manera Tonelada. Por lo menos mientras Lester estuviera en Lima.

—Pero si de todos modos soy un encanto —reclamaba el vividor, recostado en la barra del Freddy Solo's, rodeado de mujeres que se mataban de risa con las cosas que iba inventando.

—¿Por qué me corren?, ¿acaso no soy un encanto?

—Simpático siempre —le decía una.

—Pero ni te me acerques —le decía otra.

—¡Pobre Tone! —exclamaba la Piba—. ¡Nadie le hace caso!

—¡Hasta que los ojos te vuelvan a sus órbitas!

—Ahí está Santiago con Lester —anunció, de pronto, la Piba, mirándolos entrar y acercarse a la barra.

—¡Me voy! El gringo pega como Virrey... los tienen muy bien entrenados allá en Texas. Esta no es conmigo, señoritas... aquí el caballero se marcha.

—¡No seas tonto! —exclamó la Piba—. Ya están bien sentaditos y al otro lado, están tranquilitos con sus amigos; además ya te vio y nada...

Nada porque Santiago lo contuvo en cuanto abrió la puerta y se dio con el otro sentado allá al frente, nada porque Lester llevaba tres de los calmantes de la tarde en el sistema, y nada porque era su última noche en Lima y no se la iba a pasar peleando. Santiago saludó a Tonelada con una sonrisa, mientras con el rabillo del ojo estudiaba a Lester: parecía tranquilo, acababa de ordenar varios whiskies y conversaba sonriente con los amigos que habían llegado antes.

Los amigos siguieron llegando y los pedidos de whisky, a la orden del día. Santiago bebía poco, como de costumbre; en cambio Lester uno tras otro, como nunca; era capaz de armar otra bronca igual a la de esa tarde, sobre todo si Tonelada continuaba ahí, al otro lado de la barra en U, frente a ellos y carcajada tras carcajada. Y el problema del idioma, además; Lester no entendía ni papa de lo que se hablaba allá, a lo mejor pensaba que el vividor se estaba riendo de él, quién sabe, con todas las que le había dicho... Sin embargo el licor no lograba exaltar al viajero norteamericano, lo entristecía más bien, cada vez conversaba menos con los amigos, prácticamente se limitaba a pedir y a invitar más whisky, entristecía lastimosamente...

—*Incredible!* —exclamó, de repente, dejando caer la cabeza hacia adelante.

—¿Qué? —le preguntó Santiago.

—*Incredible!* —repitió, enterrando aun más la cabeza.

Solo la levantaba para buscar su vaso y pedir más. *Incredible!*, volvió a decir como media hora más tarde. Santiago interrumpió su conversación con el de al lado, pero, cuando lo miró, Lester había hundido más todavía la cabeza en el ambiente ese oscuro que se había ido creando, copa tras copa, entre la barra y su propio cuerpo. Aún no caía del todo ahí abajo. Iba descolgándose de a pocos, un recuerdo, otro whisky, buscando crear más del ambiente oscuro, pero los colores de la barra, su camisa, su corbata, seguían filtrándose en su ceguera y no lo dejaban terminar de oscurecerlo; quería cerrar su ambiente triste, entrar, encerrarse, irse a pasar un rato ahí adentro solo, pero también la música del bar y algunas carcajadas estúpidas continuaban metidas en su ambiente, aún no vaciaba el lugar para su mirada ausente, se topaba con ellas mientras resbalaba por los escalones de su borrachera, seguían filtrándosele entre los whiskies para su sordera, impidiéndole ahora silenciar su oscuridad y desaparecer de una vez por todas en la negra explicación de sus recuerdos. Lo hubiera logrado, ya caía Lester, cuando un súbito empellón lo tumbó indefenso en un terrible, amargo malestar... que giró, además vino girando de allá, para llevárselo hacia arriba de costado, con náuseas, se le hizo mierda la ley de la gravedad, en un segundo perdió todito lo creado de su ambiente, hasta la oscuridad se le quebró llenándosele de mil colorcitos giratorio-intermitentes, solo quedaban trozos de negro para apoyarse a descansar entre dos mareos. Pero, poco a poco, enfrentándose, engañando uno por uno a los mil colorcitos, Lester logró encontrar el momento para el enorme esfuerzo que le permitió incorporarse de golpe y evitar así otra vuelta más del furibundo carrusel, sintió vertical el taburete y aprovechó para prenderse con ambas manos del vaso, presionándolo hasta que el barman se quedó quieto en su sitio y solo se movió cuando se movía para servir a los clientes...

—Whisky —pidió.

Creyó que ya podía soltar su eje y casi lo rebalsa el vómito, rápidamente se volvió a prender del vaso y apretó hasta divisar a Tonelada detrás del barman; contrajo íntegro el cuerpo para clavarle la mirada y sintió que lograba un segundo de control, reflexionó, miró brutalmente a Tonelada, con los ojos lo insultó hasta sentir libre su garganta de la saliva amarga, entonces empezó a soltar de nuevo el vaso, poco a poco, mientras sus náuseas seguían diluyéndose, a medida que el vividor, allá al frente, le iba bajando la mirada.

Y la voz. Tonelada bajó también un poquito la voz al notar que Lester lo miraba con odio; terminó su historia despacito y como pudo, un poco nervioso, calculando: pide otro whisky, Santiago interviene, insiste, le sirven... Tonelada arrancó con otra historia, despacito eso sí, porque aún no sabía cómo iba a reaccionar Lester con el nuevo whisky, las chicas tuvieron que pegársele para poder escuchar los detalles. Era una historia cojonuda, ¿cómo?, ¿cómo?, le preguntaban ellas, ¡más fuerte!, ¡no se oye!... ¡Y le metieron un palitroque en el pompis!, concluyó Tonelada, elevando la voz y soltando a gritos una carcajada total mientras Lester, al frente, depositaba con las justas su vaso sobre un cenicero, inclinando de a pocos la cabeza, descolgándola hacia adelante como si quisiera tocarse el ombligo con la nariz; lo detuvo el cuero elegante y fresco que acolchaba el borde de la barra. Esta vez no dejó que se le filtrara nada. Se encerró en su ambiente oscuro...

—¡Ah no! ¡Eso sí que no! —exclamó la Piba—. ¡Guárdala inmediatamente!

—¿Ya ven?... ¿Qué les dije? Tiene su corazoncito mi amiga...

—Tonelada: guárdala o me voy... ¡Cómo puedes ser tan cobarde!

Pero Tonelada insistía en mover el meñique alegremente, les hacía adiós en los ojos a las chicas, en la punta de la naricita les agitaba el meñique adornado con la sortija de platino que acababa de extraer de un bolsillo. La Piba lo había visto esconderla cuando apareció Lester. Se puso furiosa.

—¡Cómo puedes ser tan cínico!

—¿Ya ven?... ¿No les dije?... Cuanto más bebe, más se llena de nobles sentimientos.

Pero a él le dolía íntegra la cara y no tenía ni pizca de ganas de respetarlos esta noche, ¡a la mierda con los sentimientos! Él quería bromear, burlarse de todo, de lo que fuera. Ya ellas conocían a la Piba, llenecita de rezagos, aquí, mi amiga... ¿Qué más quieren que lo de la noche de Navidad?...

¿Quieren que les diga un secretito?... Esta Navidad tampoco... con nadie...

—¡Asqueroso!

Las otras ni sospechaban el lío de la sortija, pero la Piba, con muchos whiskies adentro, seguía prendida al buen sentimiento que acababa de surgirle cuando menos se lo esperaba, se le llenaron los ojos de lágrimas. Tonelada trató de abrazarla pero se le escapó por debajo del brazo.

—¡Asqueroso! ¡Asqueroso! —la Piba se sabía todita la historia de la sortija.

—Un poco bullangueros los señores... Por favor, señorita...

¡Uf! ¡Para qué se metió! La Piba secó su vaso en un dos por tres y a gritos se arrancó con su denuncia: ¡hasta esta noche la habían visto con Tonelada!... ¡Nunca más la verían!... ¡Todo tenía su límite!... ¡Delfinita acababa de terminar en Santa Úrsula!... ¡Más linda, más buena no podía ser!... ¡Era su prima además!... ¡Y este asqueroso!... ¡Este asqueroso se entera de que su padre va a distribuir unas películas argentinas!... ¡Que va a estrenar un cine para sus películas!... ¡Que va a traer dos artistas famosas para el estreno!... ¡Que les va a dar fiestas!... ¡Cócteles!, ¡claro!, ¡asqueroso!

—Señorita Piba...

—¡Este asqueroso todavía no tiene una artista de cine en su lista!.... ¡Y cuánto dinero le puede dar eso!... ¡Con razón desapareciste asqueroso!... ¡No querías que te vieran con mi prima!... ¡Y mucho menos yo!... ¡Le sacó invitaciones para todo! ¡Quítame el brazo de encima! ¡No me toques asqueroso!... ¡Usted sabe de quién es esa sortija!, ¿no sabe?, ¿no sabe?, ¿no se le ocurre? ¡Zafa, sinvergüenza! ¡Ladrón!

—Yo solo le robé el corazón —intervino Tonelada, tratando de salvarse con la risa de las otras, pero las otras andaban medio preocupadas, a pesar de la música se estaba oyendo por todo el bar.

—¡Ladrón! ¿Cuándo vas a plantar a Delfinita? ¡Dime cuándo!, ¡dime, ladrón!...

—Señorita...

—¡A él! ¡A él que es un ladrón! ¡Un sinvergüenza!

—No bien se emborracha le da por ofenderme.

Soltó a llorar la Piba porque lo quería un montón a Tonelada. «Está más loca que una cabra», pensaba Santiago, que había seguido la escena sonriente, al ver que de pronto la Piba se escondía llorando en el brazo de Tonelada, y hasta saltaba por momentos para llenarlo de besos en los ojos hinchados, en las cejas partidas, en los labios deshechos, «¡asqueroso!, ¡asqueroso!», le gritaba aplastándose contra su pecho.

—Una rueda de whisky —ordenó Tonelada, produciendo un montón de billetes y entregándolos enrollados en el dedo de la sortija, antes de que el barman lo tuteara al decirle ¿quién paga?

Lester sintió un brazo en la espalda y encogió los hombros para que lo soltaran y lo dejaran en paz. Pensó que podría ser Santiago y trató de incorporarse, pero lo venció el peso de su cabeza y quedó nuevamente recostado sobre el cómodo borde de la barra.

—Un *alka-seltzer* —ordenó Santiago.

—No *alka-seltzer* —murmuró Lester, tratando de explicar algo de que habían sido los calmantes y pidiendo que lo dejaran solo un rato más.

—¿Qué hacemos? —les preguntó Santiago a los amigos—. Prefiero no llevarlo a la casa así.

—¡Hola! —exclamó, de pronto, Bobby. Nadie lo había visto llegar; traía una cara única de satisfacción—. ¿Qué pasa con Lester? —preguntó.

—Tienes que ayudarme a sacarlo; está como muerto. Sería mejor que durmiera en algún sitio antes de llevarlo a casa.

—En la camioneta. El asiento se transforma en cama.

—Buena idea... Vamos a esperar un rato, y si no se despierta, me ayudas.

No fue necesario. Solito se fue incorporando, poco a poco, lentamente. Además no había estado dormido. Allá abajo, en su ambiente oscuro, Lester no había cesado de luchar contra el vértigo nauseabundo que acompañaba la giratoria e incesante repetición de su llegada a casa de Delfina. Un montón de veces llegó y le regaló la sortija; un montón de veces llegó y pasó la tarde con ella, cogiéndole la mano y sintiendo fría la sortija entre sus dedos, mientras su padre, algunas tardes, le hablaba de futuros contratos para distribuir películas norteamericanas y él, por dentro, pensaba en las posibilidades de ponerlo en contacto con su propio padre. Después se le venía la tarde con la pelea de gallos en la hacienda de Delfina y su burlona sonrisa ante la facilidad con que las chicas peruanas decían *I love you*, a él sobre todo que nunca había pasado de *I like you*; con qué facilidad durante la pelea de gallos ella le decía te quiero, *I love you*, le traducía, por si no había entendido, a él que nunca había pasado de me gustas y que hasta esa tarde, otra tarde después de la pelea de gallos, nunca había sentido más allá de *I like you*, y de pronto se encontró diciendo *I love you*, cuando Delfinita se apareció con el regalo, dos gallitos de pelea de plata, y él sintió que la quería y se lo dijo y empezó a quererla como un imbécil... «*Imbecil, stupid imbecil*», lo escuchó murmurar Santiago, y volteó a mirar cómo se incorporaba lentamente, y cómo volvía a caer sobre el borde acolchado de la barra. Entonces sí veía clarito las otras tardes en la playa, en Ancón, en una fiesta una noche, todo acababa de suceder, la fiesta anoche... «*Imbecil!*», soltó, tratando de incorporarse al notar recién, al darse cuenta recién ahora de que solo él dijo *I love you* anoche: en un segundo bailó toda la noche con Delfinita, una tras otra bailó cada una de sus piezas mientras se incorporaba impulsado por la realidad de toda una noche sin que ella le dijera... La invitó nuevamente a bailar, se volvió a despedir de ella al fin de la fiesta, «*imbecil!*», soltó otra vez, incorporándose algo más al descubrir recién que la había notado rara y nerviosa igual que esta tarde cuando tocó el timbre y ella misma le abrió la puerta del jardín, rara y nerviosa, recién notó por qué la ausencia del mayordomo, tampoco tenía la sortija, «*imbecil!, imbecil!...*». Recién ahora comprendía lo de esta tarde... «*Imbecil!*». Sintió la rabia de la tarde en el cuerpo, con ella se le filtró íntegra la tarde en su ambiente negro, incorporándolo a medias, pero volvió a descolgarse para entrar de nuevo en el jardín donde Delfina lo recibía diciéndole no *I love you*, diciéndole solo me gustas, y añadiendo pero... «*Stupid imbecile!*», le había dicho *I love you* al notarla rara, nerviosa, y en ese momento Tonelada había aparecido por un costado del jardín, sonriente, confiado, cobarde en inglés retrocedía explicándole, corriéndosele, agachándosele, se me ha perdido mi medallita entre el pasto, pero era coger un palo y Lester le cayó encima, logrando finalmente apoyar ambas manos sobre el borde acolchado de la barra... Le rechinaban los dientes, golpe tras golpe con los dientes rechinándole de furia terminó de incorporarse, igual que en el jardín cuando sintió que la fatiga le pedía irse y se incorporó tenso, y continuó mirando a Tonelada un rato más, tirado en el suelo, ahí al frente, con la cara hecha mierda.

Momentos después, Lester dormía plácidamente en el asiento-cama de la Mercury, estacionada frente al Freddy Solo's Bar. Un poco más allá, en el Volvo, Santiago y Bobby dejaban pasar el tiempo, cabeceando a ratos, pero tratando siempre de encontrar algún tema de conversación que les impidiera dormirse. A eso de las cinco de la madrugada, vieron salir a Tonelada tambaleante y haciendo toda clase de maniobras para evitar que la Piba Portal se le fuera de bruces al suelo. Subieron por fin a un taxi y desaparecieron. Santiago aprovechó para explicarle a su hermano todo el lío entre su amigo y el vividor. Bobby no hizo ningún comentario. Hubo un momento en que se sintió tentado de contarle a Santiago su feliz aventura donde Nanette, pero temió que lo despreciara por andarse metiendo todavía con putas y continuó mudo.

—Vamos a dar una vuelta —dijo Santiago, encendiendo el motor del Volvo.

—Que no sea muy larga... ya está amaneciendo.

—¿Qué quieres que haga si Lester no da señales de vida?

Regresaron a más de las siete para despertarlo. No fue difícil. Lo que sí, el pobre se sentía pésimo y no paró de quejarse hasta que lo convencieron de que había dormido varias horas y de que allá en casa le iban a dar un buen desayuno para que se acostara luego y siguiera durmiendo. Santiago subió a la camioneta y le dijo a Bobby que regresara en el Volvo.

Eran casi las ocho de la mañana cuando aparecieron pegando de bocinazos en la puerta del palacio. Universo, que regaba siempre muy temprano, les abrió inmediatamente el portón, y tanto Bobby como Santiago tuvieron que maniobrar hábilmente para entrar sin llevarse de encuentro a Julius, que salía por la izquierda en su bicicleta. Por mirar a Julius, ninguno de los dos miró a la derecha y ahí sí que casi se llevan de encuentro a una mujer horrible que Lester, desde su ventana, consideró como una prolongación del espantoso malestar que le impedía volverse a dormir.

En cambio ella lo miró sonriente y solo después, cuando la camioneta ya había entrado, se quedó desconcertada, pensando que ese joven rubio no podía ser uno de los niños. Detrás entró Bobby en el Volvo, pero ella no alcanzó a mirar porque Universo acababa de desconcertarla aun más al impedirle la entrada al palacio. Largo rato estuvieron discutiendo. Universo quería saber quién era Nilda y Nilda quería saber quién era Universo. Los dos se sentían con igual derecho para interrogar al otro. Nilda se consideraba siempre cocinera de la familia y no veía diferencia alguna entre el antiguo y el nuevo palacio; lo único malo era que todo su alegato lo basaba en el antiguo y para Universo, que nunca había sido jardinero allá, no existía más palacio que este. Total que ni uno era el jardinero ni la otra la cocinera. Nilda se puso insolentísima y le dijo que no había venido a visitarlo a él sino al niño Julius, pero su declaración solo logró complicar más las cosas, ya que, según Universo, Julius acababa de salir en su delantito de sus ojos de los dos y, por consiguiente, ella no sabía quién era Julius ni Julius la conocía tampoco. Nilda gritaba llenecita de dientes de oro y Universo le contestaba también a gritos y con la boca plagada de caries y uno que otro diente de oro. Furiosos los dos: la carroza, según Nilda, era muy vieja, y, según Universo, nuevecita; por nada de este mundo se ponían de acuerdo, y lo peor era que ya se iban a lo personal y a la ofensa con falta de respeto; cada vez se alejaban más del punto de partida, hasta que terminaron discutiendo quién empezó a faltarle al otro antes. Universo la acusaba de haber dicho que los de la sierra más tercos, más burros no podían ser, y Nilda, después de gritarle que eso era cierto, contraatacaba alegando que primero él la había llamado «*intrusora*» y la había acusado de introducirse al palacio probablemente para robar. Ya no tardaban en irse a las manos de tanto que se faltaban y a gritos, cuando, muy campante, apareció Carlos, que llegaba a trabajar, y saludó a Nilda como si nunca hubiera dejado de verla. Nilda se le tiró encima para abrazarlo y, de paso, para que el serrano bruto reconociera cómo ella era casi familia en esa casa. Acusó a Universo, y Carlos, sonriente, le preguntó que quién lo había nombrado centinela, «tú con tu manguera y a cantar huaynitos», le dijo, ganándose por completo a Nilda que se le arrojó nuevamente entre los brazos, esta vez para contarle que, en Madre de Dios, su hijo se le había muerto de tifoidea que le llaman.

Carlos la invitó a entrar a la repostería, y ahí la informó de todo lo ocurrido desde su partida. Celso y Daniel vinieron a saludarla y le invitaron desayuno, mientras ella les contaba de su vida durante los últimos meses. Hablaba sin parar, mezclando cada historia con la historia de la muerte de su hijo; no bien lo mencionaba, soltaba el llanto a gritos. Los tenía completamente desconcertados con tanta calamidad; le había ido pésimo desde que abandonó a la familia: en ninguna parte habían querido aceptarla con el hijo enfermo y por fin había decidido regresar a su tierra. Pero allá también le fue muy mal, allá había empeorado el chico, el clima, el agua, qué sería que le malogró su barriguita. A la semana de llegados empezó a llorar. Primero por las noches, después durante el día, al final lloraba día y noche la pobre criaturita, pobrecito, no sabía cómo expresarse, el médico seguro se lo mató con unos jarabes amargos que le dio. Nuevamente a llorar Nilda, y los otros ahí, completamente desconcertados.

Así los encontró la Decidida, cuando apareció preguntando si Julius había regresado ya. Bastó que Nilda escuchara el nombre de Julius para que, de golpe, cambiara el llanto por una sonrisa la mar de alegre. Celso las presentó como la antigua cocinera y la nueva empleada. La Decidida se infló mientras se acercaba bruscamente para impedir que Nilda se molestara en ponerse de pie. Se saludaron utilizando fórmulas rarísimas. Nilda soltó una y la Decidida le respondió con dos mucho más complicadas, logrando así que la otra le bajara la mirada, en reconocimiento de su mayor estatura, volumen y de su certificado de estudios primarios. Inmediatamente, la Decidida preguntó si ya le habían servido su desayuno a la señora. Celso y Daniel respondieron que sí, que por supuesto, pero como ella siempre tenía razón, les gritó que qué esperaban para ofrecerle otra taza de té. Nilda se lo agradeció y empezó a contarle mil historias sobre la vida de Julius. Los mayordomos se entusiasmaron, se sirvieron más té, ofrecieron más pan: ellos también tenían sus historias, sus recuerdos, sus propias versiones. Nilda se dejaba interrumpir, los escuchaba pacientemente, pero siempre daba la versión final y exacta de cada historia. Mientras tanto, la Decidida tomaba su desayuno en silencio, escuchando con envidia las narraciones de una época totalmente extraña para ella, lo cual le impedía opinar y, por consiguiente, tener razón. ¡Y los otros dale a contar! Carlos también intervenía, agregando anécdotas que ellos ignoraban porque habían ocurrido en la calle, en alguna de las muchas ocasiones en que había llevado a Julius al colegio, a un santo, adonde un amigo. Poco a poco fueron mezclándose y alargándose las narraciones. Los recuerdos abundaban, emocionantes, y Nilda hablaba y escuchaba con los ojos enormes. Un recuerdo se encontró en su camino con el nombre de Cinthia, y la pobre tuvo que dejar volando su taza para soltar el llanto, «Cinthia, Cinthia», sollozaba. Pero el recuerdo se trasladó a las primeras comidas de Julius en su comedorcito lleno de figuras de animales famosos, y Nilda volvió a coger su taza y a sonreír alegremente hasta que, sabe Dios cómo, en la historia reapareció Cinthia con Bertha escarmenándola, y la pobre tuvo prácticamente que arrojar la taza para evitar que los sollozos contenidos le destaparan los ojos o la acogotaran, Carlos se dio cuenta del mecanismo sentimental de Nilda, y se dedicó a contar historias en las que solo figuraba Julius. Celso ofreció más té y la reunión volvió a animarse. Todos aceptaron otra taza, menos la Decidida, que andaba ya un poco harta de no encontrar oportunidad para intervenir. «Todo tiempo pasado fue mejor», soltó de repente, pero sin mayor éxito porque los otros, en vez de admirarla por su cultura, asintieron rápidamente y se lanzaron con más entusiasmo que nunca a las evocaciones de un pasado que, en efecto, les parecía mejor. Nilda dominaba la escena, hablaba como una cotorra, no paraba de repetir una y otra vez la misma historia sobre la niñez de Julius, ese niño siempre había sido muy noble, siempre fue más correcto que sus hermanos, pensar que ya iba a ser un hombrecito, pensar que ya iba a cumplir los once años, ella siempre se acordaba del día de su cumpleaños, nunca se había olvidado, dentro de una semana cumple sus once años, ¡ah!... ella que lo vio nacer, ¡ella que le enderezó sus orejitas!... dentro de una semana cumple sus once años, solo que dentro de una semana ella estaría trabajando y no podría venir, por fin había encontrado trabajo en Lima, ahora era más fácil, ahora que su hijo se le había muerto, así son pues la gente... Y mientras soltaba nuevamente el llanto, sacaba de una bolsa de trapo una bolsita de papel, unas gallinitas que tenía, seis huevos de sus gallinitas le traía a Julius por su santo, en nombre de su hijo... A llorar como loca, con todos ahí ofreciéndole más té, más pan, más mantequilla, con la Decidida olvidando sus rencores, corriendo a traer la mermelada, la misma con que desayunaba la señora, el niño Julius ya no tarda en venir, todas las mañanas sabe salir a dar un paseo en bicicleta antes del desayuno, órdenes del señor, ya no tardaba en regresar el niño Julius...

Pero Julius no regresó. Sentado en el asiento posterior de la camioneta, con Bobby al lado, Julius se esforzaba con contener la cólera, la desesperante y violenta timidez que le producía recordar a Nilda, esta mañana, sacando la bolsa con los huevos que le traía por su cumpleaños. Era la misma incontrolable timidez que le impidió entrar en la repostería, cuando llegó tranquilamente a desayunar y se encontró con la mujer horrible que era Nilda, sentada, esperándolo. No pudo entrar. Simplemente no pudo entrar y, ahora, mientras regresaba del aeropuerto, la inesperada escena de la mañana lo asaltaba repitiéndose, desbordándolo por sus manos tembleques, minimizando todo lo que no fuera ese instante en que la vio sentada, llorando, desvaneciendo la pena que normalmente debió producirle la nueva partida de Santiago. Volvían tristes, por lo menos callados, cada uno con lo suyo. Susan, linda, silenciosa, distraída o triste, aceptaba la propuesta de Juan Lucas: dejar a los chicos en casa, salir a comer a la calle. Juan Lucas detenía la camioneta en un semáforo; odiaba los semáforos porque no encontraba qué decir mientras esperaba, porque no tenía nada que decir mientras le cambiaban a luz verde, porque en su vacío impaciente se filtraba la escena del aeropuerto: «Adiós, muchacho, buena suerte, deja saber de tu vida». De pronto se encontraba triste, queriéndolo como a un hijo, tosía inmediatamente para no sentir pena en la garganta, ¿qué tal si dejamos a los chicos en casa y salimos a comer?... luz verde. Susan aceptaba cualquier propuesta, sí, darling, buena idea. Sacaba el brazo por la ventana de la camioneta veloz, lo estiraba para sentir el aire tibio de la noche veraniega, miraba su mano allá afuera, entre sus dedos abiertos y estirados veía pasar corriendo las fachadas iluminadas de las casas, metía de pronto rápido el brazo para que no siguiera elevándose en la noche igualito al avión, sí, darling, buena idea. Volteaba a disculparse, a decirle a Bobby que era mejor que no viniese, Juan Lucas y ella regresarían tarde, él tenía que levantarse temprano a estudiar. Terminaba con Bobby y descubría a Julius, ¿ahora qué le decía para disculparse?, volteaba tranquila al verlo completamente distraído, como en el aeropuerto, recordaba entonces que prácticamente no se había despedido de Santiago, de Lester, no se interrogaba más porque, en San Isidro, las casas iluminadas la distraían una tras otra, Susan miraba hacia arriba, las fachadas le escondían el cielo, pero un terreno abierto, una casa ausente le oscureció un trozo de noche, una estrella que se iba rápido, como su mano hace un instante entre el aire tibio, igualita al avión que se fue, sí, darling, ¿adónde me llevas? Juan Lucas tosió para evitar el nudo y llegó con la garganta alegre al nuevo semáforo en rojo, detuvo la camioneta pensando en Lester: «Dile a tu padre que lo esperamos en octubre, le tendré al Briceño en Lima, ¡el torero del siglo!, ¡en octubre!, ¡no te olvides!, anda muchacho, ¡buena suerte y hasta pronto!, ¡jajaja!». Volteó donde Susan, ya sé a qué *restaurant* te voy a llevar a comer, mujer, ¡vas a ver lo que es bueno! Susan le preguntó ¿a cuál, darling?, pero la luz verde le permitió arrancar, hacer ruido con el motor, no contestarle, no decirle nada, jaja, dejarla mirándome linda de curiosidad. Susan cerró la ventana, quiso sacar nuevamente el brazo y cerró la ventana mientras volteaba adonde Julius para olvidar los aviones, recordó que no había palabras para él. Julius le quitó la mirada y se encontró llegando a la cocina, deteniéndose al ver a Nilda, saltando, retrocediendo al verla llorar sacando, poniendo los huevos sobre la mesa, nadie lo vio entrar, nadie lo vio estrellarse contra su invencible, repentina timidez, nadie lo vio encontrarla horrible, llorando gritando ¡mi hijo muerto!, nadie lo vio irse, saltar hacia atrás, rebotar, esconderse a escuchar detrás de la puerta...

—Sírvase de *este* mermelada, señora Nilda; mermelada inglesa... sírvase, señora... El niño Julius ya no tarda en regresar, sale a dar un paseo en bicicleta antes del desayuno, órdenes de don Juan Lucas.

—Gracias, señorita... ¿no se sirven ustedes también? Ojalá venga pronto el niño Julius, siempre recuerdo su cumpleaños, once años va a cumplir, un hombrecito, ¿recuerdan cuando les disparaba desde la carroza?... ¿recuerdan cuando jugaba con Vilma?... perdón, de ella no quería hablarles, mejor...

Julius abrió rápido la ventana, asomó bruscamente la cara, pero allá afuera, entre el aire oscuro y tibio de la noche, Vilma continuó siendo puta, tan chuchumeca como Nilda contó esta mañana. Y más todavía, eso era lo peor, más todavía. Cerró la ventana, se quedó tranquilito, mudo, como si nada hubiera pasado, hijo de Susan casada con Juan Lucas, hermano de Bobby, regresando de despedir a su hermano Santiago que estudia en los Estados Unidos, que acaba de partir con su amigo Lester, regresando de despedirlos en la camioneta Mercury que avanza veloz por la avenida Javier Prado, mírenme, no pasa nada, absolutamente nada, solo que Vilma es puta más grande que hace un instante cuando abrí la ventana, mucho más que esta mañana: esta mañana cuando él sintió por primera vez que un globo enorme, monstruoso, que se infla, se infla persiguiéndolo, salió inflándose de la cocina...

—La encontré por la calle, bien trajeada, siempre hermosa la joven Vilma... Muy insolente eso sí... Yo fui cordial... Claro que ignoraba aún... aunque tanto olor, su misma facha de Vilma algo me escondía ya, su propio andar... Yo fui cordial y ella más bien se mostró muy insolente desde el principio... Habla con una lengua inmunda, provocando habla, insolentándose, envalentonándose, burlándose de que una es pobre pero honrada... Como cosa de nada le suelta a uno que es chuchumeca en un burdel de La Victoria...

Tal vez si me hubiera corrido... ¿Para qué? Desde que la nombró, desde que agachó la cabeza lo supe, *yo te digo a quién me voy a tirar esta noche...* Julius controló su rabia, frenó sus brazos, que se iban en mil golpes sobre Bobby, sentado detestable junto a la otra ventana de la camioneta. Ni cuenta se dio, adelante tampoco, ni Susan ni Juan Lucas, cada uno con lo suyo. Julius aprovechó tanta paz para quedarse tranquilito, hijo de Susan casada con Juan Lucas, hermano de Bobby, regresando del aeropuerto de dejar a su otro hermano, acercándose por fin a la casa... Pero no bien terminó de revisar su existencia tranquilizante, de agregarle, en un último esfuerzo, estoy vivo, me llamo Julius, no le he pegado a Bobby, no pasa absolutamente nada, no bien se calificó de niño de once años que termina este año su primaria y regresa tranquilo del aeropuerto y nada más, Vilma fue puta mucho más grande, como si el globo enorme y monstruoso hubiera seguido inflándose hasta desbordar el palacio para perseguirlo por las calles de San Isidro, de Miraflores, de Lima, del mundo entero si él seguía huyéndole, si él seguía abriendo ventanas y encontrándolo también ahí afuera, más grande todavía, mucho más grande que esta mañana cuando por primera vez salió de la cocina y él corrió a esconderse en un baño donde Vilma fue puta más grande todavía, mientras el globo lo aplastaba contra las paredes y los caños de la ducha fría, donde Vilma fue puta inmensa, de donde él salió perseguido hasta la piscina, arrojándose a nadar rapidísimo con la cabeza hundida entre el agua para no oír nada, no ver nada, agitando las piernas, los brazos, los pies como loco hasta que se agotó y cuando paró un instante a respirar, Vilma fue puta enorme.

Pero mucho menos que ahora. Porque ahora, con la ventana de nuevo recién cerrada, a pesar de que estaba tranquilito, a pesar de que se llamaba Julius y de que regresaba con su mamá, que es linda y la adoro, del aeropuerto, Vilma era gigantescamente puta y a él ya qué le quedaba sino escoger entre los tres a Susan, írsele encima no bien el impulso lo arrojara contra ella, colgársele, prendérsele del cuello, llorar gritándole ¡ayúdame!... ¡sácame esto de encima!... ¡como un globo!... ¡enorme!... ¡pesa!... ¡me aplasta!... ¡me oprime!... ¡me duele!...

¡Llévense a Vilma!, ¡a Nilda!, ¡a Cinthia!... Pero no. No porque Julius le ganó la partida al momento y la camioneta llegó sin novedad al palacio. No pasó absolutamente nada.

Inexplicable, indescifrable, indescriptible el momento en que Julius logró ganarle la partida al momento y llegó tranquilito al palacio, completamente hijo de Susan y cien por ciento regresando del aeropuerto. Claro que había aprendido que delante de Juan Lucas nada de bullangas ni escándalos, mucho menos cuando ha decidido entrar a tomarse un aperitivo mientras Susan se cambia para salir. De eso, ni hablar: la vida de Juan Lucas tenía que ser siempre como él acababa de decidir, para que pudiera seguir tan bien conservado. Pero el momento en que Julius le ganó la partida al momento se parecía más bien a una situación en la que, por ejemplo, un hombre que no tarda en cortarse las venas te entrega el cortaplumas diciéndote «ténmelo un ratito por favor, ahorita vuelvo por él». También tenía mucho de otra situación en la que un tipo que huye de pronto se da cuenta de que está huyendo y no se explica por qué y empieza a sentirse muy fuerte, tan fuerte que detiene su carrera, gira, mira, da el primer paso adelante y desconcierta por completo al que lo perseguía, tanto que muchas veces este pierde los segundos más preciosos, los que lo hubieran salvado en su inexplicable huida.

Subió corriendo hasta su dormitorio. A la pobre Vilma, puta gigantesca, le tiró un portazo en la cara que casi la mata. Enseguida, por todos los medios imaginables, logró probarse que en la habitación no había nadie; entre otras cosas, respiró hondo y profundo, cerró y abrió los ojos, logrando así comprobar que también el globo enorme y monstruoso se había quedado afuera, totalmente desconcertado por el insolente e inesperado portazo.

Susan también había subido. Pero, mientras se cambiaba para ponerse más linda que nunca y pedirle a Juan Lucas que la llevara a Europa mañana mismo, pensaba desconcertada en el rápido beso que Julius le había clavado momentos antes, al entrar al palacio. Pensaba y pensaba la pobre Susan, pensaba completamente distraída, no tardaba en equivocarse de perfume, a lo lejos sentía como si se hubiera quedado con algo, como si Julius le hubiera dejado algo, diciéndole «ténmelo un ratito, por favor, ahorita vuelvo por él». Sí, sí, ya sabía qué quería: se moría de ganas de ir adonde él y de darle un beso enorme porque seguro está triste con la partida de su hermano, uno nunca sabe con los niños. Ya se iba Susan, ya lo iba a buscar, ¡tragedia!, se equivocó de perfume. «¿Y ahora qué hago?», se dijo, bañada en ese olor que Juan Lucas no toleraba después de las seis de la tarde.

Tirado en su cama, con el dormitorio a oscuras y la puerta bien cerrada, Julius no se imaginaba el peligro que acaba de amenazarlo. Volvía a respirar, buscando en el momentáneo alivio el reposo necesario, ahora que la partida contra el momento había terminado. Ni se le ocurría que Susan había estado a punto de venir a devolverle su beso y de arruinar así su terrible esfuerzo.

Esa noche se dialogaba por todo el palacio. En la cocina, Celso, Daniel, la Decidida, Abraham, Marina (la nueva lavandera para las camisas de Juan Lucas), Carlos y Universo comentaban la partida del joven Santiago y de su amigo y las repercusiones que había tenido sobre Julius quien, según la Decidida, había aprovechado la ocasión para encerrarse en su dormitorio y negarse a probar bocado hasta mañana. También Bobby, cenando solo en el gran comedor del palacio, terminaba un largo diálogo con sus instintos: esta noche a dormir; a partir de mañana, encerrona hasta el día del examen. Mientras tanto, en el Jaguar en marcha, Susan, sin una pizca del perfume que tanto molestaba a Juan Lucas por la noche, lograba convencerlo fácilmente.

—Cuando tú digas, mujer... ¿A Londres, primero? ¿Prefieres Madrid?

—A Londres primero, darling —respondió Susan, acercándosele, sacrificando la delicia de su brazo extendido en el aire tibio de la noche, igualito al avión que se iba a Europa, y que le permitió decir darling, ¿por qué no nos vamos a Europa?, tan convincentemente.

También Julius terminaba un largo diálogo, surgido en la oscuridad de su dormitorio y sin que él, tirado siempre inmóvil sobre su cama, nada pudiera hacer por evitarlo.

—Mami, dame la llave de mi alcancía, por favor.

—Sí, darling, toma.

No bien Susan le entregó la llave, Julius salió disparado porque el momento empezaba a parecerse al que perdió la partida, y porque Bobby ya no tardaba en llegar buenísimo...

—Julius... perdóname: era mentira.

—Gracias, Bobby...

—Julius, perdóname: no era verdad.

—Ya lo sabía, Bobby, gracias...

—Julius...

—¡Bah!...

—¡Si me das la llave te digo a quién me voy a tirar esta noche!

—Toma la llave. Toma la alcancía...

—Toma, Julius; te la devuelvo: era una broma...

—¡Bah!...

—Julius... ¡perdóname!

—Gracias, Bobby... Pero resultó ser verdad.

—Dame la mano, Julius...

—¡Bah!

—Si me das la alcancía...

—Te doy la llave y la alcancía con la condición de que nunca me digas...

—Perdón, Julius; era una broma... Yo no quería...

—¡Bah!

No podía seguir así. Solito se iba a matar de pena. Entonces, Julius aceptó todos los diálogos que se había negado a sostener, por andar escogiendo solo los que le convenían a Bobby o a él. Fue como si nuevamente le hubiera ganado la partida al momento, pero ahora para siempre. De un salto, regresó hasta la primera vez que Bobby le dijo:

—Si tú me das tu alcancía, yo te digo a quién me voy a tirar.

De allí corrió donde Carlos para preguntarle:

—¿Qué quiere decir tirar?

Y hasta se atrevió a asomarse un ratito a la cocina, donde Nilda completaba la historia de Vilma. Trató de engañarse, poniéndole a Bobby la cara de Rafaelito Lastarria, pero esa fue la última vez: reaccionó valiente y cambió la cara de su primo por la expresión satisfecha que Bobby traía en la camioneta, de regreso del aeropuerto. Por fin pudo respirar. Pero entre el alivio enorme que sintió y el sueño que ya vendría con las horas, quedaba un vacío grande, hondo, oscuro... Y Julius no tuvo más remedio que llenarlo con un llanto largo y silencioso, llenecito de preguntas, eso sí.

Índice